中国企业社会责任建设

蓝皮书（2010）

顾问兼名誉主编：陈宗兴

主　编：黎友焕　刘延平

副主编：曹明福　王　凯

人民出版社

《中国企业社会责任建设蓝皮书(2010)》
编撰委员会

《中国企业社会责任建设蓝皮书》
编辑委员会

高　闯　　首都经贸大学校长助理、教授、博士生导师

曹明福　　天津工业大学经济学院教授

喻卫斌　　广东商学院教授

黎友焕　　北京交通大学经济管理学院博士后、《企业社会责任》杂志社社
　　　　　长兼总编辑、广东省企业社会责任研究会会长、广东省社会科学
　　　　　综合开发研究中心主任、广东省社会科学院研究员

目　录

前　言

　　20 世纪 70 年代以来,企业与社会的互动关系日趋明显,企业不仅是经济社会的基本经济组织,还是一个可以直接贡献或破坏人类生存发展环境的社会组织。企业在追求自身利润最大化的同时,还必须承担一定公共性的社会责任,企业的发展实际上是在社会提供的时空范围内不断地拓展。尤其是随着经济全球化运动的持续深入和系统展开,企业之间的竞争已日益白热化,企业社会责任正在成为企业取得新的竞争优势的一种手段。世界大型跨国公司几乎都把企业社会责任问题明确列入公司的议事日程,就连《财富》和《福布斯》这样的商业杂志在企业排名评比时也都增加了"社会责任"因素。我国企业在对国际企业社会责任运动长时期的漠视之后,近年来却突然掀起了来势凶猛的社会责任商业化浪潮,各种媒体论及社会责任的文章和新闻报道铺天盖地,在跨国公司发布企业社会责任年度报告的引领下,一些大型国有、民营企业也争先恐后地相继发布企业社会责任建设报告,积极规范自身的企业社会责任行为。《中国企业社会责任建设蓝皮书(2010)》,正是在这种时代背景下为我国的企业界、政府和社会其他各界出版的一本规范的、全面的关于企业社会责任的解析报告。

　　本蓝皮书深入探讨了国际企业社会责任运动的产生与发展,系统地阐述了企业社会责任的基本内容,综述评价了国内外学术界关于企业社会责任研究的理论文献,全面论证了企业社会责任的各种指标体系、强化企业社会责任的路径、国际企业社会责任生产守则对我国外贸企业作用机理,深刻解析了各类企业、组织的社会责任报告、企业社会责任建设的特点、存在的问题以及改进的建议等,明确指出了中国企业社会责任存在的种种误区和发展途径,廓清了当前对企业社会责任理解上的混乱,为我国企业的社会责任建设提供了基本框架和路径启发。这本蓝皮书的出版,使我国企业的社会责任建设有了赖以参考的行动指南。

具体来说,本蓝皮书的出版,适应了三种需要、突出了三个特点。

第一,适应了我国构建和谐社会,树立科学发展观的需要。作为市场经济主体,企业在建设和谐社会、树立新的科学发展观和建设节约型社会等重大国家发展战略中处于举足轻重的地位。可以说,企业承担社会责任是实现企业与社会、经济、生态可持续发展相统一的关键。我国构建和谐社会的战略决策预示着企业经济活动的行为和方式必须从以牺牲自然环境和忽视人力资本为代价的传统的外延式的发展模式向以数量增长、质量效益、生态平衡、劳动保护、人文关怀相协调的可持续发展模式转变。企业必须超越把利润作为唯一目标的传统理念,强调再生产过程中对人文精神价值的关注,强调对消费者、环境和社会的贡献,构建起新型的企业与自然和谐相处和企业内人与人的和谐关系,最终达成企业与社会的和谐。

第二,适应了我国企业可持续发展的需要。企业社会责任建设不是发达国家强加给中国、中国企业被迫接受的"社会标准",而是我国企业可持续发展的内在要求。目前我国绝大多数企业把履行社会责任仅仅当成实现企业利润的一种工具,还没有上升到企业战略的高度。《中国企业社会责任建设蓝皮书(2010)》的基本思想就是要求我国企业努力提升道德指数,从战略上、整体上系统全面地进行企业社会责任建设,推进企业的永续发展。

第三,适应了我国外向型企业进行国际化建设的需要。在国际贸易领域,企业社会责任一度成为发达国家保护人权、维护道德准则、借以对发展中国家设置贸易壁垒的借口。在我国外贸依存度高达60%—70%、反倾销案日益增多的今天,能否获得企业社会责任建设被国际社会认可,对我国的外向型企业具有特殊而又重大的意义。而我国企业目前对企业社会责任的了解还有待深入,对企业社会责任建设的条件、程序、指标等相关问题还知之甚少,《中国企业社会责任建设蓝皮书(2010)》,可以作为企业进行国际社会责任建设的重要参考和行动指南。

纵览全书,有三个比较突出的特点:

一是"新"。近几年,对企业社会责任的研究已经成为社会热点。除了媒体和报刊外,学术期刊也发表了大量的学术论文。这本书的内容在不少方面都有学者不同程度地做过相关研究或者在研究中有所涉及。但是,这本书与众不同的是,它不仅建立了中国企业社会责任综合评价体系,还对各类不同性质的企业、境内外社会组织的企业社会责任建设做了全面、认真的评述,其中探讨的内容在国内外目前的文献中还相当少见。

二是"全"。该书的主体部分是中国企业社会责任建设的分析报告,内容全面、资料翔实,不仅包括对企业社会责任本身的分析,还融进了企业社会责任建设涉及的方方面面的变革。不仅可作为企业了解、认识企业社会责任的材料,还可以当作企业系统建设企业社会责任,调和与自然、社会关系,保证企业可持续发展的指导用书。

三是"实"。作为一种普及读物,该书在写作风格上讲究平实自然,没有难以通读的学术语言,也没有深奥枯燥的理论分析,贴近企业操作,适合社会一般人群阅读。务实的写作态度,平实的语言,将是它拥有广大读者的一个重要因素。

当然,本书的缺点也相当明显。比如对企业社会责任的理论探讨还没有结构性的突破;本书的结构还略显松散,各章之间还不够紧凑等。

由于编者学识有限,本书在体系设计、理论阐述和研究方法上肯定还有不少不妥当、不准确的地方,衷心期盼学术界、企业界、政界以及广大读者批评指教。

编者

2010 年 5 月

第一章　中国国内企业社会责任
理论研究的最新进展

摘要：目前中国学者对企业社会责任作了大量的研究，形成了各种不同的新观点，本文从企业社会责任的定义及维度、企业社会责任与可持续发展、企业社会责任的评价体系、企业社会责任水平与消费者、企业社会责任与企业绩效、企业社会责任管理、企业社会责任的信息披露、民营企业的社会责任、企业社会责任的实现机制与模型和企业社会责任与和谐社会等 10 个方面对中国国内企业社会责任理论研究的最新进展进行了全面的综述。

关键词：企业社会责任、利益相关者、企业绩效、可持续发展、和谐社会

Abstract：Scholars in China have made a lot of research about corporate social responsibility, and have had variety of new ideas. This paper, we have analyzed the latest progress of CSR and made comprehensive review from the ten dimension, such as the definition of CSR, the sustainable development and CSR, the consumers CSR, the evaluation system of CSR, corporate performance and CSR, the management and CSR, the information disclosure of CSR, the private corporate's CSR, the realization mechanisms of CSR, the harmonious society of CSR, and so on.

Key Words：corporate social responsibility, stakeholders, corporate performance, sustainable development, harmonious society

在经济社会发展中，企业是一个独立的经济体，必须自觉承担相应的责任和义务。在市场经济条件下，企业的根本使命是持续创造价值，利润处于中心

地位,追逐利润是企业的基本性质。但同时企业作为社会经济发展的微观基础,是生产资料和劳动力得以聚集结合的最佳场所,是对全社会经济资源予以配置的最重要的市场主体,具有社会性。而这种社会性,越来越受到企业自身以及整个社会的关注。良好的社会关系,是企业独特的无形资产,是企业获得持续竞争优势的源泉。从企业发展史来看,企业的经济力量越强大,社会财富越向企业集中,企业与社会的联系就日益紧密。世界500强企业的财富占全世界财富的一半以上,其中有些跨国公司的实力可以与一些小国国力相媲美。正是因为企业对社会的影响力越来越强,社会要求企业承担社会责任的呼声也就越来越高。在强调可持续发展、构建和谐社会的中国,强化企业社会责任更加刻不容缓。作为企业家要能够"富而思源"、关注民生、关注环境、承担责任,让财富"从社会中来、到社会中去"。企业不仅是创造社会物质财富的单元,更应该是承担社会责任的重要载体。只有勇于承担社会责任的企业,才是可持续发展的企业,才是人们尊重的企业,才会是基业长青的企业(叶敏华,2007)①。

企业社会责任理念出现于19世纪的西方社会,企业社会责任概念(CRS)是20世纪在美国提出的,企业承担社会责任的基础是立足于企业本身的发展。企业健康有序发展,就能为社会创造更多的财富,满足投资者的愿望,实现经营者的自我价值,为社会提供更多的就业岗位。企业社会责任运动的兴起反映了现代企业价值的演进。传统经济学认为,企业是市场经济中自利的基本经济组织,经营目标是实现利润最大化,因而十分强调对股东权益的保护,但在市场竞争日趋激烈尤其是在全球化不断深入的条件下,为了生存和发展,企业不得不承担起维护其他利益相关者的合理权益。经过30年改革开放,中国经济社会建设取得了巨大的辉煌成就,随着全球化的不断推进,中国已经被融进了世界同步发展浪潮之中。企业社会责任理论对中国的影响也越来越大,加强对企业社会责任的研究具有明显的意义。目前中国学者对企业社会责任做了大量研究,形成了各种不同的新观点。本文从企业社会责任的定义和维度、企业责任与可持续发展、企业社会责任的评价体系、企业社会责任水平与消费者、企业社会责任与企业绩效、企业社会责任管理、企业社会责

---

① 　叶敏华:《企业社会责任与可持续发展研究》,《上海经济研究》2007年第11期。

任的信息披露、民营企业的社会责任、企业社会责任的实现机制与模型以及企业社会责任与和谐社会等 10 个方面对中国国内企业社会责任理论研究的最新进展进行了全面的综述。

第一节　企业社会责任的定义及维度

企业社会责任(Corporate Social Responsibility,简称 CSR)自提出以来一直受到社会各界的广泛关注,各专家学者各抒己见,众说纷纭,但似乎从来没有形成一个明确统一的界定。也许正是这些争议不断丰富了企业社会责任的内涵,促进了企业社会责任的发展。自 Oliver Sheldon(1924)首次提出企业社会责任概念以来,CSR 一直被视为企业不仅具有经济和法律的义务,而且还有承担超出这些义务之外对社会的责任。豪伍德·博文认为,企业"有义务按照我们社会的目标和价值观的要求,制定政策、做出决定,以及采取行动"。戴维斯(1960)认为社会责任是指商业"至少是部分地超出了企业的经济和技术利益,为了某些理由而做出的决定和采取的行动"。阿齐·卡罗尔认为"企业的社会责任不仅包括经济责任和法律责任,还包括道德责任和慈善责任"。Brown 和 Dacin(1997)认为企业社会责任是指企业在创造利润、对股东利益负责的同时,还要承担对员工、对消费者,以及对社区和自然环境的社会责任,主要包括遵守商业道德、生产安全、职业健康、保护劳动者的合法权益、保护环境、支持慈善事业、捐助社会公益、保护弱势群体等活动。它超越了以往企业只对股东负责的范畴,强调对包括股东、员工、消费者、社区、客户、政府等在内的各种利益相关者的社会责任。中国学者黎友焕(2007)提出的"三层次四核心企业社会责任模型",为企业社会责任作了一个内容较为完整、相对来说非常严谨的、动态的定义,即"在某特定社会发展时期,企业对其利益相关者应该承担的经济、法规、伦理、自愿性慈善以及其他相关的责任"[①]。他把经济责任和法规责任作为第一层次责任,把伦理责任作为第二层次责任,把自愿性慈善责任作为第三层次责任,围绕经济、法规、伦理和自愿性慈善四方面核心内容剖析企业社会责任。卢代富(2002)认为:"企业社会责任就是指企业在谋

---

① 黎友焕:《企业社会责任研究》,西北大学博士论文(2007 年 6 月)。

求股东利润最大化之外所负有的维护和增进社会利益的义务。企业社会责任包括对雇员的责任、对消费者的责任、对债权人的责任、对环境、资源保护与合理利用的责任、对所在社区经济发展的责任、对社会福利和社会公益事业的责任"。卢代富认为企业社会责任具有两个显著特点:第一,企业社会责任以企业的非股东利益相关者为企业义务的相对方。第二,企业社会责任是企业的法律义务和道德义务、或者正式制度安排和非正式制度安排的统一体①。

　　虽然学术界已有很多企业社会责任概念和分类的实证研究,但近年来有关企业社会责任的维度依然层出不穷,这说明理论界依然没有得出统一的、定义明确的企业社会责任维度。Isabelle 和 David(2002)对北美和欧洲不同国家的企业社会责任进行了比较研究,并指出在不同的社会文化背景和制度安排下,个人和组织对企业社会责任有着不同的概念认同和维度分类。而对于企业是否应该承担企业社会责任的问题在学术界更是各持一端、争论不休。徐尚昆、杨汝岱(2007)在对西方文献进行归纳分析的基础上,对中西方企业社会责任维度进行了对比分析,总结出中西共有的维度有 6 个:经济责任、法律责任、环境保护、顾客或客户导向、员工或以人为本、社会捐赠、慈善事业或公益事业。西方企业独有的企业社会责任维度主要有股东和平等两个方面;中国企业独有的企业社会责任维度主要有就业、商业道德和社会稳定与进步②。杜中臣(2005)根据企业担负社会责任的性质把企业社会责任分为绝对社会责任和相对社会责任。绝对社会责任是企业从事经营或管理活动所必须遵守的伦理底线,是其最低的义务要求,它主要是指企业对人的责任。相对社会责任是一种有条件(即不具有必然性要求)的责任形式,主要包括:第一,企业应充分尊重工人自由结社和集体谈判的权利。第二,企业应承担起对社会和人类的责任。一是要积极参加社会公益活动;二是要树立起具有拼搏、吃苦、节俭、计算等内容的企业精神;三是要构建包括思想文化、制度文化、人文环境在内的企业文化③。林巧燕、吴静静(2009)利用获得的 115 份有效问卷分析了国内企业承担道德以及慈善责任的力度及其与企业员工行为变量之间的关

　　① 　卢代富:《国外企业社会责任界说述评》,《现代法学》2001 年第 3 期。
　　② 　徐尚昆、杨汝岱:《企业社会责任概念范畴的归纳性分析》,《中国工业经济》2007 年第 5 期。
　　③ 　杜中臣:《企业的社会责任及其实现方式》,《中国人民大学学报》2005 年第 4 期。

系。企业社会责任的道德维度对员工向心度、员工忠诚度以及员工满意度均
具有显著的正向影响,而企业社会责任的慈善维度仅对员工向心度的影响达
到了统计显著性,对员工忠诚度以及满意度的影响并不显著[①]。陈迅、韩亚琴
(2005)依据社会责任与企业关系的紧密程度把企业社会责任分为 3 个层次,
一是基本企业社会责任,包括对股东负责、善待员工;二是中级企业社会责任,
包括对消费者负责、服从政府领导、搞好与社区的关系和保护环境。三是高级
企业社会责任,包括积极慈善捐助、热心公益事业。他们认为在现实中大多数
企业不能完全做到承担这 3 个层次的企业社会责任,如果企业做到了“基本
企业社会责任”,那么就可以说这个企业具有基本的企业社会责任,这是判断
一个企业是否具备企业社会责任的首要条件。即使一个企业“中级企业社会
责任”和“高级企业社会责任”都做得很好,但是不符合“基本企业社会责任”
的要求,那么这个企业也是不具有企业社会责任的。一个企业在完成了“基
本企业社会责任”的基础上,还完成了“中级企业社会责任”,可以认为其完成
了“中级企业社会责任”。再进一步,如果在此基础上继续完成了“高级企业
社会责任”,那么可以说这个企业完成了“全面企业社会责任”[②]。

　　综上所述,企业社会责任包括经济责任、法律责任、伦理责任和自愿性责
任 4 类,在企业社会责任内容的历史演进中,人们最先关注的是经济责任,接
着是法律责任,然后是伦理责任,最后才是自愿性责任。企业对这 4 类责任的
重视程度是从经济责任到自愿性责任逐渐降低的。企业社会责任的定义应该
是全面的,但是企业需要实行的社会责任则应该是视企业自身状况决定的,并
不是说所有的社会责任企业都必须同时实行,企业社会责任的实行应该是分
层次的(陈迅、韩亚琴,2005)[③]。

第二节　企业社会责任与可持续发展

　　20 世纪 70 年代以来,随着可持续发展理念的推广,把可持续发展纳入企

[①]　林巧燕、吴静静:《企业社会责任承担对员工行为的影响》,《统计与决策》2009 年第 14
期。

[②]　陈迅、韩亚琴:《企业社会责任分级模型及其应用》,《中国工业经济》2005 年第 9 期。

[③]　陈迅、韩亚琴:《企业社会责任分级模型及其应用》,《中国工业经济》2005 年第 9 期。

业社会责任领域已成为一个共识,企业社会责任是通往可持续发展的重要途径,它能够提高企业的竞争力和声誉。企业的责任不仅仅在于追求利润,企业的发展离不开社会的支持,企业要走可持续发展之路,就必须承担合理的社会责任。近十几年来随着国内外企业社会责任实践的不断深入,企业社会责任可以影响企业收益的论断受到了越来越多学者和企业家的支持。企业实施CSR 活动,会对消费者头脑中形成的公司印象产生影响,从而影响企业形象和企业声誉(Epstein,2001[①];Gray, 1998[②]);良好的企业形象和声誉,以及CSR 中关于工作环境的改善都会对员工的雇用、激励及保持造成积极影响(Kotler,2006;Heal,2005;Epstein,2001);CSR 活动本身虽然会给企业带来一定的费用支出,但也会因改善了利益相关者的关系(Wood, 1995)[③]而使得企业内部运营成本降低(Heal,2005[④];Kong,2002[⑤];Epstein,2001);CSR 活动通过改善企业形象和企业声誉对企业收入产生影响,或者通过 CSR 关联的产品和市场的发展而影响企业收入(Weber,2008)[⑥]。

实施企业社会责任战略和实现可持续发展是紧密联系的,只有实施企业社会责任战略,才能实现企业可持续发展,而只有可持续发展,才能实现企业和社会的双赢。企业履行社会责任既是社会公众的期望,也是企业自身发展的必需。从短期看可能会给企业带来一些成本上的影响,但从长远规划,企业是其行为的最大受益者。担当了社会责任以后,社会对企业的认可度提高,社会对企业的产品需求也会提高,企业的可持续发展能力自然就提升了(黎友

① Epstein, M. J. & Roy, M. J. *Sustainability in Action：Identifying and Measuring the Key Performance Drivers*. Long Range Planning, 2001, 34(5).

② Gray, E. R. & Balmer, J. M. T. *Managing Corporate Image and Corporate Reputation*. Long Range Planning, 1998, 31(5).

③ Wood, D. J. & Jones, R. E. *Stakeholder Mismatching：A Theoretical Problem in Empirical Research on Corporate Social Performance*. International Journal of Organization Analysis, 1995, 3(3).

④ Heal, G. *Corporate Social Responsibility：An Economic and Financial Framework* . The Geneva Papers on Risk and Insurance Issues and Practice, 2005, 30(3).

⑤ Kong, N., Salzmann, O., Steger, U. & Llonescu-Somers, A. *Moving Business/Industry Towards Sustainable Consumption：The Role of NGOs*. European Management Journal, 2002, (20).

⑥ Weber, M. *The Business Case for Corporate Social Responsibility：A Company- level Measurement Approach for CSR*. European Management Journal, 2008, (10).

焕、龚成威,2008)①。胡孝权(2004)指出企业社会责任是企业可持续发展的伦理基础,企业主动承担社会责任为企业创造了更广阔的生存空间,有利于树立企业形象,产生广告效应,是企业可持续发展与社会、经济、生态可持续发展统一的关键。姜启军、贺卫(2005)认为企业社会责任是现代企业赢得竞争优势的源泉之一,是针对经济全球化、传统发展观和利益最大化模式做出的战略选择。选择持续发展型的企业社会责任战略是民营企业可持续发展的必要条件和保证②。田志伟、葛遵峰(2007)认为企业参与到社会责任中,是因为它们认为并希望可以从中获取某些竞争优势。企业社会责任能够为企业提供内部的和外部的效益。投资社会责任可以帮助企业开发新资源和新能力,如企业文化等,为企业带来内部效益。企业社会责任的外部效益则与企业的声誉息息相关,是否参与社会责任和信息披露的决策直接关系到企业声誉的塑造和损毁。从总体上看,企业社会责任可以为企业带来持续的竞争优势,具有战略性价值③。吴树畅(2008)认为,社会责任不仅是一种责任,而且是一种可持续增长的价值观念,企业在管理中全面履行社会责任,不仅能够得到社会资金的支持,而且能够为企业利益相关者持续创造财富④。黎友焕、龚成威(2008)从企业履行环境责任的必要性出发,认为企业社会责任是一种竞争优势,"企业社会责任的履行已经不是被迫的无奈行为,也不仅仅是为满足制度与监管的要求,它将成为企业培养差异化竞争优势的平台,会帮助企业顺利进入新兴市场并最终支持企业实现长期、可持续的增长"⑤。

可持续发展与企业社会责任是辩证统一的整体,两者是对立统一关系。一方面,企业社会责任运动推动可持续发展,另一方面,可持续发展也推动了企业社会责任运动的发展。朱贵平(2005)认为企业社会责任运动与可持续

---

①　黎友焕、龚成威:《基于外部性的企业社会责任福利分析》,《西安电子科技大学学报(社会科学版)》2008年第6期。

②　姜启军、贺卫:《企业社会责任的战略选择与民营企业的可持续发展》,《商业经济与管理》2005年第11期。

③　田志伟、葛遵峰:《企业社会责任的竞争优势观》,《贵州社会科学》2007年第11期。

④　吴树畅:《论企业社会责任:一种可持续增长的价值观》,《南京财经大学学报》2008年第11期。

⑤　黎友焕、龚成威:《环境规制下的国外企业社会责任运动及启示》,《世界环境》2008年第3期。

发展理念具有一致性,因为企业社会责任运动对环境保护和资源永续利用的要求与可持续发展理念的一致性、企业社会责任运动与可持续发展理念对企业生存压力的一致性、企业社会责任运动与企业自身可持续发展的一致性,推动企业承担社会责任,有利于企业与社会、环境全面协调、可持续发展①。王文、张文隆(2009)认为在经济全球化的过程中,经济、社会和环境问题之间存在着强烈的互动性。这使企业意识到履行好社会责任,不但使企业、政府和社会之间形成良性互动,而且为企业的可持续发展赢得良好的外部环境,还有利于企业突破国外贸易壁垒和市场壁垒。企业社会责任能给企业带来提高声誉、降低风险、提高员工满意度、优化竞争环境等好处。从企业长期发展的战略角度看,企业承担社会责任是提高企业竞争力和实现企业可持续发展的重要内容②。文革、史本山、张权林(2009)通过对家族企业目标动力机制及可持续发展动力机制两个方面的分析,认为在整个家族企业的发展系统中,承担企业社会责任与家族企业可持续发展两者之间是一致的,并且相互促进。家族企业对社会责任的承担,一方面有利于企业自身的持续发展,另一方面也有利于社会的进步。但是,家族企业创立初期的经济利益最大化目标却与可持续发展是冲突的,家族企业的创始人在创立初期时就要克服短视,将企业的社会责任与企业的竞争优势结合在一起,从制度和治理上给予有力的保障,从而实现可持续发展③。

企业履行社会责任在推动可持续发展方面发挥着独特的作用。可持续发展作为一种全新的发展方式,不可能自发地实现,最根本的出路是依赖于市场经济的主体——企业,引导企业积极履行社会责任,将可持续发展的理念贯穿到企业日常的经营活动与管理活动之中。企业履行社会责任表面看来意味着企业费用的增加和利润的减少,但实际却恰恰相反,企业履行社会责任有利于得到社会公众和顾客的认可,有利于促进企业扩大产品销路,提高销售收入。因此,企业履行社会责任与企业利润的实现并不是直接的反向关系,而有利于

①　朱贵平:《关于企业社会责任运动的科学发展观透视》,《经济问题》2005 年第 7 期。

②　王文、张文隆:《企业可持续发展研究:基于企业社会责任的视角》,《科学学与科学技术管理》2009 年第 9 期。

③　文革、史本山、张权林:《中国家族企业社会责任与可持续发展的系统基模分析》,《软科学》2009 年第 7 期。

企业现利润的增加。从企业层面来讲,可持续发展是指企业经营的可持续性。在现代动态复杂的经济环境中,企业要获得持续发展,必须塑造基于可持续发展的企业文化、构建并维持良好的利益相关者关系(Juscius,2007)①。企业要实现可持续发展必须完成6个转变:一是从目标向关系转变;二是从局部向整体转变;三是从主导向合作转变;四是从结构向流程转变;五是从个体主义向整合转变;六是从发展向可持续转变。基于持续发展的 CSR 和企业战略目标的融合管理不仅有利于以可持续发展为典型特征的企业文化的塑造,稳定健康的利益相关者关系的构建,还可以有效推进上述6个转变的实现(R. Welford,1995)②。

第三节　企业社会责任评价体系

社会责任评价是企业社会责任研究领域的关键。科学合理的评价指标既反映社会的期望,又引领着企业的努力方向,甚至可能影响未来企业和社会的发展。国外学术界从20世纪70年代开始、中国学者从90年代中期开始关注企业社会责任的评价问题,涌现了一批有价值的研究成果。企业社会责任评价主要从企业内外部利益相关者的利益保障出发考察企业在社会层面上所承担的责任。在企业内部,员工是企业财富的创造者,企业的发展离不开员工的贡献。一个富有社会责任感的企业应该善待自己的员工,充分尊重员工的价值,发挥员工的创造性,增强企业的凝聚力。在企业外部,消费者是企业产品和服务的使用者,企业产品和服务的安全性和质量直接影响到消费者的切身利益。消费者是决定企业生存发展的最终力量,企业利润的最大化最终要依赖消费者的认同来实现。企业应该为自己的产品和服务的安全性和质量负责(姜万军、杨东宁、周长辉,2006)③。

---

① Juscius, V. *Corporate Social Responsibility and Sustainable Development*. ABI/INFORM Global, 2007,(44).

② Wood, D. J. & Jones, R. E. *Stakeholder Mismatching:A Theoretical Problem in Emporical Research on Corporate Social Performance*. International Journal of Organization Analysis, 1995, 3 (3).

③ 姜万军、杨东宁、周长辉:《中国民营企业社会责任评价体系初探》,《统计研究》2006年第7期。

　　姜万军、杨东宁、周长辉(2006)从企业的基本财务绩效表现和企业对社会的主要经济贡献两个方面来评估企业经济责任表现的好坏,代表了与企业在经济方面有主要关系的利益相关者的利益,包括股东或投资者以及当地社会社区等。同时,也考虑了企业经济可持续发展所应该要求的企业在新产品和新技术创新能力方面的基本表现[①]。陈留彬(2007)建立的社会责任评价指标体系共分员工权益保护、环保及可持续发展、企业诚信、消费者和债权人权益保护及社区关系、社会公益与慈善活动、社会责任管理6类评价因素。包括一级指标6项,二级指标19项,三级指标51项[②]。辛杰(2008)采用利益相关者理论来界定企业承担社会责任的范围,开展企业对社会责任履行的自我评价,通过定性研究建立基于企业10个利益相关者的企业社会责任指标体系,根据企业对社会责任指标的重要性和自我表现性评价得到企业在社会责任重要性——表现性方面的二维图景,社会责任指标可被分在保持优势区、急需改进区、锦上添花区、持续改进区、无优势区等5个区域[③]。

　　随着中国消费者维权意识的不断提高、社会营销理念在中国的逐步普及,消费者在企业的生存和发展中起到越来越重要的作用,企业的社会责任运动还应考虑消费者的期待和要求,其测评标准应能够充分反映出广大消费者的利益诉求。金立印(2006)基于消费者视角,开发了一组用于测评企业社会责任运动的量表体系并对其进行了实证检验。这组测评体系共包含16个具体的指标,构成了回馈社会、赞助教育文化等社会公益事业、保护消费者权益、保护自然环境、承担经济方面的责任等5个维度。这是较少基于中国现实进行实际测量的实证研究文献之一。实证分析结果表明这5维度测评体系具有良好的信度、效度和行业适用性。致力于保护消费者权益和自然环境、投资部分利润来回馈社会、积极参与社会公益事业,并勇于承担经济责任的企业,更容易获得消费者的信赖和认同。证明了主动开展社会责任运动对企业巩固市场

---

　　① 姜万军、杨东宁、周长辉:《中国民营企业社会责任评价体系初探》,《统计研究》2006年第7期。

　　② 陈留彬:《中国企业社会责任评价实证研究》,《山东社会科学》2007年第11期。

　　③ 辛杰:《基于利益相关者的企业社会责任指标与表现评价》,《山东社会科学》2008年第11期。

基础、树立良好形象、构筑顾客资产以及谋求长期的可持续发展都具有积极意义①。

　　在企业社会责任评价体系建立的过程中,评价指标的选取是一个关键性问题。哪些指标可以作为企业社会责任的评价指标,应当遵循一定的原则。朱永明(2008)认为企业社会责任评价体系的建立应遵循科学性原则、系统性原则、可操作性原则、时效性原则、突出性原则、可比性原则、定性与定量相结合的原则。在具体确定指标时,着重于消费者关注和重视的方面,并体现程度差异;同时,评价指标应逐层向下分解,对中间各层赋予权重,对最终的项目层的评价,采用专家打分法;分析评价结果时,从打分开始,逐层向上归纳②。李立清(2006)认为测度指标的选择是量化企业社会责任管理的前提,因此应当具有代表性、独立性、可获得性和相对完整性。所谓代表性就是指测度指标既要反映当前国际上企业社会责任运动中众多"生产守则"对企业履行社会责任的共同要求,又要能继承中国优秀传统文化的精华,贴近中国企业现实,反映中国企业特殊环境下企业社会责任的普遍客观要求,使测度指标无论是在国内还是国际上,都具有较好的可比性。所谓独立性,是指测度指标相对独立,指标之间不能兼容或重复,严格拒绝自相关。所谓可获得性,包含两层意义,一是所选指标应尽量与中国企业现行评价工具相兼容,充分利用已有的各种公开统计信息资料。二是所选指标应当有利于进行量化处理,考虑到企业社会责任的复杂性、评价视角的多维性、评价标准客观性与主观性并重的实际,虽然不强调完全使用定量指标,但定性指标一般要求直观、简单、易于判断,且具有广泛的社会共识,否则就难以获取。因此,对于个别虽有一定评价意义,但客观上获取评价信息难度太大的指标,则不宜纳入评价指标体系。所谓相对完整性,是指所选指标要能基本涵盖各类不同企业应负之社会责任的主要方面,指标数据相对完整,所选择的指标应统一在一个体系之中,包括指标因素、子因素及指标等多重层次,构成一个较为完整的指标体系③。

　　当前中国企业的责任意识和认知基本还停留在股东利益最大化和最直接

---

①　金立印:《企业社会责任运动测评指标体系实证研究》,《中国工业经济》2006 年第 6 期。

②　朱永明:《企业社会责任评价体系研究》,《经济经纬》2008 年第 5 期。

③　李立清:《企业社会责任评价理论与实证研究:以湖南省为例》,《南方经济》2006 年第 1期。

的利益相关者的利益最大化阶段。很多企业缺乏广泛的社会利益和发展的责任考虑,将企业的社会责任和企业公民行为与企业的商业目标及产业发展战略结合起来,是中国企业面临的一项长期任务。如何评价并实施企业社会责任,中国理论界与产业界都在努力从国际视角关注这一热点问题并努力提升理念和改善企业行为。企业注重社会责任,不应是把它当作负担来承担,而应是把它当作一种利益来追求,应从经济增长的产业社会生态、企业战略型社会责任、法律规定的社会责任、社会正义与公平等方面强化企业社会责任(段从清、丁琳,2008)①。然而企业社会责任问题具有适度性和阶段性特征,如果不加"消化"地照搬国外企业社会责任评价标准,将误导中国企业,使中国企业陷于被动。因此,应该探索建立一套符合中国国情、与国际接轨的企业社会责任评价体系,将社会责任纳入企业评价的范畴,并将对企业社会责任评价的结果定期向社会公布。这对具有良好社会责任的企业来说是一种鼓励,也是一种无形资产;而对承担社会责任不良的企业则是一种鞭策②。

第四节　企业社会责任水平与消费者

在推动企业社会责任的各个因素中,消费者占据越来越大的比重,发挥越来越大的作用。特别是在当今时代,消费者掌握了更多的关于产品和服务的信息,他们对所购商品在生产过程所涉及的工人劳动条件以及对环境的影响情况更加关注,企业对社会责任的承诺与实现已经直接影响到消费者的购买决策。他们愿意为承担了社会责任的产品支付更高的价格,而对在社会责任方面表现不佳的企业所销售的商品,会采取抵制购买的行为(王海花,2008)③。在企业承担社会责任会改变消费者对企业的感知(consumer perceptions of the company)方面,Donald,R. Lichtenstein,Minette,E. Drumwright 和 Bridgette,M. Braig 等人(1971)通过研究认为,企业社会责任给企业带来的利

---

① 段从清、丁琳:《企业社会责任的评价维度及其强化措施分析》,《中南财经政法大学学报》2008 年第 6 期。
② 朱永明:《企业社会责任评价体系研究》,《经济经纬》2008 年第 5 期。
③ 王海花:《消费者视角下企业社会责任实现模型研究》,山东大学硕士学位论文(2008年)。

益直接或间接的通过消费者对企业的认同而获得。他们还认为,慈善、关系营销等是企业社会责任的创新,因为只有让消费者感知关系营销行为是一种社会责任行为,而非营销战略行为时,消费者才会接受并忠实于这个企业。可见,企业的某些行为是企业运用企业社会责任发展企业的产物。Webster 和 Frederick(1975)在研究中发现社会中存在这样的一群消费者,他们"会考虑个人消费行为产生的公众影响或试图通过自己的购买行为改变社会",他们将这样的一群消费者定义为"社会意识消费者",并将"个人获取、使用、处理产品的行为建立在最小化或消除任何对社会有害的影响和最大化社会的长远利益的基础之上"的消费者行为定义为"社会责任消费者行为"①。

从理论上讲,消费者影响企业社会责任的机制如下:第一,消费者企业社会责任认知影响消费者对企业的评价,进而影响到企业的声誉。企业社会责任是企业声誉测量中不可或缺的测量指标,企业社会责任与价格、质量、服务等因素一样,会对企业的声誉造成影响。企业社会责任对企业声誉的影响在很大程度上又由消费者对企业社会责任的认知水平所决定,消费者对企业社会责任关注得越多、认同度越高,企业的社会责任履行情况对他们的影响程度就越大。第二,消费者企业社会责任认知影响消费者的购买意向,进而影响到企业产品的销售。公司的道德行为不仅会影响消费者的评价,而且会影响消费者的购买意向,具有社会责任意识的消费者会避免购买那些危害社会的公司的产品,同时积极追求对社会有贡献的公司的产品,消费者愿意为有道德的企业的产品支付较高的价格,而对那些不道德企业的产品支付较低的价格。第三,消费者企业社会责任认知影响消费者与企业的关系,进而影响到企业的经营成本。消费者对企业社会责任的认同有利于消费者与企业间建立起信任关系,消费者在选择产品时会认为该企业的产品有较高的品质和服务质量,乐于向他人推荐该企业的产品或服务,从而降低了企业的营销成本(李海芹、张子刚,2008)②。

一些学者从实证分析的角度验证了消费者对企业社会责任的影响。周祖

---

① Webster, Frederick E., Jr. *Determining the Characteristics of the Socially Conscious Consumer. Journal of Consumer Research*, 1975, 2 (December).

② 李海芹、张子刚:《消费者企业社会责任认知与企业营销对策》,《工业技术经济》2008 年第 11 期。

城、张漪杰(2007)对行业内的相对企业社会责任水平与消费者购买意向关系的实证研究表明:行业内的相对 CSR 水平高(或低),消费者购买意向也相应地高(或低);消费者能够接受的 CSR 处于行业领先水平企业的产品提价的幅度显著小于要求 CSR 处于行业落后水平企业的产品降价的幅度;在参照对象分别为 CSR 处于行业落后水平企业的产品和参照对象为 CSR 处于行业中等水平企业的产品时,消费者对 CSR 处于行业领先水平企业的产品的购买意向存在显著差异,但愿意接受的提价幅度没有显著差异①。周延风、罗文恩、肖文建(2007)从捐助慈善事业、保护环境以及善待员工 3 个层次,对企业承担社会责任行为与中国消费者的响应关系进行了实证研究。结果表明,3 个层次的企业社会责任行为对消费者购买意向和产品质量感知均有显著影响。企业社会责任行为与消费者响应之间的复杂关系,既受到消费者个人特征(如消费者是否支持企业社会责任行为,CSR-support)的影响,也受到产品自身特征(如价格信号)的影响,消费者对不同层次的企业社会责任行为的响应存在差别。无论是在善待员工、环境保护还是慈善捐助方面,企业社会责任行为对消费者的购买意向都有显著的影响,当企业积极保护周边环境或者给予员工人性化关怀时,消费者对其产品质量也更加信任与放心②。鞠芳辉、谢子远、宝贡敏(2005)建立了一个基于消费者选择的分析框架,分析消费者补贴政策对企业策略的影响及其社会经济效果。研究发现:在市场可有效分割的前提下,企业实行无差异市场策略更能规避经营风险;若无政策干涉,企业无论采取差异化市场策略或无差异市场策略,最终提供的社会责任总量相等;实施企业社会责任标准不一定会提高企业社会责任总体水平,若同时辅以消费者补贴政策,最终可以从经济、制度两方面动因促使企业承担社会责任;影响企业策略的主要变量是责任市场规模及消费者对责任产品的偏好强度,消费者企业社会责任教育、企业社会责任信息的显性化是影响消费者选择,促使企业改

---

① 周祖城、张漪杰:《企业社会责任相对水平与消费者购买意向关系的实证研究》,《中国工业经济》2007 年第 9 期。

② 周延风、罗文恩、肖文建:《企业社会责任行为与消费者响应》,《中国工业经济》2007 年第 3 期。

善社会责任绩效的有效途径①。

　　随着消费者对企业承担社会责任期望的增加,消费者也倾向于信任与购买那些积极承担社会责任的企业的产品。企业社会责任行为与消费者的响应之间的关系,并非只是简单的相关关系。不同类型的消费者,对企业社会责任行为的响应并不完全相同。对于高支持的消费者,当企业积极承担社会责任时,购买意向与产品质量感知都显著高于低支持的消费者。通过引导中国消费者提高社会责任消费行为的意识,可以使消费者的选择对企业社会责任行为的"软约束"发挥更大的效力(周延风、罗文恩、肖文建,2007)②。

第五节　企业社会责任与企业绩效

　　企业社会责任与企业财务绩效的关系显示出社会责任行为对企业的影响,因而备受研究者和企业管理者的关注。早在 1972 年 Moskowitz 就呼吁经济动因能够被用于促进企业社会责任,以此证明企业社会责任和企业财务绩效的一致性,从而为企业承担社会责任提供充分的理由③。随着企业社会责任理论研究的发展和深入,企业社会责任逐渐走向可操作性、可衡量性。但是这些研究以及假设仍然是理论上的,企业社会责任行为到底对企业财务绩效的影响如何仍然不得而知。企业作为市场经营的主体之一,追求经济利益、承担经济责任是实现其他责任的基础。因此,实证分析企业社会责任或者企业社会绩效和企业绩效的关系便成为该领域研究的需求。从 20 世纪 90 年代后期以来,中国涌现出大量关于企业社会责任和企业财务绩效关系的实证研究,但这些研究并没有得出一致的结论,得出了正相关、负相关、不确定和无关等结论。

　　第一类认为企业履行社会责任有助于提高企业的营利能力,企业社会责

---

①　鞠芳辉、谢子远、宝贡敏:《企业社会责任的实现——基于消费者选择的分析》,《中国工业经济》2005 年第 9 期。

②　周延风、罗文恩、肖文建:《企业社会责任行为与消费者响应》,《中国工业经济》2007 年第 3 期。

③　Moskowitz, M. R. *Choosing society Responsible Stocks* . Business and Society Review, 1972, (1): 71 - 75.

任与企业绩效之间存在正相关的关系。黎友焕(2007)研究了企业社会责任和企业绩效之间的关系,他从消费者、员工、社区、环境和股东5个方面衡量企业的社会责任,并从组织绩效和财务绩效两个方面来衡量企业绩效,将企业规模和企业性质作为控制变量。通过因子分析将5类利益相关者的26个指标分为优势利益相关者、股东、强制环保、资源环保和社区5类指标,并将其与企业绩效指标进行回归分析。从检验结果看,优势相关者、社区、强制环保、自愿环保和股东5个因素与经营绩效、组织绩效的相关度都比较高,相关系数都通过了显著性检验,他认为企业社会责任直接影响企业绩效,证明了战略利益相关者管理模型的正确性①。刘斌等人(2007)建立了企业社会责任创新战略的模型,来论述CSR与企业绩效的相关性。由环境隐性作用约束下企业社会责任战略的静态最优模型得出:越是高质量的企业,越是愿意参与社会活动,尽管利益相关者不能直接观测到企业的质量,但若能够观测到企业积极承担社会责任,那么企业利益相关者显然愿意与该企业建立良好的长期合作关系;企业市场价值与社会参与水平、社会责任成本成正相关关系②。缪朝炜、伍晓奕(2009)从供应链利益相关群体的角度,对企业社会责任与供应链管理绩效的关系进行了实证检验。结果表明,企业社会责任包括供应商责任、客户责任、环保责任、员工权益保障、社会道义责任5个组成部分;企业承担社会责任,会对供应链管理绩效(客户服务、内部效率和经济效益)产生积极的影响③。李纪明(2009)建立了企业社会责任的构成维度即环境责任、人力责任、技术责任和声誉责任对企业绩效产生影响的概念模型,提出环境责任、人力责任、技术责任和声誉责任对企业可持续发展绩效和营运绩效均有直接影响,并且它们之间的交互作用也对企业可持续发展绩效和营运绩效具有正效应④。高敬忠、周晓苏(2008)认为企业社会责任的履行与企业绩效之间应为双向互动关系:一方面,企业社会责任的履行对企业绩效具有影响;另一方面,企业的绩效

---

① 黎友焕:《企业社会责任研究》,西北大学博士学位论文(2007年)。

② 刘斌、王杏芬、李嘉:《实施企业社会责任创新战略的模型分析》,《科技进步与对策》2007年第24期。

③ 缪朝炜、伍晓奕:《基于企业社会责任的绿色供应链管理》,《经济管理》2009年第2期。

④ 李纪明:《资源观视角下企业社会责任与企业绩效研究》,浙江工商大学博士学位论文(2009年)。

状况也会在一定程度上影响企业社会责任的履行。企业履行社会责任有利于改变企业在相关利益者中的形象,从而获得更多的经济利益;同时,企业也有动力从获得的收益中增加对社会责任履行的投入,形成良性循环①。

第二类认为企业社会责任阻碍企业绩效的提升,企业社会责任与企业绩效之间存在负相关的关系。原因在于企业社会责任转化为企业财务绩效需要一定的条件。包括社会责任市场、公平竞争环境、监督反馈系统和企业承担社会责任的方式和战略等。为实现企业和社会的双赢,在企业外部条件一定的情况下,企业需要对自身的社会责任进行有效治理,即选择合适的承担社会责任的方式和战略。而以不恰当的方式承担社会责任也对企业自身不利(李建升、林巧燕,2007)②。高敬忠、周晓苏(2008)利用中国上市公司1999—2006的面板数据研究了经营业绩、终极控制人性质对企业社会责任履行度的影响。研究表明,中国上市公司履行社会责任所支出的成本可能大于收益,从而使其没有足够的动力履行更多社会责任。社会责任履行度随着公司规模的扩大而提高;但由于公司在业务增长中对资金的巨大需求,可能导致没有充足的资金履行社会责任。终极控制人性质对经营业绩对社会责任履行度的作用有显著影响,非国有控制人性质的上市公司在履行社会责任中发挥了非常重要的作用,这与中国非公有制经济的快速发展是分不开的,但对于不同行业样本组的结论不一致③。

第三类认为企业的社会责任和企业绩效之间的关系是复杂多变的,不确定的。李正(2006)以中国上海证券交易所2003年521家上市公司为样本,研究了企业社会责任活动与企业价值的相关性问题。结果表明,从短期看,承担社会责任越多的企业,企业价值越低;但从长期看,根据关键利益相关者理论与社会资本理论,承担社会责任并不会降低企业价值。同时研究表明资产规模、负债比率、重污染行业因素与企业承担社会责任活动显著正相关;财务状

---

① 高敬忠、周晓苏:《经营业绩、终极控制人性质与企业社会责任履行度》,《财经论丛》2008年第6期。

② 李建升、林巧燕:《企业社会责任、财务绩效运作机理及其适应性》,《改革》2007年第12期。

③ 高敬忠、周晓苏:《经营业绩、终极控制人性质与企业社会责任履行度》,《财经论丛》2008年第6期。

况或其他状况异常的 ST 类公司、前一年的营利能力与企业承担社会责任活动显著负相关①。王正军、王晓霞(2009)运用博弈论的分析方法,以中国乳制品市场为例,探讨了企业社会责任对企业绩效的影响。研究结果表明:规模不同的企业承担社会责任对企业绩效的影响是不同的,处于行业优势地位的大型企业承担社会责任的短期绩效和长期绩效均大于中小型企业,中小企业选择不承担社会责任的好处远远大于承担社会责任的期望收益。这主要是由于规模悬殊的企业,承担相同的社会责任行为所带来的收益或损失是不等的,即从短期来看,规模大的企业承担社会责任的成本小于中小型企业;而从长期来看,承担社会责任带来的长期绩效大于中小型企业②。李建升、林巧燕(2007)认为企业社会责任对企业财务绩效的影响不确定,原因在于企业社会责任转化为企业财务绩效需要一定的条件,包括社会责任市场、公平竞争环境、监督反馈体系、企业承担社会责任的方式和战略等方面,企业需要选择合适的社会责任承担方式和战略对社会责任进行有效治理③。

综上所述,虽然国内有关企业社会责任和企业绩效的关系研究,并没有统一的观点,但比较各种研究成果发现,承认二者有正向关系的文章占多数,也就是说,承担社会责任在大部分情况下可以促进企业财务绩效的增长。学者们从利益相关者层面表达了企业承担越多的社会责任,企业的社会绩效水平就越高的观点。如冯小宇(2008)认为企业必须承担社会责任,因为它是企业保持和提高竞争力的必要条件。但是社会责任未必能给企业带来竞争力,因为它不是保持和提高竞争力的充分条件;企业承担社会责任必须要与价值链结合,经过后者的传导机制才能发挥竞争力。否则,承担社会责任无法给企业带来竞争力。同时,企业的社会责任实践只要与经营活动结合,在价值链的基本活动或者辅助活动中体现,就能发挥竞争力作用。因为,与价值链结合是企业社会责任产生竞争力的充要条件④。黎友焕、龚成威(2008)认为企业履行

---

① 李正:《企业社会责任与企业价值的相关性研究》,《中国工业经济》2006 年第 2 期。

② 王正军、王晓霞:《企业社会责任与绩效相关性的博弈分析》,《经济经纬》2009 年第 4 期。

③ 李建升、林巧燕:《企业社会责任财务绩效运作机理及其适应性》,《改革》2007 年第 12 期。

④ 冯小宇:《企业社会责任与竞争力研究》,首都经济贸易大学博士学位论文(2008 年)。

社会责任所带来的福利增加是通过外部经济的传导作用实现的。其实现过程为企业履行社会责任→整个社会→企业。企业不履行社会责任必然会造成利益相关者的福利损失,进而造成全社会的福利减少。企业积极履行社会责任不但不会成为企业的负担,从长期来看还会形成企业的竞争力和企业持续发展的宝贵动力①。朱文敏、陈小愚(2005)认为,在现代复杂的商业社会条件下,企业长期绩效根植于杰出的社会形象对公众产生的吸引力,而企业形象的建立有赖于企业完美地履行各项社会责任,尤其是切实履行除经济与法律责任以外的道德和人文关怀(即慈善)责任所产生的亲和力②,并提出了图1-1所示的企业绩效、企业形象和企业社会责任的逻辑关系模型。

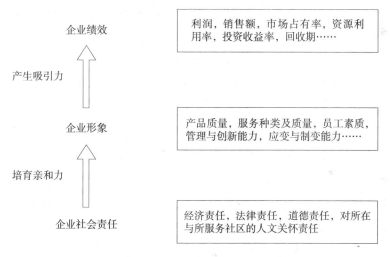

图1-1　企业绩效、企业形象与企业社会责任的逻辑关系

第六节　企业社会责任管理

迈克尔·波特讲道:"很长时间以来,经济目标和社会目标一直被看作是截然不同的,甚至是竞争的。但这是一种错误的二分法,它代表着一种越来越

①　黎友焕、龚成威:《基于外部性的企业社会责任福利分析》,《西安电子科技大学学报(社会科学版)》2008年第6期。

②　朱文敏、陈小愚:《企业社会责任:企业战略性公关的基点》,《当代财经》2004年第8期。

落伍的观点。"他认为以哈耶克和弗里德曼为代表的传统企业社会责任观是建立在两个隐含假定之上的:其一,企业社会责任与经济目标无法兼容;其二,企业从事社会公益活动的效率远低于个人捐献。在波特看来,上述两个基本假定只有在企业慈善行为处于分散和零碎状态的情况下才是成立的。当履行社会责任的同时,也对企业的竞争环境产生积极影响时,企业社会责任与经济目标能够兼容。波特把这种企业社会责任定义为战略性企业社会责任①。也就是说,企业可以通过承担社会责任达到企业与社会双赢的结果,当然前提是企业实施企业社会责任的行为是有效的。为了有效实施社会责任行为,企业应当对社会责任进行管理。彼得·德鲁克指出:"企业应该就社会影响和社会责任这些领域进行深入的思考,剖析自己在其中的作用,树立相应的目标并努力取得成效。换句话说,必须对社会影响和社会责任进行管理"②。

从企业实践角度来讲,很多企业也认识到,要想获得持续成长,所关注的问题就不应单单限于自身组织管理能力的提升,还需不断树立社会角色,紧密关注和解决社会问题,从而使内部外部各种利益相关者与企业发展联系起来,也就是说,承担社会责任已经成为企业的巨大压力和发展动力。当代管理学大师彼得·圣吉在一次演讲中指出,企业越是能够承担社会责任,就越有能力永续经营并持续成长。因此,企业需要不断地承担社会责任已是一个不争的事实。在这种情形下,企业社会责任的争论焦点已经发生了变化:不再是讨论企业是否应该对社会责任做出充分承诺,而是讨论企业如何履行社会责任承诺、如何实施社会责任、如何将社会责任要求与组织实践结合起来的问题。在越来越多的企业开始认同社会责任的趋势下,对于微观层面的企业社会责任问题,如企业究竟需要承担多少社会责任才是足够的,如何去管理社会责任,如何把握企业社会责任的限度等问题,以往停留在道德角度考虑的企业社会责任讨论很难给予企业以实践的指导。所以,如何构建企业社会责任的管理框架和相关实践,既是目前研究关注的焦点,又是现实实践的要求。

如何将社会责任嵌入于组织层面,完善管理实践已成为当代企业社会责

---

① Michael E. Porter, Mark R. K. *The Competitive Advantage of Corporate Philanthropy*. Harvard Business Review, December, 2002: 5.

② [美]彼得·德鲁克:《管理:使命、责任、实务》,机械工业出版社 2006 年版,第 334 页。

任研究的焦点。唐飞、韵江(2008)构建了企业的社会责任体系与其战略适应模式的共同演化模型,研究表明,企业社会责任体系的演化和企业的战略适应模式的演化是协同发展的,是相互制约相互促进的。将企业社会责任融入战略管理使之促进企业的发展是一个复杂的过程,它需要从战略价值创造、战略类型选择、战略导向转变以及战略过程等多个方面进行大量细致的基础性管理实践,才能实现对社会责任的消极适应向主动适应转变①。易开刚(2007)认为社会环境变化和企业的自身发展要求现代企业转变经营理念,构建企业社会责任管理模式,将企业社会责任行为转化为企业社会资本,通过内外兼修,可以促进企业的持续健康和谐发展②。侯仕军(2009)界定了企业社会责任概念,探讨了企业社会责任管理的动因、模式与绩效,提出了一个企业社会责任管理整合框架。他认为企业社会责任动因反映了来自社会控制的压力以及企业自身的认识和推动;企业社会责任模式包括配置环境扫描系统、开展社会责任沟通、采取战略行动、内部协调与外部合作以及应对管理挑战5个基本方面;企业绩效则反映了企业社会责任管理的结果(见图1-2)③。

　　对企业社会责任的管理,关键是如何将社会责任视为一个综合体系动态地纳入企业实践中,如何使企业社会责任的承担从成本转化为资源,如何提高自身外部危机的处理能力,概括地说就是如何建立社会责任体系基础上的管理体系。随着这种研究的深入,现代企业社会责任实践的管理研究更强调企业社会责任与竞争优势的联系。企业的本质是价值创造,即通过组织分工生产和知识的积累,进行各种各样的价值活动以创造财富。企业的价值不仅包括自有的经济价值,而且体现在与外界广泛联系的社会价值上。承担社会责任的企业正是通过建立"双赢"(Win—Win)的环境关系发展了企业的社会价值,保护了企业的经济价值,由此成为企业价值活动机制的重要组成部分(唐飞、韵江,2008)④。

---

①　唐飞、韵江:《企业社会责任管理体系:认同与行为》,《财经问题研究》2008年第5期。

②　易开刚:《企业社会责任管理新理念:从社会责任到社会资本》,《经济理论与经济管理》2007年第11期。

③　侯仕军:《企业社会责任管理的一个整合性框架》,《经济管理》2009年第3期。

④　唐飞、韵江:《企业社会责任管理体系:认同与行为》,《财经问题研究》2008年第5期。

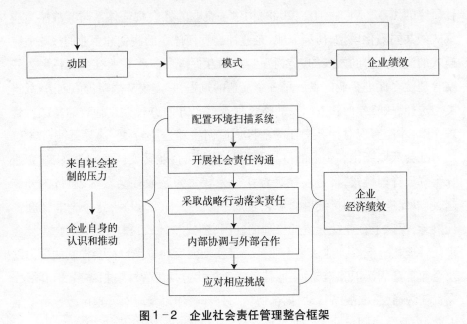

图1-2　企业社会责任管理整合框架

第七节　企业社会责任的实现机制与模型

对于企业社会责任的实现,很多学者从不同的角度就其实现流程与均衡建立了模型①。只有建立完善的机制,才能为中国企业社会责任的实现提供必要的条件。蔡宁、李建升、李巍(2008)基于企业承担社会责任受经济、道德、法律等多种因素的影响,以及企业、政府和社会之间存在系统关系的研究结论,从系统论的角度构建了一个包括经济、制度、监督与执行4个子系统的企业社会责任实现机制。经济子系统是企业承担社会责任的压力和动力来源;由各种法律组成的制度子系统是企业利益相关者参与社会责任运动的支持和保障;包括道德在内的监督子系统为企业社会责任实现提供必要的监督和信息传递;执行子系统则是企业社会责任的具体承担者。企业社会责任实现机制的功能表现为:在国际和国内经济环境、社会文化等外部因素的影响与

①　王海花:《消费者视角下企业社会责任实现模型研究》,山东大学硕士学位论文(2008年)。

作用下,通过内部各个子系统的相互作用,最终满足外部环境的要求,促进企业社会责任的实现①(见图1-3)。

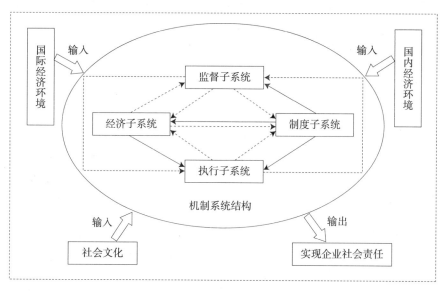

图1-3　企业社会责任机制功能实现图

万莉、罗怡芬(2006)在探求社会责任与经济利益的平衡机制的基础上,构建了企业社会责任模型。她们认为社会经济活动会带来外部成本,当企业承担社会责任时,这种外部成本就表现为可以货币计量的企业社会责任,也就是企业承担社会责任的支出。外部收益是企业承担社会责任带来的直接或间接的收益。由此,一个承担社会责任的企业总的支出包括为了企业效益的资源性支出(即生产成本)和承担社会责任的支出(即外部成本)。这两者之和不能超过企业自有的资金,企业自有资金构成了企业收益的限制性条件。企业所有支出产生的收益是企业的经济效益与外部收益的总和。如图1-4所示,用纵轴表示生产成本,横轴表示承担社会责任带来的外部成本,AB线即企业生产的约束线。曲线R表示一定成本下生产带来的收益。E点是收益曲线与约束线的切点,这个切点表示,在现有的约束下,企业进行生产所能带来

①　蔡宁、李建升、李巍:《实现企业社会责任:机制构建及其作用分析》,《浙江大学学报(人文社会科学版)》2008年第4期。

的最佳收益。当企业规模扩大或实力有所增强时,在生产成本与外部成本单位价格不变时,企业可购买更多的生产资料与社会责任,AB 线移动到 A′B′,与更高收益曲线 R′相切于 E′,得到比 SR 更多的均衡社会责任 SR′。SR 与 SR′即一个企业所能承担的最佳的社会责任,而从 SR 到 SR′的变动更加吻合

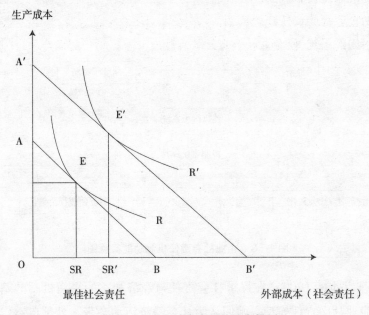

图 1-4　企业社会责任的均衡模型

企业社会责任的概念模型,为企业确实履行社会责任提供了可实施的思路[1]。该模型为企业履行社会责任提供一种可操作性的平台,避免泛泛而谈的道德判断对企业提出过高的要求而影响企业的整体目标;为督促试图逃避社会责任的企业履行应当承担的责任提供一种切实可行的依据。但是该模型仅仅从经济学的角度分析了具有一定能力的企业应该承担社会责任,没有指出企业社会责任的承担战略与策略的具体内容。

　　徐二明、郑平(2006)建立了国际化经营中中国企业社会责任实现的概念模型,他们认为可按照建立总体社会责任价值观、选择进入市场、构造财富创造的生态系统、披露和反馈社会责任信息等方式来指导企业的国际化经营。

————————

　　[1]　万莉、罗怡芬:《企业社会责任的均衡模型》,《中国工业经济》2006 年第 8 期。

在企业国际化经营中,基于企业社会责任运动的执行状况,要求企业主动承担社会责任的趋势将不可逆转,必须将企业社会责任意识及早融入企业国际化经营的各个环节与阶段。企业社会责任,并非是让企业一味地付出责任成本,而不考虑责任收益。在海外扩张过程中,中国企业只有依据全球化的企业社会责任标准来运营,才能在国际市场上具有竞争优势(见图1－5)①。国际化经营中的企业社会责任概念模型,将国际化经营中的企业履行社会责任的流程组成封闭的系统,使企业社会责任的实现成为环环相扣的循环。

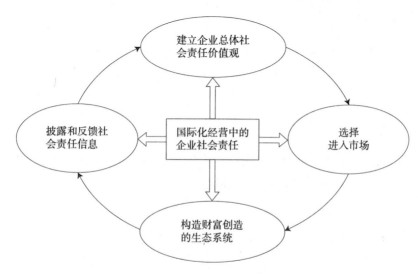

图1－5　国际化经营中的企业社会责任概念模型

吴向党、翟运开(2006)对企业社会责任及其实现机制进行了研究,建立了企业社会责任动因——战略——绩效模型,构建了企业社会责任层次结构,认为企业社会责任的履行具有发展性,并指出中国企业应从企业家精神、制度建设和观念建设3个方面推进社会责任建设②(见图1－6)。该模型将企业承担社会责任的动因作为企业实现社会责任的出发点与社会责任绩效的反馈点,将社会责任实现的整个流程建设成一个封闭的环,但是该模型没有将企业

① 徐二明、郑平:《国际化经营中的企业社会责任概念模型》,《经济与管理研究》2006年第2期。

② 吴向党、翟运开:《企业社会责任及其实现机制研究》,《武汉理工大学学报》2006年第12期。

所处的外部环境对企业承担社会责任的影响置于模型中。

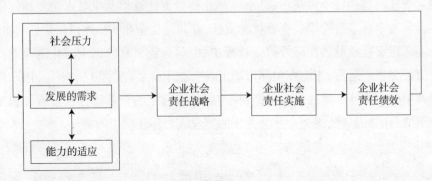

图 1-6　企业社会责任的动因——战略——绩效框架

　　杜漪等人(2006)建立了营销学视角下企业社会责任实现的流程,该模型从实现客户价值的角度建立了实现企业社会责任的流程,并将行业状况和企业自身的能力作为影响企业传递顾客价值的影响因素,通过一个有反馈、可循环的流程,企业完成了企业社会责任价值的创造和实现,达到了企业的目的,从而为企业创造了良好的利益实现环境(见图 1-7)①。

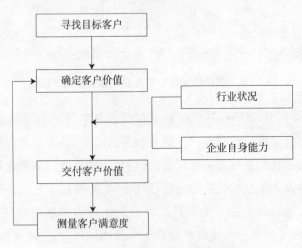

图 1-7　企业社会责任的流程图

---

①　杜漪等:《营销学视角下的企业社会责任流程构建》,《科技管理研究》2007 年第 5 期。

第八节　企业社会责任的信息披露

Namer 和 Abu Baker(1999)认为企业社会责任披露是指那些有助于达成谅解的重要信息、争议以及相关的社会和经济发展问题的解决方案,例如,社会与财富分配、失业、工作安全、保障和培训水平、收支平衡表、地区不平衡、环境污染、能源使用和自然资源消费以及消费者、产品等相关问题。在国际化经营中,企业对公司信息的披露不应仅仅局限于公司经营业绩、清偿能力和财务状况信息的披露,还应该包括企业社会责任信息的披露,发布企业社会责任报告,披露既定时间内所履行的企业社会责任事件内容、实施过程、取得的效果等信息。企业向利益相关者披露社会责任信息,有助于企业就其关心的问题做出更加明智的决策。而且,通过披露企业参与社会和伦理责任事务的程度,能够向国内外公众表现出企业自身的责任价值观,树立良好的企业形象。国际化经营企业披露社会责任信息,是对自身社会责任行为能力和执行情况的总结和反馈,以期进入新的发展阶段。针对企业社会责任执行上的不足,企业应当在新的一轮"社会责任价值观"建立的过程中进行修正,重新树立为社会认可的企业社会责任价值观①。

舒强兴、王红英(2006)认为企业社会责任要求企业在追求经济效益的同时也要兼顾社会利益。为了使企业相关利益者了解企业是否履行了社会责任,企业必须披露有关社会责任信息。中国企业社会责任信息披露还处于初级阶段,缺乏企业社会责任信息披露的意识。因此,在进行企业社会责任信息披露时,应披露能源利用、环境保护、职工利益等方面的内容,并在年报附注中披露社会责任信息,编制企业社会责任白皮书等②。李正(2006)认为对企业社会责任信息披露采用单纯的指标法或者局限于报表附注与报表内披露都是不可取的,应当采用定性信息与定量信息相结合的方法,既包括描述性信息,

---

① Namer, A. and Abu Baker, N. *Empirical Evidence on Corporate Social Responsibility Reporting and Accountability in Developing Countries The Case of Jordan.* Advances in International Accounting, 1999 (12).

② 舒强兴、王红英:《企业社会责任信息披露问题的探讨》,《财经理论与实践》2006 年第 11 期。

又包括货币性、非货币性的定量信息,这样才可以使投资者全面了解企业的社会责任信息①。潘煜双和姚瑞红(2008)以2005—2007年中国制造业上市公司为样本,通过对半年度报告进行内容分析,研究了企业社会责任信息披露情况与企业财务业绩之间的相关性问题。结果表明,财务业绩越好的企业,更倾向于披露社会责任信息。同时在研究中发现,中国企业履行社会责任情况在近两年有了明显改善②。吴翊民(2009)认为企业环境信息披露是企业承担环保责任的一种体现,也是企业环境管理不断走向完善的不竭动力。企业的可持续发展与永续发展,与社会资源、与自然环境都密不可分,这要求企业在考虑环境管理成本与收益的基础上,树立正确的环境价值观,积极推行绿色管理、绿色产品、绿色消费以及绿色审计,切实承担起改善社会环境保护的中坚作用和模范作用③。

企业作为社会经济的主体,当然应该对社会承担一定的责任。企业对承担社会责任的信息予以计量、核算与披露,除了有利于向企业相关利益者提供相关的信息,还可以帮助社会责任信息使用者评价企业经营活动可能产生的社会影响和企业社会责任的履行情况,促使企业目标与社会目标协调一致,改善企业与社会的关系,维护企业的社会形象。

第九节　民营企业社会责任

企业按所有制性质可以简单地分为国有企业和民营企业。不同所有制企业对待社会责任的态度也是明显不同的。国有企业是由国家出资兴建的,所以国有企业要履行政府的部分职能,承担一些政府该做的事情。与国有企业相比,中国民营企业的产权相对比较清晰,利益主体比较明确,企业的内在利益驱动力强烈,追求利润最大化是其主要目的。而且民营企业一般规模较小,资金、实力有限,既没有承担社会责任的主动性和积极性,也没有足够的承担

①　李正:《构建中国企业社会责任信息披露体系研究》,《经济经纬》2006年第6期。
②　潘煜双、姚瑞红:《论企业社会责任与企业财务业绩的关系》,《会计之友》2008年第3期。
③　吴翊民:《企业社会责任与环境信息披露研究》,《上海经济研究》2009年第1期。

社会责任的能力①。

陈旭东、余逊达(2007)对浙江省民营企业社会责任问题进行了抽样调查,结果显示:在浙江省规模以上企业中,民营企业的社会责任意识并不逊于国有企业和外资企业。然而民营企业的社会责任意识仍处于初级阶段,他们对企业法律责任的认同要高于对企业伦理责任和慈善责任的认同。同时,民营企业的社会责任行为并不出于单纯的利他动机,而是具有一定的战略意识,这种意识使企业发展与社会发展在深层次上具有内在的一致性,有利于从企业外部推进企业的社会责任实践和企业的可持续发展②。胡刚(2008)认为中国的体制因素构成了国有企业与民营企业在履行企业社会责任能力上的层次差异,从而在履行社会责任的层次性上也存在着客观差异。对目前还相对不够壮大的民营企业而言,应更多地侧重于强调对基本社会责任的履行。也可以通过不断完善法律制度,将那些原本可能还不是那么清晰,但日益被社会广泛认同的道德观念范畴,纳入法律体系中,使之成为基本社会责任的内容来强制企业履行。但不能跨越企业发展的阶段和规律,对那些本应属于企业自愿的社会责任行为作过多的要求,否则会影响企业的持续健康发展③。刘藏岩(2008)认为中国民营企业普遍存在着较严重的社会责任问题,这既影响中国经济社会协调发展战略目标的实现,也成为企业自身持续成长的瓶颈,因此亟须探索出一套行之有效的系统解决方案。从政府推动、社会推动、法制推动和利益拉动等4个方面建立民营企业社会责任推进机制,以借助机制的长效推力解决民营企业社会责任存在的问题,为政府实现长效管理、民营企业健康发展,提供支持。在民营企业社会责任4个方面的推进机制中,政府推动和法制推动是应急强制推动机制,在民营企业社会责任推进初期应加大推力,以促使民营企业社会责任问题短期内得以解决,完成起始推动后将随着社会推力的逐渐加强和企业内动力彻底激发而逐渐减弱,民营企业社会责任推进机制长效推力将得到进一步释放。此机制的顺利实现将有利于完成政府强监管、企业被动服从到政府弱监管、企业主动实施的过程,实现从"大政府小社会"到

---

① 李双龙:《试析企业社会责任的影响因素》,《经济体制改革》2005年第4期。

② 陈旭东、余逊达:《民营企业社会责任意识的现状与评价》,《浙江大学学报(人文社会科学版)》2007年第3期。

③ 胡刚:《论企业社会责任实现的层次性与阶段性》,《中国经济问题》2008年第8期。

"小政府大社会"的过渡,把为数众多的民营企业送上永续经营的良性运行轨道,顺利实现与国际市场的对接①。周燕、林龙(2004)认为受历史和现实制度环境影响,中国民营企业在慈善捐赠、环境保护、职工福利以及社会信用体系建设等社会责任履行的范围和程度上还存在不少问题,应借鉴国外政府的成功经验,中国政府在制度供给、行为激励和社会环境的创造上,采取积极的措施,为民营企业积极履行社会责任提供保障②。

民营企业作为中国改革开放以来一支飞速发展的力量,为中国经济的发展和人民生活水平的提高做出了巨大贡献。但由于民营企业长期游离于计划体制之外,摆脱了像国有企业那样的计划和行政约束,追求自我利益的机制得以强化,因而在发展过程中出现了忽视乃至损害社会和他人的利益,诸如逃避纳税责任;生产"假冒伪劣"产品,污染环境,克扣员工工资和福利等社会责任缺失现象,这不仅制约了民营企业自身的健康发展,而且给社会带来了一定的负面影响。因此,探讨中国民营企业的社会责任问题具有极其深远的意义。

第十节　企业社会责任、和谐社会与科学发展观

对中国来说,在落实科学发展观,构建社会主义和谐社会的历史进程中,必须充分重视和发挥企业的重要作用。黎友焕(2006)认为,"企业作为社会的重要组成部分,是社会发展的重要推动力,在享用社会资源获取利润的同时肩负着社会责任,企业社会责任在构建和谐社会中发挥着重大的作用:企业履行社会责任是实现财富优化配置的良好途径,是调节社会公平与经济效率的有效杠杆,是维护社会稳定的重要稳压器,还是公共环境和自然环境的保护屏障"③。吕景春(2006)指出,"以己利他"的社会责任是构建和谐劳动关系的现实路径,企业如果能自愿履行或承担起相应的社会责任,尊重劳动者的价值和其他各个利益相关者的正当利益,贯彻"以己利他"的原则,就可以建立长

---

① 刘藏岩:《民营企业社会责任推进机制研究》,《经济经纬》2008年第5期。
② 周燕、林龙:《新形势下中国民营企业的社会责任》,《财经科学》2004年第5期。
③ 黎友焕:《论企业社会责任建设与构建和谐社会》,《西北大学学报(社会科学版)》2006年第5期。

期稳定、和谐双赢,甚至是多赢的劳动关系①。叶敏华(2007)认为企业社会责任已经成为继人才、技术和管理之后的一种新的竞争力,只有勇于承担社会责任的企业,才是人们尊重的企业,才会是基业长青的企业。要构建和谐社会,实施经济社会的可持续发展,中国企业必须走进履行社会责任的时代②。

　　企业是社会的细胞,是市场经济的基本微观主体,离开企业的财富创造功能,也就失去了构建和谐社会的物质基础,而构建和谐社会也有利于企业财富的增长,最终有利于企业所有者。因此,构建和谐社会对企业而言既是责任也是机会。构建社会主义和谐社会,是党中央面对新形势提出的一个新的重大命题。企业承担社会责任有助于企业与社会、环境全面协调、可持续发展,是企业落实科学发展观的必要条件。因此,在构建社会主义和谐社会和落实科学发展观的过程中,企业有不可推卸的责任,同时,企业也将是社会和谐的受益者。

小　结

　　关于企业承担社会责任有两种观点,传统的经济学观点认为企业决策完全理性,企业只需对股东负责,不必承担社会责任;现代经济学观点认为企业除赚取利润外,更应该为各有关利益群体履行相关的社会责任。企业是社会的组成部分,与社会建立和谐融洽的相互关系是企业的一项重要社会责任。因此,企业有责任与居民、政府、公共团体等方面建立良好的关系,共同维护良好的社会环境;有责任通过自身事业的发展,为社会提供更多更好的就业机会,繁荣社会经济生活;有责任根据自己的条件和可能,积极关心和支持文化、福利事业,关心和主动赞助慈善事业,关心和参与公益活动等;还有责任通过建设优秀的企业文化带动社会形成良好的社会风气,促进社会精神文明建设。社会不仅要求企业实现经济的使命,而且期望企业能够尊法度、重伦理、行公益。因此,完整的企业社会责任,应当包括企业的经济责任、法律责任、伦理责任和慈善责任。

---

① 吕景春:《企业社会责任运动与和谐劳动关系的构建》,《经济学动态》2006 年第 8 期。
② 叶敏华:《企业社会责任与可持续发展研究》,《上海经济研究》2007 年第 11 期。

　　企业改善社会责任绩效的意愿是由制度、道德、经济等因素共同驱动的,但经济动因才是最根本的内在动因。当利益相关者的压力可以通过有效的机制转化为消费者的货币选票,进而成为企业提高社会责任绩效的内在动因,最终使得那些重视社会责任的企业得到社会大众的"褒奖",而不重视社会责任的企业遭到社会公众的抵制并给自身带来巨大的损失时,企业才会自觉采取社会责任行动。市场的经济子系统是促进企业承担社会责任的压力源泉,而制度、法律和政府行政干预是企业社会责任实现的保障,缺乏这些保障,消费者参与社会责任运动就会失去依据;监督反馈和道德约束是企业社会责任实现的控制力量,没有充分及时的信息传递,消费者、股东等企业利益相关者参与社会责任运动就会失去方向;企业是社会责任最终的承担者,只有在各个子系统的相互作用下,才能使其在满足利益相关者需求的基础上追求利润(蔡宁、李建升、李巍,2008)①。

　　强化社会责任是企业提高竞争力和实现可持续发展的有效途径。面对全球化的浪潮,中国企业在积极参与全球生产体系的同时,必须遵守国际准则和全球协定。可以说,企业社会责任问题已经同国际贸易问题紧密地交织在一起,成为中国企业进入世界市场的必要环节。为了既能承担企业的社会责任,又能促进企业发展,中国企业在承担社会责任时必须把握好以下两点:第一,承担社会责任并非只是一种负担,只要把握和利用好,完全可以转化为一种企业发展的机会;第二,承担什么社会责任、怎么去承担和该承担多少的问题要把握好,要把承担社会责任作为企业经营管理战略的重要内容来规划。要把承担社会责任的成本变成对提高企业竞争力和可持续发展的投资,而且要争取这种投资的效益最大化。

参考文献

　　[1] [美]彼得·德鲁克:《管理:使命、责任、实务》,机械工业出版社2006年版。

　　[2] Epstein, M. J. & Roy, M. J.. *Sustainability in Action: Identifying and*

---

　　① 蔡宁、李建升、李巍:《实现企业社会责任:机制构建及其作用分析》,《浙江大学学报(人文社会科学版)》2008年第4期。

Measuring the Key Performance Drivers. Long Range Planning, 2001, 34(5).

［3］Gray, E. R. & Balmer, J. M. T.. *Managing Corporate Image and Corporate Reputation.* Long Range Planning, 1998, 31(5).

［4］Heal, G.. *Corporate Social Responsibility: An Economic and Financial Framework.* The Geneva Papers on Risk and Insurance Issues and Practice, 2005, 30(3).

［5］Juscius, V.. *Corporate Social Responsibility and Sustainable Development.* ABI/INFORM Global, 2007,(44).

［6］Kong, N., Salzmann, O., Steger, U. & Llonescu-Somers, A.. *Moving Business/Industry Towards Sustainable Consumption: The Role of NGOs.* European Management Journal, 2002, (20).

［7］Michael E. Porter, Mark R. K.. *The Competitive Advantage of Corporate Philanthropy.* Harvard Business Review, December, 2002: 5.

［8］Moskowitz, M. R.. *Choosing society Responsible Stocks.* Business and Society Review, 1972,(1): 71 –75.

［9］Namer, A. and Abu Baker, N.. *Empirical Evidence on Corporate Social Responsibility Reporting and Accountability in Developing Countries: The Case of Jordan.* Advances in International Accounting, 1999 (12).

［10］Weber, M.. *The Business Case for Corporate Social Responsibility: A Company- level Measurement Approachfor CSR.* European Management Journal, 2008, (10).

［11］Webster, Frederick E., Jr.. *Determining the Characteristics of the Socially Conscious Consumer.* Journal of Consumer Research, 1975, 2 (December).

［12］Wood, D. J. & Jones, R. E.. *Stakeholder Mismatching: A Theoretical Problem in Empirical Research on Corporate Social Performance.* International Journal of Organization Analysis, 1995, 3(3).

［13］蔡宁、李建升、李巍:《实现企业社会责任:机制构建及其作用分析》,《浙江大学学报(人文社会科学版)》2008 年第 4 期。

［14］陈留彬:《中国企业社会责任评价实证研究》,《山东社会科学》2007年第 11 期。

[15] 陈旭东、余逊达:《民营企业社会责任意识的现状与评价》,《浙江大学学报(人文社会科学版)》2007年第3期。

[16] 陈迅、韩亚琴:《企业社会责任分级模型及其应用》,《中国工业经济》2005年第9期。

[17] 杜漪等:《营销学视角下的企业社会责任流程构建》,《科技管理研究》2007年第5期。

[18] 杜中臣:《企业的社会责任及其实现方式》,《中国人民大学学报》2005年第4期。

[19] 段从清、丁琳:《企业社会责任的评价维度及其强化措施分析》,《中南财经政法大学学报》2008年第6期。

[20] 冯小宇:《企业社会责任与竞争力研究》,首都经济贸易大学博士学位论文(2008年)。

[21] 高敬忠、周晓苏:《经营业绩、终极控制人性质与企业社会责任履行度》,《财经论丛》2008年第6期。

[22] 侯仕军:《企业社会责任管理的一个整合性框架》,《经济管理》2009年第3期。

[23] 胡刚:《论企业社会责任实现的层次性与阶段性》,《中国经济问题》2008年第8期。

[24] 姜启军、贺卫:《企业社会责任的战略选择与民营企业的可持续发展》,《商业经济与管理》2005年第11期。

[25] 姜万军、杨东宁、周长辉:《中国民营企业社会责任评价体系初探》,《统计研究》2006年第7期。

[26] 金立印:《企业社会责任运动测评指标体系实证研究》,《中国工业经济》2006年第6期。

[27] 鞠芳辉、谢子远、宝贡敏:《企业社会责任的实现——基于消费者选择的分析》,《中国工业经济》2005年第9期。

[28] 黎友焕、龚成威:《环境规制下的国外企业社会责任运动及启示》,《世界环境》2008年第3期。

[29] 黎友焕、龚成威:《基于外部性的企业社会责任福利分析》,《西安电子科技大学学报(社会科学版)》2008年第6期。

［30］黎友焕:《论企业社会责任建设与构建和谐社会》,《西北大学学报（社会科学版）》2006 年第 5 期。

［31］黎友焕:《企业社会责任研究》,西北大学博士论文（2007 年）。

［32］黎友焕:《企业社会责任理论呼唤实际——加强企业社会责任理论研究的紧迫性和重要性》,《亚太经济时报》2007 年 1 月 11 日。

［33］黎友焕:《企业、政府、社会之间的良性互动——企业社会责任与可持续发展》,《广州日报》2007 年 2 月 12 日。

［34］黎友焕:《企业社会责任与可持续发展》,《威海日报》2007 年 3 月 13 日。

［35］黎友焕、叶祥松:《谈企业社会责任理论在我国的发展》,《商业时代》2007 年第 7 期。

［36］黎友焕:《企业社会责任——经济全球化趋势》,《广东培正学院学报》2007 年第 2 期。

［37］黎友焕、赵景锋:《基于社会责任的企业发展方式变革》,《商业时代》2007 年第 9 期。

［38］叶祥松、黎友焕:《国外企业社会责任研究综述》,《经济学动态》2007 年第 5 期。

［39］黎友焕、叶祥松:《企业社会责任与竞争力之辩》,《中国冶金报》2008 年 4 月 1 日。

［40］黎友焕、杜彬:《国内 SA8000 研究综述》,《中外食品》2008 年第 11 期。

［41］黎友焕、王星:《2008 年 APEC 峰会与中国企业社会责任》,《中国贸易报》2008 年 12 月 4 日。

［42］黎友焕、龚成威:《企业社会责任理论研究新进展》,《西安电子科技大学学报（社会科学版）》2009 年第 1 期。

［43］黎友焕、郭文美:《基于企业社会责任理念的审计工作新思路》,《中国审计》2009 年第 16 期。

［44］黎友焕:《中国企业社会责任的发展与困惑》,《中国贸易报》2009 年 11 月 11 日。

［45］黎友焕:《黎友焕谈企业社会责任》,香港社会科学出版社 2008

年版。

[46] 黎友焕:《广东省企业社会责任研究会 2008 年会工作报告》,《企业社会责任》2009 年第 1 期。

[47] 李海芹、张子刚:《消费者企业社会责任认知与企业营销对策》,《工业技术经济》2008 年第 11 期。

[48] 李纪明:《资源观视角下企业社会责任与企业绩效研究》,浙江工商大学博士学位论文(2009 年)。

[49] 李建升、林巧燕:《企业社会责任财务绩效运作机理及其适应性》,《改革》2007 年第 12 期。

[50] 李立清:《企业社会责任评价理论与实证研究:以湖南省为例》,《南方经济》2006 年第 1 期。

[51] 李双龙:《试析企业社会责任的影响因素》,《经济体制改革》2005 年第 4 期。

[52] 李正:《构建中国企业社会责任信息披露体系研究》,《经济经纬》2006 年第 6 期。

[53] 李正:《企业社会责任与企业价值的相关性研究》,《中国工业经济》2006 年第 2 期。

[54] 林巧燕、吴静静:《企业社会责任承担对员工行为的影响》,《统计与决策》2009 年第 14 期。

[55] 刘斌、王杏芬、李嘉:《实施企业社会责任创新战略的模型分析》,《科技进步与对策》2007 年第 24 期。

[56] 刘藏岩:《民营企业社会责任推进机制研究》,《经济经纬》2008 年第 5 期。

[57] 卢代富:《国外企业社会责任界说述评》,《现代法学》2001 年第 3 期。

[58] 吕景春:《企业社会责任运动与和谐劳动关系的构建》,《经济学动态》2006 年第 8 期。

[59] 缪朝炜、伍晓奕:《基于企业社会责任的绿色供应链管理》,《经济管理》2009 年第 2 期。

[60] 潘煜双、姚瑞红:《论企业社会责任与企业财务业绩的关系》,《会计

之友》2008 年第 3 期。

［61］舒强兴、王红英:《企业社会责任信息披露问题的探讨》,《财经理论与实践》2006 年第 11 期。

［62］唐飞、韵江:《企业社会责任管理体系: 认同与行为》,《财经问题研究》2008 年第 5 期。

［63］田志伟、葛遵峰:《企业社会责任的竞争优势观》,《贵州社会科学》2007 年第 11 期。

［64］万莉、罗怡芬:《企业社会责任的均衡模型》,《中国工业经济》2006 年第 8 期。

［65］王海花:《消费者视角下企业社会责任实现模型研究》,山东大学硕士学位论文(2008 年)。

［66］王文、张文隆:《企业可持续发展研究:基于企业社会责任的视角》,《科学学与科学技术管理》2009 年第 9 期。

［67］王正军、王晓霞:《企业社会责任与绩效相关性的博弈分析》,《经济经纬》2009 年第 4 期。

［68］文革、史本山、张权林:《中国家族企业社会责任与可持续发展的系统基模分析》,《软科学》2009 年第 7 期。

［69］吴树畅:《论企业社会责任:一种可持续增长的价值观》,《南京财经大学学报》2008 年第 11 期。

［70］吴向党、翟运开:《企业社会责任及其实现机制研究》,《武汉理工大学学报》2006 年第 12 期。

［71］吴翊民:《企业社会责任与环境信息披露研究》,《上海经济研究》2009 年第 1 期。

［72］辛杰:《基于利益相关者的企业社会责任指标与表现评价》,《山东社会科学》2008 年第 11 期。

［73］徐二明、郑平:《国际化经营中的企业社会责任概念模型》,《经济与管理研究》2006 年第 2 期。

［74］徐尚昆、杨汝岱:《企业社会责任概念范畴的归纳性分析》,《中国工业经济》2007 年第 5 期。

［75］叶敏华:《企业社会责任与可持续发展研究》,《上海经济研究》2007

年第 11 期。

[76] 易开刚:《企业社会责任管理新理念:从社会责任到社会资本》,《经济理论与经济管理》2007 年第 11 期。

[77] 周延风、罗文恩、肖文建:《企业社会责任行为与消费者响应》,《中国工业经济》2007 年第 3 期。

[78] 周燕、林龙:《新形势下中国民营企业的社会责任》,《财经科学》2004 年第 5 期。

[79] 周祖城、张漪杰:《企业社会责任相对水平与消费者购买意向关系的实证研究》,《中国工业经济》2007 年第 9 期。

[80] 朱贵平:《关于企业社会责任运动的科学发展观透视》,《经济问题》2005 年第 7 期。

[81] 朱文敏、陈小愚:《企业社会责任:企业战略性公关的基点》,《当代财经》2004 年第 8 期。

[82] 朱永明:《企业社会责任评价体系研究》,《经济经纬》2008 年第 5 期。

第二章　中国企业社会责任建设实践研究

　　摘要：本章首先从企业的经济责任、伦理责任、慈善责任和环境责任4个维度列举了中国企业社会责任建设的成就和问题，然后分析了中国企业社会责任问题存在的原因，最后从政府、社会和企业3个层面深入研究了强化中国企业社会责任建设的路径。

　　关键词：企业社会责任、经济责任、伦理责任、慈善责任、环境责任

　　Abstract：In this chapter, we analyze the CSR from the economic responsibility, the ethical responsibility, the charity responsibility and environmental responsibility. Secondly, we analyze the reasons of problem; at last, we give some suggestions to build China's CSR from the three dimensions of government, society and enterprises.

　　Key Words：corporate social responsibility; economic responsibility; ethical responsibility; charity responsibility; environmental responsibility

　　20世纪90年代以来，政府通过实施"抓大放小"的战略，行业集中度逐步提高，形成了一批有带动力、影响力的大企业集团，有力地促进了中国工业企业组织结构的优化。据全国第一次经济普查统计，到2004年底，中国小型工业企业共有135万户，占全部工业企业总户数的98%；从业人员达到5796万人，占全部工业企业从业人员的62.3%；全年营业收入达到84304亿元，占全部工业收入的38.6%。企业规模不断扩大，一批实力雄厚的大型企业茁壮成长。到2007年底，中国工业企业集团已达1833个，拥有资产196341亿元，占全部规模以上工业企业资产的55.6%；实现主营业务收入156127亿元，占全部规模以上工业业务收入的39.1%。到2008年，大型工业企业集团拥有资产162475亿元，占规模以上工业企业总资产的55.8%；实现营业收入128283

亿元,占规模以上工业企业的 40.9%;实现利润总额 9127 亿元,占规模以上工业企业的 46.8%。① 大中小型工业企业合理分工,优势互补,协调发展的企业组织结构体系逐步形成。

为了适应社会主义市场经济体制的转型、社会结构的变迁,中国企业也在不断加快转型与改革步伐。一些企业着力于深化企业制度改革,致力于建立现代企业制度;一些企业致力于优化经济结构,壮大经济实力,提升经济总量;还有一些企业在注重经济效益提高的同时越来越注重企业社会责任体系论证以及企业社会责任构建,履行企业法律责任、伦理责任,努力把企业塑造成良好的社会公民。与此同时,以企业发展为标志的经济高速增长与快速发展日益面临着产品质量下降、食品安全、员工生产安全与福利保障、消费者权益保护、环境污染、资源枯竭、能源浪费等问题。企业的发展扩大、人均 GDP 的增长并没有给人类的幸福带来革命性变革,相反给整个人类带来了新的困惑。2008—2009 年,以"三鹿奶粉"为代表的食品安全、以山西小煤窑为代表的员工安全、以"血铅中毒"为代表的环境安全等让企业社会责任再次成为热点话题。在我国经济社会繁荣发展时期,企业社会责任缺失事件时有发生,中国企业社会责任整体水平低下,使我们深切地反思我们需要怎样的企业责任与社会规范,企业需要怎样的经济增长方式、发展模式? 为此,我们应当了解处于社会转型时期的中国企业在履行社会责任中取得了哪些成就,存在着什么样的问题,产生这些问题的原因是什么,以及中国企业应该如何重构当代企业的社会责任。

第一节　中国企业社会责任建设的主要成就

一、企业经济责任的成就

本章的分析结构是根据黎友焕(2007)②提出的三层次四核心企业社会责任理论模型展开。企业的经济责任是指企业在为投资者、员工和国家等利益相关者带来经济效益的同时,还应该构筑本身可持续发展的经济基础。现阶

---

① 国家统计局网站:http://www.stats.gov.cn/was40/gjtjj_outline.jsp。
② 黎友焕:《企业社会责任研究》,西北大学博士论文(2007 年)。

段中国企业在经济责任建设方面取得了一定的成就,主要表现在以下方面:

第一,积累了大量的社会财富。企业提供了大量高质量的产品和服务,创造了大量利润,不断地满足人们日益增长的需求,为国家创造了大量社会财富,有力地促进了中国经济的持续、快速发展。新中国成立60年以来,中国的GDP以年均8.1%的速度增长,而1961—2008年世界年平均增长速度只有3.6%,中国GDP的年均增长率快于同期世界经济增速4.5个百分点;1952年,中国的GDP只有679亿元,到1978年增加到3645亿元,到2008年达到了300670亿元,经济总量增加77倍,2008年一天创造的财富量就超过了1952年一年的总量;根据世界银行的资料,中国2008年的GDP为38600亿美元,相当于美国的27.2%,日本的78.6%;1952年,中国的经济总量占世界经济总量的比重很小,1978年才达到1.8%,而2008年为6.4%,位居美国和日本之后,居世界第3位;人均GDP由1952年的119元上升到1978年的381元后,到2008年迅速提高到22698元,扣除价格因素,2008年比1952年增长32.4倍,年均增长6.5%,其中1979—2008年年均增长8.6%(见图2-1和图2-2)。对于中国这样一个经济发展起点低、人口基数庞大的国家,在60年之内能够取得这样的进步,是一个了不起的成绩。①

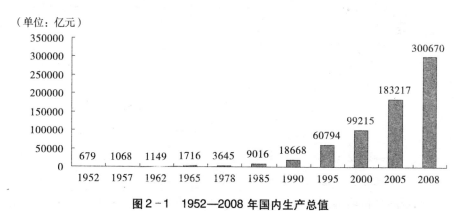

（单位：亿元）

图2-1　1952—2008年国内生产总值

第二,贡献了大量的税收。企业通过合法经营,依法纳税来承担起社会责

---

① 中国国际电子商务网:新中国成立60年GDP超过30万亿,经济总量增加77倍:http://news.ec.com.cn/channel/print.shtml? /zxztxw/200909/920022_1。

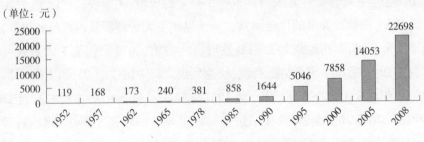

图2-2　1952—2008年人均国内生产总值

任。国家税收的大部分来自企业纳税,企业税收对中国经济的持续稳定发展做出了巨大贡献。2008全年税收收入为57862亿元,比2007年增加8413亿元,增长17.0%(见图2-3和图2-4)。

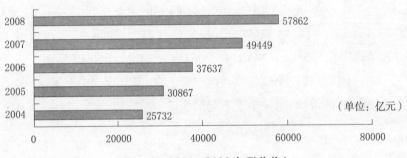

图2-3　2004—2008年税收收入

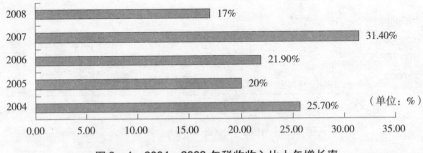

图2-4　2004—2008年税收收入比上年增长率

第三,创造了大量的就业机会。在经济转型的关键时期,中国面临着巨大的就业压力。而企业通过发展创造大量的就业机会,缓解了就业压力,为维护中国社会的安定和发展,做出了重要贡献。2008年末全国就业人员77480万人,比2007年末增加490万人。其中,第一产业就业人员30654万人,占全国就业人员的39.6%;第二产业21109万人,占27.2%;第三产业25717万人,占33.2%。2008年末城镇就业人员30210万人,比2007年末净增加860万人。其中,城镇单位就业人员12193万人,比2007年末增加169万人。在城镇单位就业人员中,在岗职工11515万人,比2007年末增加88万人。2008年末全国农民工总量为22542万人,其中外出农民工数量为14041万人(见图2-5、图2-6和图2-7)①。

图2-5　近五年全国就业和城镇就业人数　　图2-6　近五年城镇新增就业人数

第四,能源节约成效显著。改革开放30年来,中国能源消费以年均5.2%的增长支持了国民经济年均9.8%的增长。万元GDP能源消耗由1980年的3.39吨标准煤下降到2008年的1.10吨标准煤,按可比价格计算,年均节能率3.22%②。2006—2008年,全国共关停小火电机组3421万千瓦,淘汰落后炼铁产能6059万吨、炼钢产能4347万吨、水泥产能1.4亿吨。主要用能产品单位能耗逐步降低、余热余能利用能力不断提高、能源消费结构更加合理、能源利用效率不断提高,单位GDP能耗逐年下降,2006年降低1.79%,2007年降低4.04%,2008年降低4.59%。2008年与2005年相比,年耗能1

---

① 数据来源:2008年度人力资源和社会保障事业发展统计公报。
② 科技部网站:http://www.most.gov.cn/sytt/200709/t20070912_56469.htm。

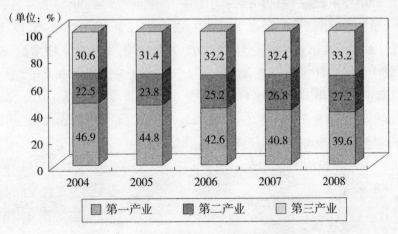

图2-7　近五年全国就业人员产业构成情况

万吨以上的重点耗能企业中,炼焦工序能耗降低 32.1% ;原油加工单位综合能耗降低 22.9% ,烧碱、纯碱、乙烯单位生产综合能耗分别降低 19.1%、4.9%、5.4% ,合成氨单位综合能耗降低 9.0% ,水泥、平板玻璃综合能耗分别降低 13.0%、20.8% ,吨钢综合能耗降低 6.9% ,铜、铝、锌冶炼综合能耗分别降低 27.4%、9.7%、16.3% ,火力发电煤耗降低 6.6%。钢、水泥、大型合成氨等产品的综合能耗及供电煤耗与国际先进水平的差距已大大缩小。能源加工转换效率提高,2008 年各种能源加工转换的总效率提高 0.82 个百分点。余热余能利用能力不断提高、能源回收利用成效显著,2008 年,重点耗能企业能源回收利用能量 7176 万吨标准煤,回收利用率为 2.03% ,其中黑色金属冶炼及压延加工业回收利用率为 10.66% ,回收利用能量 6230 万吨标准煤。①

二、企业伦理责任的成就

所谓企业伦理责任,即企业作为伦理实体对社会生活中应承担的伦理道德方面的责任,其核心在于企业的行为与支配行为的观念(如企业文化)应有利于社会的进步,具体来说包括人本伦理责任和公共伦理责任两个层次。企业的人本伦理责任是指企业要以人为本,关心人权,对员工始终保持不变的尊

---

① 中央政府门户网站:http://www.gov.cn/jrzg/2009 - 10/03/content_1432150.htm。

重,以形成良好的企业内部伦理氛围。公共伦理责任是指企业在社会公共生活中,在处理与企业外部利益相关者之间的关系时要公平合理、公开坦诚、负责守信、相互尊重,以形成良好的企业外部环境,确保企业在市场经济大潮中游刃有余,稳定发展①(李秋华,2007)。根据利益相关者理论,企业职工是企业最重要的利益相关者之一,切实维护职工权益是企业重要的社会责任。2008 全年全国城镇单位在岗职工平均工资为 29229 元,比上年增长 17.2%,扣除物价因素,实际增长 11.0%。国有单位在岗职工年平均工资为 31005 元,城镇集体单位为 18338 元,其他单位为 28387 元。全国城镇单位在岗职工日平均工资为 111.99 元,比上年增加 12.68 元②。企业退休人员基本养老金待遇提高,且全部按时足额发放。2008 年末纳入社区管理的企业退休人员共 3461 万人,占企业退休人员总数的 73.2%,比 2007 年末提高 2 个百分点。2008 年末全国有 3.3 万户企业建立了企业年金,缴费职工人数为 1038 万人。年末企业年金基金累计结存 1911 亿元③。2009 年 1 至 9 月全国按时足额发放企业离退休人员基本养老金 5815 亿元,同比增长 16.4%。9 月底,全国失业保险金领取人数 248.4 万人,失业保险基金支出 219.1 亿元,同比增长 31%;医疗、工伤和生育保险待遇做到按规定支付,1 至 9 月全国共支付 3 项社会保险待遇 2084 亿元,同比增长 29.9%。

三、企业慈善责任的成就

慈善责任就是企业对社会福利、公益事业的道德义务。如果说承担经济责任和法律责任是企业的基本责任,那么为公益事业多作贡献则是更高层次的责任。这一责任是以高于法律的标准对企业所作的要求,其履行尽管受到国家和社会的肯定和褒扬,但又以企业的自愿为前提,受到企业自身经济能力的制约,因而它也可以称作企业的道德义务。

中国慈善排行榜由中国社会工作协会主办,民政部、中央综治办、中华全

---

① 李秋华:《和谐社会视野下的企业伦理责任研究》,《浙江社会科学》2007 年第 5 期。
② 国家统计局综合司:《2008 年度人力资源和社会保障事业发展统计公报》,国家统计局网:"http://www.stats.gov.cn/tjgb/qttjgb/qgqttjgb/t20090519_402559984.htm"。
③ 国家统计局综合司:《2008 年度人力资源和社会保障事业发展统计公报》,国家统计局网:"http://www.stats.gov.cn/tjgb/qttjgb/qgqttjgb/t20090519_402559984.htm"。

国总工会、共青团中央、中华全国妇女联合会指导,自 2004 年开始每年发布一次。排行榜设"中国慈善家排行榜"和"企业捐赠排行榜"两个榜单,入榜条件均是年度捐赠 100 万元(含 100 万元)以上。2008 中国慈善排行榜入榜慈善家 149 位,共计捐赠 16.5 亿元;入榜慈善企业 325 家,共计捐赠 54.9 亿元(以上均不含物品捐赠)。江苏黄埔再生资源利用有限公司董事长陈光标以 1.81 亿元的年度捐赠获得"中国首善"称号,其近年累计捐赠款物 5.13 亿元。黄如论、黄涛父子,王健林等 10 人被评为"2008 十大慈善家"。腾讯科技(深圳)有限公司等 10 家企业被评为"2008 十大慈善企业"(见表 2-1、表 2-2)。"2009 中国慈善排行榜"入榜慈善家 121 位,共计捐赠 18.84 亿元;入榜慈善企业 899 家,共计捐赠 117.95 亿元(含物品捐赠)。继 2008 年获得"中国首

表 2-1　2008 中国慈善家排行榜

排名	姓名	2007 年捐赠总额(万元)	捐赠方向	5 年累计捐赠总额(万元)	单位	职务
1	陈光标	18100	社会救助、助学	47500	江苏黄埔再生资源利用有限公司	董事长
2	刘沧龙	14891.78	助学、社会救助、公益	35637.62	四川宏达集团	董事局主席
3	黄如论	10307	医疗、文物保护、救灾		世纪金源集团	董事局主席
4	王健林	9431	扶贫、救灾、社会公益	17144	大连万达集团股份有限公司	董事长
5	朱敏、徐郁清	7665.2	教育		赛伯乐中国创业投资管理有限公司	董事长
6	董才平	6000	教育	11900	中天钢铁集团有限公司	董事长
7	黄少康、叶志如夫妇	4861	医疗		深圳市百利宏投资控股有限公司	董事长
8	王振滔	4799.3	社会公益	10500	奥康集团有限公司	董事长兼总裁
9	李金元	4200	救助		天狮集团	总裁
10	袁熙坤	3945.88	文化		金台艺术馆	馆长

数据来源:http://gongyi.sina.com.cn 2008 年 4 月 28 日 16:02。

善"称号后,江苏黄埔再生资源利用有限公司董事长陈光标(捐款21000万)今年获得中国慈善排行榜新设立奖项"最具号召力的中国慈善家"称号,世纪金源集团黄如论、黄涛父子因现金捐赠第1名而获得"中国首善"(捐款27393.3万)称号,四川宏达集团董事长刘沧龙的企业在地震期间遭受重创,但仍在第一时间捐资支援灾区,获得"2009慈善特别贡献奖"(见表2-3和表2-4)。

表2-2　2008中国慈善企业排行榜

排名	公司名称	2007年捐赠总额(万元)	捐赠方向	所在行业
1	中国石油天然气集团公司	100000	抗灾	能源
2	香港恒基兆业集团	94173.5	教育	房地产
3	碧桂园集团	31722	扶贫、社会公益	房地产
4	富士康科技集团	19598	社会公益	电子
5	国家电网公司	17400	抗灾、社会公益	电力
6	四川汉龙(集团)有限公司	12730	社会公益	能源
7	中国远洋运输(集团)总公司	12200	扶贫	房地产
8	四川通威集团	11510	社会公益	饲料工业
9	中天建设集团有限公司	10400	社会公益	建筑
10	中国平安保险(集团)股份有限公司	9881	助学、教育	保险

表2-3　2009中国慈善家排行榜

排名	姓名	2008年捐赠金额(万元)	单位	职务
1	李爱君	13800	深圳航空城实业有限公司	董事长
2	李清友	7498.50	中泰华威国际投资有限公司	董事长
3	李兆会	6079	海鑫钢铁集团	董事长
4	匡俊英	5361	万国经典书城	总经理
5	孙荫环	4459.2	亿达集团有限公司	董事长
6	杨受成	3122.70	香港英皇集团	主席
7	陈逢干	1179	大榆树沟煤炭产销有限公司	董事长
8	杨勋	1000	真维斯	董事长
9	杨卓舒	708	卓达集团	董事长
10	王秋杨	701	北京金典投资集团	执行董事

表 2 - 4　2009 中国慈善企业排行榜

	公司名称	2008 年捐赠金额(万元)
1	加多宝集团	10000
2	中国人寿	7600
3	顶新国际集团	7000
4	元恒源祥	5443.08
5	强生(中国)	3526.89
6	深圳市月朗科技有限公司	2069.9
7	河北前进钢铁集团有限公司	1676.79
8	湖南浏阳河酒业有限公司	1124
9	TCL 公司	1000
10	元晶龙实业集团有限公司	554.94

四、企业环境责任的成就

美国著名的经济伦理学家乔治·恩德勒(Georges Enderle,2006)提出:企业社会责任包括三个方面:经济责任、政治责任和文化责任以及环境责任。其中环境责任主要是指"致力于可持续发展——消耗较少的自然资源,让环境承受较少的废弃物"。环境、资源的保护与合理利用不仅关系到当代人类的切身利益,而且关系到子孙后代的生存和发展,是实现人类社会可持续发展的前提和关键。作为对环境和资源的直接影响者,企业从投入到产出的整个生产经营过程,有责任将任何形式的环境污染和资源浪费减少到最低限度。企业有责任治理、消除自身造成的污染;有责任美化生产经营环境;有责任结合自身生产经营特点就环保问题开发新产品,比如资源节约型产品,稀有资源替代型产品,污染治理型产品等;有责任结合自身经营活动参与社会环保公益事业。在 1972 年中国参加了联合国人类环境会议,经过 30 多年的不懈努力,中国的环保事业从小到大、蓬勃发展,在经济高速增长,人口不断增加的背景下,基本避免了环境质量急剧恶化的趋势,促进了中国经济社会的可持续发展。改革开放以来,中国累计节约能源约 13.8 亿吨标准煤,减少二氧化碳排放约 31 亿吨。30 年间,中国以年均 5.5% 的能源消费增长支持了 9.8% 的经济增长。全国单位 GDP 能耗逐年降低,2006 年下降 1.79%,2007 年下降 4.04%,

2008 年下降 4.59%,近 3 年累计下降 10.1%;节能 3 亿吨标准煤,相当于减排二氧化碳 7.5 亿吨①(见图 2-8)。

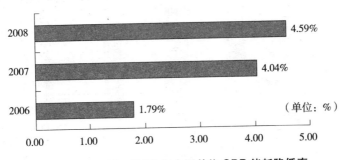

图 2-8　2006—2008 年中国单位 GDP 能耗降低率

中国多数污染严重的老企业特别是大中型企业采取利用资源和能源综合处理、加强污染治理工程建设,减轻了对环境的污染,收到了比较明显的效果。2008 年全国工业废水排放达标率为 92.4%,比 2001 年提高了 7.2 个百分点;工业二氧化硫排放达标率 88.8%,提高了 27.5 个百分点;工业烟尘排放达标率为 89.6%,提高了 22.3 个百分点;工业粉尘排放达标率为 89.3%,提高了 39.1 个百分点;工业固体废物综合利用率为 64.3%,提高了 12.2 个百分点;"三废"综合利用也取得了较高的经济效益,"三废"综合利用产品产值达到 1621.4 亿元,提高 3.7 倍。主要污染物排放总量得到控制。2007 年,全国化学需氧量排放量 1381.8 万吨,比上年下降 3.2%;二氧化硫排放量 2468.1 万吨,比上年下降 4.7%。与 2005 年相比,化学需氧量和二氧化硫排放量分别下降 2.3%、3.2%,实现了两项污染物排放总量"双下降"。2008 年,全国化学需氧量排放总量 1320.7 万吨,比 2007 年下降 4.42%;二氧化硫排放总量 2321.2 万吨,比 2007 年下降 5.95%。与 2005 年相比,化学需氧量和二氧化硫排放总量分别下降 6.61% 和 8.95%,不仅继续保持了双下降的良好态势,而且实现了目标要求的任务完成进度,为全面完成"十一五"减排目标打下了坚实的基础②。2009 年上半年全国化学需氧量排放总量 657.6 万吨,与 2008 年同期相比下降 2.46%;二氧化硫排放总量 1147.8 万吨,与 2008 年同期相比

---

① 凤凰财经:http://finance.ifeng.com/roll/20090827/1153931.shtml。

② 数据来源:《2008 年全国环境统计公报》(2009 年 9 月)。

下降5.40%,污染减排继续保持双下降的良好态势(见图2-9和表2-5)。

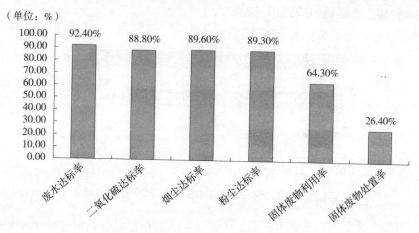

图2-9　2008年"三废治理效率"情况

表2-5　"三废"治理效率情况

（单位:%）

指标	2001	2002	2003	2004	2005	2006	2007	2008
工业废水排放达标率	85.2	88.3	89.2	90.7	91.2	90.7	91.7	92.4
工业二氧化硫排放达标率	61.3	70.2	69.1	75.6	79.4	81.9	86.3	88.8
工业烟尘排放达标率	67.3	75.0	78.5	80.2	82.9	87.0	88.2	89.6
工业粉尘排放达标率	50.2	61.7	54.5	71.1	75.1	82.9	88.1	89.3
工业固体废物综合利用率	52.1	51.9	54.8	55.7	56.1	60.2	62.1	64.3
工业固体废物处置率	15.7	17.1	17.5	22.1	23.2	27.4	23.4	26.4
"三废"综合利用产品产值	344.6	385.6	441.0	573.3	755.5	1026.8	1351.3	1621.4

第二节　中国企业社会责任建设的主要问题

一、企业经济责任的问题

近年来,中国企业在转变传统增长方式方面取得了很大的进步,但结构性矛盾依然尖锐,增长方式远未实现全局性、根本性的转变,外延粗放型特征依然十分明显。受这种增长模式的影响,企业较少考虑环境保护,将利润建立在破坏和污染环境的基础之上,导致经济、自然与环境之间产生大量的不和谐,主要表现为:能源和资源消耗高、产出效率比较低。改革开放 30 年来,GDP 增长率年均为 9.5%;在大部分时期,投资在 GDP 中的比重大于 40%;2001 年为 50.1%,2003 年为 63.7%,2007 年为 40.9%(见图 2 – 10)。中国经济结构中的主导产业一直是重工业。在 1985 年,重工业比重占国内工业总产值的 55%,1990 年降到 50%,2000 年回升到 60%,2005 年高达 69%。在经济增长和城市化进程引起的大规模基础设施投资的推动下,重工业,尤其是高耗能产业在近几年经历了快速的发展。2006 年中国 GDP 占世界总量的 5.5% 左右,但是,钢材消费量达到 3.88 亿吨,大约占世界钢材消耗的 30%。水泥消耗达到 12.4 亿吨,大约占世界水泥消耗量的 54%。[①] 世界上没有哪一个国家能为中国生产这么多的钢材和水泥。因此,只要中国快速成为中等收入国家的愿望不变,重工化和高耗能产业,也就是能源消费的高增长不可避免。

（单位：%）

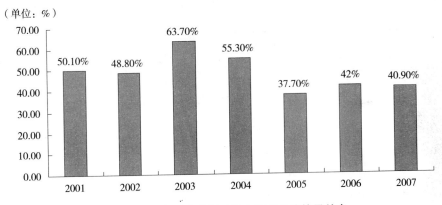

图 2 – 10 资本形成总额对国内生产总值的贡献率

中国能源问题的特点是人口基数大,人均能源消费量低,能源需求增长快且增长潜力很大。从根本上考虑中国的能源平衡,必须将中国的经济比较优势放在人口众多和资源相对稀缺的双重约束下重新审视。2002 年到 2006 年,中国能源消费总量增加了 66%。按照目前的需求增长速度,2015 年煤耗可能会达到 35 亿吨,石油依存度达到 65%。中国人均能源消耗也处于很低

---

① 节能科技网:http://www.jienengtech.com/text.asp? nid =937。

水平,2005 年约为世界平均水平的 3/4、美国的 1/7。人均能耗低导致对高能源需求的预期。只要中国人均能耗达到美国的 25%,其能源总需求就会超过美国。只要人均石油消费达到目前的世界平均水平,其石油消费总量将达到6.4 亿吨,如果保持现在 1.8 亿吨的石油产量水平,中国石油进口依存将达72%,超过目前美国的石油进口依存度(63%)①。

　　当前中国能源资源消耗过重主要有 3 方面的原因:阶段性原因、转移性原因、增长方式粗放的原因。从阶段性因素来看,中国当前正处在工业化、城镇化加速的阶段,国际经验表明,这一时期是资源消耗增长的爬坡阶段。随着人民生活水平提高和经济总量的扩大,资源需求总量和消费强度在较长时间内保持较高的水平,有一定的客观必然性。从转移性因素来看,在世界经济全球化和国际产业结构调整的过程中,一些高消耗、资源性的产业转移到中国,相应加大了资源消耗总量。随着大量“中国制造”走向世界,中国也直接或间接地出口了大量能源资源。在现阶段来说,在世界产业结构的格局中,虽然中国的经济体量已经很大,但仍处于经济结构中的低端产业。比如许多国家自己不再生产或减少生产焦炭,中国增加的资源能源消耗,相当一部分是对其他国家或地区资源消耗的一种“替代”,是对世界能源资源供应的贡献。资源消耗高、环境压力大,突出地表明中国以“高投入、高消耗、高排放、难循环、低效率”为特征的粗放型增长方式还没有根本改变。

二、企业伦理责任的问题

　　第一,企业缺乏对员工的社会责任,员工工作条件差,缺乏劳动安全保护措施,职业病问题严重,工人权益得不到保障。卫生部 2009 年 6 月 9 日通报2008 年全国职业卫生监督管理工作情况时指出,根据全国各地报告,2008 年新发各类职业病 13744 例。职业病病例数列前 3 位的行业依次为煤炭、有色金属和建筑行业。2008 年全国共检查存在粉尘、石棉、有机溶剂等职业病危害的用人单位 11 万余家,建设项目 7261 项,职业卫生技术服务机构 861 家。中国职业病危害形势依然十分严峻,表现在以下 3 个方面:一是尘肺病发病居

---

① 林伯强:《节能减排是中国经济可持续的保证》,中国能源网:“http://www. china5e. com/show. php? contentid =42312”。

高不下,群发性尘肺病时有发生,发病工龄缩短。2008 年报告尘肺病新病例占职业病报告总例数的 78.79%。2008 年各地职业病报告中,诊断尘肺病新病例数超过 100 例的群体性病例报告有 13 起。2008 年尘肺病新病例平均接尘工龄为 17.04 年,比 2007 年缩短 2.35 年,实际接尘工龄不足 10 年的有 3420 例。二是职业中毒呈现行业集中趋势。急性职业中毒以一氧化碳、氯气和硫化氢中毒最为严重,主要分布在化工、煤炭、冶金等行业。慢性职业中毒以铅及其化合物、苯和二硫化碳中毒较为严重,主要分布在有色金属、机械、化工等行业。三是中小企业职业病发病率高。2008 年职业病报告数据显示,超过半数的职业病病例分布在中小企业,特别是 69.85% 的慢性职业中毒病例分布在中小企业。

第二,员工劳动时间长,工资待遇低。一些企业在自行确定员工工资福利标准时任意降低工资标准,压低工人工资、随意延长工作时间现象时有发生。很少有企业能够严格按照《劳动法》的规定在职工工作日、休息日、假日加班要按规定支付 1.5 倍、2 倍、3 倍的工资支付,有些企业员工每月加班达 130 小时以上都不支付加班费。据 2004 年国家统计局所公布的数据,农民工平均每周工作 6 天,每天平均是 9.4 小时。珠江三角洲的农民工每天工作 12 至 14 小时者占 46%,没有休息日者占 47%。建筑业中农民工每天的工作时间大约是 10 至 12 小时,深圳多数工厂的农民工每月工作 26 天以上,每天平均工时在 11 小时左右,远远超出国家规定的工作时间。有些行业生产具有季节性、周期性特点。这些企业总是忽视对员工待遇以及其他福利的安排。当企业需要赶制订单时员工的工作时间经常超过 12 小时,而工人的加班工资只有每小时 0.5 元,严重违反《劳动法》,连企业所应恪守的底线责任都荡然无存。

第三,企业缺乏对消费者承担最起码的社会责任,由此导致"假冒伪劣"产品泛滥和食品安全无法保障。2008 年,全国工商行政管理机关共查处制售"假冒伪劣"商品案件 128859 件,比上年同期增加 15817 件,增长 13.99%。其中立案查处案件 109729 件,增加 16674 件,增长 17.92%;案件总值 15.53亿元,增加 2.36 亿元,增长 17.89%;罚没金额 7.12 亿元,增加 1.70 亿元,增长 31.29%。从违反法规看,违反产品质量法规案件所占比重较大,共查处49452 件,占查处制售"假冒伪劣"商品案件总数的 38.38%,比上年同期下降1.84%;违反商标法规案件 14597 件,占 11.33%;违反消费者权益保护法规案件 12250 件,占 9.51%,下降 36.38%;违反其他法律法规案件 47576 件,占 36.91%。在查处的制售假冒伪劣商品案件中,主要为案值在 5 万元以下的案件,共 107208 件,占查处制售假冒伪劣商品案件的 97.70%,比上年同期增长 17.96%;案值 5 万—10 万元案件 1492 件,增长 17.76%;案值 10 万—30 万元案件 730 件,增长 23.73%;案值 30 万—100 万元案件 201 件,下降 6.07%;案值 100 万元以上案件 98 件,增长 2.08%(见图 2-11 和图 2-12)。①

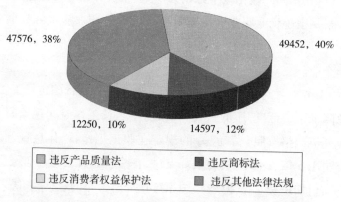

图 2-11　2008 年从违反法规看假冒伪劣产品(单位:件)

2009 年第一季度,全国工商行政管理机关共查处制售假冒伪劣商品案件 17093 件,比上年同期增加 1021 件,增长 6.35%;其中立案查处案件 14692 件,增加 1190 件,增长 8.81%。案件总值 23014 万元,增加 1283 万元,增长 5.90%;罚没金额 8266 万元,减少 289 万元,下降 3.38%。从违反法规看,违反产品质量法规案件所占比重较大,共查处 7296 件,比上年同期增长 2.73%,占查处制售假冒伪劣商品案件总数的 42.68%;违反商标法规案件 2335 件,占 13.66%;违反消费者权益保护法规案件 1774 件,下降 34.66%,占 10.38%;违反其他法律法规案件 5135 件,占 30.04%。在查处的制售假冒伪劣商品案件中,主要为案值在 5 万元以下的案件,共 14380 件,占查处制售假冒伪劣商品案件的 97.88%,比上年同期增长 9.13%;案值 5 万—10 万元案件 165 件,下降 7.30%;案值 10 万—30 万元案件 92 件,下降 2.13%;案值 30

① 国家工商总局办公厅统计处:http://www. saic. gov. cn/zwgk/zyfb/qt/200903/t20090320_50594. html。

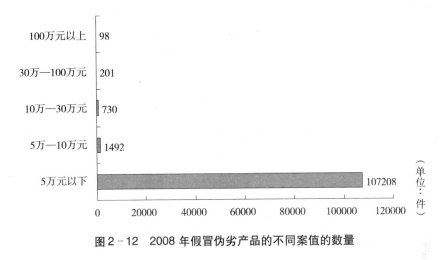

图2-12　2008年假冒伪劣产品的不同案值的数量

万—100万元案件34件,下降2.86%;案值100万元以上案件21件,增长16.67%。从违法主体看,个体工商户仍在制售假冒伪劣商品活动中居于首位,共查处10003件,占查处制售假冒伪劣商品案件总数的68.08%,比上年同期增长12.13%;自然人1590件,占10.82%,增长10.49%;公司1179件,占8.02%,下降11.69%;私营企业569件,占3.87%,下降45.71%;集体企业261件,占1.78%,下降13.00%;国有企业60件,占0.41%,增长13.21%;外商投资企业57件,占0.39%,下降8.06%;股份合作企业46件,占0.31%,增长27.78%①(见图2-13、图2-14、图2-15和图2-16)。

2008年,全国工商行政管理机关查处侵害消费者权益案件130522件,比上年同期减少8814件,下降6.33%;其中立案查处案件104018件,增加6442件,增长6.60%。案件总值6.39亿元,比上年同期减少2.10亿元,下降24.77%;罚没金额3.75亿元,减少0.29亿元,下降7.23%。从消费类型看,查处商品消费案件109846件,比上年同期减少9403件,下降7.89%,占查处侵害消费者权益案件总数的84.16%;查处服务消费案件20676件,增加589件,增长2.93%,占15.84%。从侵权行为看,在商品中掺杂使假、以假充真、以次充好或以不合格商品冒充合格商品案件34291件,比上年同期下降15.64%,占查处侵害消费者权益案件总数26.27%;生产国家明令淘汰商品

---

① 数据来源:http://www.saic.gov.cn/。

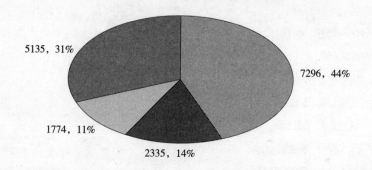

5135，31%　　　7296，44%

1774，11%

2335，14%

■ 违反产品质量法　■ 违反商标法　□ 违反消费者权益保护法　■ 违反其他法律法规

图 2-13　2009 年第 1 季度从违反法规看假冒伪劣产品(单位:件)

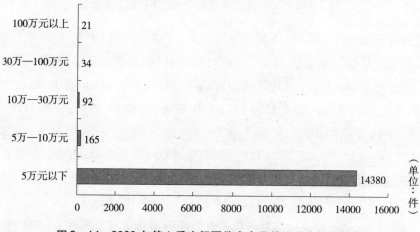

图 2-14　2009 年第 1 季度假冒伪劣产品的不同案值的数量

或销售失效、变质商品案件 10199 件,占 7.81%,下降 38.03%;生产、销售的商品不符合保障人身、财产安全要求案件 9537 件,增长 2.71%,占 7.31%;伪造商品产地、伪造或冒用他人厂名、厂址,伪造或冒用认证标志、名优标志等质量标志案件 8690 件,下降 19.94%,占 6.66%;对消费者提出修理、重作、更换、退货、补足商品数量、退还货款或赔偿等要求拖延或拒绝案件 8303 件,下降 31.91%,占 6.38%;对商品或服务引人误解的虚假宣传案件 5592 件,下降 10.66%,占 4.28%;销售的商品应检验、检疫而未检验、检疫或伪造检验、检疫结果案件 2694 件,增长 16.93%,占 2.06%。从立案查处案件的案值看,绝大多数为案值在 5 万元以下案件,共查处 102526 件,占立案查处案件总数的

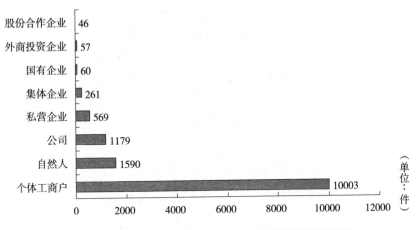

图 2－15　2009 年第 1 季度从违法主体看假冒伪劣产品

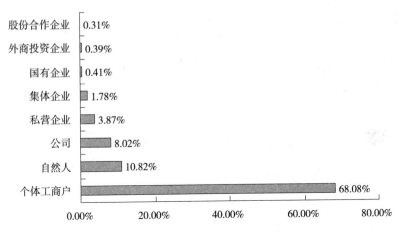

图 2－16　2009 年第 1 季度各违法主体假冒伪劣产品所占比例

98.57%，比上年同期增加 6825 件，增长 7.13%；案值在 5 万—10 万元案件 994 件，下降 26.32%；案值在 10 万—30 万元案件 386 件，下降 5.46%；案值在 30 万—100 万元案件 75 件，下降 33.04%；案值在 100 万元以上案件 37 件，下降 22.92%。①

---

①　国家工商总局办公厅统计处：http://www.saic.gov.cn/zwgk/zyfb/qt/200903/t20090320_50594.html。

　　2009 年第一季度,全国工商行政管理机关查处侵害消费者权益案件
19341 件,比上年同期减少 1062 件,下降 5.21%;其中立案查处案件 15406
件,增加 345 件,增长 2.29%。案件总值 9168 万元,比上年同期减少 1105 万
元,下降 10.76%;罚没金额 4125 万元,减少 1863 万元,下降 31.12%。从消
费类型看,查处商品消费案件 16116 件,比上年同期减少 842 件,下降 4.97%,
占查处侵害消费者权益案件总数的 83.33%;查处服务消费案件 3225 件,减
少 220 件,下降 6.39%,占 16.67%。从违法主体看,个体工商户仍在制售假
冒伪劣商品活动中居于首位,共查处 65382 件,占查处制售假冒伪劣商品案件
总数的 59.58%,比上年同期增长 5.14%;自然人 9947 件,占 9.07%,下降
10.15%;公司 8670 件,占 7.90%,增长 17.80%;私营企业 4466 件,占
4.07%,下降 23.23%;集体企业 2365 件,占 2.16%,下降 10.59%;国有企业
471 件,占 0.43%,下降 28.96%;股份合作企业 427 件,占 0.39%,下降
24.96%(见图 2-17、图 2-18)。①

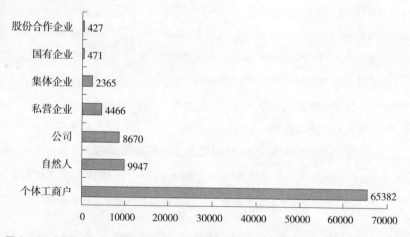

图 2-17　2009 年第 1 季度从违法主体看侵犯消费者权益的不同种类案件数量

　　第四,产品不安全,给消费者的身心健康造成损失。2008 年震惊全国的
"三鹿奶粉"事件使得国人对国产奶粉以及奶制品的安全信心全面受到重创。
2008 年 9 月,经媒体披露和国家有关部门调查证实,石家庄三鹿集团股份有

---

　　①　国家工商总局办公厅统计处:http://www.saic.gov.cn/zwgk/zyfb/qt/200903/t20090320_
50594.html。

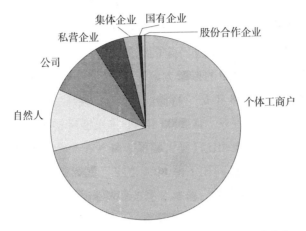

图2-18　2009年第1季度从违法主体看侵犯消费者
权益的不同种类案件所占比例

限公司生产的三鹿牌婴幼儿配方奶粉受到三聚氰胺污染,导致全国多例曾食用三鹿牌婴幼儿奶粉的婴幼儿发生泌尿系统结石病例,污染原因是不法分子向原奶中非法添加三聚氰胺。9月16日,国家质检总局通报的奶粉三聚氰胺专项检查结果显示,三鹿等22家企业69批次产品检出了含量不同的三聚氰胺。随后多次针对婴幼儿奶粉、普通奶粉、液态奶国家专项检查显示,三聚氰胺污染涉及了众多国产乳品企业。据卫生部通报,截止到2008年11月27日,全国共有29.4万名婴幼儿因食用问题奶粉患泌尿系统结石,重症患儿154人,死亡11人。乳品行业的"三聚氰胺"事件令人震惊,再度引发了人民群众对食品安全的担忧,再一次拷问企业的社会责任和道德底线。

三、企业慈善责任的问题

第一,慈善规模比较小。说到中国慈善业与国外的差距,一个经常被引用的数字是,2004年中国慈善机构获得的捐助总额,仅占当年GDP的0.05%,而美国这一比例为2.2%,是中国的40余倍。据《福布斯》杂志统计,世界首富比尔·盖茨的捐款金额相当于个人资产的37%。相比之下,中国大陆虽然也不乏富豪慈善家,但通过调查《福布斯》、胡润等慈善排名榜,就会发现中国企业的慈善事业还存在缺位。目前,中国存在的1000万家企业中,有过捐赠记录的不超过10万家,也就是说99%的中国企业没有参与慈善事业(赵曙明,2007)①。2008 年的慈善捐赠总量达 1070 亿元,是 2007 年的 3.5 倍,占GDP 总量的 0.356%,年增长率达 246%。然而,2008 年捐赠数字的攀升绝不代表中国慈善事业的发展达到了一定的高度,而是在某些事件的激发下,透支着未来的慈善资源。从榜单的捐赠方向上看,大部分的企业和企业家捐赠善款的流向是"救灾"。2008 年是个特殊的年份,在特殊的背景下,企业和企业家们交上了一份优秀的答卷。从 2008 年 11 月开始到 2009 的前 5 个月来,中国慈善捐赠量与上年同期相比已经大幅度下降。在 5 个月中,好的一个月,同比下降 60%;差的一个月,同比下降 80% 之多。2008 年下半年开始,向民间组织管理局咨询、申请成立非公募基金会的机构和个人数量明显减少。②

第二,受捐赠的主体不平衡。尽管榜单上接收机构的资料不是那么明显,但是还是可以看出,除了少数几个企业家将资金直接捐给非公募基金会外,大部分的企业家首选捐助的依然是"三位一体"的机构:各级民政部门、红十字会、慈善会。2008 年上述"三位一体"的募捐主体直接、间接接收款物捐赠共计 955.5 亿元,占全国接收捐赠总额的 89.26%。同时,北京奥组委、国家体育总局和各级地方政府接收非救灾捐赠约 16 亿元,这意味着政府部门和带有官方、半官方色彩的红十字会、慈善会等组织占据了 90% 以上的捐赠资源,其他各类公募基金会、学校、社会组织接收捐赠不足 100 亿元。截至 2008 年年底,中国各类基金会数量为 1531 家。比上年同期增加 162 家。但是这些基金会的募款能力并不均衡。随着劝募市场的竞争发展,中国慈善劝募市场的成果依然主要由知名大型慈善组织分享。2007 年 15 家全国性公募基金会的捐赠收入占全国基金会筹资总额的 10% 以上。2008 年,7 家亿元基金会募集款物共 48 亿元。与 2007 年相比,仅中国教育发展基金会一家呈下降趋势,其他筹款额度均有大幅上升。而与此同时,2007 年筹款在亿元以下的基金会,2008 年筹款额多呈下降趋势③。

第三,国有企业慈善责任的表率作用差。国有企业虽然有竞争性行业与

① 赵曙明:《和谐社会构建中的企业慈善责任研究》,《江海学刊》2007 年第 1 期。
② 北京青少年发展基金会:http://www.bjydf.cn/neweb/index/indnewsd370310b - a874 - 43eb - 8819 - af260d04a065.html。
③ 《公益时报》:《2009 中国慈善排行榜在京隆重揭榜榜单分析》,公益时报网:"http://www.gongyishibao.com/news/newsshow.asp? id = 163"。

非竞争性行业之分,经济目标与非经济目标的划分显得相对复杂,进而在承担社会责任方面也有一定的区别,但由于全民性质以及拥有的权力和实力,因此应该要比一般的民营企业承担更多和更高层次的社会责任。在卡罗尔的"企业社会责任金字塔"中,国有企业应承担的社会责任应超越经济和法律责任这一生存和发展的底线,在伦理和慈善责任方面做出表率。然而,目前中国国有企业在企业社会责任方面做得还很不够。以慈善事业为例,央企4大巨头,中石油2003—2007年,共捐出7.2亿元;国家电网近4年"献爱心"4.1亿元;中国人寿每年1500万元,另成立拥有0.5亿元的慈善基金会;中国电信没有提供这方面的数据。国家电网2006年实现利润近270亿元,近4年的捐款总额只占2006年利润的1.5%。据胡润慈善榜统计,从2003年至2007年,榜单上的100位民间慈善家的捐赠,约占他们财富总量的5%。另据《南方周末网》的调查,至少七成公众"根本感觉不到央企做了什么慈善事业"。2007年11月24日,由央视等单位举办的第三届中国优秀企业公民表彰大会上,包括英特尔在内的50家公司获得"中国优秀企业公民"称号,除了中国机械工业集团外,其他大型央企都没有出现在榜单中。2007年11月,美国《财富》杂志对全球财富100强企业的社会责任评估排名,2006年国家电网和中石油排在倒数第一、二位,2007年中石化、国家电网和中石油分列第57、69和80位。国企尤其是央企,做好企业社会责任这篇大文章还有很长的路要走(胡刚,2008)①。

四、企业环境责任的问题

第一,主要污染物排放量超标,生态环境受到不同程度的破坏,环境污染事故时有发生,给居民造成了不可弥补的伤害。2009年,"血铅中毒"事件触目惊心。2009年8月,陕西省凤翔县851名儿童铅中毒,主污染源经检测确认,系东岭冶炼公司污染所致。湖南省武冈市一家冶炼厂超标排铅,造成附近1300多名儿童中铅毒,部分中毒者血铅含量高达每升362微克,超标两倍多。云南省的200多名儿童也出现了铅中毒的迹象。2009年10月,河南省济源市主要铅冶炼企业周边村庄已检测的2743名14岁以下少年儿童中有968人

---

① 胡刚:《论企业社会责任实现的层次性与阶段性》,《中国经济问题》2008年第6期。

需要驱铅治疗。①

第二,企业恶性消耗自然资源现象比较普遍,缺乏节约资源的观念,单位能源创效益水平远低于发达国家平均水平。受利益驱动影响,一些污染严重的小煤矿、小炼油、小水泥、小玻璃、小钢铁、小火电、小造纸等,虽然多次被国家明令禁止,但一些企业却肆意消耗水资源,一些用水量或排污量大的工业企业规划建设在沿江、沿河地带,污染物直接排入水体,结果导致水质变差。"50年代淘米洗菜,60年代洗衣灌溉,70年代水质变坏,80年代鱼虾绝代,90年代身心受害"是民众对水受到污染的无奈申诉。2008年《中国海洋环境质量公报》显示,2008年,中国近岸海域总体污染程度依然较高,全海域未达到清洁海域水质标准的面积约13.7万平方公里,污染海域主要分布在辽东湾、渤海湾、莱州湾、长江口、杭州湾、珠江口和部分大中城市近岸局部水域。与2007年度相比,部分贝类体内污染物残留水平依然较高,88.4%的入海排污口超标排放污染物,部分排污口邻近海域环境污染严重。2008年,国家海洋局对入海排污口特征污染物监测结果显示,实施监测的94个排污口污水及邻近海域沉积物中特征污染物普遍检出。其中,24%的排污口超标排放严重,污水中部分特征污染物的排放浓度超污水综合排放标准几十倍;15%的排污口邻近海域沉积物受到严重污染,部分特征污染物含量超第三类海洋沉积物质量标准十几倍。2006—2008年的监测结果表明,入海排污口特征污染物的超标排放状况及邻近海域沉积物的污染状况呈逐年加剧的趋势。

第三节　中国企业社会责任缺失的原因分析

一、企业违规成本不能形成刚性约束力,执法不力

虽然中国法律法规颁布了有关企业社会责任的条例,如《公司法》第五条规定:"公司从事经营活动,必须遵守法律、行政法规,遵守社会公德、商业道德,诚实守信,接受政府和社会公众的监督,承担社会责任。"第十七条规定:"公司必须保护职工的合法权益,依法与职工签订劳动合同,参加社会保险,加强劳动保护,实现安全生产",但由于相关执法力度不够,消费者对一般规

---

① 搜狐新闻:http://news.sohu.com/20090816/n265987173.shtml。

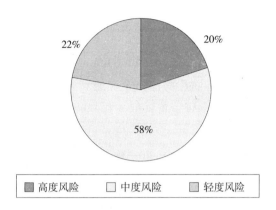

图 2 - 19 2008 年部分陆源入海排污口污水的综合毒性风险等级

模企业的影响力的局限性,以及侥幸的企业认为自己的行为不会被利益相关者反抗而得过且过,尽量逃避应尽义务。企业因为不履行社会责任而受到的惩罚不足以对企业产生警戒和约束。违法成本过低,诱发企业敢冒风险实现利润最大化,把成本转嫁给利益相关者。违规收益远远大于违规成本,这对于守法的企业来说,很不公平。这种现象容易诱导守法企业放弃社会责任,造成"劣币驱逐良币"的后果。在认证机构的法律监管方面,国务院 2003 年颁布实施的《中华人民共和国认证认可条例》明确规定:对认证机构违法认证可最高处罚 50 万元;对直接负责的主管人员和负有直接责任的认证人员,撤销其执业资格;构成犯罪的,依法追究刑事责任。但是事实却是,自认证条例实施将近 3 年来,鲜见有认证机构被处罚的,被移交司法机关的有关责任人,更是凤毛麟角。在认证制度方面,有法不依,处罚不严的问题助长了企业在市场竞争和权威机构认证过程中的失信行为频频发生(金丹,2008)①。国际贸易政策分析家格林·邓肯(Greene Duncan)在调查了中国服装行业后,感慨地说:"中国有好的劳动法,如它规定延长工时每月不得超过 36 小时,而 SA8000 的标准则限制为 48 小时,但是,并未得到完全实施,很多工人不清楚自己有休假的权利、加班要有限制,甚至连劳动合同都一无所知。在很多工厂,工时被无限制地延长;工作环境危机四伏,有毒化学品、火灾隐患、工伤事故处处都有"

---

① 金丹:《和谐社会背景下中国企业社会责任的构建》,四川师范大学硕士学位论文(2008年)。

(黎友焕、黎少容,2008)①。

二、地方政府片面注重企业的利润和税收

　　地方政府为了发展经济而片面注重企业的利润和税收,地方官员单纯追求经济增长的高指标,不惜牺牲老百姓的生存环境和生活质量,忽视企业对于环境等造成的破坏。地方政府对于企业无限度地容忍和迁就,在事实上与企业结成了利益共同体,导致经济增长方式粗放,高投入、高消耗、高排放,使得资源开始枯竭、生态环境渐渐恶化,有的地方为了发展经济,在 GDP 挂帅的前提下,不顾资源环境的承载能力,盲目招商引资,对跨国公司环境违法没有完全承担起监管和执法的责任。政府对于经济利益的过度追求,使得很多地方官员不仅不能被问责,反而会因为创造经济收益而得到升迁,形成恶性循环(蒋黎黎,2009)②。

三、慈善体制尚不完善,慈善活动形式比较单一

　　慈善思想在中国虽然源远流长,但慈善作为一种事业在中国起步较晚。近年来,中国慈善事业取得了很大的成绩,得到了长足的发展。但中国社会的慈善机制和企业的慈善文化还不够完善,企业从事慈善活动还存在一系列问题。正如胡润所说,"与国外相比,中国的慈善业还没有真正开始"。目前中国大陆企业在从事慈善活动上存在的问题主要有:

　　一是慈善体制尚不完善。中国现行税法规定,企业所得税的纳税人用于公益、救济性的捐赠,在年度纳税所得额 3% 以内的部分,准予免除。个人向慈善公益组织的捐赠,没有超过应纳税额的 30% 的部分,可以免除。这实际上是"捐款越多,纳税越多",是对企业捐赠的变相"打击",而且申请退税过程比较繁琐。中国慈善业的运作透明度不足,管理水平和公信力亟待提高,也影响了企业和个人捐赠的积极性。而在一些发达国家,政府对企业和个人的慈善捐献给予比较优厚的免税待遇,并对有关慈善组织或机构给予必要的财政

---

　　① 黎友焕、黎少容:《社会责任标准 SA8000 对完善中国劳动者权益保障的启示》,《中国行政管理》2008 年第 6 期。

　　② 蒋黎黎:《中国企业社会责任的构建与完善》,合肥工业大学硕士学位论文(2009 年)。

补贴,同时对个人所得或遗产征收超额累进税,引导富人捐赠慈善事业。

二是慈善活动形式比较单一。中国社会科学院社会政策研究中心课题组发现,中国企业参与慈善的主要形式还限于各类捐赠行为,捐赠的形式以资金为主。国外企业的捐赠方式则多种多样,技术、设备、产品和资金等捐赠方式并行。在华跨国企业埃克森美孚承认,他们在华并没有多少金钱捐赠,而只是做了很多公益事件。相对于财物的捐赠,在华跨国企业更愿意参加一些公益活动和公益志愿行动。财物的捐赠是慈善活动的重要方式,但参与各类公益活动,宣扬慈善理念,贡献企业的时间和智慧同样是慈善的重要表现形式。另外,民营企业相对国有控股企业在慈善活动中参与度也较小。这些问题需要通过观念更新、体制变革、环境优化等多方面途径加以解决。

三是中国慈善事业现状还与富人担心捐赠可能导致"露富",并可能招致外界的负面评价有关。近年来社会上对中国富裕阶层及其财富的议论有两个热门词,一是"原罪",另一个是"仇富"。所谓"原罪",是指一些民营企业家要么"第一桶金"来路晦暗不明,要么通过一些灰色手段参与运作国家资源,实现暴富。而在"仇富"者看来,绝大部分富人的财富不是正义兴企所得,而是取之无道、来之不义。在这种社会文化心理下,富人为慈善事业慷慨解囊,就容易被人误解(赵曙明,2007)①。

四、社会的维权意识薄弱

社会的维权意识可以从两个方面来讲,首先,企业员工的维权意识薄弱。一方面可能是因为缺乏基本的法律常识,不知道该如何运用法律来维护自己的权益。中国的劳动密集型企业占多数,很多企业员工的文化素质较低,在企业没有设立专门的社会责任机构的情况下,企业员工缺乏进行自我教育和自我保护的意识,他们不知道自己应该有哪些权益,更不知道当这些权益遭受损害时,应该怎样去争取和保护或者申诉。另一方面,因为目前中国的整体就业形势不容乐观,在激烈的竞争环境和压力下,企业员工权益遭受损害时,往往选择忍气吞声,这也助长了企业不良现象的出现。其次,社会维权意识薄弱可以从消费者的角度来看。消费者因为缺乏法律常识,不懂得该如何去维护自

---

① 赵曙明:《和谐社会构建中的企业慈善责任研究》,《江海学刊》2007 年第 1 期。

己的权益;法律本身的欠缺也是影响消费者维权的一个重要原因,有的企业通过法律漏洞,钻法律的空子,消费者处于弱势;由于消费者维权程序较为复杂,需要花费很多人力、甚至是财力,而消费者常常不愿意为了一两个小物品而去大费周章(蒋黎黎,2009)①。

五、企业缺乏履行社会责任意识,企业经济效益放大化

企业缺乏履行社会责任意识与社会责任理念,直接导致企业社会责任的履行能力不足。当前中国企业社会责任缺乏从本质上讲是由于缺乏企业社会责任意识,企业承担社会责任的约束机制和激励机制还没有建立,以人为本的和谐发展价值观还没有形成(孔令军,2008)②。马克思曾就资本主义企业的生产动机和目的做过经典性概括:资本家"为了50%的利润,它就铤而走险;为了100%的利润,它就敢践踏一切人间法律;有300%的利润,它就敢犯任何罪行,甚至冒绞首的危险"③。正是这种逐利的天性,导致企业家往往把利益放在第一位,追求利益的最大化成了他们投资经营的基本目标;缺乏社会责任意识,不把改善员工的工作条件和安全保障当作企业的社会责任。企业单纯追求利润最大化是制约企业社会责任建设的主要因素。企业追求经济利益是天经地义、无可厚非的,但是目前中国很多企业在管理理念上还是停留在古典阶段,通过增加员工的劳动强度、延长劳动时间来求得企业经济利益,忽视员工的权益,没有树立以人为本的经营理念,经营者和管理者缺乏社会责任意识,不把改善员工的工作条件和环境以及安全保障等问题提上日程,只是依靠单纯的压低劳动力价格,降低劳动力成本来谋求表面的、短期的利益,从而导致员工积极性下降,最终导致企业劳动效率降低,在事实上反而是增加了企业的成本。另一方面,中国很多企业缺乏开放式的经营和长远发展的战略思想,仅仅将目光摆在眼前和企业内部。未能把企业的生产力和整个社会联系起来,不惜以牺牲整个社会的利益来满足企业的眼前经济利益,没有认识到,一个企业只有融入社会才能在社会上长足发展。

---

① 蒋黎黎:《中国企业社会责任的构建与完善》,合肥工业大学硕士学位论文(2009年)。
② 孔令军:《转型时期中国企业社会责任研究》,吉林大学博士学位论文(2008年)。
③ 《马克思恩格斯全集》第17卷,人民出版社1985年版,第258页。

六、企业缺乏环境保护责任,环境污染现象日益严重

在中国市场经济发展初期,无论是地方政府还是企业自身,考虑环境因素的比较少,人们把目光更多地放在经济蛋糕的增长问题上,更多地关注 GDP 数字的攀升,直到最近几年,由于一系列环境问题开始危及增长甚至已影响到整个社会发展的时候,人们才开始重新认识并重视起环境问题。在一个健康的社会中,每个社会主体都应该为其行为负责。企业作为社会的一个主体,在自身的发展过程中应该承担起维护公共生态环境的社会责任。然而,在许多企业的传统经营理念中,目标始终定位于刺激消费、追求消费数量的增长与利润的最大化;尤其是在市场经济条件下,企业为求得生存和发展,为追求经济效益,始终将提高生产效率放在第一位,采取粗放式经济发展方式,以高投入、高消耗、高污染为代价换取经济增长。一些企业将大量的"三废"未加处理就任意排放,直接进入生态系统,使土地、水和生物资源都遭到污染和破坏,从而导致环境污染日益严重、生态破坏加剧。一些地方政府在经济政绩观影响下以牺牲环境为代价片面追求经济增长,使一些企业在污染治理上根本不采取任何措施,以至于严重环境污染的情况时有发生。比如采矿区的企业多数为追求短期利益对资源进行无节制的开采利用,他们对环境保护和生态保护的观念薄弱,使得中国许多宝贵资源流失严重,森林面积减少,生态平衡被破坏,全国污染物排放总量大,主要污染物排放量超过了环境容量,同时生态整体恶化的趋势尚未得到有效遏制,水土流失、土地沙化、草原退化问题突出,进一步导致森林生态功能不足,生物多样性减少,生态系统功能退化等(孔令军,2008)[①]。长期下去,将会对经济发展形成制约。中国的国内资源也难以支撑传统工业文明的持续增长,中国的环境难以支撑当前这种高污染高消耗低效益生产方式的持续扩张。

第四节　强化中国企业社会责任的路径分析

促进企业社会责任的发展需要发挥政府倡导,政策鼓励,行业协会及舆论

---

① 孔令军:《转型时期中国企业社会责任研究》,吉林大学博士学位论文(2008 年)。

监督的导向作用,需要社会各界通过各种途径来宣传和引导。

一、宏观上,要加强政府在推进企业社会责任中的地位和作用

在西方发达国家,企业社会责任并不是完全靠企业自身的觉醒形成的,而是靠市民社会的基础和各种社会责任运动的推动发展起来的。而在中国,企业社会责任主要是通过跨国公司的审核和评估在供应商中推进,政府基本上没有加入。在中国目前尚缺乏推进企业社会责任的市民社会基础和各种社会力量的情况下,政府的引导和推进作用就显得尤为重要。根据目前全球化进程中企业承担伦理责任的发展趋势,政府可以从以下几个方面推进企业社会责任:

第一,切实转变政府职能,为企业发展提供良好的外部环境。在现代市场经济条件下,企业承担社会责任,为社会发展尽自己的义务,政府也要主动为企业发展提供服务,营造良好的政策环境、市场环境、法制环境、政务环境和舆论环境。只有建立起政府与企业之间的良性互动机制,才能建立良好的政企关系,促进企业发展,更好地履行社会责任,推动社会的可持续发展(李秋华,2007)①。

第二,有效维护劳动者权益。加快制定、修改和完善保障劳动者权益的相关法律,对照 SA8000 标准要做好《劳动法》、《工会法》等涉及工会、职工劳动权益的法律法规的细化工作,完善《企业法》、《公司法》等经济法律有关社会责任的条款,加紧制定《社会保险法》、《就业促进法》等相关法律,有效地维护劳动者的权益。其次,改革劳动争议处理体制或制定独立的劳动争议处理法。劳动争议仲裁机构应完全脱离行政机关,建立类似于仲裁机构的劳动仲裁机构,保证劳动争议仲裁机构的独立性、公正性、权威性。再次,扩大《劳动法》的适用范围并加大对劳动者的保护力度,在立法中要向劳动关系中的弱者倾斜。最后,增强劳动执法监督作用。促使早日出台《劳动监察法》,要建立劳动监察的监督制约机制,此外,还需建立法律责任追究机制对各级劳动监察机关的失职、渎职乃至营私舞弊的行为用立法形式规定行政或刑事处分的标准

---

① 李秋华:《和谐社会视野下的企业伦理责任研究》,《浙江社会科学》2007 年第 9 期。

和办法(黎友焕、黎少容,2008)①。

第三,国家应当尽快制定《慈善捐赠法》及相应的法律法规,从法制上统一规范慈善捐赠的组织形式和具体运作程序及相关纪律。同时通过对慈善捐赠减免税收,实现对慈善捐赠者的税收照顾,从而鼓励人们积极参与此项事业。如美国规定:如果一个企业向社会捐出的善款数额超过应缴税收的10%,就应该减免10%的税款;如果不到10%,则可以在税收里扣除已经捐出的善款。另外,可在技术条件成熟后开征遗产税、赠予税等,引导企业和富裕阶层承担更多的社会责任。美国的遗产税达到了50%,以此鼓励并促使企业及富人热心慈善捐赠事业。因此,要解决税收政策对企业履行慈善责任的限制。对于有慈善捐赠意向的中国企业来说,捐款后的税金问题,一直是一道横挡在"行善"路上的门槛。美国对于企业捐赠的免税比例是11%。而中国对企业的免税是3%。按照3%的捐赠免税政策,不仅不能给企业带来多少税收减免,还要对限额以外的捐赠支付税费,捐款越多,纳税越多,限制了企业进行慈善捐赠的积极性(由莉颖,2007)②。

第四,建立企业社会责任评价体系。企业社会责任评价体系必须适应经济社会发展水平和中国企业具体实际情况,体现中国特色。在西方发达国家,对任何一个企业的评价都包括经济、社会和环境3个方面。经济指标仅仅被认为是企业最基本的评价指标,关于企业社会责任的评价却多种多样,如道琼斯指数、多米尼道德指数等。中国可以根据自己的国情制定相应的评价体系,可以将企业社会责任标准分为强制性和倡导性标准,由政府发布相应的指引,制定出相应的实施时间表引导企业积极履行(刘世慧,2006)③。

第五,开展 ISO14000、SA8000 及环境标志和产品质量认证。全面提高中国企业参与国际竞争的素质和能力。提高企业环境经营管理意识,积极开展ISO14000、SA8000 及环境标志和产品质量认证,使企业从被动治理环境转向主动将自己的生产、经营活动转移到符合社会生态安全,符合绿色消费、绿色增长的轨道上来,这是企业履行环境伦理责任的又一重要举措。在市场经济

---

①　黎友焕、黎少容:《社会责任标准 SA8000 对完善中国劳动者权益保障的启示》,《中国行政管理》2008 年第 6 期。

②　由莉颖:《中美企业履行慈善责任状况分析》,《生产力研究》2007 年第 8 期。

③　刘世慧:《论中国当代企业社会责任的担当与履行》,《华东经济管理》2006 年第 6 期。

规则下,对环境带来损害的企业,就会在市场竞争中处于劣势,甚至失去参与竞争的资格。开展 ISO14000、SA8000 及环境标志和产品质量认证,可以促使企业既适应全球化国际市场的要求,又能保护环境。

二、中观上,充分发挥社会的监督作用

第一,形成企业社会责任的舆论环境,建构民间监督机构。企业是在一定的社会环境中发展和运作的。如前所述,在西方发达国家,企业社会责任是靠市民社会的基础和各种社会运动的推动发展起来的。但是在中国,目前既缺少市民社会的基础,又缺乏社会运动的推动,因此,更需要形成舆论环境,通过多种媒体,从理论层面向社会正确阐明并宣传当前保障劳工权益的特殊意义。通过宣传,使全社会认识到:在中国建立和谐社会的背景下,关注劳工权益不仅是坚持社会主义的政治要求和道德要求,同时也是建立市场经济体制的内在法律要求。从实践层面上,要从提高劳动者本身的劳动权益保障的法律素质上加强宣传,提高劳动者对于自身权益的认知。

第二,加强社会责任认证。企业社会责任认证是企业担负社会责任比较标准化的形式,也是日益发展起来的政府和民间组织或借助法律的形式、或借助社会舆论的形式要求维护员工和消费者权益的形式。国外发达国家主要的民间组织有社会责任国际(SAI)、公平劳工协会(FLA)、服装厂行为标准组织(WRAPP)、贸易行为标准组织(ETI)和工人权利联合会(WRC)等,这些组织先后制定了各自的社会责任标准。2001 年版的 SA8000 是比较成熟的认证标准。企业社会责任认证,可以督促企业更好地履行社会责任,既是一种竞争压力,也是一种可以转化为竞争优势的竞争手段(陈留彬,2006)[①]。

第三,塑造具有人文道德精神的社会责任观。"优良社会风尚的形成与来自政府的、个人的、群体的信念引导往往是相互促进的。社会风尚本身有一种潜移默化的功能,它能够使人们产生某种信念,或加强某种信念,或转变某种信念。而信念引导又会对社会风尚的培养产生积极作用,进而通过社会风

---

① 陈留彬:《中国企业社会责任理论与实证研究》,山东大学博士学位论文(2006 年)。

尚的发扬对社会的资源配置发生作用"(厉以宁,1999)①。因此,我们要在全社会推广社会责任理念,形成各社会成员相互支持合作、人人讲和谐、人人讲责任的新型社会文化。"组织无分大小或宗旨,无论小型社区协会、或白手起家的服务公司,抑或富可敌国的跨国集团,成功永远取决于组织中的人是否对自己负责,是否彼此负责。作为组织里的一员,我们责无旁贷,必须遵守彼此的允诺,各司其职,最重要的是:必须达成实现约定的成果"(黎友焕,2007)②。

第四,充分发挥非政府组织的作用。黎友焕(2007)认为政府失灵和市场失灵在客观上也呼唤着"第三只手"(即非政府组织),作为新的社会公共事务的管理主体,它具有政府和市场所不具备的优势。非政府组织在中国社会的转型期发挥了重要的作用,它不仅能够弥补市场失灵和政府失灵,而且能够推动企业社会责任运动的发展,还能极大降低社会的管理成本。一方面,非政府组织可以弥补中国市场体制的缺陷,在社会弱势群体与政府、国际资助者以及社会公众之间发挥纽带和桥梁作用,以主体志愿性为基础,本着利他主义和人道主义的价值观,向残疾人、儿童、病人、老人、失业人员等社会弱势群体提供必要的公共服务,增强弱势群体的竞争能力,提升弱势群体做人的尊严,点燃底层民众生活的希望,实现文明社会的伦理责任(陈洪连,2007)③。另一方面,非政府组织在促进环境保护、实现人与自然的和谐方面有着独特的作用。非政府组织具有民间性、社区性,这有助于其随时随地、便捷迅速地发现环境保护问题,并积极采取行动。

三、微观上,企业加强自律,主动承担社会责任

美国管理学家罗宾斯认为,企业社会责任是"企业追求有利于社会的长远目标的一种义务,它超越了法律和经济所要求的义务。"这一定义主张一个组织要遵守法律,并追求经济利益,同时这一定义将企业看做是一种道德的行

---

① 厉以宁:《超越市场与超越政府——论道德力量在经济中的作用》,经济科学出版社1999年版。

② 黎友焕:《企业社会责任研究》,西北大学博士学位论文(2007年)。

③ 陈洪连:《论非政府组织对和谐社会的建构功能及其发展策略》,《北京航空航天大学学报(社会科学版)》2007年第3期。

为者。企业必须通过自律提高其道德水准才能有效地践行其社会责任①。

第一,强化企业主动承担社会责任的意识。当今企业经营环境发生了巨大的变化,经营环境对企业的影响不断增大,而社会公众对于企业承担社会责任的状况更加关注,它关系到企业的社会形象和企业能否可持续发展。因此企业必须适应经营环境和公众的要求,追求多元的经营目标。企业承担一定的社会责任是一种长期的自利行为,因为这会为企业提供和谐的外部经营环境,树立良好的形象,吸引优秀的人才,并能通过社会责任的具体措施来规范企业行为,改善内部管理,从而提高经济效益。有些社会问题是由企业直接造成的或与企业有一定的关系,企业理所当然要为此负责。即使有些社会问题的诱因不在于企业的经营活动,但解决这些问题对企业可能是一种机会,能提高企业的经营开拓能力,促进企业的发展,同时企业也可能会因社会环境的改善而获得可持续发展的动力,最终促进企业与社会的共同发展和进步(黎友焕,2007)②。

第二,强化企业道德规范,提升企业伦理水准。基于企业社会责任,中国企业必须秉持义利并重的道德规范。"利"即企业的利益,"义"即企业的道德责任。企业作为一个经济组织,对利益的追求无可厚非,但企业把以利润最大化为唯一目标当作信条,则是错误的。在"企业伦理运动"中,弗里德曼的观点受到来自于社会各方面的强烈批评的事实已经充分说明了这一点,中国30年的改革开放实践也清楚表明,"义""利"并重的道德观对于社会主义市场经济的建立和发展来说是至关重要的。20世纪60年代以来,伦理管理已成为理论界、社会公众和实业界普遍重视的一个新课题,被很多有识之士视为一场管理革命。企业之所以必须重视伦理管理,是因为企业伦理管理源于企业的道德责任,也就是说,在现代社会中,企业不仅承担着为社会提供财富、效率、经济发展和进步的使命与责任,而且承担着为社会提供良知、信任、道德发展和进步的使命与责任。就强化企业道德规范,提升企业伦理概念水准而言,企业家的道德人格及其修炼是至关重要的。正如温家宝总理在谈及"奶粉事

---

① [美]斯蒂芬·P. 罗宾斯:《管理学》,孙健敏等译,中国人民大学出版社2004年版,第9页。

② 黎友焕:《企业社会责任研究》,西北大学博士学位论文(2007年)。

件"时所说,一个企业家身上应该流着道德的血液。只有把看得见的企业技术、产品和管理,以及背后引导他们并受他们影响的理念、道德和责任,加在一起才能构成经济和企业的 DNA①。

第三,创建良好的企业文化。企业文化是企业发展的精神动力。企业文化是一个企业的行为规范和共同的价值观念,是一个企业的核心价值观。企业文化是企业的灵魂,是企业社会责任建设中不可或缺的依托和载体,企业的社会责任文化是企业文化的核心。企业的社会责任文化形成企业社会责任建设的氛围,扩大市场社会责任的范围,增强社会责任在企业中的活力,把企业社会责任教育逐步引向深入。将企业在社会责任方面的立场传递给每一位员工,使全体员工最终树立起社会责任意识。同时,通过企业社会责任文化建设,能逐步形成企业员工统一的价值观,养成高尚的生活方式和情感定势,在客观上帮助企业员工尽快接受社会责任理念,形成自觉履行社会责任的思维定势和行为规范。因而,企业的社会责任文化通过全体员工都从内心深处认同并自觉遵守企业的价值观、制度和行为方式,使企业员工取得社会责任认同,自动遵从企业社会责任的基本观念和道德规范、道德标准、道德习惯,自觉规范自己的行为,从而使企业社会责任理念逐步深化和升华(丁浩,2008)②。

第四,保障员工的合法权益,促进劳动者的全面发展。企业与员工的和谐关系、企业内部的凝聚力是企业发展的重要财富。中小企业要坚持"以人为本"的科学发展观,充分尊重员工,保障员工的民主权利:一要保障员工的参与权,使员工的合理要求得到充分体现;二要落实员工的知情权,积极探索和实践民主管理的多种实现形式;三要强化员工的监督权,通过厂务公开、民主评议等形式,落实最深层、最直接的监督。中小企业要切实维护和发展员工的合法权益,在当前首先应该维护好员工的劳动经济权益,这是员工各种权益的基础。要继续建立健全平等协商、签订劳动合同制度,把劳动报酬、工作时间、休息休假、劳动安全与卫生、职业培训、保险福利等劳动权益通过合同形式加以保障。现代企业的发展,建立在人的发展的基础上。中小企业必须坚持以

---

① 黄兰萍:《中国企业社会责任若干问题思考》,《中南财经政法大学学报》2008 年第 6 期。
② 丁浩:《转型经济中的企业社会责任履践机制研究》,首都经济贸易大学博士学位论文(2008 年)。

人为本的企业文化,加强教育和培养员工,鼓励员工学理论、学文化、学技术,提高员工队伍的整体素质。当前中小企业员工素质难以适应企业现代化建设需要的现象较为普遍,高素质技能人才缺乏的呼声越来越高,因此要围绕增强员工的学习能力、创新能力、竞争能力,在企业中广泛开展"创建学习组织,争当知识型员工活动",有计划地实施"员工素质建设工程"。

第五,正确认识人与自然的关系。"人与自然的和谐"是和谐社会的特征之一,它要求社会在经济发展的同时,必须正确认识并处理好人与自然的关系。环境伦理是实现人与自然和谐的精神支持和有力保障。搞好环境伦理建设,发挥环境伦理的应用和实践效能对于构建社会主义和谐社会十分重要。遵守国家环境法规,采取环境对策,消除对环境的不良影响是企业履行社会责任的重要组成部分。对一个承担环境伦理责任的企业来说,自觉遵守环境保护法律法规,保证生产不污染周边环境,不危害人体健康,使企业环境与周边自然环境相互融合,利益相关者权益得到保障,让人与自然的关系保持平衡与协调。

参考文献

[1]《马克思恩格斯全集》第17卷,人民出版社1985年版。

[2][美]斯蒂芬·P. 罗宾斯:《管理学》,孙健敏等译,中国人民大学出版社2004年版。

[3]陈洪连:《论非政府组织对和谐社会的建构功能及其发展策略》,《北京航空航天大学学报(社会科学版)》2007年第3期。

[4]陈留彬:《中国企业社会责任理论与实证研究》,山东大学博士学位论文(2006年)。

[5]丁浩:《转型经济中的企业社会责任履践机制研究》,首都经济贸易大学博士学位论文(2008年)。

[6]胡刚:《论企业社会责任实现的层次性与阶段性》,《中国经济问题》2008年第6期。

[7]黄兰萍:《中国企业社会责任若干问题思考》,《中南财经政法大学学报》2008年第6期。

[8]蒋黎黎:《中国企业社会责任的构建与完善》,合肥工业大学硕士学

位论文(2009 年)。

［9］金丹:《和谐社会背景下中国企业社会责任的构建》,四川师范大学硕士学位论文(2008 年)。

［10］孔令军:《转型时期中国企业社会责任研究》,吉林大学博士学位论文(2008 年)。

［11］黎友焕、黎少容:《社会责任标准 SA8000 对完善中国劳动者权益保障的启示》,《中国行政管理》2008 年第 6 期。

［12］黎友焕:《企业社会责任研究》,西北大学博士学位论文(2007 年)。

［13］李秋华:《和谐社会视野下的企业伦理责任研究》,《浙江社会科学》2007 年第 5 期。

［14］厉以宁:《超越市场与超越政府——论道德力量在经济中的作用》,经济科学出版社 1999 年版。

［15］刘世慧:《论中国当代企业社会责任的担当与履行》,《华东经济管理》2006 年第 6 期。

［16］由莉颖:《中美企业履行慈善责任状况分析》,《生产力研究》2007 年第 8 期。

［17］赵曙明:《和谐社会构建中的企业慈善责任研究》,《江海学刊》2007 年第 1 期。

第三章 中国企业社会责任综合评价指标体系研究

摘要:虽然国外学者和一些组织机构甚至相关政府部门已经对企业社会责任的评价指标和评价体系进行了大量的研究,但终究没有一个统一的方案。国内在这方面的研究更不能使人满意。在总结大量文献的基础上,结合中国的特点,本文制定出一个综合评价指标体系,希望在理论上对中国企业社会责任的评价给出一个令人满意的思路。

关键词:企业社会责任;综合评价;指标体系;利益相关者;层次分析法

Abstract:Although foreign scholars and many organizations including some relevant government departments have made a large number of researches on corporate social responsibility (CSR)evaluation indicators and evaluation system, but there is no agreement in the end. In China, researches in this area are even more unsatisfactory. Based on extensive literature, combining with China's characteristics, this paper worked out a comprehensive evaluation index system. We hope that it will give a satisfactory idea about China's CSR evaluation in theory.

Key Words:CSR; comprehensive evaluation; index system; stakeholders; AHP

对企业社会责任的评价起源于 19 世纪中叶,人们偶尔对企业小规模的慈善捐赠活动进行主观评价。其后主要是围绕企业到底该不该承担社会责任这个问题,进行单纯的企业财务评价或企业经济绩效评价,以比较企业投入的成本与带来的绩效哪个更大,以此作为企业承担社会责任的标准。此时的评价形式比较单一,但终究进入了以可计量的多种客观指标代替靠人们主观印象进行评价的较科学阶段。随着利益相关者理论的发展、企业社会责任运动的全球化,企业社会责任的评价尺度越来越多,评价范围越来越广,评价角度也越来越独特,参与评价的主体越来越国际化,总体上评价形式呈现向经济与社会多重指标相结合的综合性评价体系方向发展。

中国是一个开放型国家,受国际企业社会责任运动的影响逐年深入。员工、消费者维权意识逐渐觉醒,上下游企业的合作日益密切,政府和整个社会对企业履行社会责任的呼声与日俱增。中国正处于由劳动密集型向知识和技术密集型转变、由以量取胜向以质取胜转变、由消耗资源向节能降耗转变的关键阶段,单方面评价企业社会责任已经不适合中国的发展国情。所以我们把利益相关者理论和层次责任理论相结合,并根据中国企业的利益相关者特点,编制了一套综合性的评价指标体系。根据多位专家打分和层次分析法(AHP)软件确定指标权重,希望对评价中国企业社会责任提供一个参考的方法,以真实反映中国目前企业履行社会责任的整体面貌。

第一节　国内外主要企业社会责任评价标准简介

企业社会责任的观念形成较早,但由于一直没有成文的管理规范,所以社会责任的评价标准起步较晚。"早期的社会责任标准还只是企业的一种个体行为。"[1]

一、国际有关企业社会责任的评价标准

国际范围内与企业社会责任有关的标准大致可分为四类,即劳工保护标准、环境和质量管理体系标准、综合性标准以及评价与审计标准。

(一)劳工保护标准

联合国、国际劳工组织、企业、民间组织以及一些国家曾提出了社会条款、SA8000、体面劳动、生产守则等各种劳工保护标准,使国际劳工标准由单一的国际劳工组织公约,发展成为包含多种形式和内容的国际劳工标准体系。其

---

[1]　许家林:《企业社会责任观念·标准·报告》,《财政监督》2008 年第 6 期。

中,具有重要影响力并引起广泛争论的是"社会条款"和"SA8000"(邱婕,
2004)。

1. 国际劳工标准

国际劳工标准一般是指由国际劳工组织(International Labor Organization,
ILO)所采纳的公约和建议。截至2007年6月,国际劳工组织通过了188项公
约和199项建议书[①]。这些公约和建议书内容涉及劳工权益的各个领域:诸
如基本人权、就业、社会政策、劳动管理、工作条件、行业关系、社会保障、妇女
地位、童工问题、移民工人、成年工人以及本地工人、部落人口和非城市工人
等,对劳动者的劳动报酬、劳动条件、劳动福利及其他公民权利作出了全面完
整的规范和要求。这些规定被越来越多的国家所认同,逐渐呈现出在广度和
深度上的多元发展态势。

2. 社会条款

国际上对社会条款问题的关注由来已久。1999年12月,在美国西雅图
召开的WTO新一轮谈判中,以美国为首的发达国家提出要在世贸组织协议
中列入保护劳工权利的"社会条款",所谓"社会条款",是指在世界贸易协议,
特别是WTO贸易协议中写入有关规定,强制多边贸易协议中的所有签字国
实施基本劳动劳工权利(即"国际劳工组织核心劳工标准"),并与贸易协议中
其他义务条款具有同样的法律约束效力[②]。所以,"社会条款"并不是一个单
独的法律文件,而是对国际公约中有关结社自由并有效承认集体谈判权、消除
一切形式的强迫劳动、有效废除童工、消除就业歧视等方面规定的总称。一旦
缔约方违反该条款,其他缔约国有权予以贸易制裁。

3. SA8000标准

SA8000(Social Accountability 8000)是由美国非政府组织"社会责任国
际"(Social Accountability International,简称SAI)在1997年10月发布的。
2001年12月SAI发布了SA8000的第一个修订版。该标准参考了《国际劳工
公约》、《世界人权宣言》、《联合国儿童权利公约》和《联合国消除一切形式歧

---

① 数据来源:国际劳工组织召开国际劳工标准研讨会;《雇主工作简报》,中企联合网:"ht-
tp://www.cec-ceda.org.cn/ldgx/info/content.php? id=1320"。
② 国际劳工局:《国际劳工组织关于工作中基本原则和权利宣言及其后续措施》,国际劳
工局北京局(1998年)。

视妇女行为公约》等国际性公约,制定的企业社会责任标准包括:童工、强迫性劳动、健康与安全、结社自由和集体谈判权、歧视、惩戒性措施、工作时间、工资报酬和管理系统等9个方面。其主要目的有两个:一是发展、维持和加强公司的政策和程序,在公司可以控制或影响的范围内,管理有关社会责任的议题;二是向利益团体证明公司政策、程序和措施符合本标准的规定。按照SA8000的相关利益机构对SA8000的自我评价,SA8000是全球第一个可用于第三方认证的社会责任国际标准,旨在通过有道德的采购活动改善全球工人的工作条件,最终达到具备公平而体面的工作条件。

社会责任认证是一些发达国家继产品质量认证(ISO9000)、环境质量认证(ISO14000)之后出现的又一个重要的认证制度。目前该标准已在一些国家得到推广和运用,但是由于它只是一个民间的标准,尚未成为国际性的通用标准,使得其公平性和目的性在某种程度上受到很多专家、学者的质疑。黎友焕(2007)提出,SA8000作为美国一个民间机构制订的劳工保护认证体系,却被其相关利益机构尊称为具有广泛影响的国际社会责任标准,凭借国际社会责任理论的卖点在世界各地主要是发展中国家掀起一场既不公平又不标准的企业社会责任运动。SA8000最多只能说是目前国际上几百个各种类型的关于劳工保护社会责任守则中的一个,离真正意义上的国际标准还存在着很大的差距。

(二)环境或质量管理体系标准

国际环境和质量管理体系标准最主要的是国际标准化组织发布的ISO9000和ISO14000标准。

1. ISO9000

ISO是世界上最大的非政府性国际标准化组织,其成员由来自世界上100多个国家的国家标准化团体组成。ISO9000标准是国际标准化组织在1994年提出的概念,是指由ISO/TC176(国际标准化组织质量管理和质量保证技术委员会)制定的国际标准。ISO9000不是指一个标准,而是一族标准的统称,其中最具基础性的ISO9001是用于证实组织具有提供满足顾客要求和适用法规要求的产品的能力,目的在于增进顾客满意度。随着商品经济的不断扩大和日益国际化,为提高产品的信誉、减少重复检验、削弱和消除贸易技术壁垒、维护生产者、经销者、用户和消费者各方权益,这个第三认证方不受产销双方经济利益支配,比较公正、科学,是各国对产品和企业进行质量评价和监督的通行证。

ISO9000 质量标准自问世以来,已被全世界数百个国家和地区采用为国家级标准,它已经成为许多国家的市场准入条件。中国于 1992 年将 ISO9000 等同采用为国家标准。

2. ISO14000

ISO14000 标准是顺应国际上对环境保护要求日益强烈、强调可持续发展的大趋势下产生的,也是伴随着人类对环境问题的了解认识过程的变化产生的。ISO14000 环境管理系列标准是国际标准化组织(ISO)继 ISO9000 标准之后于 1996 年推出的又一个管理标准。该标准是由 ISO/TC207 的环境管理技术委员会制定,有 14001 到 14100 共 100 个号,统称为 ISO14000 系列标准。该系列标准是一体化的国际标准,它包括了环境管理体系、环境审核、环境标志、生命周期分析等国际环境管理领域内的许多焦点问题,旨在指导各类组织取得和表现正确的环境行为。它还融合了世界上许多发达国家在环境管理方面的经验,是一种完整的、操作性很强的体系标准,包括为制定、实施、实现、评审和保持环境方针所需的组织结构、策划活动、职责、惯例、程序过程和资源。其中 ISO14001 是环境管理体系标准的主标准,它是企业建立和实施环境管理体系并通过认证的依据。

按 ISO14001 标准要求建立的环境管理体系由 5 个一级指标和 17 个二级指标组成,见表 3 - 1。

（三）综合标准

目前国际上比较有影响力的衡量企业社会责任和可持续发展的综合性体系有多米尼社会责任投资指数(KLD)、全球报告倡议(GRI)、道琼斯可持续发展指数(DJSI)、全球契约标准、跨国公司行为准则以及 ISO26000。前五个已经实施多年,ISO26000 也即将发布。

1. 多米尼社会责任投资指数(KLD)

多米尼 400(Domini400)社会责任投资指数是由 KLD 研究和分析公司(KLD Research&Analysis, Inc.)的社会研究部门于 1989 年后期创立的,于 1990 年 3 月 1 日开始发布该指数的跟踪数据及监测指数的市场表现,这是美国第一个符合社会和环境标准、面向投资者的股票指数。

表 3－1　ISO14001 管理体系指标或要素

一级指标	二级指标
环境方针	环境方针
规划	环境因素
	法律与其他要求
	目标和指标
	环境管理方案
实施与运行	结构与职责
	培训、意识和能力
	信息交流
	环境管理体系文件
	文件管理
	运行控制
	应急准备与响应
检查与纠正措施	监测
	不符合、纠正和预防措施
	记录
	环境管理体系审核
管理评审	管理评审

多米尼社会责任投资指数是一种由市场股本加权后获得的普通股票指数,评估企业在环境、员工关系、社区关系、产品质量和安全、多元化以及人权等 7 个维度的内容。该指数包括了标准普尔 500(S&P 500)指数中约 250 家公司股票和非 S&P500 指数的 100 家公司股票,另外还包括能特别反映有强烈社会责任特征的 50 家公司股票。入选指数的企业都经过了严格的挑选,在社会责任方面表现良好。

KLD 是为机构投资人、投资信托人和经理等具备专业知识的使用者服务的,该指数被认为是评价企业社会责任较好的方法。但由于其还涉及 7 个较有争议的商业指标,大大降低了该指标的普遍适用性,KLD 的评价价值也受到影响。

2. 全球报告倡议(GRI)

GRI 是由美国非政府组织对环境负责经济体联盟(CERES)和联合国环

境规划署联合倡议,于1997年成立,其目的在于提高可持续发展报告的质量、严谨度和实用性,提高全球范围内可持续发展报告的可比性和可信度,并希望获得全球认同和采用。2002年从经济、环境和社会业绩三个角度出发修订了GRI《可持续发展报告指南》(简称《指南》),2006年10月发布了反映当前各界最广泛认可的可持续发展定义的第三版《指南》(简称"G3")。GRI报告编制的业绩指标包括经济业绩指标、环境业绩指标、社会业绩指标。

各种类型、规模、行业和地域的组织都可以运用《指南》,目前,GRI更强调在企业中的运用。目前越来越多的企业采用GRI《指南》编制可持续发展或社会责任报告。截至2005年12月底,已有750家组织在《指南》的框架下编制了可持续发展报告①。

尽管GRI在为企业社会责任标准提供关键平台和方法方面迈出了重要的一步,但目前还未能提供精确性、专业性和详细简明的细节平台(Wilenius,2005)。

3. 道琼斯可持续发展指数(DJSI)

道琼斯公司、斯达克斯(STOXX)和SAM集团于1999年联合推出的道琼斯可持续发展指数(Dow Jones Sustainability Index,简称DJSI),是全球第一个把可持续发展融入公司财务表现的指数。

DJSI是由在可持续发展方面领先的公司所构成的指数,评价体系中的数据主要来源于四种渠道:调查问卷、公司文件、公共信息、与公司直接联系。评价体系指标分为两类:一是通用标准,二是与特定产业相关的标准,两类指标权重各占总权重的50%。前者适用于所有产业,包括公司管理、环境管理和绩效、人权、供应链管理、风险危机管理和人力资源管理等;后者指标的选择主要考虑特定行业所面临的挑战和未来发展趋势。DJSI关注企业发展对环境保护、社会和经济发展的三重影响,并把结果在企业财务报告中加以衡量和表述。入选道琼斯可持续发展指数门槛非常之高,但是入选后能给公司带来诸多益处。许多企业都以被列入该指数为荣,进入该指数的企业更容易在国际市场上获得资金,其股票价格因此而得到提升。道琼斯可持续发展指数已经

---

① 资料来源:GRI官方网站:http://www.globalreporting.org/AboutGRI/。

将授权出售给了14个国家的56个基金组织。①

4. 全球契约标准

1999年1月，联合国秘书长安南在瑞士达沃斯世界经济论坛上首次提出"全球契约"（global compact）活动的倡议，并于2000年7月在联合国总部正式启动。全球契约要求跨国公司重视人权、劳工标准和环境保护，以克服全球化带来的负面影响，并提出10项关于社会责任的原则和核心内容，见表3-2。契约要求企业界与联合国机构、国际劳工组织、非政府组织以及其他各方一起结成合作关系，在全球范围内促成共同的价值观和原则，以建立一个更加广泛、平等、人道的世界市场。

表3-2　全球契约社会责任标准

一级指标	二级指标
人权	企业应尊重和维护人权
	不参与任何漠视与践踏人权的行为
劳工标准	企业应该维护结社自由和劳资集体谈判的权利
	消除强制性劳动
	消除童工
	杜绝任何在用工与行业方面的歧视行为
环境	企业应对环境挑战未雨绸缪
	主动增加对环保所承担的责任
	鼓励、发展与推广无害环境技术
反腐败	企业应反对各种形式的贪污，包括敲诈、勒索和商业贿赂

目前该标准是全球最大的、最重要的企业社会责任自愿性协议。包括耐克、联合利华、爱立信、德意志银行等大型跨国公司在内的5800多家企业和相关组织加入其中②，它们向联合国承诺在国外实行合适的劳工标准和社会标准。中国政府也对全球契约持支持态度。但"由于'全球契约'的实施依赖于企业的自愿，对于企业不愿参与或虽参与但违反其承诺的行为，联合国或国际社

---

① 资料来源：DJSI官方网站：http://www.sustainability-indexes.com/。

② 资料来源：全球契约官方网站：http://www.unglobalcompact.org/。

会只能以道德的力量予以约束,并无强制手段,因而该契约的成效尚有待观察"①。

5. 跨国公司行为准则②

1976 年经济合作与发展组织(OECD)制定的《跨国公司行为准则》,是目前唯一由政府签署并承诺执行的多边、综合性跨国公司行为准则。2000 年该准则重新修订,更加强调了签署国政府在促进和执行准则方面的责任。《跨国公司行为守则(草案)》的具体内容包括不干涉东道国内部事务和政府间关系、行贿行为、尊重人权和基本自由、劳动标准、转移定价、税收、技术转让、反竞争行为、消费者保护与环境保护等。

该准则是 20 世纪 70 年代在全球范围开展的企业准则运动的重要参考标准,OECD 各成员国的实践经验也对包括中国在内的其他国家提供了良好的借鉴。

6. ISO26000

国际标准化组织(ISO)从 2001 年开始着手进行社会责任国际标准的可行性研究和论证,并专门成立了社会责任顾问组。2004 年 6 月由 54 个国家和 24 个国际组织共同参与制定编号为 ISO26000 的最新标准体系,最终决定开发一个适用于包括政府在内的所有社会组织的"社会责任"国际标准化组织指南标准。该标准拟定在 2010 年正式出台。ISO26000 具有极广的适用性,覆盖了社会责任内容的九个方面,包括:组织管理、人权、劳工、环境、公平经营、消费者权益保护、社区参与、社会发展、利益相关方合作。该标准的出台意义将十分重大。但由于各个国家政治、经济、文化的巨大差异,要想在此问题上达成一致,困难也相当大。

(四)评价与审计标准(AA1000)

最著名的企业社会责任评价与审计标准是 1995 年英国社会和伦理责任研究所(Institute of Social and Ethical Accountability)成立的一家非营利性的机构——Accountability 于 1999 年所发布的 AA1000 标准。该准则的宗旨是通过为各种组织提供有效的审计和社会责任管理工具及标准来提高社会责任意识,实现可持续发展。2008 年,Accountability 出版最新版本的可持续审验标

---

① 沈根荣、张维:《国际劳工标准问题及其最新发展》,《国际商务研究(上海对外贸易学院学报)》2004 年第 3 期。

② 吴福顺、殷格非:《蓬勃发展的企业社会责任运动》,《WTO 经济导刊》2006 年第 6 期。

准《AA1000 审验标准(2008)》,旨在改革企业可持续报告的独立审验,并重建人们对于透明而有效率的商业实践的信心。

与其他侧重于绩效的标准不同,AA1000 标准侧重过程,它包含了基本的原则和一系列过程标准,即企业社会责任管理中五个阶段的标准:计划、会计、审计与报告、融合、利益相关方参与。AA1000 审计标准的特征是实质性、完整性和回应性。此外,AA1000 还在审计可信度、审计独立性、审计方的公正性、个人能力和机构能力等各方面确定了审计方标准:为准确、可信的审计奠定了基础。

AA1000 系列标准现已成为可持续发展、非财务审计的重要法则。在利益相关者参与方面,也属于领先的标准。目前 AA1000 系列标准拥有来自 5 大洲 30 多个国家的企业、非政府组织、政府部门等成员,数以百计的机构正使用 AA1000 系列标准指导其公司的运作①。

二、国内有关企业社会责任的评价体系

国内的社会责任评价体系不多,包括:双草案、中国企业社会责任调查评价体系与标准、中国纺织企业社会责任管理体系、CSR-GATEs 及验证准则等。前两个是综合性的社会责任评价体系,后两个是行业内员工权益评价体系。

(一)双草案

在参照有关国际机构的报告模板以及 30 家世界著名跨国公司的公司责任报告的基础上,由商务部跨国公司研究中心、中国社科院世界经济与政治研究所联合制定了《中国公司责任报告编制大纲(草案)》、《中国公司责任评价办法(草案)》(简称《双草案》)。这两份关于公司社会责任的草案于 2006 年 2 月 16 日在"企业、公司责任与软竞争力峰会"上正式发布。

《双草案》所界定的一级公司责任体系包括股东责任、社会责任和环境责任。公司社会责任首要是为公司利益相关者(包括公司员工、供应商、客户、社区等)负责。环境责任的二级体系包括提高资源的利用率、减少排放、推进循环经济三个层面。

在国内,《双草案》具有一定的开创性,意义重大。但该草案对利益相关

---

① 资料来源:http://www.accountability21.net/。

者的划分缺乏科学性,一级指标体系不健全,并且认为公益事业和慈善捐助虽是公司社会责任的重要表现,但不是公司社会责任的主要内容。由于《双草案》缺点很多,所以声誉度和普遍适用性并没有达到所期望的程度。

(二)中国企业社会责任调查评价体系与标准

《中国企业社会责任调查评价体系与标准》是由北京大学民营经济研究院于2006年完成的。该评价体系与标准主要包括三个维度,即经济责任、环境责任和社会责任。经济方面包括经营业绩、纳税额等,社会方面包括员工权益和福利、消费者权益、诚信经营、慈善捐赠等公益活动,环境方面包括环保投入、绿色生产等。该评价体系与标准依据指标完备性、操作可执行性、检验结果等原则,通过对社会责任的进一步细分,对企业的股东权益责任、社会经济责任、员工权益责任、法律责任、诚信经营责任、公益责任、环境保护责任等指标进行量化比较,从2006年7—12月,正式展开面向全国优秀中外资企业的中国企业社会责任调查。经过企业信息采集、技术计量、社会公示、专业调查机构民意调查、公众投票、专家评估等环节,最终产生了前20家最具社会责任感的优秀企业,设立了中国企业社会责任调查专项奖,同时发布了《中国企业社会责任状况白皮书》和《中国企业最缺乏社会责任感十大事件》,出版了《中国企业社会责任案例》。

(三)中国纺织企业社会责任管理体系(CSC9000T)

2005年,中国纺织工业协会社会责任建设推广委员会发布了中国纺织企业社会责任管理体系(China Social Compliance 9000 for Textile & Apparel Industry,简称CSC9000T),目前已经推出最新的《中国纺织服装企业社会责任管理体系总则及细则(2008年版)》,对纺织业中企业社会责任的要求作了较全面的规定。这一中国首个行业自律性社会责任管理体系内容包括社会责任的管理体系、歧视、工会组织与集体谈判权、童工与未成年工、强迫或强制劳动、劳动合同、工作时间、薪酬与福利、骚扰与虐待、职业健康与安全、环境保护和公平竞争12个方面。另外,为了帮助企业对应中国纺织企业在社会责任方面的符合程度,以便建立、实施、保持并改进企业社会责任管理体系,还附有社会责任自我评估表。环境保护是社会责任的重要组成部分,但ISO14000环境管理保证体系已对此做出详细规定,因此CSC9000T管理体系中并没有突出这部分内容。所以从行业特点来看,纺织业要求的社会责任侧重强调了员工权益方面的内容。另外 CSC9000T 实施指导文件立足于国内纺织企业的管理现状,所以基本上只适用于中国纺织业。

(四)CSR-GATEs 及验证准则

2008 年 6 月 18 日,中国纺织工业协会社会责任办公室推出我国第一个行业性的关于社会责任绩效披露制度指导文件——《中国纺织服装企业社会责任报告纲要》(以下简称《纲要》或 CSR-GATEs),这是为有意发布企业社会责任报告或可持续发展报告、建立社会责任绩效披露制度的中国纺织服装企业制定的指导性的社会责任报告编制纲要,也是国内第一套关于社会责任报告的指标及规范体系。

《纲要》的主体是由 201 个有关报告企业的生产、管理与经营活动,且与利益相关者权益密切相关的指标构成的指标体系。这些指标分布于 6 个一级指标和 18 个二级指标中。如表 3 - 3。

表 3 - 3 《纲要》三级指标体系

一级指标	二级指标	三级指标个数
企业状况与经济指标	企业状况	9 个三级指标
	经济指标	11 个三级指标
社会责任战略与方针	社会责任战略	3 个三级指标
	社会责任方针	4 个三级指标
社会责任管理体系	社会责任管理组织	7 个三级指标
	社会责任管理运作	9 个三级指标
	社会责任管理评价	6 个三级指标
	利益相关方参与	7 个三级指标
社会责任绩效表现	产品安全与消费者保护	11 个三级指标
	劳动者权益保护	44 个三级指标
	节能减排与环境保护	33 个三级指标
	供应链管理与公平竞争	22 个三级指标
	社区发展及社会公益	11 个三级指标
发展环境与社会责任绩效	社会责任事件与应对	3 个三级指标
	内外部环境中的机遇	3 个三级指标
	内外部环境中的风险	4 个三级指标

一级指标	二级指标	三级指标个数
报告界限与权限	报告界限	6个三级指标
	报告权限	8个三级指标

这些指标依其稳定性分为基准指标和发展指标。基准指标指在一个报告期内一般不会发生重大或关键变化,同时又构成利益相关者衡量发展指标变化的基础数据或指标。发展指标是因报告期而异的变量指标,它们构成报告的主体内容,表明报告企业在社会责任方面的发展或变化。

《中国纺织服装企业社会责任报告验证准则》依据《纲要》的要求和《CSC9000T中国纺织服装企业社会责任管理体系(2008版)》的评估要求和规程制定,提出了验证或评价社会责任报告的基本原则、操作规程以及验证结论的内容和形式要求,旨在衡量报告组织披露的可持续发展绩效信息的质量。验证方式为:在CSR-GATEs体系内,中国纺织工业协会就报告符合《中国纺织服装企业社会责任报告纲要》的程度做出评价,和/或就报告验证的基本过程和结果做出的公开声明,以证明报告披露的信息的基本质量和报告验证的真实性、独立性和公正性。

第二节　国内外有关企业社会责任综合评价指标体系文献综述

综合评价企业社会责任指标体系并不容易。原因有4点:第一,企业社会责任概念本身国内外都没有统一的认识,评价指标也就很难统一;第二,评价企业社会责任的许多指标难以量化;第三,企业社会责任的综合评价往往规模宏大,指标繁多,实证研究难免遇到多种计量问题,比如完全共线、模型设定错误,异方差等;第四,社会迫切需要一套可以综合评价企业社会责任的方案,但以现有的人力、物力和财力,研究往往力不从心。从另一方面来看,也正是因为有这些问题的存在,才使得对企业社会责任的综合评价研究工作变得更有挑战性,意义也更重大。

一、国外企业社会责任评价指标体系文献回顾及总结

国外对企业社会责任评价的研究较为深入，文献也较多，主要从三个方面着手：企业社会责任与社会问题、企业社会责任与利益相关者、企业社会责任与财务绩效。

（一）企业社会责任与社会问题指标研究

早期国外理论界对企业社会责任评价的研究主要从企业如何处理社会问题（Social Problem）和承担社会责任方面来评价企业的社会责任履行程度。

Folger&Nurt（1975）采用污染指数衡量企业行为对社会问题的影响，以此评价社会责任[1]。加拿大企业皇家调查委员会（RCCC，1977）在关于企业社会责任的实证研究中，成员普瑞斯顿（Preston）认为企业处理社会问题包括4个方面，即对问题的认识、分析和计划、政策制定、执行实施。所以对社会责任的评价也应该从这4个方面进行[2]；卡罗尔（Carroll，1979）直接把企业面临的社会问题定义为3个方面：销售服务、环境保护、雇用歧视等，并依据这3个方面建立了三维立体评价模型，并把企业社会敏感性（Corporate Social Responsiveness）定义为企业履行社会责任和解决社会问题的过程[3]；另外，也有学者将企业社会责任的信息披露程度视为企业社会责任的替代品（Waddock & Graves，1997）[4]。

另外，还有些学者使用企业在社会上的声誉来衡量和评价企业社会责任（如 Jean&Alison，1988[5]；Simpson&Kohers，2002[6]）。财富企业声誉报告

---

① Folger,H. ,Nurt,F. . *A Note on Social Responsibility and Stock Valuation*. Academy of Management Journal, 1975,(18):155 – 159.

② The Royal Commission on Corporate Concentration. *Corporate Social Performance in Canada*, 1977:3 – 7.

③ Carroll A. B. . *A Three-Dimensional Conceptual Model of Corporate Performance*. Academy of Management Review,1979,(5):497 – 505.

④ Waddock,Sandra, A. , Samuel, B. , Graves. *The Social Performance Financial Performance Link*. Strategic Management Journal,1997,(1):44 – 47.

⑤ Jean Mc Guire,Alison Sundgren. *Corporate Social Responsibility and Firm Financial Performance*. Academy of Management Journal,1988,(31):4 – 8.

⑥ Simpson,W. G. , Kohers, T. . *The Link between Social and Financial Performance：Evidence from the Banking Industry*. Journal of Business Ethics,2002,(35):97 – 109.

(Fortune Corporate Reputation Report)是在企业声誉评价方面经常被使用的指标。

对社会某一问题的研究只能使评价指标反映出企业社会责任的一个方面,所以,这种评价方法的缺点很明显,在应用上有很大的局限性。比如尾气排放量及企业慈善捐赠也是表现社会问题与企业社会责任的评价指标之一,但是该指标只适合于某些产业。

(二)企业社会责任与利益相关者指标研究

从20世纪80年代开始,针对企业社会责任的利益相关者评价模型的研究在西方理论界变成一个热门并有争议的话题,其中影响最大的是美国学者索尼菲尔德(Jeffery Sonnefeld,1982)的外部利益相关者评价模式[1]和加拿大学者克拉克森(Clarkson,1995)的RDAP模式[2]。

Sonnefeld认为,应该让外部利益相关者对企业的社会责任进行评价,如是否正确对待少数民族员工、是否合法地进行生产经营、是否正确处理顾客问题、是否恰当处理社区关系等。Sonnefeld的研究是对美国林业的外部利益相关者(包括政府监管员、联邦监管员、国会议员、行业协会官员、投资分析家、学者、工会领导、环保主义者等)进行问卷调查,从社会责任和社会敏感性两个方面对6家市场和规模大致相当的林业企业进行企业社会责任评价。问卷要求这些外部利益相关者们对这几家企业的社会责任履行程度进行综合打分,同时对社会敏感性的7个维度分别评价,评分标准为5分制。然后对问卷结果进行了一系列的统计分析。该方法一个重要缺点是忽略了企业内部的重要利益相关者。

Clarkson对Sonnefeld的研究进行了否定,认为很难准确界定企业社会责任、社会敏感性的确切含义,因为企业不是政府或慈善机构,所以企业只需要处理利益相关者问题,而不需要处理社会问题。因此对企业社会责任的衡量应该以企业利益相关者管理框架为基础建立评价模式。他认为利益相关者可以分为主要利益相关者(Primary Stakeholders)和次要利益相关者(Secondary

---

[1] Jeffery Sonnefeld. *Measuring Corporate Performance*. Academy of Management Proceedings, 1982,(6):7-11.

[2] Clarkson. A *Stakeholder Framework for Analyzing and Evaluating Corporate Social Performance*. The Academy of Management Review,1909,(4):14-19.

Stakeholders)。主要利益相关者主要包括股东、投资机构、职工、顾客、供应商和政府,企业不能失去主要利益相关者而进行正常的日常活动;次要利益相关者是那些不介入企业的事务,既可以一定程度上影响企业也可以被企业影响的群体。鉴于此,克拉克森借鉴了沃提克和寇克兰(Wartick,Cochran,1985)描述企业社会责任战略的四个术语:"对抗型"、"防御型"、"适应型"和"预见型",建立了评价企业社会责任的 RDAP 模式,如表3-4所示。

表3-4　RDAP 模式

1. 对抗型	否认责任	比要求的做得少
2. 防御型	承担责任但是消极对抗	尽量少履行
3. 适应型	承认并接受责任	仅做到所要求的事项
4. 预见型	预见将要担负的责任	比要求的做得多

资料来源:陈维政,吴继红,任佩瑜. 企业社会绩效评价的利益相关者模式[J]. 中国工业经济,2002,
　　(7);王红英. 基于财务指标的企业社会责任评价研究[D]. 湖南大学硕士论文,2006:5-6.

RDAP 模式的缺点是按企业社会责任战略的术语进行分类的科学性不能被证实,而且仅仅凭着从企业内部来获得数据,太过于主观性。

(三)企业社会责任与财务指标研究

很多学者从财务指标出发对企业社会责任的绩效进行评价和研究,在理论上做出了较大贡献,比如 BSC 体系。

艾布特和曼森(Abbott & Monsen, 1979)研究了财富杂志评出的世界 500强企业的社会责任的披露程度①。作者从"环境(environment)""平等的机会(equal opportunity)""人力(personnel)""社区投资(community investment)产品"等角度设立具体指标对企业社会责任的披露进行评估,分析了世界 500强企业对社会上的批评和政府的压力所作出的反应,以及企业社会责任和企业利润之间的关系。结果表明,企业的大小与企业对投资者的回报之间的关系不是很明显,而企业自身对企业社会责任进行披露是企业进行社会责任测

---

① Walter F. Abbott, R. Joseph Monsen. *On the Measurement of Corporate Social Responsibility*: *Self-Reported Disclosures as a Method of Measuring Corporate Social Involvement*. The Academy of Management Journal, 1979,22(9).

量的最好方式之一。

科克伦和伍德(Cochran & Wood,1984)运用新的技术方法研究了企业社会责任和公司财务绩效之间的关系[1]。从不同的行业中选择承担不同程度的社会责任的企业,以此作为虚拟变量对企业的经营绩效进行回归,结果发现同一行业内承担企业社会责任好的企业与公司绩效关系更加明显。此外,作者用经营收入与资产和经营收入与销售收入的比/资产年龄/资产转换率/超出价值对企业社会责任进行 logit 分析,结论与前面一致。

Kaplan 和 Norton 在 20 世纪 90 年代初提出了平衡计分卡指标系统(Balanced Score Card,BSC)的思想[2],从利益相关者角度考虑了企业指标体系问题。他们认为管理一个复杂性的企业组织,需要从最关键的 4 个方面来测评企业绩效:财务视角、顾客视角、企业内部流程视角、学习与成长视角。以此为基础,建立了一套完整的测评体系。但此方法的缺点是"它没能找到非财务指标的计量方法,而且在此指标体系中,除了股东外并没有明确其他利益相关者的收益指标"[3]。

E. K. Laitinen(1996)提出的动态业绩评价体系[4],将重心放在影响战略决策的相关因素之间的关系上,最终将非财务指标转化为财务指标,极大地解决了 BSC 中非财务指标的量化问题。

卡拉帕夏(Gómez,Carla Pasa,2002)建立了一个结构性行为表现的社会模型(SCP-Social Model),该模型分为市场结构(Market Structure)、社会行为(Social Conduct)、社会表现(Social Performance)3 个部分。其中市场结构包括利益相关者、需求和供给 3 个二级分类、10 个具体的指标,社会行为包括常规管理、市场和消费者等 10 个二级分类、37 个具体指标;社会表现包括对内部利益相关者的影响和对外部利益相关者的影响两个二级分类、24 个具体指标。

① Cochran, F. L. , Wood, R. A.. *Corporate Social Responsibility and Financial Performance.* Academy of Management Journal, 1984, 27(1):42 – 56.

② Robert S. Kaplan, David P. Norton. *The Balanced Score Card: Measures That Drive Performance.* Harvard Business Review,1992,(1):71 – 79.

③ 韩东平等:《利益相关者理论条件下对经营者财务监控指标体系的设计研究》,《管理科学》2005 年第 18 期。

④ Erkki K. Laitinen. *A Dynamic Performance Measurement System: Evidence from Small Finnish Technology Companies.* Scandinavian Journal of Management,2002,(18):65 – 99.

总体而言,这个指标体系比较全面,但是仍然存在有些具体指标相对模糊的情况,如主要利益相关者(Main stakeholders)、工作环境(Work environment)、公司治理(Corporate governance)等,这些指标的衡量不是非常具体。

(四)评价

国外对企业社会责任指标体系的研究非常全面和深入,而且方法体系比较健全,企业社会责任的方方面面都有所涉及。但相比较而言,国外理论界更加侧重对企业社会责任与企业财务绩效关系的计量分析,而建立一整套指标体系的相对较少。国外学者的实证检验结果大部分都支持了企业承担社会责任与财务绩效有密切的正相关关系,但利用财务指标对企业社会责任进行评价也存在一个问题,虽然较为客观公正,具有很强的可比性,可往往不够全面,一些不能用财务指标进行衡量的企业社会责任范畴被排除于这种方式的评价体系之外。

二、国内企业社会责任评价指标体系文献回顾

我国学者对企业社会评价指标体系的研究尚处于起步阶段,研究成果较少,大多数研究都是先建立一套指标体系,然后进行实证检验。

马学斌、徐岩(1995)的研究表明,评价企业社会责任的指标大都是定性变量,如何将这些变量进行量化成为建立企业社会责任评价指标体系的关键技术所在。他们突破了传统的评价方法,借用层次分析法(AHP)的研究成果和线性插值原理,较为科学地建立了定量模型来评价企业的社会责任,并进行了实证研究进行检验。

韩东平等(2005)从利益相关者的角度出发,设计了对经营者财务监控的指标体系,把这些指标归纳为财务、顾客、过程、员工、社会等5个方面,通过层次分析法和专家打分,赋予各指标较科学的权重。由于该指标体系并未明确从企业社会责任的角度出发,对利益相关者的界定不够科学和完整,所以得出的结论说服力不强。

陈留彬(2006)根据我国的实际情况建立了一套与国际接轨的企业社会责任评价体系,这套指标体系共分一级指标6项,二级指标19项,三级指标51项,其中6项一级指标是:员工权益保护、环保及可持续发展、企业诚信、消费者和债权人权益保护及社区关系、社会公益与慈善活动、社会责任管理。但

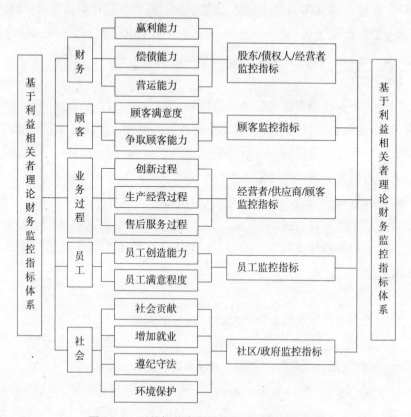

图3-1　利益相关者监控指标体系的整体构建

资料来源:韩东平等:《利益相关者理论条件下对经营者财务监控指标体系的设计研究》,《管理科学》2005年第3期。

是各个一级指标之间的逻辑关系不是非常明显,未能形成一个具有内在联系的评价整体。

　　李立清(2006)通过对湖南省规模以上293家企业、包含9个产业的问卷调查,建立了包括劳工权益、人权保障、社会责任管理、商业道德和社会公益行为在内的5大一级评价指标,其中包括13项二级指标和38项三级指标,如表3-5所示。经过专家打分,应用模糊评价法,分析了不同行业不同规模企业的企业社会责任承担的情况。这套评价指标体系在劳工权益保护方面非常具体,完整地设计了劳工保护的各项指标,但在环境保护和法律法规责任方面则显得有些薄弱。

表 3-5 企业社会责任评价体系

一级指标	二级指标	三级指标
劳工权益	童工	是否使用童工等两项
	劳动补偿	劳动保险费用支付率等 5 项
	安全卫生	职业病发生率等 6 项
	工作时间	周最多工作天数等 3 项
人权保障	集体谈判权利	职工参加工会组织率等两项
	禁止强制性劳动	职工上下班自由等 4 项
	禁止歧视	员工雇佣歧视等 3 项
	劳动纪律	禁止使用体罚等 3 项
社会责任管理	管理系统	年度公开社会责任报告等两项
商业道德	消费者权益	产品质量安全等两项
	债权人权益	客户印象等两项
	公众权益	环境保护纪录等两项
社会公益行为	主要公益活动	直接公益活动等两项

资料来源:李立清:《企业社会责任评价理论与实证研究:以湖南省为例》,《南方经济》2006 年第 1 期,第 105—117 页。

王红英(2006)从企业对政府、对员工、对股东、对债权人、对公益事业及环境能源 6 个方面的利益相关者的责任出发,基于财务指标,利用可得到的信息,建立了企业社会责任指标体系,如表 3-6。作者以长株潭地区 28 家上市公司为样本,进行实证分析,提出了我国上市公司企业社会责任信息披露和建立企业社会责任监督体系的可行性建议。

金立印(2006)指出以往的相关研究大多侧重于分析企业对政府和员工的责任,而很少有从消费者的视角来理解和分析企业的社会责任运动。他认为企业社会责任的测评标准应该能够充分反映出广大消费者的利益诉求。作者通过实证检验筛选出的 16 个测评指标分别构成了 5 个维度,即"通过慈善活动来回馈社会"、"通过赞助社区及教育文化活动来参与社会公益事业"、"积极参与环境治理和保护"、"保护消费者权益"及"履行经济方面的责任"。在此基础上,作者对企业社会责任运动业绩感知、消费者对企业的信赖和忠诚之间的关系做了进一步的分析,最后得出结论:"主动开展社会责任运动对企

表 3－6　实证研究所选用的指标

指标类别	指标名称
企业对政府的责任	上缴的各项税费净额
	资产税费率
	就业人数
企业对员工的责任	员工人均所得
	人均公益金
	全员劳动生产率
企业对股东的责任	每股收益
	净资产收益率
	分配股利或利润所支付的现金
企业对债权人的责任	流动比率
	速动比率
	资产负债比
	利息保障倍数
企业对公益事业的责任	捐赠和赞助支出
	捐赠收入比

资料来源:王红英:《基于财务指标的企业社会责任评价研究》,湖南大学硕士论文,2006 年,第 25—26 页。

业巩固市场基础、树立良好形象、构筑顾客资产以及谋求长期的可持续发展都具有积极意义"[1]。

王旭(2008)针对中国国情,通过总结国内外相关资料,从理论上开发出一个用于评价企业社会业绩的体系和程序。该方法包括 3 个大的方面,即政策、活动和结果。企业社会责任内部评价方法的研究在国内具有突破性,但由于没有经过实证检验,所以科学性、可操作性和适用性受到一定程度上的限制。

朱永明(2008)从环境视角出发,认为企业的社会责任是对资源合理利用的责任、对环境保护的责任、对社区发展的责任等,以此内容为分析框架,建立

---

[1]　金立印:《企业社会责任运动测评指标体系实证研究——消费者视角》,《中国工业经济》2006 年第 6 期。

了一套企业社会责任评价体系,并用灰色系统理论综合评价法将指标量化,进行企业间履行社会责任效果的比较。

表 3-7　基于环境视角的 CSR 的关键指标评价体系表

目标层	准则层(权重)	指标层	相应权重
基于环境视角的企业社会责任评价目标体系	资源利用(0.3)	万元 GDP 综合能耗	0.07
		原材料利用率	0.05
		再生资源的利用率	0.04
		废弃物综合利用率	0.05
		万元 GDP 综合能耗降低率	0.04
		单位土地面积产值	0.05
	环境保护(0.5)	废弃物处理率	0.08
		单位产出废弃物排放降低率	0.08
		能源环保方面的 R&D 经费占 GDP 比重	0.08
		社区空气质量达标率	0.08
		是否通过环境认证	0.08
		污染物削减量	0.05
		环境污染违法次数	0.05
	社区贡献(0.2)	对社区捐占销售收入的比例	0.06
		对社区服务的参与程度	0.03
		社区人均绿地面积	0.03
		社区就业增长率	0.05
		社区慈善、福利投入	0.03

资料来源:朱永明:《基于环境视角的企业社会责任评价体系探讨》,《技术经济研究》2008 年第 10 期,第 37 页。

总体而言,国内理论界对企业社会责任的评价指标体系也做了较为深入的研究,而且大都能立足于我国的具体情况作出相关的探索。其中在企业社会责任指标体系的建立方面,有的成果比较全面,操作性较强。但存在的问题也不容忽视。首先,大多是从国外已有成果的基础上进行扩展,或者直接把国外成果引入国内,所以具有开创性和重大理论或实践贡献的成果几乎没有;其次,国内对企业绩效评价的研究还停留在财务综合评价(企业经济绩效)阶段。现代财务分析指标体系以企业经济责任分析为核心,忽视了企业的法律责任、生态责任和伦理责任等。"所以在评价的内容上偏重于企业的经营绩效而忽视了企业社会绩效的评价。当我们对企业进行综合评价时，往往要求企业能同时兼顾经济效益和社会效益，目前我国对企业经济效益评价方面的研究已经比较成熟，但对企业社会效益评价的研究基本上是一片空白"①。

第三节　中国企业社会责任评价指标体系设计的原则

本书的中国企业社会责任综合评价指标体系的设计遵行了以下"8 大原则"。

一、全面性与系统性相结合的原则

全面性是对社会责任综合评价指标体系的一个基本要求，因为要体现指标体系的综合性，所选指标就必须全面。全面性原则是指在考虑企业社会责任组成各要素的状况及相互关系的情况下，必须设置相应的指标全面反映企业承担社会责任的情况，简言之，使所选择的指标范围尽量广、数量尽量多、深度尽量深，否则综合评价的结果将失去公平性。

系统性要求所有的指标之间要有一定的逻辑性，或者按照一定的层次排列，或者按照一定的方法分类，使评价目标和评价指标联系成一个有机整体，而不是笼统地把所有的目标罗列出来。比如可以把利益相关者分成 3 类，然后再逐层展开。

二、财务指标与非财务指标相结合的原则

衡量企业社会责任的传统指标往往从企业经营业绩出发，多属于注重用货币单位衡量的财务性指标，这样可以方便地直接引用会计报表上的数据资料，将其转换成财务比率来评价。财务类指标一直是企业社会责任综合评价指标体系中经济责任的主体部分，然而，若引入利益相关者的指标体系，有相当多的部分是非财务性指标，如市场占有率，工资支付率，是否对员工存在性

---

① 陈维政、吴继红、任佩瑜：《企业社会绩效评价的利益相关者模式》，《中国工业经济》2002 年第 7 期。

别、人种、宗教等歧视等,这些非财务指标对评价企业社会责任也非常重要,所以财务指标与非财务指标都不能少。

三、定量指标与定性指标相结合的原则

定量指标是可以将所要考评的事物或作业进行数量化的指标,通常可用货币、数量、比率、阶段等来表示,比如资产负债率、单位收入耗水量等。定量指标比较客观、科学,我们所选取的指标应该尽量是定量指标。但现实中并非所有评价指标均能容易的予以数量化。比如,在综合评价指标体系中会出现像是否使用童工、管理者对 CSR 知识的熟悉程度、是否提供实习机会之类的很难以数字来加以表达的指标。虽然经过一定的方法可以量化处理,但可能会有主观成分介入,有些还需要投入大量的资源才能予以确定,这些很难量化的指标称为定性指标。在企业社会责任综合评价过程中,为保证公平、合理,在不影响全局的情况下,应尽量避用主观性指标,采用定量指标以求客观。

四、简明性与重要性相结合的原则

简明性是指指标要能够简化那些反映复杂现象的信息,使人们易于了解和掌握。指标不同于统计数据和监测数据,必须经过加工和处理之后才能使之能够清晰、明了地反映问题。

企业社会责任综合评价要求指标不但具有简明性,还要突出重要性原则。即并非全部指标简单明了就行,还必须把重要指标突出表示出来,或者以文字进行解释说明,或者用排列顺序以及指标权重表示重要程度。重要性还要求在做实证研究时,评价体系应把不重要、不显著的解释变量予以删除。

五、相关与无关相结合的原则

相关指标表明下一层次的指标必须与上一层次的指标具有一定的相关性,下一层次的指标一般是上一层次指标的组成部分;无关性要求同一层次的指标尽量保持线性无关,特别是要避免在做实证研究时同一层次解释变量的完全线性相关,否则计量结果将出现错误,评价体系的可评价性就会丧失。

六、可比性与可控性相结合的原则

可比性指标体系中不能含有明显"倾向性"的统计指标。运用评价指标体系进行比较分析时,经常要作横向、纵向的排序分析。为了使评价结果具有可比性,选取的企业社会责任指标应在各企业间普遍适用,指标所包括的经济内容、社会影响、空间范围、时间范围、计算口径、计算方法等尽量一致。但不能为了可比性而失去指标的可控性。可控性原则要求在评价过程中,对企业无法改变或控制的指标,如重大意外灾害、利率调整、原料价格变动、汇率变动等,都应尽量排除在评价之外。

七、创新性与可操作性相结合的原则

创新性对综合评价社会责任指标体系具有重要的意义,但难度也很高。全球之所以还没有出现一个完全被各国承认的具有普遍意义的企业社会责任评价国际标准,主要原因就是缺乏创新。创新一般是发现尚未被操作过的领域,所以一味追求指标体系的创新性往往会忽略了可操作性。可操作性要求指标体系应是创新性与可实现性的统一,要充分考虑创新指标及其评价体系的可实现程度,既要保证创新性,又要保证这种创新有利于推广。

八、科学性与可评价性相结合的原则

科学性标准表现在4个方面:即保证评价体系的可靠性、公正性、客观性以及可持续性。可评价性要求完成的评价体系不但要具有理论上的可模型化的意义,还要求可用于实践、指导实践。在任何时候都不能一味追求科学性而丢弃可评价性原则。

上述"8大原则"体现了评价企业社会责任的16个特征。按照这8大原则生成的综合评价指标体系体现了企业社会责任一致性与矛盾性相统一的哲理,还体现了综合评价体系的艰巨性与可实现性相统一的关系。"8大原则"的目的是为本书企业社会责任综合评价体系的建立奠定坚实科学的基础。

第四节　中国企业社会责任评价指标体系的理论依据

本节把层次责任理论和利益相关者理论进行对比,由此引出中国企业利益相关者的得益诉求,然后再通过利益相关者的要求得出适用的指标。

一、层次责任理论和利益相关者理论

关于企业社会责任的内涵,理论界主要存在两种论点:层次责任理论(Levels of Responsibility Theory)和利益相关者理论(Stakeholder Theory)。这两种理论的共同点是都承认企业在商业原则之外还必须承担对社会的责任。但对于企业社会责任本身的具体内涵二者却有不同的看法(张玲丽,2008)。

层次责任理论的代表人物是佐治亚大学管理学教授阿奇·卡罗尔(Archie B. Carroll)。该理论认为企业社会责任是社会希望企业履行的义务。社会不仅要求企业完成经济上的使命,而且期望它能遵守法律、重视伦理、投入公益,因此,完整的企业社会责任是企业的经济责任、法律责任、伦理责任和自由决定的责任。企业经济责任反映了企业作为营利性经济组织的本质属性;企业法律责任要求企业对利润的追求只能在社会法律的约束下来进行。企业伦理责任是指未上升为法律要求但企业应予履行的义务,包含了广泛的企业行为规范和标准,体现了对利益相关者的关注;自由决定的责任是除了经济、法律、伦理责任之外,由企业自由判断和选择的为社会作出贡献的责任(主要是慈善事业等)。卡罗尔还把这4方面责任看成是一个“金字塔”,最底层是经济责任,向上依次是法律责任、伦理责任和自由决定的责任,并指出经济责任是企业生存和发展的根本。

利益相关者理论的代表人物之一的帕特里夏·沃海恩(Patricia H. Werhane)和R. 爱德华·弗里曼(R. Edward Freeman)说:“企业和社会存在千丝万缕的联系,彼此相互影响,其影响的结果对两者而言,有时是消极的,有时是积极的。”[①]企业社会责任不是像层次责任论提出的“金字塔”状责任。按照爱

---

① ［英］帕特里夏·沃海恩、R. 爱德华·弗里曼:《布莱克韦尔商业伦理学百科辞典》,刘宝成译,对外经济贸易大学出版社2002年版,第81页。

德华·弗里曼的解释,利益相关者是指"能影响组织行为、决策、政策、活动或目标的人或团体,或者是受组织行为、决策、政策、活动或目标影响的人或团体"①。他把利益相关者分为 6 种:股东、雇员、消费者、供应者、社会和政府,企业对他们有着不同的责任,不同的利益相关者会在不同的水平上被企业的行动所影响。

层次责任理论和利益相关者理论学说对企业社会责任的定义各有优劣,本书在做企业社会责任的综合评价指标体系时,把二者对企业社会责任的界定有效地结合起来,即把企业社会责任先按利益相关者分类,再对每个利益相关者界定层次论责任,使得层次更加分明,指标体系更加完善。但本书并没有直接选取二者的原始理论作为参照,这是出于以下考虑:第一,两个理论都是国外理论界依据国外的企业社会责任状况提出的,对中国的适用性有待考证;第二,两个理论各有缺点。层次责任论提出的 4 方面责任并不能全部概括企业社会责任的内涵,其"金字塔"理论也缺乏科学依据。利益相关者理论对利益相关者的分类明显不全面,连管理者、债权人等非常重要的类别都没有包括进去。并且此种分类方法只是"停留在学院式的研究中,缺乏可操作性"②。

二、中国企业社会责任层次责任理论和利益相关者理论

本书采用国内的利益相关者理论和层次责任论进行中国企业社会责任综合评价指标体系的研究。国内利益相关者理论最重要的代表人物是中山大学教授陈宏辉和浙江大学教授贾生华,层次责任理论最重要的代表人物是广东省社会科学院研究员黎友焕。

(一)陈宏辉和贾生华的利益相关者三维理论

陈宏辉和贾生华(2004)对国内 22 家企业 67 位员工实地访谈并在全国 9 个省市完成 423 份有效调查问卷,借鉴"多维细分法"和"米切尔评分法"对我国企业利益相关者进行了开创性的研究。从主动性、重要性和紧急性三个维度上将我国企业利益相关者分为核心利益相关者、蛰伏利益相关者和边缘利益相关者三大类。其中作为企业经营运作的直接参与者,股东、管理人员和员

---

① Freeman, R. E. *Strategic Management: A Stakeholder Approach.* Boston: Pitman, 1984:27.
② 陈宏辉、贾生华:《企业利益相关者三维分类的实证分析》,《经济研究》2004 年第 4 期。

工是企业的核心利益相关者;在我国当前企业中,特殊利益团体和社区还很难被认为是利益相关者,所以把它们归为边缘利益相关者;供应商、消费者、债权人、分销商和政府是企业中的蛰伏利益相关者。

本书中,根据综合评价体系本身的特点,为分析方便,我们把供应商和分销商拆开来分别对待,即把供应商和其他同行竞争者作为行业伙伴,归为蛰伏利益相关者,把企业产业链下游的分销商作为消费者对待,同样归为蛰伏利益相关者。这种区分有利于指标的分类,并且与陈宏辉的研究成果并不相悖,最重要的是并不影响结论。

(二)黎友焕的企业社会责任三层次理论模型

黎友焕(2007)在阿奇·B·卡罗尔(Carroll, Archie B. 2000)的4责任理论和美国经济发展委员会(The Committee for Economic Development,简称CED, 1971)的三个同心责任圈理论的基础上,把企业社会责任的概念界定为:在某特定社会发展时期,企业对其利益相关者应该承担的经济、法规、伦理、自愿性慈善以及其他相关的责任。与卡罗尔层次论不同之处有:

第一,法规责任与法律责任的区别。黎友焕特别提出:"定义中提出法规责任而不是法律责任,是因为法律与法规有明显的区别,法规包括了法律和政府的规章制度,而政府的规章制度也是企业在经营过程中必须遵守的,企业一旦违反规章制度也将受到制裁,更重要的是,我们还认为这一层次的法规责任还包括了国际公约、行业道德规范、行业道德标准以及企业的内部规章制度。"①法规责任,简单地说,"法"是指法律,"规"包括规章、准则、规则等法律以外的约束制度,即法律规章的简称。

第二,自愿性慈善责任的区别。不同于卡罗尔"自由决定的责任",黎友焕的定义认为在经济、法规、伦理责任以外就是自愿性慈善责任,在定义中明确了其自愿性。

第三,动态性的区别。卡罗尔对企业社会责任的定义没有说明动态性。黎友焕提出,在不同的历史时期,企业的社会责任内涵有所不同。另外,为了使定义更加准确和完善,把未来可能出现的责任或新出现但还没有明确的责任定义为"其他相关的责任",突出企业社会责任含义的动态性和发展性。

---

① 黎友焕:《企业社会责任研究》,西北大学博士学位论文(2007年)。

第四,层次性的区别。卡罗尔把4方面责任描述为"金字塔",从下向上依次为经济、法律、伦理和自由决定的责任。黎友焕把企业社会责任分为三个层次,把经济责任和法规责任放在第一层次,把伦理责任和自愿性慈善责任放在第二层次,把"其他相关的责任"放在第三层次。并说明,每一次层次的责任具有同等的重要性,每一层次责任之间又相互区分开。

黎友焕的企业社会责任三层次理论模型显然更加科学合理,也更加完备。本书评价指标体系即采用其理论。但为了指标体系分析的方便,本书把经济责任看成广义的经济责任,不但包括财务指标,还包括可以以货币计量的经济因素以及经济效率指标。另外,为体现简洁性,把自愿性慈善责任直接叫做慈善责任,这与原义并不相悖。同黎友焕对其定义的强调一样,根据可控性和可操作性原则,本书也不把"其他相关的责任"列入指标范围之内。

(三)中国企业社会责任综合评价指标体系框架

根据陈宏辉和贾生华的利益相关者三维理论和黎友焕的企业社会责任三层次模型,绘制的中国企业社会责任综合评价指标体系的框架如图3-2。把评价体系先根据利益相关者三维理论分类,对每一个利益相关者,再根据企业社会责任三层次模型分类,然后把对应的每类责任赋予细分指标。

第五节   中国企业社会责任评价指标体系指标的选择

本书社会责任评价指标选择的主体是利益相关者。比如投资者要求企业给予一定的投资回报,企业就会对投资者负有经济责任,一系列的经济指标就有了存在的理由。各类利益相关者的利益诉求形成了一个完整的企业社会责任综合评价指标体系。

一、核心利益相关者的要求

(一)企业对股东的责任

企业与股东的关系是企业内部关系中最主要的内容。作为企业最主要的投资者,股东关心的是其投资的预期收益和涉及的风险,只有预期投资收益足以补偿预期风险时才会投资。具体来说,股东最为关心的是参加企业利润分配、资产清理、股东权利等。由于企业所有者对企业拥有最终的产权,所以理

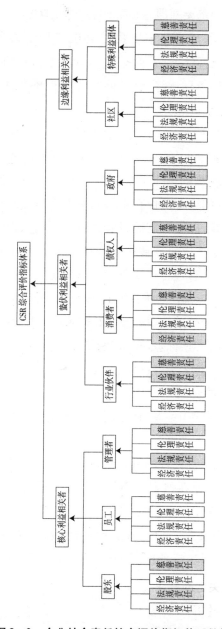

图 3-2　企业社会责任综合评价指标体系结构图

注:图3-2中的第四层的白色方块所在指标表示该因素还有下级指标,灰色方框所在的指标表示该因素已经处于最后一个层次,没有下级指标。

论上企业一切行为几乎都要对股东负责,但在现代股份制下,股票可以自由转让,因此股东对企业的要求更集中于获利能力,即股东的投资收益上。基于此,企业法规责任和慈善责任是不重要因素,与股东相关的责任主要包括经济责任和伦理责任方面的指标,如资产利润率、权益报酬率、股利支付率、股东所得率、股东权利能否得到保障等。

(二)企业对管理者的责任

企业的高层经营管理者是企业所有者的"代理人",要为企业付出相当多的时间、精力和心血,还要承担巨大的责任。经营管理者是企业信息最大的知情者,对企业社会责任的综合评价在很大程度上是对经营管理者的评价。从经营管理者的角度来说,他们有三种需求:增加报酬、增加闲暇、避免风险。故管理者角度的评价指标主要包括管理者的工资和福利、对经营者的股权激励、企业经济表现等。另外,管理者在回避风险时可能会损害企业其他利益相关者的利益,形成"内部人控制"。因此,管理者评价指标还包括管理者的社会责任感、对社会责任报告的关注、社会地位、知名度、努力程度、营运能力、创新能力以及竞争发展能力等指标。对管理者来说,法规责任和慈善责任是相对不重要的因素。

(三)企业对员工的责任

雇员作为重要的利益相关者,其利益和命运与企业的运营休戚相关,员工对企业的认同将为企业带来更多的发展潜力。另外,员工在企业里相对处于弱势地位,员工权还关系到人权的重大问题,所以劳工权益又是国家、企业、社会共同关心的话题。企业在追求利润的过程中应尽可能地兼顾对员工的责任,包括经济责任,法规责任,伦理责任与慈善责任。具体指标包括工资待遇、职工所得率、劳动生产水平、企业遵守劳动法等法律法规、童工、劳保、加班、歧视、工作安全、职业病,员工满意度、是否有权自由组织工会和罢工、福利支付率等。

二、蛰伏利益相关者的要求

(一)企业对行业伙伴的责任

行业伙伴包括供应商、分销商以及同行业中的竞争企业等。由于分销商同消费者一样,都是处于供应链的下游,所以本书将分销商作为企业消费者对待。

供应商是企业的一个利益相关者,是企业生产产品所需物资的供应者,是供应链中的上游企业,供应商关注社会责任的目的在于选择最有利于自身的客户。供应商角度的评价指标包括企业的赊销、折扣等商业信用状况、订货状况和结算状况。其他行业竞争者更多的是从法律法规的角度看企业是否遵守公司法、价格法、行业规范和准则以及商业道德准则,还关注企业是否有恶性竞争行为。对于行业伙伴,企业慈善责任是相对不重要因素。

(二)企业对消费者的责任

消费者或顾客是企业的生命之源。企业对消费者的责任,是企业基本的社会责任。企业履行社会责任状况的好坏,很大程度上是由消费者来评价。随着消费者法律意识及自我保护意识逐渐提高,消费者权益不容忽视。消费者从自身利益出发关心的是企业的优惠政策、让利能力及持续经营能力等。消费者角度的评价指标集中体现在对消费者权益的维护,包括产品的质量、价格、售后服务、消费者满意度等。对于消费者,企业经济责任和慈善责任是相对不重要因素。

(三)企业对债权人的责任

债权人和股东都是企业的投资者,但债权人和股东的利益诉求有很大区别,而且债权人只是企业的蛰伏利益相关者,所以必须将二者分开说明。

企业占用债权人的资金,理应对债权人承担按照债务合同的要求到期还本付息的责任。同时,债权人只享有利息收益,没有股东所享有的剩余索取权和剩余控制权,却要与股东承担企业投资的全部风险,所以企业还要为债权人提供借贷安全的责任。债权人角度的企业社会责任指标包括:流动比率、速动比率、资产负债率、利息保障倍数、现金流量比率、债权人所得率、企业是否有内部审计和外部审计、企业破产对企业的支取权等。对于债权人,企业伦理责任和慈善责任是相对不重要因素。

(四)企业对政府的责任

由于政府的宏观经济政策与企业的经营状况、景气与否密切相关,企业税收是政府财政收入的主要来源,所以政府也是企业的重要利益相关者。现代社会中的政府越来越演变为社会的服务机构,扮演着为企业、公民服务和实施社会公正的角色。在这样一种制度框架下,企业对政府的责任表现为"合法经营、照章纳税",这是企业作为"社会公民"应尽的最基本的社会责任。此外,政府还要求企业支持政府的社会公益活动、福利事业、慈善事业、服务社会等等。由于福利慈善事业、服务社会等与企业的社区利益相关者更加接近,社区是直接受益人,所以把这些责任归结到企业对社区的责任。政府角度的企业社会责任主要为依法纳税、参与政府组织的公益活动以及在国家遇到困难时,企业能进行一定的资助。对于政府,企业伦理责任是相对不重要因素。

三、边缘利益相关者的要求

西方理论界普遍认为特殊利益团体和社区这两类群体都是企业的利益相关者(Charkham, 1992),但陈宏辉、贾生华(2004)认为在我国并非如此。虽然"我国企业也越来越重视清洁生产、环境管理,并有意识地加强与社区的沟通和交流,但我们推测在我国现实情况下,他们恐怕还只能是边缘型利益相关者"①。

(一)企业对社区的责任

企业与其所在社区有着密不可分的联系,企业的一切业务过程都是在社会的环境下运作的,企业给社区带来经济繁荣的同时,也使社区居民成为污染等由企业造成的伤害最大的或最直接的受害者。资源过度开发、资源浪费和环境污染是社会可持续发展所面临的重要问题,而企业活动是造成这些问题的重要因素。企业对社区的责任集中表现为对资源和环境的责任。如增加环境保护经费、节能降耗、遵守环境保护法律法规等。另一方面,企业为树立企业形象,提高企业在社会中的知名度和公众心目中的地位,往往通过直接设立慈善基金或以向社会慈善机构和福利机构捐款、捐物方式来资助社会公益事业,以示对社会的责任心。如吸收社区人员就业、提供实习机会、救死扶伤、设立奖学金等教育基金、扶贫帮困以及社会捐赠等。

(二)企业对特殊利益团体的责任

特殊利益团体大致包括国内外第三方组织(NGO),国际机构(如国际劳工组织、联合国),国际共享资源(如国际海域、南北极生命体),甚至包括外星球生命体。企业往往不会直接对这类利益相关者造成影响,可能会先通过影

---

① 陈宏辉、贾生华:《企业利益相关者三维分类的实证分析》,《经济研究》2004年第4期。

响上文所述的其他利益相关者,再传递给这类特殊利益团体。我们对企业社会责任的评价主要关注企业是否违背 NGO 和国际机构的规章和标准。比如是否遵守《国际劳工组织宪章》、是否执行 ISO9000 等。对于特殊利益团体,只有企业法规责任才是最重要的因素。

第六节　综合评价指标体系的建立和指标权重

一、关于指标体系的说明

在遵行前文建立企业社会责任综合评价指标体系原则的基础上,本书采取 6 级层次指标法,一共选取了 3 个一级指标,9 个二级指标,36 个三级指标,100 个四级指标,31 个五级指标, 10 个六级指标,见表 3 - 8。其中前三级指标是按照国内利益相关者理论和层次责任论的定义划分的,后三级指标是在我们课题组的三轮反复讨论之后予以取舍后划分的。

对于前三级指标,由于是按照前文的理论进行划分,所以比较科学,而且不会有争议。但对后三级指标,可能会有一些不确定性。特别是对于第四级指标,总量多达 100 个,它们整体上全部归类于经济责任、法规责任、伦理责任和自愿性慈善责任。这 100 个指标的归类有可能是最有争议的问题。为了避免不必要的争议,我们确定了以下归类标准:

(一)就近标准

有的指标可能同时可以归类于两个或两个以上的利益相关者,我们按照此指标对利益相关者发生最直接的作用进行归类。比如,利润增长率的高低不但影响股东的收益,而且还会影响企业整体效益,进而影响就业、政府财政收入、社会稳定等。但股东是企业的所有者,利润的高低首先对股东产生最直接的影响,即股东离利润指标最"近"。所以我们将其归类于股东名下。同样的道理,把资产报酬率归类于管理者经济责任。

(二)广义和狭义标准

对于经济责任、伦理责任和自愿性慈善责任,我们采用广义的原则,即所采用的指标不必要完全符合这三个指标的内涵,只需要符合其外延即可。简单说,我们从一个大的或者说模糊的角度去定义这三个指标。而对于法规责任,我们从狭义的角度去定位,只把相关的法律、规章、公约、规则、规范等归类于此,即只有具体提到某类法规时,才归类于法规责任。比如:遵守劳动法、劳动合同法、就业促进法,归类为法规责任;小时工资率归类于员工经济责任。

（三）优先标准

大体上,我们对所有的指标按以下顺序归类:经济责任、伦理责任、自愿性慈善责任、法规责任。大部分的指标最终都可能与法规有关,而且很多指标可能会相互交叉,所以我们把繁多的指标归序:即凡是符合经济责任的指标,就先归于经济责任,即使它也符合伦理责任或法规责任。比如企业如果恶性竞争,肯定会违反相关的法规,但也不符合企业伦理,这时我们按照伦理责任先于法规责任的顺序,将其归类于伦理责任。再比如是否使用童工,同样归类于伦理责任。

二、指标体系及权重表

如表3－8所示。

表3－8　中国企业社会责任综合评价指标体系及权重列表

一级指标 （权重）	二级指标 （权重）	三级指标 （权重）	四级指标 （权重）	五级指标 （权重）	六级指标 （权重）
核心利益相关者 (0.5016)	股东 (0.2020)	经济责任 (0.095)	资产利润率 (0.0131)		
			股东所得率 (0.0112)		
			利润增长率 (0.0141)		
			权益报酬率 (0.0121)		
			资本保值增值率 (0.011)		
			每股股利 (0.011)		
			股利支付率 (0.011)		
			可持续增长率 (0.0115)		
		伦理责任 (0.0223)	是否按时召开股东大会(0.006)		
			股东权利能否得到保障(0.0163)		

一级指标 （权重）	二级指标 （权重）	三级指标 （权重）	四级指标 （权重）	五级指标 （权重）	六级指标 （权重）
		法规责任 （0.0576）			
		慈善责任 （0.0272）			
	员工 （0.1448）	经济责任 （0.0436）	工资支付率 （0.0064）		
			小时工资率 （0.006）		
			员工工资增长率 （0.0063）		
			单位员工利润增长率（0.0045）		
			人力资本投入水平（0.0034）		
			人力资本维持能力（0.0032）		
			员工所得率 （0.005）		
			单位员工利润 （0.0049）		
			员工劳动生产率 （0.0039）		
		法规责任 （0.0459）	遵守劳动法、劳动合同法、就业促进法（0.0252）		
			遵守工伤保险条例及其他法规 （0.0206）		
		伦理责任 （0.0375）	是否使用童工 （0.0041）		
			劳动保险支付率 （0.004）		
			周最多工作时数（包括加班） （0.0037）		
			周最少休息天数 （0.0033）		
			职业病、安全事故伤亡率 （0.0039）		
			是否存在侮辱伤害行为（0.0047）		

一级指标 (权重)	二级指标 (权重)	三级指标 (权重)	四级指标 (权重)	五级指标 (权重)	六级指标 (权重)
			是否存在性别、人种、宗教等歧视(0.0043)		
			员工满意度提高率(0.0041)		
			员工权利 (0.0054)	结社自由和集体谈判权利 (0.0008)	
				辞职自由 (0.0008)	
				带薪休假 (0.001)	
				参与公司治理 (0.0009)	
				组织工会和罢工的自由(0.0009)	
				拒扣押金与证件的自由(0.0011)	
		慈善责任 (0.0177)	福利员工比 (0.0051)		
			员工培训率 (0.0036)		
			员工人均年教育经费(0.004)		
			法定福利支付率 (0.0051)		
	管理者 (0.1548)	经济责任 (0.0609)	管理薪酬增长率 (0.0159)		
			销售利润率 (0.0152)		
			资产报酬率 (0.0131)		
			企业所得率 (0.0168)		
		伦理责任 (0.0261)	管理者的社会地位状况(0.002)		
			营运能力指标 (0.0044)	应收账款周转率 (0.0015)	
				存货周转率 (0.0016)	
				资产周转率 (0.0014)	

一级指标 (权重)	二级指标 (权重)	三级指标 (权重)	四级指标 (权重)	五级指标 (权重)	六级指标 (权重)
			创新能力指标 (0.0059)	新技术采用率 (0.003)	
				单位收入研发费 (0.003)	
			竞争发展能力指 标(0.0052)	市场占有率 (0.0017)	
				市场份额增长率 (0.002)	
				开发新市场数目 和金额(0.0015)	
			战略社会责任指 标 (0.0053)	企业履行社会责 任意识强度 (0.0023)	企业文化或 企业战略是 否服从于或 包含于 CSR 之中 (0.0006)
					企业是否支 持关于 CSR 的 NGO 组 织或其他社 会 团 体 (0.0005)
					企业对 CSR 的投资是否 有增长 (0.0006)
					管 理 者 对 CSR 知识的 熟悉程度 (0.0006)
				企业社会责任管 理体系指标 (0.002)	企业内部有 无举行 CSR 研讨会或论 坛(0.0005)
					企业是否积 极参加外部 CSR 研讨会 或论坛 (0.0005)
					企业是否对 外积极组织 CSR 研讨会 或论坛 (0.0005)

一级指标 （权重）	二级指标 （权重）	三级指标 （权重）	四级指标 （权重）	五级指标 （权重）	六级指标 （权重）
					企业有无建立 CSR 的专门机构或部门(0.0006)
				企业社会责任认证评审指标(0.001)	企业社会责任内部审核(0.0005)
					企业社会责任外部审核(0.0004)
			企业社会责任报告质量指标(0.0032)	报告的透明度(0.0009)	
				报告的页数和字数(0.0002)	
				报告的内容是否全面(0.0004)	
				报告的内容是否深入(0.0005)	
				报告的内容是否客观真实(0.0008)	
				报告是否具有可持续性(0.0005)	
		法规责任(0.0475)			
		慈善责任(0.0203)			
蛰伏利益相关者(0.2575)	行业伙伴(0.0472)	经济责任(0.0148)	超期结算比率(0.004)		
			订货完成率(0.0056)		
			订货增长率(0.0052)		
		法规责任(0.0156)	执行行业规范、行业标准(0.0066)		
			执行行业的道德准则(0.0036)		
			遵守公司法、反垄断法、价格法等法律(0.0054)		

一级指标 （权重）	二级指标 （权重）	三级指标 （权重）	四级指标 （权重）	五级指标 （权重）	六级指标 （权重）
		伦理责任 （0.011）	企业的商业信用 状况（0.0071）		
			是否恶性竞争 （0.0039）		
		慈善责任 （0.0057）			
	消费者 （0.1050）	法规责任 （0.0364）	遵守食品卫生 法、产品质量法、 清洁生产促进法 （0.0164）		
			遵守消费者权益 保护法、安全生 产法（0.02）		
		伦理责任 （0.0314）	质量抽查合格率 （0.0079）		
			是否提供售后服 务（0.0057）		
			消费者满意度 （0.007）		
			违规产品罚款率 （0.0047）		
			消费者投诉次数 （0.0062）		
		经济责任 （0.0244）			
		慈善责任 （0.0127）			
	债权人 （0.0606）	经济责任 （0.0267）	流动比率 （0.0042）		
			速动比率 （0.0054）		
			资产负债率 （0.0034）		
			利息保障倍数 （0.0047）		
			现金流量比率 （0.0052）		
			债权人所得率 （0.0038）		
		法规责任 （0.017）	破产法 （0.006）		

一级指标 （权重）	二级指标 （权重）	三级指标 （权重）	四级指标 （权重）	五级指标 （权重）	六级指标 （权重）
			是否定期进行外部审计和内部审计(0.011)		
		伦理责任 (0.0103)			
		慈善责任 (0.0066)			
	政府 (0.0449)	经济责任 (0.0138)	税款上缴率 (0.0024)		
			资产税费率 (0.0021)		
			纳税增长率 (0.0024)		
			罚项支出比率 (0.002)		
			销售利税率 (0.0024)		
			政府所得率 (0.0024)		
		法规责任 (0.0152)	企业所得税法 (0.0072)		
			反洗钱法 (0.0037)		
			其他法律法规 (0.0042)		
		慈善责任 (0.0076)	参与政府组织的公益活动次数 (0.0038)		
			其他对政府的支助行为 (0.0038)		
		伦理责任 (0.0083)			
边缘利益相关者 (0.2409)	社区 (0.1325)	经济责任 (0.0318)	节能降耗环保指标(0.0079)	环保支出比率 (0.001)	
				环保经费增长率 (0.0008)	
				单位收入不可再生资源消耗量 (0.001)	
				单位收入材料消耗量(0.0008)	

一级指标 （权重）	二级指标 （权重）	三级指标 （权重）	四级指标 （权重）	五级指标 （权重）	六级指标 （权重）
				材料用废率 （0.0008）	
				单位收入耗能量 （0.0011）	
				单位收入耗水量 （0.0012）	
				单位收入排废量 （0.0012）	
			公共设施投入比例（0.0084）		
			社会贡献率 （0.0076）		
			社会积累率 （0.0079）		
		法规责任 （0.0499）	遵守环境保护法 （0.0274）		
			遵守其他法律法规（0.0224）		
		伦理责任 （0.0248）	开展培训和健康教育的次数 （0.0049）		
			是否提供实习机会（0.0034）		
			是否制定可持续发展规划和相关政策（0.0059）		
			是否有环境保护记录（0.0051）		
			就业贡献率 （0.0055）		
		自愿性慈善责任 （0.026）	救死扶伤支出比 （0.0053）		
			设立奖学金等教育基金的项目数和金额 （0.0061）		
			扶贫帮困的支出比（0.0071）		
			捐赠收入比率 （0.0075）		
	特殊利益团体 （0.1084）	经济责任 （0.0197）			

一级指标 (权重)	二级指标 (权重)	三级指标 (权重)	四级指标 (权重)	五级指标 (权重)	六级指标 (权重)
		伦理责任 (0.0342)			
		慈善责任 (0.0266)			
		法规责任 (0.028)	遵守《国际劳工 组织宪章》 (0.0042)		
			遵守《联合国儿 童权利公约》 (0.0041)		
			遵守《世界人权 宣言》 (0.0043)		
			遵守其他公约 (0.0034)		
			是 否 执 行 ISO9000 (0.0039)		
			是 否 执 行 ISO14000 (0.0045)		
			是否执行其他通 用标准 (0.0035)		

注:(1)权重赋值采用的标度类型:$e^{(0/5)}$~$e^{(8/5)}$;
　　(2)由于有多重指标,上表包含的判断矩阵多达46个,通过AHP分析法,所有的判断矩阵均符合一致性标准(判断矩阵略)。

注:对各指标的解释:

一、核心利益相关者

(一)股东

1. 经济责任

(1)资产利润率

资产利润率反映企业会计年度内的净利润占平均资产总额的百分比。计算公式为:

资产利润率 =(净利润/资产平均总额)×100%

式中:平均资产总额 =(期初资产总额 + 期末资产总额)/2

该比率用来衡量公司整体的资金利用效率,是企业营利能力的关键。总资产利润率越高,说明企业创造利润的水平越高,对社会的经济贡献越大。该指标一般越大越好。

(2)利润增长率

利润增长率是指本年度企业利润比上年度的增长率,该指标直接反映了企业创造利润的变化情况。计算公式为:

利润增长率=(本期收益-上期收益)/上期收益

该比率反映了企业获利能力的增长情况,以及企业营利能力的变化趋势。利润增长率越高,说明企业创造利润的水平越高,股东的分红也就越多,对股东的经济贡献越大;反之,说明企业创造利润的水平有所下降。该指标一般越大越好。

(3)权益报酬率

又称净资产收益率、权益净利率,是指企业一定时期内的净利润同平均净资产或所有者权益的比率。该比率反映1元股东资本赚取的净收益,是评价企业资本经营效率的核心指标,其计算式为:

权益报酬率=净利润/净资产平均余额×100%

该指标具有非常好的综合性,概括了企业的全部经营业绩和财务业绩。而且该指标不受行业的限制,适应范围广。一般权益报酬率越高,说明所有者投资的收益水平越高,营利能力越强,经营能力越强。该指标一般越大越好。

(4)资本保值增值率

资本保值增值率是指期末所有者权益与期初所有者权益之比,该指标反映所有者权益部分的增长情况。计算公式为:

资本保值增值率=期末所有者权益/期初所有者权益

资本保值增值率在一定程度上是企业发展能力的集中体现。资本保值增值率越高,说明所有者权益增长越快。该指标一般越大越好。

(5)每股股利

该指标反映股东获取股利的情况。计算公式为:

每股股利=本期净利润/本期期末发行在外普通股股份总数

一般来说,公司发放股利越多,股利的分配率越高,因而对股东和潜在的投资者的吸引力越大,也就越有利于建立良好的公司信誉。

(6)股利支付率

该指标反映股利发放占公司利润的比例。计算公式为:

股利支付率=每股股利/每股盈余

公司发放股利越多,对股东和潜在的投资者的吸引力越大,但是同时也会使公司的留存收益减少。所以该比率很大程度上取决于公司的运营策略。

(7)可持续增长率

可持续增长率是指不增发新股并保持目前经营效率和财务政策条件下公司销售所能增长的最大比率。计算公式为:

可持续增长率=股东权益增长率=期初权益报酬率×收益留存率

可持续增长率是企业当前经营效率和财务政策决定的内在增长能力,企业不应当追求无效的增长,任何过快的增长都会引发后续的低增长。

(8)股东所得率

计算公式为:

股东所得率=股息/增值总额

股东凭借其股本取得股息,它包括优先股和普通股的股息。此比率是衡量企业所创造财富中由股东直接受益的部分。该指标一般越大越好。

2. 伦理责任

(1)是否按时召开股东大会

召开股东大会有利于股东了解更多公司的信息,对公司的重大决定做出表决,从而履行股东的权力,维护自身的合法权益。

(2)股东权益能否得到保障

伦理责任中的股东权益主要是股东的权利。按照新修订并已于2006年1月1日起生效施行的《中华人民共和国公司法》,股东主要享有以下10大权利:股东身份权,参与重大决策权,选择、监督管理者权,资产收益权,知情权,关联交易审查权,提议、召集、主持股东会临时会议权,决议撤销权,退出权,诉讼权和代位诉讼权。

(二)员工

1. 经济责任

(1)工资支付率

工资支付率为企业已付工资总额与应付工资总额的比值,反映企业对国家相关劳动法规的遵守情况。其计算公式为:

工资支付率＝已付工资总额/应付工资总额

该指标反映企业对员工工资的拖欠情况。工资支付率越大,说明企业所拖欠的工资越少,也越能维护员工权益。该指标一般越大越好。

(2)小时工资率

小时工资率为企业员工的月工资额与月工作小时数的比值。该指标反映企业员工的劳动报酬与劳动强度的情况,同时也从另一个角度反映企业是否执行企业所在地区的最低工资标准的规定。其计算公式为:

小时工资率＝某职工月工资额/该职工月工作小时数

实务中,为减少计算的工作量,只需计算企业工资较低的职工的小时工资率即可。一个企业的小时工资率越高,说明员工在工作时间一定的情况下,劳动报酬越高,员工的权益越有保障。

(3)员工工资增长率

为企业本年度员工工资增长额与上年度员工工资额的比值,反映企业员工对企业利润增长的分享程度。计算公式为:

员工工资增长率＝本年度员工工资增长额/上年度员工工资额

该指标值应与物价水平和单位员工利润增长率进行比较,一般应高于物价水平的涨幅,同时看与单位员工利润增长率是否一致,以反映企业的经济责任。

(4)单位员工利润

单位员工利润是企业利润总额与企业职工总人数的比值,反映企业员工的工作效率,计算公式为:

单位员工利润＝利润总额/职工人数

该指标值在不同的行业差别较大,一般而言,以大于行业平均数为好。

(5)人力资本投入水平

人力资本投入水平是企业每年招聘、培训等费用与其销售收入的比值,反映企业对其员工适应社会并可持续就业的重视程度。计算公式为:

人力资本投入水平＝每年招聘、培训等费用/销售收入×100%

指标值越高,表明企业对员工的发展越重视,反映企业的社会责任感越强。

(6)人力资本维持能力

该指标反映企业员工及其家属生活水平的维持情况。计算公式为：

人力资本维持能力＝每年员工工资总额/销售收入×100%

该指标值越高,表明员工生活水平越好,企业社会责任感越强。

(7)员工劳动生产率

员工劳动生产率为企业收入总额与职工总人数的比值,是企业生产技术水平、经营管理水平、职工技术熟练程度和劳动积极性的综合表现。计算公式为：

员工劳动生产率＝企业收入总额/职工总人数

指标值大,表明企业有效利用了劳动力资源,并且劳动者素质有了一定的提高。一般该指标越大越好。

(8)员工所得率

员工所得率是反映企业对员工的贡献,或反映企业经济增加值中有多少属于劳动所得。计算公式为：

员工所得率＝员工工资及其福利/增值总额

从社会责任角度来看,此比率并非越大越好。因为该比率的倒数衡量员工的生产率。所以职工所得率是一个需要权衡的指标。

2. 法规责任

(1)遵守劳动法、劳动合同法、就业促进法

企业遵守《中华人民共和国劳动法》中的各项条款,保障工人的劳动权利。企业遵守《中华人民共和国劳动合同法》中的各项条款,正确维护好劳资关系。企业遵守《中华人民共和国就业促进法》中的各项条款,积极采取各项措施促进就业。

(2)遵守工伤保险条例及其他法规

企业遵守《工伤保险条例》就是要保障因工作遭受事故伤害或者患职业病的职工获得医疗救治和经济补偿,维护员工的正当利益不受侵害。企业一般都要设立自己的科学合理的规章制度,以此作为员工的行为准则,约束员工的各个方面的行为。

3. 伦理责任

(1)是否使用童工

企业雇用童工违反有关的法律法规,不能正当保护员工的权益。可以使

用未成年工占员工比例作为考核指标,计算公式为:

未成年工占员工比例＝未成年员工/员工总数

该指标衡量企业雇用未成年员工的严重程度,如果未成年工占员工比例越高,则企业越不能维护员工的权益。

(2)劳动保险支付率

该指标反映企业对劳动保险的支付情况。计算公式为:

劳动保险支付率＝已支付的劳动保险/应付保险金额

劳动保险支付率越高,则说明企业越能维护员工的权益。

(3)周最多工作时数(含加班)

周最多工作时数(含加班)反映企业员工的劳动强度,如果每周最多工作时数和加班时数越多,则员工的工作强度越大,越有可能对员工的身心健康造成伤害。但对我国来说,许多员工愿意加班而得到加班费。所以工作时数不一定是越少越好。

(4)周最少休息天数

周最少休息天数同样能反映企业员工的劳动强度,如果周最少休息天数越少,则员工的工作强度越大,越有可能对员工的身心健康造成伤害。对我国来说,该指标也不是越多越好。

(5)职业病、安全事故伤亡率

职业病发生率为患职业病员工与总员工之比。该指标反映员工由工作带来的身体健康状况。职业病发生率越低,则企业对员工的工作条件和工作环境越有保障,员工的权益越能得到维护。

职工生产事故伤亡率为因生产事故伤亡员工占总员工比例。该指标反映员工因生产事故伤亡的情况。职工生产事故伤亡率越高,则员工的健康越得不到保障,企业应尽的伦理责任越少。

职业病和安全事故性质较为接近,整合在一起,计算结果为对二者求平均。

(6)是否存在侮辱伤害行为

对员工的侮辱伤害是不道德、有悖伦理的。企业应该尊重每个员工的利益和尊严。

(7)是否存在性别、人种、宗教等歧视

对员工的雇佣歧视包括性别、种族、民族、宗教、健康等方面的歧视。存在以上歧视行为的企业都未能尊重个人的劳动权利,违反企业伦理。

(8)员工满意度提高率

衡量员工满意程度可通过民意调查形式进行,每个月按规定百分比随意抽取职员来进行调查。评价员工满意度的指标很多,实践中可直接问员工自己满意度是多少,再进行平均即可得员工满意度,经简单处理就得其提高程度。

(9)员工权利

A. 结社自由和集体谈判权利

我国职工拥有结社自由和集体谈判权利,企业如果取消或禁止员工的结社和集体谈判权益,则违反有关法律法规。

B. 辞职自由

辞职自由是对员工的尊重。如果企业限制员工自由辞职,则有悖企业伦理。

C. 带薪休假

我国法律规定员工有带薪休假的权利。企业如果取消员工该权利则违反法律的有关规定。

D. 参与公司治理

公司治理为企业生存和发展的一个要素,员工如果能够积极参与公司治理,则企业尊重员工的在企业中的作用和对企业发展的参与权利。

E. 组织工会和罢工的自由

工会组织的存在能更好维护员工的权益。拥有工会组织的企业能体现企业对员工权益的重视和维护。员工具有罢工的自由,如果企业限制员工罢工辞职,则有悖企业伦理。

F. 拒扣押金与证件的自由

企业不得随意扣留员工的身份证等重要证件,更不能有任何形式的押金。

4. 慈善责任

(1)福利员工比

福利员工比为安排残疾人和下岗工人就业人数占总员工比重,该指标反映企业对福利员工提供便利,尊重其劳动权利的程度。计算公式为:

福利员工比＝安排残疾人和下岗工人就业人数/员工总数

福利员工比越高,说明企业尽到的慈善责任越大。

(2)法定福利支付率

法定福利是指按相关法律政策规定职工享有的医疗卫生、困难补助、社会保险等福利。法定福利支付率为企业已支付的法定福利与按职工工资总额和国家规定比例(14%)计算的法定福利总额之比,计算公式是:

法定福利支付率＝企业已支付的法定福利金额/(职工工资总额×14%)

该指标值越高越好。

(3)员工培训率

员工培训率说明企业为员工培训投入的金额占企业营业收入的比重。

员工培训率＝员工培训费用/销售收入×100%

对员工的培训率越大,说明员工福利越大。该指标从侧面反映企业对员工的慈善责任。

(4)员工人均年教育经费

员工人均年教育经费为企业的职工教育经费总额与职工人数的比值,该指标反映企业对员工素质的提升和未来发展所承担的慈善责任。计算公式为:

员工人均年教育经费＝职工年教育经费总额/职工人数

员工人均年教育经费越多则说明企业对员工的教育发展越重视。一般该指标值越大越好。

(三)管理者

1. 经济责任

(1)管理薪酬增长率

衡量标准为本期管理者薪酬增长额与上期管理者薪酬之比。这是管理者追求的经济福利。

(2)销售利润率

销售利润率是指净利润与销售收入的比率。计算公式为:

销售利润率＝净利润/销售收入×100%

该指标概括管理者的全部经营成果。表明1元销售收入与其成本费用之间可以"挤"出来的利润。该比率越大,反映管理者的经营能力越强。

（3）资产报酬率

资产报酬率是税前净利与平均资产总额的比值,反映企业资产的运营效率。计算公式为：

资产报酬率＝（利润总额＋利息费用－所得税）／平均资产总额×100%

该指标评价企业管理者运用各种来源资金赚取报酬的能力。指标数值越大越好。

（4）企业所得率

该指标是本期留存收益与企业增值总额的比值。计算公式为：

企业所得率＝本期留存收益／增值总额

留存收益是企业管理者根据有关财务制度和企业发展前景留给企业进行扩大再生产而积累的资金。这一比率的高低反映企业后劲的大小,同时也反映管理者管理企业的经济水平。

2. 伦理责任

（1）管理者的社会地位状况

社会地位是管理者非常关注的一方面福利。社会地位的衡量有多种指标,实践中可以通过调查问卷的形式确定其数值。

（2）营运能力指标

A. 应收账款周转率

应收账款周转率是应收账款与销售收入的比率,表现为应收账款的周转次数。计算公式为：

应收账款周转率＝销售收入／应收账款平均余额

一般来说,周转率越高越好,但不能一概而论。

B. 存货周转率

存货周转率是评价存货管理业绩的综合性指标,它是销售成本被平均存货所除得到的比率,也称存货周转次数。计算公式为：

存货周转率＝主营业务成本／存货平均余额

在特定的生产经营条件下存在一个最佳的存货水平,所以存货不是越少越好,即存货周转次数不一定越多越好。

C. 资产周转率

总资产周转率为销售收入与平均资产总额的比率。计算公式为：

总资产周转率＝主营业务收入/资产平均余额

资产周转率高,说明全部资产经营效率好。

(3)创新能力指标

A. 新技术采用率

该指标为新技术产品产值与总产值的比率。

新技术采用率＝新技术产品产值/总产值×100%

该指标反映管理者对技术创新的关注和使用水平。

B. 单位收入研发费

单位收入研发费为企业年研发费与营业收入总额的比值,又称研究开发投资率,该指标反映企业的技术进步。其计算式为:

单位收入研发费＝年研发费/营业收入

其中,年研发费＝计入管理费用的研发费＋计入无形资产成本的研发费

单位收入研发费越多,企业的开发力度越大,为人类进步承担的社会责任越多;反之,越少。

(4)竞争发展能力指标

A. 市场占有率

市场占有率是指企业产品占市场同类产品总额之比。市场占有率越高,说明企业的产品在市场上的同类产品所占比重越大,企业越有竞争力为社会创造经济财富。

B. 市场份额增长率

市场份额增长率指企业产品市场占有率的年度增长情况。市场份额增长率为正数,说明企业的竞争力有所提升,有能力为社会创造更多的经济财富;反之,如果市场份额增长率为负数,说明企业市场份额增长率有所下降,企业竞争力也有所下降。

C. 开发新市场数目和金额

即反映投资于有发展潜力的项目及投资额的多少。

(5)战略社会责任指标

A. 企业履行社会责任意识强度

a. 管理者对 CSR 知识的熟悉程度

管理者在 CSR 方面的知识有:国内外企业社会责任理论的发展状况;国

内外关于企业社会责任的法律法规;国内外企业对 CSR 的执行状况等。

b. 企业文化或企业战略是否服从于或包含于 CSR 之中

即企业所制定的企业文化以及企业战略对企业社会责任内容的引入程度如何。

c. 企业是否支持关于 CSR 的 NGO 组织或其他社会团体

企业对企业社会责任的研究会、国际组织或其他社会团体发布的条文、做出的论断、开发的项目等有没有付诸实践去支持。

d. 企业对 CSR 的投资是否有增长

B. 企业社会责任管理体系指标

a. 企业内部有无举行 CSR 研讨会或论坛

即企业内部对企业社会责任的积极程度,表现在是否开相关的研讨会,或者一个内部论坛。

b. 企业是否积极参加外部 CSR 研讨会或论坛

对于企业外部,如官方,教育机构或媒体举办的企业社会责任研讨会或论坛,企业有没有专业管理人员去参与。

c. 企业是否对外积极组织 CSR 研讨会或论坛

即企业有无邀请一些专家、学者、CSR 爱好者和其他企业社会责任实践表现突出的企业进行关于 CSR 的研究或讨论。

d. 企业有无建立 CSR 的专门机构或部门

建立 CSR 的专门机构或部门是衡量一个企业对企业社会责任重视程度的重要标准。

C. 企业社会责任认证评审指标

a. CSR 内部审核

企业内部有无成立专门的企业社会责任评审团队,对企业近一年来的履行状况进行测评和考核,以发现企业履行社会责任的优点与缺点。

b. CSR 外部审核

企业有无邀请专业的企业社会责任认证或评审机构,对企业近一年来的履行状况进行测评和考核,以发现企业履行社会责任的优点与缺点。

(6)企业社会责任报告质量

a. 报告的透明度

企业社会责任报告有无对企业履行社会责任进行足够深入的信息披露。

b. 报告的页数和字数

很难想象一份只有几页、字数很少的企业社会责任报告具有很高的水平，这样的社会责任报告可能只是作为企业作秀替代品。

c. 报告的内容是否全面

企业社会责任报告的内容是否覆盖了企业社会责任的方方面面。当然，不同行业的企业、同一行业企业的大小等因素都会影响本企业的社会责任内容。

d. 报告的内容是否深入

报告报出的企业社会责任每一个项目是否进行深入分析。

e. 报告的内容是否客观真实

报告要有依据性，其内容不是企业凭空捏造出来的。

f. 报告是否具有可持续性

报告只是为这一个年度或季度所用，还是定期都会出新的报告出来。具有可持续性的报告也反映企业社会责任的履行程度较好。

二、蛰伏利益相关者

(一)行业伙伴

1. 经济责任

(1)超期结算比率

超期结算比率为年超期结算次数与总结算次数之比，反映企业是否能按供应商的要求及时付清账款。计算公式为：

超期结算比率＝年超过账期的结算次数/年结算次数×100%

供应商期望企业能够及时付款，因为如果资金不能及时回笼，将会影响其正常的生产经营运转。该指标值越大对供应商越不利。

(2)订货完成率

订货完成率为订货实际数与合同数的比值。反映企业履行合同的能力和信誉。

订货完成率＝年实际订货数量/年合同订货数量×100%

供应商将该指标决定作为参考，决定是否与企业建立长期稳定的合作关系。该指标一般介于[0,1]之间，越大越好。

（3）订货增长率

订货增长率为本期订货增长额与上期订货额的比率,反映企业是否有能力增加订货。

订货增长率 =（今年实际订货数量 - 去年实际订货数量）/去年实际订货数量 ×100%

该指标是供应商评定该企业是否有价值的重要指标。一般越大越好。

2. 法规责任

（1）执行行业规范、行业标准

不同的行业有不同的行业规范、行业标准,这些行业规范和标准是产品质量的重要保障。执行行业规范、行业标准是企业对行业伙伴承担法规责任的重要组成部分。

（2）执行行业道德准则

同样,不同的行业也有不同的道德准则,这些道德准则规范着企业的道德行为。企业执行行业的道德准则有利于企业提高自身的竞争力。

（3）遵守公司法、反垄断法、价格法等法律

对行业伙伴负责,企业要遵守三部重要的法律文件。第一,企业应遵守《中华人民共和国公司法》中的各项条款,规范自身的结构治理和经济行为;第二,企业应遵守《中华人民共和国反垄断法》中的各项条款,防止垄断经营,维护正当竞争和市场良好的经济秩序;第三,企业应遵守《中华人民共和国价格法》中的各项条款,公正定价,不做恶性竞争行为。当然还包括其他法律法规。

3. 伦理责任

（1）企业的商业信用状况

企业的商业信用是企业在经营过程中的诚信和信誉程度的综合性反映。企业的商业信用度越高,对行业伙伴的伦理责任就越好。

（2）是否恶性竞争

恶性竞争指标用来评价公司是否运用远低于行业平均价格甚至低于成本的价格提供产品或服务,或是否使用非商业不正当手段来获取市场份额的竞争方式。企业不存在恶性竞争行为,行业伙伴的伦理责任就更有保障。

（二）消费者

1. 法规责任

(1)遵守食品卫生法、产品质量法、清洁生产促进法

企业应遵守《中华人民共和国食品卫生法》中的各项条款,生产卫生的合格的产品,维护消费者的利益。企业应遵守《中华人民共和国产品质量法》中的各项条款,生产质量合格的产品,维护消费者的利益。企业应遵守《中华人民共和国清洁生产促进法》中的各项条款,维护好生产环境的清洁卫生。

(2)消费者权益保护法、安全生产法

企业应遵守《中华人民共和国安全生产法》中的各项条款,安全生产,维护消费者的利益。企业应遵守《中华人民共和国消费者权益保护法》中的各项条款,积极维护消费者的各项权利。

2. 伦理责任

(1)质量抽查合格率

质量抽查合格率是指抽查产品合格数量与抽查产品总数量之比,该指标直接反映企业产品的质量情况,质量抽查合格率越高,说明企业对消费者越负责任。

(2)是否提供售后服务

是否提供售后服务是企业是否对消费者负责的具体体现,售后服务的质量也体现对消费者的重视程度。

(3)消费者满意度

消费者满意率主要根据企业问卷得到的反馈信息,该指标直接反映消费者对企业产品或服务的满意程度。消费者满意率越高说明消费者对企业的满意程度越大,企业在维护消费者权益方面也越显著。

(4)违规产品罚款率

违规产品罚款率是指违规产品罚款额与企业销售总额之比,企业销售总额一定的情况下,该指标越高说明企业违规产品罚款额越大,企业也就不能更好地维护消费者的权益。

(5)消费者投诉次数

3·15消费者权益保护日及其他时期,消费者对企业产品质量、服务质量等的投诉次数。

(三)债权人

1. 经济责任

(1)流动比率

流动比率是企业流动资产总额与流动负债总额的比率,反映企业流动负债是否有足够的流动资产作为保障。流动比率是最常用的衡量企业短期偿债能力的比率。计算公式为:

流动比率=流动资产/流动负债

该比率越高,短期偿债能力越强,但过高会影响企业的获利能力,所以不存在统一的、标准的流动比率数值。营业周期越短的行业,合理的流动比率越低。我国企业的流动比率一般高于美、日等发达国家企业。对于债权人而言,流动比率越高,企业偿还短期债务的能力越强,对债权人越有保障。

(2)速动比率

速动比率又称做酸性测试比率,是企业速动资产与流动负债的比率,是对企业偿债能力的一种更为严格反映。计算公式为:

速动比率=速动资产/流动负债

其中:速动资产=货币资金+交易性金融资产+各种应收、预付款

该指标测量企业不依靠销售存货而偿还全部短期债务的能力。同流动比率一样,不同行业的速动比率差别很大。我国企业的速动比率一般高于美、日等发达国家的企业。影响速动比率可信性的重要因素是应收账款的变现能力。对债权人而言,一般速动比率越大,说明企业偿还短期债务的能力越强,对债权人越有保障。

(3)资产负债率

资产负债率,也称财务杠杆系数,是企业负债总额占资产总额的比率,反映总资产中有多大比例是通过负债取得的。计算公式为:

资产负债率=负债总额/资产总额×100%

该指标可以衡量企业在清算时保护债权人利益的程度。资产负债率越低,企业偿债越有保证,贷款越安全。通常资产负债率高于50%,债权人的利益就缺乏保障。

(4)利息保障倍数

利息保障倍数是指税前息前利润与利息费用之比,衡量企业偿付借款利息的能力。计算公式为:

利息保障倍数＝息税前利润/利息费用＝（净利润＋所得税＋利息）/利息

利息倍数越大,企业拥有的偿还利息的缓冲资金越多,债权人的利益越有保障。

（5）现金流量比率

现金流量比率即现金流量债务比,是经营活动所产生的现金净流量与债务总额的比率。计算公式为:

现金流量比率＝经营现金净流量/债务总额×100%

该比率表明企业用经营现金流量偿付全部债务的能力。比率越高,承担债务总额的能力越强。

（6）债权人所得率

债权人所得率是利息与企业增值的比值,反映增值中有多少是债权人的权益。

债权人所得率＝利息总额/增值总额

债权人作为企业投资者,有权要求企业及时偿债并支付利息。一般比率越高,对债权人越有利。

2. 法规责任

（1）企业是否遵守破产法

根据我国最新修订的《企业破产法》,企业不能清偿到期债务,并且资不抵债或者明显缺乏清偿能力的情况下,经债权人或企业自己申请,法院受理,即告破产。

（2）企业是否定期进行外部审计和内部审计

由于当代经济情况的复杂性加剧了企业经营的风险和不确定性。所以定期进行外部审计和内部审计是保障企业安全健康运行的有效方法之一,它有助于企业减少经营风险,防范意外损失的发生。如果企业能定期进行外部审计和内部审计则有利于债权人的利益保障。

（四）政府

1. 经济责任

（1）税款上缴率

税款上缴率是已交税款与应交税款的比值,该指标用来分析企业是否有

挤占挪用国家税款的违法行为,计算公式为:

税款上缴率 = 已交纳税款/应缴纳税款

该比值越大,表明企业的税收责任好。

(2)资产税费率

资产纳税率是为企业会计年度内的纳税总额与企业平均资产总额的比值,反映企业对国家的经济税收责任情况,计算公式是:

资产纳税率 = 企业纳税总额/平均资产总额

评价该指标的标准为该企业所在行业的行业资产纳税率,接近或超过行业资产纳税率为好。

(3)纳税增长率

纳税增长率是本期纳税增长额与上期纳税总额的比率,反映企业对国家税收收入的贡献程度。

(4)销售利税率

销售利税率是企业会计年度内利税总额与销售净收入的比例,该指标可以说明企业纳税的基本情况。计算公式为:

销售利税率 = (利税总额/销售净收入) × 100%

其中,利税总额包括流转税、所得税及税后利润;销售净收入是指扣除销售折让,销售折扣及销售退回后的销售净额。

在销售额一定的情况下,销售利税率越高,说明企业所纳税额越大,对国家的贡献越大。

(5)国家贡献率

国家贡献率是企业为整个社会贡献总额中对政府贡献所占的比率,用于评价企业为国家创造财富和价值的能力。

国家贡献率 = (税金总额 + 上缴利润)/社会贡献总额 × 100%

社会贡献总额包括工资、劳保退休统筹及其他社会福利支出、利息支出净额、应交增值税、产品销售税金及附加、应交所得税及其他税、净利润等。

国家贡献率越高,表明企业为政府所尽的经济责任越大。

(6)罚项支出比率

罚项支出比率反映的是企业的遵纪守法情况,但它同时也是以经济指标衡量,所以把它作为经济责任。

罚项支出比率＝罚项支出总额／企业收入总额×100％

其中,罚项支出总额包括企业支付的各种罚金、罚款、罚息、滞纳金、赔偿费、诉讼费等;企业收入总额为营业收入与营业外收入之和。

显然,罚项支出比率越高,企业遵纪守法状况越差。

(7)政府所得率

政府所得率＝各种税款／增值额

各种税款包括增值税、营业税、消费税、所得税等,此指标反映企业对国家政府的贡献。

2. 法规责任

(1)企业所得税法

企业应遵守《中华人民共和国企业所得税法》中的各项条款,按时按量纳税,承担自身的经济责任。

(2)反洗钱法

企业遵守《中华人民共和国反洗钱法》中的各项条款,坚决不参与洗钱行为。

(3)其他法律法规

指企业还应遵守其他与政府责任有关的法律法规。

3. 慈善责任

(1)参与政府组织的公益活动次数

参与政府组织的公益活动次数越多,企业承担的慈善责任也越多。

(2)其他对政府的支助行为

如购买政府债券等行为。

三、边缘利益相关者

(一)社区

1. 经济责任

(1)节能降耗环保指标

A. 单位收入不可再生资源消耗量

单位收入不可再生资源消耗量是企业消耗不可再生资源量与主营业务收入的比值,该指标反映企业生产对不可再生资源的消耗强度。计算公式为:

单位收入不可再生资源消耗量＝不可再生资源消耗量／主营业务收入

该指标值越小越好。

B. 单位收入材料消耗量

单位收入材料消耗量是企业主要材料消耗量与主营业务收入的比值,该指标反映企业生产对材料的消耗强度。计算公式为:

单位收入材料消耗量=主要材料消耗量/主营业务收入

该指标值越小表明企业对材料的节约和对社区的负责。

C. 材料用废率

材料用废率是企业利用回收的可循环使用资源(如铜、铁、纸等)加工的材料与生产消耗的材料总额之比,该指标反映企业对资源的珍惜和节约程度。计算公式为:

材料用废率=可循环使用的废旧资源加工的材料/材料消耗总额

该指标比值越大,企业的社会责任感越强;比值越小,企业的社会责任感越差。但该指标不适用于不能或难以使用可循环使用资源企业。

D. 单位收入耗能量

单位收入耗能量是企业能源消耗量与营业收入的比值,该指标反映企业生产对能源的消耗强度。计算公式为:

单位收入耗能量=企业能源消耗量/营业收入

单位收入耗能量越低,则企业对社会资源的利用率越高,越能体现企业的社会经济责任。该指标值越小越好。

E. 单位收入耗水量

单位收入耗水量是企业水资源消耗量与主营业务收入的比值,该指标反映企业生产对水资源的消耗强度。计算公式为:

单位收入耗水量=水资源消耗量/营业收入

单位收入耗水量越低,则企业对社会水资源的利用率越高,越能体现企业的社会经济责任。该指标值越小越好。

F. 单位收入排废量

单位收入排废量是企业未达标"三废"排放量与主营业务收入的比值,反映企业对人类生存环境所承担的生态责任。计算公式为:

单位收入排废量=企业未达标"三废"排放量/主营业务收入

该指标值越小表明企业对社会责任感越强。

G. 环保支出比率

环保支出比率是环保经费占销售收入的比重,反映企业在环保设施运营等方面的费用与其销售收入的比值。计算公式为:

环保支出比率＝环保经费/销售收入总额×100%

该指标值越高,表明企业越重视环境的保护,企业在环保上的支出力度越大,越具有社会责任意识。

H. 环保经费增长率

环保经费增长率是后一年度相对于前一年度环保经费的增长值,反映企业环保设施持续运转情况的重要指标。计算公式为:

环保经费增长率＝(该年度环保经费总额－上一年度环保经费总额)/上一年度环保经费总额

环保经费增长率越高反映企业越重视环境保护。

(2)公共设施投入比例

公共设施投入比例是指本年度公共设施投入与企业销售总额比例,反映企业是否关注社会的发展,回馈社会,主动承担自身的社会责任。计算公式为:

公共设施投入比例＝本年度公共设施投入额/销售收入

该指标值越大,越反映企业对社区的贡献。

(3)社会贡献率

社会贡献率用于评价企业运用其资产为社会创造财富和价值的能力,它反映企业上交国家财政总额与公益性捐赠支出与企业平均资产总额之比。计算公式为:

社会贡献率＝企业社会贡献总额/企业平均资产总额×100%

社会贡献率越高,表明公司所尽的经济责任越大。

(4)社会积累率

社会积累率用于衡量企业社会贡献总额中多少用于上交国家财政和支持社会公益事业,从而直接或间接反映企业的社会责任。其计算公式为:

社会积累率＝上交国家财政总额与公益性捐赠支出之和/企业社会贡献总额×100%

其中上交国家财政总额包括应交增值税、应交产品销售税金及附加、应交所得税、其他税费等。

2. 法规责任

(1)遵守环境保护法

企业应遵守《中华人民共和国环境保护法》中的各项条款,保护好环境。

(2)遵守其他环保法律法规

企业还应遵守其他关于社区责任的法律法规,如《中华人民共和国固体废物污染环境防治法》。

3. 伦理责任

(1)开展培训和健康教育的次数

开展培训和健康教育的次数反映企业对社区教育的重视程度和承担社区建设的社会责任。

(2)是否提供实习机会

为社区人员提供实习机会反映企业支持社区建设和发展,主动承担社区建设的伦理责任。

(3)就业贡献率

就业贡献率是指企业支付给职工以及为职工支付的现金与企业平均净资产的比值,反映企业运用全部净资产为社会公众提供就业的能力。计算公式为:

就业贡献率 = 支付给职工以及为职工支付的现金/平均净资产

一般该比率越高,说明企业为社会提供的就业能力越强。

(4)是否制定可持续发展规划和相关政策

制定可持续发展规划和有关政策反映企业对环境资源的重视,主动承担保持资源、环境与社会可持续的发展的伦理责任。

(5)是否有环境保护记录

环境保护记录能使企业积累环保经验,具有环境保护记录的企业越重视环境的保护和承担环保责任的意识。一般用环境事故发生次数表示,环境事故发生次数越少,则企业越重视对环境事故的防范。

4. 慈善责任

(1)救死扶伤支出比

救死扶伤支出比为救死扶伤支出与营业收入之比,该指标反映企业在扶贫帮困上支出的程度。救死扶伤支出比越高,说明企业在慈善工作方面的投入越多。

(2)设立奖学金等教育基金的项目和金额

设立奖学金等教育基金也是企业的一种公益活动。设立奖学金等教育基金的项目数越多,企业的公益支出也越多,所尽的慈善责任越大。

(3)扶贫帮困的支出比

扶贫帮困的支出比为扶贫帮困的支出与营业收入之比,该指标反映企业在扶贫帮困上支出的程度。扶贫帮困的支出比越高,说明企业在慈善工作方面的投入越多。

(4)捐赠收入比率

捐赠收入比率为慈善与公益捐款与企业收入总额之比,反映企业对社会捐助的重视程度。计算公式为:

捐赠收入比率 = 慈善与公益捐款/企业收入总额

该指标值越高,说明企业对社区的慈善贡献越多。

(二)特殊利益团体

1. 法规责任

(1)遵守《国际劳工组织宪章》

企业遵守《国际劳工组织宪章》就是要强化劳工权利,改善工作与生活状况,制造就业,提供信息与培训机会。国际劳工组织的项目包括职业安全与健康危害警示系统,劳动标准与人权项目。

(2)遵守《联合国儿童权利公约》

企业遵守《联合国儿童权利公约》主要遵守其中与企业有关的条款,如应采取措施防止儿童受到虐待、剥削和照顾不周,并提供适当保护。不利用儿童从事生产和贩卖非法药物等。

(3)遵守《世界人权宣言》

企业遵守《世界人权宣言》其中的相关条款,如人人有资格享有本宣言所载的一切权利和自由,不分种族、肤色、性别、语言、宗教、政治或其他见解、国籍或社会出身、财产、出生或其他身份等任何区别。任何人不得加以酷刑,或施以残忍的、不人道的或侮辱性的待遇或刑罚。

(4)遵守其他公约

指遵守其他国内外的规章、条例等。

(5)是否执行 ISO9000

ISO9000 标准是国际标准化组织颁布的在全世界范围内通用的关于质量管理和质量保证方面的系列标准,执行该国际标准有利于企业产品在国际上的交易。

(6)是否执行 ISO14000

企业执行 ISO14000 有利于规范企业的生产行为,提高企业的竞争力。

(7)是否执行其他通用标准

除了上述的国际通用标准以外,企业还要遵守其他的国际国内通用标准,全面履行自身的法规责任。

第七节　中国企业社会责任综合评价指标体系的实施

一、调查问卷的设计

根据表3-8所示的指标体系,我们做了一份内容相当全面的调查问卷。理论做法是,选取若干在企业社会责任相关理论上有一定研究经验的专家、学者和一些利益相关者,对每个层次指标之间的重要程度关系进行打分,根据这些打分,确定每个指标的权重。具体来说,调查问卷根据层次分析法(AHP)的形式设计。这种方法是在同一个层次对影响因素重要性进行两两比较。衡量尺度划分为5个等级,分别是绝对重要、十分重要、比较重要、稍微重要、同样重要,分别对应9,7,5,3,1 的数值。通过各专家的打分情况,将结果整理成数值,然后通过 YAAHP0.5.1 软件,确定权重。

在研究过程中,我们向北京交通大学、中山大学、华南理工大学、华南师范大学、广东商学院、西北大学、温州大学、广东金融学院、暨南大学、天津工业大学、广东省社科联、广东省社科院等十多所高校或科研机构的 17 位长期从事企业社会责任研究专家发放调查问卷,其中收回问卷 13 份,有效问卷 9 份;另外,我们还对长期从事企业社会责任实践尤其是负责企业社会责任建设具体工作的 21 位相关人员发放了调查问卷,并进行了详细的访谈,收回问卷 19 份,有效问卷 13 份。此次调查问卷的回收率为 82.05%,有效回收率为 56.41%。根据这些问卷的结果,我们先对不同学术水平和专业类别的调查对象赋予适当的权重,再进行打分的汇总、统计,经过整理分析,得到表 3-8 所包含的结果以及未包含其中的一致性判断矩阵。

二、各指标的社会责任值确定方法

我们把统计出的企业履行社会责任的得分叫做社会责任值,值的确定要从定量与定性指标两方面出发。

(一)定量指标

定量指标一般直接选取对应的数值,如 X 公司的资产负债率为 45%,那么我们的评价体系就直接把 45% 作为对资产负债率社会责任值的评价。

(二)定性指标

对于判断性定性指标,我们选取对相应利益相关者有利的答案作为数值"1",相反,不利的答案作为"0",即把这样的判断性指标作为二值变量。比如,企业是否按时召开股东大会,按时召开股东大会,则股东的权益得到保障,所以此指标的评价为 1,相反没有按时召开股东大会,我们选取 0。对于其他定性指标,我们一般规定设置一个目标区间,每个区间赋予一定的数值进行量化,数值范围一般为 [0,1]。例如,对于"管理者的社会地位状况"这一指标,我们可以分为 5 个区间,从高到低为"非常高,高,一般高,不高,差",其对应的分值为 1,0.8,0.5,0.2,0。如果我们确定 X 公司其管理者的地位为"一般高",则此项指标对应的分值为 0.5。

各指标本身的数值用"V"(value 的第一个字母)表示,指标的级数用下标 m 表示,在同一层次对应的位次用下标 n 表示,则第 m 级第 n 个指标数值记为 V_{mn}。如,第 3 级第五个指标,其权重记为 V_{35}。以此类推。

三、模型的确定

权重的记法为字母"W"(weight 的第一个字母)表示,指标的级数用下标 i 表示,在同一层次对应的位次用下标 j 表示,则第 i 级第 j 个指标权重记为 W_{ij}。如,第 3 级第五个指标,其权重记为 W_{35}。以此类推。

我们称一个企业 X 的 CSR 综合评价最终得分即企业社会责任指数为"S"(score 的第一个字母),则企业社会责任综合评价模型为:

$$S_k = \sum_{i=1}^{6} \sum_{j=1}^{100} W_{kij} V_{kij}, \text{其中 } k = 1, 2, \cdots n \qquad (1)$$

式(1)表明,我们的研究对象共有 n 家企业,第 k 家企业的社会责任指数为 S_k,式(1)还说明一个企业的企业社会责任综合评价为其每一个指标对应社会责任值的加权平均。

第八节　结论、不足及进一步的研究方向

本部分主要是在总结国内外有影响力的关于企业社会责任评价的基础上,依据 8 大原则、层次责任论和利益相关者理论,根据不同利益相关者的诉求,设计了中国企业社会责任综合评价指标体系。通过调查问卷,运用层次分析法(AHP)对中国企业社会责任进行定量研究,经过一致性检验,在全面的企业社会责任指标体系基础上得出了各层次的权重及组合权重,构建了评价模型,为企业社会责任综合评价的理论和实践提供了依据,也为企业更好地履行社会责任指明了清晰的方向。

但由于各方面的原因,本研究还存在诸多不足之处。首先,由于一些指标具有双重性质,可以分在多个上级指标之中,本研究虽然对其划分规定了界定规则,但指标设计毕竟由于主观性的存在必然会影响其公正性;其次,由于资源的局限性,调查问卷的调查对象不能够覆盖行业的各个方面;再次,虽然权重依据一定的理论方法进行了较合理的确定,但由于资料的收集困难性较大,本研究没能运用评价模型进行进一步的实证研究。

所以,今后的研究可以在此成果的基础上,进一步在评价的"科学性"上下工夫,避免主观因素,并经过长时间对数据资料的收集和整理,进行实证研究,对评价模型进行检验。在实践上,可以依据实证的结果,对企业所履行的社会责任状况进行审计,据此对企业进行社会责任评奖。

参考文献

[1][美]彼得·F. 德鲁克等:《公司绩效评价》,中国人民大学出版社1999 年版。

[2][英]帕特里夏·沃海恩、R. 爱德华·弗里曼:《布莱克韦尔商业伦理

学百科辞典》,刘宝成译,对外经济贸易大学出版社 2002 年版。

［3］Carroll A. B. *A Three-Dimensional Conceptual Model of Corporate Performance*. Academy of Management Review,1979,(5):497 – 505.

［4］Carroll, Archie B. and Buchholtz, Ann K. *Business and Society*：*Ethics and Stakeholder Managdment*, 4th ed. Cincinnati, Ohio：South-Western Publishing Go. 2000.

［5］CICA. *Reporting on Environmental Performance*［R］. Toronto,1994.

［6］Clarkson. *A Stakeholder Framework for Analyzing and Evaluating Corporate Social Performance*. The Academy of Management Review, 1999, (4):14 – 19.

［7］Cochran, F. L., Wood, R. A.. *Corporate Social Responsibility and Financial Performance*. Academy of Management Journal, 1984, 27(1):42 – 56.

［8］CSC9000T 中国纺织服装企业社会责任管理体系总则及细则(2008 年版)［S］. 中国纺织工业协会, 2008.

［9］Erkki K. Laitinen. *A Dynamic Performance Measurement System*：*Evidence from Small Finnish Technology Companies*［J］. Scandinavian Journal of Management,2002,(18):65 – 99.

［10］Folger,H., Nurt,F. *A Note on Social Responsibility and Stock Valuation*. Academy of Management Journal,1975,(18):155 – 159.

［11］Freeman, R. E. *Strategic Management*：*A Stakeholder Approach*. Boston：Pitman, 1984:27.

［12］Gómez. Carla Pasa, Gómez. Leonardo. *SCP-Social*：*A Model for the Assessment of Corporate Social Performance*,Workingpaper,2002.

［13］International Standard Organization. *Environmental Performance Evaluation*［Z］. ISO/DIS14031,1998.

［14］Jean Mc Guire, Alison Sundgren. *Corporate Social Responsibility and Firm Financial Performance*. Academy of Management Journal,1988,(31):4 – 8.

［15］Jeffery Sonnefeld. *Measuring Corporate Performance*. Academy of Management Proceedings,1982,(6):7 – 11.

［16］Robert S. Kaplan,David P. Norton. *The Balanced Score Card*：*Measures that Drive Performance*[J]. Harvard Business Review,1992,(1):71 – 79.

[17] Simpson,W. G. ,Kohers,T. *The Link between Social and Financial Performance:Evidence from the Banking Industry.* Journal of Business Ethics,2002,(35):97 – 109.

[18] Spice,B. *Investors,Corporate Social Performance,and Information Disclosure:An Empirical Study.* Accounting Reciew,1978,(53):94 – 111.

[19] The Royal Commission on Corporate Concentration. *Corporate Social Performance in Canada,*1977:3 – 7.

[20] Waddock,Sandra,A. ,Samuel,B. ,Graves. *The Social performance Financial Performance Link.* Strategic Management Journal,1997,(1):44 – 47.

[21] Walter F. Abbott, R. Joseph Monsen. *On the Measurement of Corporate Social Responsibility:Self-Reported Disclosures as a Method of Measuring Corporate Social Involvement.* The Academy of Management Journal, 1979,22(9).

[22] Wartick. S. L. ,Cochran. P. L. *The Evolution of the Corporate Social Performance Model.* Academy of Management Review,1985,(5):4 – 7.

[23] WBCSD. *Measuring Eco-Efficiency—A Guide to Reporting Company Performance*[M]. Geneva,2000.

[24] Wilenius,M. *Towards the Age of Corporate Responsibility? Emerging Challenges for the Business World.* Futures,2005,(37):133 – 150.

[25] 杜彬、黎友焕:《金融机构的社会责任基准:赤道准则》,《郑州航空工业管理学院学报》2008 年第 2 期。

[26] 陈宏辉、贾生华:《企业利益相关者三维分类的实证分析》,《经济研究》2004 年第 4 期。

[27] 陈留彬:《中国企业社会责任评价实证研究》,《山东社会科学》2007年第 11 期。

[28] 陈维政、吴继红、任佩瑜:《企业社会绩效评价的利益相关者模式》,《中国工业经济》2002 年第 7 期。

[29] 国际劳工局:《国际劳工组织关于工作中基本原则和权利宣言及其后续措施》,国际劳工局北京局(1998 年)。

[30] 韩东平等:《利益相关者理论条件下对经营者财务监控指标体系的

设计研究》，《管理科学》2005 年第 3 期。

　　[31] 贾生华、陈宏辉、田传浩：《基于利益相关者理论的企业绩效评价——一个分析框架和应用研究》，《科研管理》2003 年第 4 期。

　　[32] 金立印：《企业社会责任运动测评指标体系实证研究——消费者视角》，《中国工业经济》2006 年第 6 期。

　　[33] 黎友焕：《SA8000 争论的前前后后——我国对 SA8000 理论研究的回顾和展望》，《新经济》2004 年第 11 期。

　　[34] 黎友焕、陈淑妮、张雪娜：《国际劳工运动在中国——SA8000 对广东外经贸的影响及对策研究》，香港社会科学出版社 2007 年版。

　　[35] 黎友焕：《企业社会责任研究》，西北大学博士学位论文（2007 年）。

　　[36] 黎友焕：《企业应对社会责任标准体系（SA8000）认证需要注意的几个问题》，《财经理论与实践》2004 年第 5 期。

　　[37] 黎友焕：《推动 SA8000 在我国实施的主体行为及影响分析》，《世界标准化与质量管理》2004 年第 10 期。

　　[38] 黎友焕：《论 SA8000 相对于国际标准体系的十大缺陷》，《亚太经济》2005 年第 2 期。

　　[39] 李立清：《企业社会责任评价理论与实证研究：以湖南省为例》，《南方经济》2006 年第 1 期。

　　[40] 李心合：《利益相关者财务论》，《会计研究》2003 年第 10 期。

　　[41] 厉以宁、单忠东：《中国企业社会责任调查报告（2006）》，经济科学出版社 2007 年版。

　　[42] 马学斌、徐岩：《企业社会责任评价技术应用研究》，《系统理论与实践》1995 年第 2 期。

　　[43] 邱婕：《国际劳工标准研究综论》，《中国劳动》2004 年第 5 期。

　　[44] 申香英：《纺织行业率先出炉社会责任报告纲要：201 个指标使企业报告基准明确且梯度清》，中国纺织工业协会网：http://www.ctei.gov.cn/zxzx/43577.htm。

　　[45] 沈根荣、张维：《国际劳工标准问题及其最新发展》，《国际商务研究（上海对外贸易学院学报）》2004 年第 3 期。

　　[46] 沈艺峰、沈洪涛：《论公司社会责任与相关利益者理论的全面结合

趋势》,《中国经济问题》2003 年第 2 期。

[47] 田书军:《2006 年基于 GRI 体系的浙江上市公司社会责任信息披露研究》,浙江大学硕士学位论文。

[48] 王红英:《基于财务指标的企业社会责任评价研究》,湖南大学硕士论文(2006 年)。

[49] 王林萍:《农药企业社会责任体系之构建》,福建农林大学博士学位论文(2007 年)。

[50] 王旭:《企业社会业绩内部评价体系与方法研究》,上海交通大学硕士学位论文(2008 年)。

[51] 吴福顺、殷格非:《蓬勃发展的企业社会责任运动》,《WTO 经济导刊》2006 年第 6 期。

[52] 夏新平、李永强、张威:《企业业绩评价指标体系的演进》,《商业研究》2003 年第 24 期。

[53] 许家林:《企业社会责任观念·标准·报告》,《财政监督》2008 年第 6 期。

[54] 颜剩勇、刘庆华:《企业社会责任财务分析指标研究》,《财会通讯(学术)》2005 年第 5 期。

[55] 颜剩勇:《企业社会责任财务评价研究》,西南财经大学博士学位论文(2006 年)。

[56] 张玲丽:《基于利益相关者理论的企业社会责任评价指标构建》,《现代经济》2008 年第 7 期。

[57] 张阳华:《现代企业财务》,复旦大学出版社 2002 年版。

[58]《中国纺织服装企业社会责任报告纲要》,中国纺织工业协会(2008 年)。

[59]《中国纺织服装企业社会责任报告验证准则》,中国纺织工业协会(2009 年)。

[60] 朱立龙、尤建新:《企业社会责任指标体系的构建及评价研究》,第三届(2008)中国管理学年会论文集(2008 年)。

[61] 朱永明:《基于环境视角的企业社会责任评价体系探讨》,《技术经济研究》2008 年第 10 期。

第四章 国际企业社会责任运动发展回顾、展望及对中国的启示

摘要：企业社会责任思想在大量的争论中不断发展，国际企业社会责任运动正是在这样的环境下愈演愈烈，并得到不断的传承，企业社会责任的内容体系也得到不断地完善。由于企业各类利益相关者对企业社会责任的重视，预计这一思想将会在更大范围内传播，其理论体系也会更加趋于成熟。中国的经济发展正处于关键阶段，将面对企业社会责任运动带来的挑战和机遇。抓住机遇，迎接挑战，中国经济才能持续发展。

关键词：企业社会责任；运动；发展

Abstract：The idea of corporate social responsibility develops continuously in a lot of controversy, under which environment the international CSR movements become increasingly intense, and get continuous transmission, CSR's contents system also be improved. Because of the stakeholders's much attention, we expect that this idea will spread in a wider extent, and its theoretical system will become more mature. China's economic development is at a critical stage, and faces the CSR's challenges and opportunities. Seize the opportunities, and be ready for the challenges, China's economy will be sustainable.

Key Words：CSR; movement; development

企业社会责任是一个备受争议的概念。对这一概念的研究于 20 世纪 50 年代在美国发起，学者、企业家、政府官员和利益相关群体，以不同的思想角度阐释其含义和内容。总体而言，企业社会责任的争辩要点在于企业与社会之间的关系，辩论的学术观点包括经济、法律、伦理及企业管理，讨论的范畴包括

企业的法律地位、权利和义务、政府对企业的监察以及企业的社会功能等。

经济全球化使得企业社会责任对发展中国家产生一定程度的影响。自20世纪90年代开始，源自西方思维模式的企业社会责任标准，通过国际贸易和全球供应链，引进到发展中国家。同时，不少学者认为，个别国家的制度文化会影响企业社会责任的认知和选择（Boxenbaum，2006；Matten & Moon，2008；Mohan，2006；Welford，2005）。国际企业社会运动要研究和解决的问题是，在不同的文化、经济、政治制度下，发达国家和发展中国家如何界定和实践企业社会责任，以迎合该国的需要及符合国际的期望。

中国身为发展中国家，经过30多年的经济改革，在全球经济中的地位日益重要。虽然以个人平均收入计算，中国仍属于中低收入国家（low middle-income country）（World Bank，2009），但是，据国际货币基金组织估计，在2007年，中国的国内生产总值已超越德国，成为世界第三大经济体，排名在美国和日本之后（Dyer，2009）。

在迈向高收入国家的过程中，中国社会日益富裕，企业将不能再单靠廉价的劳动力作为比较优势。要想在国际市场建立长期竞争优势，有效地管理经济增长目标，保持社会稳定和可持续发展，中国不得不面对企业社会责任带来的挑战和商机，从中吸取经验教训。

本章包括4个方面的内容：第一，企业社会责任发展历史回顾；第二，国际企业社会责任发展现状和展望；第三，国际企业社会责任运动对中国的启示；第四，中国企业社会责任发展的建议。

第一节　企业社会责任发展历史回顾

一、企业社会责任的起源和定义

企业社会责任是一个涵盖范围很广的概念，Carroll（1999）认为对企业社会责任的讨论，起源于 Bowen 1953 年在美国出版的《工商业家的社会责任》一书。参与讨论的人从不同学科的角度探讨企业和社会的关系，学科涵盖经济、法律、管理、宗教、道德、心理和社会学（Branco & Rodrigues，2007；Godfrey & Hatch，2007）。Prieto-Carrón，Lund-Thomsen，Chan，Muro 和 Bhushan（2006）认为企业和社会的关系表现在两个层次：（1）企业和政府之间的宏观理论；（2）

企业相互之间和企业与利益相关者之间的微观理论。这些关系的安排基于西方社会契约学说，并引出广泛的权力结构和决策的问题。

提倡企业社会责任的人引用西方哲学和宗教道德原则，认为企业应维护个人权利和社会正义（Barnard，1958；Davis，1973；Goodpaster，1983）。反对企业社会责任的人引用新古典经济理论，界定企业在社会中狭窄的经济作用（Carr，1968；Friedman，1970；Levitt，1958）。其他学者提出折中的意见，提倡战略企业社会责任，支持企业对社会提供多方面效益的同时，也要兼顾企业的长期财务发展（Garriga & Melé，2004；Porter & Kramer，2006）。

Wren（2005）认为对企业社会责任的争辩，反映各种政治、经济、文化环境对企业的期望。虽然不同国家对企业的社会作用，皆有明确或隐含的意识（Doh & Guay，2006；Matten & Moon，2008），但是，企业社会责任的概念基础是建筑在欧美传统社会形态和伦理思想上的（Carroll，2004；Jamali & Mirshak，2007）。由于经济全球化，发展中国家的商业行为和规范受到西方影响，促使发展中国家重新思考企业与社会关系的问题。

Carroll（1999）把企业社会责任在美国的演变分为理论发展和实证研究两个阶段。从20世纪50年代到70年代，学者与工商界人士建立理论基础，从法律、经济、管理、社会等学科出发，辩论企业道德义务的性质和范畴。80年代，有关企业社会责任的多种理论与主题出现，并集中于企业社会责任的实践。其中两个主题到目前被普遍接受：（1）利益相关者理论，用以管理公司股东和非股东的利益冲突；（2）企业社会绩效模型，作为协助公司平衡利润和承担社会义务开支的指南。自20世纪90年代以来，企业社会责任实证研究变得多面化，主题广泛。

Krizov和Allenby（2004）指出，20世纪50年代到80年代，企业社会责任在美国的内容包括劳工保护、工地安全、员工多元性、消费者保障、营销道德、反腐败与商业罪行。90年代以来，企业社会责任推广至环境保护、第三国家可持续发展、商业道德、地方社区福利、员工志愿服务和慈善事业（Mohan，2006；Vogel，2005）。

Welford（2005）比较欧美和亚洲的企业社会责任，根据国际指南和标准，列出20条企业行为范围，分为内部、外部、问责制和公民义务四个类别。Steurer（2006）和Zinkin（2004）指出，发展中国家可持续发展、环境保护和人权是21世纪流行的研究课题。其他定量和定性的研究方向有人力资源管理、地方社区关系、跨国公司对发展中国家文化的影响与公司治理的透明度(Bird & Smucker, 2007; Branco & Rodrigues, 2007; Godfrey & Hatch, 2007; Haigh & Jones, 2007; Heath, 2007)。

Garriga和Melé(2004)认为,企业社会责任的定义不断变化,揭示出企业的数目和权力日渐增长,社会对企业的期望也不断提高。Carroll(1999)把一系列社会责任的主题,用金字塔模式归纳为4种类型:法律、经济、伦理和慈善。根据Carroll的说法,企业的基本责任必须要遵守法律和保持利润,企业行为也要符合社会道德规范的期望,而企业自愿参与社会慈善,是理想的行为,但不是社会责任的必须要求。这样的金字塔模式可能会引来误解,认为企业的守法、营利、道德及慈善有先后高低的分别。Schwartz和Carroll(2003)后来修正这金字塔模式,把慈善归入经济和伦理范围,用维恩图表明企业活动在法律、经济和伦理原则相互交叉的关系。Schwartz和Carroll说明,这些原则有重叠和冲突的地方,不同企业在兼顾这些社会责任的同时,会选择强调其中的一个原则。此外,Carroll(2004)相信企业要考虑全球利益相关者,跨国公司的义务是"求利润,守法律,有道德,[和]作为全球企业公民"①。

工商学术界和国际组织也为企业社会责任作出不同定义。美国经济发展委员会(The Committee for Economic Development),一个学术及商界合作的独立非营利组织,提倡企业对美国经济发展和社会进步的责任(Committee for Economic Development, 2009)。世界可持续发展工商理事会(World Business Council for Sustainable Development)是一个全球性组织,会员是来自35个国家的200多家企业的行政总裁,其目的是促进企业参与发展中国家的社会建设(WBCSD,2009)。Holmes和Watts(2002)为WBCSD发表企业社会责任报告,声明企业有义务"促进可持续经济发展,与雇员、雇员的家庭、地方社区和整个社会合作,改善他们的生活质量"②。

① Carroll, A. B.. *Managing Ethically with Global Stakeholders: A Present and Future Challenge.* Academy of Management Executive,2004, 18(2), 116.

② Holmes, R., & Watts, P.. *Corporate Social Responsibility: The WBCSD's Journey.* World Business Council for Sustainable Development. Retrieved August 7, 2009, from http://www. econsense. de/_CSR_INFO_POOL/_INT_VEREINBARUNGEN/images/CSR_TheWBCSDJourney. pdf,1.

二、企业社会责任三个辩论观点：经济、战略和伦理

(一)新古典经济论的企业社会责任

Jenkins(2005)和 Wren(2005)认为,美国工业革命导致大型企业在 19 世纪后期崛起,垄断企业促使美国政府加强立法,以规则条例控制企业的权力和影响力。Jenkins 声称,法律和规章的约束可以增加企业在社会的合法性。Wren 指出,私营公司的财产权利和公司治理的概念,影响公司管理权的性质和程度,限制公司把资源分配给予商业无关的活动。

美国联邦税务法于 1935 年允许企业扣除高达 5% 的营利税收作为慈善用途。1953 年,美国新泽西州最高法院判决《美国史密斯制造公司诉巴洛等一案》,开了一个法律先例,允许上市公司用公司资源参与捐赠教育等社会活动。这些法律判决,触发了美国工商界领袖和学术人士辩论企业社会责任的思想问题(Wren,2005)。美国法律界的这两个具有里程碑意义的事件,激发了企业参与非商业活动的热情。

新古典资本主义的支持者反对企业参与超出法律和经济界定的活动(Baumol, 1976; Carr, 1968; Davis, 1973; Friedman, 1970; Levitt, 1958)。Friedman(1962)强调,自由资本社会有公共和私营的界限。自由市场制度有一套明确的法律规则,容许企业在追求自身利益下发挥其社会经济功能,通过有效率的生产和分配资源,提供就业和税收,创造国家财富和公共利益。政府的过度干预,将会减低企业的经济效用。

Carr (1968), Friedman (1970), Levitt (1958) 认为, 企业的唯一责任不仅是追求利润, 而且是在法律允许下, 为股东赚取最大的利润。Friedman 指出, 公司管理者的主要义务是运用公司资源为股东谋取最佳利益。如果挪用公司资源从事与商业无关的活动, 可能会使公司丧失竞争力。Friedman 和 Levitt 说明, 如果活动能增加公司的长期利润, 避免昂贵的政府管制, 加强公司的竞争力, 这些活动该归类为商业策略而不是企业社会责任。

Carr(1968)和 Levitt(1958)反驳企业有经济功能以外的道义论点,指出商业道德有别于私人道德,后者是基于犹太和基督教诚实公正的信条。Carr 认为商业道德的定义在其"合法性和利润",并坚持"商业界违反社会道德期望

是常见的,但这不一定违反商业原则"①。不过,Carr 和 Levitt 承认,公司要追求自身利益,就必须调整经营战略,迎合不断变化的社会和法律环境。

进入 21 世纪以来,社会舆论逐步转向,反对企业对社会的义务只限于狭隘的经济功用。Friedman(1970)的宣言"企业唯一的社会责任……[是]提高其利润"②成为一个辩论焦点。批评者把各种社会弊病归咎于企业追求自身利益的行为,强调商业交易带来负面外部效应,增加社会代价,并鼓吹政府加强法规,促使企业对其行为负更大的责任(Blowfield & Frynas, 2005; Haigh & Jones, 2007; Vogel, 2005)。

美国韦氏辞典把外部效应解释为"意想不到的后果"。Baron(2006)指出,"外部效应的发生,在于一个经济媒介的行动直接影响另一经济媒介的选择或生产机会"。③ 批评者争论自由市场导致无节制或节制不足的商业交易,造成如污染、环境恶化和社会不公平的普遍性问题(Blowfield & Frynas, 2005; Vogel, 2005)。Attas(2004)认为自由市场固有的道德风险和信息不对称问题,容易引发不负责任的商业行为。

Roper 和 Weymes(2007)声称,美国的民主政治制度支持自由市场竞争的原则。经济全球化的支持者,提倡市场经济的效益来自"贸易和投资自由化,管制放松和企业私有化"④。Haigh 和 Jones(2007)认为一个完美和自我调整的市场体系是个不切实际的假设,会降低市场经济实现广泛社会目标的功能。Vogel(2005)指出,欧美跨国企业的公司治理失效,追求自身利益不受法律节制,不能为发展中国家提供预期的经济和社会效益。

(二)战略企业社会责任

经济全球化的效应、公司丑闻以及利益相关者新兴的权力等,给企业施加了种种压力,要求企业承担经济范围以外的义务(Branco & Rodrigues, 2007;

① Carr, A. Z.. *Is Business Bluffing Ethical?* Harvard Business Review, 1968, 46(1), 148 - 149.

② Friedman, M.. *A Friedman Doctrine: The Social Responsibility of Business is to Increase Its Profits*. New York Times, 1970(9), p. 122.

③ Baron, D. P.. *Business and Its Environment* (5th ed.). Upper Saddle River, NJ: Pearson Prentice Hall, 2006(5), p. 334.

④ Smith, N., & Ward, H.. *Corporate Social Responsibility at a Crossroads?* Business Strategy Review, 2007, 18(1), p. 20.

Carrasco, 2007; Carroll, 2004; O' Callaghan, 2007; Vogel, 2005; Whitehouse, 2006)。支持战略企业社会责任者认为,在21世纪,公司应该预料并接纳来自不同利益相关群体的期望(Godfrey & Hatch, 2007)。倡导者声称,工商领袖可以利用与商业无关的活动,赢得竞争优势并改善公司长期业绩(Bowen, 2007; Carroll, 2004; Porter & Kramer, 2006)。尽管战略企业社会责任的假定效应得到认同,Porter和Kramer指出,有限的公司资源不能解决社会所有的问题。公司总裁必须做出选择,优先考虑战略性的社会投资活动,创造公司与社会的共同利益。Neville和Menguc(2006)认为企业社会责任的定义模糊,缺乏具体方针,企业难以实践有战略性的社会责任项目。Garriga和Melé(2004)建议,公司主管必须合理解释战略社会责任的开支,以缓和企业对股东受托义务的冲突。

利益相关者理论成为战略企业社会责任流行的主题(Carroll, 1999; Garriga & Melé,2004)。公司主管在决策过程中考虑公司的主要利益群体,并不是一个新的概念。Barnard(1958)曾经讨论投资者、供应商、员工和客户对公司业务决策的影响。Freeman(1984)提倡把利益相关者理论应用为一个战略管理模式,以减少利益相关者未来对公司索赔的权力。Freeman对利益相关者的定义是"没有这些群体的支持,组织将不复存在"①。Donaldson和Preston(1995)建议公司扩大其社会义务,包罗对公司的经济活动有道德利益的群体。Mitchell, Agle和Wood(1997)提出公司对股东有信托责任,对非股东则有社会责任。

利益相关者理论是一个管理企业风险的工具,目的是调和利益相关群体对公司相互竞争的要求和利益冲突(Cai & Wheale, 2004; Marsiglia & Falautano, 2005)。Donaldson和Preston(1995)认为,利益相关者理论有助于公司划定合作与竞争的范畴,衡量管理政策对企业营利和增长的效应。企业用自律形式满足利益相关群体的要求,可减少政府立法、遵守法律必要的昂贵支出,保持企业声誉,并取得在社会的合法性(Bowen, 2007; Branco & Rodrigues, 2007; Porter & Kramer, 2006)。

---

① Freeman, R. E.. *Strategic Management: A Stakeholder Approach.* (1984), Boston: Pitman, p. 31.

实施战略企业社会责任的一个关键问题,是如何确定公司的主要利益相关者,优先考虑满足那些利益相关者的要求(Attas, 2004; Bowen, 2007; Mitchell et al., 1997)。Attas 认为,要是公司只从明确的合约关系限定利益相关者,会过于狭隘,无法满足社会各利益相关者不断扩大的期望。相反,过于宽泛地界定利益相关者,可能会限制公司能力,无法有效地分配资源来满足所有利益相关者的要求(Heath, 2007; Steurer, 2006; Wren, 2005)。

Mitchell 等人(1997)提出了潜在型利益相关者论,以解决公司满足利益相关者需求的资源分配问题。潜在利益相关者的定义为"管理人员在不同程度上优先考虑利益相关者相互竞争的要求"[①]。Mitchell 等人认为,利益相关者具有 3 个关系属性,能影响公司对社会责任的选择。这 3 个属性为:权力、合法性和急切性。权力是指利益相关者拥有的真实或想象的财政和政治资源、群体规模和成员、广泛的支持。合法性是指源自公司的伦理价值而对利益相关者作出的理想和适当的行动。急切性是指公司衡量利益相关者要求的重要性和敏感性。利益相关者权力、合法性和急切性的不同组合,能影响企业管理者是否解决或忽视某一利益相关者的要求。

从公司的角度看,利益相关者可分为内部和外部,其他名称包括直接和间接,或主要和次要的利益相关者(Bird & Smucker,2007;Heath,2007)。内部利益相关者有股东、管理人员和雇员。外部利益相关者包括消费者、债权人、商业伙伴、供应商、政府、地方社区和环境(Cavanagh, 2004; Levine, 2008; Marsiglia & Falautano, 2005)。在发达国家,社会活跃分子、非政府组织和媒体属于有权力的外部利益相关者,能影响公司社会责任的政策和活动(Vogel, 2005)。

在 21 世纪,公司对战略企业社会责任论的支持不断增加(Porter & Kramer, 2006; Simola, 2007; Vogel, 2005; Wei-Skillern, 2004)。据《经济学家》杂志(The Economist)2008 年一项企业总裁调查报告,96% 的受访者认为企业社会责任是对公司资源有效益的投资("Just Good Business," 2008)。研究人员

---

① Mitchell, R., Agle, B., & Wood, D.. *Toward a Theory of Stakeholder Identification and Salience: Defining the Principle of Who and What Really Counts*. Academy of Management Review, (1997), 22(4), p. 854.

发现,发达国家企业推行社会责任活动,最大的原因是为了改善财务业绩(Pe-loza, 2006; Wan, 2006; Welford, 2005)。

对战略企业社会责任的定量研究包括公司报告、公布政策、行为守则分析(Long & Driscoll, 2008; Ngai, 2005; Singh, 2006; Welford, 2005)。Sethi(2005)的调查表明,50%的欧美大型企业基于社会活跃分子和投资者的压力而采用自律政策。批评者指出,目前的报告和政策研究,缺乏衡量标准或第三方核查,不能确定企业的实际社会责任行为(Vogel; Sethi)。

对战略企业社会责任的定性研究主要表现在利益相关者的管理方法方面(Boxenbaum, 2006; Pedersen, 2006)。Wei-Skillern(2004)从一个跨国石油公司案例研究得出的结论是,利益相关者的管理是一个反复的过程,公司必须按经验调整其对关键利益相关者的反应。其他定性研究者审查公司如何用内部组织程序来制定和实施社会责任政策(Schouten & Remm, 2006; Whitehouse, 2006; Zinkin, 2004)。

(三)伦理企业社会责任

商业伦理学者拒绝认同企业仅限于经济功能,基于道义的理由,企业应该承担更多的社会责任(Branco & Rodrigues, 2007; Brown, 2006; Haigh & Jones, 2007)。Garriga 和 Melé(2004)指出,企业道德的核心问题跟权力的运用有关。支持企业道德者声称,企业是强大和有影响力的社会机构,有义务满足社会各种不同的需求(Davis, 2005; Goodpaster, 1983; Sethi, 2005)。

伦理企业社会责任源自西方宗教原则、哲学思想和社会规范(Epstein, 2007)。商业伦理学引用的企业行为规范包括犹太教和基督教正义和公平的原则、康德(Kant)的理性责任和个人权利概念,罗尔斯(Rawls)公平竞争和公平分配的规则、自由主义者提倡的自由和共同利益观念、亚里士多德(Aristotle)的美德伦理(Attas, 2004; De George, 2006; Ladkin, 2006; Premeaux, 2009)。支持者声称,这些价值观念将有助于确定商业道德标准,鼓励企业超越自身利益,为社会提供一系列的公益服务(Branco & Rodrigues, 2007)。

不同传统的道德标准可能相互冲突,导致不同的商业决策(Garriga & Melé, 2004; Premeaux, 2009)。商业道德理论的辩论重点在于选择的尺度,如后果、权利、正义和社会进步等问题(De George, 2006; Ladkin, 2006)。功利思想学派代表相应道德传统,以能否产生绝大多数的效益来决定行为的道德性。以功利思想为理由的决定不考虑意图,可能导致对个人或少数人的不公正待遇(Premeaux)。

Premeaux(2009)认为正义学说强调"行动或政策的分配效应",旨在实现社会"公平、公正、无私"①,Premeaux 指出公平分配将包括效应、风险和利益。Garriga 和 Melé(2004)同意罗尔斯原则提倡的公平竞争,可能会替社会带来相互利益、公道和合作。天主教社会思想的共同利益概念也有助于建立一个公正和平的社会,让企业创造财富的同时,能够尊重个人权利和尊严。

Hartman(2008)认为道德论不带有确定性,功利主义或康德传统的道德论,没有解释为什么个人要选择道德行为。Hartman 建议,亚里士多德的美德伦理注重个人道德而不是抽象的道德原则。Van Staveren(2007)指出,亚里士多德的美德伦理基于个人动机,因具体环境作出负责任的行为,这些道德决定可以产生正义或善良的后果。Ven(2008)声称美德伦理适用于企业范围,利益相关者会用道德的角度评价如诚信一类的企业特性。

工商领袖的道德取向,有助于公司伦理社会责任的发展(Grit, 2004;Waldman, Siegel, & Javidan, 2006)。Wren(2005)指出,企业领袖有道德责任解决社会不平等和混乱的现象。Barnard(1958)声称,企业主管有道德义务保证他们的组织符合社会的利益和遵守公德。

Goodpaster(1983)用道德投影的原则,推论公司为个人的延伸。在自由社会, 个人有承担行为的权利和责任,同样,企业必须履行其在社会经济活动中负担的法律和道德义务。Goodpaster 建议,企业主管使用理性和尊重的原则,解决公司对内部和外部利益相关者在伦理、法律和经济义务的矛盾。

道德课题在商业教育课程或企业责任上的实证研究还没有得到很大的重视(Falkenberg, 2004; Jamali & Mirshak, 2007)。Smith 和 Ward(2007)认为商业风气仍然以股东和利润最大化为前提,坚持道德原则的企业面临的障碍还是很高。Vogel(2005)指出商界领袖只提倡道德责任是个别案例,并且这些公司的社会责任重点比较狭窄,例如集中于公平贸易或劳工政策。

---

① Premeaux, S.. *The Link between Management Behavior and Ethical Philosophy in the Wake of the Enron Convictions*. Journal of Business Ethics,2009, 85(1), pp. 14 – 15.

三、企业社会责任国际化

经济全球化把企业社会责任的概念推广到欧美以外的国家(Baskin, 2006；Jamali & Mirshak, 2007；Vogel, 2005)。欧美跨国公司通过国际贸易、合资企业或建立子公司扩大全球商业活动。Sethi(2005)指出跨国公司积聚了大量的财富和权力。Melloan(2004)的研究报告指出，2004 年全球最大的100 个经济体，跨国公司占了其中的 53 个。跨国公司占全球国内生产总值的三分之一，占世界贸易的三分之二(Robins, 2005)。Scherer, Palazzo, and Baumann(2006)认为，跨国公司经济力量强大，比之如联合国之类的国际组织更能影响国家政策。

经济全球化的支持者认为，跨国公司可以促进市场竞争与技术转让，提高生产效率，增加发展中国家的收入水平(Bird & Smucker, 2007)。批评者声称，跨国公司毫无约束地追求利润，会导致发展中国家自然资源耗竭和经济效益分配不均(Blowfield & Frynas, 2005；Smith & Ward, 2007；Vogel, 2005)。伦理企业社会责任支持者强调，有些国家的法律和政策不足以保护公民和自然环境，跨国公司在这些国家谋取商业利益，道义上要承担更多的经济和社会责任(Cetindamar, 2007；Davis, 2005；Sethi, 2005；Simola, 2007；Williams, 2004)。

自 20 世纪 90 年代以来，各国政府、消费者、非政府组织和媒体对跨国公司施加压力，要求这些公司采取更负责任的国际商业行为(Mohan, 2006；O'Callaghan, 2007；Vogel, 2005)。Smith 和 Ward(2007)认为，跨国公司的社会责任是战略决策，其做法受法律环境、商业机会和公司主管的道德取向影响。Schouten 和 Remm(2006)作了一项企业领导人研究，发现高级管理人员使用战略方针，在全球关注的可持续发展和环境保护前提下，利用社会责任政策寻找商业机会。

Simola(2007)指出社会责任实践可以帮助跨国公司维持全球企业，但是，公司难以同时满足不同利益相关者的期望。利益相关者冲突的例子包括股东对公司增长和利润的需求，其他利益相关群体关切的是保护环境、减少贫困、保存当地文化、人权和全球供应链规则。战略企业社会责任支持者建议，跨国企业要基于当地情况考虑利益相关者的利益，调整社会责任的选择(Bird &

Smucker, 2007; Mohan, 2006; Smith & Ward, 2007)。

欧美跨国公司对国际企业社会责任作出承诺的主要驱动力是顾全公司声誉(Long & Driscoll, 2008; O'Callaghan, 2007; Porter & Kramer, 2006; Vogel, 2005; Williams, 2004)。Porter 和 Kramer 指出,《财富》全球 500 强 (Fortune Global 500)及其他有地位的企业评级机构,对跨国公司的社会责任措施行为排名,可以提高公司的形象或带来负面宣传。Frame(2005)认为,跨国公司参与国际商业组织的目的,是为了推动正面宣传,提高公司的社会责任排名及加强公司的合法性。

不同国家和业界可能对企业的社会作用持有不同的价值观和态度(O'Callaghan, 2007)。这些差异影响企业对声誉和自律的不同程度的顾虑。Vogel(2005)比较不同跨国公司对利益相关者压力的反应,发现欧美石油和采矿业公司的反应最大,来自发展中国家的跨国公司对国际压力的反应则不大。

非政府组织成为强大的外部利益相关者,影响了欧美跨国公司在发展中国家的商业行为(Crane & Matten, 2004; Mohan, 2006; O'Callaghan, 2007; Vogel, 2005)。非政府组织作为民间监管机构,用不同方法向跨国公司施加压力,例如公开抗议和反全球化运动、分析和监测企业活动、提高社会意识、改变社会规范(Burchell & Cook, 2006; O'Callaghan; Simola, 2007)。非政府组织积极推动企业社会责任,导致跨国公司引用自律和全球行为守则的政策(Doh & Guay, 2006)。

Doh 和 Guay(2006)认为,非政府组织在美国崛起,始于 20 世纪 80 年代。非政府组织组成全国网络,抗议南非政府的种族隔离政策,成功地迫使美国公司放弃在南非投资。Vogel(2005)声称,在 20 世纪 90 年代,非政府组织的抗议行动压逼制药公司,为非洲和其他贫困国家的艾滋病人,提供廉价抗艾滋病毒药物。Doh 和 Guay 指出,非政府组织能够利用良好的组织活动争取经济和政治改革。人权观察组织(Human Rights Watch)和国际自由工会联合会(International Confederation of Free Trade Unions)是两个影响力强大的非政府组织,参加跨国公司在国际企业社会责任发展的对话(Williams, 2004)。

Doh 和 Guay(2006)强调,体制和政治结构,可以影响非政府组织接触决策者和参与决定企业社会责任的措施。Doh 和 Guay 比较美国和欧洲的政府结构和文化传统,发现美国的政府与企业体制结构分散,注重个人主义,美国非政府组织因此较少正式和直接参与政府和企业的决策。相比之下,因为欧洲"利益集团直接参与政府政策和公司治理"①的共同体传统,欧洲的非政府组织被认同是合法的利益相关者。

一些非政府组织从对抗方式转变为合作方式,鼓励跨国公司采纳社会负责政策(Garvey & Newell, 2005; Sadler, 2004)。Sadler 把非政府组织分为两类:(1)局内人,与企业合作发展社会责任;(2)局外人,对企业施加公众压力,倡导政府立法规范企业活动。Sadler 指出,虽然非政府组织互相批评局内或局外的立场和策略,局外非政府组织对跨国公司施加的压力,有助于局内非政府组织促进企业责任的目标。

非政府组织有其支持者和反对者。O'Callaghan (2007) 和 Williams (2004)认为,非政府组织可以暴露企业不负责任的行为,有助于限制商业活动的负面外部效应。Garvey 和 Newell(2005)声称,跨国公司利用与非政府组织的战略伙伴关系,提高企业的声誉和效益。研究人员发现,非政府组织与企业和政府形成联盟,是一个可行的模式,能影响跨国公司参与可持续发展(Polonsky, Garma, & Chia, 2004; Teegen, Doh, & Vachani, 2004)。

批评者声称,非政府组织的行动,促进企业自愿使用道德守则,但对企业实际行为的影响有限(Blowfield & Frynas, 2005; Jenkins, 2005; Vogel, 2005)。Jamali 和 Keshishian(2009)研究了黎巴嫩 5 个企业和非政府组织的合作伙伴关系,结论是伙伴关系对企业社会责任的作用不大,主要原因是伙伴关系缺乏具体的目标、资源、沟通和评估。Vogel 指出西方非政府组织支持狭窄的项目,社会所有利益相关者不能受惠。非政府组织在发展中国家没有良好的组织,其影响力未能扩大到当地社区以外的地方("Just Good Business," 2008)。尽管非政府组织的力量渐大,其影响国际商业道德行为的效力还没有公论(Burchell & Cook, 2006; Jenkins; Vogel)。

---

① Doh, J., & Guay, T.. *Corporate Social Responsibility, Public Policy, and NGO Activism in Europe and the United States: An Institutional-Stakeholder Perspective.* Journal of Management Studies, 2006,43(1), p.52.

第二节　国际企业社会责任发展现状和展望

　　企业社会责任在 21 世纪是流行的议题,范围包括商业道德、企业公民、社会审计、可持续发展和利益相关者管理（Schwartz & Carroll, 2003）。各个政府、国际非政府组织和工商界参与研讨企业与社会之间的关系,目标是减低商业活动的负面外部效应（Carrasco, 2007; Carroll, 2004）。国家法规、国际倡议和企业自愿性的行为守则这三个层次,有助于跨国公司在遵守个别国家的劳动环境法律的同时,能根据国际标准来衡量企业社会责任的决策,能促进企业公平竞争的环境（Robins, 2005）。

　　1948 年的联合国人权宣言和 1977 年国际劳工组织的三方宣言是两个早期的国际合作例子,其目标是建立全球性企业社会责任规范（Cavanagh, 2004）。跨信仰企业责任中心（Interfaith Center for Corporate Responsibility）,昂科圆桌会议（Caux Round Table）和苏利文原则（Sullivan Principles）,对全球企业社会责任规范也有贡献（Bird & Smucker, 2007; Welford, 2005; Williams, 2004）。Sahlin-Andersson（2006）报道,21 世纪主要的国际倡议有:联合国全球契约（UN Global Compact）、经济合作与发展组织跨国企业指南（OECD Guidelines for Multinational Enterprises）、国际劳工组织工地准则公约（ILO Conventions on Workplace Practice）、全球报告倡议（Global Reporting Initiative）、国际标准组织（ISO）,包括标准 14001S（ISO 14001S）,问责制 1000（Accountability 1000S）和社会责任 8000（Social Accountability 8000）。以工商业界为代表的国际商会（International Chamber of Commerce）和世界可持续发展工商理事会（World Business Council for Sustainable Development）,对推广国际企业社会责任也有影响（Dashwood, 2007）。

　　国际劳动组织和社会责任（SA8000）集中于全球供应链的劳工标准,而全球报告倡议制定的是环境保护标准,提供企业在社会、环境和业绩这三方面的报告指标。国际标准组织将在 2010 年推出新的 ISO26000,作为全球企业社会责任标准的运作指南（ISO, 2009）。经济合作与发展组织跨国企业指南（OECD Guidelines for Multinational Enterprises）是唯一得到多个政府支持的跨国公司行为守则建议。该指南在 1976 年制定,在 2000 年重新修订,内容强调企业要符合政府政策和商业道德准则,范围包括就业、劳资关系、人权、环境、消费者利益、科学和技术、竞争、纳税和贪污(Baines, 2009)。

联合国全球契约(简称全球契约)成立于2000年,现已成为一个有名的国际倡议,推行全球性企业社会责任标准(Cavanagh, 2004; Williams, 2004)。全球契约的10项原则来自早期各种国际条约,涵盖全球商业交易4个领域:(1)人权;(2)劳工标准;(3)环境保护;(4)反腐败。这10项原则的价值基于对个人的信任、公平和尊重(United Nations Global Compact, 2009)。另外,全球契约推广企业领导人的伦理教育,加强企业公民的意识,鼓励国家和区域企业网络,并逐渐由企业自我报告形式改为强调学术研究和报告标准(Sahlin-Andersson, 2006)。

Williams(2004)指出,全球契约反映在经济全球化时代,社会对企业义务的期望不断变化。Jenkins(2005)认为,全球契约是国际社会对发展中国家政府未能管理可持续发展或控制贿赂腐败的反应。Cavanagh(2004)强调,全球契约借鉴"公共问责制、透明度和公司开明自我利益"①的概念,实现全球契约10项原则包含的价值。Williams说明,全球契约设想的是一个全球性道德社会,世界自由市场基于伦理原则追求自身利益的同时,为发展中国家的人民带来经济和社会效益。通过全球契约的网络支持,公司能学习关于企业社会责任的最佳做法,并能鼓励全球工商界的道德领导。Cetindamar(2007)报告,公司参与全球契约的时间和公司的道德标准可以提高企业财务业绩。Frame(2005)认为,参与全球契约,将有助于欧美跨国公司协助贫穷国家的经济和社会发展。

批评者指出,全球契约的10项原则没有约束性。Vogel(2005)和Williams(2004)强调,全球契约对商业行为缺乏独立监管的权力,公司的自我报告也可能不够客观。Cavanagh(2004)和Vogel认为跨国公司参与全球契约的比率偏低。Williams说明,全球契约对改变不良商业行为的影响不大,因为只有对提高企业声誉有兴趣的公司才会加入契约或遵守契约的原则。

Blowfield和Frynas (2005),Vogel(2005)和Williams(2004)一致认为,国

---

① Cavanagh, G.. *Global Business Ethics*: *Regulation*, *Code*, *or Self-Restraint*. Business Ethics Quarterly, 2004,14(4), p.635.

际组织或业界的行为守则和自我规律,不足以促进跨国公司的商业道德行为。Cavanagh(2004)认为,自律规章对改善社会福利没有效力,因为有些企业会为追求利润而不择手段,让其他公司承担社会责任活动的成本。Vogel 主张用法律标准如政府规章和国际条约,规定跨国公司在发展中国家履行社会责任的义务。

Roper 和 Weymes(2007)提出,道德企业社会责任源自欧洲思想如个人权利和自由选择,这些不是全球性的价值。研究发现,基于不同的社会经济和政治条件,发达国家和发展中国家对企业的社会义务期望有着广泛的分别(Boxenbaum, 2006; Cummings & Guthrie, 2007; Matten & Moon, 2008; Pedersen, 2006; Qu, 2007)。Bird 和 Smucker(2007)相信,不同的干预因素例如国家、家庭、亲属群体、宗教机构以及法律制度,会产生国际企业社会责任原则和个别地方规范之间的矛盾。

企业社会责任的内容和实践,在各个国家有不同的范围。在美国,社会责任投资和企业慈善是流行的议题(Boxenbaum, 2006)。在一些西欧国家,法律规定公司发表社会责任报告,由政府资助的企业责任研究也较普遍(Jamali, 2007)。英国政府国际发展部及贸易和工业部门,与工商学术界合作,推广企业社会责任的意识和政策(Dashwood, 2007)。

各个业界提倡的标准,也影响国际规范的演变。例如森林管理委员会(Forest Stewardship Council)是业界自愿性的倡议,用第三者认证和核查过程增加其可信性(Dashwood, 2007)。另外,业界流行三种底线报告(Triple Bottom Line reporting),公司除了财务业绩年报,也要报告公司对社会结构和环境的影响(Robins,2005)。

社会责任投资(Socially Responsible Investing)在欧美颇受注意。美国道琼斯可持续发展指数(Dow Jones Sustainability Index)是有名的例子。英国金融时报推出金融时报为善指数(FTSE 4 Good indices),用全球认可的企业社会责任标准评介世界各地不同证券交易所上市公司,公报公司处理社会责任问题有欠完善的地方。指数为投资者提供投资、研究、参考和基准的资料(FTSE,2009)。

相对于欧美来说,国际企业社会责任运动在亚洲的发展并不均衡。例如,日本最大的100家企业,有72%发表可持续发展报告(Robins,2005)。亚洲可持续和责任投资协会（Association of Sustainable and Responsible Investment in Asia，ASRIA）受日本环境部委托，作了一项市场分析调查，研究机构和散户投资者对社会责任投资的意见，并与新加坡社会责任中心（Singapore's Centre for CSR）合作，推出一个全新的亚太企业社会责任系列研讨会，包括成立 10 个亚太企业社会责任研究中心（Robins，2005）。但是，亚洲企业社会责任还是由欧美跨国公司作领导。例如，参加《亚洲伦理企业会议》的成员来自中国内地、中国香港、日本、马来西亚、新加坡、菲律宾和泰国，但是参加的企业代表大部分来自欧美公司（Robins，2005）。Welford（2005）研究发现，没有太多亚洲公司的企业社会责任政策仿照国际标准。

Falkenberg（2004）认为，处于经济发展早期阶段的国家，缺乏有效的政治和法律体制，规范或强制商业负责行为。Scherer 等人（2006）声称，发展中国家为加强竞争条件吸引外国直接投资，可能会忽视国际劳工标准和环境保护法律。Carrasco（2007）建议，社会对企业义务的期望，将随国家变得富裕而提高。反之，有些发展中国家开始认识到全球竞争环境改变，向发达国家市场出口，不仅靠产品价格和质量，还要遵循企业社会责任标准作为竞争优势（Gugler & Shi，2009）。

对国际企业社会责任标准的辩论，在经济全球化的时代将会继续下去。Bird 和 Smucker（2007）强调，因国家商业环境的差异，有必要重新评估"国际标准和行为守则"在全球企业社会责任中的作用①。Frame（2005）指出，政府官员和商界领袖的共同努力，可以帮助推动国家和国际企业责任的对话和方向。Scherer 等人（2006）提出，国际企业社会责任的决策是一个流动性过程，有容纳不同模式的空间。Godfrey 和 Hatch（2007）指出有必要用"非西方、非民主资本主义体制"的角度心态来了解企业社会责任在发展中国家的实践②。

---

① Bird, F., & Smucker, J.. *The Social Responsibilities of International Business Firms in Developing Areas*. Journal of Business Ethics, 2007,73(1), p. 2.

② Godfrey, P. C., & Hatch, N. W.. *Researching Corporate Social Responsibility：An Agenda for the 21st Century*. Journal of Business Ethics,2007, 70(1), p. 95.

第三节　国际企业社会责任运动对中国的启示

一、中国转型经济的作用和负面外部效应

中国的经济发展,为国际企业社会责任的倡导者带来机会和挑战。中国已成为21世纪全球经济的一个重要成员(Child & Rodrigues, 2005; Hirt & Orr, 2006)。世界银行用购买力平价(purchasing power parity)计算,列中国为2005年世界第二大经济体("2005 International Comparison", 2007)。用国内生产总值(GDP)计算,中国在2007年排名世界第三大经济体(Piboontanasawat & Hamlin, 2009)。

Falkenberg(2004)指出,一个国家的市场条件和经济发展能影响社会对企业义务性质和范围的期望。中国从1949年至1978年的计划经济,国有企业(简称国企)担任双重作用,支持国家经济和为国家员工提供终身就业和社会福利(Bai, Lu & Tao, 2006; Chen, 2004)。但是,国企业务效率低,未能为中国提高经济增长和创造国家财富(Chow, 2006),就业保障和社会安全网也没有帮助提高工人的生活水平和发展国企以外的社会保障体系(Bai et al.)。

尽管中国的经济自1978年以来发展迅速,但随之而来的社会问题,在计划经济时代是罕见的(Cao, Chen & Liu, 2007)。Liu(2006)指出中国经济转型带来的问题,主要是因为政府政策袒护有权力的人,引致不公平竞争和社会不公正等现象。市场竞争和国企私有化,导致大规模员工失业,国企制度的社会保障体系消失,贪污受贿增加,农村和城市地区贫富之间的差距拉大(Borokh, 2006; Chen, 2004; Cheng, 2004; Liu, 2006; Wei & Ye, 2004)。批评者认为,中国不惜一切代价追求经济增长的立场,是引致中国环境污染,劳工缺乏保障,及公司管治没有透明度的主要因素(Baskin, 2006; Roper & Weymes, 2007)。

Chow(2006)指出,中国正处于早期经济发展的阶段,必须权衡创造国家财富与社会环境的负面外部效应。Idemudia(2008)认为,从计划经济转型到市场经济,政府会把商业活动的社会福利责任,推卸给私营公司。批评者强调,中国企业追求利润和自身利益,漠视法律规定,社会和生态环境将不能持续发展(Du, Zhang, Song & Wen, 2006; Qian, Finamore & Chan, 2007)。空气、水和土壤污染降低了生活质量,腐败的政府官员与商人勾结,加剧了社会

和经济不平等现象,削弱政府经济改革的合法性(Liu, 2006)。私有化国企和上市公司的管理人员,跟随追求利润的营商风气,漠视他们对小股东的责任(Borokh, 2006)。Liu 认为,由于财富分配不均及随之而来的社会问题,中国社会的价值和利益观念变得多元化。

Liu(2006)指出,用国内生产总值来衡量,中国的经济改革成功地为国家创造了财富,但是市场经济的失败,在于未能造福中国社会所有人民。自由市场提供商业和就业机会,为中国沿海和二线城市的中产阶级带来富裕。反之,在城市的农民工,缺乏劳工保障和社会福利(Hassard, Morris, & Sheehan, 2004)。中国农村发展工商事业,失去耕地的农民却没有得到足够的搬迁补偿(Liu)。

中国新劳动法和社会福利基金制度存有漏洞,减少了这些改革的效应(Hassard et al., 2004)。政府现行的法律和规章,欠缺保护国家和地方级工人和自然环境的效力(Krueger, 2008; Qian et al., 2007; Zhang, 2006)。Chen(2004)和 Weltzien Hoivik (2007)认为,中国司法制度不够独立,在中国市场经济转型期间,没有足够的权力执行商业法律,维护广泛社会群体的利益。

二、中国跨国公司与全球经济

中国跨国公司的崛起,是全球经济化的一个趋势。据《经济学家》杂志统计,在 2006 年,新兴跨国公司外国直接投资数量达 1.6 万亿美元,是全球投资总额的 13%。联合国贸易与发展会议指出,在 2004 年,有 5 家亚洲公司进入世界 100 家最强大的跨国公司("The Challengers", 2008)。在 2005 年中国公司进入《财富》杂志全球 500 强排名的有 16 家,在 2006 年增长到 20 家,在 2007 年共 24 家,在 2008 年为 29 家,在 2009 年为 37 家(Fortune Global 500, 2009)。Wheeler (2007)报道,中国石化(Sinopec)在 2007 年 11 月成为全球历史第一家超过 1 万亿美元市场价值的公司。

Child 和 Rodrigues(2005)指出,在 2004 年,中国是世界第 5 大投资国,外国直接投资总值有 70 亿美元。通过收购或有机增长,中国大型上市公司"2004 年初在 160 多个国家或地区设立了 7470 家公司"(Child & Rodrigues)[1]。

---

[1] Child, J., & Rodrigues, S.. *The Internationalization of Chinese Firms: A Case for Theoretical Extension*? Management & Organization Review, 2005, 1(3), p. 382.

中国企业从 2000 年至 2006 年海外投资的复合增长率为 66%。中国在发展中国家的商业扩张较为成功,但是,由于监管和利益相关者的抵制,进入西方市场的壁垒较高(Hirt & Orr,2006)。

国际企业社会责任运动目标之一是规范欧美跨国公司在发展中国家的商业行为。日益重要的中国跨国公司,进军国际舞台,其经济实力将吸引全球注意,国际对其社会责任的期望也相应提高。中国企业侧重经济增长和国际贸易政策,但是,中国跨国公司有树立全球知名品牌的野心(Bendell & Cohen,2006)。中国跨国公司如何参与全球企业社会责任对话,从而影响国际社会责任的范围和标准,是一个值得思考的问题。

Porter 和 Kramer (2006)认为,企业社会责任有助于公司业务扩张。Bendell 和 Cohen(2006)声称,中国跨国公司要建立国际品牌,得到西方消费者和投资者接受,需要运用企业社会责任政策作为商业战略,实践西方企业社会责任的标准。反之,由于体制、经济和文化差异,中国的跨国公司可能选择推行某一方面的社会责任活动(Ahlstrom, Nair,Young, & Wang, 2006)。例如,中国公司在非洲,把企业责任重点放在基础设施建设而忽视人权和腐败问题,引来国际非议(Taylor, 2006)。

Gugler 和 Shi(2009)指出,国际市场的利益相关群体,有更严格的企业社会责任规则和要求,对新兴跨国公司成功打进国际市场构成挑战。例如,中国首钢集团在秘鲁投资,秘鲁工人要求加薪,罢工 3 周;中国跨国公司在赞比亚经营的铜矿,工人罢工,要求公司措施符合劳工标准和提供更好的工作环境。《财富》杂志在 2006 年的"企业社会责任评价",把中国石油天然气集团公司(China National Petroleum Corporation)和中国国家电网公司(National Grid)排名在底部。中国跨国公司要提高国际竞争力,必须运用企业社会责任政策,回应不同国家的监管压力和利益群体的要求。

由于中国政府是中国跨国公司的最大股东,中国企业要同时考虑国际企业责任标准和中国政府的利益。中国政府对企业社会责任的立场和方针,会影响这些公司进军国际市场的战略和决定(Taylor, 2006)。面对国际企业社会责任带来的机会和威胁,有野心的中国商界领袖,拓展海外市场,不论是投资发展中国家和发达国家,都要关注企业社会责任的实践("Just Good Business", 2008)。中国跨国公司如何解决国际企业社会责任的要求,对全球企业社会责任的发展方向将有一定程度的影响。

三、中国政府的作用

基于中国的政治和经济制度,在推行企业社会责任方面,中国政府也起了重要作用(Gao, 2007)。中国政府自1978年经济改革,允许欧美跨国公司在中国建立合资企业和子公司,引入了国际企业社会责任标准。中国的商家和管理人员,对市场竞争和国际压力的反应最大(Qu, 2007)。中国供应商为赢得跨国公司的合同,也接受国际企业社会责任的规范(Jiang, 2007; Krueger, 2008)。Robins(2005)指出,社会审计和遵守企业责任标准会提高成本,降低公司利润。中国外向型产业竞争力主要来自低廉价格,厂家忧虑社会责任增加开支,将使他们处于不利地位(Bendell & Cohen, 2006; Jiang, 2007)。研究人员发现,中国只有很少的供应商能实际地符合如劳工环境的国际标准(Christmann & Taylor, 2006; Lam & Shi, 2008; Ngai, 2005; Shafer, Fukuka-wa, & Lee, 2007)。

Thorborg(2006)认为,中国政府为提高国际贸易声誉,开始推进企业社会责任标准。中国在1998年引进SA8000,在90年代末期制定企业行为守则。20世纪90年代通过的新劳动法"给予农民工和雇员合法权利,向当地劳动争议仲裁委员会提出工资,终止合同,职业健康和安全,及附带福利的投诉"①。

为鼓励企业参与社会责任,中国政府在2007年10月推出了中国企业社会责任联盟(Chinese Federation for Corporate Social Responsibility)("Just Good Business", 2008)。深圳证券交易所发布上市公司社会责任报告标准,内容包括公司治理、社会和环境业绩(Frost, 2006)。深圳市中国人民政治协商会议委员会着力提高消费者对"血汗工厂"产品的意识,提倡企业社会责任制度,奖励推行社会责任活动的公司(Hills, 2006)。中国银行业监督管理委员会,要求大型中资银行采用全球契约的10项原则,并规定企业申请银行贷款时,将社会责任原则纳入商业计划中(Levine, 2008)。

中国官方强调企业责任的战略价值,鼓励中国公司实践社会责任

---

① Thorborg, M.. *Chinese Workers and Labor Conditions from State Industry to Globalized Factories*. Annals of the New York Academy of Sciences, 2006, 1076(1), p. 903.

（Zheng，2007）。Levine（2008）报道，上海证券交易所推行一种"每股社会贡献价值"方法来衡量企业责任活动创造的总价值。此方法的目的是教育公众了解"公司为股东、员工、客户、债权人、社区和社会整体创造的价值" [1]。

Thorborg（2006）报道，中国的官方立场鼓励企业履行其法律、经济、道德和慈善的责任。2005 年 6 月，全国纺织服装工业协会（CNTAC）发表了一项新的 CSC9000T 标准。作为一个组织学习系统，CSC9000T 的目标是帮助公司发展五个阶段："防守阶段、遵守阶段、管理阶段、战略阶段以及公民阶段" [2]。据 CNTAC 促进社会责任办事处一发言人估计，大多数中国企业还处于防守阶段，有一些在遵守阶段，只有极少数企业处在管理阶段。

Hills（2006）和 Zhang（2006）强调，中国推行企业社会责任还有许多障碍。这些问题包括监察制度薄弱，政府执法不力，官员和商界人士相互勾结，技术和资源受制，社会缺乏法律和企业社会责任的意识。据 CNTAC 在 2008 年的企业社会责任报告，不少中国公司继续违反法律，包括工作时间、员工记录、工业废水排放量和水资源保护规则（Levine，2008）。

Thorborg（2006）指出，中国选择的企业社会责任政策，配合其政治和法律制度。例如，中国官员强调环境保护、工作场所安全和工作条件，目的是维持中国经济和社会稳定。可是，中国认可的社会问责标准（SA8000）的劳工章条，不包括国际标准里"自由集体谈判和自由组织工会的权利" [3]。

Levine（2008）认为，虽然中国官方提倡企业社会责任，但是对企业行为没有显著影响。研究人员比较了多个国家的企业社会责任状况，发现大部分中国企业没有设立社会责任的政策（Baskin，2006；Welford，2005）。Hills（2006）指出，中国企业缺乏对利益相关者的认识，法律和规则起的作用也不大。See（2007）声称，许多中国商界领袖，尚未明确阐释他们对创造国家繁荣和改善中国社会应负的责任。

Gugler 和 Shi（2009）强调，发达国家公司用积极的态度，以战略管理的角

---

[1]　Levine, M.. *China's CSR Expectations Mature*. China Business Review, 2008,35(6), p. 52.

[2]　Thorborg, M.. *Chinese Workers and Labor Conditions from State Industry to Globalized Factories*. Annals of the New York Academy of Sciences, 2006(1), p. 905.

[3]　Thorborg, M.. *Chinese Workers and Labor Conditions from State Industry to Globalized Factories*. Annals of the New York Academy of Sciences, 2006(1), p. 893.

度寻找商机,结合生产、销售、管理和企业社会责任,创新技术和思路,开拓新市场,提供新的社会需要,解决可持续业务的问题。中国政府如何辅助中国企业由被动转为主动,解决企业社会责任对公司利润的障碍,是一个需要深思的难题。

四、中国利益相关群体的作用

企业社会责任成为国际运动,利益相关者的权力是重要因素。发达国家的利益相关群体如工会、消费者、非政府组织、媒体等,有更大的权力和合法性,来影响企业的政策和做法。Gugler 和 Shi(2009)指出,欧美的民间社会系统发达,发展中国家的公民社会发展还不够健全。

Cooper(2006)认为,公民社会需要平衡守法和抵抗的方式,才能对中国的政治体制发生效力。Ma(2002)声称,中国民间团体多样化,无论在"使命,组织结构,自治程度和影响力"[1]都有很大差异。Morton(2005)指出,"中国公民社会……混合了受国家支持控制的组织和基层自发的活动"[2]。

中国的立法改制带来基层运动的兴起(Cooper,2006)。自 1978 年中国经济改革,中国非政府组织的数量不断增加(Morton,2005)。中国民政部公报,中国非政府组织在 2007 年共有 38.6 万个("NGOs Can Play Bigger Role",2008)。

Liu(2006)认为,基层运动兴起,反映社会对公民权利和经济利益的意识提高,人民的价值和思想跟政府提倡的教条开始分歧。Zhang and Baum(2004)指出,中国非政府组织有其政治和社会目的。Morton(2005)声称,中国经济转型未能满足新的社会需要,非政府组织可以在这方面发挥重要作用。

中国非政府组织的重点放在扶贫、社区发展(Zhang & Baum, 2004)、环保运动、可持续发展(Cooper, 2006)、医疗保健和教育(Morton, 2005)。Morton认为,少数独立的非政府组织试图影响政府政策,并鼓励公众参与要求社会和经济正义的活动。Ma(2002)指出,中国有私营的研究协会,进行政策分析和

---

[1] Ma, Q. . *Defining Chinese Nongovernmental Organizations*. Voluntas: International Journal of Voluntary and Nonprofit Organizations, 2006,13(2), p. 117.

[2] Morton, K. . *The Emergence of NGOs in China and Their Transnational Linkages: Implications for Domestic Reform*. Australian Journal of International Affairs, 2005,59(4), p. 520.

业务咨询,担任政府与商界之间的中介角色。中国的大学研究中心通过讲习班,研讨会和会议,促进政府、企业和非政府组织的对话(Morton,2005)。这些独立智库,在中国作为非政府组织的一个类型,能促进政府与企业对中国社会和经济发展的思想交流。

中国其他利益相关群体的影响逐渐提升。Borokh(2006)声称,伴随着中国中产阶级的成长,社会对企业义务的意识也在改变。在2007年进行的一项调查中,65%受访的中国消费者表示忧虑食品安全(Bu & Fee, 2008)。中国三鹿牛奶污染事件的受害者,在2008年公开抗议不道德的商业行为("China Plans Compensation", 2008)。Borokh认为,中国互联网用户逐渐成为社会的喉舌,谴责不道德的商业行为和企业对小股东和工人不公正的待遇。利益受剥夺的工人和农民向地方政府官员请愿无效,转而诉诸公开抗议,要求社会正义和企业对行为负责(Liu, 2006;Borokh)。

国家经济发展,社会由贫穷变为富裕,人民由物质的需求转而要求抽象的如社会正义和平等的价值,开始对企业抱有更高的期望,要求企业对商业行为负责和对社会有更多的回报(Borokh,2006;Carrasco, 2007)。在中国,争取财务业绩的压力,员工和消费者权力薄弱的传统,造成中国企业忽略广泛利益相关者的需要(Borokh;Chen, 2004)。如何拉近中国企业与利益相关者的权力差距,把社会需要纳入长期经济发展的范畴,是不容漠视的战略与伦理的问题。

五、中国伦理的作用

国际企业社会责任实践的主流为国际准则、自愿行为守则、公司道德价值及企业领导(White,2004)。国际标准的原则来自欧美伦理和哲学传统,与中国的伦理传统颇有异同。为了纠正不道德商业行为的不良影响,中国国家主席胡锦涛提倡"和谐社会"的概念。此政府主导的提案引用中国传统的儒家道德理想,"所有人民都应和睦相处,友爱互助,相互鼓励和作出努力,为建设一个和谐社会作出贡献"[①]。

---

① *Building Harmonious Society Crucial for China's Progress*. People's Daily. Retrieved August 26, 2008, from http://english. peopledaily. com. cn/200506/27/eng20050627_192495. html.

　　Mittelman(2006)声称,儒家伦理对中国市场经济的商业行为,能够产生积极的影响。Borokh(2006)提出,如果政界及商界领袖的政策和实践包括社会正义和经济效率,"和谐社会"这一概念是一个可行的企业责任模式。Hulpke和Lau(2008)认为,道德领导和改变企业文化,是鼓励企业社会责任在中国转型经济中推广开来的先决条件。

　　儒家伦理学是中国思想和社会传统的主流,儒家的价值观包括仁、义、忠诚、宽恕与信任(Huang, 2005；Wang, 2005)。儒家伦理的原则是培养仁义,"仁"解释为"善"或"爱人","义"解释为"爱得其所",目标是平衡"仁"、"义"两者的矛盾。儒家伦理的道德标准不是出于抽象的义务概念,而是个人随社会环境的改变作出适当的行为(Wang)。

　　Huang(2005)和Wang(2005)指出,儒家理想的道德生活,是通过社会关系,以家庭为中心,实现仁善。Huang指出,儒家道德的"出发点不是一种义务,而是如家庭或部族的紧密群体之间相互信任的关系"[①]。Cheung和Chan(2005)认为,儒家学说是实践中国家长作风和集体主义的基础,家长作风是照顾追随者的福利,集体主义是把群体区分为内外两种关系。Wang强调,关系的概念应用在社会交易环境,容易造成界线模糊,难以分别什么是个人互惠,什么是合乎道德的行为。

　　Roper和Weymes(2007)指出,儒家集体主义、等级制度、忠诚和谐等信条,是建立商业交易诚信和承诺的关键。Chan(2008)认为,儒家道德人格的模型,能培养个人分辨价值的高低,赚取商业利润的目的是为社会服务,实现社会和谐。要是商家有表现仁善和关怀人民的需要,追求利润就可以跟道德共存(Cheung & King, 2004)。青岛海尔的总裁视员工为"家庭"内群体,其他利益相关者为外群体,对员工的照顾也就比较多(Roper & Weymes, 2007)。Cheung和Chan(2005)采访数个中国商界领袖,结论是儒家的社会和谐学说,通过交际网络和伙伴关系,促进关系发展。儒家的正义教条,培养关心人民福利和无私的行为。这些企业领导人对员工和客户表现出"同情、信任、友爱、

---

　　① 　Huang, Y. . *Some Fundamental Issues in Confucian Ethics: A Selective Review of Encyclopedia of Chinese Philosophy*. Journal of Chinese Philosophy, 2005,32(3), p.45.

团结、学习、忠诚和社会责任"①的特性。

　　尽管从理论上看来儒家价值观跟追求利润没有抵触,但 Cheung 和 King(2004)从定性研究中发现,中国企业家进行商业交易,会体验到道德矛盾。这些企业家表示,合理性和利润最大化是经商环境的主流思想,全球市场的竞争压力强大,遵守道德行为要付出昂贵的代价。Cheung 和 King 认为,市场扭曲和腐败风气,能迫使商家偏离他们的道德原则。

　　儒家基于人际关系的义务守则,可能与源自普遍原则的国际企业社会责任形成冲突。Roper 和 Weymes(2007)指出,中国的商业规范和道德论证,不一定是反映西方个人自主和抽象的权利义务的概念。Huang(2005)和 Wang(2005)认为,儒家的仁爱和关怀他人有区别性,不同于西方普遍性的观念。具体而言,中国社会重视"关系",中国企业如何融合国际企业社会责任标准与中国社会规范,是一个必须解决的问题(Leung, 2004; Su, Mitchell, & Sirgy, 2007)。

　　Cheung 和 Chan(2005)形容"关系"为人际关系、忠诚和道德行为,并建议关系可以帮助实现社会群体的和谐。Zhang 和 Zhang(2006)认为关系是"一个非正式的人际关系和交换恩惠的网络,目的是开展商业事务"②。"关系"能替代正式的法律制度,在商业交易上提供竞争优势。反之,Parnell(2007)认为,关系网络建立的信任和合作,有一个严格的界限,不能轻易转让到群体以外。Roper and Weymes(2007)指出,不同层次的关系,有不同类型的行为和情感规范。Shafer 等人(2007)说明,关系层次影响企业主管如何衡量利益相关者的权力,合法性和急切性。

　　Zhang 和 Zhang(2006)提出一个关系类型,用三个同心圈来说明儒家的义务概念。内圈规定的是对家人和亲戚的强制关系。第二圈是与邻居,同事和亲密朋友的互惠关系。外圈是与相交的人的功利关系。对在这些圈子外的如陌生人或买卖关系,则没有履行责任的必要。Warren、Dunfee 和 Li(2004)认为,在商业环境中,这些责任的性质和强弱,能导致利益冲突或机会主义行为,

---

　　① Cheung, C. , & Chan, A. . *Philosophical Foundations of Eminent Hong Kong Chinese CEOs' Leadership*. Journal of Business Ethics, 2005,60(1), p.53.

　　② Zhang, Y. , & Zhang, Z. . *Guanxi and Organizational Dynamics in China: A Link Between Individual and Organizational Levels*. Journal of Business Ethics,2005, 67(4), p.375.

结果是有利于少数而损害群体以外的多数。

　　改善中国的商业道德环境面临着重重困难。根据一个国际反腐败非政府组织调查显示,中国是一个高度腐败的国家,在2008年,中国排名在180个国家的72位。以10分作为最廉洁的指标,中国只得到3.6的分数(Transparency International,2009)。Chan和Gao(2008)在一项对中国省份案例的研究中发现,由于缺乏衡量标准和任人唯亲的弊病,中央政府打击腐败的努力收不到预期的效果。研究人员从公司主管和雇员调查得出结论,"关系"能导致腐败和任人唯亲的问题(Braendle,Gasser,& Noll,2005;Su et al.,2007;Warren et al.,2004)。Lam和Shi(2008)进行了一项中国商业道德态度的研究,发现中国私营企业主管会容忍在社会和法律上不道德的行为。

　　Tsalikis、Seaton和Li(2008)指出,在中国,消费者接受贪污贿赂是从事商业活动的成本。Tsalikis等人认为,儒家传统把商人排在最低的社会阶层,降低中国消费者对商业道德行为的期望。Pedersen(2006)研究中国消费者对商业道德的态度,发现中国消费者相信欧美跨国公司和在国外受教育的中国人,能改善中国的商业道德标准。Redfern和Crawford(2004)从一项中国管理人员调查研究中作出结论,接触西方思想会影响管理人员的伦理价值观。

　　中国伦理观念在21世纪的经济商业环境中起的积极作用不太明显。对利益相关群体的内外分别,还停留在个人社会关系的层次,商界领袖未能全面认识中国伦理在企业的战略潜力。中国如何运用正面的传统价值规范,树立企业道德领导,将影响中国在国际企业社会责任上发言的可信性和合法性。

第四节　中国企业社会责任发展的建议

　　发达国家与发展中国家对企业社会责任的实践方式还有辩论的空间。虽然国际标准提供了一个企业社会责任模型,但学术界认识到,政治经济文化特性、利益相关者对企业的期望和要求、个别公司行业的商业规范,都会影响到具体的企业行为。Gugler和Shi(2009)认为,企业社会责任在中国的发展缺乏一个系统的方法,政府监管与公民压力还没有力量改变企业的不良行为。

　　在中国推行企业社会责任,无疑会增加商业成本,对中国短期的经济增长可能会带来困难。长远而言,中国要继续成为全球经济的重要成员,在国际上取得合法性，在国内维持社会稳定和可持续发展，必须重视企业社会责任。由于中国的政治和企业结构，政府对企业社会责任的推动和资助非常重要。本文建议采取以下3个可行的方向性建议。

一、积极参与全球对话，发展战略性企业社会责任

国际企业社会责任的原则和标准，由欧美利益相关群体推动，从他们的角度解决他们关切的问题。中国应由被动转为主动，在政府、企业、学术3个层次上，与发达国家对话。例如，跟影响力强大的国际非政府组织建立伙伴关系，讨论中国管理企业社会责任的成本问题，调整国际企业社会责任标准范围，缓和中国供应商的负担。支持更多中国公司参加全球契约或其他国际网络，学习最佳做法；活跃参与企业社会责任的辩论和实践，提高国际知名度；管理中国企业的声誉风险；向国际透明指数（Transparency International Index）10大最廉洁国家学习，改善中国反腐败的成绩和提高中国企业的可信性。另外，还可以仿照西欧国家，设立国家和地方企业社会责任部门，资助工商学术界参加国际研讨，推广企业社会责任研究、实践和监管经验的交流。

制定国家和地方企业社会责任战略和实施计划。例如，中国跨国公司要加强与全球观众沟通，通过英文网站发布新闻，说明企业社会责任准则政策；公司行政代表积极与外向直接投资国家的利益相关群体对话，建立有利的伙伴关系，寻找适合当地环境的企业社会责任措施。政府要改变中国的商业文化，增加企业对战略管理的认识；协助制定各个行业标准，发展企业的问责制和透明度标准；培养公司与利益相关者沟通的能力，帮助公司处理利益冲突的方法和程序。地方政府要支持中小企业供应商，通过税率优惠和其他经济政策，鼓励他们遵守劳工环境法则。国家评估地方政府的业绩，要包括经济、劳工和环境保护指数，平衡经济发展对地区与环境的压力。

二、培养道德领导，促进社会道德文化

在中国推广企业社会责任，有必要提高商人的地位，认同企业对国家经济效益的贡献。同时，要倡导商人的道德和社会义务，促进企业道德文化，规范商界领袖和管理人员的职业道德，发扬中国儒商的仁善传统。另外，要符合经济全球化的国际责任规范，扩大伦理思想基础，认识关系观念的利弊，适量融

合西方的伦理概念,尊重个人权利,调和内外群体的利益矛盾,建立社会平等和公正,解决腐败和任人唯亲的问题。

中央与地方政府的协调是建立政治与企业道德文化的关键。政府有责任通过法律制造公平竞争环境,帮助企业发展道德文化;设立独立的反腐败机构,有效地起诉贪污官员和行贿企业;地方政府领导需要有系统的训练和监察,制定政府行为守则,奖励有道德的政府人员。

政府需要资助学术界、业界的合作,促进企业道德领导的研究,推行适合大中小企业在城市和农村地区的企业社会责任模式。此外,政府要根据大中小型企业的需要,制定合适的企业道德行为守则,并建立监管系统,公开表扬企业的道德行为,鼓励个人和群体争取道德荣誉。更重要的是,培养企业领袖的价值观,通过大学和商学院伦理课程,促进未来政治与商业管理人员思考企业社会责任的兴趣和能力。

三、提高利益相关者的权力,建立新的商业道德和社会规范

中国社会对企业的期望不断提高,政府要推广利益相关者的权力,加强他们对企业的压力。例如,通过城市和农村教育课程,提高员工和消费者对企业社会责任的意识。政府也可以邀请明星运动员等社会知名人士做宣传大使,通过媒体和其他渠道,推广公众对商业法律的认识,帮助公众了解企业对经济、社会和环境的责任,鼓励公众争取合理的利益。

另外,政府要授予中国非政府组织参与公司社会责任决策的权力和合法性,发挥咨询,监测和评价公司行为的功用。政府也可以资助独立的非政府组织,建立一个有透明度的企业社会责任评价与排名制度,定期表扬道德企业和批评不负责任的公司。除了增加对企业的压力,这种评价制度也可以鼓励和帮助社会责任投资者选择中国的上市公司。

参考文献

[1] Ahlstrom, D., Nair, A., Young, M., & Wang, L. (2006). *China: Competitive Myths and Realities*. SAM Advanced Management Journal, 71(4), 4 -10.

[2] Attas, D. (2004). *A Moral Stakeholder Theory of the Firm*. Zeitschrift

fuer Wirtschafts- und Unternehmensethik, 5(3), 312 – 318.

[3] Bai, C. , Lu, J. , & Tao, Z. (2006). *The Multitask Theory of State Enterprise Reform: Empirical Evidence from China.* American Economic Review, 96 (2), 353 – 357.

[4] Baines, T. (2009). *Integration of Corporate Social Responsibility Through International Voluntary Initiatives.* Indiana Journal of Global Legal Studies, 16(1), 223 – 248.

[5] Barnard, C. (1958). *Elementary Conditions of Business Morals.* California Management Review, 1(1), 1 – 13.

[6] Baron, D. P. (2006). *Business and Its Environment* (5th ed.). Upper Saddle River, NJ: Pearson Prentice Hall.

[7] Baskin, J. (2006). *Corporate Responsibility in Emerging Markets.* The Journal of Corporate Citizenship, 24, 29 – 47.

[8] Baumol, W. (1976). *Smith vs. Marx on Business Morality and the Social Interest.* American Economist, 20(2), 1 – 6.

[9] Bendell, J. , Cohen, J. (2006). *Who's Leading Hu?* Journal of Corporate Citizenship, 24, 3 – 7.

[10] Bird, F. , Smucker, J. (2007). *The Social Responsibilities of International Business Firms in Developing Areas.* Journal of Business Ethics, 73(1), 1 – 9.

[11] Blowfield, M. , Frynas, J. (2005). *Setting New Agendas: Critical Perspectives on Corporate Social Responsibility in the Developing World.* International Affairs, 81(3), 499 – 513.

[12] Borokh, O. (2006). *Lang Xianping's Speech sets off Debates on the Reform of State-Owned Enterprises in China.* Far Eastern Affairs, 34(3), 124 – 139.

[13] Bowen, F. (2007). *Corporate Social Strategy: Competing Views from Two Theories of the Firm.* Journal of Business Ethics, 75(1), 97 – 113.

[14] Boxenbaum, E. (2006). *Corporate Social Responsibility as Institutional Hybrids.* Journal of Business Strategies, 23(1), 45 – 63.

[15] Branco, M. C. , Rodrigues, L. L. (2007). *Positioning Stakeholder Theory within the Debate on Corporate Social Responsibility.* Electronic Journal of Business Ethics and Organizations Studies, 12(1), 5 – 15. Retrieved August 21, 2009, from http://ejbo. jyu. fi/pdf/ejbo_vol12_no1_pages_5 – 15. pdf.

[16] Braendle, U. , Gasser, T. , & Noll, J. (2005). *Corporate Governance in China: Is Economic Growth Potential Hindered by Guanxi?* Business & Society Review, 110(4), 389 – 405.

[17] Brown, M. T. (2006). *Corporate Integrity and Public Interest: A Relational Approach to Business Ethics and Leadership.* Journal of Business Ethics, 66 (1), 11 – 18.

[18] Bu, L. , Fee, E. (2008). *Food Hygiene and Global Health.* American Journal of Public Health, 98(4), 634 – 635.

[19] *Building Harmonious Society Crucial for China's Progress.* (2005, June 27). People's Daily. Retrieved August 26, 2008, from http://english. people-daily. com. cn/200506/27/eng20050627_192495. html.

[20] Burchell, J. , Cook, J. (2006). *It's Good to Talk? Examining Attitudes Towards Corporate Social Responsibility Dialogue and Engagement Processes.* Business Ethics: A European Review, 15(2), 154 – 170.

[21] Cai, Z. , Wheale, P. (2004). *Creating Sustainable Corporate Value: A Case Study of Stakeholder Relationship Management in China.* Business & Society Review, 109(4), 507 – 547.

[22] Cao, S. , Chen, L. , & Liu, Z. (2007). *Disharmony between Society and Environmental Carrying Capacity: A Historical Review, with an Emphasis on China.* Ambio, 36(5), 409 – 415.

[23] Carr, A. Z. (1968). *Is Business Bluffing Ethical?* Harvard Business Review, 46(1), 143 – 153.

[24] Carrasco, I. (2007). *Corporate Social Responsibility, Values, and Cooperation.* International Advances in Economic Research, 13(4), 454 – 460.

[25] Carroll, A. B. (1999). *Corporate Social Responsibility: Evolution of a Definitional Construct.* Business and Society, 38(3), 268 – 295.

[26] Carroll, A. B. (2004). *Managing Ethically with Global Stakeholders: A Present and Future Challenge.* Academy of Management Executive, 18(2), 114 -120.

[27] Cavanagh, G. (2004). *Global Business Ethics: Regulation, Code, or Self-Restraint.* Business Ethics Quarterly, 14(4), 625 -642.

[28] Cetindamar, D. (2007). *Corporate Social Responsibility Practices and Environmentally Responsible Behavior: The Case of the United Nations Global Compact.* Journal of Business Ethics, 76(2), 163 -176.

[29] Chan, G. K. Y. (2008). *The Relevance and Value of Confucianism in Contemporary Business Ethics.* Journal of Business Ethics, 77(3), 347 -360.

[30] Chan, H. S., Gao, J. (2008). *Old Wine in New Bottles: A County-Level Case Study of Anti-corruption Reform in the People's Republic of China.* Crime, Law and Social Change, 49(2), 97 -117.

[31] Chen, J. (2004). *Corporatisation of China's State-owned Enterprises and Corporate Governance.* Corporate Ownership & Control, 1(2), 82 -93.

[32] Cheng, W. (2004). *An Empirical Study of Corruption within China's State-owned Enterprises.* China Review, 4(2), 55 -80.

[33] Cheung, C., Chan, A. (2005). *Philosophical Foundations of Eminent Hong Kong Chinese CEOs' Leadership.* Journal of Business Ethics, 60(1), 47 -62.

[34] Cheung, T., King, A. Y. (2004). *Righteousness and Profitableness: The Moral Choices of Contemporary Confucian Entrepreneurs.* Journal of Business Ethics, 54(3), 245 -260.

[35] Child, J., Rodrigues, S. (2005). *The Internationalization of Chinese Firms: A Case for Theoretical Extension?* Management & Organization Review, 1 (3), 381 -410.

[36] *China Plans Compensation after Tainted Milk Scandal.* (2008, December 10). China View. Retrieved August 28, 2009, from http://news. xinhuanet. com/english/2008 - 12/10/content_10486056. htm.

[37] Chow, G. (2006). *Globalization and China's Economic Development.*

Pacific Economic Review, 11(3), 271 – 285.

[38] Christmann, P. , Taylor, G. (2006). *Firm Self-Regulation through International Certifiable Standards: Determinants of Symbolic versus Substantive Implementation.* Journal of International Business Studies, 37(6), 863 – 878.

[39] Committee for Economic Development. (n. d.). Retrieved August 14, 2009, from http://www. ced. org/.

[40] Cooper, C. M. (2006). *"This is Our way in": The Civil Society of Environmental NGOs in South-west China.* Blackwell Publishing Limited.

[41] Crane, A. , Matten, D. (2004). *Questioning the Domain of the Business Ethics Curriculum.* Journal of Business Ethics, 54(4), 357 – 369.

[42] Cummings, L. , Guthrie, J. (2007). *Managerial Attitudes toward Stakeholder Salience within Selected Western Pacific-Rim Economies.* Journal of Asia-Pacific Business, 8(1), 7 – 29.

[43] Dashwood, H. (2007). *Canadian Mining Companies and Corporate Social Responsibility: Weighing the Impact of Global Norms.* Canadian Journal of Political Science, 40(1), 129.

[44] Davis, I. (2005). *What is the Business of Business?* McKinsey Quarterly, 3, 104 – 113. Retrieved November 17, 2008, from SocINDEX with Full Text database.

[45] Davis, K. (1973). *The Case for and against Business Assumption of Social Responsibilities.* Academy of Management Journal, 16(2), 312 – 322.

[46] De George, R. (2006). *The Relevance of Philosophy to Business Ethics: A Response to Rorty's "Is Philosophy Relevant to Applied Ethics"?* Business Ethics Quarterly, 16(3), 381 – 389.

[47] Doh, J. , Guay, T. (2006). *Corporate Social Responsibility, Public Policy, and NGO Activism in Europe and the United States: An Institutional-Stakeholder Perspective.* Journal of Management Studies, 43(1), 47 – 73.

[48] Donaldson, T. , Preston, L. (1995). *The Stakeholder Theory of the Corporation: Concepts, Evidence, and Implications.* Academy of Management Review, 20(1), 65 – 91.

[49] Du, B. , Zhang, K. , Song, G. , & Wen, Z. (2006). *Methodology for an Urban Ecological Footprint to Evaluate Sustainable Development in China.* International Journal of Sustainable Development and World Ecology, 13(4), 245 - 247, 249 - 254.

[50] Dyer, G. (2009, January 14). *China Becomes Third Largest Economy.* Financial Times. Retrieved August 30, 2009, from http://www. ft. com/cms/s/ 0/8d9337be - e245 - 11dd - b1dd - 0000779fd2ac. html.

[51] Epstein, E. (2007). *The Good Company: Rhetoric or Reality? Corporate Social Responsibility and Business Ethics Redux.* American Business Law Journal, 44(2), 207 - 222.

[52] Falkenberg, A. W. (2004). *When in Rome... Moral Maturity and Ethics for International Economic Organizations.* Journal of Business Ethics, 54 (1), 17 - 32.

[53] Fortune Global 500. (2009). Retrieved September 7, 2009, from http://money. cnn. com/magazines/fortune/global500/2009/.

[54] Frame, B. (2005). *Corporate Social Responsibility: A Challenge for the Donor Community.* Development in Practice, 15(3/4), 422 - 432.

[55] Freeman, R. E. (1984). *Strategic Management: A Stakeholder Approach.* Boston: Pitman.

[56] Friedman, M. (1962). *Capitalism and Freedom.* The University of Chicago Press.

[57] Friedman, M. (1970, September 13). *A Friedman Doctrine—The social Responsibility of Business is to Increase Its Profits.* New York Times.

[58] Frost, S. (2006). *CSR Asia News Review: April-June* 2006. Corporate Social Responsibility & Environmental Management, 13(4), 238 - 244.

[59] FTSE the index company. (2009). Retrieved September 4, 2009, from http://www. ftse. com/About_Us/index. jsp.

[60] Gao, Y. (2007). *Dealing with Non-market Stakeholders in the International Market: Case Studies of US-based Multinational Enterprises in China.* Singapore Management Review, 29(2), 75 - 88.

[61] Garriga, E., Melé, D. (2004). *Corporate Social Responsibility Theories: Mapping the Territory.* Journal of Business Ethics, 53(1/2), 51 – 71.

[62] Garvey, N., Newell, P. (2005). *Corporate Accountability to the Poor? Assessing the Effectiveness of Community-based Strategies.* Development in Practice, 15(3/4), 389 – 404.

[63] Godfrey, P. C., Hatch, N. W. (2007). *Researching Corporate Social Responsibility: An Agenda for the 21st Century.* Journal of Business Ethics, 70 (1), 87.

[64] Goodpaster, K. (1983). *The Concept of Corporate Responsibility.* Journal of Business Ethics, 2(1), 1 – 22.

[65] Grit, K. (2004). *Corporate Citizenship: How to Strengthen the Social Responsibility of Managers?* Journal of Business Ethics, 53(1/2), 97 – 106.

[66] Gugler, P., Shi, J. (2009). *Corporate Social Responsibility for Developing Country Multinational Corporations: Lost War in Pertaining Global Competitiveness?* Journal of Business Ethics: Supplement, 87, 3 – 24.

[67] Haigh, M., & Jones, M. T. (2007). *A Critical Review of Relations between Corporate Responsibility Research and Practice.* Electronic Journal of Business Ethics and Organizations Studies, 12(1), 16 – 28. Retrieved August 21, 2009, from http://ejbo. jyu. fi/pdf/ejbo_vol12_no1_pages_16 – 28. pdf.

[68] *Harmonious Society.* (2007, September 29). China Daily. Retrieved August 21, 2009, from http://english. peopledaily. com. cn/90002/92169/92211/6274603. html.

[69] Hartman, E. (2008). *Socratic Questions and Aristotelian Answers: A virtue-based Approach to Business Ethics.* Journal of Business Ethics, 78(3), 313 – 328.

[70] Hassard, J., Morris, J., & Sheehan, J. (2004). *The "Third Way": The Future of Work and Organization in a "Corporatized" Chinese Economy.* International Journal of Human Resource Management, 15(2), 314 – 330.

[71] Heath, J. (2007). *An Adversarial Ethic for Business: Or When Sun-Tzu Met the Stakeholder.* Journal of Business Ethics, 72(4), 359 – 374.

[72] Hills, J. (2006). *CSR Asia News Review*: *February-April 2006.* Corporate Social Responsibility & Environmental Management, 13(3), 177 – 181.

[73] Hirt, M. , Orr, G. (2006). *Helping China's Companies Master Global M&A.* McKinsey Quarterly, 4, 38 – 49.

[74] Holme, R. , Watts, P. (2002, January). *Corporate Social Responsibility*: *The WBCSD's Journey.* World Business Council for Sustainable Development. Retrieved August 7, 2009, from http://www. econsense. de/_CSR_INFO_POOL/ _INT_VEREINBARUNGEN/images/CSR_TheWBCSDJourney. pdf.

[75] Huang, Y. (2005). *Some Fundamental issues in Confucian Ethics*: *A Selective Review of Encyclopedia of Chinese Philosophy.* Journal of Chinese Philosophy, 32(3), 509 – 528.

[76] Hulpke, J. , Lau, C. (2008). *Business Ethics in China*: *A Human Resource Management Issue*? Chinese Economy, 41(3), 58 – 67.

[77] Idemudia, U. (2008). *Conceptualising the CSR and Development Debate.* Journal of Corporate Citizenship, 29, 91 – 110.

[78] *International Organization for Standardization.* (2009). Retrieved September 4, 2009, from http://www. iso. org/iso/home. htm.

[79] Jamali, D. (2007). *The Case for Strategic Corporate Social Responsibility in Developing Countries.* Business & Society Review, 112(1), 1 – 27.

[80] Jamali, D. , Keshishian, T. (2009). *Uneasy Alliances*: *Lessons Learned from Partnerships between Businesses and NGOs in the Context of CSR.* Journal of Business Ethics, 84(2), 277 – 295.

[81] Jamali, D. , Mirshak, R. (2007). *Corporate Social Responsibility (CSR)*: *Theory and Practice in a Developing Country Context.* Journal of Business Ethics, 72(3), 243 – 262.

[82] Jenkins, R. (2005). *Globalization, Corporate Social Responsibility and Poverty.* International Affairs, 81(3), 525 – 540.

[83] Jiang, Q. (2007). *Motivation and Performance of Chinese Corporate Social Responsibility Strategy Choice.* China-USA Business Review, 6(3), 50 – 57.

［84］ *Just Good Business：A Special Report on Corporate Social Responsibility.* (2008, January 19). The Economist. 386(8563), 3 – 24.

［85］ Krizov, C. , Allenby, B. (2004). *Social Value Added：A Metric for Implementing Corporate Social Responsibility.* Environmental Quality Management, 14(2), 39 – 47.

［86］ Krueger, D. A. (2008). *The Ethics of Global Supply Chains in China：Convergences of East and West.* Journal of Business Ethics, 79 (1 – 2), 113 – 120.

［87］ Ladkin, D. (2006). *When Deontology and Utilitarianism aren't t Enough：How Heidegger's Notion of Dwelling might Help Organisational Leaders Resolve Ethical Issues.* Journal of Business Ethics, 65(1), 87 – 98.

［88］ Lam, K. , & Shi, G. (2008). *Factors Affecting Ethical Attitudes in Mainland China and Hong Kong.* Journal of Business Ethics, 77(4), 463 – 479.

［89］ Leung, T. (2004). *A Chinese-United States Joint Venture Business Ethics Model and Its Implications for Multi-national Firms.* International Journal of Management, 21(1), 58 – 66.

［90］ Levine, M. (2008). *China's CSR Expectations Mature.* China Business Review, 35(6), 50 – 53.

［91］ Levitt, T. (1958). *The Dangers of Social Responsibility.* Harvard Business Review, 36(5), 41 – 50.

［92］ Liu, X. (2006). *Reform in China：The Role of Civil Society.* Social Research, 73(1), 121 – 138.

［93］ Long, B. , & Driscoll, C. (2008). *Codes of Ethics and the Pursuit of Organizational Legitimacy：Theoretical and Empirical Contributions.* Journal of Business Ethics, 77(2), 173 – 189.

［94］ Ma, Q. (2002). *Defining Chinese Nongovernmental Organizations.* Voluntas：International Journal of Voluntary and Nonprofit Organizations, 13(2), 113 – 130.

［95］ Marsiglia, E. , Falautano, I. (2005). *Corporate Social Responsibility and Sustainability Challenges for a Bancassurance Company.* Geneva Papers on

Risk & Insurance-Issues & Practice, 30(3), 485 – 497.

[96] Matten, D., & Moon, J. (2008). *Implicit and Explicit CSR: A Conceptual Framework for a Comparative Understanding of Corporate Social Responsibility*. Academy of Management Review, 33(2), 404 – 424.

[97] Melloan, G. (2004, January 6). *Feeling the Muscles of the Multinationals*. Wall Street Journal, A19.

[98] Mitchell, R., Agle, B., & Wood, D. (1997). *Toward a Theory of Stakeholder Identification and Salience: Defining the Principle of Who and What Really Counts*. Academy of Management Review, 22(4), 853 – 886.

[99] Mittelman, J. (2006). *Globalization and Development: Learning from Debates in China*. Globalizations, 3(3), 377 – 391.

[100] Mohan, A. (2006). *Global Corporate Social Responsibility Management in MNCs*. Journal of Business Strategies, 23(1), 9.

[101] Morton, K. (2005). *The Emergence of NGOs in China and Their Transnational Linkages: Implications for Domestic Reform*. Australian Journal of International Affairs, 59(4), 519 – 532.

[102] Neville, B., & Menguc, B. (2006). *Stakeholder Multiplicity: Toward an Understanding of the Interactions between Stakeholders*. Journal of Business Ethics, 66(4), 377 – 391.

[103] Ngai, P. (2005). *Global Production, Company Codes of Conduct, and Labor Conditions in China: A Case Study of Two Factories*. China Journal, 54, 101 – 113.

[104] *NGOs Can Play Bigger Role in China's Human Rights Protection*. (2008, December 4). People's Daily Online. Retrieved August 15, 2009, from http://english. peopledaily. com. cn/90001/90776/90882/6546101. html.

[105] O'Callaghan, T. (2007). *Disciplining Multinational Enterprises: The Regulatory Power of Reputation Risk*. Global Society: Journal of Interdisciplinary International Relations, 21(1), 95 – 117.

[106] Parnell, M. (2007). *Guanxi and Confucianism*. International Journal of Diversity in Organisations, Communities & Nations, 5(5), 133 – 143.

[107] Pedersen, E. (2006). *Making Corporate Social Responsibility (CSR) Operable: How Companies Translate Stakeholder Dialogue into Practice.* Business & Society Review, 111(2), 137 – 163.

[108] Peloza, J. (2006). *Using Corporate Social Responsibility as Insurance for Financial Performance.* California Management Review, 48(2), 52 – 72.

[109] Piboontanasawat, N., Hamlin, K. (2009, January 14). *China Passes Germany to become Third-biggest Economy.* Bloomberg. com. Retrieved August 30, 2009, from http://www. bloomberg. com/apps/news? pid = 20601087&sid = aShY0wM1pD_Y&refer = home.

[110] Polonsky, M. J., Garma, R., & Chia, N. (2004). *Australian Environmental Alliances from an Environmental NGOs Perspective.* Journal of Marketing Theory and Practice, 12(2), 73 – 86.

[111] Porter, M., Kramer, M. (2006). *Strategy & Society: The Link between Competitive Advantage and Corporate Social Responsibility.* Harvard Business Review, 84(12), 78 – 92.

[112] Premeaux, S. (2009). *The Link between Management Behavior and Ethical Philosophy in the Wake of the Enron Convictions.* Journal of Business Ethics, 85(1), 13 – 25.

[113] Prieto-Carrón, M., Lund-Thomsen, P., Chan, A., Muro, A., & Bhushan, C. (2006). *Critical Perspectives on CSR and Development: What We Know, What We Don't Know, and What We Need to Know.* International Affairs, 82(5), 977 – 987.

[114] Qian, J., Finamore, B., Chan, C. (2007). *Greening the Red Cities: Sustainable Development in China.* Georgetown Journal of International Affairs, 8(2), 21 – 29.

[115] Qu, R. (2007). *Effects of Government Regulations, Market Orientation and Ownership Structure on Corporate Social Responsibility in China: An Empirical Study.* International Journal of Management, 24(3), 582 – 591.

[116] Redfern, K., Crawford, J. (2004). *An Empirical Investigation of the Ethics Position Questionnaire in the People's Republic of China.* Journal of Busi-

ness Ethics, 50(3), 199 – 210.

[117] Robins, F. (2005). *The Future of Corporate Social Responsibility*. Asian Business & Management, 4(2), 95 – 115.

[118] Roper, J., Weymes, E. (2007). *Reinstating the Collective: A Confucian Approach to Well-being and Social Capital Development in a Globalised Economy*. Journal of Corporate Citizenship, 26, 135 – 144.

[119] Sadler, D. (2004). *Anti-corporate Campaigning and Corporate "Social" Responsibility: Towards Alternative Spaces of Citizenship?* Antipode, 36(5), 851 – 870.

[120] Sahlin-Andersson, K. (2006). *Corporate Social Responsibility: A Trend and a Movement, but of What and for What?* Corporate Governance, 6(5), 595 – 608.

[121] Scherer, A., Palazzo, G., & Baumann, D. (2006). *Global Rules and Private Actors: Toward a New Role of the Transnational Corporation in Global Governance*. Business Ethics Quarterly, 16(4), 505 – 532.

[122] Schouten, E., Remm, J. (2006). *Making Sense of Corporate Social Responsibility in International Business: Experiences from Shell*. Business Ethics: A European Review, 15(4), 365 – 379.

[123] Schwartz, M., Carroll, A. (2003). *Corporate Social Responsibility: A Three-domain Approach*. Business Ethics Quarterly, 13(4), 503 – 530.

[124] See, G. (2007, October 22). *Will "Harmonious Society" Herald a New Chinese Business Environment?* ChinaCSR. com. Retrieved August 22, 2009, from http://www. chinacsr. com/en/2007/10/22/1781 – will-harmonious-society-herald-a-new-chinese-business-environment/.

[125] Sethi, S. (2005). *Investing in Socially Responsible Companies is a Must for Public Pension funds—Because There is No Better Alternative*. Journal of Business Ethics, 56(2), 99 – 129.

[126] Shafer, W. E., Fukukawa, K., & Lee, G. M. (2007). *Values and the Perceived Importance of Ethics and Social Responsibility: The U. S. versus China*. Journal of Business Ethics, 70(3), 265 – 284.

[127] Simola, S. (2007). *The Pragmatics of Care in Sustainable Global Enterprise.* Journal of Business Ethics, 74(2), 131 – 147.

[128] Singh, J. (2006). *A Comparison of the Contents of the Codes of Ethics of Canada's Largest Corporations in 1992 and 2003.* Journal of Business Ethics, 64(1), 17 – 29.

[129] Smith, N., Ward, H. (2007). *Corporate Social Responsibility at a Crossroads?* Business Strategy Review, 18(1), 16 – 21.

[130] Steurer, R. (2006). *Mapping Stakeholder Theory Anew: From the "Stakeholder Theory of the Firm" to Three Perspectives on Business-society Relations.* Business Strategy & the Environment, 15(1), 55 – 69.

[131] Stiglitz, J. E. (2002). *Globalization and Its Discontent.* New York, NY: Norton.

[132] Su, C., Mitchell, R., & Sirgy, M. (2007). *Enabling Guanxi Management in China: A Hierarchical Stakeholder Model of Effective Guanxi.* Journal of Business Ethics, 71(3), 301 – 319.

[133] Teegen, H., Doh, J. P., Vachani, S. (2004). *The Importance of Nongovernmental Organizations(NGOs) in Global Governance and Value Creation: An International Business Research Agenda.* Journal of International Business Studies, 35(6), 463 – 483.

[134] *The Challengers: A New Breed of Multinational Company has Emerged.* (2008, January 12). The Economist. 386(8562), 62 – 64.

[135] Thorborg, M. (2006). *Chinese Workers and Labor Conditions from State Industry to Globalized Factories.* Annals of the New York Academy of Sciences, 1076(1), 893 – 910.

[136] *Transparency International.* (2009). Retrieved August 15, 2009, from http://www.transparency.org/.

[137] Tsalikis, J., Seaton, B., & Li, T. (2008). *The International Business Ethics Index: Asian Emerging Economies.* Journal of Business Ethics, 80(4), 643 – 651.

[138] *United Nations Global Compact.* (2009). Retrieved August 14, 2009,

from http://www. unglobalcompact. org/.

[139] Van Staveren, I. (2007). *Beyond Utilitarianism and Deontology: Ethics in Economics.* Review of Political Economy, 19(1), 21 – 35.

[140] Ven, B. (2008). *An Ethical Framework for the Marketing of Corporate Social Responsibility.* Journal of Business Ethics, 82(2), 339 – 352.

[141] Vogel, D. (2005). *The Market for Virtue: The Potential and limits of Corporate Social Responsibilities.* Washington, D. C. : Brookings Institution Press.

[142] Waldman, D. , Siegel, D. , & Javidan, M. (2006). *Components of CEO Transformational Leadership and Corporate Social Responsibility.* Journal of Management Studies, 43(8), 1703 – 1725.

[143] Wan, S. W. (2006). *Defining Corporate Social Responsibility.* Journal of Public Affairs, 6(3/4), 176 – 184.

[144] Wang, Y. (2005). *Are Early Confucians Consequentialists?* Asian Philosophy, 15(1), 19 – 34.

[145] Warren, D. E. , Dunfee, T. W. , & Li, N. (2004). *Social Exchange in China: The Double-edged Sword of Guanxi.* Journal of Business Ethics, 55(4), 353 – 370.

[146] Wei, Y. , & Ye, X. (2004). *Regional Inequality in China: A Case Study of Zhejiang Province.* Journal of Economic & Social Geography, 95(1), 44 – 60.

[147] Wei-Skillern, J. (2004). *The Evolution of Shell's Stakeholder Approach: A Case Study.* Business Ethics Quarterly, 14(4), 713 – 728.

[148] Welford, R. (2005). *Corporate Social Responsibility in Europe, North America and Asia.* Journal of Corporate Citizenship, 17, 33 – 52.

[149] Weltzien Hoivik, H. (2007). *East Meets West: Tacit Messages about Business Ethics in Stories Told by Chinese Managers.* Journal of Business Ethics, 74(4), 457 – 469.

[150] Wheeler, D. (2007). *Chinese Seek Global Perspective.* Enterprise Innovation, 3(7), 12.

[151] Whitehouse, L. (2006). *Corporate Social Responsibility: Views from*

the Frontline. Journal of Business Ethics, 63(3), 279 – 296.

［152］Williams, O. (2004). *The UN Global Compact: The Challenge and the Promise.* Business Ethics Quarterly, 14(4), 755 – 774.

［153］World Bank. (2009). Retrieved August 30, 2009, from http://www. worldbank. org/.

［154］World Business Council for Sustainable Development. (2009). Retrieved August 7, 2009, from http://www. wbcsd. org/.

［155］Wren, D. A. (2005). *The History of Management Thought* (5th ed.). Hoboken, NJ: John Wiley & Sons, Inc.

［156］Yang, J. (2007). *The Future of China's Socialist Market Economy.* Nature, Society & Thought, 20(1), 61 – 79.

［157］Zhang, M. (2006). *The Social Marginalization of Workers in China's state-owned enterprises.* Social Research, 73(1), 159 – 184.

［158］Zhang, X. , Baum, R. (2004). *Civil Society and the Anatomy of a Rural NGO.* China Journal, 52, 97 – 107.

［159］Zhang, Y. , Zhang, Z. (2006). *Guanxi and Organizational Dynamics in China: A Link between Individual and Organizational Levels.* Journal of Business Ethics, 67(4), 375 – 392.

［160］Zheng, Z. (2007). *Sincerity, Trustworthiness, Law-abidance and Corporate Social Responsibility* (*CSR*). International Management Review, 3(1), 82 – 88, 159 – 162, 178.

［161］Zinkin, J. (2004). *Maximising the "Licence to Operate": CSR from an Asian Perspective.* The Journal of Corporate Citizenship, 14, 67 – 80.

［162］2005 *International Comparison Program.* (2007, December 17). World Bank. Retrieved August 30, 2009, from http://web. worldbank. org/WB-SITE/EXTERNAL/NEWS/0,,contentMDK:21589281 ~ pagePK:34370 ~ piPK:34424 ~ theSitePK:4607,00. html.

第五章 国际企业社会责任生产守则对我国外贸企业作用机理分析

摘要:本文在研究生产守则的内容、起源与发展、分类和执行方式的基础上,从正、负两方面就企业社会责任生产守则对我国外贸企业的作用机理进行了分析,最后提出我国外贸企业应对生产守则运动的对策。旨在为广大学者研究我国企业如何应对生产守则运动提供一个清晰的理论框架。

关键字:生产守则 外贸企业 作用机理

Abstract:As the corporate social responsibility movement developed rapidly all over the world, the enterprises in our country are affected by the international corporate social responsibility production code. This paper studies the content, original, development, categories and execution on corporate social responsibility production code, then analyzes how the principle affects our trade enterprises from the pros and cons, and put forward suggestions on how to react on it. So as to provide a clear theoretical framework for scholars to do research on it.

Key Words:production code, foreign trade, enterprises, function principle

20 世纪 90 年代中期以来,北美和欧洲的工会与人权、消费者等 NGO 组织联合起来发起了跨国性的企业社会责任运动。该运动以世界知名公司为批判对象,要求这些跨国公司承担相应的社会责任,并建立各种灵活机制促进企业社会责任生产守则的实施,从而达到在全球范围内消除"血汗工厂"、促进经济与社会的公正、民主、平等的目的。这波运动影响范围很广,不仅包括纺织业、服装业、玩具业和鞋业等劳动密集型行业,还把高新技术等各行各业逐步揽括其中。耐克、阿迪达斯、沃尔玛、麦当劳等受到该运动冲击的大公司,为了避免品牌形象受到影响,都相继加入这一运动。它们不仅自己制定生产守则,而且还把社会责任生产守则的具体要求和精神推广到生产商、分包商所在的发展中国家。随着我国加入世贸组织以及跨国公司在我国投资和采购力度的加大,我国企业受国际企业生产守则的影响将越来越大。

第一节 国际企业社会责任生产守则概况

在经济全球化日益加深、国际企业社会责任运动愈演愈烈的背景下,国际企业社会责任生产守则也被赋予了新的内涵,跨国公司以执行生产守则来承担社会责任的方式也有了新的变化。

一、生产守则基本概念

狭义的生产守则,又称为"公司行为守则",也就是企业内部生产守则。20世纪90年代初期,进行外贸加工的服装、制鞋行业中的美国品牌公司最早面临"血汗工厂"的指责。消费者的抵制购买和媒体的不断曝光对这些公司的品牌形象、销售量以及利润额都产生了巨大的负面影响。面对这些社会责任问题,这些公司先后制定了用于规范其供应商、分包商工厂工作条件和劳工待遇的"企业社会责任生产守则"。该守则的内容一般包括:禁止使用童工及强制劳作、提供符合安全健康标准的工作环境、保障法定的最低工资等。其中少数守则也包括有关集体谈判和结社自由的条款①。随着国际企业社会责任的发展和演化,生产守则的内容也已经作了相应的调整,我们在《国际生产守则对我国企业影响》课题研究的实地调研中,我们发现环境保护、产品质量保证、杜绝政治贿赂等企业社会责任内容已经被纳入生产守则的新内容。除内部生产守则外,我们研究的广义上的生产守则还包括企业外部守则。

---

① 余晓敏:《经济全球化背景下的劳工运动:现象、问题与理论》,《社会学研究》2006年第3期。

二、生产守则的分类

根据生产守则的内容,过去的大多数的生产守则以联合国发布的《世界人权宣言》和国际劳工组织的基础性条约为参考蓝本,承诺保障劳工的基本人权并提供安全健康的工作条件。但由于生产守则制定和实施的参与主体的迅速扩大,使得生产守则也日益多样化,本书将生产守则归为 4 类。

(一)公约及全球倡议类

表 5-1　公约及全球倡议类生产守则

国际机构以直接或间接的政府参与方式来制定	关注对象
人权宣言	人权
国际劳工组织:关于社会政策的三方协议原则	劳工
经济合作发展组织跨国企业治理指导方针	公司治理原则
社会职责全球 Sullivan 原则	环保
在环境和发展方面的 Rio 宣言	环保
环境责任经济联盟(CERES)	环保
政治贿赂行为的商业原则	经营行为
联合国全球契约	全面关注 CSR
其他	其他

(二)行业生产守则和标准

表 5-2　行业生产守则和标准

行业协会、商会制定以发展共同的标准和报告机制	适用对象
欧洲外贸协会 BSCI 倡议(审核)	销售企业
公平劳动协会:工作场所行为守则	生产企业
清洁成衣运动:基本准则	成衣业
责任关怀原则	化学工业与渔业
道德贸易倡议:基本准则	标准
ICTI 玩具商协会(认证)	玩具
其他	其他

（三）外部生产守则和工具

表 5 - 3　利益相关者守则及其认证方向

多利益相关者守则	认证方向
SAI SA8000	劳工标准认证,劳工管理体系工具
可持续发展商业宪章	ECO-管理及稽查方案
全球报告倡议	企业社会责任报告
ISO14000	环境认证,环境管理体系
SIGMA 指导方针	可持续发展指导工具
其他	其他

（四）企业行为守则

此类生产守则主要是指各跨国企业、组织自己制定的内部生产守则。其效力一般只限于自己企业内部架构及其运营过程,目前绝大部分这类守则已经由制订企业在自己的利益相关者领域（包括供应商、生产商等范围）推广,而且影响很大,我们国家企业尤其是外向型企业受国际企业社会责任运动影响最大的也是这类守则。例如壳牌公司的《壳牌公司的经营原则》、巴斯公司的《价值观与原则》。

三、跨国公司推行生产守则的方式

分析结果表明,各种生产守则对推动企业社会责任方式都有各自不同的侧重点,在实践上也显示出不同的效果。从改革开放 30 年来我国企业应对国际企业社会责任运动的发展情况来看,跨国公司以执行生产守则来承担社会责任的方式主要有如下 3 种:

（一）自查

此种方式是实施内部生产守则的一种方式。查厂,即"跨国公司在订单下达前或者货物交付之前,派遣本公司的专职人员或者委托公证行的专业检查人员对供应商或者分包商的生产资料、生产环境、员工等进行实时实地调查,以判断其是否符合公司生产守则的要求,并以此作为订单下达和接受货物的依据"[①]。跨国企业查厂所依据的生产守则可以分为两种,其中一种是由跨

---

①　黎友焕:《SA8000 与中国企业社会责任建设》,中国经济出版社 2004 年版。

国公司自己制定的,另外一种是其他机构制订出来后由跨国公司自己认可的。例如,欧美一些大的玩具制造企业加入了国际玩具协会,这些公司查厂的依据就是国际玩具协会制定的行业生产守则(ICTI)。

(二)第三方稽查

改革开放初期,查厂工作主要由跨国公司自己人员稽查,最近几年,越来越多的跨国公司聘请第三方中介机构按照其认定守则进行查厂。跨国企业委托的第三方中介机构包括公证行、会计师事务所和专门认证机构、企业社会责任 NGO 组织、高等科研院所等。过去很长一段时间,跨国公司委托在香港的公证行、会计师事务所和专门认证机构等独立第三方为其到大陆的供应商稽查生产守则,但随着国际企业社会责任理念的广泛传播,几年来,越来越多的跨国公司聘请大陆的企业社会责任 NGO 组织、高等科研院所等熟悉大陆环境的第三方为其稽查守则服务。

(三)标准认证

即由某些机构制订出某些标准后,跨国公司对该标准进行认可,以该标准在其利益相关者领域进行推广认证。这种方式是对外部生产守则而言的。例如:SA8000。到目前为止,制订 SA8000 的 SAI 授权的 SA8000 认证公司都是从事管理体系规划分析的商业性公司,主要包括 ITS 和 UL(美国)、BVQI(英国)、CISERINA S. P. A(意大利)、DNV(挪威)、RWTUV Far East Ltd.(泰国)以及 SGS-ICS(瑞士)[①]。SA8000 的认证程序如下:一,申请,由要求认证的企业提交书面申请;二,辅导,由要求认证的企业聘请的中介机构或者其他合法机构进行认证的专题辅导,旨在帮助企业按照 SA8000 的具体要求进行改造;三,审核,是由 SA8000 授权委托的认证机构对要求认证的企业进行审核;四,发证,被审核通过并且合格的企业,由认证机构给要求审核的企业颁发资格证书;五,复审,由认证机构对通过认证的企业每半年复审一次。要获取 SA8000 认证,一般都需要 1 年以上的时间,该证书的有效期限为 3 年,且每 6 个月复查一次。认证的费用主要包括:评估企业现有状况、制定企业系统原则和程序控制记录等所需要的成本、采取改造或补救措施时需要的成本、不断进行监督

---

① SAI 官网:http://www.sa-intl.org/。

审查和控制所发生的成本等[1]。

我们的实地调研情况表明,改革开放以来,尤其是 20 世纪 90 年代以来,查厂是跨国公司在我国推行生产守则、承担社会责任的主要方式,不少在华跨国公司都设置有相关的查厂工作部门。由于各种利益关系的博弈,跨国公司在我国大陆推行生产守则的以上三种方式都存在作弊等虚假情况,而且程度相当严重,主要原因还是跨国公司在我国大陆推广企业社会责任生产守则的动力不是来自其自觉行动,很大程度上是被国际社会所迫。跨国公司推动生产守则的实施,往往是出自能给其消费者和供销商以履行社会责任的书面交代,而不是跨国公司真正关心供应商所在国家的社会责任发展水平。

第二节　国际企业社会责任生产守则对我国外贸企业作用机理分析

任何一种标准都会有正反两方面的作用。分析两方面的作用机理,对企业研究如何应对该标准带来的冲击有重要的作用。本节将在研究国际企业社会责任生产守则对我国外贸企业作用机理的基础上,提出应对生产守则运动的对策及建议。

一、负作用的机理分析

在一定时期内,国际企业社会责任生产守则会对我国外贸企业产生不利影响,比如提高市场进入门槛、额外增加成本、降低竞争力、机密外泄等。主要表现在以下几个方面:

(一)买方市场导致成本转移的机理

经济全球化浪潮下,跨国企业的经营和生产模式发生了质的变化,传统的生产——管理——销售一体化的经营模式开始出现变化:跨国企业将精力集中在高利润、高附加值的品牌设计、市场营销上,以确保利润的最大化;而对于商品的生产和制造则是通过下订单的方式进行,交由发展中国家的制造商和分包商按照其生产条件(包括生产制造价格及订单交货的时间等)来进行加

---

① 黎友焕:《SA8000 与中国企业社会责任建设》,中国经济出版社 2004 年版。

工生产。Hopkins 和 Wallerstein 将这种比较新的生产经营方式命名为"买家主导型商品链"（buyer-driven commodity chains）。这种模式被广泛地用于成衣加工、玩具、制鞋、电子产品等劳动密集型、低生产技能附加值产品的行业中，而且有愈来愈多的生产行业，包括电脑、数码硬件加工制造和汽车等也开始用这一种模式取代传统的生产模式①。

该模式下的市场实际上就是买方市场，作为采购方的大型零售商以及贸易公司，由于其占有着大部分的市场资源，因此就会在与需要订单的发展中国家的外贸出口企业谈判交易中有明显的垄断优势。而发展中国家的外贸企业则会在面对强大竞争时，常常处于被动挨打的地位。该模式中，居于商品链主导地位的跨国采购公司由于要树立良好的形象、赢取广大消费者的信任，以便最终实现市场利润的最大化，制定了种类繁多的生产守则。而在这种交易环境下，无论卖方对该守则执行态度是消极还是积极，买方企业都会有能力迫使卖方企业强行实施，使其成为生产守则执行和实施的义务主体，而其员工也就间接成为实施该守则的主体。由此可见，卖方公司在这种模式下始终处于被动地位，被迫承担实施生产守则后所增加的相关经营成本。由于大部分成本已经转嫁到了最底层的制造商、分包商中去，所以跨国企业作为买家，就享受实施社会责任生产守则后带来的极低成本。

（二）提高企业国际市场准入门槛机理

事实表明，国际企业社会责任生产守则正在成为我国企业进入跨国贸易供应链、产业链及产品出口的一个重要门槛，未达到生产守则要求的企业，其产品将被拒之门外。受影响最大的是我国的纺织业、服装业、玩具业、日用五金等劳动密集型行业。与发达国家相比，我国的平均工资水平太低、职业安全条件也差，仅此两个方面，就可能使其生产的产品由于不符合进口国的技术标准要求，或者由于进口国实施新的强制性规定或标准而被限制进口。

以 SA8000 认证为例，一些跨国公司往往要求供应商、分包商申请并通过该认证，甚至还要求供应商制定并实施 SA8000 标准的时间表，限期通过该认证。如全球最大的玩具零售商，美国反斗城公司要求其全球全部 5000 多家供

---

① 余晓敏：《经济全球化与跨国公司的生产守则》，郑功成、郑宇硕主编：《全球化下的劳工与社会保障》，中国劳动社会保障出版社 2002 年版。

应商及分包商进行 SA8000 认证;全球最大的邮购公司 Oto-Versand 也要求其主要供应商和分包商通过该认证。

调查情况表明,几乎所有的外向型对外加工装配企业在与外企签订来料加工的合同中,都会附有生产守则的某些内容。无论是从事进出口加工的企业,还是生产贴牌出口劳动密集型产品的企业,或多或少地都接受过生产守则的审查。

(三)企业生产成本提高机理

我国的纺织业、玩具业、服装业、日用五金等消费品之所以能够在国际市场上有较强的竞争优势,并不是因为其先进的生产技术,而是低廉的成本,这些成本优势来自于企业工人的低工资。如果要求按照国际企业生产守则的严格要求来实施,这些企业就不得不加大改进生产技术、加大环境保护和改善工人劳动条件的投入,与此同时不得不更换或者增加先进的测试设备和专职的检查人员,不得不承担获取企业社会责任认证所需要的高额费用。一旦开始进行认证,这些低工资带来的低成本的优势将被消除,这些行业在国际上所谓的产品竞争优势也就随之消失。

国内企业要想获得 SA8000 认证,就必须向国际上具有 SA8000 认证资格的 9 家认证机构或者其代理机构申请,而且认证的成本极其高昂。下面以 SA8000 标准的认证及实施为例,来说明我国大部分的企业将面临的认证危机。如表 5-4、表 5-5 所示:

表 5-4 SA8000 体系认证收费表①

SA8000 体系认证收费标准	
收费项目	备　注
申请费(5000 元左右)	签合同时收取
审核费(6000 元/人天)	按计划书确定的人天数计算,预审可以选择
注册费(含证书费)	加印整数需另加收费
监督审核费	每 6 个月一次,按规定的审核人天数计算
年费(含标志使用费)	每年交纳一次

① 张太海:《SA8000 与我国企业竞争优势再造》,《商业时代》2007 年第 35 期。

表 5-5　SA8000 体系认证审核时间表①

受审核方员工数	初次审核人天数		监督审核天数	
	总数	现场	总数	现场
少于 5 人	1.0—2.0	0.5—1.0	1.0	0.5
5—9	1.5—2.5	1.0—1.5	1.0	0.5
10—19	1.5—3.0	1.0—2.0	1.0	0.5
20—29	2.0—4.0	1.5—2.5	1.5	1.0
30—59	3.0—6.0	2.5—4.5	2.0	1.5
60—100	3.5—7.0	2.5—5.0	2.0	1.5
100—250	4.0—8.0	3.0—6.0	2.5	2.0
250—500	5.0—10.0	3.5—7.0	3.0	2.0
500—1000	6.0—12.0	4.5—9.0	4.0	3.0
1000—2000	7.5—15.0	6.0—12.0	5.0	4.0
2000—4000	9.0—18.0	7.0—14.0	6.0	5.0
4000—8000	10.5—21.0	8.5—17.0	7.0	5.0

从表中可以看出,300 人的工厂认证的费用大约需要 9000 美元,但是这仅是一次认证的费用。认证 SA8000 是个连续系统的工程,企业为了方便认证,一般都会请顾问公司帮助做相关的认证准备工作。顾问费用往往高达 10 万元港币。SA8000 的认证期限一般为 3 年,也就是说每两年就需要申请延长一次,而且每 6 个月就会有一次复查,所以在一个认证周期内就有 5 次复查,每次复查所需费用大约为首次认证发证费用的 30%。如此高昂的认证费用使得我国出口企业的低成本优势不复存在,陷入认证危机之中。

生产守则的实施对企业成本的影响可以用企业生产成本的替代效应来表示。如图 5-1 所示,企业未实施生产守则之前以 NB_3 的成本生产 Q_0 的产品,企业对资本和劳动力的投入为 $A(L_1,K_1)$。实施生产准则后劳动力成本增加,以原来的成本只能获得 $Q_1(Q_1 < Q_0)$ 的产品。假设企业要生产原来 Q_0 量的产品,由图可知企业需要投入 $C(L_2,K_2)$。假设 A 点的资本价格为 r_1,劳动

① 中国验厂网:http://www.sa8000cn.cn/。
中企世界:http://www.zq360.com/zx/2007/8/28/news130797.html。

力的价格为 w_1，C 点的资本价格仍然为 r_1，劳动力的价格上升为 w_2，通过简单的证明可以得出结论：$r_1K_1 + w_1L_1 < r_1K_2 + w_2L_2$，即企业的经营成本上升。

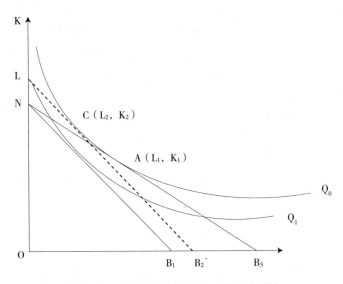

图 5-1　实施生产守则对企业成本的影响

（四）降低非能力型企业竞争力机理分析

生产守则的推行和设置在一定程度上会降低企业的竞争软实力。以下按照以环境为主的优势论、以能力为主的企业优势论、以企业资源为基础的优势论 3 个方面，对降低非能力型企业竞争力作用机理进行分析。

1. 以环境因素为主的优势论

新制度主义理论认为，企业的经济行为不仅会受到信息、技术和新古典模型所强调的收入限制等一些因素的影响，也会受到社会性的结构规制影响，包括习惯风俗和准则等[①]。一个企业的竞争优势取决于外部的 5 种力量。这 5 种竞争力分别是指替代品的威胁、新竞争者的进入、购买者和供应者的讨价还价能力及企业现有的竞争。如何应对这 5 种竞争力，是企业构筑竞争战略的关键所在。以环境因素为主的优势论认为，企业优势的实质就是有限获取和

---

① 陈泽明、芮明杰：《企业竞争优势的本源分析——同质生产要素使用价值量动态性》，《经济学家》2006 年第 4 期。

接触到资源的机会和权利(Montgomery，1988)①。属于外部优势占主导类型的企业竞争力受生产守则的影响尽管是比较间接的,但是企业也必须对此引起高度重视。由于我国许多出口企业的生产守则都是由外国的跨国公司制定实施,或者通过跨国企业的订单中附加的种种条件来实施的,所以,普遍存在用发达国家的高标准强加于我国出口企业的现象。一旦企业制定的内部生产守则或者跨国企业客户一方所制定的生产守则不符合当地的体制、文化环境时,副作用就变得十分明显,就会极大地削弱企业的竞争力。这样的做法往往会是适得其反,破坏了企业的文化,在一定程度上削弱了企业优势。

2. 以能力为主的企业优势理论

企业竞争力的高低并不全取决于企业所处的市场环境、企业向市场提供的产品等,而主要是取决于企业的核心能力。企业的核心能力有4个特征:一,价值性,指能够为企业创造价值;二,异质性,这点决定企业区别于其他企业的差异;三,不能被仿制,企业的文化和产品不容易被竞争对手仿制,才能一直保持独特的竞争力;四,很难被代替,企业的产品和理念很难被对手替代,才能延长企业的生命周期,保持竞争力②。以能力为主的企业优势理论认为,企业竞争力的优势包括极强的独立研发能力、严密的技术诀窍、对顾客的充分了解、识别经济市场机会的能力以及组织创新和学习的能力等。拥有这种优势的企业,从理论上讲,制定或者实施生产守则之后,可以增强企业自身的核心能力,即增强了企业的竞争力。因为,企业有了容纳高标准的生产守则的能力,能够承担企业社会责任,相当于为企业贴上人道的、安全的、道德的、有社会责任的标签,这样必然能够进一步增强企业产品在挑剔的国际市场上的竞争力。但是,现实表明:拥有这种能力型创新力量的外贸出口企业在我国外贸出口企业中所占的比例很小,其积极影响相当有限。

3. 以企业资源为基础的企业优势理论

资源是企业在生产过程中所投入的要素,即生产要素,包括有形资源和无形资源。有形资源是指生产资料,无形资源的关键要素是人力,或者说是智

---

① 马浩:《竞争优势解剖与集合》,中信出版社2004年版。

② Barney,J. B.．*Firm Resources and Sustained Competitive Advantage*,Journal of Management,1991，17(1)．

力。20 世纪 80 年代,形成了以沃纳非尔特、格兰特、巴尼等学者为代表的资源学派。这些学者认为,企业本质上是资源的集合体,企业本身资源的异质性反映了企业获利能力的差异,决定了企业竞争力的强弱①。根据马克思的价值理论,商品的价值量是由社会必要劳动时间所决定,企业的个别劳动时间低于整个社会的必要劳动时间时,该企业在相同的时间内所创造的商品价值量就相对比较大,所以就具有了较强的企业竞争力。② 我国对外贸易之所以能够迅速发展,就是因为企业拥有低廉的劳动力和原材料等生产要素,而劳动力的廉价不仅仅体现在工资的支付水平上,还体现在工作的劳动时间和劳动强度上。企业提高商品价值量的途径有两个方面:一是提高企业工人操作的熟练程度,设备的生产效率;二是延长工人的劳动时间,或是加大工人的劳动强度。因此,一旦企业强制实施某种生产守则,例如 SA8000 认证,按照 SA8000 的规定缩短劳动密集型外贸企业工人原有的劳动时间,这些企业所创造的价值量都会不同幅度地缩减。但这些企业的工资水平仍然不能随之而下降,因为一方面,工资具有刚性,易升难降;另一方面,企业强制实施的生产守则必然会对工人的各种福利采取保护原则。因而,强制实施生产守则的企业原来低廉的劳动力成本优势很容易就被彻底地瓦解。面对成本的上升,企业很可能会以提高售价来保持营利水平,但是,一旦没有了价格优势,我国外贸企业单凭现有的技术水平和产品质量很难在国际市场上保持较强的竞争力,产品在国际市场上的需求就会减少,最终不能保持原来的营利水平。企业也可能不提高价格,这样仍会有一定的营利空间,但是毕竟没有了原有的营利能力和扩张能力。因此,无论是哪一种情况,我国外贸企业在国际市场上的竞争力必然都会被严重的削弱。

(五)导致企业技术秘密外泄的机理分析

企业技术秘密的保守成就了企业的技术垄断。企业有了技术垄断,才会有产品和市场的垄断,才能获取高额的利润。竞争对手在产品和技术达不到市场需求时,就会想通过剽窃对方核心技术秘密或者收买对方技术人才的方

---

① 陈泽明、芮明杰:《企业竞争优势的本源分析——同质生产要素使用价值量动态性》,《经济学家》2006 年第 4 期。

② 《资本论》,人民出版社 1975 年版。

法来获得关键性竞争技术，从而挤垮对方企业，实现其获取市场利益的目的。如果企业的核心技术秘密被剽窃或者泄露，将会直接威胁到企业的经济利益，甚至危及企业的发展和生存。

跨国企业为了实施长期的利益最大化目标和全球占有率目标，已经开始不断地调整其生产经营方式，而通过利用生产守则稽查环节来获取技术秘密已然是一种捷径。

（六）国家的经济安全受到威胁的机理分析

现如今，国际经济、政治、军事关系都是建立在高科技和新技术基础上的，通过自主研发而获得高技术并将这些技术应用于经济方面，尤其是应用于军事部门中成为各国合作与竞争的焦点。自然，高新技术的研发者和拥有者就成了跨国采购公司觊觎的对象。由此可见，企业的技术保密工作十分重要。一旦个别国家的政府或者组织蓄意以这种方法干预和介入我国的经济，就极有可能使这种方法显示出对我国经济、政治、军事破坏的严重性。因此，要充分认识在这种看似合理的外衣包裹下的企业的不良居心，积极采取相应的措施，以保证我国经济、政治、军事的安全。

二、正作用的机理分析

从长远发展来看，我国外贸企业遵守社会责任守则对企业自身发展是有利的，也是在国际市场上取得持续发展的必然要求。这些有利条件即正作用机理主要表现在以下几个方面：

（一）优化企业人力资源管理机理分析

人力资源管理的内容包括人才录用、员工培训、薪金管理、改进福利、改善劳动条件以及增强管理人员和员工的相互信任和合作，以使得员工和企业的目标保持协调一致。企业实施生产守则是强化人力资源管理的一个良好的方式。实施生产守则、提高员工待遇、保证良好的工作环境、建立和谐的劳资关系有利于企业招募优秀的人才、强化人力资源结构、激发企业员工的创新力、提高工作效率，给企业带来更大的经济利益。

（二）提升企业核心竞争力机理分析

核心竞争力这一概念是在著名管理学家普拉哈拉德（Prahalad）和哈默尔（Hamel）于1990年在《哈佛商业评论》上发表的《企业的核心竞争力》一文中

首次出现。在该文章中,企业的核心竞争力被解释为:"组织中的积累性学识,特别是如何协调不同的生产技能和有机结合多种技术流派的学识,并以学识——知识的拥有程度或能力为前提,以此获取竞争优势的核心能力"①。

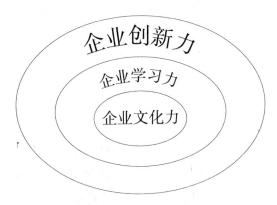

图5-2　核心竞争力模型

"企业文化力位于核心竞争力内部中心,是企业学习力、创新力的动力源,学习力则位于文化力和创新力之间,使企业获得知识的积累,同时也为创新力提供了知识基础。创新力位于核心竞争力的最外层,它能使企业最终在市场竞争中获得竞争优势"②。因此,3种力量合成的核心竞争力才是企业竞争优势真正的本源。

企业积极履行社会责任,遵守生产守则能极大地促进企业文化的健康发展。良好的企业文化又会潜移默化地促进企业学习力和创新力的发展,最终为提升企业核心竞争力带来源源不断的动力。对企业内部而言,它可以使企业员工在心理上产生一种凝聚力;对企业外部来讲,它必须符合社会的道德观和价值观,与社会发展的方向同步协调一致。要保证企业可持续发展,要靠先进的企业文化。企业社会责任恰恰可以推动先进企业文化的传播。因为,企业社会责任所确定的基本原则,体现了企业家和一般员工、企业利益和社会总体利益的一致性,把保证员工的权利作为企业更好发展的一个必要条件,并且

---

① C. K Prahalad and Gary Hamel. *The Core Competence of the Corporation*, Harvard Business Review. 1990. May-June: 79 - 91.

② 许正良、王利政:《企业竞争优势本源的探析——核心竞争力的再认识》,《吉林大学社会科学学报》2003年第5期。

使企业文化所蕴含的深刻内涵具体化、形象化,从而促进其沿着健康的方向前进。由此,成功地实施企业社会责任生产守则,履行社会责任能有效地提升企业的核心竞争力。

(三)引入竞争规则,消除"劣币驱逐良币"现象的机理分析

"劣币驱逐良币"是来自金融领域的一个经济学定律。它是指,"在铸币流通时代,如果成色好的良币与成色不好的劣币同时流通,最后的结果往往是,良币被贮藏,劣币则充斥市场。在现实生活中,往往是'劣币行为'取代了'良币行为'。至少在'良币行为'与'劣币行为'的博弈中,良币并不一定占据上风"①。

我国的一些企业为了降低成本会不择手段,甚至通过损害劳工的合法权利来降低成本。当社会各界对这种竞争行为不能起到有效的约束时,质量与成本就成为评估企业的所有指标,而手段就不再重要。如此,遵守法律和道德的企业只能是处于劣势,被"坏"企业所淘汰,市场上最终只剩下不择手段谋取利益的企业,造成"劣币驱逐良币"的逆向选择现象。而生产守则运动要求企业承担社会责任,保证劳工的合法权利。在这场运动中,跨国企业将劳工权利与采购订单挂钩,这就等于在我国对外贸易中引入了新的评价标准和竞争规则,能够比较有效地解决"劣币驱逐良币"的现象。在跨国企业推行社会责任生产守则的过程中,我国的一些企业因达不到这些守则的标准而被取消了供应商、分包商资格,有些企业甚至会因此而倒闭。这是生产守则运动对我国劳动密集型外贸行业在一定程度上的打击。不过,这种打击没有想象中的那么巨大。虽然经济全球化的趋势在不断深化,但发展中国家仍然是最主要的初级产品供应地,这就决定了发达国家不会轻易作出对原来的合作方发展中国家采取随意撤资的行为。因为其他发展中国家的生产商、分包商的环境未必更好,而且也会丧失掉原来合作项目的规模经济效应递增的机会。我们有充足的理由相信,绝大多数的外贸订单没有被其他发展中国家的供应商获得,而仅仅是在我国的出口企业中进行了重新分配,能够符合社会责任生产守则标准的企业获得了更多的订单。淘汰不达标企业有利于市场结构的优化,形成一批优质企业,提升整个产业的国际竞争力。

---

① 巴曙松:《劣币与良币的角力》,清华大学出版社2004年版。

（四）获得差异化优势的机理分析

产品差异是一种竞争方式，是指因制造、生产和经营产品过程中的质量、区位、时间、产品信息等内在、外在因素所形成的同类产品之间的显著性差异。Environics 咨询顾问公司所作的民意调查表明：人们在评价一个企业时，重点会看的三条标准是：名牌产品（40%）、企业的社会责任心（56%）、财务绩效和管理（34%）（姜蓉，2004）。这说明，人们（至少是西欧各国的人们）对有社会责任心的企业更满意。是否履行社会责任已经成为评判企业差异化优势的一个重要维度。

开展企业社会责任生产守则稽查正逐渐被当作企业取得产品差异化竞争优势的一种手段。如果一个企业在履行社会责任方面出现失误，损失将是惨重的。

（五）提升企业形象的机理分析

在国际社会和国家贸易市场上，实施生产守则的企业往往比其他企业有更大的国际公信力，无疑会使企业减少广告宣传的成本。当前，我国企业大多注重追求短期经济利益的快速增长，往往忽视生产守则的有效实施，企业实施生产守则能够使其获得进入国际市场的通行证，突破各种贸易壁垒，降低跨国采购公司对外贸加工企业的监督和审查要求，降低国际社会责任组织监督和审查力度，起到快速提高企业形象的关键性作用。随着外资企业全球采购的竞争加剧跨国公司对供货商、分包商履行社会责任日益严格的要求，许多劳动密集型企业通过有效实施生产守则提供有社会责任的产品，能够很好地改变以前一直以低廉价格取胜一时的形象，赢得采购商的信任，扩展国际市场。

（六）提升财务业绩的机理分析

2000 年美国 DePaul 大学的 Curtis C. Verschoor 教授和 Elizabeth Murphy 副教授进行了一项针对企业社会责任与财务业绩关系的研究。此项研究将《商业伦理》评选出的 100 家"最佳企业公民"（该评选是对企业对员工、股东、顾客、社区、环境、国外投资者、少数民族与女性这 7 个利益相关者群体所提供服务的定量评估）与"标准普尔 500 强"（标准普尔为投资者提供信用评级、独立分析研究、投资咨询等服务）中的其他企业的财务指标进行比较。通过比较 1 年以及 3 年的销售增长率、整体回报率、股东权益报酬、利润增长率等 8 项指标，得出以下结论："最佳企业公民"的整体财务情况都要明显优于"标准普尔500强"的企业,平均得分都要高出"标准普尔500强"企业约10个百分点(李赢,2005)。由此可见,企业实施生产守则,承担社会责任能够提升企业的公信力,使整个国际社会对该企业的形象和品牌都有比较深刻的认识,从而使企业提高经营业绩,在提升企业软实力的同时,财务业绩也相应上升。

第三节　我国外贸企业应对生产守则运动的对策思路

一、加快行业协会的国际化接轨

行业协会在当前社会经济环境下难以发挥作用,导致行业协会出现名存实亡的现象。实际上,在目前企业社会责任发展遭遇瓶颈的情况下,行业协会是发挥本质功能的最好时期,最为关键是要加快国际化接轨,借鉴国际行业协会的成功经验,积极参与国际社会事务。在企业社会责任生产守则的问题上,行业协会就可以在信息情报共享、组织企业协调统一、与跨国采购协调和谈判、与企业社会责任生产守则的制定和实施机构的沟通等方面发挥政府和企业无法替代的作用。行业协会还可以团结全行业从中国经济和社会发展状况出发,积极参加国际各种组织关于生产守则的讨论,反对欧美等国以实施国家企业社会责任生产守则为名的贸易保护主义。另外,企业商会和行业协会也应在社会条款重要问题上,主动与进口方有关实行社会条款的NGO建立起对话联系,增进了解,相互合作,尽可能减少这些条款对我国出口的不利影响。最为重要的是行业协会还要联合企业对付进口商的无理压价和防止进口商对生产链的控制。

二、完善政策法规,加大执法力度

政府要大力支持相关部门专门研究分析我国生产程序及其有关规定与国际生产守则的差距,分析国际生产守则的运作机理及其对我国的影响,探讨如何有效地与其接轨。目前我国的《劳动法》、《产品质量法》、《反不正当竞争法》、《消费者权益保护法》等涉及生产守则的法律法规,相对于国际生产守则的规定不够完善,要适时地进行相应的调整及补充,使企业及其相关利益者有法可依,以更好地把握国际生产守则运动的大趋势。与此同时,司法机关还要严格执法,强化执法力度,坚持司法公正,执法必严,严格惩处企业怠于履行生产相关法规的现象,使我国企业在法律、国家机关的监督和控制下能够提高履行生产守则的积极性,自觉履行生产法规。

三、加强对生产守则有效实施的监督

不可否认,任何企业都是以利润最大化为目的。生产守则的有效实施属于企业的道德范畴,当企业的商业目的和道德目标产生冲突时,跨国企业往往会牺牲道德目标来保证股东的利益最大化。生产守则不具有法律强制力,也不具有惩戒性质。在规范的制定中,经常都是以"应当、应该",而非"必须"字眼来阐述。所以,生产守则作为一种自律性规范,其效力的有效发挥依赖于企业的自律性。当然企业为了营利目标牺牲道德目标的情况时有发生,因此,完善的监督机制就成为企业保证劳工利益比较有效的手段。

加强 NGO 建设及当地企业生产管理的监督机制。为使生产守则有效地实施,众多的企业选择来自外部的监督:NGO 组织和当地的企业生产管理监管部门来参与监督。在监督的过程中,这些组织应当妥善处理与跨国公司的关系,坚持自身立场,而不是将该监督工作当作收取报酬的一种途径。努力充当企业生产守则实施的顾问和沟通者,使该公司授权的监督机构获得工人的信任,更好地反馈生产守则的实施情况。

同时,政府应鼓励发展民间公益组织的建设和发展,完善社会公益机制,鼓励社会舆论和民间部门发挥应有的舆论导向和外部监督机制。媒体和社会团体应该扩大对企业实施生产守则有效性与否的宣传,引导社会关注和重视生产守则的实施,营造一种推进企业社会责任建设的良好氛围,促进生产守则的有效实施。

四、制定我国的生产守则标准

根据以上论述,生产守则是以企业承担社会责任为核心的,其宗旨在于要求企业获得经营利润的同时对其利益关系者承担一定的社会责任。从这点上讲,生产守则的实施是促进企业承担社会责任的一种较为有效的途径。但是,在推行生产守则的过程中,占据主导地位的跨国公司在生产、加工领域中强制推行生产守则,只要生产、加工的企业行为不符合生产守则中的条款,跨国公司便有权撤销订单,并取消贸易合作关系。因此,将履行社会责任精神和国际

贸易挂钩的生产守则就不可避免地具有了贸易保护性质嫌疑,成为鼓吹贸易保护主义的工具。因此,我国不仅要跟踪把握国际生产守则的发展动态,更应该强势介入国际生产守则的制定工作之中,掌握未来国际生产守则的主动权。

五、企业要积极推行企业社会责任建设

世界越来越关注生态环境、健康、劳工权益以及经济和社会的可持续发展,所以就有"绿色壁垒"、"技术壁垒"、"低碳壁垒"等新兴贸易壁垒的出现。面对这些壁垒,我国企业要充分认识企业社会责任的客观存在和重要性,应该以长远的目光来看待企业应该承担的责任。各种各样的生产守则已经对我国劳动密集型产品出口贸易的发展产生了很大的影响,对此我们要有清醒的认识。外经贸企业应注意及时调整贸易战略,紧跟国际发展新潮流,变被动为主动,依靠科技进步,在引进、消化和吸收的基础上,把加快出口商品结构向深加工制成品转变,由粗放型发展向科技型和环保型的战略转变,把提高商品的科技含量和附加值作为重中之重,从根本上改变出口主要依靠数量增长方式,走质量效益型发展道路。提高技术水平、注重环境保护和改善劳工标准,从整体上提高企业竞争力,从根本上突破生产守则带来的贸易影响,彻底把生产守则给我们带来的劣势转变为我国参与国际贸易的优势,维持我国企业参与全球化的可持续发展。

参考文献

[1] Barney,J. B.. *Firm Resources and Sustained Competitive Advantage*,Journal of Management, 1991, 17(1).

[2] C. K Prahalad and Gary Hamel. *The Core Competence of the Corporation* [J]. Harvard Business Review. 1990. May-June：79 – 91.

[3] Mouse L. Pava &Joshua Krause. *Corprate Responsibility And Financial Performance：The Paradox of Social Cost*, Greenwood Publishing Group, Inc., 1999. p 49.

[4] Rodriguez-Garavito, Cesar A.. *Global Governance and Labor Rights：Codes of Conduct and Anti-Sweatshop Struggles in Global Apparel Factories in Mexico and Guatemala*. Politics & Society,2005, 33(2).

[5][英]安德鲁·坎贝尔、凯瑟琳·萨默斯、卢斯编:《核心能力战略》，严勇、祝方译，东北财经大学出版社1999年版。

[6][德]马克思:《资本论》，人民出版社1975年版。

[7]迈克尔·波特:《竞争优势》，陈小悦等译，华夏出版社1997年版。

[8][法]泰勒尔:《产业组织理论》，张维迎总校译，中国人民大学出版社1997年版。

[9]巴曙松:《劣币与良币的角力》，清华大学出版社2004年版。

[10]陈淑妮、黎友焕:《SA8000对广东省劳动力成本的影响》，《商业时代》2008年第1期。

[11]陈淑妮、黎友焕:《SA8000对广东劳动密集型产业人力资源管理的影响及应对策略》，《中国人力资源开发》2006年第11期。

[12]陈泽明、芮明杰:《企业竞争优势的本源分析——同质生产要素使用价值量动态性》，《经济学家》2006年第4期。

[13]郭纪余:《企业文化》，中山大学出版社1991年版。

[14]蒋东梅、黎友焕:《企业社会责任理念下的产品质量法修改建议》，《产业与科技论坛》2008年第5期。

[15]黎友焕、黎少容:《SA8000对我国劳动者权益保障的启示》，《中国行政管理》2008年第1期。

[16]黎友焕、王星:《2008:SA8000国内认证新趋势》，《世界标准化与质量管理》2009年第3期。

[17]黎友焕、叶祥松:《我国纺织业如何应对企业社会责任运动》，《商业时代》2007年第5期。

[18]黎友焕:《SA8000对我国当前外经贸的影响及其对策研究》，《南方经济》2004年第4期。

[19]黎友焕:《SA8000认证对广东外经贸发展的影响》，《新经济》2004年第4期。

[20]黎友焕:《跨越SA8000——SA8000在中国透视》，《南方日报》2004年4月28日。

[21]黎友焕:《世纪之交对社会科学的遐想》，香港社会科学出版有限公司2004年版。

［22］黎友焕:《SA8000:广东外经贸企业必须逾越的墙》,《WTO 经济导刊》2005 年第 4 期。

［23］黎友焕:《SA8000 基本知识解读》,《WTO 经济导刊》2004 年第 5 期。

［24］黎友焕:《SA8000 牵一发而动全身》,《WTO 经济导刊》2004 年第 5 期。

［25］黎友焕:《SA8000 认证宣传为何犹抱琵琶半遮面》,《WTO 经济导刊》2004 年第 8 期。

［26］黎友焕:《SA8000 削弱珠三角出口企业竞争力》,《WTO 经济导刊》2004 年第 7 期。

［27］黎友焕:《SA8000 新贸易壁垒的应对之策》,《WTO 经济导刊》2004 年第 5 期。

［28］黎友焕:《SA8000 新贸易壁垒浮出水面》,《WTO 经济导刊》2004 年第 5 期。

［29］黎友焕:《SA8000 与中国企业社会责任建设》,中国经济出版社 2004 年版。

［30］黎友焕:《从 SA8000 看当前国外技术贸易壁垒的新趋势及我们的对策》,《现代企业教育》2004 年第 4 期。

［31］黎友焕:《经济发展之路》,香港社会科学出版有限公司 2004 年版。

［32］黎友焕:《国内外 SA8000 进程及新趋势分析》,《WTO 经济导刊》2004 年第 7 期。

［33］黎友焕:《面对是为了应对——SA8000 对我国经济发展影响及其对策研究》,《WTO 经济导刊》2004 年第 5 期。

［34］黎友焕:《欧洲、美国拟对我国出口企业实施 SA8000 认证》,《中外食品》2004 年第 8 期。

［35］黎友焕:《企业申请 SA8000 认证:五个缺一不可》,《WTO 经济导刊》2004 年第 9 期。

［36］黎友焕:《企业应对社会责任标准体系(SA8000)认证需要注意的几个问题》,《财经理论与实践》2004 年第 5 期。

［37］马浩:《竞争优势解剖与集合》,中信出版社 2004 年版。

［38］宁建新:《经济管理》,《新管理》2001 年第 12 期。

［39］《企业建立 SA8000:7 个步骤层层递进》,《WTO 经济导刊》2004 年第 10 期。

［40］丘新强、黎友焕:《基于企业社会责任视角的中国出口食品安全问题探讨》,《世界标准化与质量管理》2007 年第 12 期。

［41］田虹:《企业社会责任及其推进机制》,经济管理出版社 2006 年版。

［42］王金洲:《SA8000 标准认证对我国企业的影响和对策》,《长江大学学报(社会科学版)》2006 年第 1 期。

［43］王金洲:《SA8000 标准认证对我国企业的影响和对策》,《长江大学学报(社会科学版)》2006 年第 2 期。

［44］吴翔、王朝晖:《对企业竞争优势的本质分析》,《工业技术经济》2004 年第 6 期。

［45］吴照云:《理性看企业社会责任》,《当代财经》2006 年第 5 期。

［46］许纯帧:《西方经济学》,高等教育出版社 1999 年版。

［47］许正良、王利政:《企业竞争优势本源的探析——核心竞争力的再认识》,《吉林大学社会科学学报》2003 年第 5 期。

［48］余晓敏:《经济全球化与跨国公司的生产守则》,郑功成、郑宇硕主编:《全球化下 的劳工与社会保障》,中国劳动社会保障出版社 2002 年版。

［49］余晓敏:《经济全球化背景下的劳工运动:现象、问题与理论》,《社会学研究》2006 年第 3 期。

［50］张太海:《SA8000 与我国企业竞争优势再造》,《商业时代》2007 年第 35 期。

［51］郑卫东:《SA8000 带给中国企业的深层思考》,《财经科学》2004 年第 6 期。

第六章 中国国有企业社会责任建设分析报告

摘要：企业社会责任的概念由西方发达国家的跨国公司引入我国后，国内迅速掀起了企业社会责任运动浪潮。如今，我国绝大多数企业都已经了解到企业社会责任的重要性，并且非常重视企业社会责任的建设。我国国有企业作为国民经济的支柱，在改革开放30年来，通过体制改革，增强了企业活力，发展速度十分迅猛。然而，我国的国有企业承担着比一般企业更多的职能，在面对企业社会责任运动浪潮的冲击时，国有企业应该承担哪些社会责任以及怎样履行社会责任是本节论述的主要内容。

关键词：国有企业　现状　问题　对策

Abstract：The concept of corporate social responsibility was first imported from multinational companies of western developed countries. Then, China's companies quickly set off a wave of corporate social responsibility movement, and now, vast majority of our companies are well aware of the importance of corporate social responsibility, and attaches great importance to the construction of corporate social responsibility. Chinese state-owned enterprises as the backbone of the national economy in the reform and opening up in the past three decades, through the reform of system, enhancing the vitality of enterprises speed of development by leaps and bounds. However, China's state-owned enterprises to take more than a general business functions, corporate social responsibility movement in the face of the wave of shock, What are the state-owned enterprises should bear the social responsibility and how to fulfill their social responsibilities are the main contents of this article.

Key Words：state-owned enterprise corporate, corporate social responsibility, measures

国有企业是我国国民经济的重要组成部分,是国民经济的重要支柱,肩负着建设中国特色社会主义的重要使命。因此,在国际企业社会责任运动波及我国的时候,国有企业虽然不是最早受到冲击,但却是要最早起到表率作用的企业。我国国有企业是整个社会的企业,其发展空间和利润都来自于社会,所以国有企业必须承担自身经济活动对社会造成的后果。在构建社会主义和谐社会的进程中,国有企业的地位举足轻重,因此国有企业更应该增强社会责任感和使命感,在努力做好自身经营工作和为和谐社会建设提供有力支持和物质保障的同时,积极履行企业社会责任。2008年1月,国资委发布1号文件《关于中央企业履行社会责任的指导意见》,要求中央企业积极履行社会责任。这是我国首次在政府部门的批文中要求国有企业履行社会责任,可以看出我国政府对企业履行社会责任的重视,如何更好地引进和推广社会责任理念,实现与企业经营的全面融合,是国有企业社会责任实践所面临的新挑战。

第一节　国有企业社会责任概述

国有企业本身具有的特殊性质使得履行社会责任成为与生俱来的责任。作为国有企业,除了要追求利润,为社会创造价值以外,它还具有特殊的责任。这些特殊的责任表现在:促进国民经济的稳定、持续增长;为社会提供就业;促进社会公平;维护国家经济安全。国务院国有资产监督管理委员会主任李荣融在大连高级经理学院2007年首期专题研讨班的开班仪式上指出,根据我国国有企业的特点、地位与作用,国有企业首先要履行政治责任,同时也要履行经济、道德、法律、环境保护和慈善责任等社会责任。

一、国有企业社会责任相关概念

国有企业因其特殊性,在研究其企业社会责任时应首先明确国有企业、国有企业职能的内涵,由此才能准确地定义国有企业的社会责任。

(一)国有企业

所谓国有企业,是指政府在企业资本额中占51%以上的企业,或者政府股份占有不足 50%,但却以其他手段,直接控制或间接控制的企业。国有企业是与私有企业相对应的概念。与私有企业相比,国有企业是由政府所有,其最终所有者是全体国民,国有企业生产的目的具有公共性,生产的公共产品具有公共性和非排他性①。简言之,从国有企业的所有权到所提供的产品,都体现了公共性和非排他性,这是国有企业与一般企业的不同。

国有企业是一种政府参与和干预经济的工具与手段,是政府针对出现或可能出现的市场失效问题而代表公众利益所采取的诸多政策举措的一种,国有企业承担着诸多的政治职能、经济职能和社会职能,主要表现在以下几个方面:

1. 国有企业的政治职能。我国的国有企业与政府存在着密切的联系,突出表现在我国绝大多数的国有企业是由政府承建的,国家依靠国有企业来解决市场失灵问题,如公共产品问题、外部性问题、非充分就业问题等。政府办国有企业的目的就是让国有企业承担"特殊职能":控制国民经济的命脉,维护国家经济安全;控制涉及国家机密、军事领域的尖端技术的企业,保证国家的安全②。对我国的国有企业而言,维护稳定是其政治职能,尤其是维护经济稳定保证国民经济安全显得尤为重要。

2. 国有企业的经济职能。国有企业的主要经济职能是营利,它同时也是政府调节社会资源配置、引导和控制社会发展方向、实现社会发展战略目标的有效方式。国有企业还有不断提高经济效益和劳动生产力,实现国有资产的保值增值的经济职能。

3. 国有企业的社会职能。国有企业具有的社会职能表现在:为社会提供更多的就业岗位,缓解就业压力,保证社会稳定;提供社会公共产品,满足国民的生活需要;促进社会公平;发展先进文化等。

(二)国有企业社会责任的定义

国有企业的社会责任和国有企业的特殊性质是分不开的,首先,国有企业是我国政府干预和指导经济的手段,因此国有企业的经济目标和非经济目标总是交织在一起的。国家通常会将其政治目的和经济目的通过国有企业实

---

① 刘建平:《关于国有企业社会责任的思考》,《湖北广播电视大学学报》2008 年第 2 期。

② 孙宗国、冯婷婷、赵广山:《论国有企业改革中的政府职能》,《现代商业》2008 年第 8 期。

现,国有企业的社会责任较之民营企业有其复杂性;其次,国有企业的最终所有者是人民大众,所以国有企业的社会责任,包含了社会对企业行为的客观期望,因此国有企业的社会责任更加会受到广泛的关注,对社会产生更大的影响。以上两点决定了国有企业社会责任是与生俱来的,即国有企业的社会责任具有内生性,国有企业自诞生起就承担着对社会的责任。除了履行一般的企业社会责任之外,国有企业必须在平衡员工和全体社会成员之间的利益分配,实现国家和社会的整体收益最大化,促进宏观经济稳定健康持续发展,增强本国经济竞争力等方面发挥一般企业所不能替代的作用①。

1. 国有企业履行的一般企业社会责任。作为一般意义上的企业,国有企业应该遵守的企业社会责任,即"经济责任和法规责任为第一层次,伦理责任和自愿性慈善责任为第二层次,其他相关责任为第三层次"②。遵纪守法合乎规范地追求企业收益的最大化是国有企业履行一般企业社会责任的基础。在法制社会中,履行企业社会责任首先要遵守国家各项法律、法规。其次,国有企业所要履行的伦理责任包括善待员工,人本管理,建立和谐的劳动关系,保护环境,树立科学发展观,促进可持续发展等。最后,履行自愿性慈善责任包括企业对社会的捐赠活动等。

2. 国有企业履行的特殊企业社会责任。作为我国政府对经济进行调节的手段,国有企业除了履行一般的企业社会责任以外,还包括:国有企业要拉动投资,促进经济增长;国有企业要成为国家战略性高技术产业和重要民族产业的先驱者;国有企业要成为公共事业和基础设施的重要提供者;国有企业要承担一般企业无力完成而社会又需要的特殊角色。总而言之,国有企业社会责任的内涵可以概括为:

(1)国有企业社会责任更多地表现为国有企业的义务。对于一般企业而言,承担企业的社会责任是在企业自身能力达到一定程度后自主自愿地承担社会责任,而国有企业的社会责任具有内生性。

(2)国有企业的社会责任不仅包括经济法规责任和道德伦理责任,它首先是要履行政治责任。这是国有企业社会责任区别于一般企业的关键点。

---

① 黄速建、余菁:《国有企业的性质、目标与社会责任》,《中国工业经济》2006 年第 2 期。
② 黎友焕:《企业社会责任研究》,西北大学博士学位论文(2007 年)。

（3）国有企业的社会责任是对社会的责任。因为国有企业主体的特殊性，即国有企业的所有者是全体国民，所以国有企业社会责任的相对方是社会。这里所说的社会是独立于国家或政府的概念，指的是"一般公众"①。该群体包括企业产品消费者、企业雇员、债权人、经济和社会发展规划、资源、环境、社会保障和福利事业的受益者等。国有企业社会责任的受益者应该是那些不掌握公权力的社会弱者，而非掌握国有公权力的政府部门②。

二、国有企业社会责任的具体内容

因为国有企业的政治职能及社会职能不同于一般企业，所以社会责任的内容就会更加丰富：

1. 维护国家经济安全，促进国民经济的稳定、持续增长。国有企业特别是国有大型企业一般掌握着所在行业的命脉，国有资产一定要保持稳定的控制力才能保证国民经济的稳定。我国国有企业特别是国有大中型企业是国民经济的支柱，对整个经济发展起着决定性作用。此外，一些涉及国家机密的行业，必须由国有企业控制。另一方面，在社会主义市场经济条件下，国有企业担负着稳定经济的作用，承担着中华民族振兴的责任，是我们民族走向更繁荣更富强的有力支撑。

2. 引领民营资本健康发展，担负中国工业化升级的历史使命。自改革开放以来，我国的民营资本发展迅速，已经成为我国国民经济的重要组成部分。然而，"由于民营企业是市场经济的产物，长期以来往往把企业的功能视为纯经济性的，认为企业存在的唯一目标就是追求自身利益最大化，责任感和道德心往往成为民营企业的稀缺资源"③。国有企业往往是行业的龙头，因此国有企业应该以自己的经营行为和企业文化引领民营资本逐步向健康的市场经营之路上前进，使不同所有制形式的企业都能在完善的市场经济秩序下，展开公平有序的竞争。中国在世界上的地位以及中国自身的发展，要求国有企业还

---

① 程方平：《中国教育问题报告——入世背景卜中国教育的现实问题和基本对策》，中国社会科学出版社 2002 年版。

② 尹维丁：《关于改革国有企业社会责任的若干思考》，《内江师范学院学报》2005 年第 5 期。

③ 黎友焕：《民企的社会责任建设不容乐观》，《亚太经济时报》2006 年第 12 期。

必须承担工业化升级的责任。新中国成立初期,国有企业通过156个项目的建设,使中国社会主义的新生政权得以稳固。但改革开放后,国有企业自身或被私有化或被官僚化;私有化的企业,无能力承担工业化的重担。未来的国有企业,应该承担起中国核心行业和核心产业可持续发展的责任,通过培养人才、提高核心竞争能力,增强中国的总体经济实力。

3. 保证国有资产保值增值,防止国有资产流失。2008年,全国规模以上工业企业实现利润2.41万亿元,其中国有及国有控股企业实现利润0.8万亿元,占33.18%。据中国企业联合会相关数据显示,2008年中国企业纳税200佳名单中中石油以1.98万亿和中石化1.19万亿纳税总额名列前茅,且前十名企业中有九家是国有企业;2008年中国企业效益200佳名单中前十名均为国有企业,且中石油以1.14万亿元名列榜首[1]。2007年末国有企业资产总计14.92万亿元,占全部企业资产总值的44.81%;实现利润总额为7366.2亿元,占全部企业利润总额的42.1%,国有资产的保值增值率为112.9%[2]。由此可见,国有企业在国民经济中的主导地位十分明显,对经济发展的支撑作用非常重要,国有企业是维护社会主义的经济基础。作为企业,营利是国有企业生存与发展的基本前提。生产财富、创造就业、依法纳税是国有企业与其他各类企业的共同特征。近几年来,国有企业不断加大改革、管理与创新力度,经济效益有了明显的提高。

表6-1　2008年中国企业纳税前10佳[3]

名次	企业	纳税总额(万元)
1	中国石油天然气集团公司	19847114
2	中国石油化工集团公司	11881700
3	国家电网公司	7932840
4	中国工商银行股份有限公司	5537866

[1]　中企信息网:"http://info.cec-ceda.org.cn/"。

[2]　中华人民共和国国家统计局:《全国年度统计公报》,中华人民共和国国家统计局网站:"http://www.stats.gov.cn/tjgb/"。

[3]　表格由笔者根据中企信息网数据整理。

名次	企业	纳税总额(万元)
5	中国移动通信集团公司	5365262
6	中国建设银行股份有限公司	4730989
7	摩托罗拉(中国)电子有限公司	4025000
8	中国农业银行	3177200
9	中国银行	2866100
10	中国海洋石油总公司	2646925

表 6-2 2008 年中国企业效益前 10 佳[①]

名次	企业	净利润(万元)
1	中国石油天然气集团公司	11352272
2	中国移动通信集团公司	8658662
3	中国工商银行股份有限公司	8199000
4	中国建设银行股份有限公司	6914200
5	中国银行	6201700
6	国家电网公司	3363924
7	中国石油化工集团公司	3168561
8	中国远洋运输(集团)总公司	2797171
9	中国海洋石油总公司	2758415
10	宝钢集团有限公司	2546887

4. 转变经济增长方式,承担绿色社会责任。企业承担绿色社会责任是公司社会责任理论在环保领域的延伸。目前,环境污染已经成为我国严重的社会问题,许多企业在生产经营中通过耗竭资源、破坏生态和污染环境的方式来追求发展。在此背景下,国有企业应该率先采用先进技术生产,节约能源,树立科学发展观,寻求一条人口、经济、社会、环境和资源相互协调的可持续发展道路。国有企业拥有庞大的社会资源、较为雄厚的资金、大量的技术人员,这些因素使国有企业能够率先进行新能源的开发以及改进现有技术的条件。国有企业的行为在某种程度上会成为其他企业模仿的对象,通过国有企业的带

———————

① 表格由笔者根据中企信息网数据整理。

动,我国企业将会兴起承担绿色社会责任的热潮。

5. 为社会提供就业,建立和谐的劳动关系。国有企业长期以来在促进就业方面起到了不可忽视的作用,国有企业作为人民的企业首先应该保证社会就业的实现。在 2008 年金融危机的冲击下,大多企业选择裁员节省成本,而我国国有大中型企业从业人数却逆势增长,在"保就业"中发挥了重要作用,为社会缓解了就业压力,这是国有企业承担社会责任的一个表现。另外一个重要方面就是在国有企业的内部要建立起和谐的劳动关系。目前国有企业存在的劳工问题主要表现在:部分下岗职工再就业难;部分改制和关闭破产企业拖欠职工债务严重;一些企业改制操作不规范;国有企业厂办大集体职工生活十分困难。从本质上看,人是生产力中最活跃的因素,是推动企业发展的根本力量。国有企业必须始终坚持的方针是,以人为本,善待员工,把人作为发展的出发点和归宿,培育优秀的员工,把企业的发展建立在人的全面发展的基础上,通过提高人的素质和增强组织凝聚力来提升企业竞争力,最终实现员工和企业的共同发展①。

三、国有企业社会责任发展历程

我国国有企业自诞生以来就承担着过重且不合理的社会职能,"企业办社会"现象十分普遍。如今,随着国有企业改革进程的发展,我国国有企业更理性地承担了社会责任。

第一阶段(1949 年—1978 年),企业办社会阶段。国有企业从新中国成立以来到改革开放前,承担了过多的社会责任,同时,这些社会责任是与企业经济功能不相适应的。当时的国有企业不单纯是一个企业,它更多的已经演变为政府部门、基层社会单位。虽然在当时,企业还根本不知道企业社会责任这一概念,但事实上企业一直都承担着不合理的社会责任。"国有企业的管理和政府一样,机构的领导者是战争中走过来的老一辈,这些革命者大多数怀有为人民服务的思想。在当时精神和舆论的感召下,国有企业承担了大部分

①　冯亚、朱振东、李若平:《浅谈国有企业的性质与社会责任》,《煤炭经济管理》2005 年第 6 期。

的社会责任"①。企业除了完成政府指令性计划的责任之外,还要额外承担解决社会就业、职工子女教育、职工及家属的医疗和养老等社会职能。国有企业基本上成了劳动者生存、生产、生活的单位,工人们在国有企业中享有终身就业的权利,甚至在退休后自己的子女还可以通过"接班"继续在国有企业工作。

在计划经济时代,国家通过国有企业办社会的形式,在一定程度上稳定了职工队伍、保障了职工生活、提高了职工生产效率,对促进生产发展和维护社会安定做出了贡献。但另一方面,国有企业支付了高额的社会成本势必会阻碍企业自身的经营和发展,削弱了国有企业作为经济组织的竞争力和创新能力,必然导致效率的下降。

第二阶段(1978年—20世纪90年代),企业社会责任缺失阶段。中共十一届三中全会以后,我国实行改革开放政策,企业所有制形式发生了很大的变化,从改革前的全民所有制、集体所有制发展到改革后多种所有制并存。在我国民营企业、外商投资企业、股份制企业快速成长的同时,我国经历着由计划经济向社会主义市场经济转轨的关键时期,国有企业不仅要背负过多的社会责任与轻装上阵的民营企业和外资企业竞争,而且还承担着社会经济转型的重任,使得国有企业深陷于举步维艰的泥潭②。国有企业于1978年开始进行改革,在1979年的放权让利试点中,国有企业开始实行利润留成制;1983年,国有企业开始实行利改税或称以税代利制度;1986年底,国有企业实行了承包经营责任制;20世纪90年代中期,国有企业进行了分离企业社会职能的试点改革。引起人们深思的是,"中国的国有企业改革,是一场没有所有者参与,更不考虑所有者权利的改革,先是在经营权层面,后是在占有权层面,进而扩展到所有权层面。国有企业的所有权主体——国有企业职工和全国劳动者,却成了改革的对象和旁观者"③。于是经过改革的部分国有企业出现了这样两种后果:一是出现"剥夺式民营化",即部分的国有企业在改革中,以"民营化"的方式将工人以增效减员的名义扫地出门;二是更趋"集权化",即很多

---

① 张春敏、刘文纪:《从国有企业的性质看国有企业的社会责任》,《前沿》2007年第12期。

② 江涌:《国有企业:经济为难时的可靠依托》,《世界知识》2007年第23期。

③ 刘永佶:《民权国有——作为所有者的劳动者对国有企业改革的思考》,中国经济出版社2002年版,第9页。

国有企业被进一步官僚体制化,使收入分配差距、资源浪费、权钱交易等问题非常突出,甚至造成在改革前国有企业所承担的社会责任难以为继,如工业化重担、国家竞争力的提高以及创新能力等都没有达到应有的水平①。

在我国由计划经济向市场经济转型的过程中,国有企业将原有过重的包袱抛向社会,分离了社会职能,削减了国有企业的社会成本,国有企业得到了迅速发展,许多企业已经开始可以与国际大企业相竞争。但是由于政府管制的放松,以及非国有企业迅速成长而形成的巨大竞争压力等原因,导致国有企业改革的最终结果却使企业再次陷于另一个泥潭,那就是——企业社会责任的缺失。这在短期内还未引起国有企业管理层的重视,但随着改革的深入发展,社会责任的缺失一定会给企业带来再次的冲击。

第三阶段(20 世纪 90 年代至今),理性承担企业社会责任阶段。改革开放以来,由于大量的国有企业一方面剥离了社会职能,同时又没有主动承担起所应承担的社会责任,社会公众对国有企业积聚了越来越多的不满,加之我国国有企业违背社会责任的事件被频频曝光,尤其是垄断国有企业,其行为与其社会责任的履行严重脱节。出现生产安全问题、劳动合同与劳资纠纷问题、劳动保障与社会保险问题。近几年出现的国有煤矿矿难等重大安全生产事故,给环境和社会发展带来了极大的危害②。尤其 2005 年 8 月以来在我国华南地区多次出现的"油荒"事件,引发了社会公众对国有企业的全面声讨与责难。国有企业的经济行为已经造成环境、员工权益和国家利益的损失,这是对国有企业基本性质和目标的背离。为了改善国有企业的公众形象,增强国有企业的竞争能力,提高企业的经济效益,国有企业尤其是国有大中型企业越来越关注企业社会责任的履行。为了推动国有企业对社会责任的重视,国务院国资委在这方面做了大量的工作,向国有企业发出要求其主动承担和履行社会责任的强有力的呼吁。作为多方共同努力的结果,2006 年 3 月,国家电网正式对外发布了我国国有企业的第一份社会责任报告。中央组织部、国务院国资委 2007 年 5 月 24 日举办了"增强国有企业社会责任,推进和谐社会建设"的专题研讨班;2007 年 12 月 29 日,国务院国资委出台了《关于中央企业

①　张春敏、刘文纪:《从国有企业的性质看国有企业的社会责任》,《前沿》2007 年第 12 期。
②　张放:《论国有企业的社会责任》,《湖北社会科学》2009 年第 2 期。

履行社会责任的指导意见》(国资发研究[2008]1号)。①2009年上半年,据不完全统计我国发布社会责任报告的企业共有40家,其中中央企业32家,占80%。这表明政府、社会和国有企业自身已经越来越关注国有企业社会责任的承担和履行问题,并真正将社会责任的履行纳入到了企业的日常工作范畴。

总结我国国有企业社会责任发展历程,可以看出我国国有企业虽然在诞生之初就有承担社会责任的义务,但那种不合理的社会责任,严重阻碍了国有企业的经营和发展。在改革初期,国有企业一味追求经济利益,抛弃了部分社会责任。之后,伴随着国际企业社会责任的浪潮,以及我国大众对企业社会责任意识的觉醒,国有企业能够更理性地承担起社会责任。

第二节　国有企业社会责任的现状及问题分析

改革开放以来,政企分开使得国有企业逐步建立了现代企业制度,资本结构多元化使得民营企业、合资企业迅速发展。在社会主义市场经济条件下,国有企业在市场竞争下得到了飞速发展,但同时也体验到了竞争的残酷。追求利润最大化成为国有企业的首要目标,千方百计地降低生产成本也成为企业管理的重点和关键,国有企业重视自身利益的发展的同时,却忽视了对社会、环境的影响,造成社会责任感的严重缺失。

一、国有企业社会责任建设现状

近年来,我国的国有企业社会责任建设取得了一些令人可喜的成果,促进了国有企业的发展;另一方面,在取得成就的同时还存在着一些值得我们深思的问题。

(一)国有企业社会责任建设成果

第一,国有企业率先发布企业社会责任报告。我国在2006年以前没有一家国有企业发布社会责任报告,但近几年来,国有企业对社会责任活动特别是

---

①　以互联网上能搜索到整份报告文本的数据为准。我国目前发布企业社会责任报告的统计数据不明确,各相关机构的数据也不一致,我们在研究中也发现不少企业声称已发布报告,但却没有向社会公开其报告全文。

社会责任信息披露越来越重视。自国家电网 2006 年发布首份社会责任报告以来,截至目前已经有中石油、中国移动、中石化等 32 家中央企业先后发布了相关的社会责任报告或可持续发展报告。其中中国移动连续两年成为中国大陆入选道琼斯可持续发展指数的公司。这标志着国际社会对我国国有企业承担经济责任、社会责任和环境责任的全面协调可持续发展的高度认可。

第二,国有企业承担社会责任树立了企业形象。首先,国有企业通过社会范围的广告宣传,不仅使国内消费者能及时了解企业的信息,为企业获得了良好的公众形象,而且可以引起国际市场的关注。因为国际市场更加关注一个企业是否承担企业社会责任以及履行社会责任的情况;其次,国有企业承担社会责任可以为企业带来投资收益。国有企业一旦树立了良好的企业形象,就意味着企业拥有了良好的营销背景,可以吸引投资,获得经济效益。这种因承担社会责任所带来的客观收益并不是其投入成本的直接收益,而是类似无形资产可以获得的收益,如以企业名字命名的养老院、孤儿院、图书馆等。这无形中扩大了企业影响力,为企业带来商机。

第三,国有企业承担社会责任为整个行业起到带头示范作用。国有企业尤其是国有大中型企业往往是行业的支柱企业,国有企业的一言一行带来的社会影响通常会大于一般企业。如果国有企业能够积极主动地在环境保护、劳工保护和消费者保护方面做出表率,那么其他企业会以国有企业的行为为标杆,进行模仿和学习,在整个行业形成良好的氛围,使得其他企业也会主动积极地承担社会责任。

第四,国有企业承担社会责任为整个社会带来收益。企业投入资金承担社会责任,带来的消费拉动往往因货币乘数被扩大数倍。就社会整体而言,这种消费刺激带来的收益往往能带来经济增长,不仅仅会使国有企业在这种经济增长中获得大量的利益,获得额外的订单,也可以给这个社会带来收益,可以带来社会福利的实现、社会安定和环境的改善。国有企业在承担社会责任的时候,往往会产生就业机会的增加、弱势群体福利的改善、环境保护的加强等正外部性效应①。

---

① 张炳雷:《国有企业社会责任:一个沉淀成本的分析视角》,《经济体制改革》2008 年第 5 期。

(二)国有企业社会责任建设存在的问题

1. 劳工权益未得到有效保障。首先,国有企业重大的灾难性安全事故层出不穷。近几年来,国内重大事故频繁发生,劳工的安全生产得不到保障。这些重大事故,都可以找到一个同样的原因,就是较长时期以来,国有企业因为经济方面的考虑,减少了必要的安全装备投入。以煤炭行业为例,在前些年煤炭业不景气的时候,许多国有煤矿企业严重亏损,连员工工资都难以正常发放,因此在煤矿安全投入方面就出现极大的欠缺。随着国内能源需求的高涨,煤炭价格不断提高、供应紧张,国有大型煤矿的管理重心又放在生产经营和确保产量上,在煤矿安全投入方面有了更多的亏欠。根据国家安全监管总局的有关估计,我国煤矿安全装备投入的缺口已经高达 500 亿元。在这种情况下,国有煤矿接连出现了一些重大事故:2009 年 2 月 22 日,山西西山煤电集团屯兰煤矿南四盘区发生瓦斯爆炸事故,截至当天 18 时,抢险搜救工作结束,有362 人安全升井,74 人死亡;2009 年 3 月 26 日,阳煤集团石港煤矿发生井下顶板事故,导致两人死亡;2009 年 5 月 30 日,重庆松藻煤电公司同华煤矿发生特大瓦斯突出事故,造成 30 人死亡[①]。在这些案例中,以经营性活动为主要职责的国有企业因为经济上的压力,放弃其作为一个国有企业基本的社会责任与道德操守[②]。另一方面,国有企业在改制和重组的过程中,在一定程度上忽略了民生问题、职工权益问题。有的国有企业出于"丢包袱"、减轻经济负担的考虑,把裁减冗员作为企业改制和重组的主要手段。由于没有同步建立起相应的保障机制,这在一定程度上造成了职工失业、权益受损的问题,影响了社会的安定团结。

2. 国有企业环境污染惩罚轻。涉及国有企业的重大环境污染事件时有发生:松花江重大水污染事件的涉案企业吉化公司、广东的毒水污染粤北北江的严重事故的企业韶关冶炼厂,造成四川沱江特大水污染事故的川化集团,统统都是国有大型企业。由于国有企业的身份特殊,造成污染事故之后无非就是罚款,并且处罚与所造成的损失非常不对称。往往事故发生后,主要领导人

---

① 中国煤矿安全网:http://www.mkaq.cn。
② 龙新:《论利益相关者理论视角下的国有企业社会责任》,《东华理工大学学报》2008 年第 9 期。

引咎辞职,国家对国有企业进行象征性罚款,这不能有效遏制大型国企污染事件,对国有企业的惩罚应该包括经济和法律处罚,只有对事故企业追认行政责任和法律责任,才能够增强企业社会责任感。

3. 认识不足,以慈善代替社会责任。在 2005 年毕马威调查的工业化国家的 1600 家企业中,中国企业在慈善活动、社会捐赠的报告比例为 100%。在社会捐赠方面,日本的比例为 55.1% ,远低于中国的 100%[①]。虽然近年来,我国国有企业在对社会责任的内涵有了深入的了解,但是还存在部分国有企业对企业社会责任的理解有偏差,认为企业社会责任就是社会捐赠等慈善活动,甚至有些企业将企业社会责任完全等同于慈善活动。再看国有企业发布的社会责任报告中,每家企业都会提到企业进行的慈善捐赠,而且此部分的内容占据了报告的绝大版面,由此可以看出,现在还有许多国有企业并未真正认清楚企业社会责任和慈善捐赠的区别,这种认识误区将导致企业在履行社会责任时不能兼顾各方面,诸如对员工保护和环境保护等。

4. 承担社会责任的国有企业数量不够。现在承担社会责任的国有企业多集中于中央企业,国有企业除了国资委控制的规模比较大的企业之外,还包括了许多较小的国有独资企业和国有控股企业,它们的数量在国有企业中的比重较大,而这些企业承担社会责任的情况要差得多。截至目前,在 135 家中央企业中也仅有 32 家企业发布社会责任报告,数量远远不够;发布报告的企业都来自于垄断性的行业,其实竞争性行业的企业承担社会责任同样重要。

5. 企业社会责任报告内容有待完善。已经发布企业社会责任报告的企业,所编制的社会责任报告都还不够完善和规范。在实际生活中,人们对国有企业没有履行相应的社会责任的指责——如国内的油荒,资源型企业频发的安全事故等等——仍然不绝于耳。这些理论和实践中的种种不足,都表明国有企业还应该努力提高社会责任的意识、加强自身履行社会责任的行为[②]。

6. 国企腐败问题严重。一些国有企业领导人在企业转制、工程招标和物资采购中搞暗箱操作;为配偶、子女或亲属经商办企业提供便利条件;用公款

---

①　徐炜:《中国上市公司社会责任实施的现状研究——以企业的社会责任报告为例》,《首都经济贸易大学学报》2009 年第 2 期。

②　徐第长:《国有企业与社会责任》,《中国质量》2009 年第 6 期。

报销应由个人支付的费用,收受下属单位和业务往来单位赠送的现金等,利用职权以权谋私等,给国家造成巨额经济损失,严重地损害了党和国家形象。这些国有企业经营管理者不正当地利用管理职权获取未经企业所有者同意的个人私利行为,属于管理腐败。企业管理腐败容易造成大量国有资产流失,侵蚀社会整体利益。国企腐败的根本原因在于少数领导人道德观和价值观发生扭曲,企业权力制衡机制不够健全,对领导人员包括下属企业负责人的监督不到位,监督有效性有待提高,反腐倡廉不够深入扎实。国企反腐是中国特色反腐倡廉体系中的一个重要组成部分。因为缺乏可执行的长效机制监督国企经营,使得国有企业腐败现象严重。目前要破除现行的"一把手"权力机制,从体制上寻求变革。如果不加快进行国有企业体制改革,不仅不能保证对权力的制约和监督,也不利于企业社会责任的建设①。

二、国有企业社会责任建设存在问题分析

我国国有企业在承担社会责任方面存在问题的主要原因如下:

(一)目前履行公司社会责任的制度环境还不完善。在政府主导经济的发展模式下,提升企业环境治理、关注员工合法权益等公司社会责任行为往往与地方政府 GDP 增长最大化的目标相左。在国有企业的赢利大户中很多都是垄断性企业,在业务扩张中,它们往往是通过使用更多的社会稀缺资源实现的,比如扩大投资规模时靠银行信贷而非自有资金,获得更多上市融资的指标以及各种补贴、税收优惠等政策倾斜等。国有企业长期将工作重心放在对高额利润的追逐上面,导致对建立社会责任制度的忽视。据统计,我国绝大多数国有企业提倡承担社会责任,但是并未在企业中建立起有效实施运行的社会责任体系。在这方面,可以参考国家电网所制定的由 7 个部分组成的社会责任管理体系。该企业社会责任体系分为:公司社会责任组织管理体系、社会责任日常管理体系、社会责任能力建设、社会责任业绩考核、利益相关方参与机制、社会责任信息披露机制和社会责任指标体系。只有建立全方位的社会责任管理体系,才能够将企业的社会责任落到实处。

(二)市场对国有企业社会责任还没有形成有力的约束。从资本市场来

---

① 曾亚波:《制度建设:国企反腐攻坚战》,《决策论坛》2009 年第 4 期。

看,目前上市公司是否应当履行企业环境责任还远远没有引起投资者和分析师的足够关注,市场奉行的价值投资仅仅关注企业的财务(或经济)表现,并没有将企业的社会、环境和伦理表现作为投资决策的依据之一①。从"中储棉"亏损事件中可以看到,中央企业利用行政性垄断许可的恶果。因为对国内市场棉价看涨,累计进口棉花达20多万吨,结果,投机失败,亏损近10亿元②。"中储棉"的职责本在于承担平抑棉价、稳定市场,促进国家宏观调控政策实施的功能,但是成为利用垄断地位进行市场投机的不负责任的企业。原因在于,市场对央企的监督不够,认为国有企业的经济行为都是经过国家相关部门认可,并对市场起到有力调节的作用,忽视了它们是一个同时开展政策性极强的非经营性活动和经营性活动的国有企业。在经营过程中,受逐利性的驱动,企业会做出有违非经营性活动的政策精神的行动决策。这种经营性活动的开展不仅降低而且破坏了国有企业在实现非经济目标方面的效能,也违背了国有企业社会责任的宗旨③。所以我国的消费者、经济监管部门,以及企业职工等利益相关方该加强对国有企业经济行为的关注。

(三)国有企业制度建设有待深化。国有企业社会责任缺失是由多种因素造成的。结合我国经济结构现状来看,公司治理制度的缺位是首要原因。公司治理制度,是指能够整合企业和社会力量而形成的一种指导和监督公司运作的制度,该制度规定了各个参与者,诸如经营层、董事会、股东以及其他利益相关者之间的权利和责任分配。公司治理制度的目的是要从制度、机制上保证企业在追逐成本最小化、利益最大化的过程中正确处理赢利功能和社会功能之间的关系,妥善处理企业利益与相关利益者之间的关系,从而保障社会整体利益不受侵害。国有企业社会责任缺失的主要原因是,在我国社会转型过程中,经济环境宽松、文化氛围活跃、国有企业包括垄断行业企业的经营行为开始与员工的切身利益挂钩。这就造成了,一方面被长期压抑的、对利益追

---

①　上海证券交易所研究中心:《中国公司治理报告(2007):利益相关者与公司社会责任》,复旦大学出版社2007年版。

②　黄庭筠、杨宁、李俊义:《央企巨亏谁负责? 中储棉追逐暴利被深度套牢》,新华网:"http://news. xinhuanet. com/"。

③　龙新:《论利益相关者理论视角下的国有企业社会责任》,《东华理工大学学报》2008年第9期。

求的欲望得到了最大限度的释放,另一方面由于相应体制、机制建设的滞后,对企业进行必要监督和约束的制度没有相应跟上,尤其是公司治理制度建设的滞后,使不少企业超出自身边界的负效应没有得到有效限制,造成成本外溢,社会利益责任缺失。

在计划经济年代,国有企业并不能称作严格意义上的企业,赢利的欲望淡薄,成本外溢的内生动力不足,因此,很少发生国有企业社会责任缺失的问题。随着改革开放的逐步深入,计划经济开始向市场经济转型,国有企业的逐利意识开始增强,社会责任缺失的现象便开始发生。企业是国民经济的微观组织,任务是将生产力要素有效组合成现实生产力,即产品或劳务,以满足社会日益增长的物质文化需要。从这个意义上说,追求成本最小化、利益最大化,是企业的天性,也是企业存在的理由和发展的动力。但是,任何企业都不是孤立的,社会化大生产的正常进行是整个社会互动的结果,从生产力要素到现实生产力的转化,从自然资源到可供最终消费的产品和劳务的转化,是整个社会合作的结果,是千百万企业和家庭共同整合而成的。因此,企业是经济组织,也是社会组织。这就要求企业在经营活动中必须妥善处理赢利功能和社会功能,妥善协调企业的自然关系和社会关系。

第三节　加强国有企业社会责任建设的必要性和必然性分析

企业社会责任问题是一个与时俱进的问题,必须用发展的思维来看待,必须与当代的经济、社会条件相结合来看待。国有企业社会责任建设有其必要性和必然性,在我国大力提倡构建社会主义和谐社会的前提下,企业社会责任的建设与构建和谐社会如出一辙。

一、必要性

(一)构建社会主义和谐社会的必然要求

履行社会责任是落实科学发展观和构建社会主义和谐社会的必然要求。企业是社会的细胞,在建设社会主义和谐社会中处于特殊地位。国有企业在构建和谐社会的进程中,既要承担经济责任,也要承担社会责任。企业要在承担责任中发展,在发展中更好地履行责任,最终目标是实现员工价值、企业价值和社会效益三者综合效应的最大化(袁素芳,2007)。

首先,国有企业承担社会责任是牢固树立和全面落实科学发展观的需要。党的十六届三中全会明确指出"坚持以人为本,树立全面、协调、可持续的发展观,促进经济社会和人的全面发展。"这是新世纪新阶段党和国家事业发展的重大战略思想。科学发展观强调以人为本,这就要求企业要落实人本管理,进行生产时要协调环境的保护,实现可持续发展,国有企业应该在保持和保证经济效益最大贡献的同时,更好地承担社会责任的根本要求。

其次,国有企业承担社会责任是全面落实"十一五"规划的需要。规划中明确提出的"在资源利用与资源节约上,更加注重资源节约","在生态事前维护上与事后建设上,更加注重事前维护"以及"以人为本发展理念",客观要求企业在自身发展的同时,在人的管理、环境的保护方面,对企业履行好社会责任提出了更高的要求。

最后,国有企业承担社会责任是稳定社会促进和谐的需要。在国有企业中存在着5000万产业工人,国有企业承担社会责任建设,不仅能够团结起广大的产业工人,成为建设和谐社会的中流砥柱;另一方面,解决城市就业,能够促进社会的稳定。只有把建设自身的和谐融入到和谐社会之中,和谐社会的建设才具有了相应的坚实基础。

企业是社会资源的主要占有者和使用者,更是社会财富的主要创造者,是全面落实科学发展观,构建社会主义和谐社会的重要力量。国有企业积极主动承担社会责任,对促进经济发展和社会进步具有极大的示范和导向作用。对此,国有企业在努力提高经济效益,承担重要的经济责任的同时,还必须担负起推进社会主义精神文明建设,巩固和发展党执政基础的重大政治责任和社会责任。特别是国有大型企业,必须全面落实科学发展观,认真落实国家宏观调控、结构调整、节约能源和保护环境等政策,积极服务于经济发展大局,服务于资源节约型、环境友好型、创新型国家建设,服务于构建社会主义和谐社会建设,做自觉履行社会责任的表率①。

---

① 胡荣:《企业在构建和谐社会中的责任和义务》,《财经界》2006年第11期。

(二)利益相关者的客观要求

企业社会责任运动的蓬勃开展,使我们了解到企业社会责任的利益相关方面包括劳工、消费者、环境、债权人、社区等几个方面,国有企业建设企业社会责任首先要确定社会责任所包含的范围。

第一,国有企业职工的利益要求。在一般意义上,国有企业负有法律义务保证职工实现就业和择业权、劳动报酬获取权、休息休假权、劳动安全卫生保障权、职业技能培训享受权、社会保险和社会福利待遇取得权、参加集体谈判权、组织和参加工会权、罢工权、参加企业资本权、参与公司治理结构权等劳动权利。企业对职工的责任还包括企业不得随意裁员,建立健全职工申诉制度,及时、公开处理职工的投诉,落实经济补偿金,做好分流人员的再就业,建立健全新的劳动关系协调机制,同时尝试以职工持股的形式来切实保护职工权利。

第二,产品消费者的利益要求。消费者由于对产品生产过程参与及相关知识的缺乏,在产品适用性与安全性方面存在信息不足。而消费者又是企业产品的接受者和使用者,生活水平受到企业所提供的产品品种、质量、价格等因素的极大影响。对企业而言,消费者是企业的最大效益来源。因此,企业应该重视消费者的利益要求,对消费者的责任是企业社会责任的一项重要内容。强调国有企业对消费者的责任,有利于提高国有企业竞争力。

第三,债权人的利益要求。企业的债权人也是企业的一个重要的利益相关者,企业对债权人的责任不仅指具体法律关系中对特定债权人的债务责任,而是表现为一种抽象的责任,即要求企业合法、善意、无过失的交易行为。强调国有企业的该项责任有利于解决企业三角债、对银行的债务难题,同时有利于企业树立商业信用。

第四,保护环境、合理利用资源的责任。我国国有企业一般规模较大,且主要分布在重工业等领域。在环境资源保护与合理利用被高度重视的今天,国有企业承担起保护环境与合理利用资源的责任,具有典型的社会示范作用。

第五,对社区经济社会发展的道德责任。从以往的经验来看,国有企业对所在的社区经济有着绝对的影响力,而周边治安、基础设施等方面的保障反作用于国有企业发展。因此应当鼓励国有企业协调好自身与社区的关系,积极参与并资助社区公益事业和公共工程项目的建设。

第六,对社会福利和社会公益事业的道德责任。国有企业对慈善基金会、科研教育机构、养老院捐赠,或招聘残疾人等,均是企业承担的对社会福利和社会公益事业的责任,但这种责任应基于企业的自愿。作为一种道德义务,也应受到国家和社会的褒扬①。

二、必然性

国有企业的社会责任建设不仅仅是社会和利益相关者要求的结果,还是整个经济全球化发展的结果,国有企业自身担负着特殊的使命,在全球化浪潮下,承担社会责任建设有历史发展的必然性。

(一)经济全球化

20世纪60年代以来,特别是80年代之后,经济全球化将市场经济规则推向了世界各地。虽然高效率地使用资源以创造利润仍然被看做是企业基本的社会责任,但是,相比较传统的企业社会责任内涵,全球化下的社会责任已发生了巨大变化。随着企业社会责任的观念和范围逐渐扩大,企业本身也更加自觉地承担起社会责任,不仅包括履行提高企业内部生产链质量以满足消费者需求等与企业利润直接相关的责任,还包括承担教育、公共健康、就业福利、城区改造、环境保护以及资源保护等责任。这表明,企业已不仅仅是经济责任、法律责任,更是道德责任、慈善责任的主动承担者。

中国的大型企业不仅要在全球销售其产品或提供服务,还要在世界各国建立各种生产经营机构,在全球经营就必须符合国际准则的要求,例如,中石化、中远、宝钢等企业都是中国最早加入联合国"全球契约"计划的中国企业。经济的全球化加快了我国企业履行社会责任的进程。此外,我国作为劳动密集型产品的出口大国,劳工问题一直是国际关注的焦点。伴随着经济全球化发展,全球范围的人权运动也不可避免地波及我国的劳动密集行业,企业社会责任中的劳工保护,要求我国供应商加强对劳工权益的实现与保护。

随着经济全球化的深化和发展,全球自然环境压力增大,国际社会对企业社会责任的认识不断提高。把企业履行社会责任作为评价企业的一项标准,已成为当今国际潮流。如联合国提出了"全球契约"计划,世界经济合作与发

---

① 尹维丁:《关于改革国有企业社会责任的若干思考》,《内江师范学院学报》2008年第5期。

展组织制定了《跨国企业行动指南》,国际劳工组织通过了《关于跨国公司和社会政策的三方宣言》、《关于工作中的基本原则和权利宣言》,国际标准化组织正在拟定推出企业社会责任标准 ISO26000,等等。国有企业要具有与国际大公司同台竞技的素质和水平,就必须在国际市场上树立负责任的企业形象,培育和形成新的竞争优势。随着我国一批具有实力、在国际上有影响的企业不断参与国际企业的竞争与合作,这些企业履行社会责任的内在动力和表率作用也将会逐步彰显出来。

综上所述,经济全球化使我国企业不得不主动承担起社会责任。只有积极承担社会责任,做一个有社会责任感的企业,才能够得到国际社会的肯定和认可。

(二)国有企业的特殊使命

在经济全球化背景下,国有企业有其自身的特殊使命,它不仅要像一般企业一样保证营利,更重要的是,它要尽可能多地创造社会效益,担负起国家经济安全的重任。这是国有企业的特殊使命。

国有大中型企业在我国经济社会中的地位不能忽视,它们往往起到带头表率作用。国有企业只有在确定经营方向、承担社会责任方面起到表率、带头作用,才能对整个国民经济起到控制和导向的作用,才能促进生产力快速发展。随着国有企业改革的深化,国有企业的骨干和支柱力量作用更加凸现,经济效益和运行质量显著提高。在金融危机中,2008 年 25 家中央商贸企业实现营业收入 13544.3 亿元,比上年增长 27.3%;实现利润总额 375 亿元,比上年增长 1.6%;平均国有资产保值增值率为 107%①。

可以从 2008 年度分户国有资产运营情况表前 10 家企业看出国有企业经济实力逐年增强,在国有资产的保证增值方面做出重大贡献,这为企业履行社会责任奠定了坚实的物质基础。从汶川地震抗震救灾和震后重建中,我们可以看到国有企业发挥了重要的支柱作用,为支援"5·12"汶川特大地震中受灾中央企业及受灾地区开展灾后重建,国务院国资委、中国红十字基金会于 2008 年 5 月 27 日联合发起设立了"5·12 灾后重建中央企业援助基金"。共有 90 家中央企业及其子公司累计向该基金捐赠善款 3.9 亿多元。截至 2009

---

① 国资委网站:http://www.sasac.gov.cn/n1180/n1566/n258203/n258329/6694560.html.

年 8 月 21 日,该基金援建的项目已有 39 个卫生站、7 所卫生院、11 所学校、1
个老年护理院竣工或交付使用。① 国有企业特别是国有大中型企业是国民经
济的支柱,对整个经济发展起着决定作用,履行保护环境和创造可持续发展模
式更具紧迫性。另外,随着国内消费市场的成熟,消费者认识水平的不断提
高,国内社会各界对企业特别是国有大企业履行社会责任的呼声越来越强烈,
广大消费者对企业履行社会责任的期望也越来越高,已逐步在社会上形成了
企业履行社会责任的浓厚社会氛围,从而有力推动了企业积极履行社会责任。

表 6-3　2008 年度分户国有资产运营情况表

（金额单位:亿元）

名次	企业名称	营业收入		利润总额		国有资产情况	
		上年数	本年数	上年数	本年数	年末国有资产总量	国有资产保值增值率
1	中国石油天然气集团公司	10006.8	12730.0	1919.8	1348.0	11768.8	106.0
2	中国石油化工集团公司	12278.6	14624.4	757.1	264.0	3848.1	102.3
3	中国海洋石油总公司	1620.4	1947.9	564.7	678.0	2059.3	111.1
4	国家电网公司	10107.3	11407.4	471.0	97.5	5772.0	100.3
5	中国南方电网有限责任公司	2575.5	2855.2	172.0	64.6	1037.6	104.4
6	中国华能集团公司	1156.1	1513.7	106.8	-58.4	259.4	87.7
7	中国大唐集团公司	866.7	1016.5	75.6	-63.2	147.1	75.8
8	中国华电集团公司	727.5	894.7	42.0	-68.8	120.5	76.7
9	中国国电集团公司	737.5	945.1	47.7	-71.0	147.1	74.1
10	中国电力投资集团公司	586.8	698.1	45.3	-69.5	270.1	85.2

第四节　推进国有企业社会责任建设的对策建议

国有企业,尤其是中央企业在承担社会责任方面应当起到带头和表率的

---

① 国资委网站:http://www.sasac.gov.cn/n1180/n1566/n257060/n257169/6632464.html.

作用,这是由国有企业的地位和性质决定的。国有企业在中国经济中处于主导地位,在国际社会对企业社会责任呼声不断高涨的今天,中国企业要提高社会责任,国有企业必须挑起大梁。探寻国有企业如何更好地承担社会责任就显得尤为重要。

一、国有企业提高自身认识、切实履行社会责任

我国国有企业的社会责任在现实生活中只是一些企业零星的个别行为,远未上升到有效管理和企业制度建设层面。2009 年 6 月 11 日,上海市国资委组织召开了系统内企业履行社会责任座谈会,会议上国资委副主任刘燮提出,要把社会责任体系建设同宣传优秀企业相结合,建立一种机制,把企业责任融入决策和管理中去。① 为此,国有企业要在完善公司治理的基础上,从战略高度重视社会责任,规范履行社会责任的程序,形成履行社会责任的意识,并根据企业特点制定社会责任战略,主动披露相关信息,接受公众监督。国有企业是社会的重要组成部分,经营行为不仅影响到企业自身,更重要的是它会影响到整个社会的秩序和发展。因此,国有企业经营者要突破狭隘的“经营企业”意识,要把国有企业放在社会大系统中加以认识,树立“企业公民”的意识,强化“企业社会责任”的理念,使企业的经营决策既符合企业自身发展的需要,又符合社会发展的要求。国有企业在决策时,既要考虑经济利益目标,又要把促进社会就业等社会责任纳入其发展规划。

二、国有企业完善制度建设、建立激励机制

国有企业的社会责任只有在现代企业制度下才能得以真正实现。首先,现代企业制度能够提高国有企业的经营效益,从而提高全民的利益。其次,改制后的国企在治理结构方面将会更加完善,机制也会变得更为灵活,比如,为员工提供更加安全的生产环境,在竞争中为消费者提供更好的产品和服务,企业自身进行更好的技术革新,责任明确的环境保护和能源节约,良好的经济效益是企业为社会公益和扶贫救困做出奉献的保障,等等。最后,公司制多元化的治理结构也有助于企业积极履行社会责任,代表员工和其他利益相关者的

---

① 国资委网站:http://www.sasac.gov.cn/n1180/n1271/n20515/n2697190/6559480.html.

独立董事和监事会成员能够从多角度来为企业社会责任的承担推波助澜。

(一)企业注重"以人为本"的管理理念

国有企业要承担社会责任,树立一个有道德的企业公民形象,必须依托于企业内部每个员工良好的行为规范。一方面,企业要切实保障员工的合法权益和正当利益,增加员工的福利,为员工创建良好的工作环境。这本身是企业社会责任的重要表现。另一方面,企业只有依靠企业员工才能更好地满足顾客权益,创造经济价值、对外树立积极承担责任的良好形象。有研究表明:员工满意度越高的企业,其顾客满意度就越高,经济绩效也就越高。因此,企业要想更好地承担社会责任,就要在满足员工基本权益的基础上,对员工进行行为规范的培训和教育,提高员工素质;对员工充分放权,让员工能够自主地采取合乎道德的行为;同时对员工的道德行为进行奖励。通过这些行为,使国有企业承担社会责任时做到充分保障员工、依靠员工。

(二)引入独立董事制度

国有企业治理制度建设,应以董事会建设为核心。董事会的有效运作是国企生存、发展、做强、做大的关键,也是充分展现政府战略意图,维护社会整体利益的制度保证。独立董事制度的优点在于:独立董事更多地考虑中小股东利益;独立董事独立于大股东、经营者和相关利益者,独立性更高,可以有效地监督国有企业履行社会责任。独立董事的选任可以由政府及社区各界组成选任委员会在具有独立董事资格的候选人中选聘,避免走行政任命的老路。国有企业聘任独立董事在我国已有先例,2007年4月28日,广州市国资委向25家广州市国资委直属企业派出了72名独立董事,虽然派驻独立董事并非为促进公司社会责任,但将监督国有企业履行社会责任作为独立董事的职责必将丰富国有企业独立董事的职责。[1] 独立董事制度的引入要确立除了注重资本的保值增值,还要同时关注民生问题;独立董事制度还要确保外部董事作用的实现,从制度上缓解、消除因信息不对称而造成的企业成本外溢的问题,进而促进企业自觉履行社会责任。

(三)完善国有企业职工任董事、职工任监事制度

员工是国有企业最为宝贵的资源,国有企业的发展与成功源于全体员工

---

[1]　牟联光、杨州:《公司社会责任探析——以国有企业为视角》,《河北科技大学学报(社会科学版)》2008年第3期。

的共同努力。所以在国有企业履行社会责任中不可忽视员工的作用。解决职工董事、职工监事事实上的缺位现象,完善国有企业职工任董事职工监事制度,使员工可以真正有效地参与企业决策。德国公司监事会有权聘用和罢免董事会成员,为职工监事在监事会选择经营者过程中提供较大权力,从而有效发挥其对董事会的监督制约作用,使董事会与经营阶层恪尽其职,不至为所欲为、滥权怠权,有助于把监事会与董事会之间的摩擦降至最低。德国公司治理模式的成功,职工参与制功不可没。鉴于此,我国应深化厂务公开,推进民主管理。

(四)建立履行社会责任激励机制

首先,建立和完善企业社会责任指标统计和考核体系,将社会责任履行情况纳入企业负责人经营业绩考核制度。这要求国有企业披露企业履行社会责任的信息,包括重大环境及社会风险。《企业国有资产监督管理暂行条例》规定了国有资产监督管理机构应当建立企业负责人经营业绩考核制度,根据业绩合同对企业负责人进行年度考核和任期考核,但未将履行社会责任情况明确作为考核要求。

其次,建立国有企业积极履行社会责任的激励与约束机制。为了促使国有企业积极履行社会责任,国家应当制定具有激励作用的宏观经济政策,对于履行社会责任成绩显著、克服困难尽最大限度吸收社会劳动力就业的国有企业,要在银行贷款、税收等方面给予优惠,对企业管理者、职工要在社会荣誉方面优先予以考虑。还可对企业在广告宣传、评优等方面进行必要的鼓励。同时,国家还应结合我国的国情,尽快制定企业社会责任标准体系,通过对企业社会责任的认证,发挥市场对企业的激励和约束作用。政府通过定期公布企业社会责任认证的结果,促使企业从维护自我形象、提高企业知名度和市场竞争力的内在要求出发,自觉约束自己的经营行为,承担起应有的社会责任。除了从外部建立激励和约束机制之外,国有企业还必须从内部建立履行其社会责任的机制,从企业文化建设方面着手,形成企业社会责任的意识和氛围;从企业的发展战略、管理制度等方面落实企业社会责任的具体措施,并加强企业各部门对社会责任落实情况的考核评比。使企业职工充分认识到解决社会就业问题,维护社会秩序,既是政府的职责,也是企业的责任,同时也是企业在职员工的责任。只有企业员工从大局出发,积极支持企业促进就业的政策和决策,企业在就业方面的社会责任才能真正得到落实。

三、政府正确引导监督

首先,政府要正确引导、有所作为。在市场经济条件下,政府作为宏观经济调节者、市场监督者,社会管理和公共服务的提供者,要坚持政企分开、政社分开、政资分开,切实转变政府职能,为企业自主经营决策创造条件,完善公平竞争的市场秩序,为企业发展创造良好的外部环境,使企业能够不断生成和积累履行社会责任的能力。适应政府职能这一转变,政府要强化对国有企业履行社会责任的监管机制和问责机制建设,建立信息披露和社会评价体系,还要通过一系列立法,推进企业社会责任法制化,严格执法,督促法律约束下的企业社会责任得到有效落实。[①]

其次,完善有关企业社会责任的法律制度。关于企业的社会责任,在我国有关的法律中已有规定,甚至我国的有关规定已经超过了企业社会责任的国际标准,只是由于这些法律规定比较原则,可操作性差,难以落实和有效监督。要建立企业社会责任的监督机制,有关国家权力机构要加强对企业履行社会责任的法律监督,对企业履行社会责任中的不法行为要严肃查处,政府有关部门和社会团体也要加强监督力度,使企业在劳动就业方面的不作为或违法行为,及时得到纠正和制裁[②]。

四、要强化各界力量的激励和约束

首先,发挥企业外部力量对企业履行社会责任的监督作用。充分鼓励外部驱动力对国有企业社会责任意识的形成作用,使国有企业履行社会责任成为全社会的自觉行为;同时,要努力创造条件,强化社会各界、公众、媒体对国有企业履行社会责任的监督作用。

其次,发挥党组织在社会责任建设中的作用。国有企业中的党组织应该发挥政治核心作用。党组织工作一个重要方面就是要承担政治责任,保证党的方针政策在企业的贯彻落实。在建设和谐企业、履行社会责任中,企业党组

---

① 刘建平:《关于国有企业社会责任的思考》,《湖北广播电视大学学报》2008 年第 2 期。
② 高寒:《就业视角下的国有企业社会责任》,《理论导刊》2008 年第 5 期。

织要坚持"党要管党,从严治党"的方针,在建立健全保持共产党员先进性长效机制上下工夫,发挥凝聚人心、推动发展、促进和谐的作用,组织和动员共产党员做促进企业和谐、社会和谐的表率。全心全意依靠工人阶级办企业,支持企业工会、共青团、妇联等组织发挥联系、服务、教育职工和维护职工合法权益的作用。深入开展企业党风廉政建设和反腐败斗争,以优良的党风促政风带民风,营造和谐的党群干群关系,为企业责任建设提供坚强保障。①

小　结

在当前面对金融危机的大背景下,国有企业必须站出来敢于承担社会责任,带领我国企业往前走。本文的分析目的在于不断增强国有企业履行社会责任能力的这一认知,对国有企业的改革问题进行了探索。要增强国有企业履行社会责任的能力,必须从 4 个方面努力推进国有企业的改革工作。

(一)国有企业应该树立正确的企业社会责任意识,切实履行社会责任。国有企业的社会责任具有多样性和差异性,本文将其区分为一般责任和特殊责任两大类型。一般社会责任是所有企业都应该遵守的基本责任,而国有企业因其特殊的政治身份和地位,相应比其他企业要承担更多的社会责任。国有企业要从政治职能、经济职能以及社会职能 3 方面来诠释社会责任。

(二)必须建立、健全国有企业社会责任激励约束机制。约束激励机制的建立,可以从内部推动国有企业履行社会责任。国有企业社会责任约束激励机制的建设,一方面需要建立起社会责任指标考核体系,同时还需要完善履行社会责任的激励机制。国有企业社会责任指标评价体系的建立必须以国有企业社会责任体系为基础,借助于国有企业社会责任履行情况的定期报告制度来实现。因此,推动和规范国有企业社会责任年度报告制度,成为今后一段时间内我国国有企业管理的一项重要任务。

(三)必须进一步深化国有企业治理模式改革。国有企业治理改革的实质就是选择与重构国有企业的治理模式。国有企业治理模式的改革是深化国有企业改革的关键,也是下一阶段国有企业改革的核心工作。基于进一步推

---

① 司兆奎:《论国有企业社会责任建设的主要途径》,《现代管理》2007 年第 9 期。

进国有企业自觉履行社会责任的需要,为实现相关利益者的共同治理,本文提出了国有企业内部应该建立独立董事制度并且完善国有企业职工任董事、职工任监事制度加强内部监督与管理。

(四)此外社会监督、政府的监督以及政府完善法律法规建设,也是促进国有企业社会责任建设的一个重要方面。本文虽然从社会责任的角度对我国国有企业改革问题进行了较为全面的分析,但由于受到研究方法等方面因素的影响,研究结论不可避免地存在某些不足之处。在今后的研究中,要有针对性地进行基于社会责任的国有企业改革的个案研究。在国有企业社会责任体系的构建上,国有企业社会责任的具体内容还需要作进一步的补充与完善。

参考文献

[1] 程方平:《中国教育问题报告——入世背景下中国教育的现实问题和基本对策》,中国社会科学出版社 2002 年版。

[2] 冯亚、朱振东、李若平:《浅谈国有企业的性质与社会责任》,《煤炭经济管理》2005 年第 6 期。

[3] 胡荣:《企业在构建和谐社会中的责任和义务》,《财经界》2006 年第11 期。

[4] 黄速建、余菁:《国有企业的性质、目标与社会责任》,《中国工业经济》2006 年第 2 期。

[5] 江涌:《国有企业:经济为难时的可靠依托》,《世界知识》2007 年第23 期。

[6] 黎友焕、李双双:《面对危机:责任选择泾渭分明》,《WTO 经济导刊》2009 年第 2 期。

[7] 黎友焕:《论企业社会责任与构建和谐社会》,《西北大学学报(哲学社会科学版)》2006 年第 5 期。

[8] 刘建平:《关于国有企业社会责任的思考》,《湖北广播电视大学学报》2008 年第 2 期。

[9] 刘永佶:《民权国有——作为所有者的劳动者对国有企业改革的思考》,中国经济出版社 2002 年版。

[10] 上海证券交易所研究中心:《中国公司治理报告(2007):利益相关

者与公司社会责任》，复旦大学出版社 2007 年版。

　　[11] 沈志渔、刘兴国、周小虎:《基于社会责任的国有企业改革研究》，《中国工业经济》2008 年第 9 期。

　　[12] 司兆奎:《论国有企业社会责任建设的主要途径》，《现代管理》2007年第 9 期。

　　[13] 孙宗国、冯婷婷、赵广山:《论国有企业改革中的政府职能》，《现代商业》2008 年第 8 期。

　　[14] 徐第长:《国有企业与社会责任》，《中国质量》2009 年第 6 期。

　　[15] 徐炜:《中国上市公司社会责任实施的现状研究——以企业的社会责任报告为例》，《首都经济贸易大学学报》2009 年第 2 期。

　　[16] 尹维丁:《关于改革国有企业社会责任的若干思考》，《内江师范学院学报》2005 年第 5 期。

　　[17] 袁素芳:《国有企业在构建和谐社会中的责任》，《包钢科技》2007年第 4 期。

　　[18] 曾亚波:《制度建设:国企反腐攻坚战》，《决策论坛》2009 年第 4 期。

　　[19] 张炳雷:《国有企业社会责任:一个沉淀成本的分析视角》，《经济体制改革》2008 年第 5 期。

　　[20] 张春敏、刘文纪:《从国有企业的性质看国有企业的社会责任》，《前沿》2007 年第 12 期。

　　[21] 张放:《论国有企业的社会责任》，《湖北社会科学》2009 年第 2 期。

第七章 中国民营企业社会责任建设分析报告*

摘要：当民营企业以不断增强的整体实力为中国经济发展助力的同时，其自身的私有制属性，加上外部制衡力量缺失（如法治不健全、利益相关者不成熟等）所导致的企业社会责任问题日益普遍和突出，给国家和社会带来了巨大危害和安全隐患，成为企业自身可持续发展的瓶颈，特别是随着全球经济危机的爆发，民营企业生存困境更趋艰难，经济快速增长时期累积起来的社会责任信心和信念被大大削减。为防止我国民营企业社会责任进程出现倒退和反复，保证利益相关者的利益，维护社会稳定，增强民营企业社会责任竞争力，对我国民营企业社会责任建设现状展开阶段性分析变得紧迫而重要。

关键词：民营企业；企业社会责任；分析报告

Abstract：When constant enhancing the overall strength of private enterprises promotes China's economic development, private ownership of its own properties coupled with lack of external checks and balances(such as the rule of law is not perfect, stakeholders are immature, etc.)caused corporate social responsibility problems, and such problems have become increasingly common and conspicuous, which will also lead to tremendous damage and security risks for our state and society and become a bottleneck for sustainable development of the enterprises themselves. Especially with the outbreak of the global economic crisis, survival of private enterprises is even more difficult;

---

* 基金项目：教育部2007年人文社会科学基金项目《中国民营企业社会责任推进机制研究》项目成果，项目批号：07JA630046，2007.10－2010.12。

meanwhile, confidence and belief in social responsibility which accumulated in the period of rapid economic growth have been greatly reduced. In order to prevent the setback and repetition of the process of China's private corporate social responsibility, sure stakeholder interests, maintain social stability and enhance the competitiveness of private corporate social responsibility, it is urgent and important that current situation of private corporate social responsibility in China could be analyzed at different stage.

Key Words: private enterprise; corporate social responsibility; analysis report

经历 30 年的磨砺和成长,民营企业作为一个经济实体走过了从无到有,从小到大,由弱到强,从边缘到主流的过程,其自身的成长空间和权益的获得与其为国民经济的发展所做的贡献呈同向递增关系,成为中国经济最具有活力和最重要经济指标的贡献者。但日益壮大的民营企业群体仍以中小企业为主,企业存活时间短,竞争力弱,追求短期效益,社会责任问题普遍突出。对中国民营企业社会责任建设现状、存在问题及产生原因进行分析,寻找推进民营企业社会责任的良策成为支持政府管理、助推企业成长、提升社会福利的重要课题。

第一节　民营企业基本情况

截至 2008 年 9 月,全国登记注册的民营企业达到 643.28 万户,注册资金达到 11.26 万亿元,民营经济占我国 GDP 的比重已超过 65%,我国经济增量的 70%—80% 来自民营经济。根据国家发改委中小企业司数据,2008 年民营企业纳税占我国税收总额近 60%,从 20 世纪末开始,民营企业创造了 80% 以上的新增就业岗位①。

---

① 刘汉元:《加大政策力度,支持民营经济渡过金融危机》,《经济界》2008 年第 3 期。

一、民营企业发展呈现不同以往的新态势

（一）民营企业注册资本（金）增长 **2.89%**

全国民营企业持续稳定增长，"到 2009 年 3 月底，全国实有 664.27 万户（含分支机构，下同），比上年底增长 1.04%；注册资本（金）实有 12.07 万亿元，比上年底增长 2.89%。其中独资企业 107.89 万户，下降 0.39%；注册资金 0.6 万亿元，增长 3.55%；合伙企业 12.31 万户，下降 2.99%，认缴出资金额 0.15 万亿元，比上年底下降 3.14%；私营有限公司 542.91 万户，增长 1.42%，注册资本 10.99 万亿元，增长 2.85%；股份有限公司 1.15 万户，增长 3.03%，注册资本 0.33 万亿元，增长 6.12%"[①]。

（二）民营企业在西部地区增长 **4.24%**

经过较长时间快速增长后，东、中部民营企业增长趋于平缓，西部地区民营企业却出现较快增长。"西部 10 省市实有民营企业 94.35 万户，比上年底增长 4.24%，占全国企业实有总户数的 14.2%，比上年增加 0.43 个百分点；中部九省实有企业 130.2 万户，比上年底增长 0.9%，占全国企业总户数的 19.6%，比上年减少 0.03 个百分点；东部 12 省市实有 439.72 万户，比上年底增长 0.42%，占 66.2%，比上年减少 0.4 个百分点"[②]。

（三）垄断行业成为民营企业发展热点

由于"我国不断清理、修订和废止了限制个体私营等非公有制企业市场准入的部门规章和规范性文件，一些中小企业的经营范围和领域不断扩大，逐步进入公用事业、基础设施、社会事业、金融服务业等领域，许多法律法规未禁止的垄断行业成为中小企业投资与经营的热点。相比大多数行业平缓甚至下降的发展态势，民营企业在金融业进展飞速，一季度实有 1.8 万户，比上年底增长 7.12%；电力燃气及水的生产和供应业实有 3.21 万户，增长 3.69%；水

[①]　徐雪兰、何莉萍：《国家工商总局办公厅：2009 年一季度全国市场主体发展报告》，国家工商总局网站：http://www.saic.gov.cn。

[②]　徐雪兰、何莉萍：《国家工商总局办公厅：2009 年一季度全国市场主体发展报告》，国家工商总局网站：http://www.saic.gov.cn。

利、环境和公共设施管理业实有 2.61 万户,增长 3.54%"①。

（四）民营企业第一产业增长 3.55%,第二产业发展平缓

从产业发展情况来看,"民营企业在第一产业实有 13.99 万户,比上年增长 3.55%,占民营企业总户数的 2.11%,比上年增加 0.06 个百分点;第三产业实有 446.76 万户,增长 1.24%,占 67.25%,比上年增加 0.12 个百分点;第二产业 203.52 万户,增长 0.44%,占 30.64%,比上年减少 0.18 个百分点"②。

（五）民营企业雇工人数下降 1.57%,城镇雇工下降 1.99%

"全国民营企业实有投资者 1526.84 万人,比上年增长 1.29%,雇工 6296.16 万人,比上年下降 1.57%,其中城镇投资者 1070.08 万人,增长 0.32%,雇工 3976.11 万人,下降 1.99%。农村投资者 456.76 万人,增长 3.65%,雇工 2320.04 万人,下降 0.84%。"③

二、民营企业发展增速下降

根据国家工商总局办公厅历年发布数据进行汇总分析,虽然民营企业实有户数每年呈递增趋势,但增速下降明显,特别是在 2009 年全球金融危机影响下年增长率只有 1.04%（见表 7-1）。

表 7-1　民营企业发展规模比较

项目	2002 年	2003 年	2004 年	2005 年	2006 年	2007 年	2008 年	2009 年
实有户数（万户）	263.83	328.72	402.41	471.95	544.14	603.05	657.42	664.27
年增长率	—	24.60%	22.41%	17.28%	15.30%	10.83%	9.02%	1.04%

在"2009 年《UPS 亚洲商业监察》"公布会上,中国社科院中小企业研究中心主任陈乃醒表示,中国社科院正在进行一个关于"中小企业在金融危机

---

① 徐雪兰、何莉萍:《国家工商总局办公厅:2009 年一季度全国市场主体发展报告》,国家工商总局网站:http://www.saic.gov.cn。

② 徐雪兰、何莉萍:《国家工商总局办公厅:2009 年一季度全国市场主体发展报告》,国家工商总局网站:http://www.saic.gov.cn。

③ 徐雪兰、何莉萍:《国家工商总局办公厅:2009 年一季度全国市场主体发展报告》,国家工商总局网站:http://www.saic.gov.cn。

复苏中的作用"的调研,报告显示,有40%的中小企业已经在此次金融危机中倒闭,40%的企业目前正在生死线上徘徊,只有20%的企业没有受到此次金融危机的影响。"沿海地区的倒闭比例要大于内陆,而中西部的倒闭比例是最小的。"为了了解和印证该消息的准确性,教育部2007年人文社会科学基金项目《中国民营企业社会责任推进机制研究》课题组组织对浙江的宁波、温州,广东、深圳、山东等省市开展了大规模访谈式调查,情况基本属实,2009年下半年随着国家经济刺激政策的出台及各地政府的努力扶持,情况已有所好转。

第二节　民营企业社会责任发展的四个阶段

民营企业由小到大、由弱到强的过程,也是民营企业社会责任理念从模糊到清晰,民营企业社会责任实践从自发、盲从,到自觉的过程。

一、萌芽阶段

以1984年4月13日大连市复员军人姜维所创办的光彩企业获准登记为标志,改革开放后的第一家民营企业诞生。民营企业作为一种独立的市场经济主体被依法确认。初创时期的民营企业,投资人或股东通常就是企业的经营管理者,他们既是企业的所有者也是企业的直接拥有者,在缺少规制和利益相关者制衡情况下,天然选择追逐利润、对企业所有者自己负责。此外,这一阶段的民营企业规模都很小、实力较弱,在主观追求经济利益的同时,客观上承担一定的为社会提供产品和服务、向政府纳税、解决劳动力就业、推动经济发展的初级社会责任,可以称为无意识状态下的社会责任。

二、成长阶段

20世纪80年代后期到90年代初期。民营企业受1989年"政治风波"影响,曾因成为社会争议的众矢之的而出现停滞。1987年党的十三大明确指出鼓励民营经济发展,特别是在1992年邓小平南方谈话提出了"三个有利于"的判断标准,才彻底消除了民营企业发展的顾虑。此阶段随着民营企业规模的扩大,人员数量的增加,越来越多的管理和技术专门人才成为民营企业竞争力来源。为了提高企业赢利能力,留住企业所需人才,民营企业的管理者们开始有意识地加强企业内部公共关系管理,着手改善生产和职工生活条件,开展培训和个人职业发展规划,投资于人力资源开发,重视企业文化建设,等等。因此,这一阶段民营企业的社会责任,已经不仅仅局限在获取利润和向股东负责,尊重职工人格乃至人权,保障职工健康与安全,开始进入民营企业社会责任的视野,但此阶段民营企业社会责任的主要对象还仅局限于企业内部的直接利益相关者,企业社会责任理念仍处于朦胧时期,企业社会责任知识和技巧还较少被有意识学习和应用。

三、发展阶段

此阶段时间为20世纪90年代中期至20世纪末,民营企业社会市场经济地位得以确认,随着民营企业经济整体实力的不断提高,为国家社会发展做出巨大贡献的同时社会责任问题也频繁爆出,负面影响急剧增大,政府、媒介、理论界和公众普遍给予关注和差评,民营企业出于各方压力开始有意识进行可持续发展战略设计,开始关注政府和员工以外的利益相关者的利益。此阶段部分民营企业由于政府公关、品牌塑造、为慈善而慈善等多种原因开始有意识参与社会慈善公益事业,民营企业社会责任的目标对象不再局限于直接利益相关者,但把企业社会责任和企业经营战略结合还比较少见。此阶段出现了民营企业家联合开展公益事业的明显的组织化行为。

四、壮大阶段

21世纪初,随着社会主义市场经济体制的确立、我国加入世贸组织,民营企业发展的外部环境得以优化,加上国际企业社会责任理念的影响,民营企业社会责任得到了迅速发展,在遵纪守法、安排就业、保护环境方面的进步尤为显著,非公有制经济已经成为最大的企业群体。"私营企业户数由1989年的9.06万户迅速增加到2007年的551.3万户,18年增长了60倍,年均增速25.6%。私营企业注册资金由1989年的84.5亿元迅速增加到2007年的9.39万亿元,18年增长了1110倍,年均增速47.6%。据国家工商总局数据,到2007年,私营企业注册资本已占全国企业注册资本总数的24%。私营经济税收由1989年的1.12亿元迅速增加到2007年的4771.51亿元,18年增长了4260倍,年均增速高达59%"①。"2007年民营经济创造了GDP总量约65%,占年度经济增量的70%—80%,创造了约2/3的社会就业岗位,民营企业为地方政府提供了70%的财政收入,成为中国经济发展最大动力"②。民营企业社会责任的深度和广度都有较大拓展和提高,但是,随着全球金融危机的爆发,80%的民营企业出现困难甚至倒闭,面临生存困境无暇他顾的民营企业裁员、减薪、降低福利、消减社会责任项目、减少公益支出成为许多企业的共同选择,政府、媒体也把主要关注点集中在民营企业的生存上,经济快速增长时期累积起来的社会责任信心和信念遭到一定程度的削弱,刚刚起步的我国民营企业社会责任建设出现了一定程度的停滞和倒退③。

第三节　民营企业社会责任建设现状和问题

一、民营企业社会责任意识和理念有所提高

随着国际社会责任运动的推动和政府、公益组织持续不懈的努力,我国民营企业越来越重视社会责任问题,在协调劳资关系、改善劳动条件、慈善捐赠、社区公益等方面都取得了显著进步,社会效益快速增长,出现了极具影响力的企业慈善家和企业社会责任联盟。如发起于2001年的阿拉善SEE生态协会,唤起了百位中国企业家共同的社会责任感,并将其汇集为一个事业——改善和恢复内蒙古阿拉善地区的生态环境,减缓或遏制沙尘暴的发生,并推动中国企业家承担更多的社会责任。

二、民营企业社会责任问题依然严重

民营企业社会责任在取得巨大进步的同时,也仍存在严重而繁多的社会责任问题。这些问题既有劳资关系、员工福利问题,也涉及企业诚信、产品质量、公益投入、环境保护等诸多问题。

---

① 谢经荣:《三十年非公有制经济发展回顾与展望》,中国经济社会理事会网站:"http://www.china-esc.org.cn/news.asp? id=570"。

② 邢国均:《利用宏观政策促进产业升级》,《装备制造》2009年第1期。

③ 张道航:《三十而立回报社会——改革开放与民营企业社会责任》,《中共珠海市委党校珠海市行政学院学报》2008年第4期。

(一)劳动合同不规范,集体合同流于形式

《劳动法》颁布实施后,仍有很多民营企业不与劳动者(或不与全部劳动者)依法签订劳动合同,或签订"一边倒"合同、口头合同,甚至签订生死合同。这种随意性和不规范性,使得民营企业员工的合法权益难以得到保证。有些企业在雇佣职工时常以"试用期"为借口,任意延长试用期,在试用期将满时又以种种借口解雇职工,使职工很难拿到应得的报酬。据劳动和社会保障部统计,2006 年末,全国民营企业参加基本养老保险人数只有 4500 万人①。

2007 年 12 月,全国工商联发布民营企业劳动关系状况调研报告指出民营企业开展工资集体协商的只有 14.2%,在社会保障方面也未能全部到位,员工参保比例不高,社会保险水平低。仍有一半的企业职工未参加基本养老和医疗保险,近 60% 未参加失业保险,38% 未参加工伤保险②。

(二)在工时与工资方面,加班加点现象普遍,休息休假没有保证

据笔者在温州、广州、深圳企业调研中与管理者和员工的交流中得知,除少数规模以上规范运作的企业外多数企业员工的日工作时间都远远超过 8 小时,甚至达到 14、15 小时,周工作时间为 6 天,极个别企业只把每月发工资日作为休息日,且工资水平普遍偏低,变相克扣相当严重。据劳动和社会保障部统计,2006 年末,部分企业仍未执行最低工资标准,欠薪问题仍然困扰一些农民工,工资集体协商制度覆盖面不大,工资由企业单方决定现象仍较普遍。

(三)在职业安全、健康问题方面,劳动安全隐患多

企业安全生产事故屡禁不止,伤亡总量居高不下。据国家安监总局统计,2006 年全国共发生各类安全生产事故 627158 起,死亡 112822 人。每年事故死亡中约 90% 是民营企业的农民工。"许多没有资质的民营中小企业,设备陈旧,环境恶劣,事故概率高,安全生产经费投入严重不足,不考虑安全成本,不对员工培训上岗,对存在的职业危害不履行告知义务,不交代防范措施,使农民工普遍缺乏安全操作技术和应对突发事件的能力。90% 的民营中小企业

---

① 新华网:《全国工商联民营企业劳动关系状况调研报告》,新华网:"http://news. xinhuanet. com/fortune/2008 - 01/31/content_7535748. htm"。

② 新华网:《全国工商联民营企业劳动关系状况调研报告》,新华网:"http://news. xinhuanet. com/fortune/2008 - 01/31/content_7535748. htm"。

不重视安全投入,有的不按期发放或减免国家规定的劳动防护用品,有的以次充好,不按期更换,还有企业要求农民工自备防护用品,剥夺职工应享受的劳动保护权利"①。2009 年河南农民工张海超"开胸验肺"事件一方面反映了民营企业在职业安全、健康问题方面,劳动安全方面隐患非常多,另一方面也反映了因政府管理体制存在漏洞企业千方百计逃避社会责任的现实。

(四)合法权益受到严重侵害

企业社会责任概念的核心就是以人为本,尊重利益相关者的权益。长期以来,在我国的一些民营企业里,劳动者的权利和人格没有得到应有的尊重。在生产和生活中,非法雇佣、体罚和限制员工人身自由之事时有发生。不依法为职工参加养老、医疗和缴纳社会保险费仍普遍存在。"2004 年,全国范围内组织开展了农民工权益保护、工资支付、禁止使用童工等专项检查活动,共责令用人单位为 1103 万劳动者补签劳动合同,补发 871 万劳动者被拖欠的工资,督促用人单位补缴社会保险费 41 亿元,取缔非法职业中介机构 7470户"②。

(五)产品质量与安全问题突出,诚信缺失严重

近年来,我国不断出现危害到消费者衣食住行的假冒伪劣产品,不仅使消费者利益受损,也严重影响了我国民企的健康发展。据调查,中小企业(中小企业多为民营企业)是假冒伪劣产品的主要来源。国家质检总局组织对室内加热器产品质量进行了国家监督抽查,共抽查了浙江、广东、湖南、江苏、安徽、上海、山东等 7 个省市 40 家企业生产的 40 种产品,产品抽样合格率为 85%。抽查结果表明:大、中型企业的产品质量较好,市场占有率较高,产品抽样合格率均为 100%,但部分小型企业产品抽样合格率仅为 45.5%,产品质量存在问题较多。这是诚信问题的表征,一些民营企业还有更为严重的诚信问题,诸如合同欺诈、欠账赖账、违背合同、账目造假、偷税漏税、逃避债务等,有些问题还渐趋严重,已经严重影响了民营企业的群体形象,成为民营企业发展的严重制约瓶颈,阻碍了民营企业的可持续发展。

---

① 尹凤婷、赵秋杭:《民营企业社会责任缺失的根源》,《中国改革》2007 年第 7 期。
② 河北省人力资源和社会保障厅网站:"http://www.hebrs.gov.cn/ktyj/cgjl/69566465.shtml"。

(六)慈善责任投入增大,但多数企业仍处于功利和盲从

据光彩事业促进会的一项统计,截至 2005 年 6 月,先后有 18723 家民营企业参与了以扶贫开发为主要内容的光彩事业项目 13544 个,到位资金总额达 1069.96 亿元,为 1176.27 万人提供了扶贫帮助。还有很多民营企业家参与了国际援助,体现了中国民营企业社会责任的理念的成长和成熟。

但我国民营企业从事慈善公益活动多存在被动、盲从、功利的特征,捐赠的驱动力主要来自企业外部,或为取悦政府换取政策支持,或完全出于从众心理,或为了公关宣传甚至商业促销的需要进行捐赠,较少把企业慈善行为整合到组织发展战略,结合商业行为精心设计并长期坚持。

(七)环境责任被忽略

由于受技术、管理水平因素和某些人为因素影响,相当一部分民营企业的经营比较粗放,由此带来资源浪费加大、环境污染加重等问题。这一现象在民营加工企业中比较突出。

三、关于民营企业实证调查数据

教育部 2007 年《中国民营企业社会责任推进机制研究》课题组曾于 2007、2008 年期间对浙江省民营企业进行了大型面谈式问卷调查,以下是课题组对其中 563 份有效样本进行数据分析和对温州市 20 家民营企业、浙江水头重污染企业进行蹲点式跟踪调查的基础上形成的初步分析报告。

(一)关于企业社会责任知识的了解和把握

1. 对企业社会责任概念的认知情况。对于“企业社会责任”这一概念,中小民营企业经营者认知度普遍偏低,有 34.5% 的被调查者从来没听说过企业社会责任的概念,有 83.1% 的企业经营者没听说过 SA8000,86.5% 的企业经营者没听说过跨国公司的“生产守则”,甚至有 16.3% 的企业经营者选择了“不太清楚”。这说明中小民营企业经营者企业社会责任认知水平仍处于低级阶段,对企业社会责任价值缺乏足够认识。低下的企业社会责任认知水平必然成为中国民营企业推进企业社会责任建设关键制约因素。

2. 对企业社会责任内涵的理解。调查显示,被调查者对社会责任内涵的理解存在偏差,对法律责任、道德责任认知度最高,都达到 71%。其次是对经济责任的认知,为 60%,对慈善责任的认知最低,只有 46.9%。各项都明显低

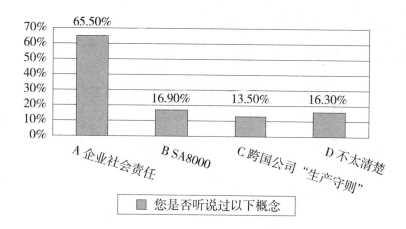

于中国企业社会责任发展中心发布的企业社会责任报告 2005 年的全国平均水平指标。特别是对慈善责任的认知竟低了 16 个百分点①。此项调查结果说明中小民营企业绝大多数认可法律责任和道德责任规范,这一方面显示了我国企业社会责任法制化推动力度加大,另一方面显示企业经营更注重理性思考和经济性权衡。慈善责任的认知度最低的原因是:中小民营企业多处于生存的初级阶段,欠缺慈善捐助的能力;利润最大化的经营理念;缺少对企业承担慈善责任价值的正确认识和评估。

3. 对于"责任消费"和"责任投资"的认知的调查。调查数据显示,样本企业有 33.5% 没听说过,有 58.9% 听说过但认识模糊,只有 3.8% 企业经营者对相关内容很清楚。责任消费指消费者越来越关心他们所购买的商品的制作是否符合基本的人权标准和环保标准,是国际企业社会责任运动的重要推动力量。责任投资,即社会责任投资(socially responsible investment,简称 SRI)是指在传统的财务指标之外,以预期稳定利润分配的持续性、遵守法律、雇佣习惯、尊重人权、消费者问题、社会贡献程度和对环境问题的关注等社会伦理性标准为基础,评价并选择企业所进行的投资。此外,SRI 还包含以社会正义、地区贡献、行使股东权利等为目的的资金投入行为,是发达国家机构投资特别是国家机构投资的关键决策因素。民营企业经营者普遍缺少对企业社会责任

①　调查显示,63% 认为应该包括慈善责任。中国企业社会责任发展中心殷格非、于志宏、吴福顺:《中国企业社会责任调查报告》,《WTO 经济导刊》2005 年第 9 期。

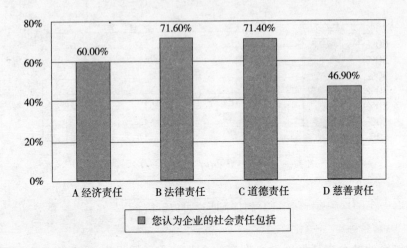

先进理念的认知和关注。

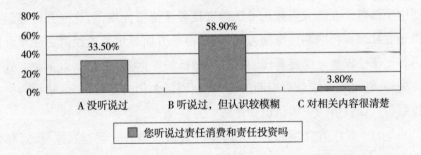

4. 对企业社会责任表现的不同认知。85.8%的企业认为履行社会责任的表现是诚实纳税,32.1%的企业认为表现为企业伦理,40.9%的企业认为表现为股东利益,70.3%的企业认为表现为员工利益,50.8%的企业认为表现为公益活动。其中诚实纳税最高,员工利益第二,有近年政府加大宣传、保护员工利益强制约束的结果,也有"民工荒"导致的民营企业对中国劳动力市场所谓无穷大的再认识。

(二)关于企业社会责任理念的调查

1. 关于企业社会责任对企业利益影响的调查。14.1%的企业经营者认为企业社会责任会给企业带来负担,3.5%的企业经营者认为会降低成本,84.2%的企业经营者认为会为企业带来长期效益,24.4%的企业经营者认为会提高效益。绝大多数的企业经营者认为企业社会责任会为企业带来长期效

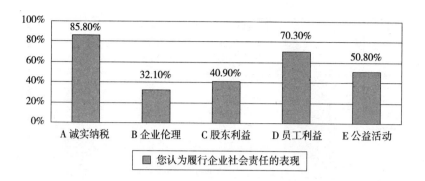

您认为履行企业社会责任的表现

益,近1/4的民营企业经营者认为会提高效益。尽管从前面的分析我们知道,这些民营企业经营者绝大多数并不清楚企业社会责任究竟能带来哪些实际利益,但这些进步的认识必将成为企业社会责任在我国中小民营企业中推进实施最重要的基础。

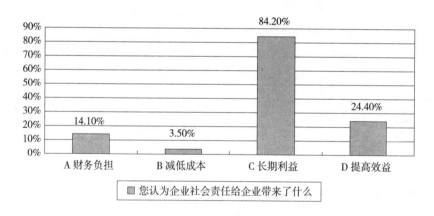

您认为企业社会责任给企业带来了什么

2. 关于企业社会责任与企业可持续经营相关性及对企业形象树立影响的调查。85.3%的企业认为企业社会责任与企业可持续经营有关,1.6%的企业认为没有关系,12.6%的企业不清楚。数据表明绝大多数企业认为积极履行社会责任对促进企业可持续经营是有积极作用的。37%的被调查企业认为企业社会责任对企业形象的树立非常重要,60.2%的企业认为重要,2%的企业认为无所谓。数据显示绝大多数企业认为企业社会责任与企业形象的建立有密切的正相关关系。

3. 关于企业社会责任价值与回报的认知。17.8%的被调查企业认为企

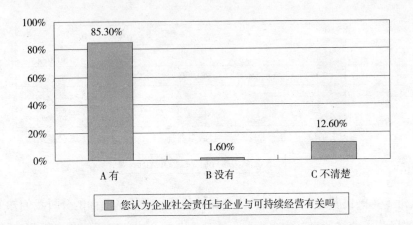

您认为企业社会责任与企业与可持续经营有关吗

业社会责任对本企业具有重要意义,68.1%的企业认为比较重要, 13.1%的企业认为不太重要,0.2%的企业认为很不重要。近86%的企业能认识企业社会责任的重要价值。能感到经常从企业社会责任中受益的企业只有15.30%,感觉偶尔受益的企业59%,有24.2%的企业认为从没有从企业社会责任中受益过。调查数据说明尽管绝大多数认可企业社会责任的价值,但真实感受到企业社会责任转化为真实的企业利益的还很少,这说明企业社会责任利益转化机制、评估机制还未完善。

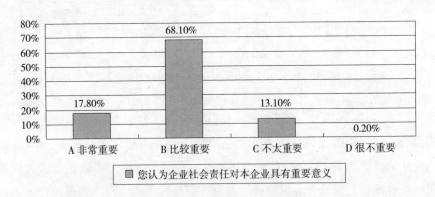

您认为企业社会责任对本企业具有重要意义

4. 对企业的经营效益影响最大的公众群体的认知。71.4%的被调查者认为对企业的经营效益影响最大的群体是客户,30.6%的企业认为是公众,25.7%的企业认为是政府, 10.1%的企业认为是股东,24.2%的企业认为是供应商,3.7%的企业认为是企业所在社区居民。分别显示了企业对利益相关

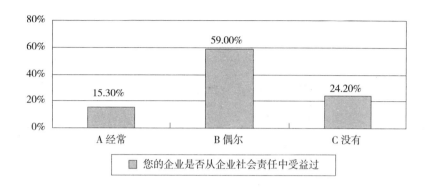

者的重视程度,也是构成企业履行社会责任的认识和实施基础。

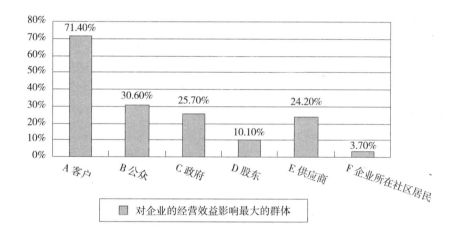

5. 对企业社会责任危机事件的调查。66.2%的被调查者最不想发生的事件是因产品质量遭客户投诉,29.9%的企业最不想发生的事件是与政府就企业经营许可/税费发生冲突,15.3%的企业最不想发生的事件是员工因工作环境恶劣而辞职,10.9%的企业最不想发生的事件是在经济官司中败诉,17.30%的企业最不想发生的事件是因排放污染物而遭到环保部门检查。由此看出,经济利益、政府管制仍然是企业承担社会责任的主要动因。证明强制性驱动力在 CSR 实践初期发挥着起始推动作用。

6. 关于社会责任优秀行为认知的调查。认为最能体现社会责任的行为是为消费者提供优质产品/服务占74.1%,排在第一位,其次是为员工提供良好工作环境,为63.7%,排第三位的是积极参与社会公益活动,占46.4%,第

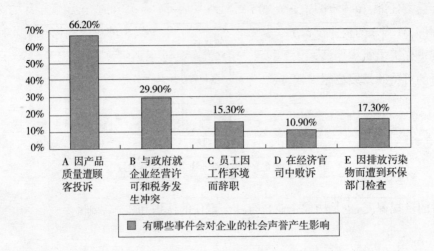

有哪些事件会对企业的社会声誉产生影响

四为注重环保减少污染,占42.7%,第五为向政府多纳税,占19.8%。更多的企业经营者把经营业绩良好看做企业的最基础责任而不把它看做最能体现社会责任的行为了。而捐资文教及福利机构和建立慈善基金扶助社会弱势群体两项只有有实力的大型企业才有这样的认知。

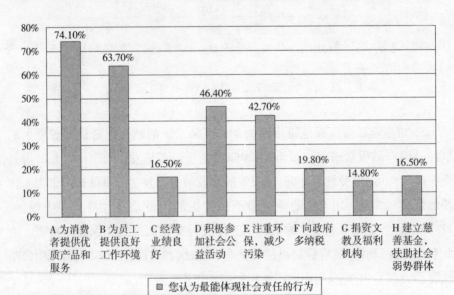

您认为最能体现社会责任的行为

(三)关于企业社会责任行为的调查

1. 企业社会责任管理机构设置调查。15.1%的被调查企业设置了企业社会责任部,16.9%的企业设置了可持续发展部,12.3%的企业设置了环境管理部,51.5%的企业设置了公共关系部。相关组织机构的设立为履行企业社会责任提供组织保障,也说明了中小民营企业对企业社会责任、企业形象、自身的可持续发展也越来越重视。

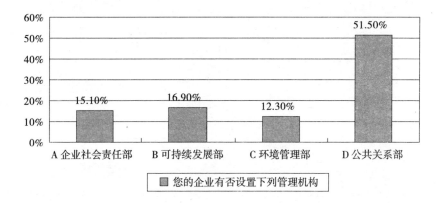

2. 关于企业在选择供应商时对企业社会责任要求的调查。调查结果显示,51.2%的企业在选择供应商时,考虑对方是否履行企业社会责任或企业形象。10.1%的企业不考虑,37.5%的企业不一定。表明绝大多数企业比较关注合作伙伴的企业社会责任或企业形象,预示着企业的社会责任和企业形象将成为制约企业发展的关键要素,企业社会责任将成为企业竞争力的重要来源。

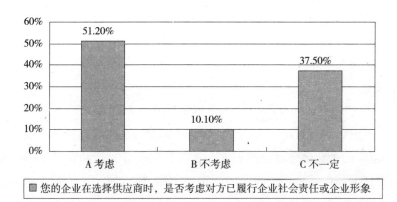

3. 企业公益捐款频度的调查。在笔者 2006 年调查中,有 13.1% 的企业

经常进行公益捐助,74.1%的企业有过捐助,12.6%的企业从没有进行过捐助,反映出绝大多数的民营企业是热心公益捐助的。此项调查显示,绝大多数被调查人都有向善之心,乐于捐助公益事业。但调查也发现捐助很少和企业战略结合起来,随意性、随机性、盲目性较大;缺乏对公益捐助回报的评价,错误地认为公益捐助应该建立在纯慈善的基础上,不应存有任何功利思想。

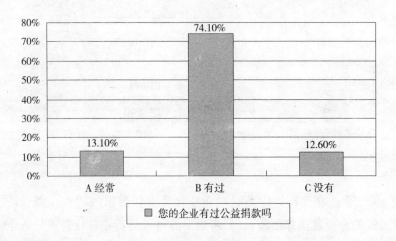

4. 企业近3年捐助事项的调查。16.5%的受访企业的捐款用于环保,45.7%用于救灾,44.7%用于扶贫,41.5%用于社区公益,21%用于社会基础建设,21.2%用于其他方面。与《2005年中国企业社会责任调查报告》[①]有明显不同。此次被调查民营企业用于环保、社会基础建设和其他方面的捐赠明显高于《2005年中国企业社会责任调查报告》中发布的11%、11%、13%捐赠比例,而在救灾、扶贫所占比例低于该调查发布的61%、52%的相关数据。说明被调查民营企业较注重响应地方政府的要求,以改善自身生存和发展环境为第一要务。

5. 承担社会责任与企业经营状态相关性调查。有22%的企业当自身经营不太景气时,仍然重视其社会责任,59.1%的企业会考虑适当减少参与社会事务,17.2%的企业会暂时停止和放弃参与社会事务。该调查对样本企业承担社会责任的积极性做了较浅层次的定量考察,得出的结论是企业承担社

---

①　殷格非、于志宏、吴福顺:《中国企业社会责任调查报告》,《WTO经济导刊》2005年第9期。

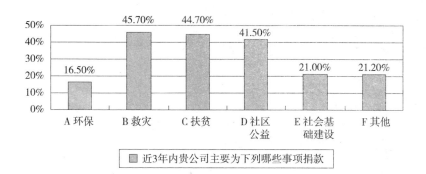

近3年内贵公司主要为下列哪些事项捐款

责任与经营状态有紧密的相关性。

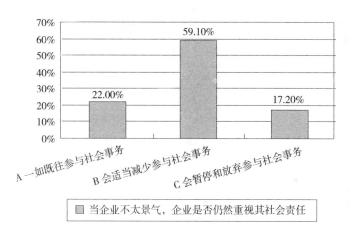

当企业不太景气，企业是否仍然重视其社会责任

（四）企业社会责任对策建议的相关调查

1. 企业履行社会责任的主要动因调查。78.5%被调查者认为企业履行社会责任的主要动因是提升企业品牌形象;58.2%的认为是为社会发展做贡献;29.7%的认为是获得政府认同;37.3%的认为是建立持续竞争优势;36.7%的认为是树立企业家个人形象;17.7%的认为是实现企业家个人价值追求;30.4%的认为是更好的创造利润;5.1%的认为是减低法律风险;15.2%的认为是更好地为消费者创造价值;11.4%的认为是应对来自社会舆论的压力;5.1%的认为是其他原因。由此看出企业履行社会责任的原动力来自于企业自身提升企业品牌形象的内在需要。

2. 妨碍企业参与社会公益捐赠的主要原因调查。被调查者认为妨碍我国企业参与社会公益捐赠的主要原因依次是:第一企业经营者的社会责任感

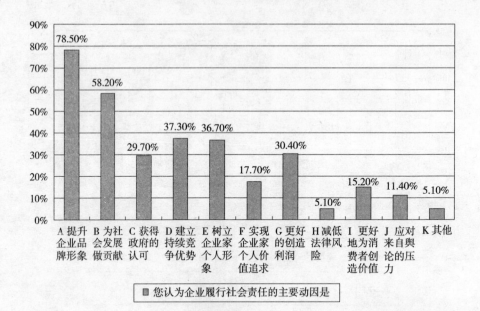

您认为企业履行社会责任的主要动因是

不强,占52.5%;第二,对接受捐赠的机构缺乏有效的监管,43%;第三,社会福利及救助制度不健全,占42.4%;第四,没有税收政策的鼓励,占29.1%;第五,企业经营困难,占28.5%;第六,社会经济发展水平的限制,占17.7%;第七,社会期望过高,占10.1%。此项调查显示出妨碍企业参与社会公益捐赠的主要原因有两个:一是企业及企业经营者自身原因;另一个是国家相关体制不健全。

3. 企业社会责任不良表现调查。被调查者认为当前一些企业不履行社会责任的主要表现有污染环境,占66.5%,制假售假52.5%,偷税漏税63.3%,不正当竞争44.3%,发布虚假广告欺骗消费者38.6%,拖欠贷款25.3%,违法违规经营27.8%,拖欠或压低员工工资29.2%,不顾员工的安全和健康40.5%,商业贿赂14.6%,拒绝参与社会公益活动25.9%,侵犯知识产权17.1%,不履约12%,损害股东权益12%,披露虚假信息13.9%,用工、招聘中存在歧视19%,其他6.3%。居前三位的是污染环境、偷税漏税、制假售假,都属于法律责任范围,属于低端责任不能践行的问题,这说明加强法律规范还将是较长一段时间内政府企业社会责任的工作重心。

4. 企业缺乏社会责任的主要原因调查。被调查者认为企业经营者素质

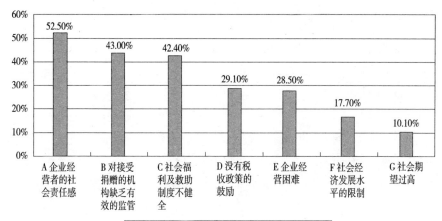

您认为妨碍企业参与社会公益捐赠的主要原因

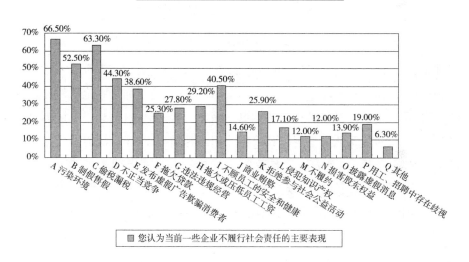

您认为当前一些企业不履行社会责任的主要表现

不高是最主要原因,占56.3%;其次为缺乏良好的社会诚信环境,占55.1%;第三有关企业社会责任的教育培训不够38%;第四社会相关部门没有履行好自己的职责36.1%;第五恶性竞争30.4%;第六企业经营困难29.1%;第七监管部门监督不力27.8%;第八主管部门存在腐败及公司治理结构不健全19%;第九对违规违法企业惩罚不够16.5%;第十同业中违规违法行为的影响15.2%;第十一其他占6.3%。企业经营者对导致企业缺乏社会责任的主要原因更多的归因为企业经营者素质不高,一方面这是事实,从另一个角度看企业经营者期待自身所在团体素质的提高。

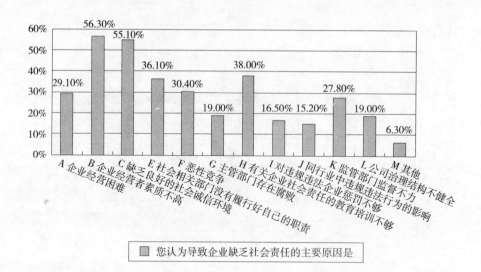

A 企业经营困难
B 企业经营者素质不高
C 缺乏良好的社会相关部门没有履行好自己的职责
E 社会相关部门没有履行好自己的职责
F 恶性竞争
G 主管部门没有履行好自己的职责
H 有关企业社会责任的教育培训不够
I 对违规违法企业惩罚不够
J 同行业中违规违法行为的影响
K 监管部门监督不力
L 公司治理结构不健全
M 其他

您认为导致企业缺乏社会责任的主要原因是

5. 促进企业履行社会责任措施的调查。74.1%被调查企业经营者认为促进企业更好地履行社会责任的措施是提高企业经营者对企业社会责任的认识;63.9%认为是建立健全相关法规制度;41.4%认为是加大舆论宣传和监督的力度;40.5%认为是促进社会各界更好地履行其社会责任;37.3%认为是改善体制环境;34.2%认为是规范和改善公司治理结构;31.6%认为是借鉴发达国家的成熟经验;30.4%认为是政府主导推行相关的企业社会责任标准;26.6%认为是加大对违法违规企业的处罚力度;19.6%认为是弘扬中国传统文化中的精华;8.9%认为还有其他措施。此项考察略有遗憾,因未加入"设计实施企业社会责任推进机制"选项的考察,不能考察出民营企业对非行政命令、法律强制及道德感召三手段之外完全靠社会组织及其他要素的力量博弈和制衡来推进企业践行社会责任第四种手段的受欢迎程度。

调查的简单结论:

1. 中国经济发展的阶段性及企业成长周期等原因决定了在今后较长一段时间,中国民营企业社会责任问题很难得到根本解决。国际企业社会责任运动的发展及国际企业社会责任标准的推进实施,必将使我国民营企业面临前所未有的艰难挑战,中国政府应在非政府组织制衡力量偏弱、其他利益相关者维权意识淡薄的情况下发挥强制起始推动作用。

2. 民营企业社会责任实践存在随意性、随机性、功利性、盲目性特点,普

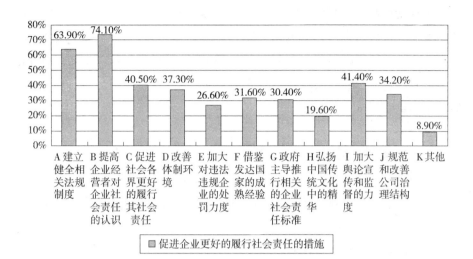

遍缺乏明晰的企业社会责任战略,对企业参与公益事业的绩效回报寄予较低预期,缺乏企业社会责任评估机制,缺乏商业行为和社会公益事业双赢策划技巧,这些都将制约民营企业更好地履行社会责任。

3. 民营企业已日趋成为我国国民经济的重要支柱力量,成为政府解决民生问题的首选突破口和着力点。我国民营企业只有认清社会发展趋势,权衡利弊得失,主动承担社会责任培养企业可持续发展的能力,才能实现长期健康的发展。

第四节　民营企业社会责任缺失原因

民营企业社会责任的缺失和国家体制机制问题、法制不健全、企业自身生命周期、价值链的制约、媒体监督乏力以及 NGO 不够成熟等有重要关系。

一、国家体制机制原因

改革开放后,集合一切力量迅速提升国力和人民生活无疑是中国政府唯一正确的选择。经济的快速发展,必然导致众多社会问题、环境问题的出现,这也是美国、日本等发达国家共同的经历。当中央政府赋予地方政府过重的GDP 增长行政责任时,为追求政绩和 GDP 数字的增长,许多地方官员对资源、环境及社会福利、劳动保护多采取漠视态度,甚至对制假贩假、偷逃税款等严重违背法律责任的事件采取包庇、默许的态度,这些大大助长了民营企业不负责任的行为。随着因追求物质财富而造成的资源消耗和为环境污染付出日益沉重的代价,转变观念,实现社会经济发展与资源环境相协调必须成为政府的新的工作重心。

二、法制不健全原因

法制不健全指法律不完备和执法不严、违法不究两个方面。我国现有企业社会责任的立法主要分散在劳动法、企业法、产品质量法、消费者权益保护法、环境保护法及社会保障法等诸多法律法规中,没有形成较为完备的法律体系。关于民营企业社会责任问题尚无立法规范,成为法律的"盲区"。各法律律条对于企业社会责任的规定也多缺乏实际可操作性(李超,2007)。在已有企业社会责任相关的法律执行中,执法部门和个人因受到政府地方保护主义、部门和个人私利等因素的影响,普遍存在不作为、执法不严的问题。

三、企业自身原因

我国多数企业特别是民营中小企业,多处于尚未完成原始积累的初级发展阶段,规模普遍较小,实力较弱,维持生存是第一要务。民营企业的产权相对比较清晰,利益主体比较明确,企业的内在利益驱动力强烈,追求利润最大化是其主要目的,一些企业"唯利是图"有意规避自己的社会责任甚至是最基本的责任,各种产品安全事件、环境污染事件、资源浪费、使用童工、侵犯劳工权益频发也就成为必然。

四、价值链的制约

在全球价值链上,发达国家企业因把持技术、研发、品牌而处于价值链的顶端,发展中国家的企业以资源和廉价劳动力优势处于价值链的底端。顶端企业通过把持关键生产要素,在全球竞争中他们总是处于选择、主导、制约地位。他们极力压低生产商的利润空间来降低采购成本,底端企业由于技术含量低、可替代性强、竞争者众多等因素,常为争取订单,低价竞争、互相残杀。为了赢利许多企业采取寻租、偷税漏税、压低员工工资及降低员工福利待遇等非正常竞争手段。调查发现,跨国公司的中国民营企业供应商多处在这种微利和无利状态,处境艰难,缺少承担企业社会责任的能力。

五、中国员工的在业压力及自身素质原因

市场经济的发展阶段决定了我国劳动者素质还处于较低水平。在制造业中从业的大量蓝领工人多为城市和农村的低文化素质人群,他们中多数人缺乏对国家劳动法律法规的了解,缺乏基本的维权意识和自我保护的能力。中国员工很少维护劳动权益的一个重要原因是,中国目前仍是一个劳动力资源丰富的大国,低收入无业人口比例大,非技术从业人员缺乏职业安全感,不敢有改善工作环境和增加福利待遇的要求。这也是民营企业不履行基本社会责任的一个原因。

六、中国消费者追求层次、消费观念原因

我国市场经济发育较晚且尚待成熟,消费者的视野大多只局限于自身发生的购买过程,主要看重商品价格给他们带来的实惠,不太关心产品制造商在生产过程中的责任承担情况,更没有形成发达国家有组织、有明确目标的"消费者运动"。消费者在消费商品遇到假货上当受骗时,多数人苦于维权程序烦琐、维权成本较高,只能选择隐忍。这也是本阶段我国企业履行社会责任的推动力很少来自于国内消费者,而多来自于跨国采购的跨国公司的压力的一个重要原因。

七、媒体监督乏力

在信息高度发达的社会,媒体成为决定企业命运的重要公众之一,对民营企业履行社会责任的巨大推力不可低估。由于市场经济下巨大的利益驱动,许多媒体出现了大量有偿新闻、虚假报道,更有甚者,一些媒体乘机和问题企业进行要挟式投放广告的利益谈判,把企业重大社会责任事件掩盖起来或进行粉饰。媒体自身社会责任感的降低大大影响了其作为企业不负责任监督者的身份,成为民营企业社会责任停滞不前的重要原因。

八、NGO 不够成熟

在经济发达国家,NGO 是企业社会责任运行机制的主要推动力量,而政府退居次要地位。由计划经济转型而来的我国政府仍担负着过多职责,这不符合小政府大社会的国家民主政治发展方向。我国 NGO 组织的发展受到国家政策的诸多限制,总体数量、规模和影响力都不足以对企业产生重大影响。

第五节　民营企业社会责任建设对策建议

一、多策并举,提升民营企业社会责任管理水平

(一)顺应国际社会责任运动趋势,推动民营企业社会责任升级

随着国际企业社会责任运动的深入开展,企业社会责任研究和实践推进速度将进一步加快,企业社会责任将成为全球企业持续发展的重要影响因素。密切监测企业社会责任国际发展动态,积极参与主流国际组织开展的企业社会责任活动,特别是相关认证标准的制订,为我国民营企业提供更多的政策引导和实质性帮助,使我国民营企业迅速提升企业责任层次,加快成长速度成为政府不可推卸的责任。

(二)设置企业社会责任管理部门,对民营企业社会责任履行状态进行管理和监督

设置专家和政府官员参加的企业社会责任管理部门,职责包括对所辖层级民营企业的社会责任现状进行调查、监督、审计等管理工作。通过广泛的调查活动,汇总客观真实的数据,经权威专家研究分析,形成报告,提交人大、政协、工商局、税务局等政府机关,并将相关结果通过电视台、报纸、网络媒体向社会公布,作为对先进企业的褒奖和对落后企业的鞭策(崔江水,2006)。

(三)推进民营企业社会责任标准化建设

根据国内市场和国际市场的差异性和共同性,建立体现国情的民营企业社会责任标准体系(景云祥,2005)。在 ISO2006 社会责任国际标准颁布实施前,制定符合中国国情的过渡标准,做好民营企业与国际社会责任标准的衔接。

建立专门的认证机构规范国内企业社会责任认证市场,并对企业社会责

任标准执行状况进行监督审核。鼓励国内认证机构与国外知名认证机构建立合作关系。注重与国外权威认证机构的衔接。在对外向型企业进行社会责任认证时可建立与国外权威认证机构相互认可的机制。

（四）建立民营企业社会责任披露制度

政府主管部门应组织有关专家对社会责任信息的披露问题进行专项研究，全面考虑不同行业可能产生的不同类型的社会责任问题，力求制定出一套具有广泛代表性、较强操作性的社会责任信息披露会计准则和会计制度，对社会责任信息披露的形式和内容进行规范，使企业社会责任信息的披露成为政府对企业进行约束的有力工具（田虹，2006）。

（五）设立"民营企业社会责任奖"

为引导民营企业积极支持慈善公益事业，承担安全生产、环保、劳动用工、社会保障等方面的责任，对履行社会责任，在改善员工福利待遇、加强环境保护、公益慈善等方面成绩突出的民营企业，政府除大力表彰外，还应予以实质性奖励，如可以结合减税、信贷、招投标加分、免费划拨土地、优先使用社会公共资源、赠送商业机会等多种形式开展综合奖励。也可建立与信誉体系挂钩的民营企业融资系统对民营企业实施激励，通过建立规范的民营企业信誉评估体系，连接金融机构、保险机构、工商部门、质检部门、海关、法院及担保机构等相关机构，共享民营企业信誉信息，使优秀民营企业享受优先融资机会。还可以建立基于社会责任评价的企业升降级制度，设立专门的评价中心机构，建立一套从经济、社会、环境三方面全方位评价民营企业社会责任的指标体系，在综合评定民营企业在经济、社会、生态方面业绩的基础上实施挂牌升降制度。

（六）实施惩罚措施

加大对企业社会责任事件及事件企业的处罚力度，通过税、费、罚款，关、停、限期治理施予重处，其惩罚力度要足以起到惩戒和促使行为改变的作用。深圳市在这方面的做法值得借鉴。深圳市创立了公开忏悔和承诺制度，要求严重社会责任事件的负责人通过媒体公开忏悔，并做出守法承诺（张国玖，2006）。

二、扶持社会力量,加大民营企业社会责任的社会推力

社会公众是民营企业社会责任实施的对象,也是民营企业履行社会责任的巨大推动力量。

(一)NGO推动

NGO也称民间组织,因其致力于援贫济困,维护穷人利益,保护环境,提供基本社会服务或促进社区发展等公益事业,对政府和企业等经济组织的不良行为进行监督和抵制,影响政府的决策过程等,成为一个国家甚至国际社会的最有影响力的压力集团。在发达国家NGO是企业社会责任运行机制的主要推动力量,而政府退居次要地位。由计划经济转型而来的我国政府仍担负着过多职责,这不符合小政府大社会的政治发展方向,我国政府应通过各种途径和方式实现对非政府组织的培育和支持,促进我国非政府组织的发展,使其更好地为社会稳定与和谐服务。

(二)行业协会推动

我国行业组织比较健全,完全有能力在行业行为准则、评价体系以及宣传培训等方面建立完整的促进机制。各行业协会通过建立行业内的企业社会责任管理体系,进行行业自律和社会责任管理,制定和完善行业企业社会责任准则和标准,推动行业内企业开展国内外社会责任实践,促进各企业转变观念,守法经营,提高企业的管理水平和核心竞争力。如中国纺织工业协会制定的中国首个行业自律标准——纺织企业社会责任管理体系CSC9000T,成为纺织行业合理竞争、有序发展以及扩展国际市场的有力保障(张峻峰、张锋,2007)。

(三)媒体推动

在信息高度发达的社会,媒体成为决定企业命运的重要公众之一,对民营企业履行社会责任的巨大推力不可低估。民营企业为追求利益最大化,往往重视塑造品牌,培育市场,消除危机,提升知名度、美誉度和和谐度,这些都离不开公共媒体。媒体各种形式和内容的企业社会责任事件的报道,都会引起相关企业极大关注和行为改变。在媒体巨大的信息放大效应下,民营企业迫于各种压力就会自觉地履行社会责任义务。

（四）"责任消费"和"责任投资"推动

"责任消费"，指消费者购买商品时以所购买商品的制作过程是否符合基本的人权和环保标准作为购买决策依据。"责任投资"，即社会责任投资，是指在传统的财务指标之外，以预期稳定利润分配的持续性、遵守法律、雇佣习惯、尊重人权、消费者问题、社会贡献程度和对环境问题的关注等社会伦理性标准为基础，评价并选择企业所进行的投资。消费者和投资者的消费和投资的选择权是国际企业社会责任运动的重要推动力量。消费者的责任意识和投资者对不负责任企业的风险规避是企业自发改进社会责任履行、增强责任感的动力源。在我国，一旦"责任消费"和"责任投资"成为主流，必将成为企业履行社会责任的两个巨大压力源，成为民营企业履行社会责任的关键推动力量。

（五）高校和科研机构推动

高校和科研机构对企业社会责任理论和实践系统深入的研究成果将对民营企业履行社会责任形成巨大的智力支持和引领。高校和科研机构的研究将在企业社会责任内涵的界定、实施路径的选择、公关宣传造势、公益项目的选择和论证、绩效评估等领域为企业社会责任提供理论支持。此外，在大学、商学院及其他教育机构开设企业社会责任专业，讲授企业社会责任课程、各种认证标准及实施认证的法律程序等也是发达国家的成熟做法。

三、完善企业社会责任立法，强制推进民营企业社会责任建设

长期借助政府的管制和推动，必然产生巨大的管理成本，不是长久之计。企业社会责任法制化将是现阶段推动民营企业承担社会责任最有效率的办法。

（一）完善民营企业社会责任立法

制定和颁布《中华人民共和国民营企业社会责任法》作为推进民营企业社会责任法制建设的物质基础，是民营企业社会责任机制建设的当务之急。其中，民营企业社会责任所包含的法律义务与道德义务如何界定是立法的难点问题。我们可借鉴发达国家的通行做法，企业社会责任采取强制性规范的形式予以规定，道德上的企业社会责任则采取授权性规范的形式予以规定。此外，还应修正现行法律条款中不利于企业履行社会责任的内容。

(二)严格执法力度,规范执法程序

在民营企业法制化机制建设中,解决有法不依执法不严的问题也是关键环节。在已有企业社会责任相关法律执行中,执法部门和个人因受到政府地方保护主义、部门和个人私利等因素的影响不作为、执法不严的问题普遍存在,还有待于高效率的执法能力作为保障。只有严格执法,加大对违法企业的监管力度,着力查处群众集中反映的企业违法问题,坚决清除和取缔严重违法的企业,探索建立行政司法联动机制,依法追究违法责任人的法律责任,才能确保企业履行法律责任。

四、发挥企业社会责任的最大效用价值,激发民营企业社会责任的内驱力

企业从自身利益出发,把企业社会责任融入自身发展战略和业务发展规划中,可以形成民营企业社会责任的内驱力。

(一)借助社会责任提升民营企业社会形象和影响力

企业社会责任战略将企业社会责任理念贯穿于企业对目标市场及实施策略的选择、政府公关、合作伙伴选择、人力资源管理、危机事件处理及采购、研发、生产、销售等经营管理的各个环节,塑造具有高度亲和力和感召力的企业形象,能更加有效地整合利用社会资源,创造有利于企业经营和发展的内外部环境,从而增强企业的社会责任竞争力,获取竞争优势。企业的社会责任事件,不管是正面的还是负面的,不管是事前策划还是突如其来,都可以从公关的视角开展策划和传播管理。企业社会责任信息一旦借助各种传播渠道,能经济地传递给更多的目标公众和其他企业公关客体,迅速提高企业和产品的知名度,提升企业美誉度和和谐度,塑造良好企业和产品形象,增加品牌价值。

(二)用社会责任塑造民营企业优秀文化内涵

企业树立与社会共赢的核心价值理念,是顺应时代潮流,打造优秀企业的关键。在高度的社会责任感指导下,培育企业社会责任精神文化、制度文化、行为文化和物质文化。把企业社会责任经营理念渗透于企业经营管理和价值链上的各个方面、各个环节,塑造企业具有核心竞争力的优秀企业文化。

(三)利用企业社会责任吸引、激励保留员工的能力得到提高

企业积极的社会责任理念和实践,能够对潜在的和当前的员工以及高级

主管产生积极的影响,使企业吸引、激励保留员工的能力得到提高。尤其具有较高文化层次的人员对以社会责任为内涵的优秀企业文化情有独钟。在企业的社会责任活动中,员工不但可以分享企业的光荣、声誉,从而激发责任感、自豪感和归属感,还可以通过社区志愿者活动的参与,为奉献自己的专业知识、才能、创意和体力劳动寻找到机会(菲利普·科特勒、南希·李,2006)。

(四)借助企业社会责任进行企业危机管理

进入新世纪,企业危机频发,"三鹿事件"给社会、政府、企业都带来了沉重打击,几乎一夜之间摧毁了消费者对一个行业的信念。借助企业社会责任进行企业危机管理成为应然和必然。负责任的民营企业能长期获得政府、公益团体、社会公众特别是消费者的肯定与支持,从而较少爆发危机,并能在危机爆发后用最短的时间平复危机降低损失。在修复危机造成的损害时,负责任的企业也能较容易赢得社会的谅解,重塑消费者对企业的信心,化危机为商机。

小　　结

转型中的民营企业在成长中摸索,政府对民营企业的管理也必然是在摸索中提高,提高政府民营企业社会责任管理能力,加强法制建设,畅通民营企业员工维权通道,加大媒体、NGO、普通公众的监督和推动能力,提高民营企业社会责任能力和绩效是推进民营企业健康发展的关键。

参考文献

[1] Bowen, R. Howard. *Social Responsibilities of the Businessman*, New York: Harper & Row. 1953.

[2] Carroll, Archie B.. *A Three-Dimensional Conceptual Model of Corporate Social Performance*. Academy of Management Review, 1979, Vol. 4. pp. 497 – 505.

[3] Friedman, Milton. *Capitalism and Freedom*. Chicago University Press, 1962.

[4] Hayek, F. A.. *The Corporation in a Democratic Society: In Whose Inter-*

est Ought It and Will It Be Run? 引自 M. Anshen and G. Bach(Eds). *Management & Corporations*, 1985. NY: McGraw-Hill.

[5] Kernaghan Webb:《ISO26000 社会责任标准的最新发展》,《管略》2006 年第 9 期。

[6] Preston, Lee E and O'Bannon, Douglas P.. *The Corporate Social-Financial Performance Relationship*. Business & Society, 1997(Vol. 36,No. 4). pp. 419 –429.

[7] Thomas Krick, Simon Zadek:《责任:增长和发展的关键驱动力》,《财富(中文版)》2007 年第 3 期。

[8] [美]彼得·F. 德鲁克:《管理——任务、责任、实践》,中国社会科学出版社 1987 年版。

[9] [美]菲利普·科特勒(Philip Kotler):《企业的社会责任:通过公益事业拓展更多的商业机会》,机械工业出版社 2006 年版。

[10] [美]菲利普·科特勒、南希·李:《企业的社会责任》,机械工业出版社 2006 年版。

[11] 崔江水:《落实科学发展观　增强核心竞争力　稳步推进企业社会责任建设》,《WTO 经济导刊》2006 年第 5 期。

[12] 单忠东:《中国企业社会责任调查报告》,经济科学出版社 2007 年版。

[13] 杜兰英、杨春方、吴水兰、石永东:《中国企业社会责任博弈分析》,《当代经济科学》2007 年第 1 期。

[14] 龚成威、黎友焕:《如何促进我国企业环境信息公开》,《世界环境》2008 年第 5 期。

[15] 国家发展和改革委员会:《瑞典政府推进企业社会责任的主要做法》,http://www.csr-china.org 2007. 1。

[16] 景云祥:《回应挑战:全球企业社会责任运动中中国的对策选择》,《甘肃社会科学》2005 年第 5 期。

[17] 黎友焕、陈理斌:《强化广东企业家精神建设的思考》,《现代乡镇》2009 年第 3 期。

[18] 黎友焕、龚成威:《中国企业家社会责任感探析》,《生产力研究》

2009 年第 20 期。

[19] 黎友焕、郭文美:《中国如何加快企业环境责任履行》,《世界环境》2009 年第 2 期。

[20] 黎友焕、胡明区:《汶川地震中企业社会责任行为分析》,载邹东涛:《中国企业公民蓝皮书》,社会科学文献出版社 2009 年版。

[21] 黎友焕、尹丽文:《中国企业慈善社会责任研究》,载邹东涛:《中国企业公民蓝皮书》,社会科学文献出版社 2009 年版。

[22] 黎友焕:《谈企业社会责任理论在我国的发展》,《商业时代》2007 年第 7 期。

[23] 黎友焕:《民企的社会责任建设不容乐观》,《亚太经济时报》2006 年 12 月 7 日。

[24] 李超:《企业社会责任在我国及其立法探讨》,《中外企业家》2007 年第 6 期。

[25] 李立清、李燕凌:《企业社会责任研究》,人民出版社 2005 年版。

[26] 刘鹰、殷格非:《欧洲工会在企业社会责任推进中的作用》,《WTO 经济导刊》2006 年第 11 期。

[27]《民营企业的社会责任——访浙江省民营经济研究中心主任单东教授》,《浙江经济》2007 年第 4 期。

[28] 田虹:《企业社会责任及其推进机制》,经济出版社 2006 年版。

[29] 王亦丁:《绿色年报》,《财富(中文版)》2007 年第 3 期。

[30] 殷格非、崔怡:《摆脱困惑与诱惑间的徘徊——寻求中国企业社会责任实施路径》,《WTO 经济导刊》2005 年第 9 期。

[31] 张国玖:《企业社会责任:深圳治市新理念》,《WTO 经济导刊》2006 年第 12 期。

[32] 张峻峰、张锋:《全面实施企业社会责任的原则与机制》,《WTO 经济导刊》2007 年第 1—2 期。

[33]《正在制定中的 ISO26000 社会责任标准》,《世界标准化与质量管理》2006 年第 8 期。

第八章 中国外资企业社会责任建设分析报告

摘要：自20世纪以来，随着经济全球化和大规模工业变革的推进，企业社会责任问题越来越受到全球的关注，企业对国家乃至全世界可持续发展的影响成为国际社会日益关注的焦点。外资企业自20世纪70年代末开始进入中国，在中国改革开放的环境中成长起来，对中国经济的快速发展起到了积极的推动作用，已经成为活跃在中国社会和经济舞台上一支不可或缺的力量。但随着外资企业在中国的不断发展，外资企业不履行社会责任现象不断出现，并有愈演愈烈之势，引起了社会各界的广泛关注。因此，开展对中国外资企业社会责任的研究，具有相当迫切的理论意义和现实意义。

关键字：外资企业 社会责任 对策建议

Abstract：Since the 20th century, with the advancing of economic globalization and large-scale industrial change, the issue of corporate social responsibility is getting more and more attention from the world. The affection of business to every country and all over the world in sustainable development has increasingly become a focus of attention by international community. Foreign-funded enterprises, which begun to enter China since late 1970's and grew up in China's reform and open uping environment, has been playing a positive role in promoting China's rapid economic development and becoming an integral force in China's social and economic arena. However, with the continuous development of foreign-funded enterprises in China, the phenomenon of nonfulfillment of social responsibility by them, which has aroused widespread social concern, is getting worse and worse. Therefore, the study of foreign-funded enterprises in China to fulfill social responsibility has a pressing need for theoretical and practical significance.

Key Words：foreign-funded enterprises；social responsibility；counter-measures

1978 年，中国实施改革开放政策使外资企业进入中国成为可能，随后不断有外资企业进入中国，在一定程度上对中国经济发展起到了积极推动作用。2001 年，中国加入 WTO，中国的对外开放进入了新的阶段。同时中国经济的持续、稳定、快速发展也为外资企业在中国的发展提供了历史性的机遇，更多的外资企业前来中国投资。

第一节　中国外资企业的概念界定

目前，在国内外对外资企业社会责任研究文献中，对外资企业的概念有些混淆，导致了很多争论。因此，在开展对中国外资企业社会责任研究时，有必要对这些与中国外资企业社会责任相关概念进行辨析。

根据《中华人民共和国外资企业法》，外资企业是指依照中国有关法律在中国境内设立的全部资本由外国投资者投资的企业，不包括外国的企业和其他经济组织在中国境内的分支机构。需要注意的是外资企业既包括外商独资企业，也包括外商合资企业（即投资者们都是外商）。外资企业是以外国投资者在境外自有的财产到中国境内投资设立的企业，在非公有制经济成分之中，属于私营经济性质。中国之所以制定法律允许外国的企业、经济组织和自然人到中国境内投资设立外资企业，是由中国实行改革开放的战略决定的。吸收外商设立外资企业不仅可以繁荣市场，更重要的是通过开放，引进了国外先进的技术、工艺、产品和借鉴国外先进的管理经验。对中国国内企业来说，提供了一个学习借鉴的样板和模式。

由于外资企业是全部由外商在中国境内投资创办，与中外合资、中外合作经营企业相比，无论是立项、审批还是办理登记注册，相对来说要简单得多，主要表现为以下几个特征：

一是外资经营企业的全部资本均由外商直接投入。外资企业，虽然是独资,但投资者的数量没有限制。在实践中,有单一投资主体的,也有复合体的。复合体的外资企业,是指外资企业的投资人可能来自一个以上的投资国家或地区的企业、经济组织或自然人。由于企业投入的资金均为外资,合作人的数量多少不会改变企业的性质。这种企业对国内企业来说有严格的排他性,即只要有中国的企业、经济组织的参与,就不是原来意义上的外资经营企业。这样,在外资经营企业里的中国雇员或员工不管明投还是暗投都不能参与投资入股。

二是外资经营企业投入的资本均为境外汇入。外资企业的注册资本,除已在国内投资获取的人民币利润可以在中国境内设立外资企业并以其作为注册资本外,其余的投资资本一律应从境外汇入。另外,外资企业向外资银行的贷款,也可以作为外商的资本进行投资,不受限制。

三是外资企业的产品外销量大。外商在设立独资企业时,政府在审批项目上均有较大的选择性,由于这种选择性的存在,致使外资企业在选择项目进行投资时,颇为慎重。政府的选择在于,根据不同时期国家投资导向规定,政府一般对国家鼓励的行业较感兴趣,属于既是国家鼓励又是国家急需的产品,可以全部在国内销售不受限制。而对一般产品(如低档民用产品),政府在审批项目时,均要求投资者做出产品全部外销或至少70%以上外销的承诺,否则不予批准。因此,外资企业在生产产品时颇为慎重,但也有不少外商抱着中国劳动力市场、原材料市场价格便宜和享受优惠待遇的想法,把原本在境外生产的产品转移到中国境内生产,即便产品100%外销,但能占有的就是劳动力、能源、原材料以及优惠政策上的便宜,这是外资企业产品外销量大的原因之一。此外,由于外资企业具有自营进出口权,产品的出口没有代理环节,利润效果较好,能创造较好的外汇收入,这是外资企业产品外销量大的又一原因。

无疑,外资企业的上述特征将使其应承担的社会责任与国有企业与民营企业有相当差异。

第二节　中国外资企业履行社会责任的必要性

外资企业的健康、持续发展离不开中国稳定、和谐的土壤,只有在中国实现经济稳定、民主和谐、文化繁荣、人民生活不断改善的情况下,外资企业才能不断向前发展。以下从中国建设小康社会,构建和谐社会,实施可持续发展的角度来论述中国外资企业履行社会责任的必要性。

一、中国建设小康社会的要求

中国在本世纪头 20 年的发展目标,就是要全面建设一个惠及十几亿人口的更高水平的小康社会,使经济更加发展、民主更加健全、科教更加进步、文化更加繁荣、社会更加和谐、人民生活更加殷实。目前,中国仍然是一个发展中国家,还存在许多困难和问题。"中国农村还有 2600 多万贫困人口;低收入人口还有近 8000 万;在城市还有 2000 多万人领取最低生活保障。中国需要每年解决 1000 多万城镇人口的就业,农村也有 1 亿多富余劳动力,城乡之间、地区之间发展很不平衡,等等。"[1]到 2010 年,中国人均 GDP 要比 2000 年翻一番,这就意味着中国在此期间为所有企业,包括外资企业提供了多一倍的市场和发展空间。因此,外资企业一定要按照科学发展观,适应中国的社会、经济发展的要求,制订自己的发展战略,在不断发展自己的同时,为中国建设小康社会做出自己的努力,履行自己的社会责任。

二、中国构建和谐社会的要求

和谐社会是所有中国企业发展的重要社会条件,关爱职工是构建和谐社会的重要内容,外资企业作为中国企业中的一分子,要想健康持续地发展离不开和谐社会这一大环境。"目前,在华外资企业直接从业人员超过 2400 万人,约占全国非农从业人员的 10%。"[2]这些员工得到了就业机会,他们辛勤工作,恪尽职守,为外资企业在华的发展做出了重要贡献,他们与企业共生存同发展。当前外资企业的一项重要的社会责任,就是充分保障自己员工的合法权益。要为他们提供与他们劳动相称的薪酬,依法为他们上医疗保险、养老保险等,并不断改善他们的工作、生活环境和条件,使他们安心、愉快地工作,在

---

① 石广生:《企业社会责任是实现企业自身可持续发展重要途径》,《WTO 经济导刊》2006年第 5 期。

② 魏后凯、刘长全、王业强:《我国实行以开放促和谐的战略思路及政策选择》,《WTO 经济导刊》2008 年第 12 期。

为企业发展继续做出贡献的同时,也能充分分享企业发展为他们带来的实惠,从而更好地为企业服务。为此,外资企业要遵守中国所有的法律、法规,包括环境保护法、消费者权益保护法、安全生产法和劳动法等。除此之外,企业也应根据自己的可能和条件,对社会公益事业多献一份爱心、多做一些奉献。社会和谐了,国家才能富强,人民才能安康,企业才能人财兴旺!

三、中国实施可持续发展的要求

在一定意义上讲,中国的可持续发展是靠全社会企业的可持续发展实现的,不仅仅是国有企业和民营企业要承担可持续发展的责任,外资企业也同样要为中国的可持续发展做出自己的贡献。中国经济社会需要可持续发展,中国外资企业也需要中国可持续发展的平台,这是相互共融、实现共赢的关系。因为外资企业立足于中国,只有中国实现了可持续发展,外资企业才有可能实现自身的可持续发展。利润是所有企业追求的重要目标,但不是也不应当是唯一的目标,外资企业在关注利润的同时,也必须强调关注人力、环境、资源、市场、社会等因素。这些都是外资企业生存、发展的必备条件,不断优化这些条件和环境,不仅是社会的责任,也是每个企业的责任。外资企业要想实现可持续发展,就要把保护和优化自己生存和发展的环境作为己任。中国的可持续发展,要靠科学发展观,要靠科技进步和创新、环境保护、资源节约和和谐社会的构建来实现。外资企业要实现可持续发展,首先必须融入并致力于中国的可持续发展,中国的可持续发展也必将为外资企业的自身可持续发展提供巨大的可能。

总之,外资企业在中国履行社会责任有许多益处,不仅可帮助外资企业满足有关劳动保护法规的要求,减少劳资纠纷发生,提高企业环境管理水平,而且能够改善企业形象及企业与当地社区、政府的关系,还可增强保险优势,降低保险费用,为企业创造价值。对于外资企业来说,积极履行企业社会责任是消除贸易壁垒、促进国际市场销售的利器。

第三节　中国外资企业社会责任的内涵

企业社会责任的内涵随着社会经济的发展而不断变化,外资企业有必要继续深入理解企业社会责任的要义。外资企业要把在中国履行社会责任的重点从传统的慈善捐助、扶贫助学等项目,转向利用自有技术、发展循环经济、减少污染排放等方面上来。在企业技术进步,效益提高的同时,为中国社会协调,可持续发展做贡献。根据黎友焕(2007)三层次四核心企业社会责任理论模型,把企业责任分为4部分核心内容,包括经济责任、法规责任、伦理责任和自愿性慈善责任。以下对外资企业社会责任的内涵论述参照此分类。

一、外资企业的经济责任

经济责任是指外资企业要在确保自身营利基础上开展经营活动,努力为社会增加财富,为员工增进福利;经济责任还要求外资企业要能够向社会尽可能提供多样化的产品和服务,保障利益相关者的合法权益,以便推进整个经济社会的持续发展。经济责任是外资企业履行各种责任的前提与基础,离开了经济责任其他责任就成了无源之水、无本之木。经济责任主要包括3个方面内容:一是为社会尽可能提供多样化的产品和服务;二是为社会提供就业机会;三是依法纳税为政府提供税收。

对于外资企业来说,要为社会尽可能地提供多样化的产品和服务。外资企业产品在国内市场上要实现供应总量持续扩大,品种明显增多,质量不断提高,供应方式更加完善便利,新型商品不断涌现,不断实现商品由短缺向总量基本平衡的根本性转变,使供应方式由单一落后向多样方便的重大改变。

对于外资企业来说,要提供更多的就业机会,保护员工合法权益,建立和谐的劳资关系。这些不仅是外资企业稳定发展的重要保障,也是外资企业为构建和谐社会做出的重要贡献。"外商投资企业约占全国企业总数的3%。2007年上半年,外商投资企业工业增加值占全国的28%,出口占57%,缴纳税收占全国税收收入的21%,外商投资企业中直接就业的人员超过2800万,约占全国城镇就业人口的10%。"①外资企业要充分保障自己员工的合法权益。要为他们提供与他们劳动相称的薪酬,依法为他们上医疗保险、养老保险等,并不断改善他们的工作、生活环境和条件,使他们安心、愉快地工作,在为企业发展继续做出贡献的同时,也能充分分享企业发展为他们带来的实惠,从

---

① 魏建国:《扎根中国　分享收益》,《WTO 经济导刊》2007 年第 9 期。

而更好地为企业服务。

对外资企业来说,要依法纳税为政府提供税收。外资企业要为国家及各级地方政府提供一定的税收,即从价值形态上为中国作贡献,以增加中国的资金积累,促进中国建设事业的迅速发展。此外,外资企业还要做到促进社会财富的增长;提高社会资源的利用效率,例如节约资源、改变经济增长方式、发展循环经济、调整产业结构等;不断创造和积累企业利润,例如为股东的投资承担合理的回报、为企业的未来发展积累财力。

二、外资企业的法规责任

企业的法规责任主要有:"遵守国家的法律和规定;遵守国际公约;执行国际通用标准;执行行业规范、行业标准和行业的道德准则;执行企业内部的规章制度。"①法规责任不是法律责任,是因为法律与法规有明显的区别,法规包括了法律和政府的规章制度,而政府的规章制度也是企业在经营过程中必须遵守的,企业一旦违反规章制度也将受到制裁,更重要的是,这里的法规责任还包括了国际公约、行业道德规范、行业道德标准以及企业的内部规章制度。

从某种程度上讲,企业的法规责任是企业即使在不营利、企业员工福利不改善、企业其他三种社会责任不能履行的情况下也必须无条件地履行的强制性责任。它要求企业依法经营、按章纳税和承担政府规定的社会义务,并接受政府的管理和监督。

外资企业要把中国的法律和规定作为企业一切经营行为的最基本准则,贯穿于日常的经营管理工作之中;积极向企业员工和社会各界普及相关的法律知识;积极配合政府执法部门的执法行为;要严格遵守相关法律法规等。例如《劳动法》、《公司法》、《中华人民共和国安全生产法》、《消费者权益保护法》、《产品质量法》等法律和《建设工程安全生产管理条例》、《工伤保险条例》、《集体合同规定》等法规。外资企业经营管理要严格遵守国际公约,把跟自己企业有关联的所有国际公约作为企业管理制度制订的基础和前提条件,积极向企业的所有员工和社会各界宣传和推广国际公约。例如国际劳工组织

---

① 　黎友焕:《企业社会责任研究》,西北大学博士论文(2007年)。

宪章、联合国儿童权利公约、世界人权宣言等。外资企业要把国际通用标准作为其经营管理的基本准则,融入到日常的管理工作之中;及时跟踪和把握国际通用标准的变化;向企业职工普及国际通用标准知识;向相关的合作伙伴推介国际通用标准的要求。例如 ISO9000、ISO14000 等国际惯例。

　　健全的法规制度,能够保证公平的市场竞争,为企业发展提供法律环境保障,是企业的利益最大的保护伞。外资企业在中国注册经营,就是中国企业公民。遵守中国法律法规,守法经营,维护中国的社会公共利益,是外资企业最基本的责任。因此,外资企业要认真遵守中国的法律法规,特别是中外合资合作经营法、公司法、环境保护法、消费者权益保护法、安全生产法和劳动法等,争取成为依法纳税、维护公平竞争、注重环保和社会效益、维护消费者利益的现代企业典范,成为中国法制的建设者和维护者。

三、外资企业的伦理责任

　　一般来说,企业伦理责任与法规责任相互补充,法规责任是交易成本最大的责任,而伦理责任则是一种自我约束责任。法规责任是社会对企业的最低要求,具有法律强制性;而伦理责任则要求企业作为一个独立的法人实体在经济社会生活中应该承担一定的义务,对企业生产经营活动所产生的各种后果负责,让企业符合社会"惯习"道德规范要求去展开生产经营活动。[1] 按照瑞士学者 G. 恩德利(Enderle)的观点,"企业伦理责任基本内容包括 3 个方面:谁负责任,负什么责任以及对准负责"[2]。"谁负责任"是指承担企业伦理责任的主体,这个主体不仅包括企业法人而且也包括每一个企业员工,企业员工要清楚自己的行动对企业提供给市场的产品或服务所带来的后果;"负什么责任"是指企业伦理责任的主要内容,即主体承担的职责和义务。就企业而言,它要采取正当手段平等地参与竞争,公平地承担各种税赋,保证信誉,诚实合作,与竞争对手平等竞争、互利互助,视企业的产品质量为企业生命;不提供假冒伪劣产品和劣等服务,在企业公关活动和各种交际活动中不要故弄玄虚,

---

　　① 惯习是法国皮埃尔·布迪厄(Pierre Bourdieu,1960)提出的一个范畴,用来分析社会关系与社会结构理论,强调惯习是一种"建构了的习俗"。
　　② ［瑞士］G. 恩得利(Enderle):《企业伦理学——北美与欧洲的比较》,《国外社会科学》1997 年第 1 期。

企业要尊重社会习俗与文化传统,同时努力保护环境等;"对谁负责"是指企业伦理责任的对象,包括股东、消费者、职工、社区以及环境等。

"企业承担伦理道德责任包括维护股东权益、维护消费者权益、维护职工权益、积极参与社区建设、保持资源、环境与社会可持续的发展等。"[1]维护股东的投资权益是外资企业最首要的伦理社会责任;消费者是企业产品与服务的最终接受者和使用者;职工是企业重要的利益相关者之一;社区是企业赖以生存和发展的外部环境;资源开发过度、资源浪费和环境污染是社会可持续发展所面临的重要问题等。

外资企业要诚信经营,为促进中国市场经济健康发展做贡献。以诚为本、以诚取信,既是企业最基本的商业道德,也是企业的生命力所在,同时也是促进中国市场经济健康发展的基本责任。此外,外资企业应将其先进经验和理念结合中国的实际加以运用,诚信经营,公平竞争,保护知识产权,向社会提供高质量的合格产品和完善的服务,承担起社会责任。这种责任必将转化为企

表 8 - 1　外资企业伦理责任的内容及履行途径和方法

伦理责任内容	履行途径和方法
维护股东权益	维护法律所规定的股东合法权益;承担对股东的资金安全和收益的社会责任;及时提供真实的投资、经营和管理的全面信息;维护股东参与企业管理或监督的有效机制,等等。
维护消费者权益	为消费者提供有安全保证的产品和服务;尊重消费者的知情权和自由选择权,及时为消费者提供信息真实、性能详细的产品广告、宣传材料和产品说明书;保障消费者的消费权益;不牟取暴利,不欺诈消费者;建立产品回收制度和赔偿责任制度,等等。
维护职工权益	为职工提供安全、健康的工作环境;遵守适用法律和行业标准的有关工作时间的规定;提供平等的就业机会、升迁机遇和接受教育的机会;提供职工民主参与企业管理的权利,等等。
积极参与社区建设	为社区人员提供实习、培训和就业的机会;协调好企业的发展与社区资源的合理利用之间的关系;积极参与并资助社区公益事业;扶持社区的文化教育事业,等等。
保持资源、环境与社会可持续的发展	合理地利用资源;承担治理由企业所造成的资源浪费和环境污染的相关费用;倡导绿色经营和消费理念;积极支持全球范围内环境保护的各项工作,等等。

---

[1]　黎友焕:《企业社会责任研究》,西北大学博士毕业论文(2007 年)。

业内部的发展动力,实现企业自身的健康发展和壮大,进而为中国市场经济健康发展做出贡献。

四、外资企业的慈善责任

企业慈善责任主要包括企业在力所能及的情况下支持政府开展社会公益活动,举办社会公益事业、社会福利事业、社会慈善事业;正确处理好企业与社区、企业与社会的关系,为社区以及整个社会多做贡献;企业要以自身良好的形象影响和塑造具有时代精神、体现时代特征、促进全面发展的个体公民以及其他社会公民等。与经济、法律以及伦理道德等社会责任不同,企业的慈善责任具有非强制性、自愿性等特征,完全取决于企业的慈善精神以及慈善意愿,当然,企业的慈善责任履行也要靠社会的习俗、舆论以及慈善文化所影响。实际上,企业进行的慈善活动、赞助的社会公益事业、参与社区的建设可以获得社会赞誉,改善企业形象,提高品牌美誉度,增加企业的亲和力。

外资企业要向社会献爱心,为中国的社会公益事业做出更多的贡献。外资企业要树立"社会公民"形象,提高企业在社会中的知名度和公众心目中的地位,把承担慈善责任与提高企业竞争力结合起来。外资企业进入中国近30年来,在把资金、人才和管理经验引进中国的同时,也要积极参与中国的社会公益事业。例如外资企业可以通过直接设立慈善基金或以向社会慈善机构和福利机构捐款、捐物方式来资助社会慈善事业,以示对社会的责任心;以外资企业名义直接出资承担公益事业的义务,如城市绿化、修路建桥、保护动植物、群众性娱乐活动及体育运动。此外,外资企业及其员工也可以捐款捐物、慷慨解囊、捐资办学、扶助失学儿童,积极参加中国的"希望工程"建设;积极参与扶贫项目建设,捐赠医疗设备和器械,帮助老弱病残者解困,扶助弱势群体;赞助文化体育活动,为中国公共文化事业的发展尽心尽力,等等。

事实表明,通过外资企业的参与和奉献的爱心,使一些弱势群体的状况得到了一定的改善,一些失学儿童重新走进了课堂,一些失明者得以重见光明,一些困难群众的生活状况得到了一定的缓解。外资企业的这些行为,不仅表现了自身的高尚文化和理念,在社会上也产生了积极的影响。

总之,履行社会责任已经成为全球企业的共同行动。以联合国倡导的"全球契约"为例,其成员已从2000年最初的40多家企业发展成为目前来自

116个国家的4000多成员,其中包括世界500强企业中的110余家。①"全球契约"要求企业把涵盖人权、劳工、环境和反腐败等内容的10项原则,融入企业的战略发展规划和企业的日常经营实践中,目的就是促使企业承担更多的社会责任,以实现经济社会的可持续发展。

第四节　中国外资企业社会责任建设的现存问题及原因分析

企业社会责任是经济社会发展中的一个重要问题,任何企业都不仅是一个营利组织,更是一个对社会、自然与环境等问题负责任的组织。然而,中国的一些外资企业没有能够很好地承担其应有的社会责任,如部分外资企业暴露出违反商业道德、非法避税、产品不合格、克扣工人工资、工人超时工作等社会责任缺失的问题。主要原因是受片面追求GDP和整个社会追求金钱至上、利润至上的价值取向影响,国家和地方行政管理部门对外资企业的社会责任也没有足够的重视,同时相关法律法规尚未健全、监督管理机制尚不完善等。

一、现存问题

目前中国外资企业的社会责任建设还存在不少问题,以下从经济责任、法规责任、伦理责任和慈善责任四个方面来阐述:

(一)经济责任方面

外资企业经济责任的缺失主要表现在两方面。第一,能源资源消耗过重。虽然外资企业在转变经济增长方式方面一直领先于国有企业和民营企业,但结构性矛盾依然存在,增长方式还未实现根本性的转变,外延粗放型特征依然凸显。主要表现为:能耗和物耗仍比较高、资源利用效率低、再生率不高等。第二,逃税漏税现象仍然存在。外资企业选择了各种逃税漏税的手段,其中包括少报营业收入,少报税前利润,虚增成本,甚至利用高新技术及小企业的税收优惠,每隔2—3年重新注册一家经营同一业务的新企业,等等。

近年来,随着改革的逐步深入和我国市场机制的逐步健全,劳动力成本低

---

① 石广生:《以13亿中国人民福祉为最大社会责任》,《WTO经济导刊》2007年第9期。

廉、政府"超国民"优惠政策等替代性制度优势逐步减弱。外资企业撤离日益加剧。其中,山东半岛韩资企业非正常撤离现象最为严重,撤离的规模、层次和影响最为深远,直接关系到中韩两国的政治经贸关系。2007 年,烟台韩资企业世刚纤维的 10 余名韩方管理人员在未办理任何清算手续的情况下,集体从当地撤回韩国。同样的情形也在青岛连续上演,工人一觉醒来发现韩国老板半夜逃逸的事情更是屡见不鲜。"韩国进出口银行 2009 年 2 月发布的《青岛地区投资企业的非法撤离现状》报告书中指出,2000 年至 2007 年,共有 8344 家韩国企业在青岛投资,其中非法撤离的企业占 2.5%(206 家)。韩资企业的非法撤离已非单纯的经济行为,而是演化为严重的在华诚信危机,并进一步引致诸如失业、市场缺失和产业空心化等问题。"①造成韩资企业非正常撤离的原因主要在于韩资企业赖以维系的成本竞争力优势不复存在:首先,从 2008 年初,新一轮、全球性的原材料价格飞速上涨,韩资企业生产成本上升,经济效益下滑。其次,2008 年国家颁布实施新《劳动合同法》,从法律层面维护了劳动群体的合法权益,此举使得企业用工成本迅速提高。

(二)法规责任方面

外资企业社会责任的法规责任缺失。这种缺失表现在企业社会责任的法规主体地位、法规内容以及法规约束力 3 方面。廖荣碧认为:"在我国,规范企业行为的相关法律法规中,没有一部法律对企业社会责任有专门规范,也没有在其他相关法规中设立专门条款规范企业的社会责任。并且在这些相关法律法规中都只是过分强调企业管理者的管理权,而对雇员的权利只是一些无操作规范的条款。同时,在我国有法不依、违法不究的现象非常普遍。"②

一些外资企业利用非法手段避税。"在目前的 40 万家外企中有 60% 亏损,年亏损总额达 1200 亿元,但事实上不少企业处于赢利状态。一些跨国公司利用非法手段避税,每年给中国造成税收收入损失达 300 亿元以上。"③外企的避税意识和手段的确比内资企业要强得多。比如中国的会计计算方法是

---

① 胡劲松:《关于山东省韩资企业非正常撤离问题的提案》,"http://www.sdzx.gov.cn/001/001048/001048005/105068564181338.htm"。

② 廖荣碧:《论企业社会责任建设》,《经济研究导刊》2008 年第 2 期。

③ 林华:《中国整肃外资避税》,中国税务网:"http://www.ctax.org.cn/news/rdzt/lshy/zf/t20060509_354251.shtml"。

以每年1月1日来分界的,而日本、美国各自分别是每年的4月1日、10月1日,这样他们公司就可以利用会计计算方法的时间差来达到少交税的目的。同时,中国的税法有许多漏洞,为企业的避税提供了空间。外企避税的主要手段是利用关联交易,采取转让定价的形式。采取转让定价就是通常说的高进低出,即用高于国际市场的价格进口设备、进口材料,而用低于市场的价格出口产品。这样外企很容易形成账面上的亏损,而利润转移到税负低的国家、地区。如此一来,跨国公司是一举两得,增加利润,减少汇率风险。而对与外商进行合资或合作的中方来说,转让定价将直接侵犯自己的利益。例如,现在中国对消费税是按照出厂价进行征收,很多外企都有自己的销售公司,用较低的出厂价把产品卖给销售公司,这样便可避税以增加利润。另外,向银行贷款也是一种避税办法。目前外商投资中国的资金中,60%以上是借贷资金,即便是一些实力雄厚的国际公司也向境内外的银行借取大量的资金,自有资金比例并不高。根据税法的规定,利息支出是在税前扣除,企业适度地负债,利用税前列支利息,先行分取企业利润而达到少交或免交企业所得税的目的。

外资企业商业贿赂案层出不穷,由IBM案、西门子案、沃尔玛案……再到如今的力拓案。2009年,在中外进出口铁矿石谈判进入最后关头之际,澳大利亚力拓公司驻上海办事处首席代表胡士泰及该办事处人员刘才魁等四人在上海被拘留。2009年7月14日,外交部发言人秦刚在例行记者会上就力拓间谍案表态,称窃取国家机密损害了中国的经济安全。[1] 靳高风表示:力拓"间谍门"事件,实际上就是外资企业的驻华机构通过商业贿赂手段,获取钢铁企业包括其下游企业的成本、利润、需求等商业秘密,从而严重侵害中国的经济安全。在过去的6年里,力拓的商业间谍"迫使中国钢企在近乎讹诈的进口铁矿石价格上多付出7,000多亿元人民币的沉重代价"。国家安全部门调查了力拓上海办事处内的一台计算机后发现:在计算机内,竟然存有数十家中国钢铁生产企业的详细资料,包括企业详细的采购计划、原料库存、生产安排等数据,甚至连每月的钢铁产量、销售情况也非常明晰。[2] 只有以法律手段

① 外交部:《力拓案不影响中外企业合作》,外交部网站:"http://news.xinhuanet.com/fortune/2009-07/14/content_11707823.htm"。

② 忘川:《力拓"间谍门"敲响警钟　同方守护企业信息安全》,"http://news.ccidnet.com/art/1032/20090806/1849689_1.html"。

维护公平,使所有的公司包括外资企业都不敢行贿,即使以外国官员为贿赂对象也被禁止,市场公平竞争才可能得到完整的保护。

(三)伦理责任方面

近年来,因外国投资方侵害中国员工合法权益而引发的外资企业群体性劳动争议有较大幅度上升,成为影响社会和谐稳定的一个重要因素,引起社会各界的强烈关注,其中外资企业侵害员工的合法权益主要表现在以下几个方面:一是外资企业劳动用工随意性大,相当一部分企业没有依法签订有效的劳动合同。二是外资员工工资待遇低,随意拖欠、克扣员工工资现象严重。三是劳动定额不合理、超时加班加点严重。四是多数外商投资企业不给员工办理任何保险,社会保障不落实。五是员工工作生活环境条件差。六是一些外商投资企业管理苛刻,体罚打骂员工现象时有发生。七是职工的民主权益得不到保障。

一些外资企业劳工标准偏低,企业损害职工权益的行为时有发生。这些行业涉及电子、纺织、服装、制鞋、玩具、工艺品等6大行业,其中主要是对外加工贸易企业和出口企业,特别是港澳台投资企业和做贴牌生产的私营企业。因为这些企业主要是以劳动力密集型为主,在生产条件、生产安全、员工的职业健康和权益保障方面问题比较突出,许多生产安全事故、职业中毒、员工权益受侵害的事件屡有发生。2009年7月16日凌晨,富士康科技集团(深圳市宝安区)年仅25岁的员工孙丹勇,因丢失iphone样机遭公司调查从12楼跳下身亡。孙在接受调查时遭到非法搜查、拘禁和殴打。富士康科技集团7月21日上午向媒体发表声明,表示将妥善安排善后,并坦陈此事在一定程度上折射出公司内部管理上的不足。在表达对年轻生命逝去的惋惜之余,我们不禁反思中国工会制度的薄弱和工会组织在员工维权方面依然任重道远。

(四)慈善责任方面

外资企业对支持慈善事业的发展缺乏积极性。"2008年我国的慈善捐赠总量达1070亿元,是2007年的3.5倍,占GDP总量的0.356%,年增长率达246%。"[①]2009中国慈善排行榜显示,在上榜的900家企业中,民营企业数量占42.7%,捐赠总额约为50亿元,占全部捐赠总额的41.3%,远远高于国有

---

① 刘京:《2008中国慈善捐赠发展蓝皮书》,中国社会出版社2008年版,第121页。

企业的 34.6% 及外资企业的 24.3%。由此看出,外资企业相对于民营企业和国有企业对慈善事业的贡献较低。

外资企业的社会责任心有所下降。2009 年 6 月 25 日,胡润在上海发布了《2009 胡润企业社会责任 50 强》。在上榜的 50 家企业中,国有企业占 23家,民营企业占 15 家,外资企业占 12 家,比例依次为 46%、30%、24%。内资企业比例高达 76%。其中,上榜的企业有 31 家拥有"企业社会责任报告",比2008 年增加了 12 家;23 家上榜国有企业中有 20 家已公布企业社会责任报告,占上榜总数的 64.5%;上榜的民营企业有 6 家有社会责任报告,占上榜总数的 19.4%;而上榜的外资企业拥有社会责任报告的仅有 5 家,占上榜总数的 16.1%。2008 年 4 月 9 日,胡润在上海发布的《2008 胡润企业社会责任 50强》,国有企业占 21 家,民营企业 17 家,外资企业 12 家,中国企业的比例76%,外资企业仅占 24%。50 家上榜企业的捐赠总额约为 59 亿元,其中,中国企业的捐款总额超过 47 亿元,占 80%,而外资企业捐款 12 亿元,仅占到20%。而 2007 年胡润发布的企业社会责任 50 强中,国有企业、民营企业和外资企业分别为 18 家、16 家和 16 家。中国企业上榜的比例达到了 68%,外资企业占了 32%。① 由此可见,与中国企业相比,外资企业的社会责任心有所下降。

二、原因分析

目前中国的市场经济体制还不完善,政治体制改革明显滞后,法制建设不规范,政策波动性较大,企业承担社会责任的积极性不高,以人为本的和谐发展价值观还没有形成,这一切都是导致中国外资企业缺乏社会责任的原因。

(一)政府政策波动和行为不规范

首先,政府的政策波动性较大,致使外资企业热衷追求短期利益,忽视社会责任建设。目前,中国政府的外资政策存在一定程度的模糊性,一些政策的制订是为了短期需要,而不是出于长远战略的考虑。政府的这种短期行为,致使外资企业自然就去追求短期、眼前的利益,抱着能赚就赚一把的心态经营企

---

① 王京:《外资企业社会责任心下降》,"http://epaper. jinghua. cn/html/2008 – 04/10/content_233129. htm"。

业。其次,政府的行政行为不规范,在一定程度上纵容了非法行为。有的地方政府官员为了招商引资而放松了对外资企业的管理,甚至放纵或包庇它们的某些违法行为。为了发展经济,给外资企业一些优惠政策是应该的。但这些优惠是以法律为依据的,这些优惠不能与其他法规相违背。再次,很多政府的地方保护主义成为培植外资企业责任外化的温床与暖棚。例如,许多外资企业都是当地的纳税大户,因而一些地方政府明知某些外资企业产品不合格或排污不达标等问题,但为保住当地税收,追求数字政绩,便对这些责任外化现象视而不见,从而对一些外资企业在逃避社会责任方面起到了推波助澜的作用。

(二)缺乏强制的法律法规制度

西方发达国家在经历了几百年的市场经济洗礼后,依据公司法以及其他法律法规进行经济社会活动思想已经深入人(法人)心,形成了独特的市场经济文化价值理念。这些国家借助于《公司法》及其他相关法律对企业社会责任的规制成为企业承担社会责任的有力保障。尽管我国的《公司法》等法律法规对外资企业社会责任做出了规定,如《公司法》第5条规定:"公司从事经营活动,必须遵守法律、行政法规,遵守社会公德、商业道德,诚实守信,接受政府和社会公众的监督,承担社会责任。"其他相关法律法规如《劳动法》、《消费者权益保护法》、《产品质量法》、《环境保护法》、《社会保障法》、《公益事业捐赠法》等也大致提到企业社会责任问题。但是,这些法律所规定的公司承担社会责任常常只是一般法律规范,而没有能够将这些社会责任与中国特定的社会结构、社会文化相结合,使中国企业社会责任的履行建立在中国丰厚的社会土壤与文化根基上。这样,外资企业社会责任的履行效果就大为降低。

与此同时,相关激励机制的缺乏使外资企业在承担社会责任的过程中的损失得不到相应的补偿,外资企业缺乏继续保持履行社会责任的动力,在经济利益的驱使和侥幸心理的作用下,外资企业往往规避承担必要的社会责任。

(三)外资企业缺乏履行社会责任意识与理念

外资企业缺乏履行社会责任意识与社会责任理念,直接导致企业社会责任的履行能力不足。当前中国企业社会责任的缺乏,从本质上讲,是由于我们缺乏企业社会责任意识。企业要合理承担社会责任首先要看企业的经营者是否有对社会责任重要性的认识。目前外资企业的社会责任意识参差不齐,部分外资企业经营不规范,同外资企业经营者的社会责任意识淡薄有很大的关系。

第五节　推进中国外资企业社会责任建设的措施

企业社会责任既是历史的产物,又是处于与时俱进的演绎中。企业社会责任的建设依赖于由司法监督、行政干预、经济调控、社会监督、责任认证、企业内部治理和企业自律自愿等方式相结合所形成的一套多层次的制度安排。现阶段,针对中国外资企业履行社会责任的问题,本章从政府层面、社会层面以及企业层面对外资企业社会责任的建设提出建议,以期有利于外资企业健康,持续发展。

一、政府的调节和干预

国家和政府是保证企业社会责任的第一主体,要通过国家立法和行使政府权力,建立规范的法律、法规约束体系,并以行政干预和经济调控手段,强化外资企业履行社会责任建设的意识,加大执法力度,纠正并惩处外资企业逃避社会责任的行为。具体有如下几个方面:

第一,鼓励和引导外资企业强化社会责任建设。要引导外资企业按照国际要求放弃在中国谋求垄断市场的行为,促进中国形成健康的市场机制;要引导外资企业严格按照国际标准,节约和保护中国的资源与环境;要引导外资企业尽可能地制定与中国经济长远发展目标相协调的战略发展目标,以达到双赢目的。在引导外资企业自愿参与慈善事业方面,政府机关由于其机构权威的特殊性,在公益活动中更具号召力。因此,政府应责无旁贷地担负起公益活动的"引导人"的角色,建立起统一、规范的组织,为外资企业承担慈善社会责任构筑一个稳定的平台,同时积极引导外资企业强化社会责任建设。

逐步取消外资企业的"超国民待遇",一视同仁地对待内外资企业,防止外资企业借助一些优惠政策钻中国法律的漏洞。这样可以营造一个公平的企业发展环境,可以从根本上防止政府在招商引资工作中的盲目性,减少外资企业钻中国法律"空子"的机会。此外,政府应加大对外资企业社会责任的宣传力度,营造良好的社会氛围,推动外资企业社会责任建设。从外围环境使外资企业认识到,承担社会责任有利于企业的发展。

第二,要加快相关法律体系建设。要完善各项相关的法律法规,弥补现有法律法规的漏洞,突出强调外资企业必须承担的基本社会责任,把外资企业承担社会责任纳入法制化、规范化的管理体系中。明确规定哪些责任是企业必须遵守的底线责任,哪些责任是企业应当倡导遵守的责任,哪些责任是企业体现社会公民的应尽义务,等等,做到有法可依。例如加快把《社会保险法》、《劳动争议处理法》、《促进就业法》、《工会法》等法律列入国家的立法议程,建议在《刑法》中增加恶意拖欠工资罪,对非正规就业、劳务派遣等新问题要加强法律和政策研究,在新的法律出台前,建议政府制订行政法规,规范外资企业行为。

第三,要加强执法力度。政府要强化执法力度,做到有法必依、执法必严、违法必究,不断强化外资企业守法行为、诚信经营行为,强化企业履行社会责任意识。当前,司法机关要坚持"以人为本"的科学发展观,充分尊重《劳动法》、《公司法》等相关法律、法规,牢固树立执法为民的思想;要坚定执法为民的信念,把"普法"教育、守法检查与违法惩处有机结合起来;严格执法程序,坚持司法公正,做到法律面前人人平等;要坚持依法行政,加大劳动执法监督检查的力度,督促外方投资者遵守我国的劳动法律法规,尊重员工的经济、政治和文化方面的权利;对辖区内的外资企业设立、投产、生产、扩张等行为要经常检查,将不符合开办条件擅自动工的外资企业严格查办,使外资企业的违法行为无处藏身,防患于未然。同时我们也要在全社会范围大力倡导诚信文化、企业社会责任文化,让企业履行社会责任成为良好的社会文化现象,从而影响着越来越多的企业切实履行企业社会责任,使企业成为良好的社会公民,真正实现企业与社会的和谐发展。

第四,建立企业责任评价体系。在西方发达国家,对任何一个企业的评价都是从经济、社会和环境三个方面,经济指标仅仅被认为是企业最基本的评价指标,而关于企业社会责任的评价有多种多样,如道琼斯可持续发展指数、多米尼道德指数,等等。把企业社会责任作为一个制度化、规范化的管理体系,有明确的计划、有专门负责部门、有一定的经费保障、有可操作的规范化的管理程序。而在中国,对外资企业的评价仍然停留在经济指标上,这样的评价体系已经不能适应经济全球化的趋势和要求。

第五,地方政府要加强对企业社会责任的监督。对外资企业守法行为的情况要充分了解,并做出定期评估。表彰认真履行企业社会责任的企业,对那些严重违反劳动法、生产安全法和环境保护法的企业进行惩罚,从而引导企业转变观念,朝着积极履行社会责任的方向发展。

从总体上说,在国家和政府层次上应强化对外资企业的社会责任,包括立法、宏观调控、行政和司法等方面的调节和干预。

二、社会的监督和认证

从社会层次分析,加强外资企业社会责任建设,除了加强政府行政执法管理之外,还要充分发挥政府和企业以外的社会各界的舆论监督,形成多层次、多渠道的管理与监督体系。具体有如下几个方面:

第一,强化社会对外资企业的监督作用。西方发达国家企业社会责任建设的成功经验表明,除政府和企业以外的社会各界对企业履行社会责任的监督发挥着很大的作用,我们可以从中得到借鉴和启示:大众媒体要加强对企业社会责任建设的关注,对在社会责任建设方面有成功经验的外资企业加大宣传力度,对违反社会伦理道德规范的企业予以曝光、谴责,使全社会形成企业乐于承担社会责任的舆论氛围。例如新闻媒体等要向外资企业宣传其应承担的社会责任,呼吁外资企业家把承担社会责任作为企业的使命,营造推进外资企业承担社会责任的良好氛围。通过新闻媒体对一些不承担企业社会责任甚至违章枉法制假贩假的外资企业进行曝光,使其受到社会各界的谴责。譬如,中央电视台的"焦点访谈"、"经济半小时"等栏目、湖南的《潇湘晨报》等对社会经济生活的报道,就起到了十分重要的舆论监督作用。当然,新闻媒体也不能对一些达不到要求的外资企业过分夸大其不履行社会责任或者动辄封杀,要以实事求是的精神正确引导,多给外资企业一些生存的空间。除此之外,还要强化行业协会、消费者协会、工会、环保组织等社会群体组织的监督功能,加强对外资企业承担社会责任情况的监督。

第二,推广企业社会责任认证。这是企业担负社会责任比较标准化的形式,也是日益发展起来的政府和民间组织或借助法律的形式、或借助社会舆论的形式要求维护员工和消费者权益的形式。主要的民间组织有社会责任国际(SAI)、公平劳工协会(FLA)、服装厂行为标准组织(WRAPP)、贸易行为标准组织(ETI)和工人权利联合会(WRC)等,这些组织都先后制定了各自的社会责任标准。2001年版的SA8000是比较成熟的认证标准。企业社会责任认证,既是一种竞争压力,也是一种可以转化为竞争优势的竞争手段。

第三,加强社会舆论监督。强化不正当竞争行为的社会监督,不仅受害的竞争者有权向人民法院提起损害赔偿,而且其他广大的竞争者和消费者也有权揭露不正当竞争行为。消费者权益保护中的监督既有公权力的监督(包括行政权力的监督和司法权力的监督),也包括社会的监督(含消费者个人的监督、消费者组织的监督和舆论监督)。大众传播媒介应当做好维护消费者合法权益的宣传,对损害消费者合法权益的行为进行舆论监督。

第四,构建科学的社会责任会计信息披露体系。"社会责任会计是研究如何更好地维护可持续发展,为企业管理当局、投资者、债权人、政府和社会公众等相关利益集团和个人决策提供企业的社会责任履行情况的会计信息系统。它通过社会学与会计学的有机结合,并用会计特有的技术和方法,对某一单位的经济活动所带来的社会贡献和社会损害进行反映和控制。企业社会责任会计信息的披露可以满足企业利益相关者的社会责任信息需求,揭示企业可持续发展的义务和责任。"①外资企业的社会责任会计信息披露体系在结合中国实际情况的基础上,应与当今时代发展特点和科技进步水平相协调。

三、企业的自愿和自律

外资企业社会责任建设的主体是企业。企业应该正确认识到社会责任对企业和社会可持续发展的重要作用,把强化企业社会责任建设的具体措施纳入到企业的日常管理工作中。外资企业社会责任建设同样是当前中国企业管理创新的重要内容之一,也是以人为本社会的新型企业文化。"21世纪,企业面临着新的挑战,衡量企业的业绩将不单单是企业创造了多少利润,而是从经济绩效和社会绩效上加以综合评价,因此企业必须站在制高点上对待企业社会责任问题。"②

---

① 黎精明:《对我国企业社会责任会计信息披露问题的研究》,武汉理工大学硕士学位论文(2003年)。

② 秦颖、高厚礼:《西方企业社会责任理论探讨》,《淄博学院学报(社科版)》2000年第4期。

第一，强化外资企业自愿承担社会责任的意识。外资企业家必须认识到，企业的发展和财富的积累来源于中国政府的改革开放政策。绝大多数外资企业家在发展企业的同时，为服务社会做了大量有益的工作，但也有部分外资企业的社会责任感不强，为了追求利润，不惜损害社会利益，坑害平民百姓。外资企业家不应该仅仅追求资产、经济利益，还应该积极承担社会责任。在中国，不论是传统的"义利兼顾"的儒家文化，还是当今的"互利互惠，实现双赢"的理念，无不表现企业家对社会责任的认同和承诺。只有外资企业家有了这种理念，才会考虑与企业行为有密切关系的其他群体的利益，才会自觉承担保护环境、节约资源、减少公害等社会责任，才会积极地为社会、为群众做好事、办实事。这样一方面可以为外资企业赢得良好社会声誉，另一方面也可以为企业的发展创造良好的社会环境。

第二，加强外资企业对社会责任内容的正确理解。目前，部分外资企业对社会责任概念的理解狭隘，没有意识到企业履行社会责任会给企业带来效益，甚至有一些外资企业完全没有社会责任概念，这在一定程度上影响着企业的社会责任行为。例如一谈到企业社会责任，一些企业往往列出企业的捐款、资助、慈善活动，当然我们不能说这不是企业的社会责任行为，但它不是企业社会责任全部。也有企业认为企业在照章纳税之后，就算完成了企业对社会的责任，没有必要再去承担其他社会义务，如果再增加对社会的责任，例如增加工人的福利和环保的投资，就必然增加企业的成本，从而减少企业的赢利，增加企业的负担。对企业社会责任的误解，从侧面反映了外资企业对社会责任内容理解的欠缺。因此有必要让外资企业认识到自觉履行企业社会责任给企业带来的益处，使外资企业有目的、有计划地主动承担对职工、对消费者、对环境和对社区等的社会责任，实现企业利益和社会发展的双赢。

第三，妥善处理好履行社会责任与实现利润最大化之间的关系。正如亚当·斯密在《道德情操论》与《国富论》中所论述的那样，人不仅仅是追求利益最大化的"经济人"，而且是具有道德感的社会人。外资企业同样如此。在追求利益最大化的同时也有义务承担相应的社会责任，经济利益和社会责任之间应当获得和谐统一。外资企业只有切实履行好社会责任才能减少在中国发展可能引发的社会矛盾，进而为实现利润提供良好的社会环境。因为按照社会结构主义的看法，社会是包含着多方面的统一体，企业承担社会责任、履行作为社会公民所应有的义务就可以促进社会结构的稳定与和谐,减少社会的矛盾与对立,使整个社会形成共同的价值理想与价值目标,从而促进企业、社会经济利润最大化目标的实现。所以,外资企业要加强员工的培训,为员工的发展提供条件,增强员工以及其他利益相关者对企业、进而对整个社会的归属感、认同感与忠诚度,减少他们对于企业乃至整个社会的不满。

第四,敢于公开承认自己的错误。对于一个公司来说没有比掩盖自己的不负责任行为更糟糕的了。一旦发现错误就勇敢地承认错误,然后建立监控机制以确保类似错误不再发生。例如美国强生公司在卷入药物中毒事件中,高层管理人员及时做出了明智的选择,全部收回出现问题的药品,为公司挽回了信誉。

第五,把解决环境问题作为企业的重要战略。保护环境是企业经营中的一个永恒主题,越来越多的公司对环境保护持积极的态度,他们在提高公司效能和效率的同时,积极建立和实施保护环境的战略。不管一个公司经营什么,总是有机会积极主动地解决环境问题,这样做至少可以有助于公司树立良好的社会形象,而且在很多情况下,可以节省不必要的花费。

总之,企业社会责任是社会系统中的大问题。强化企业社会责任需要政府的强力推进,更需要企业自身的高度重视,也需要社会各界的大力配合与监督。2007年7月14日推出的《HM3000中国企业社会责任标准体系》对全面提高中国企业界的社会责任意识,增强企业社会责任感,广泛传播自觉承担企业社会责任的文化理念,促使企业在经济腾飞的同时自觉承担社会责任无疑起到了很好的促进作用。相信这只是一个开端,以后中国企业,不单是国有企业和民营企业,同样外资企业对社会责任的承担也会越来越精彩……

参考文献

[1] [英] 约翰·伊特韦尔等:《新帕尔格雷夫经济学大辞典》第1卷,经济科学出版社1996年版。

[2] 曹风月:《企业社会责任的范围》,《山东省工会管理干部学院学报》2004年第2期。

[3] 柴非、钱运春:《全球化时代的企业社会责任与中国——"跨国公司与企业社会责任学术研讨会"综述》,《世界经济研究》2008年第9期。

［4］陈宏辉:《企业利益相关者的利益要求:理论与实证研究》,经济管理出版社 2004 年版。

［5］陈留彬:《中国企业社会责任理论与实证研究》,山东大学博士论文(2006 年)。

［6］顾金龙、赵映平:《外资企业在华投资企业社会责任的弱化与对策》,《世界经济与政治论坛》2006 年第 5 期。

［7］胡孝权:《企业可持续发展与企业社会责任》,《重庆邮电学院学报》2004 年第 2 期。

［8］黎友焕、杜彬:《SK-Ⅱ质量问题凸显企业社会责任建设缺失》,《中国贸易报》2006 年 9 月 28 日。

［9］黎友焕、黎友隆:《跨国公司产业链管理调整对广东外贸的影响》,《商业时代》2007 年第 11 期。

［10］黎友焕:《SA8000 与中国企业社会责任建设》,中国经济出版社 2004 年版。

［11］黎友焕:《企业社会责任研究》,西北大学博士论文(2007 年)。

［12］黎友焕:《企业社会责任在中国——广东企业社会责任建设前沿报告》,华南理工大学出版社 2007 年版。

［13］李维安:《倡导对跨国公司在华企业公司治理的研究》,《南开管理评论》。

［14］林小清:《论经济全球化背景下跨国公司的社会责任》,《企业技术开发》2006 年第 5 期。

［15］林毅夫:《企业承担社会责任的经济学分析》,《企业家看社会责任——2007 中国企业家成长与发展报告》(2007 年)。

［16］刘俊芳:《企业社会责任的内涵、范围和特点》,《知识经济》2009 年第 6 期。

［17］刘俊海:《公司的社会责任》,法律出版社 1999 年版。

［18］卢代富:《企业社会责任的经济学和法学分析》,法律出版社 2002 年版。

［19］宋雅杰:《跨国公司社会责任问题分析》,《云南财贸学院学报(社会科学版)》2004 年第 1 期。

［20］田虹：《企业社会责任及其推进机制》，经济管理出版社 2006 年版。

［21］万翩：《企业社会责任在中国》，经济科学出版社 2004 年版。

［22］夏恩君：《关于企业社会责任的经济学分析》，《北京理工大学学报》2001 年第 1 期。

［23］颜佳华、罗依平：《企业社会责任研究领域的新探索——评李立清、李燕凌新著〈企业社会责任研究〉》，《湘潭大学学报（哲学社会科学版）》2006 年第 1 期。

［24］张维迎：《正确解读利润与企业社会责任》，《经济观察报》2007 年 8 月 20 日。

［25］王星、黎友焕：《国际商业贿赂的"罪与罚"》，《WTO 经济导刊》2009 年第 10 期。

［26］周金泉、卢亮：《外资企业在中国的社会责任研究》，《管理现代化》2006 年第 4 期。

［27］周祖城：《企业伦理学》，清华大学出版社 2005 年版。

第九章 国内企业发布《社会责任年度报告》分析报告

摘要：企业发布社会责任报告在我国已然是大势所趋。本文在分析中国国内企业发布《社会责任年度报告》现状的基础上，总结目前我国发布社会责任报告过程中存在的问题，并提出完善社会责任报告发布的中肯建议，最后对社会责任报告在我国的发展给予展望，旨在使我国发布社会责任报告顺畅进行。

关键字：社会责任年度报告　问题　建议

Abstract：Released the annual report of CSR is already a general trend in China. The paper sums up the problems in releasing CSR report in the basis for analyzing the status of publishing CSR report by domestic enterprises in China, then puts forward the proposes to impove them, at last, gives high expectation on it. Aims to let CSR report in China be better.

Key Words：annual report of social responsibility, question, suggestion

随着要求企业披露履行社会责任情况呼声的不断高涨，社会对企业社会责任的关注不断深化，企业社会责任报告已然成为一种潮流。企业社会责任报告作为企业履行社会责任最直接的成果表现形式，已经得到越来越多的利益相关者群体的重视。

第一节 国内企业发布《社会责任年度报告》现状分析

2006年之前，我国对综合性非财务报告的了解不多，仅有极为少数的企业发布了可持续发展报告或者环境报告。2006 年中国发布的社会责任报告数量明显增加,这一年国家电网公司发布了中国中央企业的第一份企业社会责任报告。下面以 2008 年 10 家已发布社会责任报告的企业情况为基准,分析社会责任报告体系在我国的发展状况。

一、综合分析

企业披露社会责任报告对我国来说仍然是一个新鲜事物,但近年来发展十分迅猛。对企业而言,披露社会责任信息、发布社会责任报告对加强企业管理、提升企业形象、增强企业竞争优势十分有利。不断发展社会责任报告披露机制是企业自身的需要。目前,我国企业社会责任报告正处在发展的初步阶段,综合分析此阶段的特点,有助于对社会责任报告发展的总体情况进行把握。

(一)年度分析

随着社会责任运动在全球的不断升温,企业社会责任受到越来越多企业的关注。2006 年仅有 19 家企业发布企业社会责任年度报告。2006 年 9 月 25 日,深圳证券交易所发布了《深圳证券交易所上市公司社会责任指引》。2008 年 1 月 4 日,国资委发布 1 号文件《关于中央企业履行社会责任的指导意见》,要求有条件的企业定期发布社会责任报告或可持续发展报告。截至 2008 年 11 月,已有 121 家中国企业发布了社会责任报告,数量与 2007 年同期相比将近翻了一番,这个数字接近了中国企业历年发布的社会责任报告的总和,但报告整体质量仍不容乐观。①

相较欧美等发达国家的社会责任报告研究而言,我国企业社会责任报告起步较晚,到 2005 年为止,发布社会责任报告的企业仍然凤毛麟角,但 2006 年以来发布量开始猛增,企业社会责任报告研究取得重大进展,因此,2006 年也被说成为"企业社会责任报告发展元年"。从图 9－1 中我们可以看出,2007 年共有 71 份报告向社会公布,是 2006 年发布数量的近 3 倍,这一数字在 2008 年达到最高。尽管这一比例相对中国而言仍然不高,但始终高涨的速度

---

① 郭沛源等:《报告发展概述》,《价值发展之旅 2008——中国企业可持续发展报告研究》(2008 年 12 月)。

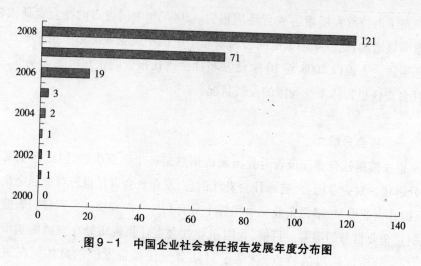

图9-1　中国企业社会责任报告发展年度分布图

表明了企业社会责任理念已经在中国深入发展,越来越多的企业正在以积极的态度履行社会责任。

（二）企业属性分析

从1999年到2005年,外资企业是中国企业社会责任报告的主体。2006年后,国有企业异军突起,扭转了这一局面,占据社会责任报告的主导地位。截至2008年7月10日,在我国发布综合性非财务报告的公司数量已达到144家,这些公司累计发布的报告数量(包括可持续发展报告、环境报告等)则超过170份。① 已发布报告的144家企业有外资企业、国有大型企业(即国有控股公司)、上市公司、民营企业。

如图9-2,发布报告的上市公司最多,占总数的44%,国有大型企业占到总数的1/4,外资企业和民营企业相对较少,分别占到总数的20%和10%。这与自2006年以来深交所发布的《上市公司社会责任指引》、上交所《关于加强上市公司社会责任承担工作的通知》、国资委《关于中央企业履行社会责任的指导意见》等政策规定的出台有一定的相关性。

（三）行业分析

发布报告的企业分散在不同的行业,集中度不高。总体来看,多数来自于工业企业,譬如电器制造、能源、冶金、汽车等。只有少数来自于服务业,比如

---

① 殷格非、崔征:《企业社会责任报告在中国》,《WTO 经济导刊》2008 年第 8 期。

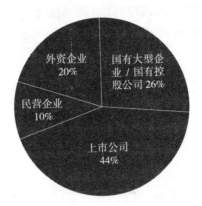

图9-2 发布社会责任报告的企业属性图①

旅游业等,其余大部分来自金融业。近年来,越来越多的企业关注并相继加入到企业社会责任报告实践中来,如房地产、食品、信息通讯、网络传媒等行业的企业。

二、对比分析

在对我国社会责任报告发布总体情况有了一定的了解后,从报告本身出发分析披露情况,对研究社会责任报告发展的方向及总结问题、提出改善建议有更为直观的作用。以下将对比笔者选取的11份已发布的社会责任报告,从6个方面来分析目前我国社会责任报告编制的情况。②

(一)报告名称分析

为了调查我国当前上市公司社会责任报告的发布情况,笔者以《财富》杂志中文版2009年7月发布的世界500强中国上榜公司名单中的前10家企业为样本,从各上市公司网站获取其综合性非财务报告等信息内容以分析。

现今,独立发布综合性非财务报告的名称呈多样化趋势发展:社会责任报告、可持续发展报告、企业公民报告、企业公民体系发展报告、企业公民社会责

---

① 数据统计中,有些国有大型企业、民营企业同时又是上市公司,也均发布了报告。为了避免统计重复,将国有企业中4家发布报告的上市公司,以及民营企业中4家发布报告的上市公司独归类于上市公司统计。

② 所选取进行分析的社会责任报告以各公司网站上下载的PDF格式的电子报告为准。

任报告、环境报告、环境与社会管理计划监测报告、HSE(健康、安全与环境)报告等。但从表9-1来看,大多数企业还是采用"企业社会责任报告"或"社会责任报告"名称。本文以社会责任报告作为以上各种形式报告的统称,以便于分析企业利益相关者相互联系、相互作用、相互影响的各方面信息的披露。

表9-1　企业发布报告的名称①

2008年世界500强名次	企业名称	报告名称
9	中国石油化工集团公司	2008企业社会责任报告
13	中国石油天然气集团公司	2008企业社会责任报告
15	国家电网公司	2008社会责任报告
92	中国工商银行	2008社会责任报告
99	中国移动通信集团公司	2008企业社会责任报告
125	中国建设银行	2008社会责任报告
133	中国人寿保险(集团)公司	2008社会责任报告
145	中国银行	2008社会责任报告
155	中国农业银行	2008企业社会责任报告
170	中国中化集团公司	2008社会责任报告
185	中国南方电网有限责任公司	2008企业社会责任报告

(二)报告形式分析

从2006年企业编制并发布社会责任报告呈现井喷状态以来,我国企业的社会责任报告发布已经初成体系。目前发布的报告均图文并茂,将企业履行社会责任的历程立体呈现。百度集团还将社会责任报告制成能翻阅的电子书,十分生动,给人留下很深刻的印象。从表9-2中我们能够看到,统计的11家企业所发布的社会责任报告均有中英文版本,其中中国工商银行和中国建设银行采用中英文互译的方式阐述报告内容,其余9家企业都是在公司的中文网站上发布中文报告,在英文网站上公布英文报告。

---

①　该表选取2008年度进入《财富》杂志公布的世界500强的中国企业中的排名靠前的10位企业(台资企业和港资企业除外),选取进入世界500强的企业更具有代表性,社会责任报告的发布也比较有前瞻性。

　　就编写的形式而言,按照国际惯例,企业社会责任报告的最后必须附上读者反馈表和企业的联系方式,但是从表9－2的统计情况看,既有读者反馈表又有地址的报告只有3家企业:国家电网公司,中国移动通信集团公司,中国中化集团。绝大多数的企业仅留有企业的地址,而未附上读者意见反馈表;还有4家企业连地址也没有附上。由此可见,我国企业社会责任报告的编制在形式上还存在一定的规范性欠缺,另一方面,说明各企业对社会责任报告的传播是否足够广泛还没有一个国际化的认识。从指标数来看,多数企业制定的社会责任报告都在最后列出了报告中所阐述的各项标准,以清楚地呈现并衡量业绩,建立实施社会责任的管理保障体系,体现企业战略与社会责任的一致性,如国家电网的社会责任报告就用了150个指标来说明本年度企业在社会责任建设及履行方面所做的实践及研究。

表9－2　社会责任报告形势统计表[1][2][3]

企业名称	页数	语言	读者调查表和地址	指标数
中国石油化工集团公司	29	中英文	均无	未统计
中国石油天然气集团公司	66	中英文	均无	121
国家电网公司	114	中英文	均有	150
中国工商银行	124	中英文	无调查表,有地址	78
中国移动通信集团公司	74	中英文	均有	143
中国建设银行	143	中英文	无调查表,有地址	未统计
中国人寿保险(集团)公司	48	中文	均无	未统计
中国银行	76	中英文	无调查表,有地址	84
中国农业银行	121	中英文	均无	未统计
中国中化集团公司	54	中英文	均有	121
中国南方电网有限责任公司	56	中文	无调查表,有地址	121

　　①　表9－2中统计的结果均是笔者按照从各公司网站上公布的2008年社会责任报告中整理得来,报告以各公司网站上下载的PDF形式为准。
　　②　表9－2指标数一栏中,"未统计"是指报告中未将指标数统计成表,并非作者未统计。
　　③　表9－2中的页数一栏中统计的数字均是作者按照从公司网站上下载的PDF格式的报告页数统计,其中包含封页及封底。

(三)可获性分析

我国社会责任报告的发布方式一般都是新闻稿、集册出版以及网站发布等形式。本文选取的 11 家企业的社会责任报告均是从企业的网站上提供的下载点下载。其中,国家电网等公司在网站的醒目位置均提供有关企业社会责任的专题,报告均可在线阅读或进行 PDF 下载。而中国工商银行、中国移动等企业虽然也提供了企业社会责任报告的下载,但是位置不明显,不易被利益相关者发现,这样就丢失了一部分潜在读者。由此说明我国企业报告的获得渠道还有待于拓宽,使利益相关者能够方便地获取到相关信息,从而减少不必要的报告获得成本。

社会责任报告的语言也会影响其可获性。所选取的 11 家企业均有中英文版本的报告,在这一点上,我国企业日渐同国际接轨。

(四)报告内容完整度分析

根据国资委《关于中央企业履行社会责任的指导意见》中所阐述的内容,本文列出 12 项考察社会责任报告完整度的指标,用以考察以上 11 个企业所发布报告的完整度。A. 经济贡献,B. 环境保护,C. 资源降耗,D. 产品,E. 消费者/客户,F. 供应商/投资者,G. 社区活动,H. 员工的安全健康,I. 员工的培训与发展,J. 反腐倡廉,K. 创新发展,L. 社会捐助①。表 9－3 为 11 家企业报告完整度的统计情况:

表 9－3　企业社会责任报告内容完整统计表②

企业名称	涉及内容
中国石油化工集团公司	A/B/C/D/E/H/I/K/L
中国石油天然气集团公司	A/B/C/D/E/F/G/H/I/J/L
国家电网公司	A/B/C/D/E/F/G/H/I/J/K/L
中国工商银行	A/B/C/D/E/F/G/H/I/J/K/L
中国移动通信集团公司	A/B/C/D/E/F/G/H/I/J/K/L
中国建设银行	A/B/C/D/E/F/G/H/I/J/K/L

---

① 该标准为笔者根据 2006 年以来发布的各法规政策及国外优秀企业发布的社会责任报告涉及的内容整理得来,只是为了便于统计,并非唯一标准。

② 表中的统计结果是我们课题组成员共同讨论的结果,如有理解上的偏差,请读者谅解。

企业名称	涉及内容
中国人寿保险(集团)公司	A/B/C/D/E/F/G/H/I/J/K/L
中国银行	A/B/C/D/E/F/G/H/I/J/K/L
中国农业银行	A/B/C/D/E/F/H/I/J/K/L
中国中化集团公司	A/B/C/D/E/F/G/H/I/J/K/L
中国南方电网有限责任公司	A/B/C/D/E/F/G/H/I/J/K/L

从表9-3中可以明显地看出,经过短短3年的发展,我国企业社会责任报告的编制已经有了明显的提高,11家大型企业中仅有2家企业未能涉及全部的指标,当然这也与企业本身所从事的行业有一定的联系。但是,就这几家企业缺失的指标部分而言,反腐倡廉这一指标是个敏感但不可忽视的话题,企业不应该隐晦地跳过这一指标,应该对利益相关者负责,认真披露反腐倡廉工作的建设及完成情况。

(五)中肯性分析

根据全球报告倡议组织(GRI)发布的第三版《可持续发展报告指南》,要求编制报告不但要有关于企业积极方面的信息,还得有需要改进以及事故等消极方面的信息。我们分析了以上11家企业编制的2008年社会责任报告,没有一个企业能够明确披露该年所发生的事故情况或者消极方面的信息,有所涉及的企业,也是负面消息披露远不及正面信息,一笔带过。以国家电网公司为例,所编制的社会责任报告中,尽管按照国际惯例在最后列出了150个衡量指标,但是像"运输产品、其他货物和员工对环境的重大影响"、"接受人权政策培训的安保人员比例"这类指标,该报告中均为"暂未统计";在披露员工工伤事故时,也仅仅是在标榜保障员工健康中一笔带过:"2008年,公司员工因事故死亡4人",并未提及此事故的具体成因,也未提及事故发生后的补救措施。同样,国家电网对于2020年将完成的特高压电网技术所存在的环境、技术及健康方面所存在的争议,在报告中也未披露。从报告内容中能够很明显地发现企业对于所获得的奖励、荣誉、高层组成、慈善等在报告中浓墨重彩地描述,而对于企业本年度所面临的问题、风险都用极为委婉的方式表达,或者不予以披露,致使社会责任报告无实质内容,仅仅成为企业炫耀成就、宣传业务的工具,流于形式。

表9－4　社会责任报告中肯度统计表①

企业名称	报告名称	事故披露
中国石油化工集团公司	2008 企业社会责任报告	有,简单罗列
中国石油天然气集团公司	2008 企业社会责任报告	有,简单罗列
国家电网公司	2008 社会责任报告	有,简单罗列
中国工商银行	2008 社会责任报告	无
中国移动通信集团公司	2008 企业社会责任报告	有,简单提及
中国建设银行	2008 社会责任报告	无
中国人寿保险(集团)公司	2008 社会责任报告	无
中国银行	2008 社会责任报告	无
中国农业银行	2008 企业社会责任报告	无
中国中化集团公司	2008 社会责任报告	无
中国南方电网有限责任公司	2008 企业社会责任报告	无

(六)独立第三方审计分析

如表9－5统计所示,在已发布报告的11家企业报告中,只有中国工商银行、中国银行、中国建设银行3家金融机构交由独立第三方审验,其中中国工

表9－5　社会责任报告独立第三方审验情况统计表

企业名称	报告名称	独立第三方审验
中国石油化工集团公司	2008 企业社会责任报告	无
中国石油天然气集团公司	2008 企业社会责任报告	无
国家电网公司	2008 社会责任报告	无
中国工商银行	2008 社会责任报告	DNV 挪威船级社
中国移动通信集团公司	2008 企业社会责任报告	无,有相关方证言
中国建设银行	2008 年社会责任报告	毕马威华振会计师事务所
中国人寿保险(集团)公司	2008 社会责任报告	无
中国银行	2008 社会责任报告	DNV 挪威船级社
中国农业银行	2008 企业社会责任报告	无
中国中化集团公司	2008 社会责任报告	无,有相关方证言
中国南方电网有限责任公司	2008 企业社会责任报告	无,有相关方证言

---

① 表9－4中的结果为笔者根据各公司网站提供的2008社会责任报告PDF格式所统计。

商银行、中国银行交由 DNV 挪威船级社对其报告的实质性、回应性、完整性、可靠性、中立性、包容性等进行审验,并做出中肯的审验结果及审验意见;中国建设银行交由毕马威华振会计师事务所对报告的范围、报告标准等进行审验。还有少数企业未申请独立第三方审验,但是出具了相关方证言。从证言的内容看,均为溢美之词,并未提出中肯的建议及意见。我国大多数企业发布的社会责任报告都缺乏独立的第三方审验,其主要原因是我国目前没有相关的审计准则,而社会责任报告编制标准的缺失也是导致这一结果的重要原因。

第二节 国内企业发布《社会责任年度报告》 存在的问题

总体而言,国内企业无论是以什么形式、框架发布的社会责任报告都不够规范,在编制的过程中存在很多的问题。通过对比发现这些已存在以及潜在存在的问题,能为社会责任报告编制的发展指明改善及发展的方向。

一、企业发布社会责任报告自愿性差

尽管随着我国对外贸易量的不断增长、上市公司的增加,促进了我国社会责任报告的披露。但从历年中国企业社会责任报告发展年度分布图来看,我国社会责任报告发布情况还是在 2006 年深交所发布《深圳证券交易所上市公司社会责任指引》后才开始大幅度增长。2008 年上交所发布了《上海证券交易所上市公司环境信息披露指引的通知》,并在 2009 年表示两三年内沪市公司均披露社会责任报告后,我国的社会责任报告发布才进入迅猛增长的状态。此前,尽管有国外企业发布社会责任报告的先例,但是我国企业并未能自愿地披露社会责任信息。披露社会责任报告的企业也大多数都是一些业绩良好,国际化程度高的企业。目前,披露社会责任报告的企业仍然是我国众多企业中的极少数,我国大部分企业并未意识到作为企业公民应当承担的责任,也没有意识到披露社会责任报告对提升企业社会形象,提高企业综合形象及国际竞争力的重要作用及现实意义。

二、社会责任范围界定不一致

2008 年 1 月 4 日国资委发布的《关于中央企业履行社会责任的指导意见》对社会责任的范围做了界定,社会责任应该从八个方面来理解:"一、坚持依法经营诚实守信,二、不断提高持续营利能力,三、切实提高产品质量和服务水平,四、加强资源节约和环境保护,五、推进自主创新和技术进步,六、保障安全生产,七、维护职工合法权益,八、参与社会公益事业。"从以上 8 点可以看出,经济责任是企业必须承担的社会责任,但是从笔者统计的 11 份社会责任报告框架中所涉及的经济责任情况来看,各企业对于社会责任范围的界定有比较大的出入。如表 9-6 所示。统计的 11 家企业所编制的社会责任报告中,只有中国工商银行将经济责任单独列为一个单元来阐述,中国建设银行、中国银行、中国中化集团、中国南方电网有限责任公司都是将经济责任作为公司治理等大单元下的一个小点罗列,并且阐述为经营业绩、提升企业价值、实现国有资产保值等。而中国石油化工集团、中国石油天然气集团、国家电网公司、中国移动通信集团均未在报告的框架中涉及经济责任。

表 9-6　社会责任报告框架涉及经济责任情况统计表

企业名称	经济责任内容
中国石油化工集团公司	未涉及
中国石油天然气集团公司	未涉及
国家电网公司	未涉及
中国工商银行	经济层面
中国移动通信集团公司	未涉及
中国建设银行	提升企业价值
中国人寿保险(集团)公司	未涉及
中国银行	实现国有资产增值保值
中国农业银行	未涉及
中国中化集团公司	经营业绩
中国南方电网有限责任公司	经济绩效

三、报告编制没有统一的标准

到目前为止,各种编制原则、指南、指标体系使得企业在编制社会责任报告过程中显得无所适从,因此大多数企业只能参照国际相关的原则、指南等进行编制,例如,全球倡议组织(GRI)推出的"第三代可持续发展报告指南(G3)报告框架"、国际社会责任(SAI)公布的 SA8000 标准、社会和伦理责任研究协会(ISEA)制定的 AA1000 系列。但是迄今为止,我国仍然没有一个专门权威的政府机构负责出台一个统一的编制原则或指南以及相应的行业责任指标体系,导致我国企业社会责任报告编制无章可循,阻碍了我国社会责任报告披露的发展。同时,由于缺乏一个统一的标准及指南,很多企业社会责任报告主要采用文字等定性方式来进行披露,缺乏像企业年报中具体的会计及统计等方法的定量化披露,未能满足各利益相关方信息使用者的需求。

四、报告内容披露主次不分

2008 年 1 月国资委发布的《关于中央企业履行社会责任的指导意见》中指出编制社会责任报告要"坚持履行社会责任与企业实际相适应,立足基本国情,立足企业实际,突出重点,分步推进,切实取得企业履行社会责任的成效"。但由于我国企业社会责任报告的编制还处于摸索阶段,因此报告中均不同程度地出现内容披露主次不分的情况。从统计的 11 份社会责任报告中可以看出,各报告主要从环境、员工、社会、股东、客户 5 方面进行阐述,但从总体来看,各部分所占阐述内容几乎持平,披露信息平均化。在国家电网 2008年社会责任报告中所提及的 12 项责任均占 6 页或 8 页,披露的平均化给人流于形式的印象,好像报告的编制仅仅是企业间的跟风而已,并未真正认识社会责任履行情况披露的重要性,未将社会责任与企业自身特点结合起来。在中国南方电网 2008 年的社会责任报告中将本年度的雪灾事件无限放大,并未真正认识到在冰雪灾中保证电网的正常运行是企业社会责任的一个方面,而不是作为整年社会责任履行的全部。

五、披露内容报喜不报忧

国内企业所发布的社会责任报告中,最明显的问题就是对信息进行选择性披露,报喜不报忧,在一定程度上抹杀了社会责任报告披露的真实性意义。对于企业的亮点部分就浓墨重彩地写,作为重点进行披露,而对于所存在的不足或者发生的事故等消极部分,往往一笔带过,有的企业甚至只字不提。11份报告中没有一家企业能正视自身存在的问题,并进行披露。在中国南方电网的报告中,整篇报告都以雪灾救灾为基调渲染,以此来标榜企业所做出的贡献,而对于工伤事故数仅仅是在"抗冰保电"一单元中提及,明显避重就轻。这在很大程度上是一种自我褒扬及美化,弱化了社会责任信息披露的真实性及有用性。

企业提供的社会责任绩效指标的统计和报告中的实际内容也有一定的出入。例如中国南方电网公司2008年的社会责任报告文后所附的GRI索引中,"人权绩效指标"一项下"涉及侵犯本地雇员权利的个案总数,以及机构采取的行动"内容报告表明在"员工发展"单元,即报告的60页,但经过研读,此报告的60页并未出现该内容。诸如此类的情况,在这11份报告中都有不同程度地出现。可见,尽管南方电网按照GRI规定的G3标准编制社会责任报告值得褒奖,但对于CRI规定的各指标,企业不仅仅要作为编制报告的一个填充内容,更应该真实地反映指标所指向的问题。

报告披露的内容过于行业化,未能迎合公众的需求。我们在研读这11份具有代表性的报告时发现,对于环境保护社会责任的披露主要集中于能源、化工以及工业制造等行业,而在IT、金融等行业的报告中就很少提及。由此可见,并非所有的企业都将"环境保护是全社会都必须承担的责任"这一理念融入到企业的经营活动当中。我们还发现,报告大都将大量篇幅花在披露公益责任上,而对于社会公众所需要的产品安全责任信息、消费者利益信息及环境保护责任信息并未详细披露,使企业社会责任报告传播的广泛度降低,不利于社会责任报告发布的发展。

六、社会责任指标及考核有待统一

2008年1月国资委发布的《关于中央企业履行社会责任的指导意见》中要求"企业要逐步建立和完善企业社会责任指标统计和考核体系,有条件的企业要建立履行社会责任的评价机制"。但由于各行业、企业对于社会责任范围界定的宽泛性存在差异,所承担的社会责任及报告所披露的重点也就不同。能源开采等较严重污染的企业倾向于披露安全、环保等方面的信息,金融、通信等企业重点披露服务质量、消费者满意等方面的信息。加之目前我国社会责任会计仍然处于研究阶段,未能以货币形式统一反映各项社会责任指标,导致了各行业以及同行业中企业之间的社会责任报告缺乏横向可比性。

七、报告披露未能与信息获取者有效沟通

我们在搜集相关信息,下载社会责任报告的过程中发现,大部分企业在制定报告编写计划之前未能及时有效地获取利益相关者的信息需求,致使报告编写流于形式,未能真正起到真实披露的作用。而报告编写完成后,也只有少数的企业申请了独立第三方审验,当然这也与我国企业社会责任报告编制发展还不成熟,很多企业还缺乏申请国外权威机构审验的能力有关,这样的结果就使企业社会责任报告的真实性及可信度降低。笔者研读的 11 份社会责任报告中仍然有一部分的企业在报告发布之后缺乏意见反馈信息表,造成了信息沟通的不通畅,在一定程度上降低了报告传播的广泛性及有用性。这些都说明我国企业社会责任报告在可信度及可用性方面亟待提高与完善。

第三节　完善企业社会责任报告的建议

社会责任报告的发布已然成为我国企业与国际接轨的大趋势。然而我国社会责任事业的建设才起步不久,还处于发展上升阶段,需要政府、社会、企业等各方的共同努力,才能促进社会责任报告制度及体系建设健康的发展。

一、健全法制法规

道格拉斯·诺斯认为,经济交易的行为者之间的行为约束,以促企业在特定的情形下做出对社会经济增长有贡献的经济行为的激励机制,大多都是由所处的社会制度所产生的。[①] 因此,企业的经营活动以及社会活动都是在一定的经济和法律制度下所进行的。目前我国的经济及法律建设并没有完全成

---

① ［美］道格拉斯·诺斯:《制度变迁理论纲要》,1995 年 3 月 10 日在北京大学中国经济研究中心成立大会上的讲演。

熟,企业实施社会责任并非全部出于自愿。企业为客户提供优质的产品、满意的服务,确保投资者的利益、保证企业员工的各项权利,诚信经营、遵纪守法,承担对社区、环境的责任等,这些行为都还未能够自觉自愿地履行,都是在现有的社会制度、法律法规下权衡后所进行的。所以说,企业是否承担、如何承担社会责任都与政府的法律制度有着极为密切的关系。

要使企业社会责任报告在中国广泛推行,就必须建立并完善相关的法律法规制度。首先,要动态地制定与社会责任信息披露关系密切的法律法规。我国已经在建立社会责任方面的法律、法规中加入了一些国际公约,例如:2000 年联合国秘书长安南倡导"全球契约",2001 年中国联合会就在会长陈锦华的带领下开始向全国传播"全球契约"。诸如此类的公约为我国社会责任报告制度的完善及实施奠定了一定的基础。但是,与社会责任信息披露密切相关的法律法规在我国仍然相当的缺乏。只有结合企业的实际情况,动态地制定并完善社会责任方面的法律法规以及标准,明确编制报告的要求,划定社会责任的边界等,才能够使企业社会责任信息披露为企业所重视,促进企业社会责任的发展。其次,要加大奖惩力度。尽管我国已经颁布了一系列关于市场经济的法律法规,市场经济秩序在一定程度上得到了妥善的保障,但仍然存在缺陷。有些企业违反了法律,对利益相关者造成了损失,但是目前现有的法律法规中并没有对此类行为的惩处规定,或者惩处的力度很轻,致使一些企业钻法律的漏洞,逃避责任。由此,很多企业没有压力去主动自愿地承担相应的社会责任。要保证社会责任的稳步发展,促进我国市场经济的正常发展,就应该加强奖惩力度,使那些积极履行社会责任的企业得到更多的褒奖,拒绝承担或者逃避社会责任的企业就要受到严厉的处罚,使法律真正起到指示器的作用。

二、保证报告的完整性

社会责任报告的披露是为了给利益相关者提供参考决策的依据,所以为了使各利益相关者得到完整、准确的信息,社会责任报告的编制应该保证其完整性。

首先,保证报告内容的完整性。企业社会责任报告所披露的信息至少要包括:社会责任发展战略、社会责任履行管理以及社会责任绩效情况。在报告编制之前,企业应该将社会责任纳入企业发展战略以及管理制度,明确企业已经承担、还未承担、应该承担的社会责任,以及如何承担社会责任,将社会责任的理念与公司具体的可操作的政策结合。具体说来,应该包括以下6方面的内容:①对股东/投资者的责任。保证企业营利,减少成本,提升企业价值,促进企业的不断发展。②对员工的责任。以人为本,发挥员工的创造性,为员工提供培训提升的机会,保障员工的权益,为员工提供福利、社保,建立工会等组织,切实维护员工的根本利益。③对消费者的责任。为消费者提供高品质的产品、满意的服务,维护消费者的合法权益。④对环境的责任。制订环保计划,尽可能地减少企业运营对环境的不利影响,节能减排,减少耗能。⑤对社会的责任。建立企业社区,维护社区的各项利益。⑥对慈善的责任。积极参加各项慈善事业,捐款、捐物,并将慈善意识不断灌输给企业的员工。社会责任报告的内容应该尽量符合报告阅读使用者——企业利益相关者的需求,应该始终以利益相关者的需求为出发点,而不是将报告看做是标榜、宣传企业的工具。

其次,要有完整的信息披露制度。企业编制社会责任报告,披露社会责任的履行情况已然成为国际潮流,是企业与国际接轨、提升企业自身价值的客观需要。编制社会责任报告应该成为企业日常工作,而不仅仅是在需要编制的时候才临时成立编制小组。应该对社会责任管理、社会责任报告编制实现程序化、规范化的操作,建立完整的社会责任报告管理体系。从信息采集、整理到报告的编写、校对、发布,从目标的订立到具体的执行,到最后的考核,都应该不断完善各个环节,有前瞻性地构建长效的运营机制,以保证社会责任报告编制的科学性。

三、发展独立第三方审验

企业披露社会责任信息是为企业的利益相关者提供决策的重要依据,所以本着诚信经营的目标,企业披露社会责任信息应该具有合法性、真实性、中肯性、可比性等特征。客观上讲,申请独立第三方审验是保证社会责任报告具有公信度的有效手段。对于社会责任报告申请独立第三方审验的目的与公司对财务报告申请注册会计师独立审计一样,都是为了确保报告内容的真实性与客观性。

　　但是目前,我国并没有出台相关的法律法规要求企业必须对发布的社会责任报告进行审验。一些学者认为:目前,我国既没有法律法规强制要求企业编制社会责任报告,也没有要求发布报告的企业申请第三方审验,况且我国的企业社会责任报告编制也仅仅处于起步发展阶段,所以不能现在就苛求企业对社会责任报告进行审验,应该先鼓励企业定期披露社会责任报告。由于这种错误的"退而求其次"观念的误导,当前我国的企业社会责任报告中申请独立第三方审验的企业仍然凤毛麟角,难以与国际惯例接轨,使社会责任报告发布的公信度大打折扣。欧洲会计专家协会可持续性审核主席拉尔森(Larsson)认为:"没有经过审核的企业社会责任报告,比广告好不了多少。"①当前,我国企业所发布的社会责任报告中绝大多数是没有经过审验的,公众就会怀疑企业所披露的社会责任信息确凿与否,企业通过披露信息与利益相关者加强沟通的目标也就无从实现。从目前我国有独立第三方审验证明的报告来看,可分为专业独立第三方审验出具"审验声明"(例如:大型会计师事务所、大型咨询公司)和非专业第三方审核出具"相关方证言"。显然,从社会责任报告披露信息的价值角度来看,最终发展的方向无疑是要申请专业的独立第三方验审。《财富》杂志等机构对于企业声誉的评估,已经将是否申请第三方独立审验作为评估的重要指标。通过独立第三方对于企业社责任报告的确凿性、可靠性、完整性、中肯性等指标进行严格的评估,不仅能够避免企业避重就轻,免除企业自我吹嘘、公关广告的嫌疑,增进报告的公信度,还能够促进企业改进社会责任信息的采集、处理的质量。②

　　借鉴国外企业发布社会责任报告的经验,对企业发布的社会责任报告进行独立第三方审验,并出具审验报告,是促进社会责任报告编制发展的有效措施。首先,应该加强对于社会责任报告审验机制的研究。相关的机构以及科研院所要强化对于社会责任审验标准的研究,清楚明晰地解释以下问题:什么样的机构是专业独立的第三方审验机构,什么样的第三方具备审验资格,我国社会责任报告审验指标应该涉及哪些问题,等等。从理论发展入手,以理论为

　　① 刘奇:《企业社会责任报告必须确立公信力》,中国企业改革与发展研究会企业社会责任研究分会:"http://www.cerds.org/csr/index.asp"。
　　② 罗金明:《企业社会责任信息披露制度研究》,《经济纵横》2007年第6期。

实践做引导,使社会责任报告审验有理论依据。其次,政府应该尽快地出台相关的政策或者标准,确保报告的独立第三方审验有章可循,使我国的社会责任报告尽快与国际惯例接轨,确保其公信度。最后,为了便于日后对社会责任报告进行审验,企业在收集相关信息、整理的过程中应该具有前瞻性,有计划、有目的地对现有的会计管理系统进行改进,不断地迎合社会责任审验的需要。

四、掌握披露技巧

企业在编制社会责任报告的过程中,除了应该重视社会责任的框架、内容及指标外,还应该掌握披露的技巧。

第一,社会责任报告的语言应该尽量保持中立性。从前面的分析中我们看出:很多企业在编制社会责任报告的过程中,极尽溢美之词,浓墨重彩地标榜企业的亮点,而在披露事故及企业的不足之处时显得捉襟见肘。这不符合社会责任报告披露的中肯性及确凿性标准。披露社会责任报告的语言应该尽量保持中立性,尽量采用社会公众的客观评价来提高信息的确凿性。对于负面信息,企业要主动披露,并指出可能会对利益相关者造成的影响,及时提出防范措施,切实保护利益相关者的利益。只有出于信息披露目的,而不是宣传目的,才能保证社会公众得到原始、准确的信息以供决策。

第二,注意报告披露的时间。一般来说,社会责任报告的披露最好与企业年报披露的周期及披露时间接近或者一致比较好。这样,能使财务报告的信息采集、整理和社会责任信息采集、整理同步进行,有利于将会计编制系统融入社会责任审验中。2006 年 9 月 25 日,深交所发布的《深圳证券交易所上市公司社会责任指引》,其中第 36 条表明:上市公司可将社会责任报告与年报同时对外披露,也就是说社会责任报告披露的时间即会计年度。企业当妥善安排社会责任披露的时间,使社会责任报告披露及时、有效地进行。

第三,采取定量描述与定性描述相结合的方式。从目前我国所发布的社会责任报告情况来看,多数企业将社会责任信息披露当作是宣传企业形象的途径,社会责任报告由企业的宣传、公关、社会责任、战略管理部门等编制,很少有企业让会计部门人员参与。这种编制人员的配置导致企业社会责任报告的披露大都以文字、图片式定性描述为主,以非货币的形式来衡量,而以货币形式描述、衡量的定量信息就比较少,信息披露的可信性及可审计性降低。企业应该将社会责任信息会计化,企业的会计人员应该参与到企业社会责任编制的过程中,使会计账簿为企业社会责任信息的披露提供相关信息,由此能够使数据循环利用,而且能够为报告提供良好的数据控制及审查机制,保证数据的可靠性及完整性。[①] 这样还有利于企业社会责任信息的横向可比性、社会责任报告和企业财务报告具有共同点,社会公众通过综合分析两份报告的信息对企业做出更为全面的评价。

第四,分部信息与汇总信息披露相结合。目前,我国发布社会责任报告的企业大都是跨国公司或者大型集团企业,这些企业的社会责任报告主要是以汇总数据合并来披露社会责任信息。由于这些企业都是大型企业,其经营必然跨国界、跨地区、跨行业,所以对于环境及社会的影响也就因为地区或行业的不同而不同。披露的汇总信息尽管能够反映一个企业履行社会责任的总体情况,但同时也会由此而掩盖企业在某些领域或者地区的拙劣行迹或者出色业绩,导致不同地区或者行业的利益相关者无法获取自己所关注的社会责任信息,令社会责任报告披露的有效性、有用性及相关性都打了折扣,影响了社会责任报告披露的质量。所以,社会责任报告应该采用分部信息及汇总信息结合的方式,既全面反映企业社会责任履行情况的全貌,又能反映不同地区、行业的情况,满足企业所有的利益相关者的需要。

五、强化舆论监督

要促进社会责任的稳步发展,除了借助政府力量,通过制定法律法规来约束企业的行为以外,还要充分发挥社会力量对企业履行社会责任的情况进行监督。社会责任的履行和发展不仅仅是企业单方面的责任,也是整个社会必须关注的问题,社会有责任也有义务督促企业履行社会责任。

首先,加强媒体的导向作用。主流媒体及非主流媒体有义务强化对不良事件的披露和评论,使公众能够及时清楚地了解事件的始末。媒体的曝光有利于避免企业为了自身利益对于发生的事件有所隐瞒。网络媒体的关注能够使更多的民众参与进来,使社会各界人士共同对事件的始末、性质、结果,以及现行的管理制度等进行探讨分析。媒体的导向作用能够有效地促使社会民众

[①] 耿建新、房巧玲:《环境信息披露和环境审计的国际比较》,《环境保护》2003 年第 3 期。

形成共识,激发民众的社会责任意识,促使民众对于具有不良行为的企业的产品、服务进行抵制,利用舆论压力使企业认识到怠于履行社会责任的严重性。媒体的披露及评论,能够使政府更多地了解群众的呼声,从而加强政府法律制度的建设。

其次,完善社会责任监督体系。除了政府、媒体的约束外,通过发挥 NGO 组织、工会、消费者协会等社会团体的作用,形成多渠道、多层次的社会责任监督体系。同时还可以通过建立社会责任道德评价机制,使社会资金进入社会责任感强的企业,以激励企业自觉履行社会责任。

第四节　国内企业发布《社会责任年度报告》展望

从目前我国社会责任报告的披露情况来看,要求我国企业彻底与国际接轨、大规模披露社会责任信息的时机还未成熟。近期我国应该先不断地完善社会责任报告的编制体系,由大型企业入手,以点及面,使社会责任报告的发展呈辐射化增长。从政府、社会对社会责任的关注来看,社会责任报告披露会呈现以下的趋势:

一、发布报告的企业数量将不断增长

目前我国企业发布的社会责任报告每年以 2 到 3 倍的速度迅猛增长,社会责任建设也越来越受到整个社会的关注。企业社会责任的发展已经摆脱以前的"质疑、犹豫"阶段,翻开了崭新的一页。外资企业、国有企业、民营企业都在积极加入到践行社会责任的队伍中,政府也不断地出台有关社会责任报告发布的法律法规,对社会责任报告编制采取自愿和强制披露相结合的方式,鼓励企业披露社会责任信息,自觉接受社会公众的监督。社会责任报告编制的指标和准则也在不断地完善。目前,我国的一些企业已经都确立了定期发布社会责任报告的制度,报告的内容、质量都也在不断地改进。在这些先行企业的带动下,社会责任报告的编制必然会不断进步,逐渐在整个经济社会蔓延,最终形成和财务报告披露一样的定期发布惯例。

二、报告的质量将不断提升

随着社会责任建设在全社会的发展,企业的利益相关方不断地对企业披露社会责任信息提出新要求。企业为了提升自身的价值,会对报告的质量、内容以及规范性等方面不断地加以改善。社会责任报告编制的准则、社会责任绩效指标的不断统一,也使得我国社会责任报告编制的完善成为可能。国家电网、中国工商银行等企业已经建立了定期发布社会责任报告的机制,在这些大型企业的示范及带领下,我国社会责任报告的质量将不断提升。

三、与国际惯例接轨

目前我国社会责任报告的编制还未完全与国际惯例接轨,编制参考的标准、规范等也是良莠不齐。随着政府及相关组织法律法规的不断完善,我国社会责任报告的编制将有章可循。通过不断地完善社会责任评价指标体系、编制标准、发展第三方独立审验,社会责任报告最终会走向国际惯例,建立定期编制社会责任报告制度,披露具有公信度的社会责任报告。

参考文献

[1] Elkington J.. *Parnerships from Cannibals with Forks: The Triple Bottom Line of 21st Century Business* [J]. Environental Quality Management, 1998, 18 (1): 37-51.

[2] Gray O'Donovan. *Environmental Disclosures in the Annual Report: Extending the Applicability and Predictive Power of Legitimacy Theory*, Accounting, Auditing& Accountability Journal, Vol.15, No. 3, 2002, p.315.

[3] KP MG. *International Survey of Corporate Sustainability Reporting 2005* [Z]. KPMG Global Sustainability Services, 2005.

[4] 崔征:《跨国公司如何编制可持续发展报告?》,《WTO 经济导刊》2006 年第 8 期。

[5] 黎友焕、龚成威:《百年企业更应该承担社会责任——对国内已发布报告企业的研究分析》,《上海国资》2008 年第 12 期。

[6] 黎友焕:《SA8000 与中国企业社会责任建设》,中国经济出版社 2004

年版。

　　[7] 黎友焕:《企业申请 SA8000 认证:五个缺一不可》,《WTO 经济导刊》2004 年第 9 期。

　　[8] 黎友焕:《企业应对社会责任标准体系(SA8000)认证需要注意的几个问题》,《财经理论与实践》2004 年第 5 期。

　　[9] 罗金明:《企业社会责任报告披露策略探讨》,《投资研究》2008 年第 9 期。

　　[10] 牟涛、袁蕴:《利益相关者导向的企业社会责任信息披露构想——中石化社会责任报告的启示》,《财会通讯》2008 年第 7 期。

　　[11] 沈洪涛、金婷婷:《我国上市公司社会责任信息披露的现状分析》,《审计与经济研究》2006 年第 6 期。

　　[12] 沈洪涛:《公司特征与公司社会责任信息披露——来自我国上市公司的经验证据》,《会计研究》2007 年第 3 期。

　　[13] 孙光国、赵相华:《路,还有多远——基于 11 份企业社会责任报告的研读与思考》,《财务与会计(综合版)》2008 年第 10 期。

　　[14] 王立彦:《可持续发展与社会责任报告该传递什么信息》,《财务与会计(理财版)》2008 年第 5 期。

　　[15] 王立彦:《可持续发展与社会责任报告信息传导的进步与局限》,《世界环境》2008 年第 3 期。

　　[16] 魏宁娣:《国内外可持续发展报告现状分析》,《WTO 经济导刊》2007 年第 4 期。

　　[17] 温素彬、张建红、方靖怡:《企业审核责任报告模式的比较研究》,《管理学报》2009 年第 2 期。

　　[18] 谢良安:《如何编制企业社会责任报告》,《财政监督》2008 年第 3 期。

　　[19] 徐炜:《中国上市公司社会责任实施的现状研究》,《首都经济贸易大学学报》2009 年第 2 期。

　　[20] 薛文艳:《试论我国企业社会责任报告的披露》,《生产力研究》2008 年第 7 期。

　　[21] 杨熠、沈洪涛、陈木兰:《企业社会责任报告之中外比较——以中国

石油和英国石油为例》,《财务与会计(理财版)》2009 年第 3 期。

　　[22] 殷格非、崔征:《企业社会责任报告在中国》,《WTO 经济导刊》2008 年第 8 期。

　　[23] 朱金凤、杨秀强:《我国企业社会责任报告解读与评析》,《财会月刊》2008 年第 5 期。

第十章 在华跨国企业发布《社会责任年度报告》分析报告

摘要：跨国企业作为推动我国经济发展的重要因素，发布的《社会责任年度报告》对我国的社会发展产生了较大的影响。本专题以商务部外资司网站公布的世界500强企业中的10个在我国发布社会责任报告的跨国企业作为样本，试图通过研究样本企业的社会责任报告来揭示在华跨国企业发布的中国社会责任报告的概况、问题，并提出对策建议，以期达到提升在华跨国企业社会责任年度报告质量的目的。

关键词：在华跨国企业；企业社会责任报告；问题；对策

Abstract：As an important factor to the economic development of our country, multinational corporations have great influence to our society by publishing CSR reports in China. The paper researchs 10 multinational corporations' CSR reports as the sample reports in the hope of finding out the problems that inherent in the CSR reports and then puts forward some suggestions on the improvement of the reports.

Key Words：multinational corporations in China；CSR report；problem；suggestions

改革开放以来，跨国企业日益成为推动我国经济发展的重要因素，研究在华跨国企业发布的社会责任报告，不仅可以促进跨国企业在中国的可持续发展，而且对推动中国经济发展有重大现实意义。

第一节　在华跨国企业发布社会责任报告现状

发布企业社会责任报告是企业重视社会责任的一种表现。我国的企业社会责任报告数量近几年发生了井喷式增长,而在华跨国企业发布的中国报告也是这股潮流中的一部分。

一、报告数量分析

我国第一份企业社会责任报告是 1999 年壳牌发布的中国地区报告,直到 2005 年在华跨国企业的社会责任报告仍构成我国企业社会责任报告的主体。在企业内、外因的共同作用下,从 2006 年至今我国的企业社会责任报告数量快速增长,在华跨国公司发布的中国报告在我国总报告中所占的比例逐渐减小。2008 年 1—11 月份在中国发布企业社会责任报告的 121 家[①]企业中有 35 家[②]在华跨国企业发布中文企业社会责任报告,约占发布报告企业的三分之一。在华跨国企业在我国发布企业社会责任报告历年统计见图 10-1。

二、报告名称分析

为方便研究在华跨国企业发布企业社会责任报告,本文选取商务部外国投资司网站公布的世界 500 强企业中的 10 个为样本企业进行研究。这些企业的海外经营战略明确,短期行为少,对其他企业有示范作用,作为样本点有代表性和稳定性。

据 Corporate register 网站统计的全球英文企业社会责任报告名称按频率依次为可持续发展报告、企业责任报告、企业环境报告。从表 10-1 可以看出,样本企业在我国发布的社会责任报告以企业社会责任报告和可持续发展报告命名的居多,其中企业社会责任报告 6 份,可持续发展报告 3 份,另外还有 1 份以年度简报命名的报告。

---

① 郭沛源等:《摘要》,《价值发展之旅 2008——中国企业可持续发展报告研究》2008 年 12 月。

② 殷格非、管竹笋:《在华跨国公司社会责任实践现状与趋势》,《WTO 经济导刊》2009 年第 3 期。

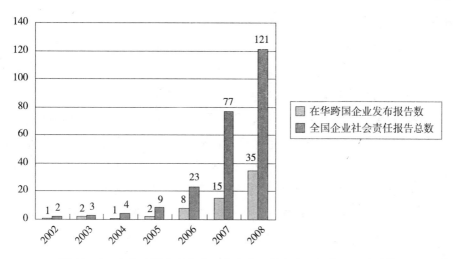

图 10-1 在华跨国企业在我国发布企业社会责任报告历年统计①

表 10-1 样本企业社会责任报告名称

企业名称	报告名称
东芝中国 Toshiba	CSR 报告书 2009 社会责任报告
巴斯夫大中华区 Greater China	2008 年度简报
汇丰银行(中国)有限公司 HSBC	汇丰中国企业社会责任报告 2008
英特尔中国 Intel China	2007—2008 年企业责任报告
美铝(中国)投资有限公司 ALCOA	2008 中国可持续发展报告
可口可乐(中国)饮料有限公司 Coca-cola China	可持续发展报告
壳牌中国集团 Shell China Ltd	2007 年壳牌中国可持续发展报告
诺基亚西门子通信 Nokia Siemens Networks	2008 年度企业责任报告
索尼中国 Sony China	索尼中国企业社会责任简报 2009
通用汽车中国 GM China	通用汽车中国之企业社会责任 2008 年年度报告

三、报告质量

本部分从报告的形式,可获得性,内容的规范性和完整性,有无第三方审

---

① 数据根据商道纵横网页企业可持续发展报告资源中心整理得到(http://www.syntao.com/Sustain/)。

计和中肯性等几个方面分析在华跨国企业发布的中国报告质量。

(一)报告形式

从报告的形式和结构角度来看,在华跨国企业发布的社会责任报告形式可分为4种,报告整体介绍全球业务,较少涉及中国业务;每个部分都尽量涉及中国的业务;报告有专门篇幅全面介绍中国业务;主要介绍中国业务。而2008年前11个月份在华跨国企业发布的35份报告中,分别有10份报告(占报告总数的29%),19份报告(占报告总数的54%),2份报告(占报告总数的6%),4份报告(占报告总数的11%)对应上面4种形式出现。根据以上统计分析可知,在华跨国企业发布的社会责任报告倾向于将母公司的报告翻译为中文再加上对中国业务的简要介绍。[①]

表10-2　企业报告形式比例

	整体全球业务,较少中国业务	每部分尽量涉及中国业务	有专门篇幅全面介绍中国业务	主要中国业务
企业数	10	19	2	4
百分比	29%	54%	6%	11%

在样本企业中,只有诺基亚西门子通信1家企业的报告属第一种形式,即整体介绍全球业务只有少量涉及中国区业务;剩下的9家企业报告都有较大篇幅介绍中国区情况,东芝中国的责任报告和巴斯夫大中华区的年度简报上有部分全球业务信息,其余企业的中国报告都主要披露在华履行的企业社会责任信息。

(二)报告的可获得性

从报告的提供方式角度来看,所调查的10家样本企业在企业网站首页主菜单中均设有企业社会责任目录,并在醒目位置提供社会责任报告PDF格式下载,报告的可获得性强,报告的获得成本低。

关于报告的语言,除诺基亚西门子通信只提供英文报告外,其余9家企业均有中文报告。跨国企业在华发布报告时正在尽量消除语言障碍,增强报告

---

① 殷格非、管竹笋:《在华跨国公司社会责任实践现状与趋势》,《WTO经济导刊》2009年第3期。

的可获得性。

(三)报告规范性、内容完整性

从报告编写的规范性角度来看,目前对全球性报告编写框架有较大影响的为由全球报告倡议组织(GRI)发布的《可持续发展报告指南方针》(GRI 指南),国际社会责任标准 SA8000,及由 Accountability 制定的 AA1000 系列标准。统一报告的编制框架一方面可使报告规范化,更趋于专业;另一方面易于不同企业间的比较。从表 10-3 可知,样本企业明确提出应用或参考 GRI《可持续发展报告指南方针》的中国报告只有东芝中国、可口可乐(中国)饮料有限公司、诺基亚西门子通信 3 家企业,而其中诺基亚西门子通信的报告是全球统一英文报告。巴斯夫大中华区发布的年度简报笼统提及报告编制所有信息符合可持续发展报告的国际标准,其余 6 家企业报告均未提及国际标准。

从报告内容的完整性角度来看,对于使用或参考 GRI 指南编制报告企业,所涉及 GRI 项目越多,报告的内容越完整。从表 10-3 可知,与 GRI 指南相对照编制社会责任报告的企业涉及项目最少的为可口可乐(中国)饮料有限公司,涉及 76 项;涉及最多的为东芝中国,涉及 121 项指标;未参照 GRI 指南编制报告的企业中,巴斯夫大中华区、美铝(中国)投资有限公司、壳牌中国集团、英特尔中国和索尼中国的报告内容相对充实;而汇丰银行(中国)有限公司和通用汽车中国的中国报告涉及的内容较少,报告的说服力不高。

表 10-3　样本企业报告分析表①

企业名称	页数	中国分册语言	中国分册内容,规范性	在华业务相关性	独立第三方审计	全球报告语言	全球报告内容,规范性
东芝中国 Toshiba	64	中文	按 AA1000 原则筛选指标,涉及 GRI 121 项指标,没有中国地区负面信息	主要全球,分中国部分	第三方意见	英文日文	AA1000 标准审核涉及 GRI 121 项指标

---

① 表 10-3 中的结果为笔者根据各公司网站提供的 2008 社会责任报告 PDF 格式所统计。

企业名称	页数	中国分册语言	中国分册内容,规范性	在华业务相关性	独立第三方审计	全球报告语言	全球报告内容,规范性
巴斯夫大中华区 Greater China	33	中文 英文	笼统提及参考标准 内容充实 有负面信息	全部中国业务	无	英文	英文全球的参考 GRI 涉及 GRI 96 项
汇丰银行(中国)有限公司 HSBC	28	中文 英文	无参照指标无目录 涉及内容少 无负面信息	全部中国业务	无	英文	根据 GRI 编制 通过 ISAE3000 审计
英特尔中国 Intel China	29	中文	无参照指标 内容充实 无负面信息	全部中国业务	无	英文	根据 GRI 编制,涉及 121 项指标
美铝(中国)投资有限公司 ALCOA	30	中文	无参照指标 内容充实 有负面信息	结合中国	无	英文	根据 GRI 编制 涉及 121 项指标
可口可乐(中国)饮料有限公司 Coca-cola	37	中文 英文	根据 GRI 编制,涉及 76 项指标 无负面信息	全部中国	无	英文	根据 GRI 编制 涉及 79 项指标
壳牌中国集团 Shell China Ltd	20	中文	无编制标准内容 比较充实 有负面信息	全部中国	无	NA	NA
诺基亚西门子通信 Nokia Siemens Networks	105	英文	参考 GRI 指南 有索引 涉及 GRI 81 项 有负面信息	少量中国	无	全球统一	全球统一
索尼中国 Sony China	38	中文	无参考标准 无负面信息	全部中国业务	环境数据经独立第三方审计	英文 日文	参考标准:GRI 指南,日本省发布的《环境报告指南》涉及 GRI 118 项指标,少量负面信息
通用汽车中国 GM China	39	中文 英文	无参考标准 涉及内容少 无负面信息	中国分册	无	NA	NA

注:表中 NA 表示未找到。

（四）报告独立第三方审计和中肯性分析

在样本企业中，只有索尼中国的环境数据经独立第三方审计，东芝中国提供的是第三方意见，而其余8家企业均未提供第三方审计或意见。样本企业中汇丰银行（中国）有限公司、英特尔中国、可口可乐（中国）饮料有限公司和通用汽车中国无任何负面信息，中肯性差。

（五）报告沟通性

企业发布社会责任报告的直接目的是向企业各利益相关者提供企业履行社会责任的信息，便于他们进行相关决策。因此，企业应注重利益相关方对报告的信息需求和反馈意见。在样本企业报告中，所有企业均只有联系方式而没有调查问卷，报告的沟通性差。

第二节　在华跨国企业社会责任报告存在的问题

西方国家在20世纪90年代时就有大量的企业发布社会责任报告，在报告的编制上已经形成一定体系，而我国企业社会责任报告起步则相对较晚。在我国向西方国家学习编制报告经验的过程中，在华跨国企业作为两者的"交集"本应该在报告的编制上起到辐射和示范作用，但多数跨国企业在华发布的社会责任报告并未能承担这种作用。在华跨国企业发布的中国报告除了具有缺乏独立第三方审计、报喜不报忧、报告内容不完整、主次顺序不分、无信息需求者问卷反馈等国内其他属性企业报告的缺点外，还存在如下特定问题：

一、报告本土化程度低

报告的本土化程度包含两层含义：一是语言方面，报告是否以中文形式出现，报告的中文表述是否符合国人的思维习惯；二是内容方面，报告中所披露的信息是否能满足我国多方信息需求者需要，所涉及的中国业务是否有针对性，在保证突出重点的同时是否全面、具体。目前在华跨国公司的社会责任报告在这两方面都有较大的改进余地。

1. 中文报告数量少。样本企业中诺基亚西门子通信的报告以英文出现，其报告内容全球统一，只有少量内容涉及中国业务，中国地区的针对性不强。所有未发布中国报告的在华跨国企业都存在此类问题。国人能接触到的报告多是以英文为语言,少量涉及中国业务的全球统一报告。如微软公司,最早的社会责任记录可追溯到 1989 年,如今每年发布企业公民报告。1992 年微软在北京设立办事处,1995 年微软(中国)有限公司正式成立,但在 2007 年才发布第一份中国社会责任报告,现在在微软中国官方网站上提供下载的仍是这份全球企业公民报告。据 Corporate Register 网站统计 2007 年全球共发布2820 份英文责任报告,《财富》500 强企业有 335 家(占总数 67%)[①]发布报告。2007 年《财富》500 强中,除去当年上榜的 30 家中国企业,在中国设有分公司的企业共 457 家,而 2008 年前 11 个月在我国发布企业社会责任报告的跨国企业只有 35 家,很多在中国地区有业务、设立分公司并且在国际和国内市场上都有重要影响的跨国公司未发布针对中国业务的中文报告,从而,通过编制和发布社会责任报告所起到的一系列作用,如促进企业对社会责任理念的理解,重视在中国应履行的社会责任,加强在中国履行社会责任的实践,促进利益相关方参与,等等,就更无从说起了。

2. 对于已有的跨国企业中文报告,有的报告内容照搬全球报告模式,很少涉及中国地区内容,而且企业所应承担的社会责任在不同地区内容不同,根据全球报告模式根本无法显示地区间的差异;有的企业甚至将发布的全球报告直接翻译成中文,语言表达不符合中国人的思维习惯,让中国读者难以理解,可读性低。样本企业东芝中国的报告结构分特集、重要性报告、管理报告几部分,其中只有重要性报告中的"东芝中国集团企业社会责任贡献活动"和管理报告中的"东芝中国集团企业环境报告"针对中国地区业务,其余部分都是以东芝集团为对象提出整个集团的社会责任的目标或是原则方针,目标方针下具体的实施细则和案例选择大部分只针对日本国内东芝集团。比如,在员工的安全与健康方面披露东芝集团劳动灾害发生率时,报告只包含日本国内东芝集团灾害发生率,无中国的相应信息披露;报告涉及"积极录用残疾人士"一项,反映日本国内东芝集团达到日本《残疾人雇用促进法》规定的残疾人法定雇佣率水平,我国国务院颁布的残疾人就业条例也规定了我国企业应雇用的残疾人最低比例,但此报告却没有我国相应信息;在尊重员工多样性,

---

① 郭沛源等:《报告发展概述》,《价值发展之旅 2008——中国企业可持续发展报告研究》(2008 年 12 月)。

提高呼叫中心和咨询窗口接待质量等方面,报告都只提及了日本国内东芝集团情况,没有任何中国地区情况介绍。而报告包含的在中国的社会责任活动多是与集团日常经营无关的社会贡献活动。

二、报告质量"双重标准"

西方国家接触企业社会责任理念早于我国,其企业编制社会责任报告经验也相对丰富。然而从表 10-3 可以看出,许多企业发布的全球报告质量要优于在我国发布的中国报告,在报告的质量上施行"双重标准"。所有样本企业发布的全球报告都应用或是参考 GRI 指南,并都附有 GRI 索引。这一方面利于报告编制方理清思路,加强对社会责任概念理解,方便企业检查是否有未尽到的社会责任,哪些活动有悖于企业社会责任理念,同时使编制出来的报告趋于专业化;另一方面从读者的角度,参照国际标准并附有索引方便读者查找相关内容,检阅报告所涉及内容,同时对不同企业进行对比分析。但大部分企业所发布的中国分册却并没有沿用全球报告的标准。样本企业中,东芝中国、诺基亚西门子通信的中国报告和全球报告都参考了 GRI 指南,报告质量基本一样,但中国报告涉及中国业务较少,只是在全球报告的基础上提及中国业务。其余 8 家主要针对中国地区编制的报告中,只有可口可乐(中国)饮料有限公司的中国报告的编制标准和所涉及的指标数和全球报告基本一样,剩下的 7 家企业中国报告无论从编制的规范性和涉及内容均不如全球报告。

三、部分报告编制无章可循

未按 GRI 指南编制的样本企业中国报告都存在不同程度的无章可循。最典型的是汇丰银行(中国)有限公司发布的中国报告。整个报告没有目录,没有任何报告说明,报告的行为主体界定、介绍信息的时间范围、空间范围无从而知,整个报告无标准可循;报告总计 28 页,含大量图片,并同时提供中英文内容,给读者感觉更像是宣传画册而非能承载着大量反映企业经济、环境和社会等非财务方面信息,增强企业透明度的社会责任报告;报告前没有总体目标阐述,中间内容更没有为达目标而进行的任何具体安排,给读者感觉进行的社会责任实践不具战略性而且没有可持续性;报告内容只是将该公司在 2008年度所进行的员工、客户、环境保护、教育支持和促进社会发展几方面进行的正面活动进行罗列,无任何负面信息,报告的客观性和中肯性受到质疑;报告大部分采用文字叙述等定性方式披露社会责任信息,缺乏具体的量化信息,出现的量化信息又多以绝对量出现,只有在介绍员工方面信息时应用的相对量,导致表述信息不清,读者不能掌握所描述行为的确切程度。这样质量的报告不能满足各方信息需求者的要求。

第三节　对策建议

根据上文在华跨国企业中国报告所存在的问题,给出如下对策建议:

一、建立健全相关法规和监督机制

要提高我国任何属性企业发布的社会责任报告质量,建立健全相关法律法规建设有重要作用。弗里德曼(Milton Friedman)认为:"企业仅具有一种而且只有一种社会责任——在法律和规章制度许可的范围之内,利用它的资源和从事旨在于增加它的利润的活动。"①这种观点也许不能完全代表理论界对企业社会责任的理解,但其中描述法律的重要性应该没有异议。跨国企业之所以在履行社会责任时有"国别差别",根本原因是各国的企业社会责任法规建设水平有差别。一方面,我国相关法规建设不完善,使跨国公司有机可乘;另一方面,与国外法律相比,我国法律监督和惩罚力度不够,对跨国企业没有震慑力。近几年,在华跨国公司屡屡爆出社会责任丑闻,试想如果一个企业都敢于践踏法律,作为反映其进行社会责任实践的社会责任报告所披露的信息怎么可能做到客观、全面呢?

我国应该以法律法规的形式明确界定企业所必须履行的社会责任,使企业在履行责任时有法可依,将责任变成一种义务,并加强执法监督力度,在我国快速推行企业社会责任。

二、重视政策引导

在华跨国企业发布的社会责任报告是在我国最早出现的企业社会责任报

---

① 高芳:《企业的道德责任与社会责任——斯密与弗里德曼观点的比较研究》,《哲学动态》2006 年第 4 期。

告,但近几年,与我国其他属性的企业发布报告的数量和质量变化速度相比,其进步速度略显逊色,这跟相关政策引导的不同步有很大影响。2008 年国务院国有资产监督委员会下发《关于中央企业履行社会责任的指导意见》,20 家央企响应号召,当年发布企业社会责任报告,其中有不少企业首次发布社会责任报告。2006 年深交所发布《深圳证券交易所上市公司社会责任指引》和 2008 年上交所发布《上海证券交易所上市公司环境信息披露指引》对推动上市公司发布企业社会责任报告起了重大作用。近几年,我国企业发布社会责任报告数急速增长与这 3 个政策的出台有很大相关性。因此,为提高在华跨国企业发布的中国报告质量,增加其中文版报告数量,规范其报告内容,我国相关机构应提出针对在华跨国企业中国报告的政策导向,增强针对性的政策引导。

三、加大宣传教育力度,增强舆论监督

多数在华跨国企业中国报告的显著特点就是和其发布的全球报告相比编制标准和报告质量差距大,究其原因,一是我国相关法律法规建设还不完善,对其没有硬性要求,二是由于我国各界公众对企业社会责任报告的关注度不够高,对其需求没有国际环境那么旺盛,使得跨国公司对中国报告不够重视。因此,在健全完善相关法律法规的同时,应加强企业社会责任理念的宣传教育力度,营造良好的社会氛围,使各利益相关方共同督促在华跨国企业中国报告的编制。例如,企业员工可以把报告看做社会了解其处境和待遇的一个窗口,作为掌握企业实际资料的"内部人",他们有能力监督报告的编制;媒体可以通过社会报道,评选优秀企业社会责任报告等方法吸引公众对企业社会责任报告的关注;非政府组织经常深入到基层试点活动,一方面可以掌握第一手资料评价企业报告的真实性,另一方面也是报告信息的重要需要方,等等。总之,我国社会各界应该发挥自身的主动性,提高在华跨国企业的中国报告质量。

第四节 在华跨国企业社会责任报告展望

一、发布中国报告的在华跨国企业必将增长

在华跨国公司多为在国际和国内有影响力的大公司,无论从社会各方对

报告信息的需求角度还是跨国企业自身经营的利益角度,发布企业社会责任报告都有一定的必然性。

首先,从中国社会对报告信息的需求角度来看,由于跨国公司的社会影响力,社会各方对其发布社会责任报告都有更大的期望和要求。世界和各国非政府组织通过报告信息确定其所开展工作的内容和侧重点;政府和规则的制定者倡导并制定法律法规规范企业报告,以期从报告中看到他们期望的公司透明度,规范企业行为;新闻媒体为企业宣扬报告信息,同时通过营造社会舆论检查报告信息,监督企业社会责任实践;消费者、投资者通过报告信息增加对企业和企业产品的了解,帮助其做出购买和投资决定;员工和潜在员工通过报告信息对企业进行比较判断;地方社区则可从报告中了解到企业社区环境的影响。

其次,从跨国企业自身发展的角度看,跨国企业为更好的经营和发展,也有发布社会责任报告的需求。报告的编写过程是企业树立学习和进行价值管理的过程,同时促进了企业内部的上下沟通和外部的横向沟通;报告是企业强化基础管理,提升管理水平,建立企业诚信文化的工具;报告能为企业占领市场、提高品牌价值、增强可持续发展能力;报告也是企业本土化和全球化的扩张手段。在毕马威对全球《财富》500强中世界最大的250家公司(这250家企业全部为跨国企业,绝大部分涉及中国业务)开展的调查显示,这250家企业大多数发表了社会责任报告,发布报告比例从2002年的45%提高到2005年的52%。

跨国公司在社会责任的全球推广中还处于初级阶段,部分公司在华履行的社会责任还逊色于全球理念,随着在华业务的发展和社会各方对其社会责任实践的关注,在华跨国企业发布的中国报告或中文版报告数量必将增长。

二、摒弃"双重标准",提高报告质量

为了满足中国利益相关方的需要,在华跨国公司将摒弃"双重标准",针对中国地区业务,发布高质量的中文版社会责任报告。从样本企业索尼中国和东芝中国的2008年和2009年两年中国报告就能看出此趋势。通过研读样本企业东芝中国和索尼中国的2008年、2009年的中国报告,发现两企业2009年的报告都比2008年报告更针对中国地区业务。两企业2008年报告涉及中

国地区业务内容均比较少,内容主要以全球业务为主,在全球报告的基础上添加少量中国业务介绍,编制标准都参照 GRI 指南编制报告,并附有 GRI 索引。2009 年两个企业均通过不同的方法提升报告的中国针对性,满足国内利益相关者信息需求。索尼中国的 2009 年的报告对象范围只为中国地区,从针对性来说是一种进步,但对报告说明如参考什么原则编制,报告内容的索引,企业社会责任报告应该包含的经济责任,在中国地区的业绩,对政府税收的贡献等均未提及。相比之下,2008 年报告和 2009 年全球报告针对全球业务均有上述方面相应说明,从报告的规范性和内容的完整性来说,2009 年中国报告有一定退步。东芝中国 2008 年报告中提到的《环境展望 2050》明确东芝集团 2050 年要实现的环境目标,没有提及中国地区分公司的具体目标和实施手段,2009 年报告对此做了详细说明,增加了中国地区目标的可行性,整个报告增加了"东芝中国集团企业环境报告"。虽然两企业 2009 年的报告仍然有很多方面需要改善,但可以看出企业正在探索。

由于在华跨国公司与其全球总部各方面的从属关系,在华分公司在编制中国报告时有向全球报告看齐的内在压力;并且随着中国社会各界对企业社会责任理念认识的深入,全社会对高质量企业社会责任报告要求的呼声随之加大,对在华跨国公司提升社会责任报告质量形成了外在压力;同样是因为和总部的从属关系,在华跨国公司更容易得到总部编制报告的先进经验,有能力编制高质量责任报告。在内外在压力和潜在能力的综合作用下,在华跨国企业发布高质量的社会责任报告成为必然趋势。

参考文献

[1] 陈朝晖:《跨国公司社会责任规范体系及有关问题》,《大连海事大学学报(社会科学版)》2009 年第 2 期。

[2] 崔征:《跨国公司如何编制可持续发展报告?》,《WTO 经济导刊》2006 年第 8 期。

[3]《大趋势:企业社会责任报告国际动态》,《WTO 经济导刊》2007 年第 8 期。

[4]《高质量:企业社会责任报告标杆》,《WTO 经济导刊》2007 年第 8 期。

［5］金润圭、杨蓉、陶冉：《跨国公司社会责任研究——基于 CSR 报告的比较分析》，《世界经济研究》2008 年第 9 期。

［6］罗金明：《企业社会责任报告披露策略探讨》，《投资研究》2008 年第 9 期。

［7］盛斌、胡博：《跨国公司社会责任：从理论到实践》，《南开学报（哲学社会科学版）》2008 年第 4 期。

［8］魏宁娣：《国内外可持续发展报告现状分析》，《WTO 经济导刊》2007 年第 4 期。

［9］薛文艳：《试论我国企业社会责任报告的披露》，《生产力研究》2008 年第 7 期。

［10］杨熠、沈洪涛、陈木兰：《企业社会责任报告之中外比较——以中国石油和英国石油为例》，《财务与会计（理财版）》2009 年第 3 期。

［11］殷格非、崔征：《企业社会责任报告在中国》，《WTO 经济导刊》2008 年第 8 期。

［12］殷格非、管竹笋：《在华跨国公司社会责任实践现状与趋势》，《WTO 经济导刊》2009 年第 3 期。

［13］殷格非、李伟阳：《企业社会责任全球发展趋势》，《WTO 经济导刊》2008 年第 6 期。

［14］朱金凤、杨秀强：《我国企业社会责任报告解读与评析》，《财会月刊》2008 年第 5 期。

［15］朱文忠：《跨国公司企业社会责任国别差异性的原因与对策》，《国际经贸探索》2007 年第 5 期。

第十一章 境外社会组织在我国境内开展企业社会责任活动分析报告

摘要:境外社会组织在我国开展的企业社会责任活动对企业社会责任理念在中国的传播有极大的推动作用。本文把境外社会组织分为4类,依次分析其在我国企业社会责任建设中所起的作用,列举各类组织有代表性的团体在我国进行的企业社会责任活动,最后点评对我国造成的利弊影响,并提出完善其活动的对策建议。

关键词:境外社会组织;企业社会责任活动;利弊;对策

Abstract:The outside social organizations have carried out many corporate social responsibility activities in China, which have played an important role in promoting the spread of CSR concept in China. This paper divided the outside social organization into four categories, followed by analysis of their contribution to the building of corporate social responsibility in our country, and enumerated plenty of corporate social responsibility activities held by their representative groups in our country. Finally, the thesis estimates the advantages and disadvantages of impact of their activities and put forward countermeasures and suggestions to improve their activities.

Key Words:outside social organizations;CSR activities; advantages and disadvantages of impact; suggestions

境外社会组织①,尤其是西方发达国家的社会组织,无论从企业社会责任标准的制定上、执行上还是企业社会责任活动的组织上、理念的宣传上都要比

---

① 本文定义境外社会组织为总部设在中国境外,通过在华分支机构或直接到中国境内活动,推进中国境内企业社会责任建设的组织机构。

我国成熟。境外社会组织在我国境内展开的企业社会责任活动对促进我国企业社会责任建设有一定意义。本专题将分析境外社会组织在我国境内展开的企业社会责任活动。为方便分析,又不失代表性,专题将有关企业社会责任的境外社会组织划分为境外民间组织、境外政府组织、国际组织和境外服务提供商四部分,并按这种划分依次介绍这4种组织在中国境内开展的企业社会责任活动。

第一节　境外民间组织

一、境外民间组织定义

境外民间组织指创始国在中国境外而活动范围延伸到中国境内,不以营利为目的且独立于各国政府的志愿性社会组织,其性质介于政府和企业之间。部分境外民间组织在中国境内设有分部或分支机构,根据不同的工作目标和工作需要,按照总部下达的指令开展工作;还有部分组织在中国境内未设办事处,直接根据海外机构的指令管理中国项目。目前境外民间组织在我国开展的活动涉及领域包括环境保护、艾滋病、基础教育、劳工和流动人口、志愿活动、扶贫赈灾、助残、妇女保护、企业社会责任、公共卫生等。在本文附录中列出了部分境外民间组织及其网址。其中代表机构有福特基金会、亚洲基金会、无国界卫生组织、绿色和平组织、欧洲企业社会责任协会、公平劳工协会、国际经济学商学学生会、国际商业领袖论坛等。

二、境外民间组织在我国境内展开的企业社会责任活动简介

(一)福特基金会(Ford Foundation)

福特基金会是一个致力于国际和平和改善人类福利的私人慈善机构。基金会目标是:强化民主价值观;减少贫困和不公;推动国际合作;促进人类的成就。福特基金会最初由福特家族的捐赠和遗产创立,目前有独立理事会。福特基金会在中国项目的资助直接由其北京办事处负责,从1988年1月北京办事处设立至2005年9月,基金会在中国资助总额已达2.07亿美元。①

---

① 公益慈善周刊:《美国福特基金会进入中国19年捐助善款16亿》,"http://www. zhong-guogongyi. com/www/text/index. php? id=6035"。

其开展的 CSR 活动主要有:

①福特基金会北京办事处"好邻居项目"。2007 年到 2009 年,"好邻居项目"每年有 10 万美元的资金通过招标的方式用于项目资助活动;2008 年,为庆祝福特基金会北京办事处成立 20 周年,基金会为"好邻居项目"设立了总金额为 20 万美元的特别项目(1999—2009)。①

②福特基金会支持由北京大学教育学院教育经济研究所和华东师范大学教育管理系合作开展"进城务工人员继续教育与培训模式研究"。该研究目标是探索不同的农民工教育供给模式和机制,以缩小农民工与城市居民在教育和培训机会上的差距(2005)。

③由福特基金会资助,中国人民大学劳动人事学院主办,中国人力资源开发协会劳动关系专业委员会和中国企业家协会协办的"全球化背景下劳动关系与企业社会责任国际研讨会"在中国人民大学召开。来自美国、英国、加拿大、澳大利亚、泰国和中国等地以及联合国的劳工问题专家学者在研讨会上探讨企业社会责任问题(2002.11.25)。②

(二)亚洲基金会(Asia Foundation)

亚洲基金会是一个非营利、非官方机构,旨在促进建立一个和平、繁荣、公正和开放的亚太地区。基金会在亚洲的项目包括治理与法律,经济改革与发展,妇女发展和国际关系;在中国的企业社会责任项目主要集中在为外来女工提供服务和建立帮助她们的社会支持网络。基金会不仅给这些社区投入资金支持,而且与企业和当地合作伙伴一起共同致力于和谐社区的建设。③

其开展的 CSR 活动主要有:

①工厂环保项目(2007 至今)

项目通过挑选广东的电镀企业和社会活动家,调动可持续发展和清洁水资源活动中的公民参与,以期达到减少铜、锡、铬等重金属向珠江的排放量。

②中国牧民合作经济组织建设和原生态保护培训项目(2009 年)

培训重点讲授合作经济组织基础知识及相关法律法规、建立和发展牧民

---

① 中国发展简报:"http://www.chinadevelopmentbrief.com/node/1605"。

② 中国发展简报:"http://www.chinadevelopmentbrief.com/node/1605"。

③ 亚洲基金会:"http://www.asiafoundation.org/"。

合作经济组织的必要性、国际合作经济组织发展案例分析等内容，实现以巴彦托海嘎查小康畜牧业专业合作社为试点，辐射和带动全旗其他的专业合作经济组织的良好发展态势。①

③公私合营灾害管理项目（2006—2008）

项目为亚洲基金会、民政部、中国企业联合会、美国商会共同发起和实施的一个为期两年的项目。项目鼓励社会各方参与灾害管理，通过举办提高公众减灾意识研讨会、培训班和社区层面的救灾演练等活动，促进政府机构、企业和当地非政府组织之间在灾害管理领域开展协作。②

④为外来女工提供直接服务（1999 至今）

项目由亚洲基金会与利惠基金会合作设立，作为利惠基金会已有项目的补充，是中国首个直接为外来务工人员提供帮助的项目。项目旨在改善珠江三角洲地区外来女工的权利和保护，为外来女工教授生活和职业技能，提供权利保护方面的咨询及法律援助服务；该项目进一步延伸到为外出务工前的农村青年提供外出前的培训。

⑤为外来女工设立奖学金（2005）

项目为外来女工提供在职业技术学校和大专院校学习的奖学金，以帮助她们拓宽就业机会和潜能。项目由茂宜国际百货公司资助，通过广东当地合作伙伴的协助，为奖学金获得者提供支持和帮助，特别是半工半读的学生。

（三）无国界卫生组织（**Health Unlimited**）

无国界卫生组织主要由一些医疗救助志愿者组成，目的在于向被慢性和多种疾病困扰的人们提供医疗救助，特别是赈灾援助。1999 年，由于其突出贡献，无国界卫生组织获得当年诺贝尔和平奖。在中国开展项目的有法国、英国、比利时和荷兰的无国界卫生组织。其主要项目包括为乡村卫生保健人员提供培训、基础设备及健康教育、改善母婴健康、艾滋病预防教育等。

其开展的 CSR 活动主要有：

①该组织目前在中国的主要工作是疟疾和艾滋病的预防与控制，与中国全球基金第五轮疟疾项目合作，负责云南省 14 个边境县的疟疾预防与治疗的

---

① 中国牧民合作经济组织建设和原生态保护培训项目："www. nmagri. gov. cn/sites/"。

② 公私合营灾害管理项目："www. pppdisaster. org"。

健康教育工作。

为保证在缅甸克钦邦第一特区工作的中国出境务工人员感染了疟疾能够得到及时规范的诊断和治疗,第五轮 HU 全球基金疟疾项目在完成了中国葛洲坝集团公司密松其培电源电站施工单位出境务工队人员疟疾防治健康知识传播的活动后,举办出境务工队随队卫生员疟疾诊治培训班(2009.6)。

②第六轮中国全球基金疟疾项目管理协调会议在昆明召开(2008.7.14)。

③昆明召开第五轮全球基金云南省疟疾项目中缅边境地区工作研讨会。英国无国界卫生组织东亚办主任出席了会议,对过去的防治工作做了简要回顾,并对今后工作提出了具体要求(2008.4.19)。

④无国界卫生组织总裁在北京大学医学部会议中心发表主题为"贫困与卫生"的演讲(2008.03.05)。①

(四)绿色和平(Green Peace)

绿色和平是一个全球性的非政府组织。该组织以保护地球、环境及其各种生物的安全及持续性发展为使命。在中国该组织以研究、游说及非暴力直接行动手法引起社会各界对环保的关注,主张公开讨论全球的环境问题,与各地政府及人民一起共同寻找建设性的解决方案,推动中国的可持续发展,致力使中国发展成一个拥有健康环境的国家。

其开展的 CSR 活动主要有:

①环境

对 2008 年北京奥运会的环境工作进行独立评估,并发布《超越北京,超越2008——北京奥运会环境评估报告》;"5·12"汶川大地震后,派工作人员赶赴灾区,通过与政府的沟通及时避免 5 次次生灾害;绿色和平成员登上香港的货柜码头,向政府及公众揭露两个装有有毒电子废料的货柜,引起香港和内地海关及环保部门的重视。

②气候

发布《煤炭的真实成本》报告,首次计算出煤炭使用造成的环境、社会和经济等外部损失;发布由中国权威专家撰写的《气候变化与中国粮食安全》报

---

① 无国界卫生组织:"http://www.healthunlimited.org.cn/"。

告,指出气候变化正在威胁中国粮食安全,可能导致 20 年后中国无法实现粮食自给。

③水质

协助沈阳市环保局出台了《沈阳市环境保护信息公开办法实施细则(试行)》。

④森林

发起大规模的公众参与项目"拯救森林,筷行动",成功与超过两万市民一起行动,说服北京近 500 家饭店承诺停止提供一次性筷子;与多家环保组织一起,成功推动绿色证券政策的加强与落实,公众参与令涉嫌环境破坏的金光集团 APP 旗下金东纸业上市受阻。

⑤空气污染

在香港推出《空气污染真相指数》,引起公众对香港空气污染的关注,并成功迫使香港特区政府承诺根据世界卫生组织指引修订香港过时的《空气质素指标》。

⑥食品

通过研究调查发现中国政府正在审批的转基因水稻涉及多项国外专利,由于绿色和平三年来在转基因水稻问题上的工作,中国政府至今尚未批准商业化种植转基因大米;发布《2008 北京有机指南》,以及在线版本的全国有机指南,为消费者提供购买有机食品的信息,鼓励更多人了解生态农业、支持生态农业。①

(五)公平劳工协会(Fair Labor Association)

公平劳工协会是一个非营利性组织,致力于团结工业界、非政府组织和大学的力量,共同促进工作条件的改善和国际劳工标准的遵守。公平劳工协会开展独立的监督和认证活动,确保在其成员公司开展生产的国家和区域,协会的"工作场所行为准则"得到严格的遵守。通过出版《年度公开报告》,公平劳工协会还为消费者和经营者提供可靠信息,指导其进行负责的购买活动。

其开展的 CSR 活动主要有:

公平劳工协会在中国开展两项活动,"中国工作时间"项目和"中国可持

---

① 绿色和平:"http://www.greenpeace.org/china/zh/"。

续守法和遵守劳动标准"项目。

①"中国工作时间"项目是基于中国的现状而实行,即由于未执行合规性审计、未采取纠正措施方案等深层原因,导致中国工厂工作时间长期过长。该项目认为,应该帮助中国工厂解决上述问题,以保持其竞争力,同时应督促工厂遵守关于工时方面的法律法规(2003 至今)。

②"中国可持续守法和遵守劳动标准"项目致力于提高工厂在自负盈亏的基础上处理法律法规问题的能力。该项目吸引了大批公司和供应商参加。

公平劳工协会还与中国大陆和香港地区的非政府组织、企业及政府部门合作,以为企业社会责任相关的问题提供可持续的解决方案。①

(六)香港乐施会(Oxfam Hong Kong)

香港乐施会于 1976 年由一群关注贫穷问题的志愿者发起成立,并在 1988 年在香港注册为一个独立的国际性发展和救援机构,是国际乐施会的成员之一。其宗旨是跨越种族、性别、宗教和政治的界限,与贫困群体一起面对贫穷和苦难,让所有的人都得到尊重和关怀,享有食物、居所、就业机会、教育及医疗卫生等基本权利,在持续发展中建设一个公平的世界。其经费主要来自香港市民、社团、商业机构,以及国际乐施会其他成员的捐款和支持。②

其开展的 CSR 活动主要有:

①乐施会发布《企业透明度报告》。报告显示,虽然愈来愈多香港成衣公司就劳工标准的汇报有所进步,但多数公司的企业透明度仍处于低水平。《企业透明度报告Ⅱ——香港成衣公司有否改善向公众汇报劳工标准?》旨在评估 26 家香港成衣公司,向公众汇报供应链劳工标准的表现(2009.03.23)。③

②乐施会报告《恒生指数成份股公司企业社会责任调查》指出,香港大多数恒生指数成份股公司均缺乏有效的企业社会责任政策和措施,尤其是在供应链、环境和工作间这几方面显得特别薄弱(2008.12.08)。④

③2008 年 5 月 12 日四川汶川发生特大地震灾害后,香港乐施会组织开展救援行动,参与物质救济、灾民安置,并及时制定了综合性的重建规划,实施

---

① 公平劳工协会:"http://www.fairlabor.org/"。

② 乐施会中国:"http://www.oxfam.org.cn/index.php"。

③ 乐施会中国:"http://www.oxfam.org.cn/news_s.php? id = 140"。

④ 乐施会中国:"http://www.oxfam.org.cn/news_s.php? id = 144"。

了一批重建项目。自 5 月 13 日"乐施会汶川地震救援及重建项目"正式启动到 11 月 12 日的半年时间里,乐施会在四川、甘肃及陕西 3 个受灾省份、共 21 个县市的 127 个乡镇及村庄,开展救援及灾后重建工作,投入善款总计超过 2654 万港元(人民币约合 2400 万元),共开展 29 个子项目,救助受灾民众累计超过 60 万人。①

(七)国际商业领袖论坛(IBLF)

国际商业领袖论坛是一家位于英国的、由企业领导的国际非营利性"商业与发展组织",注册为一家教育慈善组织和无股份的担保有限公司,由一个国际理事会领导。国际商业领袖论坛受到近 100 家国际和各国大型企业及非营利组织的支持,主要因通过商业经营和社区活动履行其企业责任而闻名。国际商业领袖论坛理事会由欧洲、美洲、亚洲和中东的优秀总裁组成。各大企业充分利用其领导地位、资源、技巧、创造力和思想,组织参与国际商业领袖论坛的各种国际活动,旨在集合分散的力量,创造更大的成就。

其开展的 CSR 活动主要有:

①国际商业领袖论坛与中国人民大学合作成立一个长期的管理中心,为中国公司对国际惯例施加影响力,突出全球经济对中国可持续发展的作用(2009)。

②英国国际商业领导论坛 CEO、亚太地区主任和项目主任访问中国青年创业国际计划全国办公室(2009.3.12)。

③国际商业领袖论坛与透明国际和中欧国际工商学院合作开展反腐败学习班(2007—2008)。社区创业组织在香港发起了"Engagement"活动,来自 15 个公司的雇员参与其中。自从 2002 年开始,国际商业领袖论坛一直支持其企业合作伙伴通过职工社区活动与地方利益相关者分享技能及能力(2008.5)。②

(八)欧洲企业社会责任(CSR Europe)

欧洲企业社会责任是欧洲领先企业推进企业社会责任的联盟,旨在促进企业社会责任的非营利性组织。其宗旨是鼓励其会员公司将企业社会责任融入到他们的日常经营管理中,通过将企业社会责任纳入公司实践的主流这一

---

① 乐施会中国:"http://www.oxfam.org.cn/news_s.php? id = 127"。
② 国际商业领袖论坛:"http://www.cblf.org.cn/"。

方式来帮助公司获取利润、得到可持续性的发展以及推动人类进步。

其开展的 CSR 活动主要有：

①欧洲企业社会责任联合《WTO 经济导刊》等在北京共同主办第四届企业社会责任国际论坛。同期推出供应链责任管理全球网络中文门户（www.csr-supplychain. org）（2009. 6. 5）。

②欧洲企业社会责任和《WTO 经济导刊》、中德贸易可持续发展与企业行为规范项目等机构共同主办了第三届企业社会责任国际论坛暨"2007 金蜜蜂企业社会责任中国榜"发布典礼。论坛上国内外 CSR 领域专业人士，就国内外 CSR 发展新趋势进行探讨（2008. 4. 25）。①

第二节　境外政府组织

一、境外政府组织简介

境外政府组织指驻华大使馆或驻华代表处。外国政府通过驻华大使馆或驻华代表处在华开展一系列活动，通过实施政治、经济、文化、投资、商务、国防、开发合作、对华援助等方面的工作，扩大母国的在华影响力并增进两国的联系。本节主要介绍了境外政府机构在推动我国企业社会责任建设方面所做的工作。欧美发达国家，在处理企业社会责任的相关问题方面拥有经验优势，其驻华代表机构，帮助我国企业解决了该领域的一些问题，推进了我国的企业社会责任建设。代表机构有英国驻华大使馆、英国国际发展部驻华代表处、澳大利亚国际/海外发展署、瑞典大使馆、荷兰大使馆、丹麦王国大使馆等。

二、境外政府组织在我国境内展开的企业社会责任活动简介

（一）美国驻广州总领事馆（Consulate Gengral of the United States）

美国驻广州总领事馆，与中国进行包括促进贸易商务往来，全方位推进美国对华政策，通过互访推动公众外交等多层次多领域的交流。美国驻广州总领事馆是在中国唯一处理美国领养和移民签证的机构。②

---

① 欧洲社会责任协会："http://www. csreurope. org/"。

② 美国驻广州领事馆："www. guangzhou-ch. usembassy-china. org. cn/"。

其开展的 CSR 活动主要有:

①美国驻广州总领事馆经济政治部副领事 Ashley L. Brady 和美国驻广州总领事馆政治经济顾问 Edward Lee 等访问广东企业社会责任研究会会长黎友焕博士(2008.05.13)。

②美国驻广州总领事馆副领事和美国驻广州总领事馆政治经济顾问访问广东企业社会责任研究会,与研究会秘书长等围绕企业社会责任范畴下多个领域进行讨论和交流(2008.01.21)。

③举办"美国消费者行动主义与消费者政策及对美国与海外市场的影响"学术论坛(2008.03.08)。①

(二)英国驻华大使馆(UK in China)

英国驻华大使馆,主要致力于扩大英国的利益,增进世界各国更紧密合作,特别是发展英国与中国之间的贸易与投资往来,加强两国在政治、经济、文化、国防等领域的联系,提供快捷公正的签证服务,为英国公民提供有效外交保护,同时通过开展扶贫项目来帮助中国减少赤贫人口的数量。

其开展的 CSR 活动主要有:

①中国工商领袖论坛

项目由威尔士王子国际工商领袖论坛执行,旨在通过推广商业透明化的标准和实践案例,降低腐败行为,为在华企业营造一个良好的可持续性的经商环境。

②企业社会责任与中国青年领袖项目

项目由国际经济学商学学生联合会中国大陆区分会执行,旨在通过提供企业社会责任方面的相关培训,提高和更好的认识企业社会责任。国际经济学商学学生联合会中国大陆区分会在项目过程中,建立当地办公室,举办可持续发展会议,发起"企业社会责任日"宣传活动和竞赛,提供各种机会让学生了解企业社会责任。

③政府干部企业社会责任能力建设项目

项目由中国浦东干部学院执行,旨在将企业社会责任主流内涵融入为中

---

① 广东省企业社会责任研究会:"http://www. gdcsr. org. cn/Announce. asp? ChannelID = 0&ID = 24"。

国市长、高层政府官员、企业家等提供培训的中央培训机构的课程中。英国大使馆为中国浦东干部学院安排了一次培训,一次企业社会责任英国观摩,以及针对中国高层干部举办了"企业社会责任与可持续发展"培训。

④珠江三角洲企业社会责任商业案例研究

研究项目由中国综合开发研究院(深圳)实施,旨在给企业提供可操作的方法和案例,让企业能够在执行企业社会责任的同时,还保有效率和收益,以此来推广珠江三角洲地区的企业社会责任国际标准。

⑤珠江三角洲企业社会责任实践

英国大使馆和英国文化协会共同举办针对珠江三角洲企业主、香港公正商贸联盟组织会员、广东人力资源管理协会会员,以及英国企业和政府官员的培训,并创办企业社会责任网站(www. CSRchina. net),组织企业社会责任记者培训,还建立企业社会责任最佳实践指导小组。

⑥气候变化公共外交试验项目

气候变化项目的目标是通过更快地向可持续性低碳全球经济转型,实现气候安全。该项目将从 2007 年持续到 2009 年,目的是增强人们对气候变化以及走向低碳发展之路的认识。作为一个平台,该项目为目标对象,如经济学家、政策制定者、科学家以及商业人士,提供能力建设以及分享经验的机遇。项目含一个核心主题和五个特定主题,分别集中于气候变化带来的经济影响、能源安全、政治安全、科学及工业(2007—2009)。①

(三)英国国际发展部驻华代表处(DFID)

英国国际发展部是针对贫穷国家提供英国政府援助,以消除极度贫困的政府部门。根据千年发展目标中第八个目标"全球合作促进发展"的指示,英国国际发展部正日益深化与中国在国际发展事务方面的合作,重点关注中国与非洲的关系;努力提高社会和谐与效率;帮助中国总结在减贫过程中积累的经验;继续推进英中之间就可持续发展、气候变化、能源安全等问题的对话。英国国际发展部参与中国当地基础教育、艾滋病病毒和艾滋病防治、肺结核病控制、医疗体制改革、用水及环境卫生等项目。

其开展的 CSR 活动主要有:

---

① 英国驻华大使馆:"www. cblf. org. cn"。

①创办和改善你的企业紧急项目

项目由英国国际发展部资助,国际劳工组织发起,为四川灾区提供针对性援助,帮助1,000家被地震摧毁的小型企业重新开业,并帮助失去工作的人们创办700家新企业。项目主要在四川省绵阳、德阳和广源三地的村镇开展工作(2008年7月—2009年7月)。

②英中可持续发展高层对话

国际发展部与英国其他政府部门一同努力发展英中可持续发展高层对话。对话涵盖四个主题:可持续消费与生产、自然资源管理、可持续城区建设、可持续发展管理机制,共开展30多个项目,有20家中方及英方部级组织和机构参与。同时,国际发展部努力推动英中之间就气候变化和能源安全问题的探讨。国际发展部与英国环境部共同资助一个探索如何提高中国农业对于气候变化的适应性的项目,重点考察宁夏地区。目前国际发展部正与世行和亚洲开发银行等机构合作,共同促进可再生清洁能源的发展(2005年至今)。

③私营部门发展项目

项目总经费0.32亿英镑,通过改善私营企业经营环境和相关支持性服务,增强其经营能力,改善给穷人的投资环境,发展私营部门,消除贫困。项目涉及范围广泛,从政策倡导到增加中小企业的融资渠道;从培训经商顾问到促进成千上万小奶牛农场主互帮互助;从市场调研到培养人们如何创业(1999年—2007年)。

④英国国际发展部委托斯坦林布什大学中国研究中心开展"中国在非洲基础建设领域的利益与行为"研究(2006年)。

⑤国际发展部与中国商务部、外交部、财政部及多家发展银行共同举办为期6个月的高端研讨会,就一系列与国际发展有关的事务进行了讨论。在该对话框架下,国际发展部承诺提供400万英镑资金支持,用于加强研究、分析工作和能力建设,促进中英及国际社会各方继续保持紧密协作,尤其针对解决非洲地区的经济增长及减贫问题。①

(四)澳大利亚国际/海外发展署(AusAID)

澳大利亚国际发展署(简称澳发署)隶属于澳大利亚外交外贸部,负责管

---

① 英国国际发展部驻华代表处:"http://www.dfid.gov.uk"。

理澳大利亚政府对外援助项目。澳大利亚对华援助项目主要在下列五个方面实施:卫生,教育,农业和农村发展,基础设施以及良政。此类援助项目通常是以专家引进与派出紧密结合的形式开展。

其开展的 CSR 活动主要有:

①中国政府和澳大利亚国际发展署启动两项新的重要项目:中澳环境发展项目和中澳卫生和艾滋病项目。这两个项目都是澳大利亚政府的援助项目,时间为 5 年,每个项目的金额是 2500 万澳元(2008.10)。

②截至 2003 年,澳发署对中国所提供的援助数额已经达到 4.2 亿美元,其中大部分是捐赠款。由澳发署、联合国开发计划署与中国政府支持并合作,外经贸部国际司和中国国际经济技术交流中心代表中国政府执行的"下岗女工再就业与创业"项目在北京召开三方审评会,对项目进行全面评估,该项目历时六年(2002.12.30—2008.12.30)。

③由国家经贸委、国家环保总局、联合国计划开发署、全球环境基金、荷兰王国驻中国大使馆以及澳发署主办,UNDP/GEF 加速中国可再生能源商业化项目办公室、北京科瑞安可再生能源开发有限公司(中国可再生能源工业协业筹备组)、国家计委能源研究所可再生能源发展中心协办的可再生能源商务开发和融资研讨会在北京友谊宾馆的科学会堂举行(2000.4.5—4.7)。①

(五)瑞典大使馆(Sweden Representations in China)

瑞中两国在各领域的合作与交流在不断加强,在国际、人权及双边关系问题上保持着开放性和建设性的对话关系。贸易促进与发展合作、传媒与文化事务、移民与领事服务也是瑞典驻华使馆的重要职责。

其开展的 CSR 活动主要有:

①为中国商务部及省商务厅代表提供企业社会责任培训

瑞典大使馆给商务部、海南商务厅组织为期一周的培训,讲述企业社会责任基本原则,并分享瑞典公司的案例。培训主题包括劳工、养老金、环境等。

②与商务部联合发起建立中瑞企业社会责任资源网站(2008)

该双语网站包括新闻、国际理论及工具(联合国全球契约、经合组织跨国公司准则等),以促进中国的企业社会责任发展。未来,该网站将会增加一系列来

---

① 澳大利亚国际海外发展署:"http://www.ausaid.gov.au/"。

自瑞典公司的优秀案例,经合组织也加入此项目(http://csr.mofcom.gov.cn/)。

③中瑞 CEO 高层企业社会责任论坛(2008)

来自瑞典的公司(如沃尔沃、爱立信等)和中国的公司(中石油、中国移动等)的首席执行官们参加本次高层会议。瑞典第一部长、瑞典贸易部长以及中国国资委主任出席该会议。

④中国高层代表团赴瑞企业社会责任考察(2006)

来自中国政府、国务院等 12 人组成的代表团参观访问瑞典公司在企业社会责任方面的优秀实践。2006 年 3 月编写了访问报告,该报告在人大代表会议中引起关注。2007 年 6 月,中瑞签订企业社会责任合作谅解备忘录。

⑤企业社会责任系列培训(2006)

上海企业社会责任培训:"企业社会责任:中小企业的竞争优势";广州企业社会责任培训:"通过优秀责任实践,提升地方竞争力"。该系列培训由瑞典大使馆与商务部共同举行,来自政府及私营企业的代表参加此次培训。

⑥中瑞环境科技中心

瑞典大使馆(北京)发起——环境科技中心。环境科技中心致力于向中国企业推荐瑞典在环保和可持续发展方面的先进技术和经验,特别是在城市规划、气候恶化控制和污水和垃圾处理、能源管理等领域,是传递瑞典先进环保技术的交流平台。

⑦企业社会责任儿童权利和能力中心

项目由英国救助儿童会(北京)发起,受瑞典大使馆资助。项目重点关注童工,通过给企业提供优秀实践案例来解决这一问题。①

(六)荷兰大使馆(Holland Embassy in China)

荷兰大使馆在贸易促进与发展合作、传媒与文化事务、移民与领事服务方面,发挥着重要的作用。

其开展的 CSR 活动主要有:

①企业社会责任培训(2008 年 5 月—2010 年 4 月)

项目主要目标是在中国传播企业社会责任的先进理论和优秀案例。主要

---

① 中瑞企业社会责任合作网站:http://csr.mofcom.gov.cn/aarticle/q/201001/20100106766373.html.

活动有培训和研讨会、到荷兰进行实地考察、出版以及推广。

②上海工人法律服务中心，三期工程(2008年5月—2011年4月)

项目旨在提高工人捍卫自身权利的意识和推广劳动相关法律的意识，在相关劳动问题上获取政府和有关部门的注意，增加社会对劳动问题的关注程度，培训一批服务于社区事务的法律工作者，将该中心成功的经验推荐给社会，提升中心自身的组织能力和捍卫工人合法权利的能力，以及在中国和国外的劳动法法律援助机构之间创造更多的交流机会。

荷兰大使馆与下属于华东政法大学政治与公共管理学院的上海工人法律服务中心以及中律原咨询公司签署书面协议并开展以下活动：为工人提供与劳动法相关的专业咨询服务；提供案件代理服务；加强建设组织上和机制上的能力；实施特别培训并提升工作小组的能力；改进更新该中心的数据库；获取更多媒体宣传机会；在劳动法应用和劳动权利保护方面开展研究；举办两个研讨会；出版两本有关劳动法的书籍；加强与其他(国际)组织的合作以及提高该中心工作的透明度。

③改善中国纺织业供应链环境和社会业绩的计划(2006—2008)

项目组包括IVAM研究所(下属于阿姆斯特丹大学)、荷兰大型纺织零售商行业协会VGT，中国纺织工业协会(CNTAC)下的成员单位中国纺织信息中心(CTIC)，山东大学以及山东省环境保护局(SEPB)。项目旨在在山东建立纺织工业的企业支柱结构，包括中国纺织工业协会纺织信息中心和山东大学的公私合营项目。项目希望影响并让中国企业及其企业家深刻意识到，通过策略的改进和最佳案例的学习，关注欧盟以及国际纺织零售商的要求、规则，会给他们带来大量好处。[①]

(七)丹麦王国大使馆(Royal Danish Embassy in China)

丹麦王国北京大使馆旨在维护中丹两国关系，并且是丹麦在中国的正式官方代表。两国的发展合作已经有一些年的历史，在新能源的合作可以追溯到1994年的丹麦国发起的混合信贷项目。双方在新能源的合作项目的主要目标是通过技术创新，尤其是借助于丹麦公司的环境保护技术，改善工厂生产环境。

其开展的CSR活动主要有：

---

① 荷兰大使馆："http://www.hollandinchina.org/"。

丹麦在能源、环境技术上的世界领先国家之一,而中国面临着越来越紧迫的气候变化危机,急缺先进能源技术。在这种情况下,丹麦发起两个合作项目,以促进中丹两国企业之间的合作交流。

①公私合营项目(简称 PPP)

PPP 项目通过技术创新,提供企业社会责任绩效,增加投资机会,增强竞争力,促进更好的工作生存环境,支持建立丹麦与当地公司、机构、公共部门等的可持续伙伴关系。该项目除在中国开展之外,还在其他发展中国家开展。项目由丹麦外交部负责。

在全球契约框架下,PPP 项目能为公司、机构、公共部门设计和执行合作项目而提供资金与技术支持。

②商业对商业项目(简称 B2B)

B2B 项目主要支持中丹两国企业在环境领域(气候变化、水)和社会标准方面(职业健康与安全)的合作发展。B2B 项目基于丹麦之前在 2005 年到 2007 年期间开展的一个项目——合作伙伴工具项目而发起。该项目促进了 10 个中丹企业合作伙伴关系的建立。①

第三节　国际组织

一、国际组织定义

国际组织指具有官方色彩的跨国界非营利组织。它们通过驻华分支机构或通过与中方成立合作项目,推动中国企业社会责任的发展。代表机构有国际劳工组织、联合国开发计划署、中美可持续发展中心、世界银行、联合国全球契约办公室、德国技术合作公司、社会责任组织等。

二、国际组织在我国境内展开的企业社会责任活动简介

(一)国际劳工组织北京局(International Labour Organization)

国际劳工组织北京局负责实施国际劳工组织在中华人民共和国,包括香港特别行政区和澳门特别行政区以及蒙古的项目和活动。国际劳工组织北京

---

① 丹麦王国大使馆:"http://www.ambbeijing.um.dk/zh"。

局遵循国际劳工组织三方机制原则,与政府、工人和雇主密切合作,为促进所有劳动者的体面劳动而努力。体面劳动的议程包括促进批准和实施国际劳工标准,保护劳动者的基本利益和权利,改善就业条件以及促进国际劳工组织三方成员间的社会对话。

其开展的 CSR 活动主要有:

①根据"世界无童工日"的主题"给女童一个机会",国际劳工组织北京局与云南省妇联在云南举办研讨会和宣传倡导活动(2009.6.12)。

②在日内瓦召开的国际劳工大会以及全球就业危机峰会上,通过一项"全球就业协定",旨在创建更多的工作岗位、保护工人权益、刺激经济复苏(2009.6)。

③在英国国际发展部(DFID)的资金支持下,帮助1000家被地震摧毁的小型企业重新开业,帮助失去工作的人创办700家新企业,项目为期12个月,主要在四川绵阳、德阳和广源三地的村镇展开(2008.7)。

④国际劳工组织在中国强调安全生产的重要性(2008.11)。

⑤中国纺织行业企业社会责任项目。此项目旨在通过建立企业发展工具,推进良好的劳动和环境生产标准;重点是帮助当地的合作者改进其提供综合全面的培训咨询以及信息服务的能力,从而使其更好地服务那些有意愿改善劳动力及环境状况的企业(2007.3—2008.4)。

⑥中国工会加强应对工厂 HIV/AIDS 教育项目。此旨在从国家、省、企业等三个层面来维护携带 HIV/AIDS 的工人权利,减少 HIV 病毒的传染,开展艾滋病自动检测服务和艾滋病关爱、支持和治疗服务(2008.1—2011.9)。

⑦国家间就业促进战略项目(ILO/PEP)。该项目是由国际劳工局在亚太地区执行的技术合作项目,资金由日本政府提供。项目目的是帮助本地区各国劳动部为失业和不充分就业人员制定适当的就业促进战略。①

(二)联合国开发计划署(UNDP)

联合国开发计划署是联合国从事发展的全球网络,倡导变革并为各国提供知识、经验和资源,帮助人民创造更美好的生活。在中国,联合国开发计划

---

① 国际劳工组织北京局："http://www.ilo.org/public/chinese/region/asro/beijing/index.htm"。

署致力于消除贫困,促进共同富裕、性别平等和环境可持续发展;注重削减贫困、加强法治、促进环境的可持续性以及防治艾滋病,为实现千年发展目标和公平的小康社会而不懈努力。

其开展的 CSR 活动主要有:

①联合国开发计划署及周迅"OUR PART 我们的贡献"项目携手宝洁共同发起"绿动中国"活动。活动从七月份开始一直持续至十一月,旨在通过共同的努力推广绿色消费观念并帮助大众改变行为习惯,引领低碳生活(2009.7.17)。

②联合国开发计划署和中国政府联合启动"构建中国普惠金融体系"的项目,将小额信贷纳入中国整个金融体系,为期四年,总投资 1440 万美元,旨在为农村人口提供价格低廉且更具针对性的金融服务,以促进农村发展(2009.4.28)。

③联合国开发计划署和联合国旅游组织在"丝绸之路倡议"的框架下计划设立"联合国丝绸之路城市奖",为贸易创造更好的政策和法律条件,吸引投资,促进旅游业的发展(2008.12.16)。

④发布《中国人类发展报告 2007/08》建议加快进行公共服务体制改革,加快建立惠及 13 亿人的基本公共服务体制,推进基本公共服务均等化,为每一个中国公民平等提供有保障的基本公共服务(2008.11.16)。

⑤联合国驻华系统发布有关中国食品安全的不定期报告。该报告就中国应在哪些方面集中力量改善食品安全系统提出建议(2008.10.22)。

⑥联合国开发计划署、商务部中国国际经济技术交流中心、云南冶金集团总公司在北京签署长期伙伴关系谅解备忘录,标志着联合国开发计划署、中国政府和企业界三方参与的新型企业社会责任模式下的合作伙伴关系正式建立(2008.6.24)。

⑦联合国开发计划署与道达尔(中国)投资有限公司在北京签署协议,招聘支持国内联合国志愿者提供技术支持,针对地方民间组织和支持艾滋病病毒感染者和其他脆弱人群项目,进行能力建设(2008.3.28)。

⑧由联合国开发计划署、水利部、商务部中国国际经济技术交流中心和可口可乐公司四方共同出资合作建立的中国农村地区水资源管理与饮水安全项目在北京启动。项目为期 4 年,总投入资金 679.2 万美元,旨在通过调查、研

究、培训、示范和宣传等一系列活动,在全国范围内加强水资源规划能力和管理机制,加强农村水治理和决策能力(2008.3.20)。①

(三)中美可持续发展中心(China-U. S. Center for Sustainable Development)

中美可持续发展中心是与 ICSD 类似的新型的国际组织,由中国科技部和美国俄勒冈州州政府组建。主要活动领域:土地利用规划、可持续农业和农村发展、可持续林业、环境技术和清洁生产实践、可持续城市、能源、海洋环境、水资源和可持续发展能力建设。中心使命是:遵循可持续设计原则,发挥桥梁和纽带作用,注重实效,通过加强政府、企业、大学和研究机构、非政府组织的创新合作,促进中美两国的可持续发展。

其开展的 CSR 活动主要有:

①新镇设计

2002 年 9 月,中美可持续发展中心联合理事会在"摇篮到摇篮"的设计原则下,提出可持续农村,并将之作为中国振兴和农村可持续发展的参考的案例;2003 年 11 月,中美可持续发展中心联合理事会提出设计和发展新镇,目的是为证明采用彻底转变能源、物质和水的使用方式的有效生态型设计的同时,也可以达到经济目标,收回投资;2004 年,中美可持续发展中心与其战略伙伴中国房产工业协会共同设计新镇模型,国际组织拟在浙江省、山东省和北京开展试点工作;2007 年 8 月,由中美可持续发展中心资助,农村生态小学项目的设计研讨活动在同济大学举行。

②可持续国土利用培训项目

根据 2000 年 6 月与中国国土资源部达成的一个关于五年培训项目协议,中美可持续发展中心协同国家公共政策中心、城市与公共事务学院和波特兰州立大学设计培训项目,目的是与中国分享可持续性土地资源使用计划经验和培养相关的专业人才。来自国土资源部的官员和地方官员参加了培训。

③可持续城市规划设计培训项目

可持续城市规划设计培训项目在 2003 年初发起,基于中心与建设部达成的五年计划协议。这个项目重点关注城市社区和新城的发展与设计,以及城

---

① 联合国开发计划署:"http://ch.undp.org.cn/"。

市改造。项目融入"摇篮到摇篮"的设计理念,参考美国在土地使用规划,城市改造,绿色建筑,市政绿化,公共建设和市民参与等方面的经验教训。

④持续性能源培训

中心与上海经委达成协议,对设计并应用能效实践和大规模生产工艺的工程师进行培训。

⑤可持续发展企业

中心重点关注创建可持续发展的企业,以形成企业,非营利性组织和自然环境间的和谐发展。①

(四)世界银行(World Bank)

世界银行是全世界发展中国家获得资金和技术援助的一个重要来源,向发展中国家提供低息贷款、无息信贷以及赠款,以支持发展教育、卫生、基础设施、交通等项事业。该机构不以营利为目的,由国际复兴开发银行(IBRD)和国际开发协会(IDA)组成。这两个直属机构向不能获得优惠国际信贷市场准入或无法获得国际信贷市场准入的国家提供低息或无息贷款及赠款。国际复兴开发银行侧重帮助中等收入国家和信誉良好的贫困国家,国际开发协会则侧重帮助世界上最贫困的国家。

其开展的 CSR 活动主要有:

①世界银行对国际会计准则理事会发布中小实体国际财务报告规范表示欢迎。这些报告共涉及 86 个国家。国际财务报告规范为小型实体提供很好的财务报告参考框架,增加中小企业的融资渠道(2009.7.9)。

②世界银行集团发布《2009 年信息与通信促进发展:扩大普及面、增加影响力》报告。报告探讨了信息与通信技术对发展中国家经济增长的推动作用,发现使用价廉物美的互联网和移动电话服务有助于经济体和社会各层面的发展(2009.6.30)。

③世界银行执行董事会批准给中国两笔贷款,支持南广铁路建设和上海城市环境项目(2009.6.25)。

④世界银行执行董事会批准向中国提供总额为 2.5 亿美元的三笔新项目贷款,支持江苏改善供水和污水治理,支持西宁加强防洪工作,支持广东提高

---

① 中美可持续发展中心:"http://chinauscenter.org/"。

技术教育质量和相关性(2009.6.2)。

⑤世界银行执行董事会批准向中国山西煤层气开发与利用项目提供8000万美元贷款,帮助中国增加煤层气开发利用,作为煤炭替代品来满足日益增长的能源需求,同时减少与燃煤相关的温室气体排放和空气污染(2009.5.19)。

⑥世界银行集团成员之一香港/华盛顿特区—国际金融公司为帮助中国四川省的震后恢复工作,向四川省的一家年产45万吨化肥的化肥厂提供建设资金支持(2009.5.18)。

⑦世界银行集团成员之一国际金融公司在京与深圳证券交易所签订合作谅解备忘录,以扩大公司治理培训的普及面,帮助中国提升公司治理水平(2009.5.13)。

⑧世界银行及其合作伙伴在北京为一个特殊的市场——中国发展市场举行隆重的开幕仪式。在中国发展市场活动上,8个民间组织的震后恢复重建项目获得赠款资助,用于项目实施(2008.10.21)。

⑨世界银行集团国外投资咨询机构参与美国商务社会责任协会(BSR)发布报告《试点总结报告:中国信息和通讯技术供应商实施CSR管理体系的建设能力》(2008.8)。①

(五)联合国全球契约办公室(UN Global Compact)

全球契约致力于在人权、劳工权利、环境保护和反对腐败等领域推行一套共同的准则。全球契约通过集体行动,凝聚力量,致力于推广企业社会责任,从而让广大企业参与到应对全球化挑战的过程中,早日实现一个可持续而又具有包容性的全球经济。

其开展的CSR活动主要有:

①潘基文秘书长呼吁参加"全球契约"的企业及其他伙伴方在当前经济危机的背景下实施"绿色新政",对可再生能源和技术进行投资,在应对气候变化的同时创造就业(2009.1.29)。

②联合国全球契约办公室为保证其可信度,宣布将包括22家中国公司在内的630家公司因未发布进展报告被从参与者名单中除名(2008.6)。

---

① 世界银行:"http://www.worldbank.org.cn/Chinese/"。

③中国企业参与全球契约"关注气候变化"行动。与会者联合倡议商业界在应对气候变化挑战中展现领导力,并立即采取紧急行动(2008.10)。

④全球契约呼吁跨国集团针对水危机采取行动(2008.5)。

⑤联合国全球契约苏丹网络会议在喀土穆举行,全球契约组织高度评价中苏石油合作。(2008.12)①

(六)德国技术合作公司(GTZ)

德国技术合作公司(GTZ)属联邦德国政府所有,按私营企业方式运作,实施发展合作。其主要宗旨是持续改善伙伴国人民生活条件、保护人类赖以生存的自然资源。德国技术合作公司的主要委托人是德国经济合作与发展部,同时受德国其他政府部门以及伙伴国政府的委托,支持伙伴国的发展和改革进程。GTZ 在中国开展工作已有二十多年,并不断根据中国改革政策的变化要求而调整咨询内容。主要合作领域有经济改革和市场经济建设、自然资源保护和扶贫、环境保护、能源管理、法律合作、金融体系发展、职业教育与劳动市场政策、自然资源管理、城市可持续发展、企业社会责任。

其开展的 CSR 活动主要是:

①中德贸易可持续发展与企业行为规范项目(2007—2011)

项目由德国技术合作公司代表德国经济合作与发展部,与中华人民共和国代表商务部世贸司合作成立。该项目于 2007 年 4 月正式展开,为期 4 年,旨在帮助中国发展有中国特色的企业社会责任。项目活动的三个重点是加强中国政府部门在企业社会责任方面的研究和对话,启动项目与中国企业的公私合作伙伴关系并促进在企业社会责任方面的国际交流。②

②能源领域环境保护项目(EPEI)(2005.9—2009.9)

项目是中华人民共和国与德意志联邦共和国政府间开展的技术合作项目,同中国政府的上一个五年规划相协调,以构建资源节约型社会为目标,致力于改善煤炭和水资源在其天然储藏地的保护,以及帮助实现中国电厂中煤炭和水资源的高效、环保利用。受联邦经济合作和发展部(BMZ)委托,德国

---

① 联合国企业办公室:"www.ungloblecompact.com"。

② 中德贸易可持续发展与企业行为规范项目:"http://www.chinacsrproject.org/index_CN.asp"。

技术合作公司(GTZ)为该项目的德方总体负责单位。

③中国西部地区职业培训和就业促进项目(2005—2011)

项目目标是将中国西部地区失业及面临失业的人员整合进入劳动力市场。项目计划共分两个阶段进行。第一阶段为期三年半,活动主要集中在陕西省的西安、铜川及延安三个城市。项目第一阶段的工作主要包括三部分:提高职业培训及职业教育的效率;改善对失业人员提供的服务;监控试点项目的成效、完成试点项目的推广。项目第二阶段的目标是以项目在陕西取得的成功经验为借鉴向西部其他省份拓展,执行期预计为2008年至2011年。

④辽宁推广就业和培训活动(2005—2008)

2005年,德国技术合作公司(GTZ)代表德国政府与德国宝马汽车公司、辽宁省劳动社会保障局、辽宁省发展和改革委员会合作,启动"辽宁省就业促进与培训项目"。项目使教师掌握先进的汽车技术,引进德国双元制教学理念和方法,为中国本土汽车行业教育机构独立开展机电一体化双元制教学奠定了基础。

⑤供应链的透明度——帮助发展中国家的中小企业建立可持续发展报告(2006.6—2008.11)

项目由德国技术合作公司和全球报告倡议组织共同发起,旨在帮助欧洲跨国公司在中国等新兴国家的中小型供货商建立报告能力。这些报告有助于提升供应链的透明度,增加各个供货商之间的理解和学习机会、提高供货商风险管理的能力、改善欧洲总部顾客和供应商整体的可持续性绩效。

⑥德国技术合作公司、森林管理委员会和宜家公司协助森林政治和可持续森林管理制度条件管理(2006—2009)

项目目标是优化森林管理委员会在包括中国在内的三个试点地区有关可持续森林管理方面的政策决定和改革及制度条件管理影响。中国视森林认证为一种工具,支持地方进展,构建木材可持续国际价值链。项目通过帮助建立由森林管理委员会授权的国家工作小组,支持国家层面活动,在可持续森林管理政策方面起到积极作用,反对非法木材贸易、执行森林管理中的森林认证以及开拓认证的森林产品市场,达到项目成果。

⑦工作场所艾滋病和肺结核预防项目(2008—2010)

项目是德国技术合作公司、德国 Arcandor 公司和全球健康倡议组织共同开展的公司合作伙伴关系项目。项目旨在提升公司服务集团在华供应商员工的艾滋病和肺结核意识。项目挑选出公司在华服务的供应商中四家,关注其艾滋病和肺结核教育,制定并执行意识;培训地方非政府组织,使其可以培训四家公司中的培训者,这些培训者此后可以对公司员工进行艾滋病和肺结核传播和预防措施等培训。[①]

(七)社会责任国际组织(SAI)

社会责任国际组织是一家非营利的关注人权的国际组织,在全球范围内致力于倡导公平对待劳工。社会责任国际组织的社会标准,即 SA8000,已成为提高商业界和供应链领域中的一个高效有用的系统。其宗旨是作为一个标准组织、道德供应链资源库和项目推动者来维护全球工人的权利。

其开展的 CSR 活动主要有:

①国际社会责任组织在深圳协助举办"超越合规工作坊——中国工厂能力建设的新战略"。工作坊主要由品牌商和国际社会责任组织分享其经验并让工厂接受工人一经理培训。该工作坊是为回应"工人一经理"之间沟通的迫切需求,在社会责任框架下开发的(2005.10.31)。

②社会责任国际与国际纺织服装皮革工人联合会、联合玩具反斗城、天木兰、艾琳费希尔、深圳当代观察中心共同发起针对员工和经理的培训项目,参加培训的学员来自于中国的玩具工厂和制衣工厂(2004.3)。[②]

第四节　境外服务提供商

一、境外服务提供商定义

境外服务提供商,指本部在中国境外,通过向中国境内企业提供专业的企业社会责任服务获取利润的机构,主要活动包括企业社会责任认证审计以及有关的咨询和培训。

企业社会责任理念起源于西方国家,这些国家的认证机构和技术服务提供商提供服务的规范性和专业性远远超过我国。有些机构如英国标准协会

---

① 德国技术合作公司:"http://www.gtz.de/en/index.htm"。
② 社会责任国际组织:"http://www.sa-intl.org/"。

（BSI）甚至可直接颁布商业标准，并在世界范围内得到认同，我国同类机构与之相比有很大差距。境外服务提供商通过提供服务，促进企业社会责任理念融入我国企业价值观，规范我国企业的发展，帮助我国企业得到世界的认同，有利于我国企业产品的出口。但境外的服务提供商收取的服务费一般较高，阻碍了其在中国市场的发展。代表机构有英国标准协会、通标标准技术服务有限公司、法国国际安监局法国船级社、可持续发展研究与咨询机构、德国TUV汉德技术监督服务有限公司、德国莱茵TÜV中国集团等。

二、境外服务提供商在我国境内展开的企业社会责任活动简介

（一）英国标准协会（BSI）

BSI成立于1901年，是全球第一家国家认证机构，同时也是国际标准化组织的核心成员之一。BSI制定并颁布了第一部商业标准，包括质量管理体系、环境管理体系、职业健康和安全管理体系以及相关项目管理。BSI服务项目还包括标准简易化、标准培训、产品认证、产品测试和CE标志。主要产品和服务有：编制和销售专用的全国性和国际性标准和支持信息；第二方和第三方管理系统评估和认证；产品和服务的测试和认证；绩效管理软件解决方案；支持标准实施和业务最佳实践方面的培训服务。

其开展的CSR活动主要有：

①发布ISO 9001升级版本ISO 9001：2008，到2010年底，现有的ISO 9001：2000版的证书将不再有效，用户需采用新版标准认证（2008.11.17）。

②BSI与万国数据服务有限公司（GDS）签署合作协议，将为GDS万国数据提供全球BCM适用标准管理体系BS 25999认证服务，标志着中国的业务持续管理建设进入标准化时代（2009.6.29）。

③BSI和中国标准化研究院（CNIS）共同在京主办《商品和服务在生命周期内的温室气体排放评价规范（PAS 2050：2008）及使用指南》中文版发布会（2009.6.4）。

④BSI与国家认证认可监督管理委员会（CNCA）人才交流的工作已正式展开（2009.6）。

⑤中华人民共和国商务部服务外包"千百十工程"领导小组与BSI签署了《服务外包产业发展的合作备忘录》。BSI将和商务部共同推广ISO 27001

信息安全管理体系和 ISO 20000 IT 服务管理体系在中国服务外包企业的应用,为企业提供管理体系的认证和培训服务(2009.4.26)。

⑥BSI 与苏州国际科技园达成合作协议,将为园区乃至苏州地区的软件服务、IT 系统集成、BPO、电信服务、半导体等相关行业企业提供服务(2009.4)。①

(二)SGS 集团

SGS 集团是世界最大的第三方检验机构,其服务对象包括国内外企业、政府和国际机构,服务范围覆盖农产、矿产、石化产品、工业品和消费品的检验、鉴定、测试、贸易保障服务和国际认证服务。近年来,公司的业务范围扩展到环境、汽车、生命科学和能效与减排等新兴领域。

其开展的 CSR 活动主要有:

①SGS 作为 GMP 认证服务提供方参与第九届制药原料展览,在展览现场为客户介绍 GMP 相关服务,促使更多的供应商遵循在欧洲和北美得到广泛认可的药品良好生产规范 GMP 要求(2009.8.3)。

②SGS 通标公司持续推出注册能源管理师 CEM ®培训课程,将国际先进的能源管理技术和理念引入中国(2009.7.28)。

③SGS 汽车部与锦湖轮胎(中国)研发中心联手举办 ELV 及 REACH 法规专场研讨会,帮助锦湖轮胎了解法规的最新进展及测试方法的最新技术,减少企业产品使用过程及废弃后对环境的影响(2009.07.01)。

④SGS 通标公司参加 2009 中国畜牧业暨饲料工业展览会(2009.5.17—19)。

⑤SGS 通标公司受上海申通地铁公司委托,与徐州铁路工务段合作,对上海在建的 8 条地铁线路的轨道焊缝提供独立的技术检验(2009.4)。②

(三)必维国际检验集团(Bureau Veritas)

必维国际检验集团是目前全球业务范围最广,国际化程度最高的公证性机构,BV 集团设有工业与设施、消费品检验、政府服务与国际贸易、船舶检验(法国船级社)四大事业部,分别从事管理体系认证、产品认证、工业产品检

---

①　英国标准协会:"http://www.bsigroup.cn/"。

②　SGS:"http://www.cn.sgs.com/"。

验、集装箱检验、工程监理、船舶检验、进出口商品检验及航空航天检验等。全球 80 多家著名跨国公司与 BV 签署全球认证协议,为丰田汽车、雀巢、壳牌英国、阿斯利康、索尼、理光、英美烟草等进行了多年社会责任报告验证;为 IBM、惠普、索尼、理光、壳牌英国等进行温室气体排放验证。

其开展的 CSR 活动主要有:

①在成都举办"承压设备出口强制认证及检验"研讨会(2009.7.28—2009.7.30)。

②BV(Bureau Veritas)公司举办的 SAI 认可 SA8000 审核员培训课程。广东省企业社会责任研究会代表应邀参加培训(2009.7.23)。

③验证世界首个由《联合国气候变化框架公约》(UNFCCC)注册的大型林业计划(2009.7.22)。

④参加 Wind Power Asia 第六届亚洲风能大会(2009.7.8)。

⑤在多个城市的商会中举办关于新消防法的研讨会(2009.6)。①

(四)可持续发展研究与咨询机构(IVAM)

IVAM 是阿姆斯特丹大学 Interfaculty 环境科学部组建的,在中国有 10 年以上的工作经验。工作范围涉及纺织、化工、食品等行业,在江苏、辽宁、山东、四川、云南、安徽等省与国家及地方政府、行业协会和研究机构等不同的利益相关方一起工作。IVAM 着重综合考虑环境、劳工、职业健康、安全、财务可行性、伦理等方面和客户的利益,以寻求具备成本优势和切实可行性的合理结论。

其开展的 CSR 活动主要有:

IVAM 为在中国可持续经营的企业制定 CSR 专业工具;提供关于企业社会责任的定制培训,举办加强机构建设的活动;开发企业社会责任相关问题的行业手册(环境、职业健康与安全和/或劳动力问题),行业(商业和/或政策)建议;提高公众对企业社会责任的意识并举办宣传推广研讨会;对企业社会责任的商业影响进行研究;提供完善企业社会责任而进行的企业与企业之间的电子商务(个人和/或企业俱乐部)咨询;为准备企业社会责任/可持续性报告

---

① 法国国际检验局:"http://www.bureauveritas.cn/"。

提供支持。①

(五)德国 TUV 汉德技术监督服务有限公司(TUV NORD)

TUV NORD 是德国最大的提供技术服务的集团之一,致力于解决世界范围内的技术安全、环境保护及管理体系和产品符合性评估的所有问题。TUV NORD 的技术能力、咨询技术范围以及在汽车领域、体系认证、能源和系统工程及学术研究上都处于市场领先地位。主要在体系认证、产品认证、工程技术及培训领域提供服务。在中国地区的服务包括:GS 和 CE 认证、化学测试、ISO9001、TS16949、VDA6.1、ISO14001、OHSAS18001、IRIS、ISO20000、ISO27001、CSR(包含 SA8000、BSCI、二方审核)和清洁发展机制 CDM(Kyoto-Protocol)等。

其开展的 CSR 活动主要有:

①TUV NORD 与深圳软件园管理中心联合举办"信息安全管理研讨会"(2009.06.16)。②

②TUV NORD 与美国 JURAN 学院推出 6 Sigma 及创新—企业生存和成长研讨会,分享质量管理理念(2009.05.22)。

③承办中国纺织协会 CSC9000T 纺织企业社会责任项目的评估和培训,国际劳工组织、联合国工业发展组织、中国纺织协会纺织企业社会责任项目培训,欧盟—中国世贸项目企业社会责任培训的项目培训,德国 Eco-tex 的 CSM2000 标准的审核服务,倡议商界遵守社会责任组织 BSCI 的审核服务,Aeon 行为准则二方审核服务,SA8000 第三方审核服务。③

(六)德国莱茵 TÜV 集团 TÜV(Rheinland Group)

德国莱茵 TÜV 集团是国际上领先的技术服务供应商,专注于产品、体系和服务的安全和质量领域,安全和质量标准的可持续发展是德国莱茵 TÜV 集团的指导原则。2006 年,集团正式成为联合国全球契约的成员。

其开展的 CSR 活动主要有:

①与北京汽车行业协会举办"提升经营质量,追求基业常青"为主题的研

---

① 可持续发展研究与咨询机构:"http://www.ivam.uva.nl"。

② TUV NORD:"http://www.tuv-nord.com.cn/news01a.asp? id=44"。

③ 德国 TUV 汉德技术监督服务有限公司:"http://www.ev123.com/servers/introduction_222277.html"。

讨会(2009.08.03)。

②与国家自行车检测中心在天津共同举办第一期新版电动助力自行车(EPAC)安全标准 EN15194 研讨会。欧盟新版电动助力自行车(EPAC)安全标准 EN15194 的制定工作已在 2008 年 11 月底完成,并将于 2009 年 7 月 1 日前列入欧盟各成员国的国家标准(2009.04.24)。

③莱茵技术有限公司教育与咨询部和苏州独墅湖高教区就业及培训指导中心在苏州举办"质量成本管理对经营管理贡献"的研讨会(2009.04.21)。

④德国莱茵 TÜV 南中国区分别在深圳及香港举办"日本无线通信认证的迅速解决方案"研讨会,以协助中国无线通信产品厂家获得日本电波法和电信法的检测认证标志(2009.07.09—10)。

⑤德国莱茵 TÜV 南中国区举办产品安全及受限物质研讨会。美国服装鞋业协会携手德国莱茵 TÜV 集团及其他行业专家宣讲现行及商议中产品安全标准,同时研讨制造商、分销商与测试机构如何相互协作确保整个供应链符合相关法规(2009.04.23)。①

第五节　境外社会组织在我国境内开展企业社会责任活动分析

一、积极作用

境外社会组织在我国展开的企业社会责任活动对企业社会责任理念在我国的传播有不可忽视的作用。境外民间组织在华的企业社会责任活动,有利于境内民间组织学习其资金筹措方式、生态建设管理实践经验和项目运作模式,有利于在我国传播经济发展必须与自然资源保护、生态环境建设相协调,与人的健康全面发展一致等理念;境外政府组织在我国进行的企业社会责任活动,增强了国内外在企业社会责任领域的经验交流,而且涉及的很多项目都是境外政府结合其拥有的先进技术,切实帮助我国企业提高技术水平,减少环境污染和能源消耗,以便更好地履行社会责任;国际组织通过倡导各国重视企业社会责任理念,以及提供资金或技术支持,努力推行企业社会责任领域国际

---

① 德国莱茵 TÜV 集团:"http://www.chn.tuv.com/cn/"。

标准,帮助各国企业提升履行社会责任水平;境外服务提供商通过提供服务,促进企业社会责任理念融入我国企业价值观,规范我国企业的发展,帮助我国企业得到世界的认同。

二、消极作用

在享用境外社会组织展开的企业社会责任活动带来的好处同时,我们也必须认识到与好处相伴而来的潜在危害。

首先,境外社会组织在我国展开企业社会责任活动中必然渗透着其价值观念和意识形态,我国在享受这些活动带来好处的同时应该警惕这种"软渗透"可能带来的危害。境外政府组织和国际组织本身具有官方属性,活动目的性相对清楚,容易识别;但境外民间组织的活动影响相比之下隐晦的多。从我国信息的"渗出"角度来看,境外民间组织进行的活动经常深入到从事具体工作的基层,对我国社会基层情况了解,成为一条不同于官方的信息渠道。这些信息被境外民间组织所属国教育和宣扬的世界观、价值观理解和评判,成为其在国际上制造舆论的材料,有时甚至可能被其政府和宗教所利用,对我国造成不利影响。从"渗入"的角度来看,境外民间组织在对我国进行社会干预①的过程中,大肆渗入我政府部门和高校科研机构,向我国民众特别是青年学生兜售西方主流价值观念;部分境外民间组织在我国的活动主要是帮助扶持我国本土民间组织成长,我国的民间组织规模还相当小,在受境外民间组织的资金帮助、向其学习时,容易受其左右,被其利用。

其次,由于企业社会责任理念在我国发展相对较晚,国内与之相关的认证、咨询、培训等服务提供市场发展还不成熟,境外服务提供商占据了市场很大比重,对我国境内服务提供商的成长和发展构成威胁。我国企业社会责任认证、培训服务需求最旺盛的群体为出口企业,面对的社会责任标准全部是西方国家制定的,境外服务提供商无论对标准的理解还是从业经验方面都比我国同类企业要强,相比之下,境内服务商从服务供给质量方面存在不足;我国出口企业为满足境外进口商的要求,有进行企业社会责任方面的认证需求,而

---

① 社会干预:社会干预亦称"支持起诉"。机关、团体、企业事业单位依法对损害国家、集体或者个人民事权益的行为,可以支持受损害的单位或者个人向法院起诉。

认证和培训的服务提供商通常由进口企业指定为境外机构承担,从需求方面限制了境内服务提供商的发展。因此,与境外服务提供商在我国市场竞争时,境内服务提供商无论从自身业务素质还是外界业务需求,都受到境外服务供应商的威胁,生存和发展受到严重制约。

三、对策建议

我国作为一个不断崛起的世界大国,为提升国际形象,增强国际话语权,应处理好和境外社会组织的关系,但同时又必须防范由于境外社会组织在我国活动可能产生的危害。针对上述潜在危害,提出如下对策建议:

（一）加强对境外社会组织的监督、管制力度,促进国内民间组织发展,防范"软渗透"

首先,在我国进行企业社会责任活动的组织机构,都应到我国相关部门登记,得到相关部门批准,受相关部门监管。监管部门工作分配要具体,对活动可能造成的影响要有清醒的认识,及时掌握活动动态,对活动组织背景进行深入调查,谨慎权衡、小心抉择。其次,支持、鼓励国内民间组织发展。因为国际民间组织的活动影响最具不确定性,我国可以从政策和资金上支持我国民间组织的发展,一方面,可以期望逐渐替代国际民间组织在我国社会中的位置,从源头上控制风险;另一方面,当我国民间组织有能力走向世界时,其会成为世界了解中国的另一个窗口。

（二）建立我国企业社会责任标准,支持境内服务提供商发展

企业社会责任运动在中国已经是一种不可逆转的趋势,从国家构建和谐社会的要求到企业在国内或是在国际市场的发展需要,企业社会责任建设在中国社会各方的关注下只可能越来越完善。企业社会责任相关的认证、咨询和培训服务作为企业增强社会责任认识,得到达标认可的最直接手段,在中国有很大的潜在市场,我国必将会对社会责任相关服务产生持续、持久的需求。而我国应该尽快建立适合我国国情且被国际承认的企业社会责任评价标准,这样一方面可以改变我国出口企业在和不同的外国进口企业合作时可能被要求进行多轮的社会责任审核,影响日常生产经营活动,缴纳高额的审核费,增加企业负担的情况;另一方面,有助于我国企业社会责任服务提供商占领市场,建立我国自主品牌,在规则指定和利润分享上占领先机。

参考文献

[1] 黎友焕、叶祥松:《改进 SA8000 认证体系与市场秩序之我见》,《商业时代》2007 年第 12 期。

[2] 黎友焕:《SA8000 与中国企业社会责任建设》,中国经济出版社 2004 年版。

[3] 黎友焕:《国内企业社会责任理论研究新进展》,《西安电子科技大学学报(社会科学版)》2009 年第 1 期。

[4] 黎友焕:《企业社会责任研究》,西北大学博士论文(2007 年)。

[5] 麦广明:《关于全球化背景下的意识形态斗争问题》,《理论界》2006 年第 6 期。

[6] 谭三桃:《国际 NGO 在华活动影响评价及对策研究》,《学术论坛》2008 年第 7 期。

[7] 徐莹、李宝俊:《国际非政府组织的治理外交及其对中国的启示》,《国际关系学院学报》2004 年第 3 期。

附录　境外 NGO 及其网址

1. 世界动物保护协会(World Society for the Protection of Animals):http://www. wspa-international. org/。

2. 海外中国教育基金图书项目:http://china. ocef. org/ocef。

3. 梦想行动国际(Dream Corps for Harmonious Development International):http://www. dreamcorps. org/。

4. 隆纳济世助残(Leonard Cheshire Disability):www. lcdisability. org。

5. 森林管理委员会(FSC)(Forest Stewardship Council):www. fscchina. org。

6. NGO 参考图书馆(NGO Resource Library):www. creative-initiatives. org。

7. 圣雅各福群会(St. Jame's Settlement):www. sjs. org. hk。

8. 国际机遇(Opportunity International):http://www. opportunity. org/。

9. 新加坡国际基金会:http://sgwww. sif. org. sg/。

10. 温洛克国际(Winrock International):http://www. winrock. org/。

11. 互满爱人与人组织（Humana People to People Movement）：www. hp-pchina. org. cn。

12. 教育培训开发学院（Academy for Educational Development）：http://www. aed. org/。

13. 国际小母牛中国项目及四川海惠助贫服务中心（Heifer International China Program and Sichuan Haihui Poverty Alleviation Service Center）：http://www. heiferchina. org/Index. Asp。

14. Ecolinx 基金会（Ecolinx Foundation）：http://www. ecolinx. org/。

15. 美慈（Mercy Corps）：http://www. mercycorps. org/。

16. 国际爱护动物基金会（International Fund for Animal Welfare）：http://www. ifaw. org. cn。

17. 美中环境基金会（US-China Environmental Fund）：http://www. uscef. org/。

18. 无国界卫生组织（Health Unlimited）：http://www. healthunlimited. org/。

19. 克林顿基金会（William J. Clinton Foundation）：http://www. clinton-foundation. org/。

20. 卫生和社会发展行动（Acción Sanitariay Desarrollo Social）：www. anes-vad. org。

21. 国际行动援助（Action Aid International）：http://www. actionaid. org/china。

22. 安泽国际（中国）救援协会（Adventist Development Relief Agency, China）：http://www. adra. org/。

23. 国际文化交流（AFS International Exchange）：http://www. afs. org/afs_or/home。

24. 爱福社会有限公司（Alpha Communities Ltd）：http://www. alphacommunities. org/。

25. 亚洲动物基金（Animals Asia Foundation）：www. animalsasia. org。

26. 亚洲国际团结协会（Associazone Per LaSolidarieta Internazionale InAsia（A. S. I. A））：http://www. asia-onlus. org/。

27. 亚洲基金会(Asia Foundation):http://www. asiafoundation. org/。

28. 澳大利亚红十字会(Australian Red Cross):http://www. redcross. org. au/default. asp。

29. 巴迪基金会(Badi Foundation):www. badi-foundation. org。

30. 贝利马丁基金会(Barry & Martin's Trust):http://www. hivworkshop. com/。

31. 盖茨基金会(Bill and Melinda Gates Foundation):http://www. gatesfoundation. org/Pages/home. aspx。

32. 铁匠学院(The Blacksmith Institute):http://www. blacksmithinstitute. org;www. pollutedplaces. org/。

33. 蓝月亮基金(Blue Moon Fund):http://www. bluemoonfund. org/。

34. 盲文无国界组织(Braille Without Borders):http://www. braillewithoutborders. org/。

35. 亚洲之桥(Bridge to Asia):http://www. bridge. org/。

36. 关爱儿童:http://www. careforchildren. com. cn/。

37. 关心中国的孤弃儿童(Care of China's Orphaned and Abandoned):http://www. cocoa. org. uk/。

38. 卡特中心(The Carter Center):http://www. cartercenter. org。

39. 中国爱滋孤儿基金(The China AIDS Orphan Fund):http://www. chinaaidsorphanfund. org/。

40. 美国中华基金会(The China Foundation):http://www. chinafoundation1. org/。

41. 中国可持续能源项目(能源基金会)(The China Sustainable Energy Program(The Energy Foundation)): http://www. efchina. org/。

42. 美中学术交流委员会(Committee on Scholarly Communication with China):http://www. acls. org/pro-cscc. htm。

43. 西班牙人类慈善机构(Comunidad Humana): http://www. comunidadhumana. org/。

44. 保护国际(Conservation International):http://www. conservation. org/。

45. 中国色彩(Couleurs de Chine): http://www. couleursdechine. org/。

46. 美国唐仲英基金会（Cyrus Tang Foundation）：http://www. tangfoundation. org. cn/。

47. 为聋从聋（Deaf by Deaf）：http://www. deafbydeaf. org/。

48. 天际国际贸易（上海）有限公司（DKT International）：http://www. dktinternational. org/。

49. 宁夏孩子（Enfants du Ningxia）：http://www. enfantsduningxia. org/。

50. 美国家庭健康国际（Family Health International）：http://www. fhi. org/。

51. 野生动植物保护国际（Fauna and Flora International）：http://www. fauna-flora. org/。

52. 森林保护网络（Forest Action Network）：http://www. fanweb. org. cn/。

53. 弗里德里希·佰特（Friedrich-Ebert Stiftung）：http://www. fes. de/。

54. 全球绿色资助基金会（Global Green Grants Fund）：http://www. greengrants. org/。

55. 环球交流协会（Global Interactions）：http://www. globalinteractions. org/。

56. 半边天基金会（Half the Sky Foundation）：http://www. halfthesky. org/。

57. 国际助残（Handicap International）：www. handicap-international. org/。

58. 心连心国际组织（Heart to Heart International）：http://www. hearttoheart. org/。

59. 德国海因里希·伯尔基金会中国办公室（Heinrich Boell Foundation）：http://www. boell. de/。

60. 国际助老会（Help Age International）：http://www. helpage. org/。

61. 亨利·卢斯基金会（The Henry Luce Foundation）：http://www. hluce. org/。

62. 希望国际（Hope International）：http://www. givehope. org/。

63. 寰宇希望（HOPE Worldwide）：http://www. hopeworldwide. org。

64. 国际艾滋病联盟（International HIV/AIDS Alliance）：http://www. aidsalliance. org/。

65. 国际公正之桥(International Bridges to Justice):http://www. ibj. org/。

66. 关注中国国际(International China Concern):http://www. intlchinaconcern. org/。

67. 红十字会与红新月会(The International Federation of Red Cross and Red Crescent Societies):http://www. ifrc. org/。

68. 国际中国环境基金会(International Fund for China's Environment):http://www. ifce. org/。

69. 国际共和学院(International Republican Institute):http://www. iri. org/。

70. 伊斯兰救助(Islamic Relief):http://www. islamic-relief. org. uk/。

71. 珍·古道尔研究会根与芽环境教育项目(The Jane Goodall Institute Roots and Shoots):http://www. jgichina. org/。

72. 国际青年成就—中国部(Junior Achievement China):http://www. jachina. org/。

73. 大骨节病基金会(Kashin-Beck Disease Foundation):www. kbdfoundation. org。

74. 美国康巴援助基金会(Kham Aid Foundation):http://www. khamaid. org/。

75. 德国阿登纳基金会(Konrad-Adenauer Stiftung):http://www. kas. de/。

76. 贡德基金会(KunDe Foundation):http://www. kundefoundation. org/。

77. 岭南基金会(Lingnan Foundation):http://www. lingnanfoundation. org/。

78. 生活价值教育(Association for Living Values Education):http://www. livingvalues. net/。

79. 世界医生组织(法国)(Médecins du Monde):http://www. mdm-international. org/。

80. 门诺中央委员会(Mennonite Central Committee):http://www. mcc. org/。

81. 法国发起发展(Initiative Development):http://www. id-ong. org/。

82. 国际教育协会(Institute of International Education):http://www. iie-

beijing. org；www. iie. org／。

83. 国际鹤类基金会（International Crane Foundation）：Http：//www. savingcranes. org／。

84. 国际乡村建设学院（International Institute of Rural Reconstruction）：http：//www. iirr. org／。

85. 国际河网（International Rivers Network）：http：//www. chinariver. org；www. irn. org／。

86. 国际青年基金会（International Youth Foundation）：http：//www. iyfnet. org／。

87. 世界自然保护联盟（The World Conservation Union（IUCN））：http：//www. iucn. org／。

88. 凯瑟克基金会（Keswick Foundation）：www. keswickfoundation. org. hk／。

89. 列维·斯特劳斯基金会（Levi Strauss Foundation）：http：//www. levistrauss. com／。

90. 玛丽斯特普国际组织中国代表处（Marie Stopes International China Programme）：http：//www. youandme. net. cn；www. mariestopes. org. cn／。

91. 米索尔（Misereor）：http：//www. misereor. org／。

92. 无国界医生组织比利时部（Médecins Sans Frontières Belgium）：http：//www. msf. org／。

93. 无国界医生法国办事处（Médecins Sans Frontières France）：http：//www. msf. fr/

94. 无国界医生香港（Médecins Sans Frontières Hong Kong）：http：//www. msf. org. hk／。

95. 美国自然资源保护委员会（Natural Resources Defense Council）：http：//www. nrdc. org／。

96. 美中关系全国委员会（National Committee on US-China Relations）：http：//www. ncuscr. org／。

97. （美国）全国国际事务民主学会（National Democratic Institute for International Affairs）：http：//www. ndi. org／。

98. 国家民主基金会(National Endowment for Democracy):http://www. ned. org/forum。

99. 荷兰红十字会(Netherlands Red Cross):http://www. rodekruis. nl/。

100. 新生精神康复会(New Life Psychiatric):http://www. nlpra. org. hk/。

101. 美新路基金会(New Path Foundation):http://www. newpathfound. org;www. newpathchina. org/。

102. 帕斯适宜卫生科技组织(PATH):http://www. path. org/。

103. 美国菲利浦海的基金会(Phillip Hayden Foundation):http://www. chinaorphans. org;www. philiphayden. org/。

104. 国际计划中国总部(Plan China):http://www. plan-international. org. cn/。

105. 起步高原(Plateau Perspectives):http://www. plateauperspectives. org/。

106. 普林斯顿在亚洲(Princeton-in-Asia):http://www. princeton. edu/~pia。

107. 美国世界健康基金会(Project HOPE):http://www. projecthope. org/。

108. 瑞尔中心(Rare):http://rareconservation. org/。

109. 罗帕国际(Rokpa International):http://www. rokpauk. org/。

110. 英国防止虐待动物协会(Royal Society for Prevention of Cruelty to Animals):http://www. rspca. org. uk%。

111. 救世军(The Salvation Army):http://www. salvation. org. hk/。

112. 拯救中国虎(Save China's Tigers):http://www. savechinastigers. org/。

113. 英国救助儿童会(Save the Children,UK):http:// www. savethechildren. org. uk/。

114. 美国塞瓦基金会(The Seva Foundation):http://www. seva. org/。

115. 世界少数民族语文研究院(SIL International):http://www. sil. org/。

116. 树华教育基金会(SOAR Foundation):http://www. soaronline. org/。

117. 中国 SOS 儿童村(SOS Kinderdorf):http://www. sos-kinderdorfinter-

national. org/。

118. 斯塔基金会（Starr Foundation）：http：//www. starrfoundation. org/。

119. 苏莽基金会（Surmang Foundation）：http：//www. surmang. org/。

120. 瑞士红十字会（Swiss Red Cross）：http：//www. redcross. ch/。

121. 山地学院（The Mountain Institute）：http：//www. mountain. org%20。

122. 旧金山公共沟通中心（Public Media Center）：http：//www. publicmediacenter. org/。

123. 西藏基金会（Tibet Foundation）：http：//www. tibet-foundation. org/。

124. 西藏扶贫基金会（Tibet Poverty Alleviation Fund）：http：//www. tpaf. org/。

125. 利众基金会（Trace Foundation）：http：//www. trace. org%。

126. 东亚野生物贸易研究委员会（TRAFFIC East Asia）：http：//www. traffic. org/。

127. 亚洲基督教高等教育联合董事会（United Board for Christian Higher Education in Asia）：http：//www. unitedboard. org/。

128. 大众汽车基金会（Volkswagen Foundation）：http：//www. volkswagen-stiftung. de/。

130. 美国亚洲志愿者协会（Volunteers in Asia，VIA）：http：//www. viaprograms. org/。

131. 湿地国际—中国办事处（Wetlands International）：http：//www. wetwonder. org。

132. 美国野生救援协会（Wild Aid）：http：//www. wildaid. org/。

133. 世援社（World Relief）：http：//www. worldrelief. org/。

134. 世界宣明会（World Vision International）：http：//www. wvi. org；www. worldvision. org. cn/。

135. 雅礼协会（Yale-China Association）：http：//www. yalechina. org/。

136. 滋根基金会（Zigen Fund）：http：//www. zigen. org/。

137. 中国艾滋援助基金会（AIDS Relief Fund for China）：http：//www. aidsrelieffundchina. org/。

138. 美国律师协会亚洲法律项目（American Bar Association）：http：//

www. abanet. org/aba-asia。

139. 美国公谊服务会(American Friends Service Committee):http://www. afsc. org/。

140. 美国关怀基金会(American Cares Foundation):http://www. ameri-cares. org/。

141. 英国亚洲适用技术协会(Appropriate Technology Asia):http://www. atasia. org. uk/web/index. aspx。

142. 亚洲备灾中心(Asian Disaster Preparedness Center):http://www. ad-pc. net/。

143. 澳大利亚海外服务局(Australian Volunteers International):http://www. australianvolunteers. com/。

144. 桥梁基金(The Bridge Fund):http://www. bridgefund. org/。

145. 加拿大合作协会(Canadian Cooperative Association):http://www. coopscanada. coop/。

146. 施达基金会(CEDAR Fund):http://www. cedarfund. org/。

147. 危机中的儿童(Children In Crisis):http://www. childrenincrisis. org. uk/。

148. 基督教励行会(Christian Action):http://www. christian-action. org. hk/。

149. 国际克里斯朵夫盲人协会(Christian Blind Mission International):ht-tp://www. cbmi. org/。

150. 比利时达米恩基金会(Damien Foundation):www. damienfoundation. org/。

151. 德国基督教发展服务社(Evangelischer Entwicklungsdienst(EED) Church Development Service):http://www. eed. de/。

152. 美国环保协会(Environmental Defense):http://www. environmen-taldefense. org;www. cet. net. cn/。

153. 福特基金会(The Ford Foundation):http://www. fordfound. org/。

154. 弗雷德·霍洛基金会(The Fred Hollows Foundation):http://www. hollows. org/。

155. 环球协力社（Global Links Initiative）：http://www. glinet. org/。

156. 绿色和平（Green Peace）：http://www. greenpeace-china. org。

157. 人类家园国际机构（Habitat for Humanity）：http://www. habitat. org/。

158. 汉斯·赛德基金会北京协调和信息中心（Hanns Seidel Foundation）：http://www. hss. de/。

159. 浩德中国儿童服务中心（Holt China Children's Services）：http://www. holtintl. org/。

160. 关爱儿童（Care for Children）：http://www. chinadevelopmentbrief. com/dingo/out-37. html。

第十二章 境内社会组织企业社会责任活动分析报告

摘要:本文将境内社会组织分为六类,依次分析了其在我国企业社会责任建设中所起的作用。通过列举典型组织进行的企业社会责任活动,评价其优缺点,以期达到引导和规范各类机构进行的企业社会责任活动,促进企业社会责任活动在我国的发展。

关键词:境内社会组织;企业社会责任活动;评价

Abstract: In this paper, the inside social organizations are divided into six categories. By enumerating plenty of corporate social responsibility activities held by categories's representative groups, the contribution of each category to the building of corporate social responsibility in our country has been estimated. By analysis of advantages and disadvantages of impact of their activities, the paper points out the key to strengthen the construct of CSR.

Key Words: inside social organizations; CSR activities; evaluation

随着我国参与经济全球化程度的日益加深,经济社会领域矛盾愈加突出,企业社会责任逐渐成为我国经济领域的重要议题,越来越多的境内社会组织①依据其职能参与到企业社会责任活动中来。本专题将分析评价境内社会组织开展的企业社会责任活动。为简化分析,将境内社会组织依照组织类型划分为商业企业、民间组织、政府组织、学术组织、服务提供商、新闻媒体,并依次分析其开展的企业社会责任活动。

---

① 由于企业社会责任的概念宽泛,本文讨论的境内社会组织指与境内企业社会责任活动相关的所有组织。

第一节 商业企业

一、商业企业与社会责任

商业企业①即企业社会责任承担的主体,是境内社会组织最主要的组成部分。其职责是将企业社会责任有机整合到企业的核心价值中,在追求经济效益的同时对所有利益相关者负责。近几年,企业社会责任的理念正以前所未有的速度传播。2006 年中国发布社会责任报告的企业数量超过了之前历年所有报告数量的总和,2008 年前 11 个月共有 121②家企业发布了企业社会责任报告。越来越多的企业意识到他们应承担的社会责任并开始履行这份职责。代表机构有大众汽车、安利集团、宝洁公司、壳牌公司、宝钢集团有限公司、国家电网、海尔集团公司、国家开发银行等。

二、商业企业代表机构开展企业社会责任活动简介

(一)大众汽车集团(中国)CSR 活动

①2009 年 3 月 19 日至 20 日,大众汽车畅想绿色未来环境教育行动启动绿色环保征程,以水资源保护为主线、围绕中国五大淡水湖区的"2009 年大众汽车绿色之旅"活动展开。首站为江苏省洪泽湖和太湖湿地自然保护区;5 月26 日,走进江西省鄱阳湖,向当地的孩子们传播湿地生态文明和环境保护的理念。大众汽车畅想绿色未来环境教育行动于 2007 年 4 月份在北京正式启动,是环境保护部宣传教育中心与大众汽车集团(中国)合作开展的为期三年的环境教育活动。大众汽车集团(中国)承诺在三年内,投入 800 万元人民币,用于项目的开展和实施。2007—2009 年间,双方通过合作开展一系列环境教育活动,在全国"绿色学校"中通过多方互动的方式,鼓励学生学习、讨论环境保护的知识,提高环境保护的意识和行动能力。

②大众汽车集团(中国)正式向国际残疾人奥委会提交三部改装车辆

---

① 本文定义商业企业为在我国境内工商部门正式注册的企业。

② 郭沛源等:《发展报告概述》,《价值发现之旅 2008——中国企业可持续发展报告研究》(2008 年 12 月)。

(2008.9.3)。

③大众汽车集团(中国)和旗下各合资企业举行"绿色生产"行动,引入大众汽车集团的"22条集团环保准则"(2008.8)。

④大众汽车集团(中国)联合环境保护部宣传教育中心、中国企业社会责任推广中心、《世界环境》杂志社等机构,在北京发布大众汽车集团2007/2008《可持续发展报告》,并通过基金捐资100万元,资助上海10所高校中来自地震灾区的大学生(2008.7.21)。

⑤大众汽车集团(中国)同旗下上海大众和一汽大众,向中国红十字总会紧急捐款200万元(总计600万元)人民币现金,用于四川汶川地震灾区的救灾抢险工作(2008.5.18)。

⑥上海大众斯柯达联合北京人民广播电台、蒙牛等单位启动"绿色骑手,奔向北京"绿色主题公益活动(2008.3.27)。

⑦南方雪灾中,大众汽车捐出10万元(2008.2)。①

(二)安利集团CSR活动

①安利向上海市慈善基金会捐款100万元人民币,其中的大部分捐款用于继续支持共青团上海市委"上海青年志愿者赴滇扶贫接力计划",实施"安利爱心手牵手——西部儿童医疗项目"(2008.12.9)。

②安利向北京市残疾人社会公益事业促进会捐款100万人民币,设立"安利首都特困残疾人应急救助基金"(2008.12.6)。

③由安利(中国)出资捐建的安利春蕾教师培训中心在四川举行成立仪式,安利向中国儿童少年基金会捐款106万元。预计每年的受益儿童超过20万名(2008.9.23)。

④由团中央、教育部主办的中国青年志愿者扶贫接力计划第十届研究生支教团出征仪式在上海师范大学举行。安利(中国)向所有研究生支教团捐赠书包与日用品,并将继续资助14所高校研究生支教团的支教志愿活动(2008.8.26)。

⑤安利公司通过儿童社会救助工作委员会为四川安县塔水镇第一小学和桑枣中学捐赠价值27万元的课桌椅、上下铺床、成套的被褥、电风扇以及体育

---

① 大众汽车公司:《活动介绍》,"http://www.vw.com.cn/"。

用品等(2008.8.19)。

⑥安利公司志愿者到广州军区总医院,探望来自四川地震灾区的17名重伤员,并赠予价值一千万元的蛋白粉。此时,安利已向四川地震捐款3500万元(2008.6.11)。

⑦安利参加由中国外商投资企业协会组织的2008年跨国公司支持北京08体育盛事绿化植树活动,并当场捐赠;安利(中国)联合妇女基金会,和中国儿童少年基金会共同推出的关爱流动儿童大型公益项目——"阳光计划",在北京市昌平区智泉打工子弟小学启动(2008.5.9)。

⑧安利(中国)六盘水分公司向六盘水家庭贫困但品学兼优的20名高中女生捐赠1万元(2008.04.21)。①

(三)宝洁公司 CSR 活动

①宝洁与沃尔玛联合举办"启动百万力量、共植爱心绿林"活动。双方宣布继续推进共同的"可持续性发展"计划,正式启动第二期消费者主题宣传活动——推广使用大包装(2009.4.20)。

②截至2008年12月31日,宝洁携手25家上下游企业联名共建希望小学50所,其中包括惠普、华润万家、华联等企业。

③广州宝洁有限公司将向中国教育发展基金会捐赠750万元人民币,启动全国学校健康教育计划,此计划将持续到2012年。

④四川地震发生后,宝洁向红十字会捐助100万元,向青少年发展基金会捐款1000万元。宝洁公司全球总部在全球范围内设立"中国地震专项捐助基金",用于接受宝洁全球员工的捐款。截至2008年12月31日,宝洁公司向灾区捐款捐物累计超过人民币5660万元。

⑤2008年2月到7月,宝洁公司发起并赞助"加油!2008——百所宝洁希望小学体育教师培训"、"加油!2008——百所宝洁希望小学快乐体育运动会"、"加油!2008——中国西部希望工程快乐体育运动会";并赞助两支省级代表队参加"加油!2008——全国希望小学快乐体育运动会"。来自全国28个省市自治区的1400名宝洁希望小学在校教师和4万名宝洁希望小学在校学生参与了此次体育行动。

---

① 安利公司:《活动介绍》,"http://www.amway.com.cn/"。

⑥宝洁志愿者项目:2008 年,全球 13.8 万宝洁员工参与了为汶川大地震灾区学校捐款的爱心活动。①

(四)华为 CSR 活动

①截至 2008 年年底,华为共向国家缴纳各项税款累计达到 525 亿人民币;支出各种员工福利保障共计 14.4 亿人民币。华为在全球设立 29 个通信技术培训中心。华为针对接入网以及端到端网络产品进行了优化,与业界传统的方案相比节省 30%以上的能源消耗。

②2004 至 2008 年间,共对 417 家关键供应商进行了 CSR 审核和改善推动工作。

③华为宣布正式加入在全球信息和通信技术行业最有影响力的环保组织——全球电子可持续性倡议(2008.11.13)。②

(五)中国石油天然气股份有限公司 CSR 活动

①达力普石油专用管有限公司扶贫济困项目获"中华慈善突出贡献项目奖"(2009.07.16)。

②2009 年新疆油田计划投入扶贫资金 295 万元,帮助托里、和丰等贫困县,用于农牧民抗震安居房建设和抢险救灾及劳动力培训并将继续收集办公设备支援石油希望小学信息化建设(2009.6.4)。

③吐哈油田公司投入资金,用于帮扶新疆巴里坤县 3 个扶贫项目(2009.05.22)。

④中国石油 20 余年义务植树超亿株(2009.04.22)。

⑤中国石油天然气集团公司向甘肃地震灾区捐款 1200 万(2008.6)。

⑥中国石油提供奥运会运行所需要的各种汽、柴油产品,并提供相应的配送、供应服务。对奥组委指定的 24 座加油站进行改造,为奥运会所使用的数千台车辆提供油品供应;为各个奥运竞赛场馆及国际转播中心等非竞赛场馆提供临时柴油发电的油品供应;为青岛、顺义等水上赛区提供船舶、摩托艇所需油品。③

---

① 宝洁公司:《活动介绍》,"http://www.pg.com.cn/"。

② 华为公司:《活动介绍》,"http://www.huawei.com/cn/"。

③ 中国石油天然气新闻中心:《活动介绍》,"http://news.cnpc.com.cn/"。

（六）宝钢集团 CSR 活动

①宝钢集团围绕提升产品质量、优化生产组织方式、降低能源使用成本和检修费用等开展成本改善活动，2009 年上半年，实现成本改善效益 34.4 亿元，完成年度目标的 57%（2009.8.5）。①

②在新疆大企业大集团、自治区国有企业向乌鲁木齐"7·5"事件无辜受害者民族团结捐款仪式上，宝钢集团新疆八一钢铁有限公司总经理陈忠宽代表宝钢集团公司捐款 1000 万元人民币（2009.7.30）。②

③联合国全球契约中国网络中心大会上，中心向宝钢集团公司等企业颁发"联合国全球契约中国成员企业"证书（2009.4.24）。

④宝钢环境监测站通过由国家环境保护部组织的环境污染治理设施自动连续监测运营资质评审（2009.2.26）。

⑤宝钢向云南普洱市"爱心永恒·启明行动"项目提供捐赠，截至 2008 年 12 月已有 2060 位贫困白内障患者实施了复明手术（2008.12.8）。

⑥截至 2008 年 5 月 21 日宝钢向四川地震灾区捐款捐物总值 6700 万元，宝钢员工向地震灾区捐款达 3125 万元（2008.5.21）。③

（七）国家电网公司 CSR 活动

①国家电网向宁夏基金会捐款 200 万元，建成 5 所希望小学，使 1722 名贫困学童直接受益（2008.11.13）。

②国家电网首批百所希望小学竣工仪式在黑龙江省铁力市年丰乡举行，第二批百所希望小学的建设工作同时启动（2008.11.9）。

③国家电网公司 2008 年第一期社会责任培训班在公司高级培训中心开班（2008/10.13）。

④国家电网为残奥会提供 3000 辆无障碍轮椅（2008.7）。

⑤国家电网公司在山东省赠送电动汽车助力奥运活动仪式上，向山东省赠送 10 辆电动汽车（2008.7.3）。

---

①　宝钢新闻中心：《活动介绍》，"http://www.baosteel.com/group/01news/ShowArticle.asp?ArticleID=2186"。

②　宝钢新闻中心：《活动介绍》，"http://www.baosteel.com/group/01news/ShowArticle.asp?ArticleID=2176"。

③　宝钢新闻中心：《活动介绍》，"http://www.baosteel.com/group/01news/"。

⑥国家电网公司将全体员工捐赠的 7600 万元捐款递交中国红十字会总会,支援四川省等灾区的抗震救灾。国家电网公司累计向地震灾区捐款及捐赠物资设备超过 2.1 亿元(2008.5.16)。①

三、商业企业在社会责任活动方面表现的不足

(一)对员工责任方面

我国企业在履行社会责任方面没有树立以人为本的经营理念。问题集中表现在生产条件、生产安全、职业中毒、加班、劳资关系紧张、员工基本权益保障等方面。根据劳动统计年鉴,2007 年劳动保障监察已结案件中,有女职工和未成年工特殊劳动保护案 3408 件,内部劳动保障规章制度案 18548 件,支付工资和最低工资标准案 172918 件,劳动合同的订立和解除案件 84374 件,社会保障类案件 78959 件②。根据来自中国国家安全生产监督管理总局统计的全国安全生产基本情况,2009 年上半年,全国共发生各类事故 186775 起,死亡 36370 人,其中煤矿发生 749 起,死亡 1175 人。③ 企业出于营利的动机,驱使员工在不良的环境场所工作,无视他们的身体健康和人身安全。

(二)对消费者责任方面

我国企业在履行社会责任方面没有树立正确的生产经营意识和理念。这方面涉的多是企业失信、欺诈行为,极大地增加了经济生活中的交易成本,败坏了商业风气和市场环境。消费者协会统计的全国消协组织受理投诉情况分析显示,2009 年上半年共受理消费者投诉 283929 件,为消费者挽回经济损失 30606 万元,其中因经营者有欺诈行为得到加倍赔偿的投诉 3350 件,加倍赔偿金额 381 万元,经消费者协会提供案情后由政府有关部门查处罚没款 1075 万元,接待来访和咨询 195 万人次。④ 这些数据一方面显示了消协为维

---

① 国家电网:《活动介绍》,"http://www.sgcc.com.cn/"。

② 国家统计局人口和就业统计司、劳动和社会保障部规划财务司:《2008 年中国劳动统计年鉴》。

③ 安全监管总局:《2009 年上半年全国安全生产基本情况及下半年形势分析和重点工作》,"http://www.chinasafety.gov.cn/newpage/Contents/Channel_4178/2009/0720/67248/content_67248.htm"。

④ 中国消费者协会:《2009 年上半年全国消协组织受理投诉情况分析》,"http://www.cca.org.cn/web/xfts/newsShow.jsp? id=44531"。

护消费者权益所做的贡献,同时说明了我国消费者所受的欺诈程度。而且并
不是所有消费者遇到商家的不公平待遇都会向消协求救,是以说明我国企业
对消费者应承担的责任仍严重不足。

(三)环境保护意识不足

我国企业在履行社会责任时缺乏可持续发展意识,一味地追求经济利益,
急功近利,掠夺式地开发资源,严重污染环境,破坏生态平衡。我国企业排污
仍是环境污染的主要来源。据估计,我国工业企业污染占总污染负荷的
70%,污染排放过程中的物料流失率高达86%,单位产值能耗相当于发达国
家的3至4倍。目前已经探明的45种主要矿产中,2010年可以满足的只有
21种,到2020年仅剩6种。大气污染、水污染、城市垃圾、工业废弃物排放、
水土流失、土地沙化和沙尘暴等环境问题已经成为经济社会发展中要着力解
决的突出问题。

(四)慈善事业方面

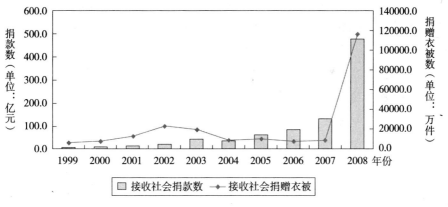

图12-1　民政部门接收的社会捐赠①

我国社会捐款在2008年达到479.3亿元②,是2007年的近3倍。2008
年雪灾及汶川地震等一系列重大事件使人们对企业社会责任的关注达到了空

---

① 中国民政部:《2008年民政事业发展统计报告》,"http://cws.mca.gov.cn/article/tjbg/
200906/20090600031762.shtml"。

② 中国民政部:《2008年民政事业发展统计报告》,"http://cws.mca.gov.cn/article/tjbg/
200906/20090600031762.shtml"。

前的程度,同时反映出中国企业在面对慈善事业时的一系列问题。企业对待社会责任的态度不当,功利性太强,把慈善行动当成宣传手段而不是真诚地去承担社会责任;企业的慈善活动缺乏系统的规范的运作,随机性、随意性强,不具长效机制;一些企业认为捐款就等于履行了企业的社会责任,对企业社会责任认识片面。

第二节　境内民间组织

一、境内民间组织与企业社会责任

境内民间组织指具有较强民间色彩,独立于政府之外,不以营利为目的的志愿性社会组织,无论其是否在民政和工商部门登记注册都包括在内。这类组织所做的工作比较具体,经常深入到基层建立企业社会责任试点项目。民间组织具有五个基本特征:组织性、非营利性、非政府性、自治性和志愿性。

境内民间组织在履行企业社会责任时有如下独特优势:民间组织非营利性的特质使其具有很强的公益色彩,推动企业社会责任运动的使命感最强;民间组织的非政府性使其独立于政府官僚体系,公民自愿参与,条件多样、灵活、平等,在推动企业社会责任发展与履行中更具低成本、高效率的优势;民间组织能够把市场机制和社会自治力量有机地结合起来,更有效地推动企业社会责任的履行。

代表机构有广东省企业社会责任研究会、社会资源研究所、阿拉善生态协会、自然之友等。

二、境内民间组织代表机构开展企业社会责任活动简介

(一)广东企业社会责任研究会

广东企业社会责任研究会是由广东省社会科学院、广东商学院、中山大学、华南师范大学、华南理工大学、暨南大学、华南农业大学、深圳大学、广东康然医药有限公司等法人单位联合发起,经政府部门批准成立的省一级学会,是广东省社会科学院的下属机构,接受业务主管单位广东省社会科学院和登记管理机关广东省民间组织管理局的业务指导和监督管理。学会是广东地区从事企业社会责任研究或管理工作的机关、团体、企事业单位和专家学者,为联

合社会各方面力量,共同研究和推动解决广东企业社会责任建设过程中存在的问题,促进广东经济社会持续协调发展自愿联合起来的学术团体,具有独立社团法人资格,为非营利性社会组织。

其开展的 CSR 活动主要有:

①鼓励会员单位开展学术研究活动。广东省企业社会责任研究会秘书处组织专家队伍先后到广东商学院、华南师范大学、广东教育学院、广东培正学院、东莞理工学院城市学院、广东商学院华商学院等会员单位举办企业社会责任专题讲座,并与以上单位的专家学者举行座谈会;广东企业社会责任研究中心秘书处于 2007 年暑假和 2008 年暑假组织专家在广东省社会科学院、广东教育学院和广东商学院开办假期大学生企业社会责任科研与实践活动,共组织近 90 名学生开展企业社会责任学术研究和实践教育活动,撰写企业社会责任学术论文近 40 篇。另外,2009 年 12 月研究会与中山大学岭南学院共同成功举办了 2009 广东省企业社会责任研究会年会暨中国南方企业社会责任论坛。

②广东省企业社会责任研究会 220 位理事会成员共发表与企业社会责任相关领域的文章超过 3600 篇,出版与企业社会责任相关领域的书籍超过 110 本。2009 年度的课题招标工作提前展开(课题总经费达 290 万元),目前也处于最后攻坚阶段。

③广泛对外开展学术交流。美国驻广州总领事馆副领事和美国驻广州总领事馆政治经济顾问访问广东企业社会责任研究会,与研究会秘书长等 4 位专家围绕企业社会责任范畴下多个领域进行讨论和交流(2008.01.21);日本创价大学教授栗山直树和 Philippe Debroux 教授(博士)带领其 20 多个学生与广东省企业社会责任研究会举行关于 CSR 的学术交流活动(2008.02.29);香港乐施会 NGO 发展、社会性别和城市生计项目中国部经理王云仙(女)博士、香港乐施会企业社会责任中国部助理项目干事蔡睿、中国社会工作研究中心项目主任邹崇明 3 位企业社会责任研究专家访问广东企业社会责任研究会(2008.03.31);美国驻广州总领事馆经济政治部副领事 Ashley L. Brady 和美国驻广州总领事馆政治经济顾问 Edward Lee 等访问广东企业社会责任研究会会长黎友焕博士(2008.05.13);广东企业社会责任研究会组织 5 位专家参与由美国驻广州总领事馆举办的"美国消费者行动主义与消费者政策及对美

国与海外市场的影响"学术论坛(2008.03.08);英国诺丁汉大学在其上海办事处举行国际企业社会责任圆桌会议,广东企业社会责任研究会会长黎友焕博士出席会议并作主题发言(2008.5.20);广东企业社会责任研究会会长黎友焕博士出席"英国企业实践良好企业社会责任工作小组第九次会议"(2008.6.17);组织专家与安徽农大、湖南大学等高校探讨我国企业社会责任专业教材的编撰工作,参与编写相关的教材任务,并与香港太莱国际认证集团有限公司达成初步合作协定,为该集团在国内培训、认证、监管的唯一合作方(2008.8.24—29);与中央财经大学企业公民研究中心、社会科学文献出版社等单位共同出版《中国企业公民蓝皮书》,发动9位理事成员撰写了7个专题研究报告(10万字),并与中央财经大学企业公民研究中心达成合作框架。

④参与羊城晚报财富沙龙08群英会暨战略研讨会(2008.1.17);作为特邀单位参与协办"岭南大讲坛·企业论坛第7期:和谐社会需要什么样的企业家?"(2008.6.21);作为主办单位,与佛山日报社和佛山市质量技术监督局共同举办"佛山企业的社会责任"研讨活动(2008.10.8)。

⑤组织专家开展对国内企业社会责任年度报告的研究,参与几十家大型企业社会责任报告的咨询和论证;与40多家企业的近700位企业高层管理人员探讨新劳动合同法的相关问题,向大约38000位一线工人讲解和宣传新劳动合同法的内容。

⑥开展年度优秀研究成果的评奖活动。以"粤企社责函〔2008〕8号"发出《关于开展2007年度科研成果评奖活动的通知》,对凡广东省内个人或集体编撰并正式出版的企业社会责任相关领域的专著(含个人专业性论文集)、教材、译著等,公开发表的论文、调研咨询报告,被地级以上市党委、政府或省直厅级以上单位采纳的调研咨询报告等企业社会责任的研究成果进行评审(2008.3.15)。

⑦建设研究会网站 www.gdcsr.org.cn/①,该网站已经成为我国国内对企业社会责任建设辐射力较大的网站之一。

(二)社会资源研究所(SRI)

社会资源研究所是一家非营利研究机构,工作范畴在商业和社会之间的

---

① 广东企业社会责任研究中心:《机构简介》,"http://www.gdcsr.org.cn/Announce.asp? ChannelID=0&ID=24"。

交叉领域,工作方向是研究经济发展过程中产生的社会问题,并探索相应的解决方案。其行动和研究主要集中在企业社会责任(CSR)和非营利部门的可持续发展两个议题。社会资源研究所积极倡导公民社会对企业社会责任的参与,致力于拓展公民社会的资源和空间。

其开展的 CSR 活动主要有:

①CSR Global 资源中心

信息分享平台 CSR Global 资源中心向 CSR 领域内的从业机构提供政策、NGO 和企业的信息。

②CSR 行动研究

SRI 的行动研究已开展的研究项目有:《供应链责任矩阵——零售业供应链责任管理现状调查》、《中国茶业可持续发展调研报告》,并为 ILO 等组织发起的纺织企业社会责任培训项目提供第三方调研服务。

③CSR 翻译项目

该项目每年分别选择 5 篇中英文报告互译成对方语言。翻译项目为中国引入公民社会的 CSR 思想和工具资源。

④公民社会案例调研

案例调研项目展示国内外公民社会组织在 CSR 领域的活动,通过案例的形式促进公众对公民社会的理解,并从案例中提炼出可供中国 NGO 借鉴的方法和工具。[1]

(三)阿拉善 SEE 生态协会(SEE)

阿拉善 SEE 生态协会(SEE)是由中国近百名知名企业家出资成立的环境保护组织,属非政府组织,奉行非营利性原则。SEE 以期推动人与自然的可持续发展,遵循生态效益、经济效益和社会效益三者统一的价值观。其宗旨是以阿拉善地区为起点,通过社区综合发展的方式解决荒漠化问题,带动中国企业家承担更多的环境责任和社会责任,推动企业的环保与可持续发展建设。[2]

其开展的 CSR 活动主要有:

①由阿拉善 SEE 生态协会支持"中国企业如何绿化:阿拉善 SEE 生态协

---

[1]　社会资源研究所:《机构简介》,"http://www.csrglobal.cn"。

[2]　阿拉善 SEE 生态协会:《机构简介》,"http://www.see.org.cn/detail.html? id=393"。

会成立五周年"论坛召开。论坛就"企业家是否有能力承担环保责任","北京市企业家环保基金会的成立是否意味着中国企业出钱资助中国民间环保事业的能力越来越强"等议题进行讨论(2009.6.5)。①

②阿拉善 SEE 生态协会举行"金融危机与中国企业"论坛(2008.12.20)。

③阿拉善联合绿色和平组织在北京共同举办"SEE 企业社会责任系列培训:公益营销培训"。国内环保 NGO 代表、企业公关部门负责人、企业人力资源部门负责人、公关公司项目负责人参加培训(2008.5.23—24)。②

(四)自然之友

自然之友是中国最早在民政部门注册成立的民间环保组织之一,致力于建设公众参与环境保护的平台,让环境保护的意识深入人心并转化成自觉的行动。其宗旨是通过开展群众性环境教育、倡导绿色文明、建立和传播具有中国特色的绿色文化,促进中国的环保事业。

其开展的 CSR 活动主要有:

①出版《中国环境绿皮书》,尝试从环保组织的社会视角与民间视角,提供有别于政府—国家视角或学院派定位的绿色观察。

②举办绿色文化讲座,促进学术界从多角度和多文化层面对生态环境问题进行持续的探讨研究。

③自然之友与中国国内七家民间环保团体联合评选出了国内首个绿色银行创新奖,推动银行等金融机构参与环境保护(2008.07)。③

三、境内非政府组织现状

(一)境内非政府组织逐步走向正规化

1998 年 10 月,国务院发布了《民办非企业单位登记管理暂行条例》和修订的《社会团体登记管理条例》,对社团和民办非企业单位分别做了界定,确立了各自的组织特征和法律地位,对推动我国非政府组织的健康发展起到了

---

① 阿拉善 SEE 生态协会:《活动介绍》,"http://www.see.org.cn/detail.html? id = 393"。

② 阿拉善 SEE 生态协会:《活动介绍》,"http://www.ngocn.org/? action-viewnews-itemid-26648"。

③ 自然之友:《活动介绍》,"http://www.fon.org.cn/channal.php? cid = 44"。

重要作用。截至 2008 年年底,全国共有社会团体 23 万个,比上年增长 8.5%,①并且活动范围扩展到经济、教育、卫生、体育、文化、环保、社会福利等多个领域,影响力不断增强。

(二)发展存在的不足、缺陷

1. 发展缓慢,规模小

由于我国非政府组织管理体制的限制,一些民间组织被拒之于合法框架之外,阻碍了非政府组织的规模的扩大。民政部 2009 年第二季度的统计数据显示,我国注册的非政府组织中,社会团体 22.8 万个,民办非企业单位 18.2 万个,基金会 1622 个,规模仍比较小。②

2. 独立性不强,官方色彩太浓

我国的非政府组织官办色彩很浓,官办的非政府组织占主导地位。大量民办非政府组织,因受政府"主管"和"监督",与政府有千丝万缕的联系,其内部机构行政色彩浓厚。由于非政府组织不独立,其承担社会责任的能力大打折扣。

3. 资金不足,难以展开活动

我国非政府组织的资金主要来源于政府、社会捐赠和自创性服务收入。随着政府改革的逐步深入,非政府组织从政府机构获取的经费逐年减少,非政府组织由于社会公信力不高,募捐收入少,自创性的服务收入低,面临严重资金不足的问题。

第三节　政府组织

一、政府组织与企业社会责任

政府组织指中国政府的职能部门。作为国家组织的具体形式,政府组织承担着调整社会成员之间相互关系,维护社会持续稳定发展的责任。政府组织重点指国家部委一级的机构,他们从各自的职能特点出发,推动企业社会责

---

①　中华人民共和国民政部规划财政司:《2008 年民政事业发展统计报告》,"http://cws. mca. gov. cn/article/tjbg/200906/20090600031762. shtml"。

②　中华人民共和国民政部规划财政司:《2008 年民政事业发展统计报告》,"http://cws. mca. gov. cn/article/tjbg/200906/20090600031762. shtm"。

任的发展。代表机构有国家商务部、国家卫生部、国家安全生产监督管理总局、国家劳动和社会保障部、国家认证认可监督管理委员会等。

二、政府组织代表机构开展企业社会责任活动简介

（一）国家安全生产监督管理总局

国家安全生产监督管理总局从安全生产方面促进企业社会责任发展。其职责是指导、协调全国安全生产检测检验；组织实施对检测检验、安全评价、安全培训、安全咨询等社会中介组织的资质管理；组织、指导全国安全生产宣传教育，负责安全生产监督管理人员、煤矿安全监察人员的安全培训、考核工作；依法组织、指导并监督特种作业人员（特种设备作业人员除外）的考核工作和生产经营单位主要经营管理者、安全管理人员的安全资格考核工作；监督检查生产经营单位安全培训；负责监督管理中央管理的工矿商贸企业安全生产工作，依法监督工矿商贸企业贯彻执行安全生产法律、法规情况及其安全生产条件和有关设备（特种设备除外）、材料、劳动防护用品的安全管理工作；组织开展与外国政府、国际组织及民间组织安全生产方面的国际交流与合作。

其开展的 CSR 活动主要有：

①安全监管总局将启动安全生产"企业黑名单"制度。发生一次死亡 10 人以上的重特大事故的企业将列入黑名单，并对其进行制裁。黑名单将适时向社会公告，结合打击非法生产与建立企业诚信机制（2008.10.7）。①

②安全监管总局明确予以重点打击的六类安全生产非法违法行为。六类安全生产非法违法行为包括：无证无照和证照不全的；依法关闭取缔之后又死灰复燃的；存在超层越界、尾矿库违规排放等严重违法行为的；瞒报事故的；拒不执行安全监管监察指令、抗拒安全执法的；违背《安全生产法》关于建设项目安全生产"三同时"规定的（2009/01/20）。②

③为加强安全生产检测检验工作，经专家评审和综合审查，安全监管总局

---

① 杜宇：《安全监管总局启动"企业黑名单"制度　近期发生事故的 74 家企业入榜》，新华网"http://news.xinhuanet.com/newscenter/2008－10/07/content_10161360.htm"。

② 安全监管总局政策法规司：《活动介绍》，"http://www.chinasafety.gov.cn/newpage/Contents/Channel_4282/2009/0223/52349/content_52349.htm"。

批准北京科正平机电设备检验所安全生产检测检验甲级机构资质(2009.2.
17)。①

（二）国家环保总局

国家环保总局职能是组织环境保护科技发展、重大科学研究和技术示范
工程；管理全国环境管理体系和环境标志认证；建立和组织实施环境保护资质
认可制度；指导和推动环境保护产业发展；组织、指导和协调环境保护宣传教
育和新闻出版工作；推动公众和非政府组织参与环境保护；拟定国家关于全球
环境问题基本原则；管理环境保护国际合作交流；参与协调重要环境保护国际
活动；参加环境保护国际条约谈判；管理和组织协调环境保护国际条约国内履
约活动，统一对外联系；管理环境保护系统对外经济合作；协调与履约有关的
利用外资项目；受国务院委托处理涉外环境保护事务；负责与环境保护国际组
织联系工作。

其开展的 CSR 活动主要有：

①环境保护部发出公文《关于开展上市公司环保后督察工作通知》，决定
对 2007—2008 年通过上市环保核查的公司开展环保后督查工作(2009.08.
07)。②

②环境保护部部长主持召开环境保护部部常务会议，审议并原则通过
《2008 年各省(区、市)和五大电力集团公司主要污染物总量减排情况考核结
果的报告》、《部分建设项目环境影响评价、上市或再融资公司的环保核查意
见》(2009.6.9)。③

③环境保护部在京召开环保形势报告会。环境保护部党组书记、部长就
提高对环境问题的认识，全力推进环境保护历史性转变，以生态文明为指导积
极探索中国特色环保新道路以及在当前金融危机形势下如何做好环境保护工

---

① 安全监管总局：《国家安全生产监督总局公告(2009 年第 3 号)》，"http://www.chinasa-
fety. gov. cn/newpage/Contents/Channel 4282/2009/0223/52349/content_52349. htm"。

② 环境保护部办公厅：《环境保护部办公厅函关于开展上市公司环保后督查工作的通
知》，"http://www.zhb.gov.cn/info/bgw/bbgth/200908/t20090807_157227.htm"。

③ 环境保护部：《环境保护大事记》，"http://www.zhb.gov.cn/info/hbdxj/200907/
t20090714_155116.htm"。

作等问题作报告(2009.5.7)。①

④环境保护部批准《清洁生产标准　钢铁行业(铁合金)》为国家环境保护标准,自 2009 年 8 月 1 日起实施(2009.04.10)。②

⑤环境保护部批准《钢铁工业发展循环经济环境保护导则》、《规划环境影响评价技术导则》、《煤炭工业矿区总体规划》等三项标准为国家环境保护标准(2009.3.13)。③

(三)国家税务总局

国家税务总局主要职能是制定税收法律法规和实施细节,并负责对法律法规执行过程中的征管和一般性税政问题进行解释;承担中央税、共享税、法规规定的基金(费)的征收管理责任;参与研究宏观经济政策、中央与地方的税权划分并提出完善分税制的建议,研究税负总水平并提出运用税收手段进行宏观调控的建议;制定和监督执行税收业务、征收管理的规章制度,监督检查税收法律法规、政策的贯彻执行,指导和监督地方税务工作;规划和组织实施纳税服务体系建设,制定纳税服务管理制度,规范纳税服务行为,制定和监督执行纳税人权益保障制度,保护纳税人合法权益;组织实施对大型企业的纳税服务和税源管理。

其开展的 CSR 活动主要有:

①国务院第 34 次常务会议决定自 2009 年 1 月 1 日起在全国范围内实施增值税转型改革。增值税转型是指从生产型增值税转变为消费型增值税。这次增值税转型改革的主要内容包括自 2009 年 1 月 1 日起,全国所有增值税一般纳税人新购进设备所含的进项税额可以计算抵扣;购进的应征消费税的小汽车、摩托车和游艇不得抵扣进项税;取消进口设备增值税免税政策和外商投资企业采购国产设备增值税退税政策;小规模纳税人征收率降低为 3%;将矿

---

①　环境保护部:《环境保护大事记》,"http://www.zhb.gov.cn/info/hbdxj/200906/t20090611_152669.htm"。

②　环境保护部:《环境保护大事记》,"http://www.zhb.gov.cn/info/hbdxj/200905/t20090514_151505.htm"。

③　环境保护部:《环境保护大事记》,"http://www.zhb.gov.cn/info/hbdxj/200904/t20090417_150576.htm"。

产品增值税税率从 13% 恢复到 17%（2008.11.05）。①

②从 2008 年 9 月 1 日起，中国开始实施调整汽车消费税政策，提高大排量乘用车的消费税税率，同时降低小排量乘用车的消费税税率。由财政部、国家税务总局联合发出的汽车消费税政策的主要内容是：排气量在 4 升以上的乘用车，税率由 20% 上调至 40%，而 1.0 升小排量乘用车税率则下调两个百分点（2008.07.23）。②

（四）国家工商行政管理总局

国家工商行政管理总局主要职能是：负责市场监督管理和行政执法的有关工作，起草有关法律法规草案，制定工商行政管理规章和政策；负责各类企业、农民专业合作社和从事经营活动的单位、个人以及外国（地区）企业常驻代表机构等市场主体的登记注册并监督管理，承担依法查处取缔无照经营的责任；承担依法规范和维护各类市场经营秩序的责任，负责监督管理市场交易行为和网络商品交易及有关服务的行为；监督管理流通领域商品质量和流通环节食品安全，组织开展有关服务领域消费维权工作，按分工查处假冒伪劣等违法行为，指导消费者咨询、申诉、举报受理、处理和网络体系建设等工作，保护经营者、消费者合法权益；承担查处违法直销和传销案件的责任，依法监督管理直销企业和直销员及其直销活动；负责垄断协议、滥用市场支配地位、滥用行政权力排除限制竞争方面的反垄断执法工作（价格垄断行为除外），依法查处不正当竞争、商业贿赂、走私贩私等经济违法行为；依法实施合同行政监督管理，负责管理动产抵押物登记，组织监督管理拍卖行为，负责依法查处合同欺诈等违法行为；指导广告业发展，负责广告活动的监督管理工作；负责商标注册和管理工作，依法保护商标专用权和查处商标侵权行为，处理商标争议事宜，加强驰名商标的认定和保护工作；组织指导企业、个体工商户、商品交易市场信用分类管理，研究分析并依法发布市场主体登记注册基础信息、商标注册信息等，为政府决策和社会公众提供信息服务；负责个体工商户、私营企业经营行为的服务和监督管理。

---

① 国家税务总局：《政策解读》，"http://www. chinatax. gov. cn/n8136506/n8136593/n8137681/n8532970/n8533009/8858157. html"。

② 央视网：《汽车消费税调整　大排量鼓励小排量》，"http://www. ha. xinhuanet. com/yincang/2008 – 08/22/content_14199437. htm"。

其开展的 CSR 活动主要有：

国家工商行政管理总局公布《关于充分发挥工商行政管理职能作用积极净化社会文化环境的通知》，净化社会文化环境工作，落实其任务分工（2009.3.13）。①

（五）国家人力资源和社会保障部

国家人力资源和社会保障部主要职能是拟定劳动和社会保险工作基本方针、政策；制定劳动和社会保险的监督检查规范；规划劳动力市场的发展，组织建立、健全就业服务体系；拟定企业下岗职工的分流安置、基本生活保障和再就业的规划、政策，组织实施再就业工程；制定农村剩余劳动力开发就业、农村劳动力跨地区有序流动的政策和措施并组织实施；组织拟定职业分类、职业技能国家标准，组织制定和颁布相关的行业标准；拟定企业职工工作时间、休息休假制度和女工、未成年工特殊劳动保护政策；制定社会保险服务体系建设规划并组织实施；代表政府参加国际劳工组织和其他有关国际组织的活动和工作。

其开展的 CSR 活动主要有：

①人力资源和社会保障部、财政部联合发布《关于进一步加强基本医疗保险基金管理的指导意见》，加强基本医疗保险基金管理，提高基金使用效率（2009.07.24）。②

②人力资源和社会保障部、财政部、国务院资产监督管理委员会和监察部联合发布《关于妥善解决关闭破产国有企业退休人员等医疗保障有关问题的通知》，解决其他关闭破产企业退休人员参保等问题（2009.05.27）。③

③人力资源和社会保障部公布第一批基层社会管理和公共服务岗位目录，要求各有关部门引导和鼓励高校毕业生面向基层就业（2009.5.5）。④

---

① 国家工商总局个体私营经济监督管理司：《活动介绍》，"http://www.saic.gov.cn/zwgk/zyfb/zjwj/gtsyjjs/200906/t20090630_67769.html"。

② 国家人力和社会保障部：《活动介绍》，"http://www.mohrss.gov.cn/Desktop.aspx? path—mohrss/mohrss/InfoView&gid—ef525d9e—0813—4ca7—a9aa—603222cbd556&tid = Cms_Info"。

③ 国家人力和社会保障部：《活动介绍》，"http://www.mohrss.gov.cn/Desktop.aspx? path = mohrss/mohrss/InfoView&gid = 6245f77a—6493—435f—89dc—1ce0bd05ae18&tid = Cms_Info"。

④ 中国人事报："http://www.mohrss.gov.cn/Desktop.aspx? path = mohrss/mohrss/InfoView&gid = 03e88475—2d86—4852—b619—50a4bb02e2dc&tid = Cms_Info"。

（六）国家发展和改革委员会

其主要职能是研究分析区域经济和城镇化发展情况,提出区域经济协调发展和实施西部大开发战略的规划;负责地区经济协作的统筹协调,指导地区经济协作工作。做好人口和计划生育、科学技术、教育、文化、卫生等社会事业以及国防建设与国民经济发展的衔接平衡。推进可持续发展战略,研究拟订资源节约综合利用规划,参与编制生态建设规划,提出资源节约综合利用的政策,协调生态建设和资源节约综合利用的重大问题;组织协调环保产业工作。研究提出促进就业、调整收入分配、完善社会保障与经济协调发展的政策,协调就业、收入分配和社会保障的重大问题。

其开展的 CSR 活动主要有:

①国家发展改革委与联合国开发计划署(UNDP)、全球环境基金(GEF)合作的"中国逐步淘汰白炽灯、加快推广节能灯"项目签字仪式在北京举行(2009.07.24)。①

②国家发展改革委在吉林省辽源市召开全国资源型城市可持续发展工作会议,并发出通知,在 2009 年春耕期间组织开展全国化肥价格检查,从 2 月 20 日开始,5 月底结束(2009.07.24)。②

③国务院批准,国家发展改革委和商务部发布第 4 号令,全文公布《中西部地区外商投资优势产业目录(2008 年修订)》,自 2009 年 1 月 1 日起施行(2009.01.13)。③

④发改委在京召开固定资产投资项目节能评估和审查制度研讨会(2009.01.05)。④

⑤发改委联合住房和城乡建设部、商务部和农业部,共同制定了回收餐饮废物的政策。发改委资源节约和环境保护司副司长要求各级政府做好餐饮废物回收工作,以符合《循环经济促进法》。该法已于 2009 年 1 月 1 日生效

---

① 国家发展和改革委员会:"http://www.sdpc.gov.cn/xwfb/t20090724_292535.htm"。
② 国家发展和改革委员会:"http://www.sdpc.gov.cn/xwfb/t20090206_259663.htm"。
③ 国家发展和改革委员会:"http://www.sdpc.gov.cn/xwfb/t20090113_255908.htm"。
④ 国家发展和改革委员会:"http://www.sdpc.gov.cn/xwfb/t20090105_255043.htm"。

(2009.01.18)。①

(七)中国国家标准化管理委员会(中华人民共和国国家标准化管理局)

中国国家标准化管理委员会(中华人民共和国国家标准化管理局)是国务院授权的履行行政管理职能,统一管理全国标准化工作的主管机构。其主要职能:负责制定国家标准化事业发展规划;负责组织、协调和编制国家标准(含国家标准样品)的制定、修订计划。管理和指导标准化科技工作及有关的宣传、教育、培训工作;代表国家参加国际标准化组织(ISO)、国际电工委员会(IEC)和其他国际或区域性标准化组织,负责组织 ISO、IEC 中国国家委员会的工作;负责国家标准的宣传、贯彻和推广工作;监督国家标准的贯彻执行情况;在质检总局统一安排和协调下,做好世界贸易组织技术性贸易壁垒协议(WTO/TBT 协议)执行中有关标准的通报和咨询工作。

其开展的 CSR 活动主要有:

①国家标准化管理委员会、国家发展和改革委员会、工业和信息化部联合发布《关于贯彻落实十大重点产业调整和振兴规划进一步加强标准化工作的意见》。《意见》围绕十大重点产业调整和振兴规划的任务和目标,明确当前和今后一个时期标准化工作的重点领域、主要任务,提出有针对性的实施意见(2009.06.05)。②

②国家质检总局、国家标准委批准发布《限制商品过度包装要求　食品和化妆品》国家标准,标准自 2010 年 4 月 1 日起开始实施(2009.03.31)。③

③国家质检总局党组成员、国家标准委主任到国家食品质量安全监督检验中心考察(2009.02.24)。④

---

① 《WTO 经济导刊》:《发改委要求回收餐饮废物》,"http://chinawto.mofcom.gov.cn/aarticle/by/bz/200902/20090206029430.html"。

② 中国国家标准化管理委员会:"http://www.sac.gov.cn/templet/default/ShowArticle.jsp?id=5177"。

③ 中国国家标准化管理委员会:"http://www.sac.gov.cn/templet/default/ShowArticle.jsp?id=5006"。

④ 中国国家标准化管理委员会:"http://www.sac.gov.cn/templet/default/ShowArticle.jsp?id=4918"。

三、活动评价

在法律制定上,我国企业社会责任的法制化建设有待完善。2006 年 1 月
1 日伴随着新《公司法》的出台,我国首次以法律形式明确提出企业社会责任。
新《公司法》规定"公司从事经营活动必须遵守法律、行政法规,遵守社会公
德、商业道德,诚实守信,接受政府和社会公众的监督,承担社会责任",但由
于此条例涉及内容宽泛,没有可操作性实施细则,必将造成企业有法难依。而
且我国法律没有明确界定企业社会责任的范围,没有制定关于社会责任信息
披露的规则、准则和指南。政府组织作为具体法律法规、标准的制定者、执行
者和监督者应加快我国企业社会责任的法制化建设,确保企业的法律义务和
道德义务相结合。

在机构设置上,我国政府组织没有专门部门处理我国企业社会责任方面
事务。在处理企业社会责任方面问题时,已有机构职责界限模糊,甚至出现行
政职能缺失,处理问题成本过高或有些问题没有部门负责。政府部门应该适
时调整内部结构及职能以应对处理企业社会责任方面问题。

第四节　学术机构

一、学术机构与企业社会责任

学术机构指高等教育机构、研究机构,它们从研究、教学、宣传、向政府提
决策建议等方面推动企业社会责任的发展,其工作有重要的前瞻性和导向性。
代表机构有广东省社会科学院、中国社会科学院经济学部企业社会责任研究
中心、北京大学企业社会责任研究中心、清华大学非政府组织研究所、中国标
准化研究院、南开大学公司治理研究中心等。

二、学术机构开展企业社会责任活动简介

(一)广东省社会科学院

广东省社会科学院是广东省人民政府直属的社会科学综合研究机构,是
省委省政府的"智囊团"、"思想库"。其下设有广东省邓小平理论研究中心、
广东省精神文明建设研究中心、现代化发展战略研究所、宏观经济研究所、产

业经济研究所、企业管理与决策科学研究所、历史研究所(孙中山研究所)、哲学与文化研究所、社会学与人口学研究所、法学研究所等研究机构,受省委、省政府委托,参与组织、协调、指导全省邓小平理论研究、精神文明建设研究工作;协助拟定广东省理论规划;负责组织广东省社会科学系列专业技术职称评定工作。

其开展的 CSR 活动主要有:

①2008 年广东企业社会责任、诚信高峰论坛暨广东省社会工作学会年会在广东迎宾馆举行。原广东省社会科学院院长张磊,广东省社会科学联合会主席、党组书记田丰,广东省人大常委、环境与资源保护委员会副主任郭德勤,广东省社会科学院副院长、广东省社会工作学会会长刘小敏以及本会的副会长、常务理事、理事 100 多人参加了本次会议。会议由广东省社会工作学会常务副会长兼秘书长罗繁明同志主持。(2008.12.26)

②广东省社会科学院和长江商学院共同主办广东企业应对金融危机高峰论坛。论坛强调要强化企业社会责任,全面提升文化软实力,用文化打造企业品牌,用文化树立企业信誉,用文化传播企业形象,用文化提升企业竞争力(2009.8.10)。

③开展企业社会责任系列研究工作。2003 年开始把企业社会责任作为常规课题列入研究计划。2004 年向时任广东省委书记、中央政治局委员张德江上报企业社会责任专题报告。2004 年开始把企业社会责任列入年度重点研究课题,并投放 3.5 万元在广东发展数据库设立企业社会责任研究数据库。2005 年 2 月批准筹备成立广东省企业社会责任研究会,整合并团结广东乃至全国企业社会责任专家、学者共同推进企业社会责任研究,使广东省企业社会责任研究会成为国内开展企业社会责任研究的重要平台之一。

④广东省社会科学院黎友焕教授的个人专著:《企业社会责任在中国:广东企业社会责任建设前沿报告》由华南理工大学出版社 2007 年 9 月出版,先后获得广东省新闻出版局"广东省年度重点图书出版奖"(2007)、国家新闻出版署"国家第二届'三个一百'原创图书出版工程奖"(2008)、广东省出版协会"第二届广东省优秀出版奖(图书奖)"(2009)。

(二)中国标准化研究院

中国标准化研究院是国家质量监督检验检疫总局的直属事业单位,是我国从事标准化研究的国家级社会公益类科研机构。其主要职责是研究国民经济和社会发展中全局性、战略性和综合性的标准化问题，负责研制综合性基础标准，提供权威标准信息服务，为我国经济发展和社会进步提供多方位标准支持，为推动我国技术进步、产业升级、提高产品质量等提供重要支撑，为政府的标准化决策提供科学依据。

其开展的 CSR 活动主要有：

①经国家标准化管理委员会批准（标委办外［2009］101 号），中国标准化研究院承担国际标准化组织／欺诈防范与控制技术委员会（ISO/TC247）国内技术对口单位，以积极成员（P 成员）身份参加相关标准化活动。高新技术与信息标准化研究所具体负责国内技术对口单位的工作（2009.7.24）。①

②中国标准化研究院主办"标准与专利政策"研讨会（2009.6.30）。②

③2009 年 ISO/IEC/JTC1/SC32 年会及第 12 届元数据开放式国际论坛于 2009 年 6 月 17 日至 26 日在韩国举行。会议由韩国技术与标准局（KATS, Korean Agency for Technology and Standards）主办，中国标准化研究院 5 人组团参加了此次年会（2009.06.17）。

④科技部正式发函（国科发计［2009］51 号）批复"十一五"国家科技支撑计划"持久性有机污染物控制与消费的关键技术研究与示范"等 14 个项目及滚动课题，将其列入"十一五"国家科技支撑计划组织实施。其中包括了"关键技术标准推进工程"专项完成课题评审及预算评审评估工作的 12 个滚动课题。由标准化研究院基础所承担的"国际标准研制"、战略所承担的"我国标准与国际国外先进标准比对分析及对策研究"、资环所承担的"循环经济和高新技术产业技术标准试点示范共性方法研究"、"主要用能产品和设备节能标准与能效标识研究"、质量所承担的"消费品质量安全影响因子研究及标准研制"是 12 个滚动课题中的重要组成部分（2009.1.22）。③

---

①　中国标准化研究院：《机构简介》，"http：//www.cnis.gov.cn/xwdt/zhxw/kyxw/200907/t20090724_5153.shtml"。

②　中国标准化研究院：《活动介绍》，"http：//www.cnis.gov.cn/xwdt/zhxw/kyxw/200907/t20090701_5100.shtml"。

③　中国标准化研究院：《活动介绍》，"http：//www.cnis.gov.cn/kygz/200907/t20090723_5143.shtml"。

(三)南开大学公司治理研究中心

南开大学公司治理研究中心是南开大学国际商学院现代管理研究所的公司治理研究室与国家审计署共建成立的,下设公司治理理论、公司治理原则与评价、跨国公司与企业集团治理、公司治理与企业管理创新等专门研究室。该研究中心建有中国第一个专门的公司治理学术研究网站——中国公司治理网。①

其开展的 CSR 活动主要有:

①南开大学商学院和南开大学公司治理研究中心连续举办五届公司治理国际研讨会(2005—2009)。

②南开大学商学院、南开大学公司治理研究中心在北京主办 2008 中国上市公司治理指数发布与研讨会(2008.10.26)。

③南开大学公司治理研究中心推出中国上市公司治理评价研究报告。该报告从控股股东、董事会、监事会、经理层、信息披露等方面,按地区、行业等层次,对上市公司进行了全面量化评价分析。②

④推出中国公司治理指数,简称南开治理指数,以指数的形式,通过对公司治理影响因素的量化,反映中国上市公司的治理状况。

⑤建设公司治理领域的全国学术交流和资料信息基地。每年举办两次国内学术会议,每年举办 1 ~ 2 次中小型国际学术会议,每两年组织一次大型国际学术会议,发布与交流公司治理相关成果,定期出版英文精华本。③

(四)中国社会科学院

中国社会科学院是中国哲学社会科学研究的最高学术机构和综合研究中心,成立中国社会科学院经济学部企业社会责任研究中心。中国社会科学院经济学部企业社会责任研究中心是中国社会科学院主管的非营利性学术研究机构,是中国企业社会责任领域唯一的国家级研究机构和最高理论研究平台。中心的宗旨是加强企业社会责任的理论研究,提高企业社会责任的理论和应用研究水平,促进我国企业社会责任活动的开展和企业社会责任管理水平的

---

① 南开大学公司治理研究中心:《机构简介》,"http://www.cg.org.cn/center/center.asp"。

② 张宝敏:《南开大学公司治理研究中心推出中国上市公司治理评价研究报告》,《中国教育报》2004 年 2 月 24 日。

③ 南开大学公司治理研究中心:《机构简介》,"http://www.cg.org.cn/center/"。

提高,努力推动我国企业社会责任理论和实践的发展和国际间的交流。重点开展五方面工作:包括重大的理论和实践问题研究,重视中国企业社会责任理论的建设,组织企业社会责任理论研究的经验的交流学习,编写企业社会责任专著,为企业社会责任实践提供咨询服务。

其开展的 CSR 活动主要有:

①中国社会科学院经济学部、社会科学文献出版社联合主办 2009 年《企业社会责任蓝皮书》暨中国 100 强企业社会责任发展指数发布会,公布中国 100 强企业社会责任发展指数(2009)(2009.10.18)。①

②中国社会科学院在北京举办"企业社会责任研究中心成立暨中国企业社会责任重大问题研讨会"。与会者就深化企业社会责任相关理论研究、促进我国企业社会责任活动的开展和企业社会责任管理水平的提高等问题进行研讨(2008.7)。②

③中国社会科学院社会政策研究中心主办题为"企业社会责任与民间组织自身建设"论坛(2009.4.27)。③

(五)北京大学

北京大学创于 1898 年,初名京师大学堂,是第一所国立综合性大学,也是当时中国的最高教育行政机关,现已经成为国家培养高素质、创造性人才的摇篮、科学研究的前沿和知识创新的重要基地和国际交流的重要桥梁和窗口。

其开展的 CSR 活动主要有:

①中国民营企业社会责任评价体系论证会在北京大学民营经济研究院举行。全国政协委员、全国工商联副主席,北大民营经济研究院常务副院长以及全国工商联宣教部部长出席论证会(2009.7.15)。④

②北京大学 MPAcc 论坛在光华管理学院举办论坛——经济危机下的企

---

① 中新网:《活动介绍》,"http://www.chinanews.com.cn/home.shtml"。

② 中国社会科学院:《活动介绍》,"http://www.cass-csr.org/index.php? option = com_content&module = 23&sortid = 31&artid = 255&menuid = 34"。

③ 中国社会科学院:《活动介绍》,"http://www.cass-csr.org/index.php? option = com_content&module = 25&sortid = &artid = 263&menuid = 36"。

④ 北京大学新闻网:《活动介绍》,"http://pkunews.pku.edu.cn/xwzh/2009 - 07/22/content_154348.htm"。

业社会责任(2009.4.16)。①

(六)中央财经大学中国发展和改革研究院

中央财经大学中国发展和改革研究院是集科研、教学、咨询、培训于一体的学术机构,直属中央财经大学。中国发展和改革研究院下设学术指导机构、科研教学机构和管理服务机构,其中,科研教学机构设中国经济行为研究中心、县域经济研究中心、中华社会文化研究中心、制度经济学研究中心、中国诺贝尔学研究中心、能源经济研究中心、资本市场研究中心、产业发展研究中心、中国企业家研究中心、企业公民研究中心、非政府组织研究中心。教育培训中心负责各种面向社会的培训业务。②

其开展的 CSR 活动主要有:

①成立企业公民研究中心(2008.4)。

②与中国社会科学院社会科学文献出版社、中国企业报社、北京恩必特经济咨询中心联合主办"企业公民理论与实践研讨会暨《中国企业公民报告(2009)》首发式"(2009.7.12)。③

第五节　境内服务提供商

一、境内服务提供商定义

境内服务提供商为总部在中国,通过提供专业的企业社会责任服务获取利润的公司。其服务包括与企业社会责任相关的认证审计以及有关的咨询和培训。全国经质监局批准成立的有关质量管理体系认证咨询、环境管理体系认证咨询、职业安全与健康管理体系认证咨询、产品认证咨询等认证机构共有 444 家。④

---

① 北大光华管理学院:《机构简介》,"http://www.gsm.pku.edu.cn/article/221/6230.html"。

② 中央财经大学中国发展和改革研究院:《机构简介》,"http://www.cufe-cidr.org/Html/xyxw/index_2.html"。

③ 中央财经大学中国发展和改革研究院新闻中心:《活动介绍》,"http://www.cufe-cidr.org"。

④ 根据质监局批准的认证咨询机构统计而得。全国被质监局批准的认证咨询机构分布为,北京 97 家,上海 43 家,天津 18 家,山西 3 家,河北 12 家,辽宁 23 家,吉林 8 家,黑龙江 5 家,江苏 18 家,安徽 3 家,山东 8 家,浙江 48 家,江西 6 家,福建 11 家,湖南 11 家,湖北 11 家,河南 11 家,广东 41 家,海南 2 家,广西 4 家,四川 13 家,贵州 5 家,云南 3 家,陕西 8 家,甘肃 4 家,宁夏 2 家,新疆 6 家。

但直接提供有关 COC 验厂和 SA8000、ICTI、WRAP、GSV/C-TPAT、BSCI、AVE/EICC 和 ETI 等体系认证咨询的境内服务提供商发展还不成熟、不规范。

二、境内服务提供商代表机构开展企业社会责任活动简介

(一)商道纵横

商道纵横是一家致力于推动中国企业社会责任和社会责任投资发展的咨询公司。提供咨询、培训、研究、信息服务,帮助客户发展在中国的企业社会责任和社会责任投资策略,厘清思路,建立关系,寻找合作伙伴。

其开展的 CSR 活动主要有:

①《价值发现之旅 2008——中国企业可持续发展报告研究》暨中国企业可持续发展报告资源中心国家环保部宣教中心发布(2008.12.9)。

②商道纵横作为碳信息披露计划的中国区代理,负责推动 2008 年 CDP 项目在中国大陆的推进及 2008 年 CDP 项目中国区报告的编写(2008)。

③商道纵横为包括中国新闻周刊举办的 2006 年、2007 年全球企业社会责任中国论坛,WTO 经济导刊举办的 2006 企业责任竞争力案例评选,2008 年最佳绿色银行创新奖评选等会议和活动担任咨询的角色(2008)。

④完成有关企业社会责任领域的读物,如《全球契约上海峰会报告》、《责任投资原则》、《AA1000 标准系列》。

⑤组建网站:商道纵横信息网站(www. syntao. com),中国企业社会责任机构/专家数据库(www. chinacsrmap. org),企业可持续发展报告资源中心(www. sustainabilityreport. cn)。[1]

(二)润灵公益事业咨询

润灵公益事业咨询是一家致力于实现公益事业科学化和效率化的社会企业。其企业社会责任咨询包括企业社会责任的战略规划咨询,负责 CSR 战略规划、标杆研究、CSR 战略与整体战略匹配;项目设计咨询负责 CSR 内部制度体系设计、NPO 合作方评估、企业基金会咨询;项目实施指导咨询负责项目跟踪优化、项目进度管理、危机处理;项目评估咨询负责量化设计、效果评价、比较研究、第三方评估报告;年报编制服务负责框架搭建、数据收集、第三方证

---

[1]　商道纵横:《机构简介》,"http://www.syntao.com/"。

言、报告设计撰写、报告发布。

其开展的 CSR 活动为:

润灵公益事业咨询对截至 2009 年 6 月中旬发布的 372 份 A 股上市公司 2008 年 CSR 进行了系统评价(2009)。①

(三)超网咨询

超网咨询为中国外贸加工企业提供服务。涉及行业包括:纺织、服装、服饰、家纺、箱包、鞋业、皮具、玩具、礼品、纸品、木制品、食品、陶瓷及塑胶制品、模具、不锈钢、五金、电子、电器、线路板、印刷等。提供服务包括:人权、品质、反恐等验厂咨询培训服务;提供 ISO9000、ISO14000、OHSAS18000、TS16949、ISO20000、ISO27000、ISO22000 等认证咨询服务,管理培训;提供如人力资源管理软件行业 ERP 等管理软件;提供如法律法规符合性控制服务,供应商评估和监督服务,潜在风险分析,健康、安全、环境评估和培训,企业社会责任风险管理和供应商能力建设服务等风险控制服务。②

(四)广州时线咨询服务有限公司

时线咨询根据 SA8000、国际劳工标准和品牌的生产守则(Code of Conduct),从人力资源管理的角度,为企业和工厂提供有关非歧视、杜绝童工、控制过度加班、性别平等、纪律处罚、冲突管理与申诉渠道建立、降低员工流动率、职业安全、薪酬体系建立、绩效管理、宿舍管理、社区活动开展、生活危害因素研究、员工发展等一系列针对性的调研、培训与咨询。③

三、活动评价

首先,境内服务供应商提供的各种咨询服务,可以帮助企业顺利通过各种社会责任体系认证,促进了企业社会责任理念的传播,提高了中国企业在国际市场的竞争优势。但有些机构在利益驱动下帮助企业为通过标准而有针对性的履行社会责任,可能会给企业带来短期效益,但不利于其长期市场战略。

其次,境内验厂、SA8000 等咨询服务在国内的发展还不成熟、不规范。许

---

① 润灵公益事业咨询:《机构简介》,"http://www.rlccw.com/"。
② 中国厂商联盟网:《机构简介》,"http://www.yanchang.org.cn/Aboutus/aboutus.htm"。
③ 中国企业社会责任指南:《机构简介》,"www.chinacsrmap.org/OrgShow.asp? CCMOrg_ID"。

多企业因要出口到欧美市场才有验厂等认证需求,而认证机构多由进口商直接指定为国外的相关机构,导致境内的本土服务供应商市场需求不足,规模大都较小。

第六节　新闻媒体

一、媒体与企业社会责任

新闻媒体包括电视、广播和报纸等各类平面媒体,它们从宣传和教育的角度为中国企业社会责任营造良好的舆论监督环境,推动企业社会责任理念传播。代表机构有广东省企业社会责任研究会主办的《企业社会责任》杂志、WTO经济导刊创办的金蜜蜂企业社会责任发展中心、南方周末、公益时报、中国新闻周刊、中国发展简报、经济观察报、《财经》杂志、商品与质量周刊、世界环境、中国环境报、中国日报等。

二、新闻媒体代表机构开展企业社会责任活动简介

(一)《企业社会责任》杂志

《企业社会责任》杂志社作为广东省企业社会责任研究会的会刊和下属单位,具有独立法人资格,有固定的国际出版刊号。杂志社还具有一批有活力的专家教授、知识青年成员,有完善的管理制度。《企业社会责任》杂志是由广东省企业社会责任研究会和北京交通大学经济管理学院等多个单位共同主办的,依据法定程序成立的、向外公开发行的企业社会责任专业杂志。

《企业社会责任》杂志是中国第一本以企业社会责任为主导方向的综合性期刊和中英文国际刊物;是中国第一家以专家和新闻视角捕捉和记录中国企业社会责任变革的媒体。2009年11月,酝酿已久的《企业社会责任》杂志在广东企业社会责任研究会(GDCSR)的努力下终于推出第一期,2010年3月出版第二期。这本杂志是中国(包括大陆和港澳台)第一本也是唯一一本专门关于企业社会责任并用"企业社会责任"命名的公开发行杂志,所以其发行在整个中国来说,都意义重大。

其开展的CSR活动主要有:

①该杂志社于2009年12月5日与广东省企业社会责任研究会和中山大

学岭南学院在中山大学岭南学院岭南堂三楼讲学厅共同主办"第二届中国·南方企业社会责任论坛",境内外 200 多名企业社会责任专家和企业家参加了该活动。

②策划"中国企业社会责任系列教材"撰写出版工作。针对中国国内企业社会责任教材奇缺的现状,与其他单位共同推动"中国企业社会责任系列教材"的撰写出版工作,到目前为止,《企业社会责任》、《企业社会责任理论》、《企业社会责任概论》和《企业社会责任实证研究》等四本教材已经完稿并交相关出版社出版之中,《企业社会责任概论》、《中国企业社会责任研究》和《国际企业社会责任研究》等书也拟交出版社。

③策划《中国企业社会责任研究优秀文库》撰写出版工作、《企业管理与企业社会责任》、《企业人力资源企业责任》等 10 多本书籍已经开展了撰写工作。

④参与"中国企业社会责任建设蓝皮书"的撰写出版工作。杂志社编辑部的所有人员参与了《中国企业社会责任建设蓝皮书(2010)》的撰写工作,并承担了大部分的撰写任务。

(二)中国新闻周刊

《中国新闻周刊》由中国新闻社(中新社)主办,以提供国内、国际重大新闻为主,注重挖掘独家新闻,做深入分析报道。

其开展的 CSR 活动主要有:

①《中国新闻周刊》与中国红十字基金会联合于 2005 年创办中国·企业社会责任国际论坛。截至 2009 年 8 月论坛已连续举办四届。"中国·企业社会责任国际论坛"一年一届,于每年 3 月全国人大、政协两会前举行。

②于 2005 年创建"最具责任感企业"评选与"中国·企业社会责任国际论坛",是国内首个涉及社会责任在不同行业、不同规模企业中实践的调研评选项目。每年举办一次,评选结果在"中国·企业社会责任国际论坛"上公布。

③《中国新闻周刊》杂志社与中国红十字基金会倡议发起,由关注中国企业社会责任建设、关注社会公益事业的企业或企业家联合成立的"企业社会责任专项基金"于 2007 年 1 月 26 日在人民大会堂举行的第二届"中国·企业社会责任国际论坛"上成立。基金运作两年累计接受并发放捐款超过 1000 万

元人民币,在中国红十字基金会目前管理的专项基金中位列第三。

(三)WTO 经济导刊

《WTO 经济导刊》是由中华人民共和国商务部主管,关注中国入世后中国经济和企业融入全球经济潮流中各类重大经济事件,以 WTO 事务为主要报道内容的财经类期刊。

其开展的 CSR 活动主要有:

①《WTO 经济导刊》组织创建中国企业社会责任发展中心,其宗旨是与企业携手实践企业社会责任,提高企业的责任竞争力,实现企业和社会的和谐发展。

②《WTO 经济导刊》杂志社于 2004 年发布首届"金蜜蜂企业社会责任·中国榜"。排行榜每年一届,已连续推出四届。

(四)公益时报

《公益时报》由民政部主管,中国社会工作协会主办,是中国基金会管理信息披露指定媒体,中国福利彩票发行管理中心指定媒体,以推进中国公益事业发展为己任。

其开展的 CSR 活动为:

2009 年 4 月 9 日由金融界网站联合民政部中国社会工作协会共同主办,《公益时报》编制发榜,CCTV 证券资讯频道媒体协办,各金融协会等单位共同支持的"达者兼济天下·财富凝聚爱心"2008 中国金融企业慈善榜颁奖盛典在北京钓鱼台国宾馆举行。活动现场除揭晓"2008 中国金融企业慈善榜"、"2008 中国金融企业慈善榜·金融行业·卓越贡献奖"等奖项外,并发布《2008 中国金融企业社会责任报告》。"中国金融企业慈善榜"评选活动每年举行一次。[①]

(五)南方周末

《南方周末》是南方报业传媒集团旗下的三个子报系之一。

其开展的 CSR 活动主要有:

①创办中国企业社会责任研究中心。其核心项目是世界 500 强企业在华贡献排行榜、中国(内地)民营企业创富榜、国有上市企业社会责任榜这三大

---

① 公益时报:《公益时报简介》,"http://www.gongyishibao.com/index.asp#"。

榜单的定期发布(2008.6.6)。①

②南方周末中国企业社会责任研究中心发起南方周末社会责任大讲堂,联合学术支持单位,在全国高校安排专家学者及企业做主题讲演,向企业和大众阐述社会责任的前沿理论,分享成功案例并提供交流平台。截至2009年5月社会责任大讲堂已举办5期。②

(六)中国发展简报

中国发展简报于1996年创刊,旨在促进在华资助或执行发展项目的国际组织之间的信息交流,尤其是非政府组织的工作。中国发展简报积极将信息与中国政府机构和非营利机构分享,以促进更加独立的交流氛围在中国的形成,带动有关中国的发展领域内重大问题的分析和讨论。作为一个国际和国内非政府组织(NGO)、非营利组织(NPO)的信息交流平台,其目的是讨论和解释国际发展的观点,独立、客观和真实地分析报道中国公民社会和国际/国内非政府组织的动态和发展,通过信息的交流为读者和公众赋权。该机构目前由美国福特基金会和香港社区伙伴资助。其关注的内容有环境保护、动物保护、艾滋病、"三农"、教育、公民社会法律治理、公共卫生健康、流动人口、企业社会责任、志愿活动、能力建设、扶贫赈灾、社区建设、民族宗教、文化艺术、家庭暴力等。

三、活动评价

新闻媒体肩负舆论导向的重任,影响社会各个角落,所承担的责任更为广泛和特殊,在传播企业社会责任理念活动中起着重要作用。新闻媒体一方面向企业施加着社会舆论的监督力量,促使企业承担社会责任;另一方面,又向除商业企业以外的社会各界宣传企业社会责任的理念,引导其监督企业。然而随着社会对企业社会责任关注度不断升高,关于企业社会责任的报道急剧增多,媒体出现企业社会责任报道泛化现象,不讲求报道质量,只求发行量。比如很多媒体推出的企业社会责任排行榜,对推行企业社会责任理念,鼓励、

---

① 李方静:《南方周末社会责任大讲堂:陶氏化学的2015年社会责任建设目标》,"http://www.infzm.com/content/17866"。

② 新浪财经:《南方周末社会责任大讲堂活动简介》,"http://finance.sina.com.cn/hy/20081126/15155555821.shtml"。

引导和监督企业履行其社会责任确有不少贡献。但为率先推出榜单，先声夺人，很多榜单的评价体系并不合理，导致企业为增加曝光率按其评价体系履行责任，误导企业和公众。

第七节　境内社会组织企业社会责任活动综合分析

境内社会组织开展的企业社会责任活动主要是以商业企业为中心，通过民间组织、政府组织、学术组织、服务提供商、新闻媒体等社会组织机构从规则制定、理论引导和支持、提供专业服务和社会舆论监督等方面共同督促商业企业履行企业社会责任。社会各界所做努力成果的最直接表现就是近几年我国发布社会责任报告的企业数量快速增长。虽然我国现阶段企业社会责任报告并不能全面、客观地反映企业承担社会责任的程度，却可以说明越来越多的企业意识到并努力开始承担社会责任。

由于企业社会责任在我国还是较新的理念，我国所面临的主要问题是对企业社会责任理解不清，这也是各组织机构进行的企业社会责任活动效果不佳的最终症结。如新《公司法》中泛泛提到企业社会责任，造成企业有法难依；因为不知道企业社会责任涉及的具体范畴，政府没有专门处理企业社会责任方面问题职能部门，职能部门缺位；多数商业企业在履行责任时感到迷惘，片面地认为慈善公益就是承担社会责任的全部，只注重慈善捐款，没有把社会责任上升到企业战略上，进行的社会责任活动多为不可持续的，等等。整个社会仍在探索如何将这个由西方传入我国的抽象理念化为适合我国国情的具体实施细则，进而促进、规范、监督企业履行社会责任，进行有效的社会责任活动。

在社会各方都在进行积极的探索活动的大环境下，也有些机构趁着公众、企业不了解企业社会责任，以推进企业社会责任建设为名，以赚取名、利为目的，进行不负责任的活动，误导大众，产生负面影响。有很多活动机构都不合法，没有正式的注册手续，不受国家监督、管制；很多慈善机构，内部管理混乱，所得捐款去向不明，使企业想捐款却不敢捐、不知如何捐款；不少名不见经传的小单位就注册中国企业社会责任研究中心，然后以该中心的名义开展营利工作，以响亮的名目干见不得光的事；不少研究中心为迎合市场需要赚得媒体曝光率,不搞研究只做评价或举办排行榜,评价指标设置极不合理;有些榜单在根据评价标准评价后,总要设置"根据企业获奖情况进行调整"一项,暗中操作,"给钱就评好",等等。

总之,由于对企业社会责任理解不透彻,我国没有清晰的企业社会责任实践标准,导致各机构践行企业社会责任活动存在不足。解决问题的根本是建立我国自己的企业社会责任标准体系。但建立标准体系并不容易,必定要有一个漫长的探索过程,上述境内社会组织所进行的活动就是这个过程中的一部分。在这个探索的过程中,会有越来越多的人开始关心企业社会责任,引发出更多的社会思考,加速探索过程。在可以预见的将来,我国必定拥有适合我国国情的企业社会责任标准,引导企业更好地履行社会责任。

第十三章 中国 NGO 发展与企业社会责任建设

摘要:伴随着经济发展和社会改革,一种新的社会力量——非政府组织(NGO)正在中国崛起,并迅速发展。非政府组织在中国社会的转型期发挥了重要的作用,它不仅能够弥补市场失灵和政府失灵,而且能够推动企业社会责任运动的发展,还能极大降低社会的管理成本。本章首先研究了非政府组织在中国的特征和分类;其次分析了非政府组织在中国的发展历程和制度基础;再次分析了非政府组织推动企业社会责任建设的机制;最后分析了非政府组织失灵的表现和应对策略。

关键词:非政府组织、政府组织、企业社会责任

Abstract:As the economic development and social reform, nongovernment organization(NGO)rises as a new social force and develops rapidly in China. NGO has played an important role in China, not only to compensate for market failure and government failure, but also to promote corporate social responsibility, and to greatly reduce the cost of community. In this chapter, firstly, we introduce the characteristics and classification of NGO in China; secondly, we analyze the history of NGO in China; thirdly, we analyze the mechanisms of NGO to promote the corporate social responsibility in China; at last, we find the main problem of the NGO, and give some suggestions to perfect the NGO.

Key Words:nongovernment organization; government organization; corporate social responsibility

非政府组织(NGO)作用的日益增长和企业社会责任运动的蓬勃发展,是

20 世纪以来世界范围内两大令人瞩目的现象。非政府组织和企业社会责任运动兴起的历史背景以及社会影响各不相同,然而就两者关联来看,非政府组织是企业社会责任运动中非常重要的力量,非政府组织对于企业社会责任标准的发展发挥了特殊的重要作用。在全球范围内蓬勃发展的企业社会责任运动中,各种非政府组织扮演了十分重要的角色。作为一国之内或跨国民间力量,非政府组织往往表现为特定公共利益的代表者。所以,在企业社会责任的重要领域,如环境保护、人权保障、劳工标准等,都可以看到非政府组织活跃的身影。20 世纪五六十年代前后,发达国家的工会组织为本国维护劳动者权益所开展的劳工运动、环保组织为保护人类环境所开展的新环境保护主义运动、消费者组织为维护消费者权益所开展的消费者运动等都推动了企业社会责任运动的蓬勃发展。随着 20 世纪 80 年代以来发达国家向发展中国家的跨国投资显著增加,发展中国家成为本国企业和跨国公司不履行社会责任、侵犯雇工权益、破坏环境等违背企业社会责任运动事例的"重灾区",各种非政府组织与有关政府间国际组织、国家政府、行业组织等一起推动了发展中国家的企业社会责任运动,使企业应当承担社会责任的观念深入人心(黄志雄,2007)。

企业组织和市场机制、政府组织与国家机制,是人类社会实现生存发展的两套基本的组织制度工具。这两套组织制度工具在人类社会发展史中发挥了积极重要的作用,然而也都存在局限性,由此引发了"市场失灵"和"政府失灵"。为弥补"市场失灵"和"政府失灵"的缺陷,在重视和发挥市场"看不见的手"、政府"看得见的手"的作用的同时,非政府组织日益浮出水面。"非政府组织"——这只手的作用,有时看得见,有时看不见,给人类社会带来了巨大的福利,在实现人类社会发展目标上具有深厚的潜力,在 21 世纪里其绝对地位和相对地位都将会显著跃升。

非政府组织是 20 世纪 80 年代以来,人类社会政治经济生活中出现的一个重要变革,是 20 世纪 80 年代最重大的组织制度创新之一,它们迅速发展并且作为政府、企业之外的新角色广泛参与人类社会各领域的活动。在一些场合,非政府组织已经被列为与企业——市场体系、政府——国家体系并列的第三体系,即第三部门。莱斯特·赛拉蒙教授(Salamon)指出:"一场真正的社团革命现在似乎正在全球范围展开,在 20 世纪末出现的这场革命所具有的社会意义和政治意义,可能会与 19 世纪民族国家崛起相媲美。"赛拉蒙教授在其提出的"第三者政府理论"(third party government)所指出的那样,非营利组织的出现有其历史渊源,并非因弥补市场失灵与政府失灵而发展(Salamon,1995)。

中国社会在改革开放和经济转型的巨大推动下发生着日益深刻的变化。伴随着经济发展和社会改革,非政府组织(NGO)正在中国崛起,并迅速发展。在我国特有的制度环境和社会文化背景中,非政府组织的发展必然具有不同于其他发达国家非政府组织的形态与特征,这些差异主要是由不同制度背景、经济发展水平、社会结构特点等诸多因素共同决定的。如果说,非政府组织的发展对于发达国家来说基本上是一个自然演进的过程,那么对于我国而言,这更多的是一种政府的自觉选择,有着更多的政府因素。我国的非政府组织由于起步比较晚,体制与思想观念还未得以充分转变等原因存在许多不足之处,所以它的发展将是一个长期的过程(盛洪生、贺兵,2004)。

第一节　非政府组织基本概念和特征

一、非政府组织的基本概念

非政府组织,即 NGO(Nongovernment Organization),源于 1945 年联合国成立时通过的《联合国宪章》第 71 条:"经济暨社会理事会得采取适当办法,与各种非政府组织会商有关本理事会职权范围内之事件。此项办法得与国际组织商定之;并于适当情形下,经与联合国会员国会商后,得与该国国内组织商定之。"早在 20 世纪 60 年代时,联合国就开始邀请政府组织以外的其他类型的民间机构出席它的会议和活动。这种与"政府组织"(Government Organization)相对应的简单明了的称呼便逐渐固定和沿用下来。主要是在联合国、世界银行等国际组织的倡导下,非政府组织作为一种参与社会治理的方式,已在很大程度上成为国际社会的共识。1992 年联合国环境与发展大会通过的《21世纪议程》第 27 章提出要加强非政府组织的作用,要求各政府国家组织同非政府组织建立起真正的社会伙伴关系和对话关系,以使非政府组织能够发挥独立的、有效的和负责的作用,并为此建立相应的机制。1995 年"世界妇女大会"在北京召开,大会期间的"非政府组织论坛"引起关注,中国人第一次在传媒中听到 NGO 与"第三部门"等词汇(马庆钰,2002)。

现代社会组织可分为三种类型:一是与政治领域相对应的政府组织;二是与经济领域相对应的营利组织(市场);三是与社会领域相对应的非政府组织。在西方,这三个组织分别被称为第一部门、第二部门和第三部门。"非政府组织"并非"政府之外的所有组织",更不是"无政府组织"或者"反政府组织"。关于非政府组织的基本内涵,国内外理论界尚无统一的界定,目前较为流行的是以下从各种不同角度的定义:第一,从非营利组织的社会"结构——动作"上定义。这种定义由莱斯特·赛拉蒙(Salamon)提出,即凡具有组织性、民间性、非营利性、自治性、志愿性及公共性等六个特征的组织就可视为非营利组织。第二,从非营利组织形成与发展的目的和功能上定义。即凡是为了促进"公共利益"或是"特定公益事业"而形成与发展的社会组织,皆可称之为非营利组织。第三,从非营利组织的资金来源上定义。这是联合国教科文组织的定义,即联合国国民收入统计系统规定,非营利组织的主要资金来源是其成员交纳的会费和社会的捐款。在地方、国家或国际级别上组织起来的非营利性的、志愿性公民组织。第四,世界银行定义的"NGO",是指世界各地为数众多的一类组织:它们有些是正式成立的,有些则是非正式的;大多数是独立于政府之外,且主要为促进人类合作和社会公益,而非以商业性任务为目标;它们一般旨在解除苦痛、促进穷人的利益、保护环境,提供基本社会服务或从事社区发展的工作。

二、非政府组织的主要特性

特性是认识和界定事物的基本依据,把握非政府组织的本质需要认识它的特性。关于非政府组织的一般特性,莱斯特·赛拉蒙和赫尔穆特·安海尔总结的组织性、民间性、非营利、自治性、志愿性五点,成为比较经典的概括(赛拉蒙,2002)。

第一,组织性。组织性是指非政府组织具有正式的内部制度、负责人和经常性活动,主要包括自组织文化和组织运行。组织文化,是指非政府组织致力于社会公益事业,在谋求经济公平、政治公正与社会良知,维护整个社会利益和人类利益的目标下开展活动。非政府组织拥有自己作为组织形态的价值取向和行为规则,并构成了自己的文化体系。非政府组织都以公益性和利他精神来要求自己的成员,让他们以志愿的形式开展组织活动。组织运行,是指非政府组织采取的是非等级的、分权的网络式组织体制。非政府组织没有集中的领导和分等级的科层。组织的成员之间是志愿结合在一起的,人与人之间是完全的平等关系,任何活动都是通过民主的、非强制的手段开展起来的。在非政府组织体系内部,不管从事什么性质的公益活动,非政府组织之间都是平等的,谁也无权干涉其他组织的活动。在非政府组织体系外部,非政府组织通过基于共同价值观之上的协商与承诺的方式来获取资源。如本国、外国政府的捐助、国际政府间组织的捐赠、其他非政府组织的支持、企业或社会的募捐等等。筹集来的基金必须是完全用于非政府组织所倡导的公益事业(黄斌,2008)。

第二,非政府性。非政府组织都是以民间形式出现的,在体制上独立于政府。凡是政府机构、政府附属机构或政府控制下的社会组织,以及政府间的国际组织,都不属于非政府组织。非政府性,主要是指它不属于党和政府的组织系统,相对独立于党政权力机关,而不是指它完全与政府没有关系,非政府组织同样也可以由政府创立,受政府引导,得到政府资助(俞可平,2006)。

第三,非营利性。非政府组织不能把获取利润当作组织的主要目的,而且所获得的利润不能用于组织所有者和管理者的分配,必须用于组织目标——提供公共服务或公益。这是非政府组织与以营利为目的的市场主体——企业的最大区别。不仅如此,非政府组织还不得将组织资产转为私人资产,即非营利组织的资产是公益或互益资产,属于社会,而不归组织运营者所有。

第四,自愿性。参加非政府组织的人都是自愿的,而不是被强迫的,因而政府组织也是自治的。非政府组织的成员都是自愿加入,不受任何强制力的作用,旨在帮助组织实现目标、达成使命。志愿精神是非政府组织重要的精神资源,基于志愿精神形成的志愿活动是非政府组织的重要特征之一。志愿性包括三层含义:一是组织的志愿性,即组织的成立、成员的参加、资源尤其资金的集中都是以自愿为基础;二是服务的志愿性,即非政府组织提供公共服务是基于志愿精神,不是如政府一般基于行政权力;三是活动的志愿性,即公民参与组织的活动是基于公民的志愿。

第五,社会公益性。一般来说,非政府组织的活动在于实现社会的共同利益,其提供的公共服务在性质上可以分为公益性和互益性两种类型。公益性公共服务强调的是其受益群体为不特定的多数人群;互益性公共服务则强调受益群体的特定性。但无论是公益性还是互益性都具有利他的性质,因此可以把互益性理解为一定范围内的公益性或者较低程度的公益性,在这个意义上说非政府组织在总体上具有公益性的特征。

第六,客体的边缘性。非政府组织由于自身的非营利价值观和主体的志愿性,其目标不是为本组织成员谋取福利或利益,服务对象是社会中的弱势群体,如穷人、农民、失业者、老年人及难民等。这些弱势社会群体构成了社会和国家中的边缘性社会群体。这类群体在金钱、财产、经济权利、政治权利以及社会地位方面处于弱势,甚至有被完全剥夺的情况。非政府组织由于自身的特点,它们与政府、市场所关注的重点不同,非政府组织既没有企业那样的营利目标,也不像政府需考虑税收、安全等多方面的事务,它们把公益性目标放在首位。在世界各国,特别是广大发展中国家,非政府组织致力于消除贫困,增加贫民收入并争取保证他们能维持稳定和经常的收入;对穷人提供直接的救济,如食物供应,改善他们的营养需求等,并为这些弱势群体提供教育、卫生保健方面的援助。同时,非政府组织还致力于提高他们的自立能力和社会地位。如通过推动一些结构性的社会经济改革,使弱势群体拥有自己的生产资料和生产能力,并通过争取国家政策方面的优惠,减少社会对他们的歧视,提高他们的社会地位。非政府组织出于自身的一系列特性,在很大程度上弥补了政府和市场在这方面的空白,为社会的发展和人类的进步做出贡献(蔡拓,2008)。

综上所述,符合这六个特征的组织就是非政府组织。从与人们所熟悉的政府、企业和宗教组织相参照的角度看,简单地说,非政府组织就是人们自愿组成的非政治性、非营利性和非宗教性的社会组织。

第二节　中国非政府组织的分类和特征

一、中国非政府组织的分类

第一,社会团体。1998年10月国务院颁布的《社会团体登记管理条例》规定,"社会团体是指由公民或单位志愿组成的,为实现会员的共同意愿,并且按照其章程开展活动的非营利性社会组织"。社会团体是我国非政府组织中最重要的成员,它是公民实现宪法赋予的结社自由的主要主体之一。我国社会团体的组织形式主要包括慈善组织、学会、研究会和协会等。在我国社会团体要成为公共管理组织,需要按照《社会团体登记管理条例》进行登记;而社会团体要成为公共管理的主体,还需经过法律和法规的授权或者行政机关委托。比如根据《中华人民共和国消费者权益保护法》第 32 条的规定,消费者协会必须履行向消费者提供消费信息和咨询服务,参与有关行政部门对商品和服务的监督检查,受理消费者的投诉,并且对投诉事项进行调查、调解等职能。根据《中华人民共和国红十字会法》第 12 条的规定,红十字会的主要职责是:"依照国际红十字会和红新月运动的基本原则,完成人民政府委托事宜。"

从新中国成立以来到现在,我国的社会团体发展迅速,增长较快。在 1965 年,我国全国性的社团接近 100 个,地方性社团 6000 多个。1966—1976 年"文革"期间我国全国各类社团基本陷入瘫痪状态。1976 年后开始"复活"且进入繁荣期。2007 年,我国社会团体发展到 21.2 万个,目前,仍以每年 10%—15%的速度在发展。第一,结构不断优化。在类型分布上,工商服务业类 17747 个,科技研究类 17615 个,教育类 14794 个,卫生类 11129 个,社会服务类 24588 个,文化类 16690 个,生态环境类 5330 个,法律类 3361 个,宗教类 3413 个,农业及农村发展类 36142 个,职业及从业组织类 15080 个,国际及其他涉外组织类 467 个,其他 34620 个。经济、教育、科技、卫生、文化、体育、社会服务和涉农社团共 15.5 万个,占了社团总数的 70%。第二,在地域上,基本呈金字塔形分布。县级及以下基层社会团体数量超过总量的 2/3。经民政部门登记或备案的农村专业经济协会已达到约 4 万个,社区服务性、群众性社会团体超过 10 万个。第三,能力逐步提高。截至 2008 年年底,全国共有社会团体 23 万个,比上年增长 8.5%(见图 13-1 和图 13-2)。按照社团活动地域范围划分,全国性及跨省(自治区、直辖市)的 1781 个,省级及省内跨地(市)域的 22810 个,地级社团 62004 个,县级社团 143086 个。按照社团服务的主要领域划分,工商服务业类 20945 个,科技研究类 19369 个,教育类 13358 个,卫生类 11438 个,社会服务类 29540 个,文化类 18555 个,体育类 11780 个,生态环境类 6716 个,法律类 3236 个,宗教类 3979 个,农业及农村发展类 42064 个,职业及从业组织类 15247 个,国际及其他涉外组织类 572 个,其他

32882 个。社会团体普遍建立了以章程为核心的内部管理制度,基本能够按照会计制度进行财务管理,普遍开展了自律和诚信建设,建立了信息披露制度。承担了一部分政府转移的社会事务和公共服务职能,为社会和公众服务的能力不断提高,初步建立了一批专业化、职业化队伍,逐渐形成了自我发展、自我管理的局面①。

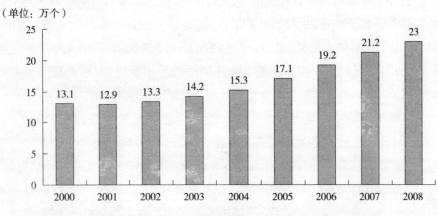

图 13-1　2000—2008 我国社会团体的数量

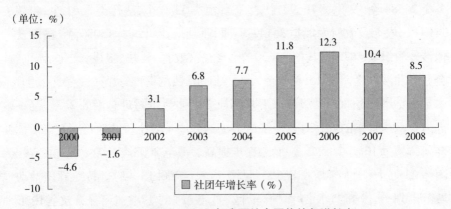

图 13-2　2000—2008 年我国社会团体的年增长率

第二,非营利性社会中介组织。社会中介组织,主要是非营利性社会中介

　　① 数据来源:中国社会组织网:http://www.chinanpo.gov.cn/web/listTitle.do? dictionid = 2201。

组织,经合法登记后成为公共管理组织。但是他们参与公共管理,为社会公众提供中介服务时,还要根据法律、法规授权或行政机关委托。比如《民政部、国家科委关于委托中国科学技术协会对全国性自然科学、技术科学类社会团体管理的通知》规定,关于全国性自然科学、技术科学类社会团体的审查和管理,均委托中国科学技术协会负责(盛洪生、贺兵,2004)。又如根据《中华人民共和国注册会计师法》第 7 条、第 9 条、第 10 条、第 35 条和第 37 条的规定,中国注册会计师协会组织实施注册会计师全国统一考试;省、自治区、直辖市注册会计师协会受理向其注册的会计师申请并办理注册或不予注册;准予注册的注册会计师协会有依法撤销注册、收回注册会计师证书的权力;中国注册会计师协会依法拟订注册会计师执业准则、规则;注册会计师协会应对注册会计师的任职资格和执业情况进行年度检查。

第三,民办非企业单位。民办非企业单位,在 1996 年之前,人们习惯上一直称其为民办事业单位。1996 年颁布的《关于加强社会团体和民办非企业单位管理工作的通知》中首次将其称为民办非企业单位。1998 年 10 月 25 日颁布的《民办非企业单位登记管理条例》则使其成为法律上的概念。根据《民办非企业单位登记管理暂行条例》的定义:"民办非企业单位主要是指企业事业单位、社会团体和其他社会力量以及公民个人利用非国有资产举办的,从事非营利性社会服务活动的社会组织。"它是区别于国家机关、社会团体、企业单位和事业单位的社会组织类别。民办非企业单位特征为:一是以公益为目的而非以赚取利润分配给出资人;二是对社会不特定的人提供公益性的社会服务。它与事业单位的区别在于:事业单位主要利用国有资产,而民办非企业单位则是利用非国有资产创办。同社会团体一样,民办非企业单位也要按照有关规定先进行合法登记,然后再根据法律、法规授权或行政机关委托而成为公共管理主体。从目前来看,我国民办非企业单位虽然受到严格的控制,然而发展仍然很迅速,范围也非常广。目前我国民办非企业单位主要分布在教育、科研、文化、卫生、体育、新闻出版、交通、信息咨询、知识产权、法律服务、社会福利事业以及经济监督事业等领域(时殷弘,1996)。

二、中国非政府组织的特点

西方发达国家的非政府组织一般都具有非政府性、自治性、非营利性、志愿性等普遍特征,这是我国非政府组织与其他国家非政府组织相同之处。然而从我国非政府组织的产生和发展看,与西方国家非政府组织相比,具有以下不同的特征。

第一,官民二重性。我国的非政府组织主要有两种类型:一是社会自身产生出来的非政府组织;二是由政府机构改建而来的非政府组织。属于后一种类型的非政府组织为数较多。由于我国经济体制和行政体制改革的深入,要求将原来由我国政府包揽的很多社会管理的职能,如行业管理、协调、监督、检测等归还社会。这类非政府组织的机构、人员、设施等多半来源于政府,而且许多重要的非政府组织与政府部门所管理业务相同,并且保持密切的联系。有的非政府组织还接受政府的财政拨款或者补贴;有的非政府组织特别是重要社团的主要领导职务,还是由一些原政府部门的领导或政府机关改革分流出来的原政府官员来担任。这就使得我国目前的非政府组织在相当程度上对政府依赖性较大,而其自身的自治程度较低。

第二,过渡性。我国的非政府组织尚处于形成和发展之中,带有某种过渡性和不完善性。与西方发达国家的非政府组织相比,我国非政府组织还很不成熟。比如非政府组织的典型特征,如自主性、志愿性和非政府性在我国表现尚不明显。由于我国绝大多数的非政府组织是在20世纪80年代以后发展和成长起来的,其本身还处于发展完善过程中,因此在结构和功能上都没有完全定型。非政府组织的这种过渡性,是与整个我国社会正处于转型时期、政治与行政改革尚未完全到位这一宏观背景相联系的(任进,2003)。受经济发展水平和社会变革程度的制约,我国非政府组织往往是由政府催生和扶持的,其发展处于较低的水平,运作也欠规范,与成熟规范的非政府组织之间差距比较明显。突出表现为资金资源缺乏、人才不足、法制不健全、竞争不充分、管理落后、服务质量差等问题(姚克利,2005)。

第三,依附性。我国的非政府组织有的是政府推动发展起来的,也有民间自愿组织的。但大部分的非政府组织是在我国政府的组织和指导下发展起来的,有的甚至挂靠在政府部门,比如城市社区自治组织就具有很强的政府规划性。社区自治组织主要是我国政府有意识地推进社区建设而产生的,尤其表现在社区建设的初期,我国政府的主要目的是通过行政力量迅速构建城市基层组织,政府部门按政府模式建立社区组织,从而使社区组织具有较强的行政化色彩。这些社区组织和与此有关的一些社区服务组织、社团组织不同程度地依附于政府组织,甚至有的还承担了部分的政府职能。这类组织在机构设置、经费来源、政策支持、组织管理等方面都与我国政府存在千丝万缕的联系。

第三节　中国非政府组织的发展历程

非政府组织的特征与作用往往与其发展的历史轨迹紧密相关,考察中国的非政府组织,就要从其发展历史开始。作为现代意义上的非政府组织的发展,在我国主要是在新中国成立以后。从20世纪初开始到现在,中国非政府组织的发展大致可以分为四个历史阶段,每个历史阶段都受到当时的政治、社会、经济文化环境的影响,呈现出鲜明的历史特征。

第一阶段从20世纪初至1949年新中国成立,萌芽阶段时期。由于当时中国处在各种势力相互争夺的半殖民地半封建的特殊历史,中国社会出现了大量的NGO。据现有资料,至少包括这样六类:第一类是行业协会,包括各种"会馆"、"行会"等,它们是由传统的手工业者、早期工商业者等组成的维护群体利益和行业秩序的NGO,其中一部分是传统商会、行会的延续;另一部分是伴随民族工商业的兴起而发展起来的新型行业组织。第二类是互助与慈善组织,包括各种"互助会"、"合作社"、"协会"、"慈善堂"、"育婴堂"等,其中一部分是中国传统的互助组织和慈善组织的延续;另一部分则主要由外国传教士所建。第三类是学术性组织,包括各种"学会"、"研究会"、"学社"、"协会"等,其中一部分产生在清末洋务运动时期,是思想启蒙和西学东渐的产物;另一部分产生在20世纪20—30年代,是五四运动和新文化运动的产物。第四类是政治性组织,如学联、工会、妇联、青年团等革命性社团,以及相反的如"三青团"、"干社"等反革命社团,还有在抗战期间兴起的各种战地服务组织、救国会等,这类组织一般都有很强的政治色彩。第五类是文艺性组织,如各种剧团、剧社、文工团、棋会、画社等,主要由文化界、文艺界人士创设。

第二阶段是1949年至1978年,属于起步阶段,是我国非政府组织发展的奠基时期。1949年新中国成立后,改组了解放区已有社团,清理、整顿了旧中国的一些社团并且组建了一些新社团,一部分政治向明显的社团,如中国民主同盟、九三学社等，被确立为政党组织，成为中国共产党领导下的民主党派，和中国共产党通力合作；而另一大批带有强烈封建色彩的互助组织、慈善组织，以及带有宗教性、反革命性质的组织则被取缔；另外，1950年制定颁布了《社会团体登记暂行办法》，据此改造、建立起一大批具有社会主义色彩的新型社会团体。经过清理整顿，中国的非政府组织大量发展起来。据统计，1965年全国性社团由建国初期的44个增长到将近100个，而地方性社团则发展到6000多个。但是，在1966到1976年的"文化大革命"期间，非政府组织的发展进入了停滞时期。这期间，我国的政治、经济、文化教育等各个领域的工作和生活都受到了严重的冲击，民主与法制受到了严重的破坏，非政府组织的发展也陷入瘫痪，或是向着扭曲的方向发展，这是中国非政府组织畸形发展的十年。

第三个阶段是从1978年改革开放到1998年，这属于非政府组织复兴与结构调整的阶段。历经"文革"的破坏之后，国家进行了拨乱反正，政治、经济、社会、文化等领域重新步入正轨，民主法制建设得到加强，党和国家工作重心都转移到经济建设上来，改革开放政策推动了我国各项事业的迅猛发展，从1980年起非政府组织再次步入发展高潮。1989年社会团体总数为4544个，到1998年上升为165600个，是1989年的36倍多（见表13-1）。另外，这时期的社团在分布结构上发生了明显的变化。20世纪80年代以前，我国的社团种类相对单一，主要是集中在工会、共青团、妇联等行政化程度较高的领域。到20世纪80年代以后，种类上则大为扩展，基金会、商会以及民办的学校、医疗机构等实体性服务机构发展起来。

第四阶段是从1998年至今，这属于非政府组织的多元化和正规化发展阶段。从1998年起，国家先后修订了《社会团体登记管理条例》，颁布了《中华人民共和国公益事业捐赠法》、《民办非企业单位登记管理暂行条例》、《基金会管理条例》、《中华人民共和国民办教育促进法》等一系列法律、法规，为我国非政府组织管理的法制化奠定了法律基础。同时，这一时期我国在经济领域进行了一系列人规模的改革，社会领域思想更加活跃，市民社会发展加快，这些都促使了非政府组织向着更广的领域扩展，呈现多元化趋势（范可旭，2008）。

伴随着我国经济建设、政治建设、社会建设、文化建设的全面推进，

NGO 发展进入活跃期，开始全面参与社会建设，尤其是 2001 年我国加入 WTO 后，使我国的公民社会得以与国际接轨。2002 年登记注册的非政府组织总数为 244509 个，其中社会团体为 133297 个，民间非企业组织为 11212 个。到了 2007 年登记注册的非政府组织总数为 38.7 万个，其中社会团体为 21.2 万个，民间非企业组织为 173660 个，基金会为 1340 个（见表 13-1）。截至 2008 年年底，全国共有社会组织 41.4 万个，比上年增长 7.0%；全国共有社会团体 23 万个，比上年增长 8.5%；全国共有民办非企业单位 18.2 万个，比上年增长 4.6%。其中：工商服务业类 2068 个，科技研究类 9411 个，教育类 88811 个，卫生类 27744 个，社会服务类 25836 个，文化类 6505 个，体育类 5951 个，生态环境类 908 个，法律类 862 个，宗教类 281 个，农业及农村发展类 1166 个，职业及从业组织类 1441 个，国际及其他涉外组织类 21 个，其他 11377 个。从地域分布来看，民办非企业单位登记数量超过 3 万个的省份为山东省，超过 1 万个的省份有江苏省、浙江省、湖北省、广东省、四川省。全国共有基金会 1597 个，比上年增长 19.2%，其中：公募基金会 943 个，非公募基金会 643 个[①]。

  NGO 的活动能力大大增强，并出现了一系列有代表性的标志事件，如 2004 年的怒江建坝之争，2007 年厦门 PX 事件，以及在 2008 年汶川地震和奥运会中 NGO 大显身手。其中，"5·12"汶川地震大救援是 NGO 参与最广泛、行动最迅速也是联动反应最强的一次活动。很多 NGO 在第一时间就赶到了现场，无论是救灾抢险还是灾后重建，包括在心理援助等方面都发挥了很大作用。NGO 表现出的志愿献身精神、集体合作能力及不畏艰险的意志令世人对中国 NGO 刮目相看。第二十九届北京奥运会更是中国公民社会建设的一次集中大演练。奥运会期间共有 170 万各种志愿者活跃在北京各大场馆、街道，分别是 10 万名赛会志愿者、40 万城市志愿者、100 万社会志愿者、20 万拉拉队员。中国志愿者和中国政府一起为举办历史上最成功的一届奥运会立下了汗马功劳，向全世界展示了中国公民社会建设的巨大潜力（范可旭，2008；李丹，2009）。

---

① 数据来源：中国社会组织网：http://www.chinanpo.gov.cn/web/listTitle.do? dictionid = 2201。

表 13 - 1 1989—2007 年中国非政府组织统计数据

（单位：个）

年份	合计	社会团体	民间非企业组织	基金会
1989	4544	4544	0	0
1990	10855	10855	0	0
1991	82814	82814	0	0
1992	154502	154502	0	0
1993	167506	167506	0	0
1994	174064	174064	0	0
1995	180583	180583	0	0
1996	184821	184821	0	0
1997	181318	181318	0	0
1998	165600	165600	0	0
1999	142665	136764	5901	0
2000	153322	130668	22654	0
2002	244509	133297	111212	0
2003	266612	141167	124491	954
2005	320000	171000	148000	975
2007	387000	212000	173660	1340
2008	414000	230000	182000	1597

数据来源：中国社会组织网：http://www.chinanpo.gov.cn/web/listTitle.do? dictionid=2201。

第四节　中国非政府组织产生的制度基础

一、有限政府

政府改革的目标是建立办事高效、运转协调、行为规范的行政管理制度体系，而有效政府则必须是有限政府。相对于无限政府，有限政府不是低能政府，也不是小政府。有限政府是治理型政府与服务型政府，是指政府的职能、权力、规模、行为等受到来自法律的明文限制，需要公开接受社会的监督和制约，当政府的权力和规模超出其法定边界时，要得到及时有效的纠正。洛克认为国家只不过是人们为了实现安全和福利而创造出来的某种工具。因此，国家的权力和行动必须以实现这些目的为限度,即建立有限政府。"有限政府"意味着有限退出,原来需要在政治领域解决的事务,现在需要在其他领域得到有效解决,这个领域就是社会。随着社会主义市场经济的发展,社会越来越成为市场经济活动的主体力量。政府必须顺应变化,重塑政府与社会的关系,还权于民,增强社会的自治能力,建立公民社会。

我国正处在社会转型的关键时期,价值观念、文化传统、经济体制、政治参与以及社会生活方式等诸多方面都处在剧烈的发展和变革之中,政府行政效率和政府形象面临着前所未有的严峻挑战和巨大压力。培育和发展非政府组织,是重塑我国政府和社会关系的关键。非政府组织是为弥补我国市场失灵和政府失灵而产生的,它的发展可以满足社会多元化的要求、制约与监督政府权力、扩大就业渠道、完善社会保障制度、提高公共物品的供给效率等。在我国非政府组织已经有了相当程度的发展,并承担了社会公共管理的部分职能。在我国政府制度改革的过程中,政府应逐步放权于社会,并通过建立健全政府调控机制以及完善的法律来规范各自的活动过程。现代政府与现代社会是相互依存、互为条件的。一个自主、发达的社会总是与政府权力的限制联系在一起的。

二、善治理论

20 世纪 90 年代出现的善治理论,为非政府组织能够参与克服政府干预失灵提供了有说服力的基础性和理论支持。学者们之所以提出善治治理概念,主张用善治替代统治,是因为他们在社会资源的配置中不仅看到了市场失灵,而且看到了政府失灵,认为善治可以弥补政府和市场在调控协调过程中的不足。在政府与市场的关系上,善治理论强调重新审视两者关系,并突显非政府组织的作用。善治理论超越了市场与政府之间的惯性思维模式,它既承认政府存在的必要性,同时又强调政府作用范围的有限性,认为政府应扮演"有限政府"角色。善治理论提出了第三种社会协调机制——非政府组织,希望通过非政府组织所具有的"反思的理性"来弥补政府机制的"实质理性"的不足。善治离不开政府,更离不开非政府组织;善治离不开社会公民对权威的自觉认同,更离不开非政府组织的日益壮大。因此,非政府组织是善治的社会基础,没有非政府组织的发育,就没有善治的内在动力;公民社会是善治的现实基础,没有公民社会的发达,就没有善治的真正成熟。善治主义者认为治理公共事务是一个上下互动的过程,它通过共同协商、良好合作、确立共同目标等方式实现。"善治"的本质在于实现公民利益、权利和价值,因而公民不仅是公共物品和服务的"消费者",更应是公共物品和服务的监督者,从这个角度讲,公民必须参与社会治理,因为只有公民才最了解自身的公共需要,只有吸收公民参与决策和治理,广泛听取民意和集中民智,才能调动积极性,发挥集体智慧,进而提高公众满意度。"善治"的重大贡献在于它打破了社会科学中长期存在的计划与市场、公共部门与私人部门、政府与社会的两分法的传统思维方式,把有效的治理看做是两者的合作过程。可以说,善治是一种民主的、合作的、非意识形态化的公共管理模式,强调政府和非政府组织的共同作用,在相互依存的环境中分享公共权力,共同治理公共事务的过程。对政府部门而言,治理就是从统治到掌舵的变化;对非政府组织而言,治理就是从被动排斥到积极普遍参与的转变。

虽然"善治"是一个基于市场经济体制较完备和公民社会已经发展壮大的背景下所提出的制度框架,所以对于我国尚未完全成熟;然而我国政府也同样存在固有的局限。转型期间我国政府与非政府组织关系结构虽然迥异于市场经济、公民社会充分发育的国家,但是,"善治"仍为处于社会主义市场经济条件下的我国非政府组织发挥社会作用提供了一定的基础性支持。

三、市场失灵

市场失灵作为一个独立的概念,最早是经庇古(Pigou,1912;1920)引入经济理论中,最终被广泛接受是在巴托(Bator,1958)发表《市场失灵的剖析》一文之后。随后,经济学家分别从不同的角度对市场失灵进行了分析,如植草益(1992)、查尔斯·沃尔夫(1994)、斯蒂格利茨(Stiglitz,1998)、尼古拉·阿克塞拉(Nicola Acocella,2001)、萨拉·科诺里(Sara Connolly,2003)、史普博(1999)、张维迎(2001)等。经济学把市场失灵定义为市场均衡状态偏离帕累托最优配置。古典经济学家亚当·斯密认为,只要给予公民追求利益的自由,"看不见的手"就会自动调节资源配置,促进社会的经济繁荣,并达到社会福利的最大化。实际上,市场机制在发展经济和提高资源配置效率方面显示出巨大的优越性的同时,也会造成分配不公、外部化、失业、市场垄断等问题,在公共事务的处理上更是无能为力。由于市场本身的缺陷,在公共物品领域常常出现"搭便车"行为——即一部分人支付公共物品的费用,而大多数人免费享用。在这种情况下,追求成本最小化、效益最大化的"理性经济人"就会纷纷采取不付费而搭便车的行为,私人因提供公共物品会导致资源配置的损失而不愿投资,最终会导致公共物品的严重短缺。因此,美国经济学家伯顿·韦斯布罗德(Burton A. Weisbrod)认为,任何选民都有对公共服务的需求,由于私人企业的营利取向以及市场存在的内在局限性,单纯的市场手段不可能实现社会资源的最佳配置和公共服务的有效性,由此产生提供公共物品方面的"市场失灵",而这恰恰是政府存在及非政府组织产生的合法性前提。

我国市场化改革已经走了 30 多年。尽管经济的市场化程度有了较大的提高,例如:绝大部分商品的价格已经放开,指令性计划已经取消,国有企业改革正在推进,非国有经济也获得了蓬勃发展,部分发达地区已经初步建立了市场经济体制,但总的来看与真正成熟的市场经济还有很大的差距。我国市场经济制度极不健全,使得市场经济本应具备的"公平竞争"的原则遭到破坏,取而代之的却是"关系经济"和"特权经济"和各种不应存在的"潜规则",由此出现优不胜、劣不汰的局面(粟勤,2006)。市场经济是追求效率的经济,然而"有效率的市场制度可能产生极大的不平等"。市场经济不可避免地会产生两方面的问题:一是不能自动保障非资源占有者的基本生存权和人格尊严;二是严重两极分化的出现。如果没有外力介入来维护公平分配的话,则社会的两极分化将会加剧,最终危及社会稳定(曹海军,2008)。非政府组织在市场失灵领域的作用本质上体现了一种公益性服务,是对政府在公共物品服务方面的一种替补,是创设和谐的经济发展环境的重要社会力量(季燕霞,2006)。

四、政府失灵

政府失灵在客观上也呼唤着"第三只手"(即非政府组织),作为新的社会公共事务的管理主体,它具有政府和市场所不具备的优势。古典经济学家亚当·斯密认为政府干预是不必要的,而且会造成腐败。国家干预主义的创始人凯恩斯则较多强调政府干预积极的方面。斯蒂格勒认为"对于社会中的每一个行业来说,政府(政府的机构和权力)都既是一种潜在的资源,也是一种潜在的威胁"。诺思更进一步提出,"国家既是经济增长的源泉,又是经济衰退的根源"。查尔斯·沃尔沃(1998)认为,"由政府干预来试图纠正市场缺陷,可能产生无法预料的副作用,这种情况经常发生在远离公共政策运行的那些领域"。"非市场领域中派生的外在性则是这样一些副作用,即它们并不在产生这些副作用的机构身上体现出来,因此这些副作用并不影响机构的策划和行为"。这一理论认为,政府干预也可能偏离帕累托最优,被称为"政府失灵"。政府失灵有三种情况:一是政府内生性失灵;二是政府外生性失灵。官僚主义、市场信息不全和能力程度等原因使规制与实际情况不符,形成政府外生性失灵;三是政府体制性失灵。政府决策体制性失灵,即公共选择学派揭示的投票表决悖论。

从我国的国情看,我国正处于社会转型期,具有发生"政府失灵"的社会基础。推进社会转型的动力主要来源于我国社会各个层面自身的制度创新,并不伴随社会基本制度的转变,所以在我国多重转型的交错中间存在许多的"灰色地带",给我国公共管理权力的运作提供了较多的回旋余地,使得"政府失灵"在我国存在着现实的社会基础。我国的"政府失灵"主要表现在如下两个方面:一是我国"寻租行为"严重。随着我国市场经济体制的建立,特别在经济体制转型过程中,我国政府职能不明确、产权制度不清晰、市场发育不完善和市场主体行为不规范等均为寻租行为和腐败行为的滋生提供了温床。而且我国法制的不健全,缺乏约束制度,对寻租行为与腐败行为难以形成有效的制约。贪赃枉法、索贿受贿已达惊人的地步,严重破坏了我国改革开放的秩序,并影响我国政府的良好形象。二是我国政府提供公共物品的低效率。政府的职责之一是为全社会提供公共物品,政府要用有限的财力和物力为公民提供出更多、更好的公共物品,如法律、国防、基础设施、社会保障体系等。然而,我国政府提供公共物品的效率很低。政府在提供公共物品时存在浪费和短缺现象;而且我国政府和市场的供给范围不清,本来很多应该由政府提供的物品却丢给了市场,而本来应由市场提供的物品却由政府提供(邸晶鑫,2008)。

从分配机制来看,市场机制按照效率原则进行第一次分配,政府按照"公平原则"进行第二次分配,第三部门按照"道德原则"通过资助和募捐等活动进行第三次分配。然而单纯依靠政府和市场的调节并不能满足社会的需求,很多 NGO 以社会弱势群体和边缘群体作为服务对象,在政府无暇顾及或照顾不周的方面发挥作用,以此增进社会福利,促进社会公平(曹海军,2008)。非政府组织能够弥补我国政府的失灵,动员和整合政府无法动员的慈善资源,在一定程度上可弥补政府对弱势群体援助的供给性缺口。如中国扶贫基金会、中华慈善总会等,每年可以从海内外募集约 50 亿元的慈善资金,帮助数以万计的弱势者渡过危机、摆脱贫困、走向发展(靳连冬,2009)。

第五节 非政府组织推动中国企业
社会责任建设的机制分析

一、非政府组织的经济责任

培育和发展非政府组织,本身就能够创造就业机会;通过非政府组织支持的各类社会事业与社会活动又能够间接地为社会创造新的就业机会。各国的经验显示,非政府组织的就业速度较经济部门要快得多,1990 年,美国、英国、法国、德国、意大利、瑞典、匈牙利和日本这 8 个国家非政府组织雇用的人数相当于 1190 万领薪的全日制工人,相当于每 20 个工作岗位就有一个在非政府组织,雇用的志愿人员相当于 480 万个全日制雇员(李军鹏,2006)。当前,我国的就业压力大,非政府组织的发展可以吸收我国市场的剩余劳动力,增进社会福利,为经济发展提供良好的社会环境。而且随着我国非政府组织的发展,其活动范围逐渐扩大,从业人员逐渐增多。许多新的社会领域也被开辟出来,这在客观上拓宽了就业渠道,增加了就业机会(马秀清,2007)。2007 年,全国共有社会组织 38.7 万个,比上年增长 9.3%;吸纳社会各类人员就业 456.9 万人,比上年增长 7.4%;形成固定资产总值 682 亿元,比上年增长 61.2%;收入合计 1343.6 亿元,比上年增长 111.3%;各类费用支出 900.2 亿元,比上年增长 99.9%;2007 年社会组织增加值为 307.6 亿元,比上年增长 173.9%,占服务业的比重为 0.32%。截至 2008 年年底,全国共有社会组织 41.4 万个,比上年增长 7.0%;这些社会组织业务范围涉及科技、教育、文化、卫生、劳动、民政、体育、环境保护、法律服务、社会中介服务、工伤服务、农村专业经济等社会生活的各个领域,吸纳社会各类人员就业 475.8 万人,比上年增长 4.2%;形成固定资产 805.8 亿元,比上年增长 18.2%;各类费用支出 964.8 亿元,比上年增长 7.2%;社会组织增加值为 372.4 亿元,比上年增长 21.1%,占各类民政管理单位增加值比重 22.6%,占第三产业(服务业)增加值比重为 0.31%。接收社会捐赠 77.3 亿元,接收捐赠实物折价 26.1 亿元①。

二、非政府组织的慈善责任

NGO 是发展社会公益事业,维护社会公正的中坚力量。我国处在社会转型的关键时期,各种社会矛盾的产生不可避免,失业问题、医疗问题、教育问题以及贫富差距扩大等问题比较突出。非政府组织可以弥补我国市场体制的缺陷,在社会弱势群体与政府、国际资助者以及社会公众之间发挥桥梁和纽带作用,以主体志愿性为基础,本着利他主义和人道主义的价值观,向残疾人、儿童、病人、老人、失业人员等社会弱势群体提供必要的公共服务,增强弱势群体的竞争能力,提升弱势群体做人的尊严,点燃底层民众生活的希望,实现文明社会的伦理责任(陈洪连,2007)。慈善组织扶贫开发活动,弥补了我国现有社会保障体制的不足,在一定程度上遏制了由于市场化带来的对于弱势群体的冲击,为消除贫困作出了积极的贡献。

非政府组织在援助弱势群体方面的作用如下:第一,初始可能性。非政府组织的公共性决定了人们参与其中的动机不是营利,而是以某种社会使命感、责任感为内驱力,这保证了非政府组织具有对弱势群体进行慈善援助的初始可能性。第二,机制合理性。一方面非政府组织在开展援助时的运作成本较低,因为非政府组织有可提供免费服务的志愿者参与,没有庞杂的行政体系和组织机构。另一方面,对于出现的新问题,政府组织往往由于严格的层级体系或某些政治原因、价值因素而反应缓慢。而民间性的非政府组织则可以避开许多政治因素,以社会使命为先,对多样化的、快速变化的弱势群体需求做出反应。同时,由于非政府组织在社会资源的获取上面临竞争,非政府组织必须切合多变的需求,开发针对性强、社会效益好的援助项目,才能获得生存和发展。第三,效率优先性。非政府组织是专业化的,绝大多数非政府组织在成立之初就将自己的目标定得很明确:关注某一社会问题或救助某类弱势群体,并

---

① 数据来源:中国社会组织网:http://www.chinanpo.gov.cn/web/listTitle.do? dictionid =2201。

根据自己的目标设定标准来吸纳组织成员。非政府组织的专业性使它们在开展援助时可以提供更科学有效的公共物品,如心理咨询、医疗帮助等。专业性也有助于它们提供高效率的服务。同时,非政府组织的"志愿性"决定了开展活动、募集资源的手段不同于政府的"强制"手段,它只有在捐献者自愿捐献的条件下才能获取资源和开展援助项目。因此,非政府组织必须具有相当的社会公信度,提高自己的运作效率,否则将会失去开展项目和运作所必需的资源来源。这客观上促使非政府组织不断创新以追求效率(靳连冬,2009)。

三、非政府组织的环保责任

20 世纪后半叶以来,保护环境,走可持续发展之路,实现人与自然的和谐,已经成为全人类的共识。党的十七大报告中明确提出,我国要建设生态文明,将人与自然的关系纳入到社会发展目标中统筹考虑。在经济发展过程中,许多国家包括中国,都面临着环境污染、水土流失、土地沙化、草原退化、生物多样性消失等生态恶化的现实,人类赖以生存的物质基础正渐趋削弱。非政府组织在保护环境、实现人与自然和谐发展方面发挥着积极作用。虽然,环境保护的行动计划应以政府为主导,然而,政府在环境保护方面有着某种程度的失灵,比如在环境保护治理过程中易出现信息不对称,治理效率较低;政府的监督成本比较高;政府及其工作人员缺乏关于环境保护方面的专业技术。同时,在以经济为主导的政府行为模式中,有时会出现对某些生态破坏活动的漠视。公民个体和企业又缺乏环境保护的内驱力。环保类非政府组织致力于环境保护,对推动生态文明建设,实现人与自然的和谐发展发挥着举足轻重的作用(曹海军,2008)。实现人与自然和谐环境保护是我国非政府组织首先进入的领域之一,并且在这一领域里取得了很大成绩。例如,1994 年,我国首家环保非政府组织——"中国文化书院绿色文化分院",即"自然之友"经民政部批准成立;1995 年,北京"地球村"成立。此后,这一类组织在数量上和规模上又有了很大发展。非政府组织的环保工作为社会其他部门和力量开展环境保护工作起了示范和先导作用(马秀清,2006)。

非政府组织在促进环境保护、实现人与自然的和谐方面有着独特的作用:首先是宣传环境保护,提高公民的环境保护意识,维护公众的环境权益。环境保护类非政府组织及其环境保护志愿者采用各种渠道、各种方式向社会和公众宣传、传播环境保护理念,在提高保护环境的职能意识、增强保护环境的自觉性等方面做出了突出贡献。NGO 能够在维护公众的环境权益方面发挥积极的作用,维护公民应享有的知情权、参与权和监督权(曹海军,2008)。其次是有效的监督。非政府组织具有民间性、社区性,这有助于其随时随地、便捷迅速地发现环境保护问题,并积极采取行动。有效的环境保护进程需要环境保护参与主体的多元化,专业化的非政府组织可以起到帮助政府监督和评估环境保护计划的实施和进展情况,促使并帮助政府逐步建立起环境保护的管理和监督机制。再次是实质性的推动。随着环境保护类非政府组织的日益成熟,它们从单纯开展活动发展到积极参与政府关于环境方面的公共政策的制定。2005 年 4 月,中华环境保护联合会在全国范围内公开征集公众对国家"十一五"环境保护规划的意见和建议,有 420 多万人参与,提出 9 个方面 27条高质量的建议,得到国家环境保护总局和国务院领导的肯定(陈岳堂、颜克高,2007)。非政府组织是组织化的主体,相对于公民个体而言,拥有更丰厚的社会资源、具备更强的社会影响力,并提出更结合实际、切实可行的环境保护项目等(靳连冬,2009)。最后是国际经验的引进。非政府组织在国际合作和民间交流方面有其独特的优势。近些年,我国非政府组织与国外、国际民间组织的合作交流不断增多。通过国际合作,可吸收国外在环境保护领域的技术、管理和交流机制方面的有益经验,从而推动环境保护在我国取得实质性的进展。

第六节　中国非政府组织失灵的主要表现

与政府失灵和市场失灵相似,非政府组织也会因为内在的局限性而产生失灵的现象。所谓"非政府组织失灵",是指非政府组织的组织行为偏离志愿性公益机制,出现了资源配置的低效率或价值取向的非公共性现象,在满足提供公共产品和服务、社会多元化需求上产生了功能性和效率上的缺陷。

一、官民二重性的羁绊

美国约翰·霍普金斯大学非政府组织比较研究中心认为,只有符合组织性、民间性、自治性、志愿性、非利润分配性五个特征才是完全意义上的非政府组织。而且,民间性原则强调非政府组织在组织机构上必须是分离于政府,自治性原则要求非政府组织能够控制自己的活动,又不受外部控制的内部管理程序。然而由于我国的特殊国情,目前我国的非政府组织的根本的特征就是"官民二重性"。我国的非政府组织大多数是在国家政治经济体制改革的过程中,从国家这一"母体"当中分离出来的,而且在发展中受到了极大的"母爱"关怀,政府从税收、经费、人事等各个方面给予照应,或者直接插手管理。因此,这些非政府组织成了政府有关部门的附属物,成了权力的产物,也异化了它应是社会本身产物的性质,成了政府机关的衍生机构,再加上长期的"官本位"思想,使它紧紧"靠挂"政府部门,且具有了相应的行政级别,成了政府的附属机构。尤其那些事业单位,计划经济的产物,官方性最强,基本上是党政机关的附属物,事无巨细都由政府决定和安排,其经费也由国家财政统收统支。随着政治、经济体制改革深入,非政府组织政事职责不分、社会化程度低等问题,日益显著暴露。它们无论在观念上组织上还是在职能上,都严重地依赖于政府,本质上是为政府发挥作用。这种先天不足,造成了其在发展中严重"缺钙",患上了严重的"软骨病",表现出极强的官僚特性(范可旭,2008)。这种特点意味着我国非政府组织的构成具有"半官半民"的"二元结构",组织的行为要受到"行政机制"和"自治机制"的"双重支配",使得非政府组织在这双重支配的夹缝的张力中寻求生存空间,同时也使得我国的非政府组织丧失了其本质特性和生存与发展的指导理念。"二元结构"和"双重支配"模式,严重制约了我国非政府组织的自治和自主,有碍于其从官方性向民间性的结构性转换,降低了它们的合法性,从长远看阻碍了非政府组织的长足发展和我国政府职能的有效转变,最后造成非政府组织与政府组织的"双损"局面(郭小聪、文明超,2004)。

二、数量较少且结构不合理

从数量上来看,我国的非政府组织增长较快,较之前已经有了很大发展,然而与其他发达国家相比仍存在较大差距。与弱势群体有关的非政府组织数量很少且结构不合理。据国家统计局资料,目前我国每万人拥有非政府组织数仅为 2.2 个,而法国已超过 110 个、日本近 100 个、美国超过 50 个。在我国,代表和维护规模庞大的城市失业下岗人员、进城务工人员和农民等社会弱势群体利益的非政府组织,不仅数量少,而且组织化程度非常低,其自我意识还处在朦胧状态。弱势群体缺乏参与所需要的组织、经济、社会和政治资源,利益表达渠道有限,反映问题难,利益诉求不被重视,在形成公共政策的过程中往往被边缘化。非政府组织的结构不合理主要表现在两个方面:一方面是非政府组织功能的不合理;另一方面是非政府组织服务对象结构不合理。从功能上看,据统计,公益服务类和利益代表类的非政府组织仅各占6%,政治领导类非政府组织只占1%。从非政府组织的服务对象结构上来看,其结构失调程度也很突出。在48家利益代表类社团中,有27家是为优势群体服务的,有17家是为中间群体服务的,仅有4家是为弱势群体服务的(杨炼,2008)。

三、双重管理体制

所谓双重管理体制,指对非政府组织的登记注册管理及日常管理实行登记管理部门和业务主管单位双重负责的体制。民政部门是非政府组织的法定登记管理机关,而在非政府组织向登记管理机关申请注册登记之前,必须得到主管单位的批准,只有党政机关和得到党政机关委托的单位才有资格担任其业务主管单位,民办非政府组织也实行这种双重管理。双重管理体制的核心内容是:归口登记、双重负责、分级管理。这在实践中带来了一系列问题:第一是门槛过高。双重管理体制使得非政府组织在通过登记注册成为合法组织之前,必须先找到一个党政部门作为其主管单位,而且必须具有一定的资金条件,另外,登记注册的手续复杂、程序严格,这就使得很大一部分非政府组织因达不到要求而不得不在工商机关登记,或处于地下状态。事实上,这类未登记或在工商机关登记的非政府组织数量十分庞大,远远多于已登记在册的数量。这在很大程度上限制了非政府组织的成立,不利于非政府组织的发展。第二是控制过严。在现有的管理体制下,非政府组织运作的方方面面都被列入业务主管部门的管辖范围之内,非政府组织实际上是主管单位的下属机构,从而导致非政府组织过于依赖政府,官办色彩浓厚,独立性不足,导致非政府组织的管理人员缺乏管理控制权。双重管理体制使得非政府组织在通过登记注册成为合法组织之前,必须首先成为政府所属的一定职能机构或授权机构所需要和能够控制的对象,并受其管理和控制。这种管理体制是我国当前社会政治现实的产物,它在很大程度上限制了非政府组织的成立,基本上不利于非政府组织的发展,也是非政府组织效率低下的重要原因。

四、目标错位,作用发挥不到位

与西方发达国家的非政府组织相比,我国的非政府组织目标定位模糊。西方国家的非政府组织在功能上是政府和企业、政府和社会、政府和市场的桥梁,也是公民社会参与社会管理的网络形式,它致力于维护公共利益、保障公众权益、服务于公众的组织目标,同时也是非政治性的社会团体。当前我国正处于市场经济体制的初期阶段,各方面的利益调整和权力分配尚未完成,因而非政府组织的定位在许多情况下都不确定,并进而导致其职能无法发挥。我国现在的非政府组织在这方面的定位却十分模糊,甚至错位。这主要表现在:一是背离了社会团体非营利的基本特征,为个人或小集体谋取经济利益,实际上变成了经济组织;二是过多参与政治,或者因政治需要而建立,被当成了政治组织,而其必须保持中立性才能名副其实(刘雪松,2008)。

我国的非政府组织正在形成、发展之中,具有某种过渡性。与西方国家的非政府组织相比,我国的非政府组织还很不成熟,其典型特征如自主性、志愿性、非政府性等还不十分明显。学术交流和业务管理类比重过大,公益服务和利益代表类占比太小,结构不合理。而且大多数非政府组织都是在 20 世纪 80 年代中期以后成长起来的,只有十几年的历史。它们本身还处在变化发展过程之中,无论是其结构还是功能都还没有定型,自主意识以及自我生存与发展的能力还相当薄弱。非政府组织之间、非政府组织与政府之间尚未形成有效的沟通渠道和交流机制,限制了它们对社会事务的参与和对政府决策的影响力。因而非政府组织的声音也比较微弱,社会对其地位和作用的认知程度还比较低。由于各种条件所限,非政府组织的活动主要还局限在城市,在广大农村和贫困落后地区缺乏非政府组织(蔡丽新,2006)。

五、监督制约机制不成熟

我国缺乏对非政府组织的有效合理的监管。非政府组织一旦登记成立,除了政府部门统一的"年检"之外,几乎没有其他必要的评估和社会监督机制制约。对非政府组织的基本制度建设,我国现行法规和政策上也没有具体明确的要求,使得非政府组织良莠并存,一定程度上损害了真正的公益性组织。这种现象的出现,有着深刻的根源:一是政府对非政府组织的管理能力弱,政府的管理可以概括为"管理权力很大,但管理能力较弱"。而且我国一些地方的民政部门没有专门的非政府组织管理机构。二是对非政府组织的社会监督缺位,我国至今没有一个独立的第三方组织专门对非政府组织进行有效监督。三是非政府组织的评估机制还存在很大缺陷,由于信息不对称的存在,社会公众缺乏合理的、制度化的、公开渠道来披露非政府组织背离其组织宗旨的行为。

第七节　促进中国非政府组织发展的对策

一、积极培育公民社会的发展

公民社会是非政府组织发展的根基和价值所在,在任何一个国家要有非政府组织的良好发展,首先必须有一个发展良好的公民社会。然而,在我国,宏观社会环境还远远不能满足未来非政府组织发展的需要,公民社会处在刚刚起步发展的阶段。应该加快我国政治社会化的进程,重视社会公民群体的参与。因此,第一,应积极推进我国政治体制改革,进一步扩大民主权利,将权利更多地回归于社会公民。在城市地区,推进和完善社区自治的建设,扩大社区居民的自我管理、自我服务的范围,增强自我发展的能力。在农村地区,规范和完善村民的自治制度,逐渐增强农民的参与意识,提高农民自我管理的能力。在当前阶段,城市社区公民社会的培育远好于农村自治公民社会的发展,因此,在培育公民社会的工程中,我国应当适当地将政策倾向于农村,不但能够消除城乡的二元化,使城乡公民社会的发展相对平衡,而且能够有效地扩大了非政府组织发展的公民社会根基。第二,注重我国公民社会文化的建设。文化是行动的指导,是内在的思想,是内在的动力源。公民意识是一个社会文明进步的重要标志,只有当公民具备了完整的公民意识和公民性格,非政府组织作为一个社会治理的主体才能成熟与构建起来。社会文化建设能将外界进行的政治体制改革目标有效地转化成为内在的价值。在推进我国公民社会的进程中,应当加强引导和宣传,提高公民的主体意识和社会参与意识,改变传统的政治文化,将"老百姓意识"逐渐转变为"公民意识",以实现人自身的现代化发展,进而积极地行使法律所赋予的权利(许伟,2007)。

二、正确定位政府与非政府组织的关系,建立合理分工

非政府组织和政府的关系定位直接影响着非政府组织的发展与职能的发挥。在传统体制下,我国非政府组织对政府有很强的依赖性,发挥着"拾遗补缺"的作用。从西方国家改革的经验上看,政府和非政府组织在公共服务领域应该是平等合作和竞争的关系。一方面,政府为实现自己的目标将提供公共服务的任务委托给非政府组织来执行,政府与非政府组织之间存在着互相合作充分发挥各自优势的关系;另一方面,非政府组织在公共服务产品的提供中和政府形成一种竞争态势,这样有利于促进政府公共服务水平的提高。然而,随着我国行政体制改革的推进和政府职能的转变,政府权力应该逐渐从公共服务的一些领域退出,逐步实行分离和脱钩,使其成为完全独立和中介性的组织(刘学侠,2009)。

我国政府应该进一步转变其职能,积极推进"小政府,大社会"的改革进程,从而实现社会的多元化发展。一是积极倡导政府与非政府组织的平等合作关系,确保非政府组织的独立性。政府应以法律的形式确立非政府组织的社会独立地位,界定其与政府间的关系。两者在法律上是平等的,是指导与被指导关系,而不是行政隶属关系。两者间应当建立平等的协商合作机制,政府的职能转变为非政府组织在公共服务社会化方面提供更广阔的空间。与西方发达国家社会发展的模式不同,由于我国社会领域的改革与非政府组织的发展是在国家的主导下进行的,因此,尽管一再强调非政府组织发展的独立性,然而这只是说在非政府组织运作过程中的独立性,并不是业务上的完全割裂。非政府组织与政府间是基于互动合作、相得益彰的和谐发展,而不是彼此代替、相互冲突的(王建军,2007;许伟,2007)。二是合理区分政府和非政府组织的职能。非政府组织虽然履行社会职能,却不能完全替代政府的公共服务,应当合理划分二者在公共治理和公共服务中的职责。政府应该积极从部门利益和行业利益中退出,把服务性的社会公共事务交给社会,由非政府组织来承担。而且针对当前我国非政府组织"国家化"程度过高的现状,应该积极探索非政府组织与政府"脱钩"的途径。赋予非政府组织应有的独立性,尤其是把那些自上而下型的非政府组织及时推向社会,赋予其独立发展、自主治理的基

本权利,真正以民间性与自治性为原则,独立、公正地面向公众、社会和政府。

三、完善非政府组织的内部治理结构、组织体系、规章制度

首先,非政府组织要加强自身管理,提高资源动员能力、活动能力及发展与创新能力,从而使服务对象受益,获取政府与公众的认可与支持才能不断推动自身的发展与壮大。第一,解决资金不足的难题。必须建立多渠道的资金来源,在开展公益活动的同时开展与自身业务相符并不以营利为目的的合法经营活动,提高经营性收入比例,努力做到自力更生。第二,解决人才问题。需要大胆创新,在尽可能的范围内提高专职人员的报酬水平,吸收优秀人才,注重吸收高素质的志愿者来弥补人力资源的不足。加强员工培训和组织能力的建设,积极探索开展国际国内的各项合作,通过培训、访问、交流等种种形式开阔视野,努力学习和借鉴国外发展的理论及其经验。第三,改进财务管理与规制。财务的有效管理和规制,是消解社团内部人员腐败,以致组织失灵的基础。要加强盈余分配约束,组织的盈利和剩余不能在领导层和管理层分配;加强支出比例约束,用于行政的开支和募集资金的成本的总和与每年总支出的比例必须保持在一定的限度以内;加强账目公开规制,账目公开既要面向监督机构,又要面向公众(许伟,2007)。

其次,改革完善非政府组织的管理体制。我国政府要改变对非政府组织进行防范、限制的思想观念,根据"政社分开"的原则,逐渐放松对非政府组织的限制和约束,给非政府组织更大的发展空间。应逐步改变现有的双重管理体制,简化登记注册程序,降低非政府组织取得合法地位的门槛。政府的角色应由"业务主管"逐步转变为对非政府组织进行业务指导、关系协调和监督。同时要建立健全包括第三方监督和评估机制、奖惩考核机制、竞争激励机制等在内的非政府组织运作机制,提高非政府组织服务效率和服务质量,增强非政府组织的独立性,提高社会影响力。

最后,加强非政府组织文化建设。健康的组织文化可以明确组织的宗旨和使命,有利于非政府组织吸引捐赠资金、提高志愿者参与的程度和非政府组织的社会公信度,有利于增强组织内部的凝聚力,提高组织的活力以及变革的适应能力。一方面,可以通过树立正确的组织目标和价值观的非政府组织的精神文化建设,来规范和制约组织成员的行为,从观念上对成员的行为施加

"软约束",从而引导成员自觉地对自己的行为加以制约和调整,逐渐形成组织的行为规范,形成良性循环。另一方面,要重视非政府组织的物质文化的建设。物质文化是组织文化在物质上的凝结,非政府组织在进行物质生产和服务的过程中,应该重视产品或服务质量的建设,提高顾客的满意度,在社会中树立良好的公共形象,并不断地进行自我形象的完善,提高组织的公信力,使组织能够更好地完成自身的宗旨和使命(于冰,2007)。

四、建立健全外部监督体系

当前,我国的非政府组织的自身建设还不完备,需要建立广泛的监督体系,防止或减少"非政府组织失灵"的现象。非政府组织的外部监督体系主要包括政府监督和社会监督。我国政府对非政府组织的监督,行之有效的方法就是构建我国非政府组织的监督问责机制。监督问责机制的建立不仅要求财务过程公开和透明,而且要对整个组织的运行管理进行全面问责,并建立相应的问责和监督机制。同时,对于违反法规的非政府组织要进行严格处罚,并追究其法律责任。非政府组织的社会监督的力量主要来自三方面:一是捐赠者的监督,捐赠者是非政府组织物资和资金的重要来源之一,非政府组织能否实现对捐赠者的社会承诺,是否具有诚信,是其能否获得继续捐赠的重要因素。二是第三方评估机构的监督,是指由具有法定权威的中间机构或组织制定相关标准,对行业内成员机构的工作或者项目进行评审和评价。我国目前还缺乏专门针对非政府组织的第三方的监督与评估机制。按照发达国家的做法来看,第三方监督机制是取代政府退出之后形成的权力真空的有效监督和监管体制。它不仅有利于增强非政府组织的活力和创新力,提高非政府组织的公信度和效率,而且能够使非政府组织更好地服务于社会。因此,建立第三方监督机制也是我国非政府组织发展过程中一项十分紧迫的任务。三是新闻媒体的监督,新闻媒体的正面和反面报道都会对非政府组织的发展产生影响(刘卫,2007)。因为非政府组织的服务对象主要是社会公众,社会公众最清楚非政府组织的服务质量和服务水平,最具有评价的权利,新闻媒体和公众的反应能够有力促进非政府组织及时做出调整,进而增强非政府组织的回应性。

小　　结

非政府组织在治理国家的多元力量中具有重要地位,对我国政治、经济、文化以及社会生活等方面产生深远影响。非政府组织在我国社会的转型期发挥了重要的作用,它不仅能够弥补市场失灵,而且能够弥补政府失灵,还能极大降低社会的管理成本。非政府组织追求的是对人的终极关怀,它通过各种志愿组织为人们提供健康和人性化的服务,能够因人、因地、因时制宜,切实满足人的需要。非政府组织既不同于政府,也不同于企业。与政府组织相比,非政府组织可以充分发挥社会互动的功能,通过社会的交流形成关系网络,从而获得相对多的社会资源。与企业相比,非政府组织的非营利性使它定位在为社会谋福利的基点上,作为中介组织,非政府组织在我国社会转型时期能够填补政府与企业之间的空白。通过广泛的业务活动,非政府组织发挥着民主参与、利益代表、自治管理、对话协商、对外交往和社会服务等功能。综上所述,非政府组织在扩大公民参与、推进基层民主、解决社会问题、化解利益冲突、改善社会管理、促进公益事业发展和推动企业社会责任建设等方面发挥着重要作用(张忠军,2006)。

参考文献

[1] Burton Weisbrod. *Toward a Theory of the Voluntary Nonprofit Sector in Three-Sector Economy*. in E. Phelps. ed. Altruism and Economic Theory. New York:Russel Sage, 1974.

[2] Francis, M. Bator.. *The Anatomy of Market Failure*[J]. Quarterly Journal of Economics, 72(3): 351 – 379.

[3] Pigou, A. C.. *The Economics of Welfare*[M]. London: Macmillan, 1920.

[4] Pigou, A. C.. *Wealth and Welfare*[M]. London: Macmillan, 1912.

[5] Salamon, L. M.. *Partners in Public Service: Government Nonprofit Relations in the Modern Welfare State*[M]. Baltimore: The Johns Hopkins University Press, 1995.

［6］Stigler, George.. *The Theory of Economic Regulation*［J］. The Bell Journal of Economics, Spring：3.

［7］［美］查尔斯·沃尔夫：《政府或市场》，中国发展出版社1994年版。

［8］［美］道格拉斯·诺思：《经济史的结构与变迁》，上海三联书店、上海人民出版社1994年版。

［9］［美］莱斯特·M.萨拉蒙：《全球公民社会》，贾西津、魏玉译，社会科学文献出版社2002年版。

［10］［意］尼古拉·阿克塞拉：《经济政策原理：价值与技术》，中国人民大学出版社2001年版。

［11］［英］萨拉·科诺里：《公共部门经济学》，中国财政经济出版社2003年版。

［12］［美］斯蒂格利茨：《政府为什么干预经济》，中国物资出版社1998年版。

［13］［美］史普博：《管制与市场》，上海三联书店1999年版。

［14］蔡丽新：《中国非政府组织的发展与政治文明建设》，苏州大学博士学位论文（2006年）。

［15］蔡拓：《全球化与中国政治发展》，中国政法大学出版社2008年版。

［16］曹海军：《非政府组织：构建社会主义和谐社会的助推器》，《中共四川省委党校学报》2008年第2期。

［17］陈洪连：《论非政府组织对和谐社会的建构功能及其发展策略》，《北京航空航天大学学报（社会科学版）》2007年第3期。

［18］陈秀峰：《公共危机治理中的非政府组织参与》，《华中师范大学学报（人文社会科学版）》2008年第1期。

［19］陈岳堂、颜克高：《非营利组织的社会职能与社会主义和谐社会的构建》，《中国行政管理》2007年第4期。

［20］邸晶鑫：《试论现阶段如何矫正我国的政府失灵》，《贵州社会科学》2008年第12期。

［21］范可旭：《中国非政府组织发展问题研究》，华中师范大学硕士学位论文（2008年）。

［22］郭小聪、文明超：《合作中的竞争：非营利组织与政府的新型关系》，

《公共管理学报》2004 年第 1 期。

　　[23] 国家民间组织管理局:《中国民间组织评估》,中国社会出版社 2007
年版。

　　[24] 胡务:《社会福利概论》,西南财经大学出版社 2008 年版。

　　[25] 黄斌:《中国非政府组织的社会作用》,复旦大学硕士学位论文
(2008 年)。

　　[26] 黄斌:《中国非政府组织的社会作用研究》,复旦大学硕士学位论文
(2008 年)。

　　[27] 黄志雄:《非政府组织与企业社会责任》,《人民法院报》2007 年 2 月
15 日。

　　[28] 季燕霞:《非政府组织与我国和谐社会的构建》,《江淮论坛》2006
年第 4 期。

　　[29] 靳连冬:《论非政府组织在构建和谐社会中的作用》,《西北大学学
报(哲学社会科学版)》2009 年第 5 期。

　　[30] 黎友焕:《时代的呼唤:加强工会在社会责任建设中的维权》,《亚太
经济时报》2007 年 3 月 14 日。

　　[31] 李丹:《改革开放后中国非政府组织的发展历程及趋势》,《郑州航
空工业管理学院学报》2009 年第 4 期。

　　[32] 李军鹏:《发展非政府组织与构建和谐社会》,《天津行政学院学报》
2006 年第 3 期。

　　[33]《联合国宪章》第 71 条。

　　[34] 刘卫:《中国非政府组织发展的路径选择》,《经济导刊》2007 年第
12 期。

　　[35] 刘学侠:《我国非政府组织的发展路径》,《中国行政管理》2009 年
第 4 期。

　　[36] 刘雪松:《全球化背景下我国非政府组织的发展》,山西大学硕士学
位论文(2008 年)。

　　[37] 马庆钰:《中国非政府组织发展与管理》,中国社会科学出版社 2002
年版。

　　[38] 马秀清:《发挥非政府组织在和谐社会构建中的作用》,《理论前沿》

2007年第16期。

[39] 任进:《政府组织与非政府组织:法律实证和比较分析的视角》,山东人民出版社2003年版。

[40] 盛洪生、贺兵:《当前国际关际中的"第三者"非政府组织研究》,时事出版社2004年版。

[41] 时殷弘:《论世界政治中的正义问题》,《欧洲》1996年第1期。

[42] 粟勤:《我国经济转轨时期"市场失灵"的特征与治理》,《中央财经大学学报》2006年第3期。

[43] 王建军:《论政府与民间组织关系的重构》,《中国行政管理》2007年第6期。

[44] 许伟:《非政府组织发展历程及趋势研究》,华中师范大学硕士学位论文(2007年)。

[45] 杨炼:《论非政府组织与社会弱势群体的利益表达》,《湖北社会科学》2008年第10期。

[46] 姚克利:《公共行政学热点问题研究》,辽宁大学出版社2005年版。

[47] 于冰:《中国非政府组织与政府间的关系研究——以中国青少年发展基金会为例》,燕山大学硕士学位论文(2007年)。

[48] 俞可平:《中国公民社会:概念、分类与制度环境》,《中国社会科学》2006年第6期。

[49] 张维迎:《产权、政府与信誉》,上海三联书店2001年版。

[50] 张忠军:《中国民间组织的法律困境与创新》,《中共中央党校学报》2006年第10期。

[51] 植草益:《微观规制经济学》,中国发展出版社1992年版。

附录一 中国企业社会责任
建设大事记

1978 年

10 月,经国务院批准,四川省选择重庆钢铁公司等 6 家地方国营工业企业,在全国率先进行"扩大企业自主权"的试点,标志着国有企业改革乃至城市经济体制改革起步。

12 月,中国共产党十一届三中全会指出:我国经济管理体制的一个缺点是权力过于集中,应该有领导地大胆下放,让地方和工农业企业在国家统一计划的指导下享有更多经营管理自主权。我们党开始对经济体制改革进行探索,首次在官方文件中明确提出要权力下放,让企业拥有更多经营自主权。

1979 年

7 月 13 日,国务院先后颁布了《关于扩大国营工业企业经营管理自主权的若干规定》、《关于国营工业企业实行利润分成的规定》和《关于开征国营工业企业固定资产税的暂行规定》等 5 个改革管理体制的文件,扩大企业经营自主权。

9 月 13 日,第五届全国人大第十一次会议通过了《中华人民共和国环境保护法(试行)》。

1980 年

1 月 22 日,国务院发布修订后的《国营工业企业利润留成试行办法》在扩权试点企业中试行。

10 月 17 日,国务院通过《关于开展和保护社会主义竞争的暂行规定》。

1981 年

10 月 29 日,国务院批转国家经委、国务院体制改革办公室《关于实行工业生产经济责任制若干问题的意见》。

1982 年

7 月 1 日,《中华人民共和国经济合同法》正式实施生效。

1983 年

9 月 20 日,国务院发布《中华人民共和国中外合资经营企业法实施条例》。

1984 年

5 月 10 日,国务院颁发了《关于进一步扩大国营工业企业自主权的暂行规定》。

1985 年

7 月 12 日,国务院发布《国营企业实行劳动合同制暂行规定》、《国营企业辞退违纪职工暂行规定》、《国营企业职工待业保险暂行规定》和《国营企业招用工人暂行规定》。

1985 年,根据 CNKI 文献搜索,发表于 1985 年第 3 期《瞭望》上的《企业社会责任——访南化公司催化剂厂》是第一篇以企业社会责任为题的文章。

1986 年

12 月 25 日,国务院做出《关于深化企业改革增强企业活动的若干规定》。提出全民所有制小型的企业可积极试行租赁、承包经营。全民所有制大中型企业要实行多种形式的经营责任制,进一步下放企业经营自主权,增强企业活力。

1987 年

1987 年,中央 5 号文件解除了对私营企业雇工人数的限制。

8 月 8 日,杭州人在市中心的武林门广场将 5000 多双温州假冒劣质鞋一起烧掉,在全国引起轰动。

1988 年

6 月 25 日,国务院发布《中华人民共和国私营企业暂行条例》,确定私营经济是社会主义公有制经济的补充,宣布国家保护私营企业的合法权益。

8 月 1 日,《中华人民共和国全民所有制工业企业法》正式实施生效。

1989 年

1989 年,由共青团中央、中国青少年发展基金会发起希望工程。

12 月,第七届全国人大常委会第十一次会议审议通过了《环境保护法》。

12 月 26 日,《中华人民共和国环境保护法》正式实施生效。

1990 年

1990 年,袁家方主编的《企业社会责任》由海洋出版社出版,这是国内第一本以企业社会责任为主要内容的专著。

1991 年

5 月 16 日,国务院发出《关于进一步增强国营大中型企业活力的通知》。

1992 年

1 月 1 日,《中华人民共和国城镇集体所有制企业条例》正式实施生效。

7 月,国务院发布《全民所有制工业企业转换经营机制条例》。

1993 年

11 月,中共十四届三中全会通过了《中共中央关于建立社会主义市场经济体制若干问题的决定》,明确指出,我国国有企业的改革方向是建立"适应市场经济和社会化大生产要求的、产权清晰、权责明确、政企分开和管理科学"的现代企业制度,要求通过建立现代企业制度,使企业成为自主经营、自负盈亏、自我发展、自我约束的法人实体和市场竞争主体。

1994 年

1 月 1 日,《中华人民共和国消费者权益保护法》正式实施生效。

4 月 23 日,在中央统战部和中华全国工商业联合会积极推动和倡导下中国光彩事业促进会成立,倡导中国光彩事业的发展。

1994 年,民间非营利慈善机构——中华慈善总会成立,推动中国慈善事业的发展。

1995 年

1 月 1 日,《中华人民共和国劳动法》正式生效实施。

9 月 25—28 日,中共十四届五中全会审议并通过的《中共中央关于制定国民经济和社会发展"九五"计划和 2010 年远景目标的建议》中指出要加快现代企业制度和社会主义市场经济体制建设。

1996 年

5 月 15 日,《中华人民共和国水污染防治法》发布。

1997 年

1 月 1 日,《中华人民共和国乡镇企业法》正式实施生效。

8 月 1 日,《中华人民共和国合伙企业法》正式实施生效。

1998 年

6 月 9 日,中共中央、国务院发出《关于切实做好国有企业下岗职工基本生活保障和再就业工作的通知》。

1999 年

9 月 1 日,《中华人民共和国公益事业捐赠法》正式生效实施。

1999 年,在华跨国石油公司壳牌中国发布可持续发展报告。

1999 年,清华大学当代中国研究中心开展了理论与实践相结合的企业社会责任课题研究"跨国公司社会责任运动研究",其主要内容有公司社会责任运动的运作模式和理论研究;关于生产守则对中国社会的影响。

2000 年

1 月 1 日,《中华人民共和国个人独资企业法》正式实施生效。

9 月 1 日,《中华人民共和国大气污染防治法》正式实施生效。

10 月 30 日,《中华人民共和国外资企业法》、《中华人民共和国中外合作经营企业法》正式实施生效。

2001 年

3 月,中国石油天然气股份有限公司发布了《2000 年健康安全环境报告》,这是我国首份由国内企业发布的有关企业社会责任的报告。

3 月 15 日,《中华人民共和国中外合资经营企业法》正式实施生效。

5 月 1 日,《中华人民共和国税收征收管理法》正式实施生效。

12 月 8 日,中国企业联合会与联合国在北京举办了题为"新世界的中国企业"的研讨会,鼓励、支持和帮助中国企业参与"全球契约"。

12 月 11 日,中国正式加入世贸组织,成为其第 143 个成员。我国从此将全面享受世贸组织赋予其成员的各项权利,并将遵守世贸组织规则,认真履行义务。

2002 年

5 月 1 日,《中华人民共和国职业病防治法》实施生效。

8 月 24—25 日,仕奇综合研究机构世界经济学会青年委员会内蒙古仕奇集团在呼和浩特市召开了企业社会责任研讨会。

9 月 27 日,由联合国开发计划署、中国光彩事业促进会、中国企业联合会共同主办的"21 世纪中国企业社会责任论坛"在西安召开。

11 月 1 日,《中华人民共和国安全生产法》正式实施生效。

11 月 15 日,党的十六大提出把"社会更加和谐"作为全面建设小康社会的目标之一。

12 月 6 日，中国企业联合会和英国大使馆在北京举办"中国全球契约——企业社会责任研讨会"，共同推广社会责任理念。

2003 年

1 月 1 日，《中华人民共和国清洁生产促进法》正式实施生效。

6 月 16 日，福特中国向社会发布福特中国《企业公民报告 2002》。

8 月，21 世纪报系下《21 世纪商业评论》、《21 世纪经济报道》在上海发起召开企业公民圆桌会议。

9 月 15—19 日，由英国驻华大使馆与中国企业联合会共同主办的"生财有'道'——中英企业社会责任与公司治理研讨会"先后在北京和上海举行。

10 月 11—14 日，党的十六届三中全会：坚持以人为本，树立全面、协调、可持续的科学发展观，促进经济、社会和人的全面发展。

10 月 11—14 日，十六届三中全会提出的《中共中央关于完善社会主义市场经济体制若干问题的决定》中指出，要建立归属清晰、权责明确、保护严格、流转顺畅的现代产权制度。

10 月 24 日，温家宝总理在重庆访问时农妇熊德明诉说欠薪事情，发生了"总理帮农妇讨薪"事件，进而引发了全国性的农民工讨薪风暴。

10 月 24—25 日，中国企业联合会与国际劳工组织在北京召开"首届中国雇主论坛"，会议的主题为社会责任企业家权益维护。

11 月 22 日，国务院办公厅印发了《关于切实解决建设领域拖欠工程款问题的通知》。

12 月 23 日，重庆开县西南油气田分公司川东北气矿罗家 16H 井发生天然气井喷事故，造成巨大伤亡，243 人因硫化氢中毒死亡、2142 人住院治疗、65000 人被紧急疏散，造成重大生产安全事故。

2004 年

2 月到 3 月，川化公司违规技改并试生产，将氨氮含量超标数十倍的废水直接排入沱江，导致沱江流域严重污染、生态环境遭受严重破坏。

2 月 9 日，美国全国劳工委员会等机构发表了一份报告，指责沃尔玛公司在广东省东莞地区的数家供应商存在工作环境恶劣、克扣工人工资、强迫工人加班等情形。国内数家媒体跟进报道,事实被揭露出来,沃尔玛事件爆发。

2月4日,由广东省社会科学院科研处副处长黎友焕教授撰写的《SA8000对广东经济社会的影响》研究报告由广东省社会科学院报送中共中央政治局委员、广东省委书记张德江,同时报送广东副省级以上领导干部。从此,企业社会责任逐步进入广东省委、省政府领导的工作视野。

2月14日,广东省社会科学院批准广东发展数据库建立"SA8000研究"数据库,同时,www.gdsa8000.org.cn专业网站开通。

3月4日,中国注册会计师协会与ACCA联合举办的"公司治理与社会责任"研讨会在北京举行。研究会围绕"公司治理"和"企业社会责任"专题举行了专家会谈。

4月,阜阳劣质奶粉事件爆发,安徽阜阳地区出现大批因食用劣质奶粉而致病、致死的婴幼儿。国务院对此事件高度关注,严厉打击不法商贩。

5月10日,欧洲货币(中国)与企业公民工作委员会共同发布《2004中国大陆慈善家排行榜》,这是中国首个此类榜单。

6月4日,近百名企业家出资亿元成立"阿拉善SEE生态协会",并在内蒙古阿拉善盟联合发表《阿拉善宣言》。这是中国企业家首次以群体的方式发起成立生态与环境保护组织。

6月18日,由光明日报社主办的首届光明公益奖(跨国公司)颁奖典礼在光明日报社举行。该奖是光明日报社为彰显跨国公司对中国公益事业的贡献,推动跨国公司对中国公益事业的投入而设立,由光明日报这样的全国性媒体对跨国企业的公益业绩进行评比、颁奖、报道,这在国内尚属首次。

6月18日,由广东省社会科学院科研处副处长黎友焕教授主持的"SA8000对广东外经贸的影响及其对策研究"获广东省哲学社会科学规划项目立项,这是我国第一个SA8000的省级社科规划项目。

7月1日,《中华人民共和国许可证法》实施生效。

7月20日,宝钢股份首次向社会公开发布《环境报告》,郑重向社会承诺:坚持走新型工业化道路,在快速发展生产的同时,努力营造一流的生态环境,使自身的环境行为与世界发达国家的先进企业接轨。

9月16—19日,党的十六届四中全会提出构建社会主义和谐社会的新命题。又把"提高构建社会主义和谐社会的能力"作为党执政能力的一个重要方面明确提出。

9月26日,由中华慈善总会主办的"首届企业公民与公益事业国际论坛"在北京举行。

10月12—23日,由全国工商联与挪威工商总会合办的"中挪企业社会责任研讨会"在北京举行。

12月,国务院办公厅下发《关于进一步做好改善农民进城就业环境工作的通知》。《通知》要求,要进一步解决建设等领域拖欠农民工工资问题,加快清理和取消针对农民进城就业的歧视性规定、不合理限制和乱收费,加大劳动保障监察执法力度,改善就业服务,加强农民工职业技能培训,整顿劳动力市场秩序,大力推进农民工工伤保险工作。

2005 年

1月18日,国家环保总局在京宣布停建金沙江溪洛渡水电站等13个省市的30个违法开工项目,并指出要严肃环保法律法规,严格环境准入,彻底遏制低水平重复建设和无序建设,刮起第一次环评风暴。

2月17日,广东省社会科学院批准筹备成立广东省企业社会责任研究会。

3月5日,由《WTO经济导刊》、广州市现代经营管理协会、中国国际经济技术交流中心、中国劳动关系学院以及南华工商学院联合主办的"企业与社会双赢之路"为主题的中国企业社会责任论坛在广州召开。

同日,西北大学经济管理学院国际经济与贸易系开设《企业社会责任》课程,课程共60个课时,黎友焕教授任主讲老师,国际贸易专业的96位本科生学习了该课程。

3月15日,香港消费者委员会发布《消费者委员会良好企业社会责任指引》。

3月27日,中国纺织工业协会发布中国纺织企业社会责任管理体系(CSC9000T)实施指导文件。

4月13日,广东省民间组织管理局批准筹备成立广东省企业社会责任研究会。

5月31日,中国纺织工业协会成立"中国纺织工业协会社会责任建设推广委员会"并推出了"中国纺织企业社会责任管理体系CSC9000T"。

9月8日,由中华慈善总会和中国贸易报社主办的第二届企业公民论坛暨中国企业公民发展现状调查报告发布会在北京召开。会上,中华慈善总会发布第一个全国范围内的《中国企业公民发展现状调查报告》。

9月15日,由光明日报主办的第二届"光明公益奖"在北京揭晓。全国政协副主席李蒙和光明日报总编辑苟天林、民政部副部长张印忠等出席典礼颁奖。

10月,天津商学院企业社会责任研究中心成立。

11月10日,北京大学民营经济研究院举行了"中国民营企业社会责任评价体系"研讨会。

11月13日,中石油吉林石化公司双苯厂发生爆炸事故对松花江水域环境造成重大污染。

11月16日,由中国社会工作协会发起的企业公民委员会正式在北京宣告成立。

11月30日至12月1日,以"创建可持续的全球经济联盟"为主题的联合国"全球契约中国峰会"在上海召开。

12月1日,由中国企业管理研究会、中国社会科学院管理科学研究中心主办的中国企业社会责任问题学术研讨会暨中国企业管理研究会在江苏无锡举行。

12月17日,由国务院国有资产监督管理委员会中国企业改革与发展研究会发起主办的"中国企业社会责任联盟"在京成立。

同日,2005四川慈善发展高层论坛在成都举行。会上,国内外慈善专家学者和慈善企业、慈善家,围绕"社会和谐与慈善组织建设"、"企业社会责任"等专题,对加快慈善事业发展中的问题进行了理论研讨。

2006年

1月1日,《中华人民共和国公司法》修订案正式施行,总则第五条中明确规定"公司从事经营活动,必须遵守法律、行政法规,遵守社会公德、商业道德,诚实守信,接受政府和社会公众的监督,承担社会责任"。

2月7日,国家环保总局对9省11家布设在江河水边的环境问题突出企业实施挂牌督办;对127个投资共约4500亿元的化工石化类项目进行环境风险排查;对10个投资共约290亿元的违法建设项目进行查处,刮起第二次环评风暴。

2月22日,由中国国务院侨务办公室、中国新闻社指导,《中国新闻周刊》杂志社主办的"中国·企业社会责任国际论坛"在北京召开。

3月10日,国家电网公司向社会公开发布中央企业第一份企业社会责任报告。温家宝总理对国家电网公司发布企业社会责任报告批示:"这件事做得好,企业要对社会负责,并自觉接受社会监督"。

3月27日,新华社发布了国务院常务会议审议并原则通过的《国务院关于解决农民工问题的若干意见》。《意见》指出,农民工问题事关我国经济和社会发展全局,维护农民工权益是需要解决的突出问题,解决农民工问题是建设中国特色社会主义的战略任务。为农民工要提供切实的权益保障。

3月31日,国务院批复同意劳动保障部提出的建立农民工工作联席会议制度。联席会议由国务院31个部门和单位组成,负责研究拟定农民工工作措施,监督措施执行等职责。

5月9日,深圳市《政府公报》刊登了《中共深圳市委、深圳市人民政府关于进一步推进企业履行社会责任的意见》。

6月1日,深圳市召开"关于推进企业履行社会责任研讨会",深圳市政府有关部门领导出席了会议并作讲话。会议上指出,深圳将制定《深圳企业社会责任评价准则》,推动企业社会责任标准化建设;建立企业评价机制和信息披露机制,及时向社会免费披露企业履行社会责任信息,鼓励公众依法监督企业;设立"企业社会责任市长奖";制定鼓励企业履行社会责任的系列政策,积极履行社会责任的企业可获政府优惠政策。

6月15日,富士康"血汗工厂"事件被曝光,引发了全国对企业社会责任的高度关注。

6月23日,上海浦东发展银行公开发布了《企业社会责任报告》,这是中国银行业发布的第一份社会责任报告。

7月9日,由北京大学民营经济研究院、《环球企业家》杂志联合全国工商联、中央电视台、中国光彩事业促进会等机构联合举办的"2006中国企业社会责任调查"在北京大学宣布正式启动。

7月12日由国家发展改革委和欧盟委员会共同举办的"中欧企业社会责任高层论坛"在北京召开。

7月29日,沃尔玛深国投百货有限公司晋江店工会正式成立。这是外资企业在中国建立的第一个工会。

7月30日,第四届"中国国际数码互动娱乐产业高峰论坛"在上海举行,新闻出版总署署长龙新民呼吁,网络游戏企业必须具有高度的社会责任感。

9月6日,在民政部、中央社会综合治理委员会办公室、全国总工会、团中央、全国妇联等单位的指导下,由中国社会工作协会、中国红十字会总会、中华慈善总会等15家有影响的公益性民间组织共同发起的"社会公益示范工程"评选表彰活动在北京举行。

9月7日,国家环保总局和国家统计局联合发布了《中国绿色国民经济核算研究报告2004》。

9月14日,国家质检总局发布一份通报:日本宝洁出品的SK-Ⅱ品牌系列化妆品日前在广东检出禁用物质铬和钕。

9月20日,由光明日报社主办的第三届公益奖(跨国公司)颁奖典礼暨《光明公益报告》首发式在北京举行,以鼓励跨国公司融入社会、促进中国公益事业健康发展。

9月25日,深圳证券交易所发布《上市公司社会责任指引》,鼓励上市公司根据该指引建立相应的社会责任制度,并倡导上市公司将自我评估的社会责任报告与年报同时对外披露。

10月,香港消费者委员会发布《良好企业社会责任指引Ⅱ——实施细则》,细则由营商手法、处理消费者投诉及公平市场竞争三部分组成。

10月11日,中共中央十六届六中全会审议通过《中共中央关于构建社会主义和谐社会若干重大问题的决定》,明确提出要"增强公民、企业、各种组织的社会责任"。

10月15日,中国企业社会责任同盟在北京大学正式成立。

10月20日,由《北大商业评论》、国际人力资源管理协会、国家劳动和社会保障部《职业》杂志共同主办的第三届中国人力资源管理年度盛典暨2006中国最佳雇主年度报告发布会在北京召开。

12 月 20 日,中国远洋集团发布《中远集团 2005 年度可持续发展报告》。

12 月 21 日,由中央电视台、北京大学民营经济研究院、《环球企业家》杂志社、《中国企业家》杂志社共同发起并主办的"中国企业社会责任调查发布典礼"颁奖晚会在北京举行。

12 月 12 日,由中国民促会主办的"企业社会责任北京研讨会"在北京召开。

12 月 29 日,由山东省委宣传部、大众报业集团(大众日报社)主办,经济导报社、山东省企业信用协会承办的山东省首届企业社会责任论坛在济南举行。

2007 年

1 月 10 日,环保总局通报了投资 1123 亿元的 82 个严重违反环评和"三同时"制度的钢铁、电力、冶金等项目,并首次使用"区域限批"办法,对唐山市、吕梁市、莱芜市、六盘水市等 4 个城市及国电集团等 4 家电力企业处以制裁,刮起第三次环评风暴。

1 月 11 日,中国移动发布《2006 年企业社会责任报告》。该报告不仅是中国移动通信集团公司自成立以来的第一份企业责任报告,也是我国电信行业的第一份企业责任报告。

1 月 13 日,广东省企业社会责任研究会在广东商学院举行成立大会。原广东省委常委黄浩担任名誉会长,黎友焕担任会长。

1 月 20 日,由中国企业改革与发展研究会、中国企业社会责任联盟主办,世界银行、德国国际企业家商会特别支持的"2006 第二届中国企业社会责任国际高峰论坛"在北京举行。全国人大常委会副委员长成思危出席会议并做了重要讲话,强调企业社会责任理应成为每一个企业的文化基调和根本战略大计。

1 月 21 日,中共中央党校校刊社、广东省委党校、广州开发区和广东浩鑫建设集团举办了"构建和谐社会与企业家的社会责任高层论坛",广东省企业社会责任研究会会长黎友焕博士在论坛上作主题发言。

1 月 26 日,由中国红十字会总会、国务院侨务办公室、国家安监总局、中国新闻社指导,《中国新闻周刊》与中国红十字基金会联合主办的第二届"中国·企业社会责任国际论坛"在北京召开。本次论坛以"全球责任,共创和谐"为主题,着重交流各领域企业社会责任创新行动,探讨企业社会责任、消费者关系、企业竞争力等业界和外部各方共同关注的话题,向各界广泛传播积极尽责企业的产品创新与经营模式。

1月29日,新疆对外经济贸易合作厅今年首次从近200家外商投资企业中选出10家,并授予其"履行社会责任先进奖"。

2月1日,西子联合控股有限公司向社会公开发布了《西子联合企业企业社会责任报告》。

2月3日,由人民网和中国企业文化促进会共同主办的"中国和谐社会与企业社会责任高峰论坛暨2006年度人民社会责任系列调查活动发布典礼"在北京举行。十届全国人大常委会副委员长司马义·艾买提、九届全国人大常委会副委员长铁木尔·达瓦买提、九届全国政协副主席王文元等领导专家出席了会议。

3月5日,温家宝在"两会"上的《政府工作报告》中要求大力抓好节能降耗、保护环境工作。即完善并严格执行能耗和环保标准;坚决淘汰落后生产能力;突出抓好重点行业和企业;健全节能环保政策体系;加快节能环保技术进步;加大污染治理和环境保护力度;强化执法监督管理;认真落实节能环保目标责任制。

同日,广东省汕尾逸挥基金医院主办医疗卫生企业社会责任周年学术研讨会,广东省企业社会责任研究会会长黎友焕博士作了主题报告。

3月12日,日本创价大学(Soka University)经营学部粟山直树教授和香港国际创价学会的李刚寿理事长等一行近20人访问广东省企业社会责任研究会,该会组织7位专家在广东省社会科学院会议厅接见了到访客人,就企业社会责任相关问题交流了意见。

3月15日,中国消费者协会发布《良好企业保护消费者利益社会责任导则》。《导则》是我国第一个明确企业对消费者社会责任的系统性、纲领性文件。

3月15—16日,由中国企业联合会和挪威企业联合会主办、安徽省国资委和安徽省企业联合会承办的"中挪企业社会责任研讨会"在合肥召开。

3月16日,十届全国人大五次会议通过了《中华人民共和国物权法》,将宪法有关财产保护方面的原则性规定细化、具体化,保护企业私有的财产权利。

3月31日,羊城晚报报业集团和中国移动广东分公司在广州鸣泉居举办的羊城晚报财富沙龙暨"企业公民 VS 社会和谐"论坛,广东省企业社会责任研究会会长黎友焕博士作为唯一主讲嘉宾在会上作了学术报告。

4月9日,中国银行业监督管理委员会上海监管局印发并正式实施《上海银行业金融机构企业社会责任指引》,鼓励和倡导银行业金融机构主动践行市场主体应尽的社会责任,维护股东、员工、金融消费者等利益相关者的合法权益,促进经济、社会与环境的可持续发展。

4月20日,日本国际贸易总商社组织80位在华企业负责人访问广东省企业社会责任研究会,并在广东省社会科学院举行了企业社会责任座谈会,会期1天。会后,广东省企业社会责任研究会组织10多名专家对珠三角的日资企业进行社会责任建设调研活动。

同日,博鳌亚洲论坛秘书长龙永图在新闻发布会上表示,本届(2007)博鳌亚洲论坛将讨论企业社会责任等在海外成为热点但在中国还没有引起足够关注的前沿议题。

4月23日,河北省国资委发布《履行出资人职责企业社会责任报告》,这在全国省级国有资产监督管理机构中尚属首例。

4月25日,国务院总理温家宝主持召开国务院常务会议,研究部署加强节能减排工作,成立了国务院节能减排工作领导小组,由温家宝总理任组长,曾培炎副总理任副组长。

4月30日,常州市20家企业获得企业社会责任奖,受到政府表彰。该奖项由常州市政府于2006年设立,由政府设立并颁发企业社会责任奖,这在全国尚属首家。

5月16日,广东省企业社会责任研究会与东莞理工学院城市学院合作共办"东莞企业社会责任研究中心"并在东莞理工学院城市学院1号教学楼举行"东莞企业社会责任研究中心"揭牌仪式。揭牌仪式后,广东省社会科学院研究员、广东省企业社会责任研究会会长黎友焕博士为该院师生作了题为"中国企业对企业社会责任的认知与实践"的学术报告,并对东莞企业社会责任研究中心如何开展这一研究工作发表了指导性的讲话。

5月18日,第六届贝尔年会在京召开,国家环保总局环保宣教中心成立了"企业社会责任报告收转中心",希望借此收集、交换中外企业社会责任报告。

5月24日,中国建设银行发布《2006年度企业社会责任报告》,这是我国国有控股商业银行第一份企业社会责任报告书。

5月24—26日,中央组织部、国务院国资委在大连联合举办"增强国有企业社会责任,推进和谐社会建设"专题研讨班。

5月26—27日,由《人民代表报》、国家行政学院经济研究中心等单位联合主办的"第二届全国人大代表与优秀企业家高峰论坛"在人民大会堂举行,论坛以"责任　使命　和谐"为主题。

6月1日,《中华人民共和国企业破产法》正式实施生效。

同日,国务院办公厅下发《关于严格执行公共建筑空调温度控制标准的通知》,要求加强空调使用环节的节能环保工作。

6月3日,国务院同意发展和改革委员会同有关部门制定的《节能减排综合性工作方案》,要求形成以政府为主导、企业为主体、全社会共同推进的节能减排工作格局,企业主体责任被置于显著地位。

6月4日,国家发展改革委发布实施了《中国应对气候变化国家方案》,根据该方案中国将采取一系列法律、经济、行政及技术等手段,减缓温室气体排放,并提高适应气候变化的能力。

6月12日,国务院成立国家应对气候变化及节能减排工作领导小组,加强对应对气候变化和节能减排工作的领导。

6月24日,全国人大常委会首次审议了节约能源法修订草案,从法律层面将节约资源明确为基本国策。修订后的节能法在法律调整范围和可操作性上均有较大变化。

6月29日,全国人大常委会表决通过了《中华人民共和国劳动合同法》,国家主席胡锦涛签署主席令予以公布。

同日,由中国企业联合会、中国企业家协会、联合国开发计划署、中国国际经济技术交流中心共同主办的"2007企业社会责任在中国"国际论坛在北京召开。本次论坛以"创新实践、共建和谐"为主题,旨在展示中国企业承担社会责任行动,扩大中国企业在社会责任方面的国际影响力。

7月3日，针对中国当前严峻的水污染形势，环保总局开始对长江、黄河、淮河、海河四大流域水污染严重、环境违法问题突出的6市2县5个工业园区实行"流域限批"，对部分同处一个流域内污染严重的县市或工业园区同时"限批"；对流域内32家重污染企业及6家污水处理厂实行"挂牌督办"，刮起第四次环评风暴。

7月4日，广东省企业社会责任研究会组织专家在广东省社会科学院、广东教育学院、广东商学院和东莞理工学院城市学院开办暑期企业社会责任科研活动，共组织90多名学生开展企业社会责任学术研究和实践教育活动，撰写企业社会责任学术论文近30篇，撰写企业社会责任调研报告4篇。

7月24日，浦东新区为推进企业社会责任体系建设发布《浦东新区推进企业履行社会责任三年行动纲要》、《浦东新区企业社会责任导则》、《浦东新区推进企业履行社会责任若干意见》。

7月29日，内蒙古伊利集团发布我国食品行业第一份企业公民报告。

7月30日，环保总局、人民银行、银监会联合发布了《关于落实环保政策法规防范信贷风险的意见》，对不符合产业政策和环境违法的企业和项目进行信贷控制，这标志着绿色信贷这一经济手段全面进入我国污染减排的主战场。

8月16日，常州市总工会正式在全市推广企业社会责任报告制度，企业履行社会责任的情况将每年通过职代会向全体职工报告。常州组成企业社会责任标准化委员会，制定了《常州市企业社会责任标准》。

8月27日，在由中国外商投资企业协会、商务部投资促进事务局、《WTO经济导刊》杂志社共同举办的"中国外商投资企业社会责任论坛"上，1400多家在华外商投资企业发出《履行社会责任倡议书》。

8月28日，交通银行董事会新设社会责任委员会，这在所有的上市中资公司中是首家。

8月28日，由中国红十字基金会和《中国新闻周刊》联合主办的第三届"中国企业社会责任国际论坛"在北京举行。此次论坛的主题为"责任天平：对话中国品质"。

8月29日，华能集团首次向社会发布《中国华能集团公司2006年可持续发展报告》，这是我国发电企业首次发布社会责任报告。

8月30日,十届全国人大常委会第二十九次会议表决通过了《反垄断法(草案)》,该法将自2008年8月1日起施行。

9月1日,中央17个部门联合举办的"节能减排全民行动"系列活动启动。

9月12日,由香港社会服务联合会主办的"企业社会责任香港论坛2007"在香港举行,论坛以"让香港成为理想都市——企业的责任与承担"为主题,香港特别行政区财政司司长曾俊华任主礼嘉宾,商务及经济发展局马时亨局长和劳工及福利局张建宗局长亦先后于论坛和午餐会上讲述企业社会责任的重要性。

9月29日,由光明日报社主办,凯旋先驱公关公司、北京恒帝隆投资有限公司和达能亚洲公司协办的第四届"光明公益奖"(跨国公司)公布。

10月18日,由中国贸促会、中国国际商会发起,《中国贸易报·公益慈善周刊》承办的第三届企业公民论坛在北京召开。

11月19日,上海证券交易所出版发行《中国公司治理报告(2007):利益相关者与公司社会责任》,报告指出我国上市公司在履行社会责任方面还存在一些不足。

11月24日,由中央电视台经济频道、中国社会工作协会企业公民委员会与腾讯公益慈善基金会联合主办的"2007中国企业公民论坛暨表彰大会"在北京召开。

12月4日,深圳大浪街道文化节"公民大讲堂"开坛,第一个论坛主题是:企业社会责任。广东省企业社会责任研究会会长黎友焕博士应邀出席大讲堂并作学术报告。会后,广东省企业社会责任研究会组织专家、学者对深圳大浪街道所在的10多家企业作企业社会责任的实地调研活动,与10多位企业家详细探讨深圳社会责任发展情况。

12月5日,国家环保总局宣传教育中心中国企业社会责任推广中心在北京成立,它为国有、民营、外资等各类企业提供了交流与分享承担企业社会责任经验的平台。

12月15日,《2004广东企业社会责任建设蓝皮书》由广东经济出版社公开出版。该蓝皮书是我国第一本企业社会责任专业蓝皮书。

12月16日,由中共中央党校学习时报社、中华企业社会责任研究会、中华民族品牌协会等单位主办的"中华民族品牌与企业社会责任高峰论坛暨2007年度企业社会责任调查活动揭晓颁奖典礼"在北京举行。

12月24日,中国政府网刊载了《国务院关于促进资源型城市可持续发展的若干意见》,提出了2010年和2015年可持续发展目标。

12月28日,中国国家电网公司发布《履行社会责任指南》。

2008年

1月4日,国务院国资委以2008年1号文件发布了《关于中央企业履行社会责任的指导意见》。《意见》要求中央企业充分认识履行社会责任的重要意义,提出了中央企业社会责任的指导思想、总体要求和基本纲要。这是第一个由国家部委出台的企业履行社会责任规范性文件,对企业社会责任在我国的推广有重要意义。

1月9日,由中国扶贫开发协会、中国红十字基金会等40多家单位共同主办,欧洲时报等50多家新闻媒体单位协办和支持的"国际慈善论坛暨第三届公民企业论坛"在北京召开。

1月16日,由中国红十字基金会和中国新闻周刊联合主办的第三届"中国·企业社会责任国际论坛暨2007最具责任感企业颁奖典礼"在北京举行。

1月19日,由中国企业改革与发展研究会主办、以"财富与责任"为主题的"第三届中国企业社会责任高峰论坛"在京举行。

1月21日,美国驻广州总领事馆副领事Kathi Yu和美国驻广州总领事馆政治经济顾问Edward Lee等一行专程访问广东省企业社会责任研究会,该会秘书长喻卫斌教授等4位专家与到会客人在广东省社会科学院会议厅进行了友好会晤。会晤双方有关人员围绕企业社会责任范畴下的多个领域进行了热烈的讨论和深入的交流,对美国驻广州领事馆与广东省企业社会责任研究会的进一步交流和合作也达成了初步意见和共识。

1月31日,中钢集团公司《可持续发展报告(2005—2007)》在北京大学发布。

2月18日,环保总局和中国保监会联合发布《关于环境污染责任保险的指导意见》,正式确立建立"绿色保险"制度路线图,并决定开展环境污染责任保险先期试点。

2月25日,国家环境保护总局发布《关于加强上市公司环境保护监督管理工作的指导意见》,明确提出进一步完善和加强上市公司环保核查制度。

2月26日,国家环保总局公布了2008年第一批"高污染、高环境风险"产品名录,共涉及6个行业的141种产品,同时公布了建议取消出口退税的39种产品目录。

2月28日,浙江省人民政府发布《关于推动企业积极履行社会责任的若干意见》,对企业履行社会责任的总体要求、重点内容和主要措施做了规定。

2月29日,日本创价大学教授栗山直树和Philippe Debroux教授(博士)带领其20多个学生与广东省企业社会责任研究会举行了关于CSR的学术交流活动,活动在华南师范大学国际交流学院A楼506室举行。中日双方专家和学者们就企业社会责任(CSR)的各方面展开了深刻交流,《中国经营报》还对这次活动作了跟踪报道。

3月,《烟台经济技术开发区企业社会责任考核评价体系实施意见(试行)》正式出台。

3月8日,美国驻广州总领事馆举办"美国消费者行动主义与消费者政策及对美国与海外市场的影响"学术论坛。广东省企业社会责任研究会应美国驻广州总领事馆的邀请,组织5位专家参与了论坛的互动。

3月26日,由中国绿化基金会主办的"应对全球气候变暖——在华外国机构、企业社会责任造林项目"在北京启动。

3月31日,香港乐施会NGO发展、社会性别和城市生计项目中国部经理王云仙(女)博士、香港乐施会企业社会责任中国部助理项目干事蔡睿、中国社会工作研究中心项目主任邹崇明等3位企业社会责任研究专家访问广东省企业社会责任研究会,该会理事、华南理工大学的张树旺博士等5位专家参加了会谈。

4月1日,新修订的《中华人民共和国节约能源法》正式实施生效。

4月2日,中国工经联与中国煤炭、机械、钢铁、石化、轻工、纺织、建材、有色金属、电力、矿业等11家工业行业协会、联合会在"社会责任高层论坛暨社会责任指南发布会"上,联合发布《中国工业企业及工业协会社会责任指南》和《关于倡导并推进工业企业及工业协会履行社会责任的若干意见》。

4月6日,盐城市总工会向市直各企业下发《盐城市企业社会责任标准》,

为企业正确履行社会责任提供框架。

4月14日,国务院国资委与瑞典政府在北京钓鱼台国宾馆联合举办"中国—瑞典企业社会责任高层论坛"。

同日,武汉钢铁集团首次向社会公开发布《社会责任报告》。这是中国钢铁企业第一份社会责任报告。

4月15日,由天津市企业联合会、企业家协会、天津市河西区人民政府主办的"企业责任竞争力与可持续发展"论坛在天津市举行。

5月1日,《环境信息公开办法(试行)》正式实施生效。

5月6日,国内首只社会责任投资基金"兴业社会责任投资基金"宣布成立,企业"社会责任履行"被基金纳入投资范畴。

5月10日,广东省企业社会责任研究会为推动广大会员对企业社会责任的进一步研究,引导会员集中资源开展重点问题探讨。决定每年度都开展年度课题招标与研究工作。根据《广东省企业社会责任研究会2008年度研究课题招标实施办法》和《广东省企业社会责任研究会2008年度研究课题指南》的有关规定,陈淑妮等17位同志申报的课题经专家评审,获得立项。

5月12日,汶川大地震发生,人民生命财产安全受到极大伤害。我国企业积极参与抗震救灾和捐款活动。

5月13日下午,美国驻广州总领事馆经济政治部副领事 Ashley L. Brady 和美国驻广州总领事馆政治经济顾问 Edward Lee 等一行访问广东省企业社会责任研究会,该会4名专家参加了会谈。

5月14日,上海证券交易所发布了《关于加强公司社会责任承担工作的通知》以及《上海证券交易所上市公司环境信息披露指引》,以引导各上市公司积极履行社会责任,重视利益相关者的共同利益,为构建和谐社会、促进社会经济的可持续发展贡献力量。

5月20日,英国诺丁汉大学为了向国际企业社会责任研究人员提供一个交流企业社会责任信息和观点的平台,探讨企业社会责任在当前国际和中国的热点研究领域,在其上海办事处(上海市兴义路8号万都中心大厦)9楼901室举行国际企业社会责任圆桌会议,会议由英国诺丁汉大学国际金融研究中心 Sue Bishop 教授主持,国际企业社会责任研究资深学者、现任英国诺丁汉大学企业社会责任国际中心主任 Jeremy Moon 教授专程出席会议,广东省企业社会责任研究会会长黎友焕博士应邀出席会议并作主题发言。

5月26日,由《人民代表报》、中国政策科学研究会、中国国际跨国公司研究会、中国公益事业促进会联合主办的"第三届全国人大代表与优秀企业家高峰论坛"在北京召开。

5月28日,广东省企业社会责任研究会为推动广东省企业社会责任的研究工作、表扬在2007年度研究工作中取得优秀成绩的人员,于2008年3月15日以"粤企社责函〔2008〕8号"发出《关于开展2007年度科研成果评奖活动的通知》,对凡广东省内个人或集体编撰并正式出版的企业社会责任相关领域的专著(含个人专业性论文集)、教材、译著等,公开发表的论文、调研咨询报告,被地级以上市党委、政府或省直厅级以上单位采纳的调研咨询报告等企业社会责任的研究成果进行评审,评审结果共有9项获得奖励。

6月1日,卫生部新修订的《食品添加剂使用卫生标准》实施。

6月6日,南方周末报社创办中国企业社会责任研究中心。

6月17日,英国驻广州总领事馆举办"英国企业实践良好企业社会责任工作小组第九次会议"。英国驻广州总领事馆高级项目管理主任谭露和广东省企业社会责任研究会会长黎友焕博士等出席了会议。

6月20—23日,国资委干部教育培训中心举办节能减排与企业社会责任培训班,帮助国有企业了解国家节能减排政策,引导企业树立社会责任意识,学习编制企业社会责任报告,以满足政府部门及社会各界对企业社会责任的要求。

6月21日,"岭南大讲坛·企业论坛第7期:和谐社会需要什么样的企业家?"在暨南大学学术报告厅举行,广东省企业社会责任研究会会长黎友焕博士作为主讲嘉宾参加了会议并与参会人员展开相关问题的探讨。

6月24日,联合国"创新、合作、和谐、发展——推动企业社会责任发展"项目在中国正式展开,联合国开发计划署在北京与中国国际经济技术交流中心、云南冶金集团总公司签署长期伙伴关系协议。

6月25日,由山西省工业经济联合会、省煤炭工业协会、省电力行业协会等十家行业协会共同策划的《山西省工业企业社会责任指南》发布。《指南》规定了山西工业企业承担六大社会责任,标志着山西省工业企业履行社会责任开始步入规范化的轨道。

7月2日,中国企业联合会召开"全球契约"座谈会,联合国秘书长潘基文、副秘书长沙祖康、帕斯科、联合国有关机构高级官员、中国企业联合会、中国企业家协会及中国部分大型企业负责人出席会议。会上,中远集团魏家福总裁代表中国企业发言,宣布中远集团正式加入联合国倡导的"关注气候宣言",并将积极落实宣言提出的应对气候变化的一系列基本原则和措施。

同日,中国社会科学院经济学部企业社会责任研究中心正式宣布成立。

7月3日,广东省企业社会责任研究会组织专家在广东省社会科学院、广东教育学院和广东商学院开办暑期企业社会责任科研活动,共组织30多名学生开展企业社会责任学术研究和实践教育活动,撰写企业社会责任学术论文近14篇,撰写企业社会责任调研报告2篇。

7月4日,国务院总理温家宝主持召开国务院常务会议,讨论并原则通过《中华人民共和国水污染防治法(修订草案)》,这次修订强化了违法排污者的民事责任和治理责任,加大了对违法行为的处罚力度。

7月11日,国务院国资委在京召开中央企业社会责任工作经验交流会,旨在总结交流中央企业履行社会责任工作经验,进一步树立和深化中央企业社会责任意识,推进中央企业更好地履行社会责任。国资委副主任黄淑和出席会议并作重要讲话。

7月20日,温家宝总理在广州考察时,在与企业家座谈时提出企业家身上应该流着道德的血液,希望企业积极承担社会责任。

7月21日,应南方电网公司的邀请,广东省企业社会责任研究会组织5位专家到南方电网公司对《南方电网公司2007企业社会责任年度报告》进行评析,为南方电网公司修订报告提出了一系列的建议。

8月1日,《中华人民共和国反垄断法》正式实施生效。

8月7日,Bureau Veritas(法国国际检验局,简称BV)在广州举行企业社会责任研讨会。广东省企业社会责任研究会会长黎友焕博士等专家应邀出席了会议。

8月15日,SAI网站公布SA8000:2008(SA8000标准第三版)。

8月24—29日,美国维泰中国公司在安徽黄山进行企业社会责任教材编撰研讨会,与广东省企业社会责任研究会、广东省社会科学院、广东商学院、安徽农业大学、湖南大学等机构一起探讨我国新时期企业社会责任专业教材的编撰工作，以上单位的专家同时接受美国维泰中国公司的委托，参与编写相关的教材任务。

8月25日，全国人大常委会开始进行二审的食品安全法草案修改了相关条款，强调食品企业应该承担社会责任。

8月29日，中华人民共和国第十一届全国人民代表大会常务委员会第四次会议通过了《中华人民共和国循环经济促进法》。

9月1日，国家质检总局颁布的《食品标识管理规定》正式施行。

9月8日，山西省襄汾县新塔矿业公司尾矿库发生特大溃坝事故，造成重大人员伤亡。党中央、国务院对这起生产安全事故高度重视，胡锦涛总书记、温家宝总理对此做出重要指示。

9月9日，商务部发布《外商投资企业履行企业社会责任指引（草案）》。同日，温家宝与来自基层的中小学教师座谈时表示，他非常赞同教育资金的来源多样化。"这项工作可以列入教育改革和发展规划。我们说，企业家身上要流着道德的血液，实际上，企业的收益回报社会最好的方式就是投入教育。"

9月11日，三鹿牌奶粉重大食品安全事件爆发，三鹿奶粉中含有可导致人体泌尿系统产生结石的化工原料三聚氰胺。三鹿股份有限公司宣布召回2008年8月6日前生产的产品。

9月11日，由中国商务部举办的"跨国公司企业社会责任研讨会"在厦门举行。会上，商务部以征求意见的形式发布了《外资投资企业履行社会责任指导性意见》。

9月12日，无锡企业社会责任首份标准《无锡新区企业社会责任导则》出台，这是无锡关于企业社会责任的首份地方性标准。

9月12—19日，广东省企业社会责任研究会组织专家学者到海丰敏兴服装有限公司（2007年向沃尔玛供货近10亿美元，现有工人近2万人）等企业进行了"企业社会责任在中国发展态势"的调查研究活动，与相关的企业家举行座谈会，讨论企业社会责任运动的发展情况。

9月13日，21世纪经济报道发表题为《三鹿真假公关战》的文章，披露了三鹿试图对百度进行危机公关的文件，该文引起了社会公众对提供信息搜索服务网站的客观性、公平性及公正性的关注。

9月18日,《中华人民共和国劳动合同法实施条例》正式实施生效。

同日,国务院发布《关于废止食品质量免检制度的通知》。

9月23日,温家宝在纽约参加美国友好团体举行的午宴,在回答记者关于中国食品安全问题时指出:企业家身上应该流着道德的血液。

9月24日,由香港社会服务联合会主办的"企业社会责任研讨会2008"在香港举行。

9月27日,2008天津夏季达沃斯论坛开幕式上,温家宝总理在致辞中表示企业家一要坚持创新,二要有道德,希望企业家身上都流着道德的血液。

10月8日,广东省企业社会责任研究会、佛山日报社和佛山市质量技术监督局在佛山新闻中心佛山传媒集团大楼三楼国际会议中心举办"佛山企业的社会责任"研讨活动,广东省企业社会责任研究会会长黎友焕博士作主题演讲后,参会的近百家品牌企业代表们纷纷在佛山品牌企业社会责任倡议书上签名。

10月10日,无限极(中国)发布了中国直销行业首份《企业社会责任报告》。

10月20日,广东省企业社会责任研究会基于最近一段时间以来,国内外很多学术单位或学者加强了与该会的交流,国内外不少专家学者强烈要求与该会的相关研究人员进行合作研究。决定积极推动访问学者的合作研究活动,并制订了《广东省企业社会责任研究会访问学者规章制度》,凡有兴趣与该会的理事会成员合作研究的国内外专家学者,可以根据该有关规定(具体见广东省企业社会责任研究会网站:http://www.gdcsr.org.cn)向该会提出做访问学者的申请,由该会根据研究项目的内容,安排具体的专家作为访问学者的指导老师,并到指定的导师所在单位做访问学者,访问期间的工作具体安排,按该会指定专家所在单位的相关规定进行,访问工作结束后,由该会和指导老师所在单位分别出具访问学者证明书。

10月29日,国务院新闻办公室发表《中国应对气候变化政策与行动》白皮书。白皮书全面介绍了气候变化对中国的影响、中国减缓和适应气候变化的政策与行动及中国对此进行的体制机制建设。

10月31日,广东省企业社会责任研究会为推动广大会员对企业社会责任的深入研究,引导会员集中资源开展重点问题的探讨。在2008年课题招标工作的基础上,发布并开展广东省企业社会责任研究会2009年度研究课题招标工作。推出了将近200万元课题经费的40多项课题。

同日,兴业银行在京正式公开承诺采纳赤道原则,成为中国首家"赤道银行"。

11月6日,环境保护部政策法规司和世界银行国际金融公司联合举行了《促进绿色信贷的国际经验:赤道原则及IFC绩效标准与指南》(简称"绿色信贷指南")出版发行仪式。

11月7—8日,中国政府与联合国共同举办的"应对气候变化技术开发与转让高级别研讨会"在北京举行,会上发表了《应对气候变化技术开发与转让北京宣言》。

11月13日,由德国外交部和广东省人民政府共同举办的"德中同行——走进广东"交流活动中的重要部分"企业社会责任——企业在全球市场上的竞争优势"会议召开。

11月14日,"基业长青企业家沙龙"在上海复旦大学经济学院举行了"CSR(企业社会责任)战略和企业的可持续性发展"的专题沙龙。

同日,由中国红十字会邀请商务部汽车观察杂志社牵头,聘请国家发改委、商务部、国资委、中国机械工业质量管理协会、中国汽车工程学会、清华汽车工程开发研究院等单位领导和专家,组成的"中国汽车企业社会责任课题组"发布了《中国汽车企业社会责任评价指标体系》。

11月16日,由中央电视台经济频道、中国社工协会企业公民委员会、腾讯公益慈善基金会联合主办的"第四届中国企业公民论坛暨表彰大会"在北京召开。

11月21日,在"亚太发展的新承诺"主题下,企业社会责任首次被纳入APEC领导人会议议程。

11月22日,"广东省企业社会责任研究会2008年会暨南方企业社会责任论坛",在广东商学院综合楼408会议中心召开,广东省企业社会责任研究会的400名会员参加了会议。

11月23日,国家主席胡锦涛在APEC工商领导人峰会上发表的演讲中,特别对企业的社会责任做了精辟阐述。胡锦涛"企业社会责任论"的要点包括:企业追求经济效益,也须考虑社会效益,特别要考虑自身行为对经济安全运行和民众生活的影响；共同营造和维护一个良好发展环境，最终对每个企业都有利；政府应加强引导和监督，制定和完善法律，为企业自主履行社会责任创造良好环境。

11月24日，《企业社会责任》杂志社经批准成立，该杂志社由广东省企业社会责任研究会主办，拥有国际出版刊号（ISBN），广东省企业社会责任研究会会长黎友焕博士任杂志社社长。

同日，中国有色金属工业企业社会责任工作启动暨《社会责任指南》发布会在京召开。

11月29日，浦东新区的《企业社会责任导则》经上海市质量技术监督局发布，上升为上海市地方标准，并自2009年1月1日起实施，在全上海市推广。

12月9日，中国银行业协会组织包括主要商业银行和农村信用社在内的51家会员单位编写的《中国银行业2007年度社会责任报告》发布。

2009 年

1月12日，中国银行业协会《中国银行业金融机构企业社会责任指引》正式发布实施。

同日，阿里巴巴集团发布《勇担责任，惠济天下——阿里巴巴集团2008年度社会责任报告》。

2月12日，上海市统计局公布了上海"企业社会责任"调查结果。

4月，无限极（中国）继2008年10月第一次发布后，按照"自然年度为单位定期发布报告"的承诺，发布第二份企业社会责任报告。

4月8日，中国航天科工集团公司首次向社会发布《2008年度企业社会责任报告》。

4月9日，在连续发布5年企业公民报告后，中国平安首度正式发布《中国平安企业社会责任报告》。

4月22日，《参考消息·北京参考》报在北京发布了《2008年北京房地产企业社会责任报告》。

5月11日，网易在四川绵阳发起首届"5·12企业社会责任论坛"。

5月16日，百度华南分公司属下深圳、广州、东莞三地分公司员工因薪酬调整引发不满而进行罢工抗议。

5月22日，东风汽车公司发布首份企业社会责任报告《东风汽车公司社会责任报告》（2008），东风公司同时承诺以后将每年发布一份社会责任报告。

5月25日，东亚银行（中国）发布《2008年东亚中国企业社会责任报告》。

5月26日，由国家发改委、工信部、民政部、国务院国资委指导，中国工业经济联合会主办，纺织、煤炭、机械、钢铁、石化、轻工、建材、有色金属、电力、矿业等10家工业行业协会（联合会）协办的"2009中国工业经济行业企业社会责任报告发布会"在京举行，19家经过"精挑细选"的企业和协会发布了自己的社会责任报告。这是国内首次集中发布社会责任报告，表明履行社会责任已逐步成为我国工业企业和行业的自觉行动。（我国首次集中发布十大行业企业社会责任报告。）

6月1日，"2009中国互联网公益形象与企业社会责任调查"在中国互联网协会指导下全面启动，调查将形成《2009中国互联网公益形象与企业社会责任调查报告》。

6月9日，宝钢集团发布第一份社会责任报告。

6月18日，中国石化发布《2008年企业社会责任报告》。

6月18日，中国纺织工业协会推出《中国纺织服装企业社会责任报告纲要》及《2007中国纺织服装行业社会责任年度报告》。

6月24日，江苏省海门市政府及行业协会通过在全市推进企业与职工"共同约定行动"，强化企业的社会责任意识。

6月25日，胡润研究院在上海发布《2009胡润企业社会责任50强》。

6月26日，中国船舶重工集团发布2008年企业社会责任报告。

6月29日，《经济观察报》发表了中国首份房地产企业社会责任报告《2008—2009中国房地产社会责任绿皮书》。

7月3日，"广西·高管论坛——金融危机影响下的企业社会责任"研讨会在南宁举行，研讨会就政府、企业、媒体如何在金融危机中高效互动，如何更好地促进企业社会责任深入发展等问题展开了深入探讨。

7月4日，"国际酒业高峰论坛暨酒饮安全与公共政策研讨会"在北京举行，在本次会议中，主办方中国酿酒工业协会、国家质量监督检验检疫总局等组织机构代表、相关科研院所专家与酒类企业一起，就未成年人酒饮、酒品质量安全、酒类传播等涉及酒类行业社会责任的重要议题进行了深入探讨。

7月6日，沈阳市企业联合会将建立企业履行社会责任报告制度，提出今年下半年，沈阳市将公布第一批企业社会责任报告，重点对企业招收大学生的情况进行公示。

7月10日，"力拓间谍门"爆发，上海市国家安全局证实，澳大利亚力拓集团上海办事处的4名员工因涉嫌窃取中国国家机密在上海被拘捕。4名被拘员工中包括力拓上海办事处首席代表、力拓铁矿石部门中国业务负责人胡士泰。

7月13日，社会科学文献出版社、中央财经大学中国发展和改革研究院发表《中国企业公民报告（2009）》蓝皮书，本书是中国当代第一本企业公民报告蓝皮书。书中系统地归纳和总结"企业公民"理论历史和现阶段研究前沿，并对"企业公民"在经济学上进行系统解释，从宏观和微观两个视角对30年来，尤其是2008年我国企业公民建设进行高度概括，对企业在公民建设中的行为、成绩和不足进行评述，以指导企业公民建设的完善。

7月16日，国家电网全面启动市级供电社会责任管理，继2008年在天津市电力公司初步试点成功后，国家电网在江苏无锡启动市级供电公司全面社会责任管理试点工作。

7月16日，国泰航空及姊妹航空公司港龙航空最新发表的企业社会责任报告，获得全球报告倡议组织（GRI）A⁺的最高评级。

7月20日，上海证券交易所与中证指数有限公司宣布，将于2009年8月5日正式发布上证社会责任指数。指数基日为2009年6月30日，基点为1000点，指数代码为000048，指数简称为"责任指数"。截至2009年7月20日，上证社会责任指数收盘点为1126点。

7月20日，苏宁电器发布2008年《企业责任报告》。该报告是苏宁电器发布的首份社会责任报告，也是中国零售行业首份社会责任报告。

7月24日，吉林通钢集团通化钢铁股份公司部分职工因不满企业重组而在通钢厂区内聚集上访，反对河北建龙集团对通钢集团进行增资扩股，一度造成工厂内7个高炉停产，建龙集团派驻通化钢铁股份公司总经理陈国军被殴打，不治身亡。

7月27日，山东省企业社会责任评价试点工作会议在烟台开发区举行。

7月28日,为贯彻落实国资委《关于中央企业履行社会责任的指导意见》精神,引导中央企业科学履行社会责任,推广、宣传具有先进性、引导性的优秀社会责任实践,国资委自今日起至2009年10月28日,组织了"中央企业优秀社会责任实践"征集活动。

7月29日,由中国汽车流通协会、中国欧洲经济技术合作协会联合主办,以"全球战略之中国定位与企业社会责任"为主题的2009首届北京进口汽车博览会暨中国进口汽车企业战略发展高层峰会在北京举行。

8月,受广东省委委托,广东省社会科学院副院长李新家作为组长,广东企业社会责任研究会会长、产业经济研究所副所长黎友焕作为执行组长的《潮汕地区企业如何做强做大》课题组,通过一个多月的实地调研及访谈,收集了潮汕地区企业在社会责任建设方面的情况大量的实地真实材料。

8月1日,中国移动通信上海公司以举办企业社会责任讲坛的方式进行庆祝,同时启动了"136绿色城市行动"提倡节能环保。

8月3日,山东省工商局将试点企业社会责任评价分自评和考核,企业社会责任评价工作主要分为"企业自律自评"和"协会考核评价"两个方面。

8月19日,由新华通讯社浙江分社、新华社《高管信息》编辑部主办,浙江吉利控股集团、同方股份有限公司协办,浙江星华管理决策资讯有限公司承办的"金融危机影响下的企业社会责任"研讨会在杭州举行。

8月21日,由新华社湖北分社和新华社《高管信息》编辑部主办,中国联合网络通信有限公司湖北省分公司和同方股份有限公司协办,江汉大学文理学院承办的"湖北·高管论坛——金融危机影响下的企业社会责任"研讨会在武汉举行。

9月15日,49家保健企业在北京签订《诚信与企业社会责任公约》,共同倡导"诚信兴商"的经营理念。

9月19日,由《新华每日电讯》《经济参考报》等六家中国主流媒体联合主办的第二届"企业社会责任与构建和谐社会"论坛在京举行。论坛以"新形势下的企业社会责任建设"为主题,上百家国内外知名企业负责人与会并就企业自身对社会责任的认识及如何在新形势下履行社会责任进行深入探讨,与会的企业负责人还共同发表了《企业社会责任北京宣言》。

9月23日,证监会通报指出五粮液涉嫌三方面违法违规,五粮液在9月

30 日发布的公司公告中承认了其中"2007 年财报中子公司宜宾五粮液供销有限公司主营业务收入数据差错"。

9 月 24 日,国家开发投资公司发布《2008 年企业社会责任报告》。

9 月 25 日,由中国新闻社与中国红十字基金会联合主办的"中国·企业社会责任国际论坛"在北京举行。论坛以"跨越六十年——聚焦中国责任"为主题,围绕"中国式责任",政府监管部门与企业展开了充分对话。

9 月 26 日,由中国企业社会责任同盟、中华全国工商业联合会共同举办的"中国企业社会责任同盟全国巡讲四川专场"报告会在锦江宾馆举行。

10 月 14 日,由环球活动网主办的"上市公司企业社会责任论坛"在北京召开。同时,东方雨虹在论坛上发布了中国建筑防水行业发布的首份社会责任报告《东方雨虹 1998—2008 企业社会责任报告》。

10 月 18 日,由中国社会科学院经济学部、社会科学文献出版社联合出版的《企业社会责任蓝皮书(2009)》在京发布。

10 月 19 日,SGS 通标标准技术服务有限公司联合世界自然基金会举办"2009 年 SGS 可持续发展高峰论坛",该论坛将在广州、上海、北京三地巡回展开。首场论坛在广州于广东珠岛宾馆召开,世界自然基金会、广东企业社会责任研究会、BSR 商务社会责任国际协会、富士康、大自然等 NGO 组织和企业代表的发言赢得了现场观众的热烈响应。

10 月 20 日,由中国国际民间组织合作促进会主办,青海省国际经济合作促进中心承办的"中国西部促进企业社会责任"研讨会在西宁召开。

10 月 20 日至 22 日,由国土资源部和天津市人民政府共同主办的"2009 中国国际矿业大会"在天津市滨海新区举行。大会以"抓住机遇、共同发展"为主题,就中国矿产开发政策、全球矿产勘查形势和进展、矿产资源勘查开发与金融产品创新、地质资料管理与社会化服务、中国矿产资源潜力、矿业与资本市场、矿山安全与环境保护、矿业企业社会责任等矿业发展重要议题进行研讨交流。

10 月 22 日,由新华社黑龙江分社和新华社《高管信息》编辑部联合主办的"高管论坛——金融危机影响下的企业社会责任"研讨会在哈尔滨举办,研讨会就金融危机下政府、企业、媒体和研究机构如何高效联动,更好促进中国企业社会责任深入发展展开探讨。

10 月 24 日,"中国直销行业与企业社会责任"论坛暨北京大学中国直销行业发展研究中心 2009 年年会在北京大学举办。会议还发布了中心 2009 年的研究项目"中国直销行业的社会责任"报告。

10 月 27 日,商业顾问公司亚洲企业社会责任公司(CSR Asia)公布的《亚太企业社会责任评比》,指出亚洲的领导企业在担负社会责任方面有更好的改善。其中评比居前三名的依次是澳大利亚、印度和日本的企业,中国大陆和中国香港地区的企业,平均企业社会责任评比分别位居第四和第五。

同日,由 ECFIC·投资性公司工作委员会主办的"2009 年跨国公司企业社会责任活动报告演讲会"在北京成功举办。此次演讲会共有包括罗地亚、爱立信、英特尔、诺基亚、先正达、百盛集团、通用汽车在内的 7 家跨国公司代表分别从节能减排、环境保护、产品安全与健康、技术创新与推广、人才培养、员工关怀、公益事业投入等方面进行了总结汇报,并与到会来宾分享各自在企业社会责任履行方面的成功经验和心得。

10 月 28 日,青海央企黄河水电公司发布了首份企业社会责任报告《黄河上游水电开发有限责任公司 1999—2009 年社会责任报告》。

同日,温州市原则通过了今年(2009)年初编制的《温州市民营企业履行社会责任评估体系》。

同日,由湖北日报传媒集团发起,省发改委、省建设厅、武汉市规划局共同举办的"论道·企业社会责任与可持续发展"公益高峰论坛在湖北日报社召开。

10 月 30 至 31 日,对外经济贸易大学国际经济伦理研究中心(CIBE)与北京大学中国信用研究中心、对外经济贸易大学中国开放经济研究所成功举办了"诚信社会建设"国际研讨会。

11 月 2—3 日,工业和信息化部等部委指导、中国互联网协会主办的 2009 中国互联网大会在北京顺利召开。

11 月 4 日,由兴业基金和两家机构共同编制的、首只跨市场社会责任指数"巨潮—CBN—兴业全球基金社会责任指数"发布。该指数是反映在社会责任履行方面表现良好的公司股票价格变动趋势的指数,并将进入交易所行情发布系统。

11 月 5 日,国资委办公厅发布《关于公布 2009 年度"中央企业优秀社会责任实践"》(国资厅研究[2009]452号)通知,公布了在2009年7月28日至2009年10月28日组织的"中央企业优秀社会责任实践"征集活动的评选结果。本次活动从企业社会责任战略和管理、社会责任实践的可实施性、社会责任实践的效果、社会责任实践的创新性、社会责任实践的推广性、材料的可读性等6个方面进行综合评价,遴选出53项2009年度"中央企业优秀社会责任实践"。

同日,杭州市委、市政府出台《关于加强企业社会责任建设的意见》,并提出《杭州市企业社会责任评价体系》(下简称《体系》)作为对企业社会责任进行衡量的标准。并将由第三方机构根据《体系》每两年进行一次企业社会责任评估。

同日,由润灵公益事业咨询编制的《A股上市公司社会责任报告蓝皮书2009》在京发布,对371份A股上市公司的社会责任报告进行了评估分析。

编录说明

本部分主要通过使用搜索引擎、政府机构、各大媒体网站及参考资料收集(截止时间为2009年底),在经过蓝皮书编委会讨论及征询专家学者意见后汇编成文。

参考文献

[1]《中国企业公民发展大事记》,《中国企业公民报告(2009)》蓝皮书,社会科学文献出版社2009年版。

[2]《2007年企业社会责任大事记》,《WTO经济导刊》2008年第1—2期。

[3]《2006中国企业社会责任(CSR)大事记》,《WTO经济导刊》企业社会责任发展中心。

[4]殷格非、李伟阳、吴福顺:《中国企业社会责任发展的阶段分析》,《WTO经济导刊》2007年第1—2期。

[5]魏然:《2004中国10大企业社会责任案例》,《企业文化》2005年第4期。

[6]环境与发展研究所主编:《企业社会责任在中国》,经济科学出版社

2004 年版。

[7] 中华人民共和国政府网:http://www.gov.cn。

[8] 国家发展和改革委员会网站:http://www.sdpc.gov.cn/。

[9] 国务院国有资产管理委员会网站:http://www.sasac.gov.cn/n1180/index.html。

[10] 公益时报网站:http://www.gongyishibao.com。

[11] 中国企业联合会网站:http://www.cec-ceda.org.cn/。

[12] 中国企业公民网:http://www.c-c-c-c.org.cn/。

[13] WTO 经济导刊网站:http://www.wtoguide.net/index.html。

[14] 企业社会责任中国网:http://www.csr-china.org。

[15] 广东省企业社会责任研究:http://www.gdcsr.org.cn。

[16] 人民网环保专题频道:http://env.people.com.cn/GB/index.html。

[17] 人民网改革开放三十年专题报道:http://30.people.com.cn/GB/122389/index.html。

[18] 企业社会责任杂志社:http://www.gdcsr.net.cn。

附录二　中国企业社会责任研究成果统计大全

　　本部分中专著、研究报告通过 CALIS 联合目录、港澳台图书馆书目检索数据库、搜索引擎(百度、Google.com、雅虎香港\台湾)及国内各大型网上书店、出版社网络书目等方式检索而来。

　　博士论文、硕士论文、学术期刊则以中国学术期刊网(CNKI)为数据来源，主要以"企业社会责任"为检索词分别检索文章的关键词、题名等部分，并依据发表年份先后次序排列。在此基础上，经过本书编委会的反复讨论，把一些与企业社会责任关联度不大的、来源期刊不正规的去掉，但把对企业社会责任研究具有一定见解的成果留下。最终形成博士论文 43 篇，硕士论文 362 篇，学术期刊超过 4000 篇。但由于篇幅有限，无法将学术期刊均一一列出，在经过与蓝皮书编委会讨论及征询专家学者意见后，笔者在综合学术期刊文献的发表年度、学术程度、被引用次数、下载次数、学术意义及其他综合因素作参考，整理汇编出共 517 篇。

表 15－1　专著(87 册)

序号	题　名	作　者	出版社	出版日期
1	社会会计	阎达五	中国财政经济出版社	1989 年 11 月
2	企业社会责任论	李政义(台)	巨流图书公司(台北)	1990 年 9 月
3	企业社会责任	袁家方	海洋出版社	1990 年 11 月
4	企业的社会责任	唐焕良,李敏龙等	团结出版社	1990 年 12 月
5	企业社会责任会计	宋献中,李皎予等	中国财政经济出版社	1992 年 5 月
6	公司的社会责任	刘俊海	法律出版社	1999 年 4 月

序号	题　名	作　者	出版社	出版日期
7	企业伦理	陈荣耀	华东师范大学出版社	2001 年 1 月
8	企业营销中的伦理问题研究	冠小萱	天津人民出版社	2001 年 6 月
9	公司治理与公司社会责任	刘连煜	中国政法大学出版社	2001 年 10 月
10	社会管理会计	任蔼堂,喻晓宏,雷新途等	中国物价出版社	2002 年 6 月
11	企业社会责任的经济学与法学分析	卢代富	法律出版社	2002 年 10 月
12	跨国公司的社会责任与中国社会	谭深,刘开明等	社会科学文献出版社	2003 年 1 月
13	SA8000 企业社会责任国际标准实施认证指南	彭志源	宁夏音像出版社	2003 年 11 月
14	大企业利益相关者问题研究	江若尘	上海财经大学出版社	2004 年 1 月
15	SA8000 社会责任标准认证解读	吴鹤松	中国商务出版社	2004 年 1 月
16	企业利益相关者的利益要求:理论与实证研究	陈宏辉	经济管理出版社	2004 年 3 月
17	东方太阳城——企业社会责任运动个案研究	陈湘舸,麻朝晖等	中国社会科学出版社	2004 年 5 月
18	共享和谐:解读 SA8000 社会责任体系	中国企业联合会	企业管理出版社	2004 年 6 月
19	企业社会责任在中国	环境与发展研究所	经济科学出版社	2004 年 6 月
20	SA8000 与中国企业社会责任建设	黎友焕	中国经济出版社	2004 年 9 月
21	利益相关者与公司治理法律制度研究	刘丹	中国人民公安大学出版社	2005 年 7 月
22	企业伦理学	周祖城	清华大学出版社	2005 年 7 月
23	企业社会责任研究	李立清,李燕凌等	人民出版社	2005 年 8 月
24	公司控制权的经济学与社会学分析	林军	经济管理出版社	2005 年 8 月
25	工程建设企业社会责任体系的建立与运行指导	李君	中国标准出版社	2005 年 10 月
26	伦理通识与企业社会责任	王立文(台)	商鼎文化出版社(台北)	2006 年 1 月

序号	题　名	作　者	出版社	出版日期
27	责任竞争力——全球企业社会责任最佳实践	殷格非,于志宏,崔生祥	企业管理出版社	2006 年 3 月
28	企业社会责任行动指南	殷格非,于志宏,崔生祥	企业管理出版社	2006 年 3 月
29	中国企业社会责任报告	陈佳贵	中国财政经济出版社	2006 年 5 月
30	企业道德责任论——企业与利益关系者的和谐与共生	曹凤月	社会科学文献出版社	2006 年 7 月
31	企业社会责任及其推进机制	田虹	经济管理出版社	2006 年 8 月
32	中国民营经济发展与企业家的社会责任	王瑞璞,张占斌等	人民出版社	2006 年 12 月
33	公司社会责任思想起源与演变	沈洪涛,沈艺峰等	上海人民出版社	2007 年 1 月
34	赖英照说法:从内线交易到企业社会责任	赖英照(台)	联经出版公司(台北)	2007 年 1 月
35	中国企业社会责任标准实施指南	卢岚,刘开明等	化学工业出版社	2007 年 2 月
36	企业社会责任财务评价研究	颜剩勇	西南财经大学出版社	2007 年 3 月
37	中小企业社会责任理论与实践	徐立青,严大中等	科学出版社	2007 年 6 月
38	经济效益与社会责任——苏南企业伦理实证研究	窦炎国	学林出版社	2007 年 6 月
39	企业社会责任与人力资源管理研究	陈淑妮	人民出版社	2007 年 9 月
40	中国经济发展中的自由与责任:政府·企业与公民社会	陆晓禾,迪恩·罗索夫等	上海社会科学院出版社	2007 年 12 月
41	中国企业伦理重建:经营绩效与社会责任	苏勇	东方出版中心	2008 年 1 月
42	如何编制企业社会责任报告	殷格非,李伟阳等	企业管理出版社	2008 年 1 月
43	企业社会责任及治理:CSR策略实务手册	陈春山(台)	中华民国证券暨期货市场发展基金会(台)	2008 年 1 月
44	决战 CSR:改变世界的企业社会责任力	黄怡翔(台)	鸣岚国际智识出版(台)	2008 年 1 月
45	企业社会责任和企业战略选择	姜启军,顾庆良等	上海人民出版社	2008 年 3 月

序号	题　名	作　者	出版社	出版日期
46	企业社会责任入门手册	林宜谆(台)	天下远见出版股份有限公司(台北)	2008 年 4 月
47	企业的社会责任	天津市人民政府外事办公室、南开大学	南开大学出版社	2008 年 6 月
48	企业社会责任理论与实践	陈支武	湖南大学出版社	2008 年 7 月
49	企业社会责任发生机理研究	唐更华	湖南人民出版社	2008 年 8 月
50	黎友焕谈企业社会责任	黎友焕	香港社会科学出版社	2008 年 8 月
51	企业社会责任管理基础教程	殷格非	中国人民大学出版社	2008 年 9 月
52	经济法语境下的企业社会责任研究	王玲	中国检察出版社	2008 年 10 月
53	企业安全文化与社会责任	王炳山	中国工人出版社	2008 年 10 月
54	企业社会责任信息披露研究	李正	经济科学出版社	2008 年 11 月
55	企业社会责任与企业形象塑造	刘兆峰	中国财政经济出版社	2008 年 12 月
56	企业社会责任多视角透视	任荣明,朱晓明	北京大学出版社	2009 年 1 月
57	企业社会责任在中国	殷格非,于志宏等	企业管理出版社	2009 年 1 月
58	企业社会责任实务全书	钱为家(台)	商周出版社(台北)	2009 年 1 月
59	企业社会责任管理体系建立与实施	北京中电力企业管理咨询有限公司	中国标准出版社	2009 年 2 月
60	企业社会责任专论	甘培忠,郭秀华,楼建波等	北京大学出版社	2009 年 3 月
61	中国国有企业社会责任论:基于和谐社会的思考	冯梅,陈志楣,王再文等	经济科学出版社	2009 年 3 月
62	非战略管理的战略思想:现代企业社会责任观	蒋东良	社会科学文献出版社	2009 年 3 月
63	企业社会责任理论与实践	陈英	经济管理出版社	2009 年 4 月
64	企业社会责任体系的构建及实践:基于农药企业的分析	王林萍	科学出版社	2009 年 4 月
65	电力企业社会责任及文化建设研究	吕秋发	河北科学技术出版社	2009 年 4 月

序号	题 名	作 者	出版社	出版日期
66	商业银行企业社会责任标准与机制研究	朱文忠	经济管理出版社	2009 年 5 月
67	浙商伦理转型研究	易开刚	中国社会科学出版社	2009 年 5 月
68	企业社会责任构建:公共责任研究的新视野	郑石明	经济管理出版社	2009 年 6 月
69	构建和谐劳动关系:新视角与新探索	北京市劳动和社会保障法学会	法律出版社	2009 年 6 月
70	伦理学与公共事务(第三卷)	李建华	湖南人民出版社	2009 年 6 月
71	企业社会责任会计研究	胡承德	湖南大学出版社	2009 年 7 月
72	企业责任论(第 2 版)	单成繁	中国市场出版社	2009 年 7 月
73	泛珠三角合作中技能人才整合策略与激励机制研究	陈淑妮	暨南大学出版社	2009 年 7 月
74	质量与责任	温德成	中国计量出版社	2009 年 7 月
75	基于 SA8000 背景下的浙江民营企业发展战略研究	李文川	经济科学出版社	2009 年 7 月
76	企业文化与企业伦理	陈少峰	复旦大学出版社	2009 年 7 月
77	西方社会福利理论前沿:论国家、社会、体制与政策	彭华民	中国社会出版社	2009 年 7 月
78	企业社会责任与中国市场经济前景	张国庆	北京大学出版社	2009 年 8 月
79	NGO 参与汶川地震过渡安置研究	郭虹,庄明等	北京大学出版社	2009 年 8 月
80	责任·行动·合作——汶川地震中 NGO 参与个案研究	朱健刚,王超,胡明等	北京大学出版社	2009 年 8 月
81	企业伦理学教程	白泉旺	经济科学出版社	2009 年 8 月
82	企业良心	张瞭原,黄海平等	中国铁道出版社	2009 年 8 月
83	企业的环境责任研究	王红	经济管理出版社	2009 年 8 月
84	企业伦理学(第 2 版)	周祖城	清华大学出版社	2009 年 8 月
85	民生保障与社会法建设	陈苏	社会科学文献出版社	2009 年 9 月
86	企业社会责任:理论与中国实践	黄晓鹏	社会科学文献出版社	2009 年 10 月
87	世界知名电力企业社会责任创新实践	王敏,马宗林,孙刚等	中国电力出版社	2009 年 10 月

表 15-2　研究报告(12 篇)

	题　名	作　者	出版社	出版日期
1	2004 广东企业社会责任建设蓝皮书	黎友焕等	广东经济出版社	2004 年 10 月
2	中国企业社会责任报告	陈佳贵等	中国财政经济出版社	2006 年 5 月
3	中国企业社会责任调查报告 2006	单忠东等	经济科学出版社	2007 年 3 月
4	企业家看社会责任:2007 中国企业家成长与发展报告	中国企业家调查系统	机械工业出版社	2007 年 4 月
5	中国企业社会责任报告 2006	企业社会责任项目组(公益时报,香港乐施会)	中国社会出版社	2007 年 4 月
6	企业社会责任在中国:广东企业社会责任建设前沿报告	黎友焕	华南理工大学出版社	2007 年 9 月
7	中国公司治理报告 2007——利益相关者与公司社会责任	上海证券交易所研究中心	复旦大学出版社	2007 年 11 月
8	2007 中国企业社会责任发展报告	张彦宁,陈兰通	中国电力出版社	2008 年 1 月
9	浙江省企业社会责任案例 2007 卷	兰建平等	知识产权出版社	2008 年 6 月
10	中国企业社会责任报告 2007	企业社会责任项目组(公益时报,香港乐施会)	中国社会出版社	2009 年 2 月
11	中国企业公民报告 2009	邹东涛,王再文,黎友焕等	社会科学文献出版社	2009 年 7 月
12	中国企业社会责任研究报告 2009	陈佳贵,黄群慧,彭华岗,钟宏武等	社会科学文献出版社	2009 年 10 月

表 15-3　博士论文(43 篇)

	题　名	作　者	单　位	时　间
1	企业责任论	邓集甜	湖南师范大学	2003 年 4 月 1 日
2	企业的利益相关者理论与实证研究	陈宏辉	浙江大学	2003 年 4 月 1 日
3	利益相关者与公司治理法律制度研究	刘丹	中国政法大学	2003 年 5 月 1 日

	题　名	作　者	单　位	时　间
4	论公司的环境责任	吴椒军	中国海洋大学	2005 年 4 月 1 日
5	利益相关者、社会契约与企业社会责任	刘长喜	复旦大学	2005 年 4 月 18 日
6	国际劳工标准:演变与争议	佘云霞	外交学院	2005 年 5 月 30 日
7	企业社会责任研究	董军	东南大学	2005 年 7 月 10 日
8	公司社会责任与公司财务业绩关系研究	沈洪涛	厦门大学	2005 年 10 月 1 日
9	公司社会责任的法理学研究	王艳梅	吉林大学	2005 年 10 月 1 日
10	企业社会责任财务评价研究	颜剩勇	西南财经大学	2006 年 4 月 1 日
11	中国企业社会责任研究	李艳华	暨南大学	2006 年 4 月 1 日
12	中国企业社会责任理论与实证研究	陈留彬	山东大学	2006 年 10 月 15 日
13	企业道德风险及基于中国企业的实证研究	高小玲	复旦大学	2006 年 10 月 19 日
14	基于消费者需求的企业社会责任供给与财务绩效的关联性研究	郭红玲	西南交通大学	2006 年 11 月 1 日
15	公司对员工社会责任的实现机制	杨蕾	中国政法大学	2007 年 3 月 1 日
16	跨国公司社会责任研究	龙云安	四川大学	2007 年 3 月 6 日
17	企业社会责任信息披露研究	李正	厦门大学	2007 年 4 月 1 日
18	农药企业社会责任体系之构建	王林萍	福建农林大学	2007 年 4 月 1 日
19	中国乡镇企业的社会责任研究	李钟植	华东师范大学	2007 年 4 月 1 日
20	入世后中国企业社会责任研究	张明	复旦大学	2007 年 4 月 16 日
21	论社会责任对公司治理模式的影响	佐藤孝弘	华东政法大学	2007 年 4 月 29 日
22	国际贸易体制中的劳工标准问题研究	戴德生	华东政法大学	2007 年 5 月 6 日
23	企业社会责任信息决策价值研究	龚明晓	暨南大学	2007 年 5 月 8 日
24	企业社会责任研究	黎友焕	西北大学	2007 年 6 月 1 日
25	生产者责任延伸(EPR)制度研究	唐绍均	重庆大学	2007 年 9 月 1 日
26	企业社会责任行为表现:测量维度、影响因素及对企业绩效的影响	郑海东	浙江大学	2007 年 10 月 1 日
27	企业社会责任效应研究	田虹	吉林大学	2007 年 10 月 1 日
28	企业员工社会责任管理研究	黄蕾	湖南大学	2007 年 12 月 18 日

	题　名	作　者	单　位	时　间
29	从公司治理论企业社会责任法制化	李洙德	中国政法大学	2008 年 3 月 1 日
30	商业银行企业社会责任标准与机制研究	朱文忠	中山大学	2008 年 3 月 2 日
31	转型经济中的企业社会责任履践机制研究	丁浩	首都经济贸易大学	2008 年 4 月 1 日
32	企业社会责任的宏观经济动因与促进策略研究	赵丰年	北京邮电大学	2008 年 4 月 20 日
33	企业公民:对企业社会责任的匡正与超越	霍季春	中共中央党校	2008 年 5 月 1 日
34	企业社会责任的哲学研究	满河军	中共中央党校	2008 年 5 月 1 日
35	企业社会责任与竞争力研究	冯小宇	首都经济贸易大学	2008 年 6 月 1 日
36	中国企业社会责任理论与系统研究	王曼	天津大学	2008 年 6 月 1 日
37	日本企业社会责任研究	刘忠华	吉林大学	2008 年 6 月 1 日
38	企业的环境责任研究	王红	同济大学	2008 年 8 月 1 日
39	企业社会责任的价值创造研究	侯丽敏	复旦大学	2008 年 9 月 16 日
40	转型时期中国企业社会责任研究	孔令军	吉林大学	2008 年 10 月 1 日
41	企业文化与企业绩效关联机制研究:企业社会责任视角	李建升	浙江大学	2008 年 10 月 1 日
42	基于利益相关者理论的企业可持续发展战略研究	邓曦东	华中科技大学	2008 年 10 月 1 日
43	合法性、代理冲突与社会责任信息披露	李诗田	暨南大学	2009 年 6 月 8 日

表 15-4　硕士论文(362 篇)

	题　名	作　者	单　位	日　期
1	对我国企业社会责任会计信息披露问题的研究	黎精明	武汉理工大学	2003 年 2 月 1 日
2	公司社会责任制度研究	熊莉君	西南政法大学	2003 年 4 月 21 日
3	论企业在发展过程中所应承担的社会责任	李婧	对外经济贸易大学	2003 年 5 月 1 日
4	论公司社会责任与我国董事制度	周述荣	黑龙江大学	2003 年 5 月 8 日

	题 名	作 者	单 位	日 期
5	公司自治与国家干预的法律耦合:公司社会责任	肖峰	四川大学	2004 年 4 月 3 日
6	社会责任实践:现代企业公共关系基础	胡年春	暨南大学	2004 年 5 月 1 日
7	生产安全:企业社会责任的核心	季红	上海师范大学	2004 年 5 月 1 日
8	SA8000 社会责任国际标准与企业可持续发展	刘丽	青岛大学	2004 年 5 月 1 日
9	公司劳动纠纷的法经济学分析——从公司"社会责任"的角度考察	陈伟	南京理工大学	2004 年 6 月 1 日
10	在中国企业实施 SA8000 社会责任国际标准之研究	李立清	湖南农业大学	2004 年 10 月 18 日
11	我国医药企业社会责任与企业绩效关系探析	邓冬梅	暨南大学	2004 年 10 月 20 日
12	芜湖卷烟厂建设社会责任性企业文化分析	汪旭阳	南京理工大学	2004 年 11 月 1 日
13	论公司社会责任中的职工参与制度	沙金	北京大学	2005 年 3 月 1 日
14	趋势与挑战:国际贸易中的企业社会责任探析	张小珂	首都经济贸易大学	2005 年 3 月 1 日
15	论从企业办社会到企业社会责任	邵蕾琼	华东政法学院	2005 年 3 月 20 日
16	SA8000 的性质及其应对策略研究	马小利	河南大学	2005 年 4 月 1 日
17	跨国公司的社会责任及生产守则问题初探	漆晓宇	西南财经大学	2005 年 4 月 1 日
18	劳动法学视野中的企业社会责任	张义佼	西南财经大学	2005 年 4 月 1 日
19	国有企业对员工社会责任的法社会学分析	白文星	四川大学	2005 年 4 月 10 日
20	论公司社会责任的强化	许永盛	西南政法大学	2005 年 4 月 10 日
21	企业社会责任与 SA8000 标准	邹兵	西南政法大学	2005 年 4 月 10 日
22	企业社会责任的立法理论问题研究	张晓丽	吉林大学	2005 年 4 月 13 日
23	社会转型与企业社会责任	陈阳	吉林大学	2005 年 4 月 25 日
24	论公共关系视野下的企业社会责任	郭丽	华中科技大学	2005 年 5 月 1 日
25	论企业社会责任(CSR)	王慧	华中科技大学	2005 年 5 月 1 日

	题　名	作　者	单　位	日　期
26	企业实施 SA8000 社会责任管理体系分析研究	徐从报	电子科技大学	2005 年 5 月 1 日
27	当代公司社会责任研究	杨朝峰	武汉理工大学	2005 年 5 月 1 日
28	跨国公司社会责任研究	张慧杰	天津财经学院	2005 年 5 月 1 日
29	企业社会责任的提出对中国企业人本管理理念的影响分析	张丹	中国人民大学	2005 年 5 月 13 日
30	SA8000 的经济学分析及其对我国出口贸易的影响	汪晓明	江南大学	2005 年 6 月 30 日
31	企业社会责任与管理伦理研究	王兵	南京师范大学	2005 年 6 月 30 日
32	中美两国企业社会责任对比研究	皮菊云	湖南农业大学	2005 年 9 月 10 日
33	论公司社会责任	刘晶晶	中国政法大学	2005 年 11 月 1 日
34	企业社会责任的费用效益研究	骆建艳	浙江大学	2005 年 11 月 1 日
35	企业社会责任在我国的定位和法律实施机制研究	孙海阳	中国政法大学	2005 年 11 月 1 日
36	利益相关者角度的企业社会责任与企业绩效关系研究	王靓	浙江大学	2005 年 12 月 1 日
37	APP 企业社会责任研究	张超坤	广西大学	2005 年 12 月 1 日
38	企业社会责任的经济法分析	李瑾	南京航空航天大学	2006 年 2 月 1 日
39	我国上市公司社会责任会计信息市场反应实证研究	马丽丽	东北大学	2006 年 2 月 22 日
40	论公司社会责任与公司财务治理的关系	杜光远	中国政法大学	2006 年 3 月 1 日
41	基于公司社会责任的公司治理结构完善	蒋艺	首都经济贸易大学	2006 年 3 月 1 日
42	从公司治理角度论公司社会责任的强化	潘卫群	中国政法大学	2006 年 3 月 1 日
43	企业社会责任实践中农民工劳动权益保护问题之研究	周溢	苏州大学	2006 年 3 月 1 日
44	公司社会责任若干问题研究	郭利芳	山东大学	2006 年 3 月 18 日
45	公司社会责任的内涵界定与正当性探析	程海燕	山东大学	2006 年 3 月 20 日
46	企业社会责任运动视角下中国劳动关系若干问题研究	周树平	首都经济贸易大学	2006 年 3 月 20 日
47	从跨文化角度研究中美企业对企业社会责任的几点不同认知	陈慈	对外经济贸易大学	2006 年 4 月 1 日

	题 名	作 者	单 位	日 期
48	中西方企业社会责任行为的跨文化比较研究	崔铮	对外经济贸易大学	2006 年 4 月 1 日
49	企业社会责任及其实施的环境	段武涛	对外经济贸易大学	2006 年 4 月 1 日
50	公司的社会责任研究	付伟	西南政法大学	2006 年 4 月 1 日
51	中国企业社会责任的推行及其影响因素	胡明娟	华中科技大学	2006 年 4 月 1 日
52	关于公司社会责任的法学思考	李吉翠	苏州大学	2006 年 4 月 1 日
53	循环经济模式下企业环境社会责任的法制化	刘岚	中国政法大学	2006 年 4 月 1 日
54	企业社会责任约束机制建构研究	刘万杰	广西师范大学	2006 年 4 月 1 日
55	公司社会责任法律问题研究	楼俊	西南政法大学	2006 年 4 月 1 日
56	论我国的企业社会责任	陆畅	东北师范大学	2006 年 4 月 1 日
57	SA8000 对我国出口贸易的挑战及对策研究	戚淑杰	福州大学	2006 年 4 月 1 日
58	基于消费者视角的企业社会责任对企业声誉的影响研究	沈泽	浙江大学	2006 年 4 月 1 日
59	基于 GRI 体系的浙江上市公司社会责任信息披露研究	田书军	浙江大学	2006 年 4 月 1 日
60	建立和完善我国公司社会责任法律制度	韦寒燕	厦门大学	2006 年 4 月 1 日
61	企业社会责任范畴研究	严国新	苏州大学	2006 年 4 月 1 日
62	论公司社会责任的实现方法	杨海超	中央民族大学	2006 年 4 月 1 日
63	论公司职工权益的法律保护	姚家琪	对外经济贸易大学	2006 年 4 月 1 日
64	完善我国公司慈善捐赠制度的法律思考	易东初	湖南师范大学	2006 年 4 月 1 日
65	公司社会责任的实现机制研究	张华民	四川大学	2006 年 4 月 1 日
66	论公司社会责任的体系构建	刘军	西南政法大学	2006 年 4 月 10 日
67	定义企业社会责任的发展与企业三圆模型	Md. Anisur Rahman（阿楠）	东北师范大学	2006 年 4 月 20 日
68	公司社会责任法律制度研究	高丹	安徽大学	2006 年 4 月 20 日
69	企业社会责任的经济学分析	卢涛	重庆大学	2006 年 4 月 20 日
70	企业社会责任度模糊测评研究	彭净	四川大学	2006 年 4 月 20 日

	题　名	作　者	单　位	日　期
71	企业社会责任对企业竞争力的影响研究	王敏	吉林大学	2006 年 4 月 20 日
72	强化公司社会责任对公司治理结构的影响	杨蕾	华东政法学院	2006 年 4 月 20 日
73	企业社会责任分级模型及其应用	韩亚琴	重庆大学	2006 年 4 月 21 日
74	社会责任标准 SA8000 对我国出口贸易的影响	姜雪冰	吉林大学	2006 年 4 月 25 日
75	公司社会责任问题研究	蔡德仿	广西大学	2006 年 5 月 1 日
76	企业社会责任在中国:现状与对策	段向云	天津商学院	2006 年 5 月 1 日
77	经济全球化视野下的企业社会责任问题探讨	胡永峰	西北大学	2006 年 5 月 1 日
78	对公司权力与社会责任的法社会学研究	李慧兰	湘潭大学	2006 年 5 月 1 日
79	SA8000 之法理探析	刘虹	湖南师范大学	2006 年 5 月 1 日
80	论我国当代企业社会责任的担当与履行	刘世慧	华东师范大学	2006 年 5 月 1 日
81	企业逃费行为的分析与治理	潘夏蓉	厦门大学	2006 年 5 月 1 日
82	论全球化背景下的企业社会责任	朱锦程	苏州大学	2006 年 5 月 1 日
83	论公司社会责任的理论基础及其实现机制	程世宝	中共中央党校	2006 年 6 月 1 日
84	民营企业文化建设及企业核心价值观与社会责任	方敏	天津大学	2006 年 6 月 1 日
85	构建和谐社会与企业社会责任问题研究	郭秋娟	郑州大学	2006 年 6 月 1 日
86	民营企业社会责任履行与政府监管的博弈研究	蒋宗峰	中国海洋大学	2006 年 6 月 1 日
87	仁爱集团履行企业社会责任研究	马如仁	天津大学	2006 年 6 月 1 日
88	我国出口企业实施 SA8000 标准的经济效应分析	马巍	哈尔滨工业大学	2006 年 6 月 1 日
89	我国企业的履行社会责任研究	曾朝亭	天津大学	2006 年 6 月 1 日
90	SA8000 标准认证对我国出口企业的冲击与应对措施	王飞鹏	中国海洋大学	2006 年 6 月 3 日
91	企业责任:从经济责任向社会责任的转向	谢福秀	南京师范大学	2006 年 6 月 30 日

	题　名	作　者	单　位	日　期
92	论我国公司社会责任立法规制之完善	杨德田	中南大学	2006 年 6 月 30 日
93	论企业社会责任及其法律规制	周俊	南京师范大学	2006 年 6 月 30 日
94	基于员工劳动保护的企业社会责任研究	李燕凌	湖南农业大学	2006 年 9 月 18 日
95	国际贸易中 SA8000 标准问题的法律分析	申天恩	哈尔滨工程大学	2006 年 10 月 1 日
96	企业社会责任本质及其治理研究	王明华	江西财经大学	2006 年 10 月 1 日
97	企业社会责任与经营绩效的相关性研究	唐小兰	湖南大学	2006 年 10 月 8 日
98	基于财务指标的企业社会责任评价研究	王红英	湖南大学	2006 年 10 月 8 日
99	基于 SA8000 的湖南省第六工程公司员工责任管理研究	王俊燕	湖南大学	2006 年 10 月 15 日
100	论全球契约与我国公司社会责任制度的完善	何丹	对外经济贸易大学	2006 年 11 月 1 日
101	社会责任视角下煤炭企业安全生产保障体系研究	胡道成	安徽大学	2006 年 11 月 1 日
102	湖南省第六工程公司社会责任管理研究	叶新平	湖南大学	2006 年 11 月 6 日
103	我国港航企业履行社会责任及相关会计问题研究	苏生如	武汉理工大学	2006 年 11 月 25 日
104	企业社会责任会计信息披露研究	曹红飞	河海大学	2006 年 12 月 1 日
105	跨国公司的社会责任问题研究	陈睿	东北财经大学	2006 年 12 月 1 日
106	中国出口企业与 SA8000 蓝色贸易	高杉	东北财经大学	2006 年 12 月 1 日
107	跨国公司在华社会责任问题研究	王艳凤	东北财经大学	2006 年 12 月 1 日
108	基于企业社会责任的公益营销策略研究	柴炎	哈尔滨工业大学	2007 年 1 月 1 日
109	基于 SA8000 的劳工标准对我国纺织行业出口贸易影响研究	朱艳	东华大学	2007 年 1 月 1 日
110	SA8000 标准及其在我国企业中的应用研究	陆军芬	上海交通大学	2007 年 1 月 28 日
111	试论公司社会责任的法律规范及其履行	梁轶	中国政法大学	2007 年 3 月 1 日

	题　名	作　者	单　位	日　期
112	论 SA8000 标准与中国劳工标准的完善	彭珊珊	中国政法大学	2007 年 3 月 1 日
113	企业的环境社会责任研究	邵翔	河海大学	2007 年 3 月 1 日
114	企业社会责任运动下中国纺织业劳工权益的实证分析	汤振伟	首都经济贸易大学	2007 年 3 月 1 日
115	论企业的社会责任	王剑	首都经济贸易大学	2007 年 3 月 1 日
116	论公司社会责任的实现机制	韦英洪	对外经济贸易大学	2007 年 3 月 1 日
117	公司社会责任的相关理论探讨	陈明茜	四川大学	2007 年 3 月 8 日
118	从文化角度对中美企业社会责任的比较研究	许洋	四川大学	2007 年 3 月 15 日
119	企业的社会责任与政府作用	马嘉苒	山东大学	2007 年 3 月 20 日
120	论公司的社会责任	丁利春	山西财经大学	2007 年 3 月 30 日
121	成品油销售企业社会责任研究	蔡向阳	西南石油大学	2007 年 4 月 1 日
122	企业社会责任及评价体系	曹波	对外经济贸易大学	2007 年 4 月 1 日
123	公司社会责任的法律规制	陈少华	厦门大学	2007 年 4 月 1 日
124	我国商业银行企业社会责任研究	龚将军	西南财经大学	2007 年 4 月 1 日
125	我国企业社会责任缺失的原因与对策探讨	侯和爽	西南财经大学	2007 年 4 月 1 日
126	SA8000 认证对中国企业的适用性分析	孔利娜	对外经济贸易大学	2007 年 4 月 1 日
127	社会责任国际标准(SA8000)研究	李向辉	西南政法大学	2007 年 4 月 1 日
128	从管理哲学角度看企业的社会责任	李照	苏州大学	2007 年 4 月 1 日
129	企业社会责任体系下农民工权益保护之研究	刘辉	西南政法大学	2007 年 4 月 1 日
130	在华跨国公司社会责任问题研究	宋高峰	西南财经大学	2007 年 4 月 1 日
131	我国企业社会责任与绩效的关系研究	汤月峰	重庆大学	2007 年 4 月 1 日
132	企业社会责任正当性及其限度	王超	天津商业大学	2007 年 4 月 1 日
133	构建我国企业社会责任体系问题研究	王倩	西北大学	2007 年 4 月 1 日

	题 名	作 者	单 位	日 期
134	上市公司反收购中的社会责任	王瑞光	对外经济贸易大学	2007 年 4 月 1 日
135	跨国公司社会责任的国际法律规制	王希之	厦门大学	2007 年 4 月 1 日
136	企业社会责任的若干法律问题研究	杨振林	厦门大学	2007 年 4 月 1 日
137	企业社会责任与国际贸易	曾海波	厦门大学	2007 年 4 月 1 日
138	以跨文化的视角审视企业社会责任	张敬涛	对外经济贸易大学	2007 年 4 月 1 日
139	基于利益相关者理论的企业社会责任信息披露问题研究	张宁	中国海洋大学	2007 年 4 月 1 日
140	企业社会责任的伦理学解读	张喜昌	苏州大学	2007 年 4 月 1 日
141	企业社会责任在中美企业中的跨文化研究	赵宇	对外经济贸易大学	2007 年 4 月 1 日
142	公司社会责任运动的理论与实证分析	郑绿峰	西南政法大学	2007 年 4 月 1 日
143	公司社会责任实现机制研究	周贵长	湖南师范大学	2007 年 4 月 1 日
144	企业社会责任与企业竞争力研究	周南	厦门大学	2007 年 4 月 1 日
145	劳动法学理论的新发展	高丽丽	吉林大学	2007 年 4 月 4 日
146	SA8000 企业社会责任标准对我国出口贸易的影响及对策	王玉莹	烟台大学	2007 年 4 月 5 日
147	构建和谐社会时期的中国企业社会责任分析	万鹏	武汉科技大学	2007 年 4 月 10 日
148	我国煤炭企业社会责任研究	杨海	黑龙江大学	2007 年 4 月 12 日
149	论企业社会责任运动中社会中间层组织的法律地位	黄鹏鸣	湖南大学	2007 年 4 月 16 日
150	公司社会责任的界定和实现路径	刘婷	湖南大学	2007 年 4 月 16 日
151	企业环境社会责任的经济法分析	时燕君	湖南大学	2007 年 4 月 20 日
152	和谐社会中的企业社会责任	陈素玲	西安建筑科技大学	2007 年 5 月 1 日
153	旅游企业社会责任评价指标体系研究	高建芳	北京林业大学	2007 年 5 月 1 日
154	民营企业社会责任问题研究	高洋	辽宁大学	2007 年 5 月 1 日
155	关于供电企业社会责任承担的思考	黄伟峰	华中科技大学	2007 年 5 月 1 日

	题　名	作　者	单　位	日　期
156	民营中小企业社会责任与企业自身发展空间研究	黄樱	华侨大学	2007 年 5 月 1 日
157	企业社会责任财务评价问题研究	康剑青	天津财经大学	2007 年 5 月 1 日
158	中国企业社会责任与企业绩效的关系研究	李红玉	辽宁大学	2007 年 5 月 1 日
159	论企业社会责任	李晓辉	郑州大学	2007 年 5 月 1 日
160	社会责任视觉下的我国企业文化建设	刘红伟	华南师范大学	2007 年 5 月 1 日
161	我国推行企业社会责任审计研究	孙榕	天津财经大学	2007 年 5 月 1 日
162	企业社会责任绩效评价指标体系的设计与应用	田静	南京理工大学	2007 年 5 月 1 日
163	影响我国企业承担社会责任的成因研究	王春香	暨南大学	2007 年 5 月 1 日
164	社会责任背景下的公司治理	王永建	郑州大学	2007 年 5 月 1 日
165	在华跨国公司的社会责任研究	谢圣利	暨南大学	2007 年 5 月 1 日
166	基于利益相关者理论的企业社会责任维度研究——消费者认知角度	徐晓俊	天津大学	2007 年 5 月 1 日
167	跨国公司在华履行社会责任问题研究	许清	华东师范大学	2007 年 5 月 1 日
168	国有企业社会责任实现机制研究	闫敬	天津商业大学	2007 年 5 月 1 日
169	企业社会责任的法律问题研究	张博	哈尔滨工程大学	2007 年 5 月 1 日
170	企业社会责任会计信息披露问题研究	张根文	合肥工业大学	2007 年 5 月 1 日
171	基于社会责任的企业经营绩效评价研究	赵坤	武汉理工大学	2007 年 5 月 1 日
172	企业社会责任的原因和机制探讨	冯朋波	暨南大学	2007 年 5 月 8 日
173	企业社会责任及其标准的研究	宋艳冰	武汉科技大学	2007 年 5 月 8 日
174	企业社会责任的驱动力及作用机制研究	余飞侠	中国人民大学	2007 年 5 月 8 日
175	企业责任竞争力研究	周章城	湘潭大学	2007 年 5 月 8 日
176	SA8000 标准与劳工权益保障问题研究	邢冀源	郑州大学	2007 年 5 月 10 日
177	跨国公司社会责任问题研究	张章	兰州商学院	2007 年 5 月 10 日

	题　名	作　者	单　位	日　期
178	公司社会责任与独立董事制度研究	李艳玲	黑龙江大学	2007 年 5 月 15 日
179	我国上市公司履行社会责任与公司市场表现关系的实证研究	初晓明	新疆财经大学	2007 年 6 月 1 日
180	我国公司社会责任的立法研究	高晓妮	大连理工大学	2007 年 6 月 1 日
181	上市公司社会责任审计研究	黄世芬	新疆财经大学	2007 年 6 月 1 日
182	我国企业社会责任会计信息披露研究	刘勇	西北大学	2007 年 6 月 1 日
183	引入社会责任的企业价值评估研究	唐继虹	新疆财经大学	2007 年 6 月 1 日
184	基于企业社会责任的财务报告信息列报改进研究	宣大红	哈尔滨理工大学	2007 年 6 月 1 日
185	中国烟草企业社会责任研究	张建松	中国传媒大学	2007 年 6 月 1 日
186	履行社会责任与上市公司价值相关性的实证研究	赵明	新疆财经大学	2007 年 6 月 1 日
187	企业社会责任的立法探讨	孙兆强	中国海洋大学	2007 年 6 月 8 日
188	市场经济体制下我国公用企业社会责任研究	段丽英	中国海洋大学	2007 年 6 月 30 日
189	企业社会责任的正当性	刘建香	中南大学	2007 年 6 月 30 日
190	企业社会责任与企业绩效关系研究	谢梦珍	中南大学	2007 年 6 月 30 日
191	我国媒介对企业社会责任报道的现状分析和对策研究	徐丽艳	南昌大学	2007 年 6 月 30 日
192	基于社会责任的公司治理结构法律研究	王慧	华东政法学院	2007 年 9 月 13 日
193	农资企业的社会责任研究	胡令	湖南农业大学	2007 年 9 月 28 日
194	公司社会责任研究	郭赤戈	中国政法大学	2007 年 10 月 1 日
195	SA8000 与中国纺织品贸易	李远博	东北财经大学	2007 年 10 月 1 日
196	企业社会责任与竞争力的关系研究	聂丽丽	南京财经大学	2007 年 10 月 1 日
197	论中国企业社会责任的构建	王春年	对外经济贸易大学	2007 年 10 月 1 日
198	构建和谐社会背景下的企业社会责任问题研究	吴波	西南交通大学	2007 年 10 月 1 日
199	中小企业社会责任与企业绩效关系研究	尹军	浙江师范大学	2007 年 10 月 1 日

	题　名	作　者	单　位	日　期
200	我国建筑企业对员工的社会责任研究	朱双颖	重庆大学	2007 年 10 月 1 日
201	电信运营企业员工视角下的企业社会责任研究	王慧静	北京邮电大学	2007 年 10 月 8 日
202	利益相关者视角下的企业社会责任分析	崔乐	东北财经大学	2007 年 11 月 1 日
203	企业社会责任投入的有效性研究	蔺玉	成都理工大学	2007 年 11 月 1 日
204	科学发展观视阈中的企业社会责任	刘彬	合肥工业大学	2007 年 11 月 1 日
205	企业社会责任法律问题研究	王玉良	东北财经大学	2007 年 11 月 1 日
206	国有企业社会责任生成及实现	张静	西北大学	2007 年 11 月 1 日
207	论民营企业发展及其社会责任	朱壮志	苏州大学	2007 年 11 月 1 日
208	我国企业在反就业歧视中的社会责任研究	姜贵姣	武汉科技大学	2007 年 11 月 5 日
209	经济法视野下企业社会责任研究	姬小楠	北京交通大学	2007 年 12 月 1 日
210	SA8000 对我国纺织服装企业的影响和查询决策系统设计	马翠屏	天津工业大学	2007 年 12 月 1 日
211	论跨国公司在华社会责任的强化及对我国企业的启示	苗苗	东北财经大学	2007 年 12 月 1 日
212	论我国企业社会责任与和谐社会构建	于洋	燕山大学	2007 年 12 月 1 日
213	SA8000 的伦理学分析	马保华	西南交通大学	2007 年 12 月 10 日
214	供电企业社会责任及评价研究	徐楠	华北电力大学（河北）	2007 年 12 月 15 日
215	上市公司社会责任评价研究	王铁成	沈阳工业大学	2007 年 12 月 17 日
216	我国上市公司社会责任与公司财务业绩关系的实证研究	赵佳	沈阳工业大学	2007 年 12 月 17 日
217	欧盟企业社会责任的研究及其启示	钱洁	上海交通大学	2008 年 1 月 1 日
218	企业社会责任对企业绩效的影响	汪月红	浙江工商大学	2008 年 1 月 1 日
219	企业社会责任对消费者购买意向影响的研究	韦佳园	上海交通大学	2008 年 1 月 1 日
220	跨国公司的社会责任及其管理研究	颜凌	上海交通大学	2008 年 1 月 13 日
221	我国企业社会责任财务评价模型的应用研究	郑小娜	大连海事大学	2008 年 2 月 1 日

	题 名	作 者	单 位	日 期
222	国际贸易中的企业社会责任研究	段莹莹	首都经济贸易大学	2008 年 3 月 1 日
223	公司社会责任及其运行研究	黄硕	贵州大学	2008 年 3 月 1 日
224	保险企业社会责任研究	齐登宝	山东大学	2008 年 3 月 1 日
225	企业社会责任与公司治理	秦伟伟	中央民族大学	2008 年 3 月 1 日
226	企业社会责任法律构建	石求端	南京航空航天大学	2008 年 3 月 1 日
227	上市公司社会责任评价指标体系的构建与应用	孙云飞	首都经济贸易大学	2008 年 3 月 1 日
228	公司社会责任	王旭东	首都经济贸易大学	2008 年 3 月 1 日
229	航空公司的企业社会责任及其评价研究	张诚铭	南京航空航天大学	2008 年 3 月 1 日
230	国际法视角下的跨国公司社会责任	周太东	中国政法大学	2008 年 3 月 1 日
231	消费者视角下企业社会责任实现模型研究	王海花	山东大学	2008 年 3 月 20 日
232	企业社会责任行为驱动因素实证研究	王伟	山东大学	2008 年 3 月 20 日
233	基于利益相关者视角的企业社会责任管理研究	徐彻	山东大学	2008 年 3 月 20 日
234	经济理论视角下的企业社会责任研究	赵健康	山西财经大学	2008 年 3 月 25 日
235	中国企业社会责任的分析	赵芸	山东大学	2008 年 3 月 28 日
236	治理视角下企业社会责任监督机制的构建	匡晓慧	山东大学	2008 年 3 月 31 日
237	私营企业社会责任制度建设研究	安川	苏州大学	2008 年 4 月 1 日
238	基于 SA8000 标准的我国劳工权益保障问题研究	韩婧	厦门大学	2008 年 4 月 1 日
239	新疆农业产业化企业社会责任制度导入研究	贾燚	新疆农业大学	2008 年 4 月 1 日
240	跨国公司对我国劳动者的责任	江月红	华东师范大学	2008 年 4 月 1 日
241	论和谐社会建设过程中企业的道德责任	焦绪宾	曲阜师范大学	2008 年 4 月 1 日
242	企业社会责任对消费者行为意向的影响研究	李涛	桂林工学院	2008 年 4 月 1 日

	题　名	作　者	单　位	日　期
243	国家电网公司企业社会责任研究	林晓琼	长沙理工大学	2008 年 4 月 1 日
244	基于企业社会责任视角的民营企业劳工关系	林振兴	厦门大学	2008 年 4 月 1 日
245	企业社会责任理念下的公共关系研究	马殊	暨南大学	2008 年 4 月 1 日
246	企业社会责任的规范伦理研究	倪黎	苏州大学	2008 年 4 月 1 日
247	员工感知的企业社会责任与组织情感承诺关系研究	皮玉志	厦门大学	2008 年 4 月 1 日
248	商业银行企业社会责任体系的构建	施婵娟	福建农林大学	2008 年 4 月 1 日
249	跨国公司的社会责任若干法律问题研究	石晓华	广西师范大学	2008 年 4 月 1 日
250	房地产开发企业社会责任及评价指标体系研究	史光明	重庆大学	2008 年 4 月 1 日
251	我国企业社会责任研究	王磊	首都经济贸易大学	2008 年 4 月 1 日
252	伦理视角下企业社会责任及其实现机制研究	王立杰	辽宁师范大学	2008 年 4 月 1 日
253	非政府组织推动中国企业社会责任履行问题研究	杨大梅	兰州大学	2008 年 4 月 1 日
254	企业社会责任体验营销下的品牌忠诚度提升研究	朱花	广西师范大学	2008 年 4 月 1 日
255	和谐社会背景下我国企业社会责任的构建	金丹	四川师范大学	2008 年 4 月 5 日
256	企业社会责任对员工行为影响的研究	吴静静	浙江大学	2008 年 4 月 6 日
257	基于社会责任的旅行社企业文化建设研究	秦绍林	四川师范大学	2008 年 4 月 10 日
258	社会责任视角下的公司法人人格否认机制研究	田素青	山东大学	2008 年 4 月 12 日
259	SA8000 标准下我国劳动密集型企业国际竞争力分析	袁栗娜	吉林大学	2008 年 4 月 12 日
260	我国上市公司社会责任履行研究	石立山	华东政法大学	2008 年 4 月 20 日
261	中国商业银行企业社会责任之研究	徐君	复旦大学	2008 年 4 月 20 日

	题　名	作　者	单　位	日　期
262	构建工会与企业社会责任良性互动机制	张军宝	华东政法大学	2008 年 4 月 20 日
263	中国企业履行社会责任的影响因素及与经营绩效关系的实证研究	刘展铭	复旦大学	2008 年 4 月 23 日
264	和谐社会视野中的民营企业社会责任建设	黄增荣	复旦大学	2008 年 4 月 25 日
265	上市公司年报中社会责任信息的决策有用性研究	蔡雪芍	广东外语外贸大学	2008 年 4 月 30 日
266	我国上市公司社会责任信息市场反应产生动因的研究	陈梅	暨南大学	2008 年 5 月 1 日
267	企业社会责任与财务绩效关系的实证研究	方苑	南京理工大学	2008 年 5 月 1 日
268	构建我国公司社会责任立法研究	李进	新疆财经大学	2008 年 5 月 1 日
269	企业社会责任的国际比较	李秀凤	河北工业大学	2008 年 5 月 1 日
270	基于社会责任的企业社区用工行为研究	刘璞	成都理工大学	2008 年 5 月 1 日
271	企业经营管理与社会责任之战略耦合	沈弋	南京理工大学	2008 年 5 月 1 日
272	社会责任与公司股票市场表现	屠嘉	西南交通大学	2008 年 5 月 1 日
273	中国旅游饭店的社会责任探讨	汪勤	华中师范大学	2008 年 5 月 1 日
274	企业社会责任——一种群体价值观的演变研究	辛百哲	南京理工大学	2008 年 5 月 1 日
275	基于企业社会责任理念的 JS 公司人力资源管理研究	辛艳平	天津大学	2008 年 5 月 1 日
276	企业对员工的社会责任、员工态度与工作绩效研究	杨文	陕西师范大学	2008 年 5 月 1 日
277	基于公众角度的企业社会责任与社会资本研究	易畅	湖南师范大学	2008 年 5 月 1 日
278	企业社会责任及其推进措施研究	殷爱辉	华东师范大学	2008 年 5 月 1 日
279	企业社会责任视野下构建和谐劳动关系的法律思考	曾玲玲	华中师范大学	2008 年 5 月 1 日
280	董事会特征对企业社会责任表现的影响	赵璐	西南交通大学	2008 年 5 月 1 日
281	我国企业履行社会责任研究	周楠楠	河南大学	2008 年 5 月 1 日
282	论全球化时代中国企业应承担的社会责任	诸莹莹	天津大学	2008 年 5 月 1 日

	题　名	作　者	单　位	日　期
283	雇主品牌构建过程中的企业社会责任问题研究	韩玲	山东大学	2008 年 5 月 4 日
284	我国公司社会责任报告发展研究	陈木兰	暨南大学	2008 年 5 月 5 日
285	我国石化行业上市公司社会责任信息披露研究	王杏双	暨南大学	2008 年 5 月 5 日
286	企业环境社会责任探讨	章娅	复旦大学	2008 年 5 月 5 日
287	公司环境责任研究	刘佳妮	湘潭大学	2008 年 5 月 7 日
288	公司社会责任法治化研究	彭敏	湘潭大学	2008 年 5 月 8 日
289	中国制造业企业社会责任的评价体系研究	郑岩	黑龙江大学	2008 年 5 月 10 日
290	公司社会责任理念下公司治理结构的完善	张弦	山东大学	2008 年 5 月 15 日
291	中国企业社会责任会计信息披露研究	王薇蓉	湘潭大学	2008 年 5 月 18 日
292	企业社会责任活动需要"门当户对"吗?	奚慧	复旦大学	2008 年 5 月 22 日
293	国际石油公司的企业社会责任研究	边宁	北京化工大学	2008 年 5 月 24 日
294	基于利益相关者理论的我国制药企业社会责任问题研究	常丽萍	山西大学	2008 年 6 月 1 日
295	SA8000 标准对中国企业竞争力的影响	关雪凌	江南大学	2008 年 6 月 1 日
296	基于社会营销观念下的企业社会责任研究	李家文	江西师范大学	2008 年 6 月 1 日
297	中国企业实施 SA8000 的社会环境研究	李莹	西南交通大学	2008 年 6 月 1 日
298	晋商的企业社会责任雏形研究	刘蕊	山西大学	2008 年 6 月 1 日
299	企业社会责任与财务绩效的相关性研究	宋涛	南京农业大学	2008 年 6 月 1 日
300	民营企业的社会责任研究	孙晓华	北京交通大学	2008 年 6 月 1 日
301	企业社会责任相关问题研究	王燕飞	贵州大学	2008 年 6 月 1 日
302	公司社会责任法律规制及其实现机制	杨帆	外交学院	2008 年 6 月 1 日
303	企业社会责任对中国企业战略管理的意义分析	郑晓霞	山西大学	2008 年 6 月 1 日
304	企业社会责任绩效评价研究	赵麟	兰州理工大学	2008 年 6 月 5 日

	题 名	作 者	单 位	日 期
305	政府在企业社会责任体系构建中的职能问题研究	方启权	西北大学	2008 年 6 月 30 日
306	基于企业社会责任的品牌建设研究	郭淑宁	西北大学	2008 年 6 月 30 日
307	公司社会责任的法理分析	李晖	南京师范大学	2008 年 6 月 30 日
308	基于员工视角的企业社会责任与员工满意度关系的实证研究	吕英	西北大学	2008 年 6 月 30 日
309	公司的社会责任及其内部治理结构	孙阳	南京师范大学	2008 年 6 月 30 日
310	新劳动合同法对企业社会责任履行的影响研究	张烨	上海交通大学	2008 年 6 月 30 日
311	"企业社会责任"与中国企业的应对	吴羚	复旦大学	2008 年 7 月 10 日
312	虹桥国际机场企业社会责任研究	陈晟	华东师范大学	2008 年 9 月 1 日
313	上市公司社会责任信息披露水平与财务绩效相关性研究	傅祖林	西南交通大学	2008 年 9 月 1 日
314	中国移动通信公司企业社会责任研究	卢雪丽	山东大学	2008 年 9 月 16 日
315	浅析公司的社会责任	高传峰	山东大学	2008 年 9 月 17 日
316	我国出口企业社会责任战略研究	易堃	湖南大学	2008 年 9 月 28 日
317	公司承担社会责任的法经济学分析	程磊	中国政法大学	2008 年 10 月 1 日
318	企业社会责任审计研究	彭昕	湖南大学	2008 年 10 月 1 日
319	论我国企业社会责任制度的构建	曲丽娟	吉林大学	2008 年 10 月 1 日
320	企业社会责任与可持续发展的初步研究	杨丽琴	华东师范大学	2008 年 10 月 1 日
321	我国企业社会责任建设机制研究	庄小平	武汉理工大学	2008 年 10 月 6 日
322	企业社会责任会计信息价值相关性研究	刘法秋	湖南大学	2008 年 10 月 10 日
323	我国企业社会责任存在的问题及对策研究	苏立红	山东师范大学	2008 年 10 月 10 日
324	跨国公司社会责任法律分析	曹梦飞	复旦大学	2008 年 10 月 28 日
325	资源节约型与环境友好型社会的企业社会责任研究	程伟	武汉理工大学	2008 年 11 月 1 日
326	房地产上市公司社会责任信息披露与财务绩效研究	郭徽	西南交通大学	2008 年 11 月 1 日

	题　名	作　者	单　位	日　期
327	A 企业实施 SA8000 标准的案例研究	崔春宁	大连理工大学	2008 年 11 月 12 日
328	基于和谐社会建设的企业社会责任管理模式研究	周琦深	武汉理工大学	2008 年 11 月 30 日
329	基于波特价值链的企业社会责任研究	毕海龙	吉林大学	2008 年 12 月 1 日
330	乳品企业社会责任问题的研究	陈旭	吉林大学	2008 年 12 月 1 日
331	石化行业上市公司社会责任信息披露传递效应的实证研究	王帆	江苏大学	2008 年 12 月 1 日
332	我国中小企业社会责任成本与企业效益关系研究	徐少锋	北京交通大学	2008 年 12 月 1 日
333	我国公司社会责任实现之法律机制研究	刘敏仪	中国政法大学	2009 年 3 月 1 日
334	跨国公司社会责任的法律规制	刘铮	中国政法大学	2009 年 3 月 1 日
335	企业社会责任与思想政治工作研究	钱莹	天津师范大学	2009 年 3 月 1 日
336	国有独资公司董事责任追究制度研究	史梁	中国政法大学	2009 年 3 月 1 日
337	公司社会责任信息披露制度研究	王娟	中国政法大学	2009 年 3 月 1 日
338	跨国公司在中国履行社会责任问题研究	周清	苏州大学	2009 年 3 月 1 日
339	我国企业社会责任体系构建研究	程莎	武汉理工大学	2009 年 4 月 1 日
340	企业社会责任能力评价研究	龚磊	武汉理工大学	2009 年 4 月 1 日
341	我国企业社会责任的构建与完善	蒋黎黎	合肥工业大学	2009 年 4 月 1 日
342	政府在推进企业承担社会责任过程中的作用	王闻异	吉林大学	2009 年 4 月 1 日
343	管理哲学视角下的中国企业社会责任探析	张凤英	苏州大学	2009 年 4 月 1 日
344	基于企业社会责任建设的我国政府作用研究	张伟炜	苏州大学	2009 年 4 月 1 日
345	公司社会责任视野下的董事义务研究	龙新	西南政法大学	2009 年 4 月 10 日
346	我国钢铁企业社会责任与企业财务绩效关系研究	嘉林	西南大学	2009 年 4 月 27 日
347	我国上市公司社会责任信息披露与公司经营绩效的实证研究	赵满红	西南大学	2009 年 4 月 27 日

	题 名	作 者	单 位	日 期
348	基于员工视角的企业社会责任和企业声誉关系的实证研究	龚博	吉林大学	2009 年 5 月 1 日
349	企业社会责任对大学生消费群体购买意向影响的研究	焦玉瑾	吉林大学	2009 年 5 月 1 日
350	民营企业社会责任对企业绩效的影响	礼丹萌	吉林大学	2009 年 5 月 1 日
351	我国上市公司企业社会责任信息披露研究	聂嘉	天津财经大学	2009 年 5 月 1 日
352	区域性商业银行的企业社会责任研究	谢建坡	暨南大学	2009 年 5 月 1 日
353	论企业的慈善责任	胥银华	华中师范大学	2009 年 5 月 1 日
354	基于可持续发展的社会责任绩效评价体系的构建与应用	许洁莹	暨南大学	2009 年 5 月 1 日
355	我国企业承担社会责任及其评价指标体系研究	余舒	天津财经大学	2009 年 5 月 1 日
356	法律文化视角下的公司社会责任考察	赵彩艳	湖南师范大学	2009 年 5 月 1 日
357	企业社会责任信息披露内容和形式问题研究	周培锋	河南大学	2009 年 5 月 1 日
358	科学发展观视角下的企业社会责任问题研究	智红霞	首都师范大学	2009 年 5 月 20 日
359	企业社会责任体系中企业与利益相关者协调机制研究	周超	青岛大学	2009 年 6 月 1 日
360	企业家社会责任认知与企业社会责任行为关系的研究	曹家彦	浙江大学	2009 年 6 月 3 日
361	房地产企业社会责任评价体系研究	王建设	青岛科技大学	2009 年 6 月 13 日
362	企业社会责任问题研究	刘志国	西北大学	2009 年 6 月 30 日

表 15-5　部分学术期刊

序号	题 名	作 者	刊 载	日 期
1	企业的社会责任——访南化公司催化剂厂	华惠毅	瞭望	1985 年 38 期
2	中外合营企业的社会责任	张上塘	财贸经济	1986 年 06 期

序号	题　名	作　者	刊　载	日　期
3	企业摊派与现代企业的社会责任	贾曙	经营与管理	1987 年 07 期
4	试论商业企业的社会责任	徐淳厚	经济纵横	1987 年 09 期
5	认真履行铁路企业的社会责任	国林	企业管理	1989 年 09 期
6	论社会主义商业企业的社会责任与行为规范	王瑜	社科纵横	1990 年 03 期
7	社会责任会计:由西方看中国	孟凡利	外国经济与管理	1990 年 10 期
8	企业社会责任之探讨	于向阳	法学论坛	1991 年 04 期
9	日本对企业社会责任的计量评估	金玉国	外国经济与管理	1992 年 05 期
10	建立中国企业社会责任会计的构想	吴祖明，陈国昌	郑州航空工业管理学院学报（管理科学版）	1992 年 02 期
11	市场经济条件下企业的社会责任	高巍	山西财经大学学报	1994 年 01 期
12	社会主义市场经济与企业的社会责任	章新华	经营与管理	1994 年 04 期
13	企业社会责任的会计揭示问题	周加来，石金明，王玉春	财贸研究	1994 年 05 期
14	企业社会责任会计的理论基础及理论结构	秦勇	财务与会计	1995 年 03 期
15	我国企业社会责任会计初探	张萍，王瑞	陕西经贸学院学报	1995 年 02 期
16	浅谈现代企业的社会责任	李鸿贵	现代财经——天津财经学院学报	1995 年 03 期
17	重构企业社会责任	阮正福	企业经济	1995 年 10 期
18	我国社会责任会计探讨	曹海敏	山西财经大学学报	1996 年 01 期
19	企业社会责任会计提示内容探讨	曹玉贯	财会月刊	1996 年 05 期
20	借鉴发达国家经验建立特区企业社会责任会计	赵文娟	深圳大学学报（人文社会科学版）	1996 年 02 期
21	企业社会责任论	范满泓，姜继英	决策探索	1996 年 10 期

序号	题 名	作 者	刊 载	日 期
22	论社会环境的变化与企业社会责任的调整	史天林	生产力研究	1997 年 05 期
23	企业的社会责任与精神文明建设	王雨青	北京商学院学报	1997 年 02 期
24	论企业社会责任的会计揭示问题	赵天燕	商业会计	1997 年 07 期
25	浅议企业的二重性——经济性与社会性	蒋琼	北京商学院学报	1997 年 04 期
26	美国增加企业社会责任的经验	胡泳	中外管理	1997 年 09 期
27	企业社会责任会计的几个问题	钱飞跃	现代经济探讨	1997 年 10 期
28	论乡镇企业的社会责任	喻国华	乡镇企业研究	1997 年 05 期
29	企业社会责任及会计揭示	倪菊香，王勇	山西财经大学学报	1997 年 06 期
30	企业社会责任及其会计揭示问题探析	史星际，史碧莲	生产力研究	1998 年 02 期
31	社会责任会计——一个不容忽视的会计分支	聂丽洁	当代经济科学	1998 年 03 期
32	构建有利于特区可持续发展的社会责任会计体系	赵文娟	特区理论与实践	1998 年 07 期
33	建立企业社会责任会计的构想	陈文华，尚丽霞，冯雪莲	中国农业会计	1998 年 08 期
34	企业的社会责任刍议	张兰霞，王志文	辽宁经济	1999 年 01 期
35	对我国实施企业社会责任会计的构想	于东智	财会月刊	1999 年 02 期
36	论跨国公司的社会责任	刘恩专	国际贸易问题	1999 年 03 期
37	企业社会责任会计初探	何红渠	中南工业大学学报(社会科学版)	1999 年 02 期
38	对知识经济条件下传统企业会计模式局限与创新的一点思考	张晓梅	工业会计	1999 年 08 期
39	实施 SA8000 标准　明确企业社会责任	赵国雄	世界标准化与质量管理	1999 年 10 期

序号	题　名	作　者	刊　载	日　期
40	沉重的翅膀——关于企业的社会责任	张强	企业经济	2000 年 02 期
41	中小企业的社会责任及道德问题	朱敏	经济问题探索	2000 年 03 期
42	国有企业转型与企业社会责任	魏峰	生产力研究	2000 年 03 期
43	对公司影像的勾画	哈普·提·杜莱,谭丽英	南开管理评论	2000 年 03 期
44	企业社会责任的经济、社会学分析及我国企业的社会责任	宁凌	南方经济	2000 年 06 期
45	试论经营伦理与企业的社会责任	段淳林	华南理工大学学报(社会科学版)	2000 年 01 期
46	企业的社会责任模式论	马凤光	福建论坛(经济社会版)	2000 年 09 期
47	企业社会责任:一种新的企业观	白全礼,王亚立	郑州航空工业管理学院学报	2000 年 03 期
48	利润最大化与企业社会责任	郑祺	现代财经——天津财经学院学报	2000 年 11 期
49	西方企业社会责任理论探讨	秦颖,高厚礼	淄博学院学报(社会科学版)	2000 年 04 期
50	关于企业社会责任的经济学分析	夏恩君	北京理工大学学报(社会科学版)	2001 年 01 期
51	论社会责任会计	张亚梅	经济问题探索	2001 年 06 期
52	国外企业社会责任界说述评	卢代富	现代法学	2001 年 03 期
53	我国企业社会责任及其立法初探	于新循	贵州大学学报(社会科学版)	2001 年 03 期
54	西方企业社会责任理论的产生与发展	秦颖,高厚礼	江汉论坛	2001 年 07 期
55	企业社会责任会计研究	郭黎,霍建伟	山东经济	2001 年 03 期
56	当代西方的"企业社会责任运动"	王治河	人民论坛	2001 年 07 期
57	我国的财务报表应增加社会责任的披露	许必建	经济问题探索	2001 年 13 期

序号	题　名	作　者	刊　载	日　期
58	企业的社会精神	曹丽娟	商业时代	2002 年 05 期
59	公司社会责任的实现形式与选择	杨宏，程绿清	西南政法大学学报	2002 年 03 期
60	企业社会责任:进入 WTO 后中国企业面临的新问题	郭虹	天府新论	2002 年 03 期
61	企业社会责任信息披露问题研究	韩颖，杜柄汉	审计理论与实践	2002 年 06 期
62	谈企业的社会责任	孙虎	华东经济管理	2002 年 03 期
63	公司社会责任与营利目的的平衡	邵军永	经济论坛	2002 年 19 期
64	刍议企业的社会责任	张雷鸣	中国工商管理研究	2002 年 12 期
65	全球化背景下劳动关系和企业的社会责任国际研讨会	唐浩夫	中国人力资源开发	2002 年 12 期
66	我国企业社会责任探析	陈李宏	广西社会科学	2002 年 06 期
67	试论"以员工为中心"的管理理念——兼论利益相关者管理	刘彦平	外国经济与管理	2003 年 01 期
68	"经济发展与企业社会责任"研讨会综述	邢源源	世界经济	2003 年 01 期
69	制度安排对企业承担社会责任的影响	王晶晶，范飞龙	经济研究参考	2003 年 02 期
70	公司的社会责任与劳动关系的法律调整	常凯	中国人力资源开发	2003 年 02 期
71	对公司的社会责任理论的探讨	崔欣	当代法学	2003 年 02 期
72	通信企业的社会责任会计体制探讨	刘跃	北京邮电大学学报(社会科学版)	2003 年 01 期
73	企业的社会责任的几个伦理问题	谭忠诚	武汉科技大学学报(社会科学版)	2003 年 01 期
74	整合营销战略与 CSR——当代全球营销战略发展的新趋势	杨雪莲，杨波，刘小平	成都理工大学学报(社会科学版)	2003 年 01 期
75	公司正义的制度认证与创新	汤春来	法律科学——西北政法学院学报	2003 年 03 期
76	绿色经营与企业的社会责任	王竹林	理论导刊	2003 年 05 期

序号	题　名	作　者	刊　载	日　期
77	浅析跨国公司的社会责任问题	胡浩	华东理工大学学报(社会科学版)	2003 年 02 期
78	略论公司的社会责任	张海鹏	企业经济	2003 年 05 期
79	负责任行为的财务理由	蒂姆·迪克森,撷英	国外社会科学文摘	2003 年 06 期
80	公司社会责任必要性初探	范运和	政法学刊	2003 年 03 期
81	论民营企业的发展与企业的社会责任	李丽萍,段淳林	海南大学学报(人文社会科学版)	2003 年 02 期
82	论企业的社会责任	郑孟状,潘霞蓉	浙江学刊	2003 年 03 期
83	公司社会责任的法理学思考	邬云霞	北方工业大学学报	2003 年 02 期
84	商业化与社会责任	朱俊生	中国保险	2003 年 07 期
85	社会责任:企业评价的盲区	陈亭桦	中国社会保障	2003 年 08 期
86	企业社会责任演进与企业良性行为反应的互动研究	屈晓华	管理现代化	2003 年 05 期
87	社会责任会计基本理论初探	姚正海,孙自愿	内蒙古煤炭经济	2003 年 05 期
88	企业社会责任三角模型	陈志昂,陆伟	经济与管理	2003 年 11 期
89	浅论公司社会责任的地位	赵晶	商业研究	2003 年 23 期
90	国际贸易的新屏障——社会责任管理体系(SA8000)	李丽	中国纺织	2003 年 12 期
91	企业社会责任观的演进与发展:基于综合性社会契约的理解	陈宏辉,贾生华	中国工业经济	2003 年 12 期
92	公司的社会责任及董事选任制度	王妍,宋占文	行政与法	2003 年 12 期
93	公司的社会责任——对传统公司法基本理念的修正	陈明添	东南学术	2003 年 06 期
94	论责任、企业责任与企业社会责任	周勇	武汉科技大学学报(社会科学版)	2003 年 04 期
95	论公司社会责任与公司外部治理的完善	仇书勇	北方工业大学学报	2003 年 04 期
96	西方国家企业社会责任借鉴	朱乾宇	科技进步与对策	2003 年 18 期

序号	题 名	作 者	刊 载	日 期
97	美国企业的社会责任及对我国的启示	林军	经济管理	2004 年 01 期
98	社会责任投资:追求经济与社会的均衡发展	陈虹	国际金融研究	2004 年 01 期
99	现代公司制度的弊病与企业社会责任	侯若石	开放导报	2004 年 01 期
100	跨国公司的社会责任及其制度约束	杨丹辉	经济管理	2004 年 03 期
101	SA8000:谁的贸易大棒	程大为	时代经贸	2004 年 01 期
102	经济全球化进程中中国企业社会责任营销研究——在SA8000 框架下	陈斌	重庆社会科学	2004 年 02 期
103	论市场经济中的企业社会责任伦理	王初根,周国辉,邹云	江西师范大学学报(哲学社会科学版)	2004 年 01 期
104	直面 SA8000 保持我国出口企业活力	仇长霞	对外经贸实务	2004 年 02 期
105	跨国公司社会责任问题分析	宋雅杰	云南财贸学院学报(社会科学版)	2004 年 01 期
106	企业社会责任运动应对策略研究	劳动和社会保障部劳动科学研究所课题组	经济研究参考	2004 年 81 期
107	公司捐赠的法律激励与约束	张莉,脱剑锋	兰州大学学报(社会科学版)	2004 年 02 期
108	企业社会责任与持续成长	刘藏岩	农村金融研究	2004 年 04 期
109	国有企业的社会责任成本分析	田钊平	兰州学刊	2004 年 02 期
110	SA8000 对我国当前外经贸的影响及其对策研究	黎友焕	南方经济	2004 年 04 期
111	现代企业的社会责任标准——社会哲学视野下的"SA8000"	王锐生	哲学动态	2004 年 04 期
112	企业社会责任标准与中国企业	王微	经济论坛	2004 年 08 期
113	企业社会责任:推动可持续发展的第三种力量	金乐琴	中国人口·资源与环境	2004 年 02 期

序号	题　名	作　者	刊　载	日　期
114	审慎将公司社会责任引入其治理结构	范慧茜	现代管理科学	2004 年 04 期
115	从企业的社会责任看社会营销的适用性	吴铭，苏军强	经济论坛	2004 年 08 期
116	企业社会责任新探	孙蓓	商业研究	2004 年 09 期
117	SA8000 基础知识解读	黎友焕	WTO 经济导刊	2004 年 05 期
118	SA8000 新贸易壁垒的应对之策	黎友焕	WTO 经济导刊	2004 年 05 期
119	SA8000 牵一发而动全身	黎友焕	WTO 经济导刊	2004 年 05 期
120	SA8000 新贸易壁垒浮出水面	黎友焕	WTO 经济导刊	2004 年 05 期
121	面对是为了应对——SA8000 对我国经济发展的影响及其对策研究	郭洪，黎友焕，赵琼，张金生，于志宏	WTO 经济导刊	2004 年 05 期
122	企业社会责任的新思考	刘春友	上海师范大学学报（哲学社会科学版）	2004 年 03 期
123	我国实施社会责任会计的难点分析和对策	阳秋林，陈秀梅	南华大学学报（社会科学版）	2004 年 02 期
124	企业社会责任运动理论与实践	陈湘舸，邝爱峰	求索	2004 年 06 期
125	公司社会责任、利益相关者和公司绩效研究	古丽娜，张双武	西北民族大学学报（哲学社会科学版）	2004 年 03 期
126	现代企业的社会责任属性	田广研	企业改革与管理	2004 年 07 期
127	企业的社会责任与我国企业的自觉需要	杨继瑞，李晓涛，黄善明	经济管理	2004 年 13 期
128	SA8000 削弱珠三角出口企业竞争力	梁桂全，黎友焕	WTO 经济导刊	2004 年 07 期
129	国内外 SA8000 进程及新趋势分析	黎友焕	WTO 经济导刊	2004 年 07 期
130	企业社会责任的社会契约理论解析	林车	岭南学刊	2004 年 04 期

序号	题　名	作　者	刊　载	日　期
131	从 SA8000 看建立我国社会责任管理体系的必要性	董薇，王珺	哈尔滨商业大学学报（社会科学版）	2004 年 04 期
132	论公司的社会责任——基于法经济学的角度分析	曾培芳，陈伟	法治论丛	2004 年 04 期
133	从企业社会责任视角论我国《政府采购法》的完善	陈荣卓	行政与法	2004 年 07 期
134	消费者对公司社会责任的反应——一项国家与社会关系的考察	郑广怀	社会学研究	2004 年 04 期
135	公司与社会的和谐发展——美国公司制度的理念变迁	郑祝君	法商研究	2004 年 04 期
136	公司社会责任之思考	喻勤娅，吴勇敏	经济问题	2004 年 07 期
137	SA8000:中国走向世界的第三张"门票"——浅谈企业社会责任的法律化	付志刚，许永盛	经贸世界	2004 年 04 期
138	SA8000 认证宣传为何犹抱琵琶半遮面	黎友焕	WTO 经济导刊	2004 年 08 期
139	欧洲、美国拟对我出口企业实施 SA8000 强制认证	黎友焕	中外食品	2004 年 08 期
140	企业社会责任:企业战略性公关的基点	朱文敏，陈小愚	当代财经	2004 年 08 期
141	波特战略性企业慈善行为理论与启示	唐更华，许卓云	南方经济	2004 年 08 期
142	对中国资本市场的法律规制之设计	穆昌亮	贵州大学学报（社会科学版）	2004 年 04 期
143	企业社会责任绝不只是道德	曹希绅，张国华	中外管理	2004 年 09 期
144	企业申请 SA8000 认证:五个缺一不可	黎友焕	WTO 经济导刊	2004 年 09 期
145	跨国公司社会责任刍议	宓明君	浙江工业大学学报(社科版)	2004 年 02 期
146	企业社会责任和政府职责	赵琼	企业文化	2004 年 08 期
147	企业社会责任内涵的扩展与协调	刘继峰，吕家毅	法学评论	2004 年 05 期

序号	题 名	作 者	刊 载	日 期
148	企业生态之四:全球化背景下的企业社会责任	常凯	企业文化	2004 年 08 期
149	ISO 即将制定企业社会责任指南	耿利娜	世界标准化与质量管理	2004 年 09 期
150	企业应对社会责任标准体系(SA8000)认证需要注意的几个问题	黎友焕	财经理论与实践	2004 年 05 期
151	新形势下我国民营企业的社会责任	周燕,林龙	财经科学	2004 年 05 期
152	市场经济条件下企业社会责任的概念及价值	周勇	湖北大学学报(哲学社会科学版)	2004 年 05 期
153	欧洲公司治理体制与企业社会责任重组	祖良荣	产业经济研究	2004 年 05 期
154	公司社会责任的法哲学思考	姚金海	湖南社会科学	2004 年 05 期
155	高度自律:新企业文化运动	刘芳,吴平,殷永建	瞭望	2004 年 41 期
156	政府角色:用政策敦促企业	杨爱国,刘桂山	瞭望	2004 年 41 期
157	企业建立 SA8000:7 个步骤层层递进	黎友焕	WTO 经济导刊	2004 年 10 期
158	SA8000 认证与中国企业发展	姜启军,贺卫	中国工业经济	2004 年 10 期
159	论大型品牌零售企业的社会责任	顾宝炎,许勤,许秋菊	广东商学院学报	2004 年 05 期
160	推运 SA8000 在我国实施的主体行为及其影响分析	黎友焕	世界标准化与质量管理	2004 年 10 期
161	浅议民营企业社会责任管理	黄安平,卢方卫	兰州学刊	2004 年 05 期
162	对当前企业社会责任中六对关系的思考	黄善明	劳动保障世界	2004 年 11 期
163	"企业社会责任"对我国企业国际化经营的潜在影响对 SA8000 标准的思考	陈辉	理论探讨	2004 年 06 期
164	SA8000 带给中国企业的深层思考	郑卫东	财经科学	2004 年 06 期

序号	题　名	作　者	刊　载	日　期
165	浅谈印度"企业社会责任"（CSR）问题	杨梅	西南民族大学学报（人文社科版）	2004 年 11 期
166	直面 SA8000 关注中国企业社会责任问题	仇长霞	生产力研究	2004 年 11 期
167	关于企业社会责任的思考与建议	王志民	福建论坛（人文社会科学版）	2004 年 11 期
168	公司社会责任之提升	康治余，李宏斌	广西师范学院学报（哲学社会科学版）	2004 年 04 期
169	略论强化股份公司的信息披露机制	张中	前沿	2004 年 11 期
170	社会责任：企业竞争力的新要素	李佩钰，潘石屹，姚民仆，王建明，仲大军	中外管理	2004 年 12 期
171	公司社会责任的实现机制——兼评美国"其他利害关系人条款"	单双	中国司法	2004 年 12 期
172	企业社会责任：跨国公司全球化战略对我国企业的挑战	梁桂全	WTO 经济导刊	2004 年 12 期
173	企业社会责任与就业指导教育	战飚	企业经济	2004 年 12 期
174	"企业社会责任"SA8000——政府和企业的新课题	陈彩珍	行政论坛	2004 年 06 期
175	试析公司的社会责任	祖章琼	贵州民族学院学报（哲学社会科学版）	2004 年 06 期
176	承担社会责任未必影响公司发展——从企业社会责任指向谈企业社会责任与绩效关系	袁昊，夏鹏，赵卓丽	华东经济管理	2004 年 06 期
177	社会责任与企业国际竞争力研究	朱瑞雪，郭京福	华东经济管理	2004 年 06 期
178	对企业社会责任的价值理性追求及其伦理内涵	刘春友	重庆社会科学	2004 年 51 期
179	背景与进路：社会道德责任标准 SA8000 研究	刘茜	西南农业大学学报（社会科学版）	2004 年 04 期

序号	题　名	作　者	刊　载	日　期
180	企业社会责任与公司治理	曹素璋	贵州工业大学学报(社会科学版)	2004 年 06 期
181	企业社会责任的新内涵	张彦宁	企业管理	2005 年 01 期
182	企业的社会责任问题与中国经济的伦理化	李建民，王丽霞	当代经济研究	2005 年 01 期
183	超越道德教化:公司社会责任法律内涵解读	李平龙	社会科学家	2005 年 01 期
184	企业社会责任的治理及对策思考	杨继瑞，李晓涛，黄善明	福建论坛(人文社会科学版)	2005 年 01 期
185	我国企业社会责任的演变与趋势	赵连荣	企业改革与管理	2005 年 02 期
186	西方企业社会责任实践	马力，齐善鸿	企业管理	2005 年 02 期
187	SA8000 在中国:热炒作后的冷思考	黎友焕	WTO 经济导刊	2005 年 02 期
188	企业社会责任:视角、形式与内涵	周祖城	理论学刊	2005 年 02 期
189	论利益相关者理论在企业社会责任研究中的作用	田田，李传峰	江淮论坛	2005 年 01 期
190	回应挑战:全球企业社会责任运动中中国的对策选择	景云祥	甘肃社会科学	2005 年 01 期
191	论 SA8000 相对于国际标准体系的十大缺陷	黎友焕	亚太经济	2005 年 02 期
192	企业社会责任之法学解读	黄金桥	南方经济	2005 年 03 期
193	中国企业社会责任现状与提升措施	王大超，张丽莉	北方论丛	2005 年 02 期
194	公司社会责任理论述评	马力，齐善鸿	经济社会体制比较	2005 年 02 期
195	SA8000——广东外贸企业必须逾越的墙	黎友焕	WTO 经济导刊	2005 年 04 期
196	企业社会责任的本质、形成条件及表现形式	陈永正，贾星客，李极光	云南师范大学学报(哲学社会科学版)	2005 年 37 期
197	美国现代企业社会责任理论的形成与发展	田祖海	武汉理工大学学报(社会科学版)	2005 年 03 期

序号	题 名	作 者	刊 载	日 期
198	公司社会责任与和谐消费环境的营造	刘俊海	法治论丛	2005 年 04 期
199	企业的社会责任及其实现方式	杜中臣	中国人民大学学报	2005 年 04 期
200	论企业社会责任观的发展轨迹	杨印华	经济纵横	2005 年 07 期
201	试析企业社会责任的影响因素	李双龙	经济体制改革	2005 年 04 期
202	刍议企业社会责任与竞争力	刘藏岩	商业时代	2005 年 23 期
203	西方公司社会责任界说评述	马力，张前，柳兴国	江淮论坛	2005 年 04 期
204	中国企业社会责任调查报告	殷格非，于志宏，吴福顺	WTO 经济导刊	2005 年 09 期
205	企业社会责任的实现——基于消费者选择的分析	鞠芳辉，谢子远，宝贡敏	中国工业经济	2005 年 09 期
206	企业社会责任分级模型及其应用	陈迅，韩亚琴	中国工业经济	2005 年 09 期
207	西方企业社会责任的演化及其体系	张志强，王春香	宏观经济研究	2005 年 09 期
208	我国上市公司社会责任会计信息市场反应实证分析	陈玉清，马丽丽	会计研究	2005 年 11 期
209	公司治理、组织能力和社会责任——基于整合与协同演化的视角	韵江，高良谋	中国工业经济	2005 年 11 期
210	企业社会责任的战略选择与民营企业的可持续发展	姜启军，贺卫	商业经济与管理	2005 年 11 期
211	从企业社会责任看和谐劳动关系的构建——SA8000 引发的思考	李芸	世界经济与政治论坛	2005 年 06 期
212	日本企业社会责任研究	田虹，吕有晨	现代日本经济	2006 年 01 期
213	论企业的社会责任与和谐社会的建构	黄晓聪	经济前沿	2006 年 01 期
214	企业社会责任评价理论与实证研究:以湖南省为例	李立清	南方经济	2006 年 01 期

序号	题　名	作　者	刊　载	日　期
215	后配额时代的广东纺织业	黎友焕	广东社会科学	2006 年 01 期
216	企业社会责任研究领域的新探索——评李立清、李燕凌新著《企业社会责任研究》	颜佳华，罗依平	湘潭大学学报（哲学社会科学版）	2006 年 01 期
217	试论我国公司社会责任的立法价值取向	朱晔，刘艺军	甘肃政法学院学报	2006 年 01 期
218	世界企业社会责任研究与实践概述	李艳华，凌文铨	技术经济与管理研究	2006 年 01 期
219	企业社会责任公众调查的初步报告	金碚，李钢	经济管理	2006 年 03 期
220	论企业社会责任的涵义、性质、特征和内容	王玲	法学家	2006 年 01 期
221	关于社会责任会计涵义综述	李冬生，阳秋林	财会研究	2006 年 02 期
222	企业社会责任与企业价值的相关性研究——来自沪市上市公司的经验证据	李正	中国工业经济	2006 年 02 期
223	从利益相关者视角看企业社会责任	田虹	管理现代化	2006 年 01 期
224	2006 年广东经济形势分析及策略建议	黎友焕，黎友隆	商讯商业经济文荟	2006 年 01 期
225	和谐社会视野下的企业社会责任标准	郑启福	武汉科技大学学报（社会科学版）	2006 年 01 期
226	浅论跨国公司社会责任实施机制	谢阶汴	广西政法管理干部学院学报	2006 年 02 期
227	国际化经营中的企业社会责任概念模型	徐二明，郑平	经济与管理研究	2006 年 03 期
228	西方企业社会责任理论研究进展——基于概念演进的视角	郑若娟	国外社会科学	2006 年 02 期
229	强化企业社会责任 努力构建和谐社会	郭云贵	现代企业	2006 年 03 期
230	国际劳工标准、国际贸易与我国劳工标准	张利萍	贵州师范大学学报（社会科学版）	2006 年 02 期
231	公私合作实践企业社会责任——以中国光彩事业扶贫项目为案例	郭沛源，于永达	管理世界	2006 年 07 期

序号	题　名	作　者	刊　载	日　期
232	企业社会责任与危机管理	刘藏岩	生产力研究	2006 年 04 期
233	企业的道德责任与社会责任——斯密与弗里德曼观点的比较研究	高芳	哲学动态	2006 年 04 期
234	未来金融业发展趋势与商业银行社会责任新挑战	朱文忠	金融理论与实践	2006 年 05 期
235	我国上市公司社会责任信息披露的现状分析	沈洪涛,金婷婷	审计与经济研究	2006 年 03 期
236	公司社会责任的法律界定与类型化分析——兼评公司法修改	金玄武	学习与探索	2006 年 03 期
237	理性看企业社会责任	吴照云	当代财经	2006 年 05 期
238	我国企业社会责任管理之探讨	黄文彦,蓝海林	科学学与科学技术管理	2006 年 06 期
239	金融机构的企业社会责任基准:赤道原则	张长龙	国际金融研究	2006 年 06 期
240	从 SA8000 看国际企业社会责任运动对我国的影响	刘瑛华	管理世界	2006 年 06 期
241	企业社会责任运动测评指标体系实证研究——消费者视角	金立印	中国工业经济	2006 年 06 期
242	企业社会责任缺失:现状、根源、对策——以构建和谐社会为视角的解读	李碧珍	企业经济	2006 年 06 期
243	跨国公司社会责任规范的自愿性困境	历咏	法学	2006 年 06 期
244	中国民营企业社会责任评价体系初探	姜万军,杨东宁,周长辉	统计研究	2006 年 07 期
245	21 世纪的公司社会责任思想主流——公司公民研究综述	沈洪涛	外国经济与管理	2006 年 08 期
246	跨国公司的社会责任:理论基础及其对我国的影响分析	田祖海,苏曼	商业研究	2006 年 16 期
247	就业性别歧视与保障女性就业	黄娟	山东社会科学	2006 年 09 期
248	论企业社会责任建设与构建和谐社会	黎友焕	西北大学学报(哲学社会科学版)	2006 年 05 期

序号	题　名	作　者	刊　载	日　期
249	企业社会责任的均衡模型	万莉,罗怡芬	中国工业经济	2006 年 09 期
250	企业社会责任概念的界定	刘诚	上海师范大学学报(哲学社会科学版)	2006 年 05 期
251	论企业社会责任的法律性质	常凯	上海师范大学学报(哲学社会科学版)	2006 年 05 期
252	国外关于企业社会责任的理论评介	杨帆,吴江	暨南学报(哲学社会科学版)	2006 年 05 期
253	论企业社会责任与企业可持续发展	李培林	现代财经(天津财经大学学报)	2006 年 10 期
254	企业社会责任与核心竞争力	田虹	商业研究	2006 年 19 期
255	"企业社会责任"国际研讨会综述	叶静漪,肖京	中外法学	2006 年 05 期
256	企业社会责任会计信息披露体系的构建——基于会计信息披露现状的分析	裘丽娅,徐植	技术经济	2006 年 10 期
257	民营企业社会责任:内涵、机制与对策——基于竞争力的视角	易开刚	经济理论与经济管理	2006 年 11 期
258	企业社会责任的中西比较及启示	侯历华	商业时代	2006 年 32 期
259	企业社会责任信息披露问题的探讨	舒强兴,王红英	财经理论与实践	2006 年 06 期
260	SA8000 对广东劳动密集型产业人力资源管理的影响及应对策略	陈淑妮,黎友焕	中国人力资源开发	2006 年 11 期
261	企业社会责任研究中的几个重要问题	曹凤月	中国劳动关系学院学报	2006 年 06 期
262	欠发达地区企业社会责任的政府经济学思考	陈文烈	华中师范大学研究生学报	2006 年 04 期
263	企业社会责任问题讨论综述	王碧峰	经济理论与经济管理	2006 年 12 期
264	从国际视角看强化我国企业社会责任的必要性	赵晓丹,邹晓美	中国流通经济	2006 年 12 期

序号	题　名	作　者	刊　载	日　期
265	企业社会责任:层次模型与动因分析	李海婴,翟运开,董芹芹	当代经济管理	2006 年 06 期
266	企业社会责任与政府监管的博弈关系探讨	刘曙光,李甲荣,李大斌	经济论坛	2007 年 01 期
267	浅议企业社会责任及社会责任会计	苏彦荣,李晓东	科技情报开发与经济	2007 年 01 期
268	和谐社会构建中的企业慈善责任研究	赵曙明	江海学刊	2007 年 01 期
269	中国私营企业社会责任问题研究——基于公司治理结构的视角	李伟,梅继霞	经济与管理	2007 年 01 期
270	中国企业社会责任博弈分析	杜兰英,杨春方,吴水兰,石永东	当代经济科学	2007 年 01 期
271	政府、企业与社会三者关系中的中国企业社会责任监管机制	朱锦程	社会科学战线	2007 年 01 期
272	企业社会责任目标及实现路径	田虹	长春大学学报	2007 年 01 期
273	中小企业社会责任投入成本与收益分析	陆凤林,徐立青	商业时代	2007 年 03 期
274	企业社会责任:从理念到实践	李淮安	南开管理评论	2007 年 01 期
275	中国企业社会责任发展的阶段分析	殷格非,李伟阳,吴福顺	WTO 经济导刊	2007 年 01 期
276	国内企业社会责任理论研究综述	王凯,黎友焕	WTO 经济导刊	2007 年 01 期
277	公司社会责任的程序保障	董新凯	现代经济探讨	2007 年 02 期
278	企业捐赠作用的综合解析	钟宏武	中国工业经济	2007 年 02 期
279	西方企业社会责任研究对我国的启示	李文川,卢勇,张群祥	改革与战略	2007 年 02 期
280	我国纺织业如何应对企业社会责任运动	黎友焕,叶祥松	商业时代	2007 年 05 期

序号	题 名	作 者	刊 载	日 期
281	企业社会责任理论述评	杨玲丽	兰州学刊	2007 年 02 期
282	如何提升珠三角企业自主创新能力	黎友焕,黎友隆	商业时代	2007 年 06 期
283	企业社会责任与利益相关者理论:基于整合视角的研究	张洪波,李健	科学学与科学技术管理	2007 年 03 期
284	谈企业社会责任理论在我国的发展	黎友焕,叶祥松	商业时代	2007 年 07 期
285	企业社会责任:从单一视角到协同视角	贾生华,郑海东	浙江大学学报(人文社会科学版)	2007 年 02 期
286	民营企业社会责任意识的现状与评价	陈旭东,余逊达	浙江大学学报(人文社会科学版)	2007 年 02 期
287	基于 SA8000 的民营企业社会责任现状调查分析——以浙江省为例	李文川,罗宣政	商业经济与管理	2007 年 03 期
288	公司特征与公司社会责任信息披露——来自我国上市公司的经验证据	沈洪涛	会计研究	2007 年 03 期
289	社会契约论视野中的企业社会责任	李淑英	中国人民大学学报	2007 年 02 期
290	企业社会责任行为与消费者响应——消费者个人特征和价格信号的调节	周延风,罗文恩,肖文建	中国工业经济	2007 年 03 期
291	我国公司社会责任的立法现状及完善建议	郭玉坤,于颖	长春工业大学学报(社会科学版)	2007 年 01 期
292	我国上市公司社会责任与企业绩效的实证研究——来自上证 180 指数的经验证据	王怀明,宋涛	南京师大学报(社会科学版)	2007 年 02 期
293	基于社会责任的企业发展方式变革	黎友焕,赵景锋	商业时代	2007 年 09 期
294	企业社会责任浅析	付俊凤	中国行政管理	2007 年 04 期
295	上市公司社会责任的财务评价体系	颜剩勇	财经科学	2007 年 04 期
296	论企业社会责任的多元性	刘笑霞	现代财经(天津财经大学学报)	2007 年 04 期
297	新《公司法》中公司的社会责任	李铁民	中国工商管理研究	2007 年 04 期

序号	题　名	作　者	刊　载	日　期
298	企业社会责任与我国民营企业可持续发展	刘新荣	经济管理	2007 年 08 期
299	跨国公司产业链管理调整对广东外贸的影响	黎友焕，黎友隆	商业时代	2007 年 11 期
300	论利益相关者理论下的企业社会责任问题	李伟	当代经济管理	2007 年 02 期
301	浅探现代企业社会责任信息披露	季晓东	财会月刊	2007 年 12 期
302	企业社会责任研究——CSR，CSR 2，CSP	王新新，杨德锋	工业技术经济	2007 年 04 期
303	跨国公司社会责任的概念框架	崔新健	世界经济研究	2007 年 04 期
304	企业社会责任：概念界定、范围及特质	李淑英	哲学动态	2007 年 04 期
305	改进 SA8000 认证体系与市场秩序之我见	黎友焕，叶祥松	商业时代	2007 年 12 期
306	中国转型经济背景下的跨国公司在华企业社会责任研究	徐二明，郑平	经济界	2007 年 03 期
307	跨国公司社会责任的国际法规制	袁文全，赵学刚	法学评论	2007 年 03 期
308	西方企业社会责任的演变及启示	张彩玲	经济纵横	2007 年 10 期
309	我国民营企业社会责任的层次性研究	赵辉，李文川	经济纵横	2007 年 10 期
310	企业社会责任概念范畴的归纳性分析	徐尚昆，杨汝岱	中国工业经济	2007 年 05 期
311	跨国公司企业社会责任国别差异性的原因与对策	朱文忠	国际经贸探索	2007 年 05 期
312	利益相关者理论与公司的社会责任	李凯，王永东	生产力研究	2007 年 10 期
313	构建我国企业社会责任会计信息披露体系	宋在科	经济问题探索	2007 年 06 期
314	国外企业社会责任研究述评	段文，晁罡，刘善仕	华南理工大学学报(社会科学版)	2007 年 03 期
315	企业社会责任：概念 VS 行动		变频器世界	2007 年 06 期

序号	题　名	作　者	刊　载	日　期
316	企业家对企业社会责任的认识与评价——2007年中国企业经营者成长与发展专题调查报告	彭泗清,李兰,潘建成,韩岫岚,郝大海,郑明身	管理世界	2007年09期
317	企业社会责任信息披露制度研究	罗金明	经济纵横	2007年06期
318	从耐克事件看企业社会责任危机响应模式	郭红玲	求索	2007年06期
319	企业社会责任若干问题研究	刘新民,谢志华	学术论坛	2007年07期
320	中国推进企业社会责任认证阻力分析	刘藏岩	生产力研究	2007年13期
321	企业社会责任会计信息披露模式研究	刘盼睿	现代审计与经济	2007年03期
322	演化经济学视角下的企业社会责任政策——兼谈企业社会责任的演化	黄晓鹏	经济评论	2007年04期
323	国外企业社会责任理论述评——企业与社会的关系视角	赵琼	广东社会科学	2007年04期
324	中国企业社会责任信息披露的内容界定、计量方法和现状研究	李正,向锐	会计研究	2007年07期
325	企业的社会责任与企业绩效的相关性研究	张建同,朱立龙	华东经济管理	2007年07期
326	日本企业文化的特质解析	瞿沐学,刘佳	重庆工学院学报(社会科学版)	2007年14期
327	基于消费者视角的企业社会责任研究述评	周延风,肖文建,黄光	消费经济	2007年14期
328	中国企业社会责任信息披露的现状分析与对策思考	周祖城,王旭,韦佳园	软科学	2007年04期
329	国际企业社会责任运动对企业文化发展的影响——基于文化与有效性模型的研究	黎友焕,丘新强	郑州航空工业管理学院学报	2007年04期

序号	题　名	作　者	刊　载	日　期
330	国外对华反倾销的新趋势和对策	黎友焕，王凯	广东商学院学报	2007 年 04 期
331	企业利润与企业社会责任	张维迎	经济界	2007 年 05 期
332	企业社会责任的内涵及其履行途径	丁军	商业时代	2007 年 25 期
333	企业社会责任会计计量方法研究	周奇志，阳理，蒋海伦	当代经济（下半月）	2007 年 09 期
334	公司社会责任的法律意蕴	张国平	江苏社会科学	2007 年 05 期
335	企业社会责任及其标准在我国的发展与完善	刘艳	湘潭大学学报（哲学社会科学版）	2007 年 05 期
336	企业社会责任信息披露研究综述	袁蕴，牟涛	财会月刊	2007 年 26 期
337	企业社会责任相对水平与消费者购买意向关系的实证研究	周祖城，张漪杰	中国工业经济	2007 年 09 期
338	跨国公司与中国企业捐赠行为的比较研究	赵琼，张应祥	社会	2007 年 27 期
339	跨国公司行为守则与中国外资企业劳工标准——一项"跨国—国家—地方"分析框架下的实证研究	余晓敏	社会学研究	2007 年 05 期
340	论国际企业社会责任运动与广东企业家精神建设	黎友焕，张洪书	西安电子科技大学学报（社会科学版）	2007 年 05 期
341	波特企业社会责任的战略模型	郭沛源	中外管理	2007 年 10 期
342	企业社会责任的困惑与悖论	张维迎	企业文化	2007 年 10 期
343	企业社会责任的博弈模型分析	韩晶	财经问题研究	2007 年 10 期
344	企业社会责任的定位研究——基于利益相关者的分析	李双龙	生产力研究	2007 年 19 期
345	利益相关者理论视野中的企业社会绩效研究述评	陈宏辉	生态经济	2007 年 10 期
346	企业社会责任:中国的实践及启示——基于利益相关者理论视角	李姝	商业经济	2007 年 10 期

序号	题 名	作 者	刊 载	日 期
347	社会和谐发展环境下的企业社会责任	李泳平	经济问题	2007 年 10 期
348	中国企业社会责任评价实证研究	陈留彬	山东社会科学	2007 年 10 期
349	中小企业社会责任现状及对策研究	刘颖	经济纵横	2007 年 11 期
350	企业社会责任与可持续发展研究	叶敏华	上海经济研究	2007 年 11 期
351	企业社会责任理论演进及文献述评	李姝	北方经贸	2007 年 11 期
352	从利益相关者视角解读企业社会责任	金建江	财经科学	2007 年 11 期
353	战略绩效评价模式:企业社会责任嵌入性研究	徐光华,陈良华,王兰芳	管理世界	2007 年 11 期
354	关于公司社会责任的若干问题	刘俊海	理论前沿	2007 年 22 期
355	国内 SA8000 研究综述	黎友焕,杜彬	中外食品	2007 年 11 期
356	基于社会责任的企业人力资源管理	陈淑妮	五邑大学学报(社会科学版)	2007 年 04 期
357	企业社会责任管理新理念:从社会责任到社会资本	易开刚	经济理论与经济管理	2007 年 11 期
358	企业社会责任和企业经济绩效的关系分析	姜启军	生产力研究	2007 年 22 期
359	公司价值最大化与企业社会责任	张晓峰,徐向艺	生产力研究	2007 年 22 期
360	当前我国企业社会责任的缺位与重构	孙丰云	世界经济与政治论坛	2007 年 06 期
361	基于企业社会责任视角的中国出口食品安全问题探讨	丘新强,黎友焕	世界标准化与质量管理	2007 年 12 期
362	中国企业社会责任现状与对策	叶金国,罗振洲,林元	社会科学论坛(学术研究卷)	2007 年 12 期
363	企业社会责任概念的辨析	崔新健	社会科学	2007 年 12 期
364	企业社会责任:财富共享的时代精神	陈进华	学术研究	2007 年 12 期

序号	题　名	作　者	刊　载	日　期
365	我国公司社会责任的司法裁判困境及若干解决思路	罗培新	法学	2007 年 12 期
366	盈利与责任和谐共进:西方公司社会责任思想的理论与实践	熊惠平	当代世界	2008 年 01 期
367	国外产品危机事件中企业社会责任研究的回顾与展望	井淼,周颖,王方华	伦理学研究	2008 年 01 期
368	SA8000 企业社会责任的伦理解读	唐一之,李伦	伦理学研究	2008 年 01 期
369	谈 SA8000 对广东省劳动力成本的影响	陈淑妮,黎友焕,李卉子	商业时代	2008 年 01 期
370	东莞民营企业社会责任履行现状调查研究	危兆宾	法制与社会	2008 年 02 期
371	企业社会责任行为、产品价格对消费者购买意愿的影响研究	常亚平,阎俊,方琪	管理学报	2008 年 01 期
372	自律与约束:规范在华跨国公司社会责任	曹斌,辛吉吉	贵州财经学院学报	2008 年 01 期
373	在华跨国公司社会责任规范研究	辛吉吉,曹斌	山东经济	2008 年 01 期
374	公司社会责任标准的本质研究	申天恩	社科纵横	2008 年 01 期
375	儒家文化、企业的社会责任与社会和谐	刘志扬	山东经济	2008 年 01 期
376	出口食品"安全门"与企业社会责任	丘新强	中外食品	2008 年 01 期
377	企业性质与企业社会责任	李兰芬	学海	2008 年 01 期
378	呼唤民营企业社会责任法制化	单东,郭国庆,汪训波	人民论坛	2008 年 02 期
379	从企业自身视角看企业社会责任对其盈利目标的影响	邱明星	华东经济管理	2008 年 01 期
380	论企业社会责任的本质——兼与李伟先生商榷其他利益相关者在企业治理结构中的地位	胡贵毅	当代经济管理	2008 年 01 期

序号	题 名	作 者	刊 载	日 期
381	构建和谐社会与企业社会责任体系建设	李健	经济体制改革	2008 年 01 期
382	理性、激励机制与企业社会责任构建	崔海潮,赵勇	求索	2008 年 01 期
383	中国公司法第五条第一款的文义解释及实施路径 兼论道德层面的企业社会责任的意义	楼建波	中外法学	2008 年 01 期
384	全球视角下的企业社会责任及对中国的启示	张宪初	中外法学	2008 年 01 期
385	论劳动关系中的企业社会责任	赵小仕,陈全明	当代财经	2008 年 02 期
386	公司的社会责任:游走于法律责任与道德准则之间	朱慈蕴	中外法学	2008 年 01 期
387	资本市场对公司社会责任的束缚:美国经验对中国的启示	劳伦斯·E·米歇尔,韩寒	中外法学	2008 年 01 期
388	我国企业社会责任规范管理的思考——以中国移动通讯集团公司为例	陈炜,王茂祥	改革与战略	2008 年 02 期
389	会计基础型的企业社会责任信息披露	严复海,赵麟	财会研究	2008 年 02 期
390	企业社会责任的分析与评价——以深交所制造业上市公司为例	熊勇清,周理	管理科学文摘	2008 年 21 期
391	企业社会责任与企业效率关系辨正	陈湘舸,陈艳婷	理论探索	2008 年 02 期
392	企业自主创新和企业社会责任	宋天和,杨威	企业研究	2008 年 03 期
393	企业社会资本与企业社会责任关系研究	王利晓,田旭锋	西安邮电学院学报	2008 年 02 期
394	商业银行社会责任及其报告披露:问题与改进	崔宏	金融论坛	2008 年 03 期
395	系统构建我国企业社会责任管理体系	王阳	学术论坛	2008 年 03 期
396	试论"超越法律"的企业社会责任	周林彬,何朝丹	现代法学	2008 年 02 期

序号	题　名	作　者	刊　载	日　期
397	企业社会责任中的经济因素与非经济因素	郁建兴,高翔	经济社会体制比较	2008 年 02 期
398	公司治理研究的新领域:公司社会责任	张兆国	财政监督	2008 年 06 期
399	公司社会责任信息披露的价值相关性研究——来自我国上市公司的经验证据	沈洪涛,杨熠	当代财经	2008 年 03 期
400	建立系统性公司治理模式——以企业社会责任理论为指导	刘新民	中国社会科学院研究生院学报	2008 年 02 期
401	食品安全与企业社会责任	赵霞	东北财经大学学报	2008 年 02 期
402	谈我国企业社会责任的构建	孙亚东	黑龙江省社会主义学院学报	2008 年 02 期
403	对企业社会责任会计信息披露模式的思考——增值表编制方法分析	赵相华	财政监督	2008 年 06 期
404	我国出口企业实施企业社会责任标准的现状与对策	张晓晨,施国庆	贵州财经学院学报	2008 年 02 期
405	先秦儒家义利观与企业社会责任建设标准	刘刚	中国人民大学学报	2008 年 02 期
406	企业社会责任及利益相关者界定	徐广军,边宁	商业时代	2008 年 08 期
407	企业社会责任与经营绩效的相关性研究	李宏旺	商业时代	2008 年 08 期
408	我国公司社会责任的实践与完善思路	陈佳怡	改革与战略	2008 年 03 期
409	我国新公司法与公司的社会责任	方韧	贵州大学学报(社会科学版)	2008 年 02 期
410	企业社会责任对企业核心层竞争力影响的研究	邓子纲	湖南社会科学	2008 年 02 期
411	企业社会责任与经济效益的相关性	田虹	生产力研究	2008 年 06 期
412	企业社会责任的模型构建	苗青	人力资源	2008 年 07 期
413	公司社会责任生成的法律机制	王明亮,唐更华	理论导刊	2008 年 04 期

序号	题 名	作 者	刊 载	日 期
414	金融机构的社会责任基准:赤道准则	杜彬,黎友焕	郑州航空工业管理学院学报	2008 年 02 期
415	我国企业社会责任管理体系的构建	陈炜,王茂祥	管理现代化	2008 年 02 期
416	论公司社会责任:法律义务、道德责任及其他	史际春,肖竹,冯辉	首都师范大学学报(社会科学版)	2008 年 02 期
417	SA8000 对缓解广东"民工荒"困境的影响及其对策研究	陈淑妮,黎友焕	产业与科技论坛	2008 年 04 期
418	企业社会责任管理体系:认同与行为	唐飞,韵江	财经问题研究	2008 年 05 期
419	企业社会责任制度实施现状和完善措施	吴卡	中国国情国力	2008 年 05 期
420	企业领导者的社会责任取向、企业社会表现和组织绩效的关系研究	晁罡,袁品,段文,程宇宏	管理学报	2008 年 03 期
421	经济全球化与我国企业社会责任制度的构建	沈四宝,程华儿	法学杂志	2008 年 03 期
422	企业社会责任理念下的产品质量法修改建议	蒋冬梅,黎友焕	产业与科技论坛	2008 年 05 期
423	论我国贸易顺差的几个问题	黎友焕,杜彬	广西社会科学	2008 年 05 期
424	环境规制下的国外企业社会责任运动及启示	黎友焕,龚成威	世界环境	2008 年 03 期
425	社会责任标准 SA8000 对完善我国劳动者权益保障的启示	黎友焕,黎少容	中国行政管理	2008 年 06 期
426	我国企业社会责任的问题及对策	田怡	法制与社会	2008 年 18 期
427	现代企业社会责任问题研究述评	夏明月	伦理学研究	2008 年 04 期
428	劳动法律与人力资源管理的和谐共存	董保华	浙江大学学报(人文社会科学版)	2008 年 04 期
429	基于企业社会责任理念的食品安全问题探讨	蒋冬梅	中外食品	2008 年 07 期
430	我国企业社会责任会计信息披露的实证检验	钟成武	法制与经济(中旬刊)	2008 年 07 期

序号	题 名	作 者	刊 载	日 期
431	跨国公司社会责任:从理论到实践	盛斌,胡博	南开学报(哲学社会科学版)	2008 年 04 期
432	上市公司社会责任信息披露现状及影响因素	张萍,马忠	中国国情国力	2008 年 09 期
433	企业社会责任评价体系研究	朱永明	经济经纬	2008 年 05 期
434	民营企业社会责任推进机制研究	刘藏岩	经济经纬	2008 年 05 期
435	环境会计信息披露的有效机制及模式探析——基于福建省上市公司环境会计信息披露状况的调查	梁小红,黄晓榕,陈佳佳	福建论坛(人文社会科学版)	2008 年 09 期
436	国外企业社会责任研究综述	郑海东,徐梅	中国管理信息化	2008 年 18 期
437	承担企业社会责任提高食品企业竞争力	杜彬	中外食品	2008 年 09 期
438	基于持续发展的企业社会责任与企业战略目标管理融合研究	许正良,刘娜	中国工业经济	2008 年 09 期
439	公司治理研究的新发展:公司社会责任	张兆国,赵寿文,刘晓霞	武汉大学学报(哲学社会科学版)	2008 年 05 期
440	跨国公司社会责任研究——基于 CSR 报告的比较分析	金润圭,杨蓉,陶冉	世界经济研究	2008 年 09 期
441	如何促进中国企业环境信息公开	龚成威,黎友焕	世界环境	2008 年 05 期
442	企业共生战略绩效评价模式研究	徐光华,周小虎	南开管理评论	2008 年 05 期
443	浅析我国民营企业社会责任现状与问题	徐晋,李俊	北方经济	2008 年 02 期
444	企业社会责任与财务绩效关系的实证研究——利益相关者视角的面板数据分析	温素彬,方苑	中国工业经济	2008 年 10 期
445	企业社会责任概念探究	李伟阳,肖红军	经济管理	2008 年 22 期
446	基于利益相关者的企业社会责任指标与表现评价	辛杰	山东社会科学	2008 年 11 期

序号	题　名	作　者	刊　载	日　期
447	透析"三鹿奶粉事件"背后的企业社会责任	程登健	法制与社会	2008 年 32 期
448	企业社会责任的评价维度及其强化措施分析	段从清，丁琳	中南财经政法大学学报	2008 年 06 期
449	企业社会责任理论研究综述	徐俊	安徽农业大学学报(社会科学版)	2008 年 06 期
450	我国企业社会责任若干问题思考	黄兰萍	中南财经政法大学学报	2008 年 06 期
451	企业承担社会责任的动因及实现条件	辛晴，綦建红	华东经济管理	2008 年 11 期
452	基于外部性的企业社会责任福利分析	黎友焕，龚成威	西安电子科技大学学报(社会科学版)	2008 年 06 期
453	欧美企业社会责任评价标准比较	帅萍，周祖城	统计与决策	2008 年 23 期
454	从三鹿事件看中国企业的社会责任	曹鹏，李娜	经济论坛	2008 年 24 期
455	百年企业更应承担社会责任——对国内已发布报告企业的研究分析	黎友焕，龚成威	上海国资	2008 年 12 期
456	英国政府推进企业社会责任的实践和启示	王丹，聂元军	改革与战略	2008 年 12 期
457	企业社会责任与企业绩效的相关性——基于中国通信行业的经验数据	田虹	经济管理	2009 年 01 期
458	利益相关者视角下的企业社会责任研究——以山东省1400 家企业问卷调查为例	辛杰	山东大学学报(哲学社会科学版)	2009 年 01 期
459	中国企业社会责任影响因素实证研究	杨春方	经济学家	2009 年 01 期
460	企业社会责任的会计视觉分析——从"三聚氰胺奶粉事件"引发的思考	陈月圆	消费导刊	2009 年 01 期
461	基于突发公共危机事件的企业社会责任营销	李亚琴，王愚	经济研究导刊	2009 年 01 期
462	企业社会责任三题	余达淮	经济经纬	2009 年 01 期
463	从企业自身的角度看企业社会责任	刘璐璐，徐彬	法制与社会	2009 年 02 期

序号	题　名	作　者	刊　载	日　期
464	论企业社会责任的价值合理性	胡永红，许卓云	学习与探索	2009 年 01 期
465	企业社会责任与环境信息披露研究	吴翊民	上海经济研究	2009 年 01 期
466	我国企业社会责任制度的反思与完善——以中日社会责任制度比较为视角	田春雷	兰州学刊	2009 年 01 期
467	中国乳制品企业之策略选择	王庭森，郑颖超	企业研究	2009 年 01 期
468	企业成长过程中的社会责任认知与行动战略	陈宏辉，王江艳	商业经济与管理	2009 年 01 期
469	企业社会责任对企业价值的影响实证分析	陈煦江	重庆工商大学学报（西部论坛）	2009 年 01 期
470	我国企业社会责任信息披露研究	臧慧萍	经济论坛	2009 年 02 期
471	市场化进程、最终控制人性质与企业社会责任——来自中国沪市上市公司的经验证据	崔秀梅，刘静	软科学	2009 年 01 期
472	论公司社会责任的法理基础	方波	法制与社会	2009 年 02 期
473	反思与超越：公司社会责任诠释	周友苏，张虹	公安研究	2009 年 06 期
474	食品安全与现代企业的社会责任	王中亮	上海经济研究	2009 年 01 期
475	企业社会责任与经济发展方式转变	祝金甫，徐振宇	国际经济合作	2009 年 01 期
476	企业社会责任的要素、模式与战略最新研究述评	赵曙明	外国经济与管理	2009 年 01 期
477	论公司社会责任的法律属性——评析我国《公司法》第五条第一款	刘云霞，师晓丹	法制与社会	2009 年 03 期
478	国内企业社会责任理论研究新进展	黎友焕，龚成威	西安电子科技大学学报（社会科学版）	2009 年 01 期
479	对当代企业社会责任理论的系统思考	朱文忠	现代经济探讨	2009 年 01 期
480	利益相关者、公司治理与企业的社会责任	许叶枚	现代经济探讨	2009 年 01 期

序号	题 名	作 者	刊 载	日 期
481	企业社会责任绩效评价指标体系的构建	严复海,赵麟	生产力研究	2009 年 02 期
482	企业的社会责任再思考	钟声	法治研究	2009 年 02 期
483	中国背景下 CSR 与消费者购买意向关系的实证研究	谢佩洪,周祖城	南开管理评论	2009 年 01 期
484	两类企业公开信息及其交互作用对消费者品牌关系的影响	谢毅,彭泗清	南开管理评论	2009 年 01 期
485	从"三鹿奶粉事件"看企业的社会责任	钟劲松	北方经济	2009 年 04 期
486	关于企业社会责任的研究综述	程鹏璠,张勇	西南科技大学学报(哲学社会科学版)	2009 年 01 期
487	企业社会责任信息披露问题探讨	李寒俏,范孝周	中国管理信息化	2009 年 04 期
488	企业社会责任报告模式的比较研究	温素彬,张建红,方靖怡	管理学报	2009 年 02 期
489	企业社会责任信息披露的研究文献述评	李燕	西南农业大学学报(社会科学版)	2009 年 01 期
490	企业内部利益相关者管理模式研究	张进发	上海经济研究	2009 年 02 期
491	面对危机:责任选择泾渭分明	黎友焕,李双双	WTO 经济导刊	2009 年 02 期
492	从"三鹿事件"看企业社会责任的本质与实施	李文臣,方世琼	江苏商论	2009 年 02 期
493	CSR 的舆论评判	喻国明	国际公关	2009 年 01 期
494	浅析中小企业社会责任的法律规制	张睿海	法制与经济(下旬刊)	2009 年 04 期
495	企业社会责任研究中的困惑	高勇强	当代经济管理	2009 年 02 期
496	中外企业社会责任研究综述	刘凤军,杨崴,王镂莹,李敬强	经济研究参考	2009 年 12 期
497	企业社会责任的多级模糊综合评价	李雄飞	统计与决策	2009 年 04 期

序号	题　名	作　者	刊　载	日　期
498	公司治理、企业经济绩效与企业社会责任——基于中国制造业上市公司数据的经验研究	王建琼，何静谊	经济经纬	2009 年 02 期
499	基于企业社会责任的顾客满意实证研究	魏农建，唐久益	上海大学学报（社会科学版）	2009 年 02 期
500	基于消费者视角的企业社会责任综合解析	卢东，寇燕	软科学	2009 年 03 期
501	企业社会责任与财务管理变革——基于利益相关者理论的研究	张兆国，刘晓霞，张庆	会计研究	2009 年 03 期
502	《企业所得税法》关于公益性捐赠税前扣除规定研究——从落实公司社会责任的角度谈起	卢代富	现代经济探讨	2009 年 03 期
503	企业社会责任研究述评	李健，祝孔海	河北学刊	2009 年 02 期
504	大型企业社会责任的内涵、范畴与性质——基于三鹿事件的分析	祝丽丽，李文臣	江苏商论	2009 年 03 期
505	由"三鹿"事件所引发的对完善公司社会责任的思考	袁静昕	法制与经济（下旬刊）	2009 年 03 期
506	对强化广东企业家精神建设的思考	黎友焕，陈理斌	现代乡镇	2009 年 03 期
507	中国如何加快企业环境责任的履行	黎友焕，郭文美	世界环境	2009 年 02 期
508	西方企业社会责任战略管理相关研究述评	欧阳润平，宁亚春	湖南大学学报（社会科学版）	2009 年 02 期
509	企业社会责任与财务绩效关系的实证检验	朱金凤，杨鹏鹏	统计与决策	2009 年 07 期
510	企业社会责任与公司绩效的实证研究	任力，赵洁	重庆交通大学学报（社会科学版）	2009 年 02 期
511	企业社会责任的系统化实现：模型与机制	易开刚	学术月刊	2009 年 04 期
512	我国企业社会责任现状分析及其对策	燕补林	商业研究	2009 年 05 期

序号	题　名	作　者	刊　载	日　期
513	中小民营企业国际化社会责任公关战略探讨——以温州哈杉为例的研究	刘藏岩	国际经贸探索	2009 年 05 期
514	企业社会责任研究理论综述	陈素玲	当代经济	2009 年 13 期
515	民营企业社会责任的推进对策	刘藏岩	商业研究	2009 年 07 期

后　记

　　本书由北京交通大学经济管理学院、广东省社会科学综合开发研究中心、广东省企业社会责任研究会、《企业社会责任》杂志社和天津工业大学经济学院等单位共同编撰出版,本书是在北京交通大学经济学院院长刘延平教授和广东省企业社会责任研究会会长、《企业社会责任》杂志社社长兼总编辑、广东省社会科学院教授黎友焕博士统一指导下共同完成的。刘延平教授和黎友焕教授根据目前我国企业社会责任建设的需要和各成员单位的优势研究方向确立了全书的研究框架。全书写作安排如下:

　　第一章、第二章由王凯(西北大学经济管理学院)负责;

　　第三章由龚成威(广东省社会科学院)、黎友焕(广东省社会科学院)负责;

　　第四章由余鸿华(美国凤凰城大学)负责;

　　第五章由黎友焕(广东省社会科学院)负责;

　　第六章由李双双(广东省社会科学院)、杜彬(美国罗格斯大学)负责;

　　第七章由刘藏岩(温州大学)负责;

　　第八章由李双飞(天津工业大学经济学院)负责;

　　第九章、第十一章由姜甜、程昂(天津工业大学经济学院)负责;

　　第十章由王星(广东省社会科学院)、郭文美(美国新墨西哥大学)负责;

　　第十二章由姜甜(天津工业大学经济学院)、路嫒(企业社会责任杂志社)和戚志敏(广东省企业社会责任研究会)负责;

　　第十三章由黎友隆(广东永佳医药有限公司总经理)和王凯(西北大学经济管理学院)负责;

　　附录一、附录二由余立明(广东商学院)、路嫒(企业社会责任杂志社)、戚志敏(广东省企业社会责任研究会)负责;

全书具体的修改和统稿由刘延平、曹明福、黎友焕负责。

全国政协副主席陈宗兴对本书的写作给予了指导,并对书中的一些具体问题提出了宝贵的意见;本书编撰工作得到了美国凤凰城大学余鸿华博士、美国罗格斯大学杜彬博士和美国新墨西哥大学郭文美博士的大力支持和热情参与,尤其是余鸿华博士于2009年6月至2009年8月到广东省企业社会责任研究会做访问学者,专门研究中国企业社会责任的发展情况,她在本蓝皮书中撰写的"国际企业社会责任运动发展回顾、展望及对中国的启示"一章,正是她从美国带来相关文献在广州撰写的成果之一,期间她还资助本蓝皮书编辑部开展相关的调查研究工作;人民出版社的编辑为本书的出版付出了大量的努力;此外,本书出版还得到北京交通大学经济管理学院资助。在此谨向以上单位和人员致以衷心的感谢!

编者

2010 年 5 月 12 日

责任编辑:李椒元
装帧设计:徐　晖
责任校对:高　敏

图书在版编目(CIP)数据

中国企业社会责任建设蓝皮书(2010)/黎友焕,刘延平主编.
-北京:人民出版社,2010.6
ISBN 978－7－01－008845－7

Ⅰ.中…　Ⅱ.①黎…②刘…　Ⅲ.企业-社会-职责-研究
报告-中国-2010　Ⅳ.F279.2

中国版本图书馆 CIP 数据核字(2010)第 064180 号

中国企业社会责任建设蓝皮书(2010)

ZHONGGUO QIYE SHEHUI ZEREN JIANSHE LANPISHU

黎友焕　刘延平　主编

人民出版社 出版发行
(100706　北京朝阳门内大街 166 号)

北京世纪雨田印刷有限公司印刷　新华书店经销

2010 年 6 月第 1 版　2010 年 6 月北京第 1 次印刷
开本:700 毫米×1000 毫米 1/16　印张:35
字数:534 千字　印数:0,001－3,000 册

ISBN 978－7－01－008845－7　定价:66.00 元

邮购地址 100706　北京朝阳门内大街 166 号
人民东方图书销售中心　电话 (010)65250042　65289539